BASTEI
LÜBBE

BIBLIOTHEK
DER
PHANTASTISCHEN
LITERATUR

Herausgegeben von Stefan Bauer

DAVID GEMMELL

DIE KELTENKRIEGE

Roman

Ins Deutsche übertragen von Irmhild Seeland

BASTEI
LÜBBE

BASTEI LÜBBE TASCHENBUCH
Band 28 324

Erste Auflage: Oktober 2000

Vollständige Paperbackausgabe

Bastei Lübbe Taschenbuch
ist ein Imprint
der Verlagsgruppe Lübbe

Deutsche Erstveröffentlichung
Titel der englischen Originalausgabe: The Hawk Eternal

Lektorat: Alxander Huiskes / Stefan Bauer
Titelbild: Luis Royo / Norma Agency, Barcelona
Umschlaggestaltung: QuadroGrafik, Bensberg
Satz: QuadroPrintService, Bensberg
Druck und Verarbeitung:
Impremerie Hérissey, Évreux, Frankreich
Printed in France
ISBN 3-404-28324-4

Der Preis dieses Bandes versteht sich einschließlich der gesetzlichen Mehrwertsteuer

DIE FALKENKÖNIGIN

Zweites Buch

›Die Keltenkriege‹ widme ich dem Gedenken an Matthew Newman, einen jungen Autoren aus Birmingham, dem es nicht vergönnt war, seinen Namen gedruckt zu sehen. Aber es hätte sein sollen. Er besaß Talent, Hingabe und große Entschlossenheit. Doch er war auch einer der vielen Bluter, deren Leben durch HIV-verseuchte Blutkonserven zunichte gemacht wurden. In der kurzen Zeit, in der ich ihn kannte, lernte ich seinen Mut schätzen und daß er erstaunlicherweise nicht verbittert war.

Er wünschte sich verzweifelt, sein Buch zu beenden und es gedruckt zu sehen. Sein Wunsch sollte sich nicht mehr erfüllen.

Doch seine Anstrengungen waren wahrhaft heldenhaft.

Prolog

Der junge Priester saß in der Sonne und studierte ein uraltes Manuskript. Langsam fuhr er mit dem Zeigefinger über die Symbole und formte jedes mit den Lippen nach. Es war kalt hier oben bei diesen alten Steinen, doch Garvis hatte sich in einen Schaffellmantel mit Kapuze gehüllt und eine Nische in den Felsen gefunden, die ihm Schutz vor dem Wind bot. Er liebte die Abgeschiedenheit dieser hohen, einsamen Berge, wo das ferne Tosen des mächtigen Wasserfalls von Attafoss kaum mehr als ein Wispern im Wind war. »Alle Werke des Menschen sind nichts als Staub auf einem flachen Stein«, las er. »Wenn der Wind der Zeit über sie hinwegfegt, sind sie für die Geschichte verloren. Nichts, was aus Stein gebaut ist, ist von Dauer.« Garvis lehnte sich zurück. Das war doch sicherlich Unsinn? Diese Berge hier existierten seit Anbeginn der Zeit und würden noch hier sein, wenn er selbst längst tot war. Er warf einen Blick auf den alten Steinkreis. Die Symbole auf jedem der aufrechten Steine waren so verwittert, daß sie unleserlich waren. Doch sie standen noch immer genau dort, wo die Alten sie vor tausend Jahren aufgerichtet hatten. Die Sonne stand jetzt hoch am Himmel, aber ihre Strahlen brachten nur wenig Wärme. Die Steine warfen lange Schatten. Garvis wickelte den Mantel fester um sich.

Den Worten von Meister Taliesen zufolge war hier einst eins der Großen Tore gewesen. Von hier aus konnte man durch Zeit und Raum reisen. Zeit und Raum: die Legenden faszinierten ihn. Er hatte Meister Taliesen nach den Alten Toren gefragt und war mit Extra-Aufgaben belohnt worden. Durch die Kleinen Tore konnte man immer noch durch den Raum reisen. Er selbst war mit Taliesen von den Bergen zum Rande von Ateris gereist – das waren fast hundert Kilometer Entfernung, doch die Reise hatte nicht einmal einen Herzschlag lang gedauert. Metas sagte, daß die Kleinen Tore einen Menschen durchs ganze Land schicken konnten. Was aber war dann noch an den Großen Toren besonderes?

Garvis' Aufmerksamkeit wurde vorübergehend abgelenkt, als seine Finger einen dicken Pickel an seinem Kinn ertasteten. Müßig drückte er daran herum. Er war noch nicht reif, und es tat weh. Garvis fluchte leise und rieb sich die wunde Stelle. Ein Falke landete auf dem größten der aufrechten Steine, dann flog er davon. Garvis sah ihm nach, bis er mit den warmen Aufwinden so hoch gestiegen war, daß er ihn aus den Augen verlor. »Ich wäre gern ein Falke gewesen«, sagte er laut.

Ein Blitz zuckte über die Steine, eine strahlende Helligkeit, die Garvis rücklings von dem Stein purzeln ließ, auf dem er saß. Er rollte sich auf die Knie, blinzelte und versuchte, etwas zu erkennen. Die Steine wirkten jetzt dunkler. Violettes Licht strahlte von ihnen aus, und ein hellblauer Blitz entsprang dem größten der Steine. Weitere Lichter flackerten auf und bildeten ein Spinngewebe aus Licht, das ein glitzerndes Netz um die Steine spann. Garvis kam es vor, als wären winzige Sterne in einem hellblauen Netz gefangen, und funkelten wie Diamanten. Es war ein wunderschöner Anblick.

In der Mitte des Lichtgewitters nahm einer der Diamanten immer mehr an Größe und Helligkeit zu. Er schwoll bis zur Größe eines Felsbrockens an. Dann wurde er flach, breitete sich aus wie ein Pfannkuchen, aus dem wiederum ein Viereck wurde, dessen vier Ecken sich oben und unten an zwei der stehenden Steine hefteten.

Der Wind nahm zu und heulte durch die Spalten, und

für einen einzigen Augenblick standen zwei Sonnen am Himmel.

Alles war still, als Garvis mit offenem Mund dort kniete, sprachlos vor Schock. Zwischen den Mittelsteinen stand ein hochgewachsener Krieger in blutbefleckter Rüstung. Er stützte eine Frau, die ebenfalls für den Krieg gerüstet war und die aus einer Wunde in der Seite blutete. Garvis hatte noch nie Rüstungen gesehen, wie sie dieses furchteinflößende Paar trug. Der Helm des Mannes bedeckte das Gesicht und wurde von einem weißen Roßhaarbusch gekrönt. Der bronzene Harnisch war der Form des menschlichen Oberkörpers nachempfunden, mit Brustbein, Rippen und allem. Er trug einen mit Bronze verstärkten ledernen Kilt und hohe, schenkellange Reitstiefel. Auf einmal durchzuckte Garvis die Erkenntnis, daß der Mann ihn ansah. »Du da!« rief er. »Hilf mir.«

Garvis kam stolpernd auf die Füße und lief vorwärts, während der Mann die Kriegerin auf die Erde legte. Ihr Gesicht war grau, Blut war in ihr silbernes Haar gesickert. Garvis starrte sie an. Sie war zwar alt, doch einst war sie schön gewesen.

»Wo ist Taliesen?« fragte der Krieger.

»Am Wasserfall, Herr.«

»Wir müssen sie in Sicherheit bringen. Verstehst du, Bursche?«

»Sicherheit, ja.«

Die Frau regte sich. Sie griff nach dem Arm des Kriegers. »Du mußt zurück. Es ist noch nicht vorbei. Laß mich bei dem Jungen. Ich werde… schon wieder.«

»Ich lasse dich nicht allein, Herrin. Ich habe dir dreißig Jahre lang gedient. Ich kann jetzt nicht gehen.« Er machte eine Bewegung, als wollte er seinen Helm absetzen.

»Laß das«, sagte sie. In ihrer Stimme lag Autorität. »Hör mich an, lieber Freund. Du mußt zurückgehen, sonst ist vielleicht alles verloren. Du bist mein Erbe, du bist der Sohn, den ich nie hatte, du bist das Licht meines Lebens.

Geh zurück. Stell eine Laterne für mich ins Fenster.«

»Wir hätten die Hexe schon vor Jahren töten sollen«, sagte er bitter. »Sie war von Grund auf böse.«

»Kein Bedauern, mein General. Niemals. Wir gewinnen, wir verlieren. Den Bergen ist es gleich. Geh jetzt, denn ich spüre schon, wie die Luft des Zauberreiches meine Wunden heilt. Geh!«

Er nahm ihre Hand und küßte sie. Dann stand er auf und betrachtete die Berge. Mit einem Seufzer zog er sein Schwert und lief zurück zu den Steinen. Wieder zuckten Blitze auf. Dann war er fort.

Garvis stürzte in Taliesens Gemächer, mit erhitztem Gesicht und vor Aufregung glänzenden Augen. »Eine Kriegerfrau ist am Alten Tor erschienen«, sagte er. »Sie ist verwundet, dem Tode nah.«

Der alte Mann stand auf und nahm seinen Federmantel.

»Beim Alten Tor, sagst du?«

»Ja, Herr Taliesen.«

»Wohin hast du sie gebracht?«

»Ich half ihr zu der Proviantthöhle auf dem High Druin. Es war die nächste Unterkunft, die mir einfiel. Metas war dort und hat ihre Wunden genäht, aber ich fürchte, sie hat auch innere Blutungen.«

Taliesen holte tief Luft. »Hat sie etwas über sich selbst gesagt?«

»Kein Wort, Herr. Metas ist noch bei ihr.«

»So sollte es auch sein. Geh jetzt und ruh dich aus. Sprich mit niemandem darüber - auch nicht mit einem Druidenbruder. Verstanden?«

»Natürlich, Herr.«

»Tu es keinesfalls, denn wenn ich auch nur ein Flüstern darüber vernehme, verwandle ich deine Knochen in Stein und dein Blut in Staub.«

Taliesen schwang sich den Federmantel um die knochigen Schultern und schritt aus dem Zimmer.

Zwei Stunden später erklomm er den Osthang des High Druin, nachdem er eines der Kleinen Tore aktiviert hatte. Er spürte den bitterkalten Wind, der durch seinen Umhang drang. Die Höhle war tief und mit Vorräten ausgestattet, die Clanmitgliedern auf Wanderschaft durch den schlimmsten Winter halfen - Säcke mit Haferflocken und Trockenfrüchten, Salz und Zucker, eingesalzenes Fleisch und sogar ein Fäßchen mit Räucherfisch. Es war eine Zuflucht für Kleinbauern und andere Wanderer, die sich auch in den Wintermonaten durch die Pässe mühen mußten. In der hinteren Ecke war eine Feuerstelle, außerdem gab es zwei schmale Betten, einen Tisch, der grob aus einem gespaltenen Stamm gezimmert war, und zwei Baumstammstücke, die als Sitze dienten.

Der Druide Metas saß auf einem Hocker, den er neben eins der Betten gerückt hatte. Darauf lag eine alte Frau, deren Schulter und Brust mit Verbänden umwickelt waren. Als Taliesen sich dem Bett näherte, stand Metas auf und verbeugte sich. Taliesen lobte ihn für die gute Versorgung der Frau, dann wiederholte er die Warnung, die er dem jungen Druiden in seinem Zimmer eingeschärft hatte.

»Es wird sein, wie du befiehlst, Herr«, sagte Metas und verbeugte sich erneut. Taliesen schickte ihn nach Vallon zurück und setzte sich neben die Schlafende.

Selbst jetzt noch, dem Tode nah, strahlte ihr Gesicht Willenskraft aus. »Du warst eine Königin ohnegleichen, Sigarni«, flüsterte Taliesen, nahm ihre Hand und drückte die Finger. »Doch bist du auch die, die mein Volk retten wird?«

Sie schlug die Augen auf. Sie waren so grau wie der Winterhimmel und blickten ihn durchdringend an. »So treffen wir uns wieder«, flüsterte sie mit einem Lächeln. Das Lächeln veränderte ihr Gesicht und brachte die

Jugend und Schönheit zurück, an die er sich so gut erinnerte. »Ich habe meine letzte Schlacht geschlagen, Taliesen…« Er hob die Hand.

»Sag nichts«, bat er. »Die Fäden der Zeit sind bereits so ineinander verwoben, daß es mir schwerfällt zu wissen, wann - oder wo - ich bin. Ich würde zu gerne wissen, wie das Alte Tor geöffnet wurde, aber ich wage nicht zu fragen. Ich nehme vorläufig einmal an, daß ich es tat. Denn jetzt mußt du ruhen, um deine Kräfte wiederzugewinnen. Wir unterhalten uns später.«

»Ich bin so müde«, sagte sie. »Vierzig Jahre Krieg und Verlust, Sieg und Schmerz. So müde. Und doch tut es gut, wieder im Zauberreich zu sein.«

»Sag nichts mehr«, drängte er. »Wir befinden uns an einer empfindlichen Stelle am Kreuzweg der Zeiten. Laß mich nur eins sagen. Vor zwei Tagen drängtest du mich, Caracis zu jagen und dir das Schwert, Skallivar, zurückzuholen. Erinnerst du dich daran, daß du mich darum gebeten hast?«

Sie schloß die Augen. »Ich erinnere mich. Es ist fast dreißig Jahre her. Und du hast es getan.«

»Ja«, sagte er. Sein Blick wanderte zu dem berühmten Schwert, das neben dem Feuer an der Wand lehnte.

»Du schicktest die Göttin, die auf dem See unter dem Wasserfall wandelte. Alle meine Generäle sahen das Wunder, und als es sich herumsprach, scharten sie sich um mein Banner. Ich schulde dir viel dafür, Taliesen.« Ihre Stimme wurde leise, und sie sank in einen tiefen Schlaf.

Taliesen stand auf und ging zu dem Schwert, seine dünnen Finger strichen über den Rubin im Knauf. Er seufzte und ging wieder ins Sonnenlicht hinaus. »Die Göttin auf dem Wasser«, wiederholte er. Was hatte sie gemeint? Taliesen hatte die letzten beiden Tage damit verbracht, verzweifelt darüber nachzudenken, wie er etwas vollbringen könnte, was er den Worten der Königin zufolge bereits getan hatte!

Und er erinnerte sich an die Worte seines Lehrmeisters Astole, vor vielen Jahrhunderten. »Behandle die Tore mit Respekt, Taliesen, sonst verlierst du den Verstand. Es sind mehr als nur Türen durch die Zeit. Das mußt du verstehen!«

O ja, jetzt verstand er! Er warf einen Blick zurück auf die schlafende Königin. Wie oft hatte er sie sterben sehen? Dreißigmal? Fünfzigmal? Wieder hallten die Worte Astoles mahnend in seinen Gedanken wider.

»Halte dich immer an eine Linie, Junge. Einen einzigen Faden. Bewege dich nie zwischen den Fäden, dort liegen bloß Verzweiflung und Wahnsinn. Denn jeder Augenblick, den die Vergangenheit heraufbeschwören kann, ist die Geburt einer unendlichen Zahl von Zukünften. Wenn du sie kreuzt, begibst du dich in Gefahr.«

Die Sonne schien heiß auf Taliesens Gesicht, auch wenn der Wind noch immer kühl war. »Ich habe sie gekreuzt, Astole«, sagte er, »und jetzt bin ich in einer Zukunft gefangen, die ich nicht entwirren kann. Warum ist sie hier? Wie wurde das Tor geöffnet? Wie kommt es, daß ich ihr Schwert zurückbrachte? Hilf mir, Astole, denn ich bin verloren, und mein Volk steht vor der Auslöschung.«

Er erhielt keine Antwort, und schweren Herzens kehrte Taliesen in die Höhle zurück.

1. Kapitel

Caswallon beobachtete den mörderischen Anschlag auf Ateris, und ein seltsames Gefühl der Unwirklichkeit befiel ihn. Er setzte sich auf einen großen Stein und blickte von dem Berghang auf die glänzende Stadt unter ihm, weiß und glorreich, wie das Spielzeugschloß eines Kindes auf einem grünen Teppich.

Der Feind hatte die Stadtbewohner vor etwa drei Stunden überrascht, jetzt stieg schwarzer Rauch von den Türmen und Häusern empor. Ferne Schreie drangen an sein Ohr, körperlos, wie das Echo eines Alptraums nach dem Erwachen.

Die meergrünen Augen Caswallons wurden schmal, während er beobachtete, wie der Feind um sich hieb und schlug. Er schüttelte den Kopf, Trauer und Zorn lagen in ihm miteinander in Widerstreit. Er empfand keine Liebe für diese dem Untergang geweihten Tiefländer mit ihrer Doppelbödigkeit. Doch trotzdem erfüllte ihn dieses willkürliche Gemetzel mit Kummer.

Die feindlichen Krieger waren Caswallon neu. Er hatte noch nie die gehörnten Helme der Aenir gesehen, ihre doppelköpfigen Äxte oder die ovalen Schilde, die mit abscheulichen Fratzen, blutrot und schwarz, bemalt waren. Er hatte natürlich von ihnen gehört, wie sie weit im Süden mordeten und töteten, doch von ihrem Krieg gegen die Tiefländer hatte er bis jetzt wenig gewußt.

Wieso sollte er auch? Er war ein Angehöriger des Farlain-Clans und hatte wenig Zeit für Tiefland-Politik. Die Farlain waren ein Bergvolk, zäh und abgehärtet, und lebten mehr als zurückgezogen. Die Berge waren verbotenes Terrain für jeden Tiefländer, und die Clans mischten sich niemals unter andere Völker.

Außer um Handel zu treiben. Rindfleisch und gewebtes Tuch der Clans gegen Zucker, Früchte und Eisen aus dem Tiefland.

Caswallon sah, wie in der Ferne ein junges Mädchen aufgespießt und schreiend und um sich schlagend in die Luft gehoben wurde. Das ist kein Krieg mehr, dachte er, das ist nur noch blutrünstiger Sport.

Er riß sich vom Anblick der mörderischen Szene los und warf einen Blick auf die Berge, die wie Speerspitzen in den Himmel ragten, schneebedeckt und stolz, zerklüftet und mächtig. In ihrer Mitte türmte sich die wolkenverhangene Pracht des High Druin über dem Land auf. Caswallon schauderte und zog seinen braunen Ledermantel fest um die Schultern. Es hieß, daß die Clans bösartig und Fremden gegenüber feindselig wären, und das waren sie auch. Jeder Tiefländer, den man bei der Jagd auf dem Territorium des Clans fand, wurde nach Hause geschickt, erleichtert um die Finger seiner rechten Hand. Solche Strafen sollten Wilderer abschrecken. Die Schlachtbilder unten auf der Ebene hatten mit derlei Verfahren nichts gemein; das war Blutlust der schlimmsten Sorte.

Caswallon blickte wieder zur Stadt. Alte Männer in weißen Gewändern wurden an die schwarzen Tore genagelt. Selbst auf diese Entfernung hin erkannte Caswallon Bacheron, den Ratsältesten, einen Mann von geringer Rechtschaffenheit. Doch einen solchen Tod hatte er nicht verdient.

Bei allen Göttern, niemand verdiente einen solchen Tod!

Auf der Ebene kamen drei Reiter in Sicht, deren Anführer einen jungen Burschen hinter sich herzog, der hinter seinem Pferd an ein Seil gebunden war. Caswallon erkannte in dem Jungen Gaelen, einen Dieb und

Waisenjungen, der sich von Abfällen und gestohlenen Früchten ernährte. Caswallons Finger schlossen sich um den Griff seines Jagdmessers, als er zusah, wie der Junge an dem Seil zerrte.

Der vordere Reiter, ein Mann in schimmernder Brustplatte und einem Helm mit Rabenflügeln, durchschnitt das Seil, und der Junge begann in Richtung der Berge zu laufen. Die Reiter setzten ihm mit gesenkten Lanzen nach.

Caswallon holte tief Luft und stieß sie langsam wieder aus. Der rothaarige Bursche duckte sich und schlug Haken, dann bückte er sich und hob einen Stein auf, den er auf das ihm nächste Pferd schleuderte. Das Tier scheute, stieg und warf seinen Reiter ab.

»Gut gemacht, Gaelen«, flüsterte Caswallon.

Ein Reiter in weißem Umhang riß sein Pferd herum, um dem Jungen den Weg abzuschneiden. Der Junge machte kehrt, und die Lanze traf ihn im Rücken, hob ihn von den Füßen und schleuderte ihn zu Boden. Er versuchte aufzustehen, und ein zweiter Reiter beendete seine Qualen, indem er ihm sein Schwert übers Gesicht zog. Dann galoppierten die Reiter zurück in die Stadt.

Caswallon merkte, daß seine Hände unkontrollierbar zitterten, sein Herz klopfte als Reaktion auf seinen Zorn und seine Scham.

Wie konnten Männer einem jungen Burschen so etwas antun?

Caswallon dachte an seinen letzten Besuch in Ateris vor drei Wochen zurück, als er zwanzig Langhornrinder aus dem Hochland zu den Marktständen im Westen der Stadt getrieben hatte. Er hatte die Tiere zwei Tage zuvor von den Weiden der Pallides gestohlen. Auf dem Markt hatte er gesehen, wie eine Menschenmenge hinter dem rothaarigen Gaelen herrannte, der durch die Straßen eilte. Die dünnen Beine trugen den Burschen über den marmornen Weg, seine Arme fuchtelten wild.

Gaelen war an einem Spalier an der Seite eines

Gasthauses hinaufgeklettert und über die Dächer gehüpft. Nur einmal hatte er innegehalten, um seinen Verfolgern eine obszöne Geste zu machen. Als er bemerkt hatte, daß Caswallon ihn beobachtete, hatte er die Schultern zurückgenommen und war über die Dächer davongestapft. Caswallon hatte gegrinst, weil er den Jungen mochte, er besaß Stil.

Der dicke Metzger Leon hatte neben ihm leise gelacht. »Er ist ein Original, dieser Gaelen. Jede Stadt braucht so jemanden.«

»Eltern?« hatte Caswallon gefragt.

»Tot. Er ist jetzt seit fünf Jahren allein – seit er neun oder zehn war.«

»Wie überlebt er nur?«

»Er stiehlt. Ich lasse ihn ab und zu mit einem Hühnchen davonkommen. Er schleicht sich an, und ich verfolge ihn für eine Weile und beschimpfe ihn.«

»Du magst ihn wohl, Leon?«

»Ja. Genau wie dich, Caswallon, du Schurke. Aber er erinnert mich auch an dich. Ihr seid beide Diebe, und beide seid ihr gut in dem, was ihr tut – und keiner von euch ist böse.«

»Nett von dir, das zu sagen«, hatte Caswallon grinsend zurückgegeben. »Und jetzt, wieviel für das Pallides-Vieh?«

»Warum tust du das eigentlich?«

»Was?« fragte Caswallon unschuldig.

»Vieh stehlen. Allen Berichten nach bist du einer der reichsten Männer der Farlain. Es macht doch keinen Sinn.«

»Tradition«, war Caswallon Antwort gewesen. »Davon halte ich sehr viel.«

Leon hatte den Kopf geschüttelt. »Eines Tages wird man dich fangen und hängen – oder schlimmeres, so wie ich die Pallides kenne. Du verwirrst mich.«

»Nein. Ich mache dich reich. Du hast das billigste Rindfleisch in ganz Ateris.«

»Das stimmt. Wie geht's der schönen Maeg?«

»Es geht ihr gut.«

»Und Donal?«

»Lungen wie ein Blasebalg.«

»Hält dich nachts wohl wach, was?«

»Wenn ich nicht gerade auf der Jagd bin«, hatte Caswallon damals augenzwinkernd gesagt.

Er hörte noch Leons Lachen. »Es wird mir leid tun, wenn sie dich erwischen, Caswallon. Ehrlich.«

Eine Stunde lang hatten sie um den Preis geschachert, bis Leon sich schließlich von einem kleinen Beutel Gold trennte, den Caswallon seinem Begleiter Arcis reichte, einem schweigsamen Kätner des Clans, der ihn auf seinen Raubzügen begleitete.

Jetzt stand Caswallon auf dem Berg und nahm das Grauen der Kriegsführung der Aenir in sich auf. Arcis trat an seine Seite. Beide Männer hatten Geschichten vom Krieg im Süden gehört und von den Abscheulichkeiten, die die Aenir begingen. Vor allem der Blutadler: die Aenir nagelten ihre Opfer an Bäume, dann wurden ihre Rippen aufgeklappt wie kleine Flügel und ihre Innereien mit Holzstreifen an ihrem Platz festgehalten.

Caswallon hatte diese Geschichten nur halb geglaubt. Jetzt hing der Beweis dafür an den blutüberströmten Toren von Ateris.

»Geh zurück ins Tal, mein Freund«, sagte Caswallon zu Arcis.

»Was ist mit dem Vieh?«

»Treib es zurück in die Berge. Heute gibt es keine Käufer.«

»Bei den Göttern, Caswallon! Warum hören sie nicht auf zu töten? Es kämpft doch niemand mehr gegen sie.«

»Ich weiß es nicht. Berichte Cambil, was wir heute gesehen haben.«

»Was ist mit dir?«

»Ich bleibe noch eine Weile.«

Arcis nickte und lief geschmeidig los über die Hänge.

Nach einer Weile schwärmten die Aenir-Krieger in die Stadt. Die Ebene vor den Toren war übersät mit Toten. Caswallon ging dichter heran und blieb erst stehen, als er den Waldrand erreichte. Jetzt konnte er das volle Ausmaß des Grauens erkennen, und seine Wut wurde kalt und böse. Der Metzger Leon lag in einer Blutlache, seine Kehle war aufgerissen. Neben ihm lag der kleine Dieb Gaelen.

Caswallon wandte sich ab und ging zurück in den Wald.

Ich sterbe. Daran gab es für Gaelen keinen Zweifel. Der Schmerz in seinem Rücken war fast unerträglich, sein Kopf tat weh, Blut lief aus seinem linken Auge. Eine lange Zeit lag er still, ohne zu wissen, ob der Feind in der Nähe war, ob gar ein Aenir-Krieger mit einem Speer oder einem scharfen Schwert über ihm stand.

Angst durchdrang seinen Schmerz, doch er verdrängte sie wütend. Er spürte die weiche, staubige Erde im Gesicht und roch den Rauch aus der brennenden Stadt. Er versuchte, die Augen zu öffnen, doch das Blut war auf den Lidern verkrustet. Ich muß eine Weile bewußtlos gewesen sein, dachte er.

Eine Stunde? Oder weniger? Vorsichtig bewegte er den rechten Arm, hob die Hand ans Gesicht und rieb sich das rechte Auge mit dem Fingerknöchel, um die Blutkruste zu entfernen. Der Schmerz in seinem linken Auge wurde schlimmer, und er ließ es in Ruhe, verklebt wie es war. Er blickte auf die verschlossenen Tore und die gräßlichen Verzierungen, die sie jetzt trugen. Die Krähen ließen sich bereits überall nieder und zerrten mit ihren scharfen Schnäbeln an weichem Fleisch. Zwei von ihnen waren auf Leons Brust gelandet. Gaelen wandte den Blick ab. Es waren keine Aenir zu sehen. Vorsichtig tastete er die

Wunde über seiner linken Hüfte ab. Er erinnerte sich daran, wie die Lanze ihn im Laufen durchbohrt hatte. Die Wunde blutete noch immer auf beiden Seiten und schmerzte entsetzlich bei jeder Berührung.

Er drehte den Kopf zu den Bergen und dem kieferbestandenen nächstgelegenen Hang und versuchte abzuschätzen, wieviel Zeit es ihn kosten würde, die Sicherheit der Wälder zu erreichen. Er versuchte aufzustehen, doch in seinen Ohren begann es zornig zu rauschen wie eine aufgewühlte See. Schwindel überfiel ihn, und er verlor das Bewußtsein.

Als er wieder erwachte, war es kurz vor Einbruch der Dunkelheit. Seine Seite blutete noch immer, wenn auch nicht mehr so stark, und er mußte sein Auge wieder von einer Blutkruste befreien. Als er das getan hatte, sah er, daß er zwanzig Schritt weit gekrochen war. Er konnte sich nicht daran erinnern, aber die Blutspur und die Abdrücke im Boden konnten nichts anderes bedeuten.

Hinter ihm brannte die Stadt. Es würde nicht mehr lange dauern, bis die Aenir zurück auf die Ebene kamen. Wenn man ihn fand, würde man ihn zurückschleppen und genauso zum Blutadler machen wie die Ratsältesten.

Der Junge begann zu kriechen. Er wagte nicht aufzuschauen, damit die Entfernung ihn nicht entmutigte und zwang aufzugeben.

Zweimal verlor er kurz das Bewußtsein. Nach dem zweiten Mal schalt er sich selbst einen Narren, rollte sich auf den Rücken und riß zwei Streifen von seiner zerlumpten Tunika. Diese preßte er auf die Wunde in seiner Seite. Er grunzte, als Schmerz ihn durchfuhr. Der Stoff müßte die Blutung allmählich stillen, dachte er. Er kroch weiter. Sein Unternehmen, begonnen in Schmerz und Schwäche, wurde zur Qual. Im Fieberwahn durchlebte Gaelen erneut das Entsetzen des Angriffs. Er hat Leon ein Hühnchen gestohlen und rennt über den Markt, als schreiende Frauen und das Donnern von Hufen ihn den dicken Metzger vergessen lassen. Hunderte von Reitern sind plötzlich da, und sie hauen und stechen mit langen Schwertern und Lanzen auf die Menge.

Alles versinkt im Chaos, und der Junge steht wie versteinert da. Er versteckt sich ein paar Stunden lang in einer Scheune, doch dann entdecken ihn drei Aenir-Soldaten. Gaelen läuft durch die Gassen davon, schneller als sie, doch als er auf dem Hauptplatz der Stadt herauskommt, wirft ihm ein Reiter eine Schlinge über den Kopf und schleift ihn hinter sich her durch die zerbrochenen Stadttore. Überall sieht er Krieger mit wildem Blick und gehörnten Helmen, die schreien und grölen, mit bestialischen Mienen.

Der Reiter mit dem Seil grüßt zwei andere am Stadttor.

»Spaß, Vater!« schreit der Mann. Seine Stimme durch den Helm klingt gedämpft.

»Mit diesem Häufchen Elend?« antwortet der andere verächtlich und beugt sich über den Hals seines Pferdes. Sein Helm hat gekrümmte Hörner und eine Gesichtsmaske aus Bronze, die einen lauernden Dämonen darstellt. Durch die oberen Schlitze kann Gaelen eisblaue Augen funkeln sehen, und seine Angst verwandelt sich in Entsetzen.

Der Reiter, der Gaelen eingefangen hat, lacht. »Ich hab' diesen Burschen auf meinen letzten Spähtouren gesehen. Er rannte vor der Menge weg. Er ist schnell. Ich wette, ich kriege ihn vor dir.«

»Du könntest nicht mal einen Fisch aus einem Glas angeln«, sagt der dritte Reiter, ein großer, breitschultriger Krieger mit offenem Helm. Sein Gesicht ist breit und flach, die kleinen Augen glitzern wie blaue Perlen. Sein Bart ist gelb und verfilzt, die Zähne schief und abgebrochen. »Aber ich kriege ihn, bei Vatan!«

»Immer der erste beim Angeben und der letzte beim Handeln, Tostig«, höhnt der erste Reiter.

»Schweig, Ongist«, befiehlt der ältere Mann mit dem

gehörnten Helm. »Schon gut, ich wette zehn Goldstücke, daß ich ihn aufschlitze.«

»Abgemacht!« Der Reiter beugt sich über den Jungen und durchschneidet das Seil mit seinem Dolch. »Nun lauf, Junge.«

Gaelen hört, wie das Pferd hinter ihm sich in Bewegung setzt, wirft sich zu Boden, packt einen Stein und schleudert ihn. Der gelbbärtige Krieger – Tostig? – fällt von seinem Pferd, das auf die Hinterhand steigt.

Dann trifft ihn die Lanze. Er versucht aufzustehen, nur um eine Schwertklinge herabsausen zu sehen.

»Gut gemacht, Vater!« sind die letzten Worte, die er hört, bevor die Dunkelheit ihn umfängt.

Als er jetzt dahinkroch, hatte er jedes Gefühl für Zeit und Raum verloren. Er war eine Schildkröte auf einem Strand aus glühenden Kohlen, er verbrannte lansam, eine Spinne in einer Schale aus Schmerz, die sich um sich drehte, ein Hummer in einer Pfanne, in der die Hitze zunahm.

Aber er kroch weiter.

Hinter ihm ging der gelbbärtige Krieger, den er zu Fall gebracht hatte. Er hatte ein Schwert in der Hand, auf seinen Lippen lag ein Lächeln.

Tostig fing an, sich zu langweilen. Zuerst war er von dem verwundeten Knaben fasziniert gewesen und hatte überlegt, wie weit er wohl kriechen könnte. Er stellte sich sein Entsetzen und die Verzweiflung vor, wenn er feststellte, daß die ganze Mühe umsonst gewesen war. Doch jetzt war der Junge offensichtlich im Fieberwahn, und es hatte keinen Zweck, weiter Zeit zu vergeuden. Er hob sein Schwert und richtete die Spitze auf den Rücken des Jungen.

»Töte ihn, Freundchen, und du wirst ihm auf dem Fuße folgen.«

Tostig machte einen Satz zurück, sein Schwert zielte auf die Schatten zwischen den Bäumen, als eine Gestalt ins verblassende Tageslicht trat. Der Mann war groß und trug einen Lederumhang und einen langen Stab mit Eisenspitze. Zwei Dolche hingen an einem schwarzen ledernen Wehrgehänge über seiner Brust, und ein dunkler, dreifach gegabelter Bart gab ihm ein sardonisches Aussehen.

Tostig versuchte zu erkennen, ob hinter dem Mann im Gebüsch noch jemand war. Doch der Krieger schien allein zu sein.

Caswallon trat vor und blieb gerade außer Reichweite des Schwertes des Aenirs stehen. Dann lehnte er sich auf seinen Stab und lächelte. »Du stehst auf Farlain-Land«, sagte er.

»Die Aenir gehen, wohin sie wollen«, erwiderte Tostig.

»Hier nicht, Freundchen. Niemals. Also, wie hättest du's gern? Gehen oder Sterben?«

Tostig überlegte einen Augenblick. Sein Vater Asbidag hatte die Armee gewarnt, sich die Clans nicht zum Feind zu machen. Noch nicht. Immer nur ein Bissen zur Zeit, das war Asbidags Motto.

Doch dieser Kerl hier hatte Tostig seiner Beute beraubt.

»Wer bist du?« entgegnete Tostig.

»Dein Herz hat noch ungefähr fünf Schläge vor sich, Barbar«, sagte Caswallon.

Tostig starrte in die meergrünen Augen. Wenn er sicher gewesen wäre, daß der Mann allein war, hätte er einen Kampf riskiert. Aber er war sich nicht sicher. Der Mann war zu zuversichtlich, zu entspannt. Kein Mann der Clans würde sich einem bewaffneten Aenir gegenüber so verhalten. Außer er hatte noch einen Trumpf im Ärmel. Tostig warf wieder einen Blick in die Bäume. Zweifellos hatten ihn Bogenschützen im Visier.

»Wir sehen uns wieder«, sagte er und zog sich den Hang hinunter zurück.

Caswallon beachtete ihn nicht, sondern kniete bei dem blutenden Jungen nieder.

Behutsam drehte er ihn auf den Rücken und untersuchte seine Wunden. Zufrieden, daß sie aufgehört hatten zu bluten, hob er den Jungen auf die Schulter, nahm seinen Stab, verschwand in den Schatten und war so für den Aenir nicht mehr zu sehen.

Gaelen drehte sich im Bett und stöhnte, als die Naht vorn und hinten in seinem geschundenen Fleisch spannte. Er schlug die Augen auf und sah vor sich eine graue Höhlenwand. Der Geruch von brennendem Buchenholz stieg ihm in die Nase. Vorsichtig drehte er sich auf seine gesunde Seite. Er lag auf einem breiten Bett, aus Kiefernholz kunstvoll zusammengefügt, zwei wollene Decken und ein Bärenfell waren über ihn gebreitet. Die Höhle war groß, vielleicht zwanzig Schritte breit und dreißig tief, und am hinteren Ende machte sie eine Biegung. Als er sich umdrehte, sah er, daß der Eingang mit einem Ledervorhang bedeckt war. Zaghaft setzte er sich auf. Jemand hatte seine Seite und sein verletztes Auge verbunden. Vorsichtig tastete er beides ab. Er hatte noch immer Schmerzen, doch es war mehr eine pochende Erinnerung an die akute Qual, an die er sich von seiner langen Kriecherei her erinnerte.

Gegenüber des Bettes, hinter einem Tisch und ein paar groben Stühlen aus Baumstämmen, war eine Feuerstelle geschickt unter einem natürlichen Abzug in die Höhlenwand gemeißelt worden. Ein Feuer brannte hell. Daneben waren Scheite aus Buchenholz aufgestapelt, ein langer Eisenstab und eine kupferne Schaufel waren ebenfalls vorhanden.

Strahlender Sonnenschein drang an dem Vorhang vorbei herein, und der Junge blickte zum Höhleneingang. Er stöhnte beim Aufstehen, humpelte durch die Höhle, hob die Lederplane hoch und schaute auf die Berge hinaus. Unter ihm lag ein grün-goldenes Tal mit Häusern aus Stein und hölzernen Scheunen, abgeteilten Feldern und schmalen Bächen. Links von ihm graste eine Herde zottiger Langhornrinder, und überall konnte er Schafe und Ziegen sehen, sogar ein paar Pferde auf einer Koppel bei einem Wäldchen. Seine Beine begannen zu zittern, und er ließ den Vorhang sinken.

Langsam ging er zum Tisch und setze sich. Auf dem Tisch stand ein Krug mit Quellwasser, daneben lag ein Haferbrot. Sein Magen verkrampfte sich vor Hunger. Er brach ein Stück Brot ab und goß etwas Wasser in einen Becher.

Gealen war verwirrt. Er war noch nie so weit im Hochland gewesen. Kein Tiefländer war das. Es war verbotenes Terrain. Die Clans waren nicht besonders freundlich, und wenn sie auch gelegentlich zum Tauschen und Handeln nach Ateris kamen, galt es doch allgemein als Torheit, sollte ein Stadtbewohner einen Gegenbesuch versuchen.

Er versuchte sich zu erinnern, wie er hergekommen war. Er glaubte, Stimmen gehört zu haben, als er versuchte, den Wald zu erreichen, doch die Erinnerung war flüchtig, und er hatte so viele Träume gehabt.

Aus dem rückwärtigen Teil der Höhle beobachtete der Mann, den man Orakel nannte, den Jungen beim Essen und lächelte.

Der Bursche war stark und zäh wie ein Wolf. In den fünf Tagen, seit er hier war, hatte er entschlossen gegen seine Wunden gekämpft, niemals geweint – selbst wenn er in seinem Delirium die angsterfüllten Momente seines jungen Lebens wieder erlebt hatte. Er hatte in dieser Zeit nur zweimal das Bewußtsein wiedererlangt und wortlos die warme Fleischbrühe akezptiert, die Orakel ihm an die Lippen hielt.

»Wie ich sehe, fühlst du dich besser«, sagte der alte Mann und trat aus den Schatten.

Der Junge fuhr auf und zuckte zusammen, als die Nähte spannten. Als er sich umdrehte, sah er einen großen, hageren weißbärtigen Mann mit weißem Bart in grauem Gewand, das er in der Taille mit einem Seil aus Ziegenhaaren zusammenhielt.

»Ja. Danke.«

»Wie heißt du?«

»Gaelen. Und du?«

»Ich benutze meinen Namen nicht mehr, aber es gefällt den Farlain, mich Orakel zu nennen. Wenn du Hunger hast, wärme ich dir etwas Suppe, sie ist aus Schweineleber und wird dir wieder zu Kräften verhelfen.«

Orakel ging zum Feuer und bückte sich, um einen Topf mit Deckel in die Flammen zu stellen. »Sie ist gleich fertig. Wie machen sich deine Wunden?«

»Besser.«

Der alte Mann nickte. »Das Auge hat mir am meisten Kummer gemacht. Aber ich glaube, du wirst es noch gebrauchen können. Du wirst nicht blind werden, denke ich. Die Wunde in deiner Seite ist nicht ernst, die Lanze hat dein Fleisch glatt durchbohrt. Kein lebenswichtiges Organ getroffen.«

»Hast du mich hergebracht?«

»Nein.« Mit dem Eisenstab hob Orakel den Deckel von dem Topf. Er nahm einen langen Holzlöffel von einem Regal und rührte damit um. Gaelen beobachtete ihn schweigend. In seiner Jugend muß er ein kraftvoller Mann gewesen sein, dachte er. Orakels Arme waren jetzt knochig, doch die Handgelenke waren kräftig, und seine Gestalt breit. Die Augen des alten Mannes waren hellblau unter dichten Brauen, sie glitzerten wie Wasser auf Eis. Als er sah, daß der Junge ihn anstarrte, lachte er leise. »Ich war der Jagdherr der Farlain«, sagte er grinsend. »Und ich war stark. Ich habe den Wirbelstein zweiundvierzig Schritte weit geschleppt. Das hat in dreißig Jahren kein anderer geschafft.«

»Waren meine Gedanken so leicht zu lesen?« fragte Gaelen.

»Ja«, antwortete Orakel. »Die Suppe ist fertig.«

Sie aßen schweigend, löffelten die dicke Suppe aus hölzernen Schalen und tauchten Brocken von Haferbrot in die dampfende Flüssigkeit.

Gaelen konnte die Suppe nicht aufessen. Er entschuldigte sich, doch der alte Mann zuckte die Achseln.

»Du hast seit fünf Tagen kaum etwas gegessen, und auch wenn du mordshungrig bist, dein Magen ist geschrumpft. Warte ein bißchen und versuch's dann noch einmal.«

»Danke.«

»Du stellst wenige Fragen, junger Gaelen. Kommt das, weil du nicht neugierig bist?«

Zum ersten Mal lächelte der Junge. »Nein, ich will einfach noch keine Antworten.«

Orakel nickte. »Du bist hier in Sicherheit. Niemand schickt dich zurück zu den Aenir. Du bist willkommen und kannst tun, was du willst. Du bist kein Gefangener. Hast du jetzt irgendwelche Fragen?«

»Wie bin ich hergekommen?«

»Caswallon hat dich hergebracht. Er ist ein Mann des Clans, ein Jagdmeister.«

»Warum hat er mich gerettet?«

»Warum tut Casawallon die Dinge, die er tut? Ich weiß es nicht. Caswallon weiß es auch nicht. Er ist ein impulsiver Mensch. Ein treuer Freund, ein schrecklicher Feind, ein gutes Clanmitglied – aber impulsiv. Als er noch jung war, war er einmal einem Reh auf der Spur. Als er es fast eingeholt hatte, verfing es sich in einer Falle der Pallides. Nun lieben die Farlain die Pallides nicht gerade, also schnitt Caswallon das Reh frei – um festzustellen, daß es ein verletztes Bein hatte. Er trug das Tier auf dem Rücken nach Hause und pflegte es gesund, dann ließ er es frei. Caswallon ist unberechenbar. Wenn das Tier gesund gewesen wäre, hätte er es getötet, um Fleisch und Leder zu gewinnen.«

»Und ich bin wie das verletzte Reh«, meinte Gaelen. »Wenn ich unbeschädigt in die Wälder entkommen wäre, hätte Caswallon mich vielleicht getötet.«

»Ja. Du hast einen scharfen Verstand, Gaelen. Mir gefällt es, wenn ein Bursche rasch denken kann. Wie alt bist du?«

Der Junge zuckte die Achseln. »Ich weiß nicht genau. Vierzehn, fünfzehn…«

»Ich würde sagen, eher vierzehn, aber das spielt keine Rolle. Hier wird man danach beurteilt, wie man lebt, nicht nach seinem Alter.«

»Dann darf ich hierbleiben? Ich dachte, nur Angehörige der Clans dürften in den Druin-Bergen leben?«

»Allerdings darfst du das, denn du bist einer«, antwortete Orakel.

»Verstehe ich nicht.«

»Du bist ein Mitglied des Clans, Gaelen. Du gehörst zu den Farlain. Verstehst du, Caswallon hat den Cormaach beansprucht. Er hat dich zu seinem Sohn gemacht.«

»Warum?«

»Weil er keine Wahl hatte. Wie du selbst gesagt hast, dürfen nur Angehörige der Clans hier leben, und Caswallon kann – ebensowenig wie andere Clanmitglieder – Fremde ins Land der Farlain bringen. Deswegen wurde er durch deine Rettung zu deinem Hüter und ist vor dem Gesetz für alles verantwortlich, was du tust.«

»Ich will keinen Vater«, sagte Gaelen. »Ich komme auch allein zurecht.«

»Dann wirst du gehen«, stimmte Orakel freundlich zu. »Und Caswallon wird dir einen Mantel, ein Messer und zwei Goldmünzen für die Reise mitgeben.«

»Und wenn ich bleibe?«

»Dann ziehst du in Caswallons Haus.«

Um Zeit zu gewinnen, brach Gaelen ein Stück Brot ab und tunkte es in die lauwarme Suppe.

Ein Angehöriger des Clans werden? Ein wilder Krieger der Berge? Und wie würde es sein, einen Vater zu haben? Caswallon, wer er auch sein mochte, würde sich nicht um ihn scheren. Warum sollte er auch. Er war nur ein verwundetes Reh, das er aus einer Laune mit nach Hause genommen hatte. »Wann muß ich mich entscheiden?«

»Wenn deine Wunden ganz verheilt sind.«

»Wie lange dauert das?«

»Bis du sagst, daß es soweit ist«, antwortete der alte Mann.

»Ich weiß nicht, ob ich zum Clan gehören will.«

»Bevor du urteilst, Gaelen, warte ab, bis du weißt, was das mit sich bringt.«

In dieser Nacht erwachte Gaelen schreiend, in kalten Schweiß gebadet.

Der alte Mann kam aus dem hinteren Teil der Höhle gelaufen, wo er auf einem schmalen Feldbett schlief, und setzte sich neben den Jungen. »Was ist los?« fragte er und strich Gaelen das schweißnasse Haar aus dem Gesicht.

»Die Aenir! Ich habe geträumt, sie wollten mich holen, und ich konnte nicht fort.«

»Hab keine Angst, Gaelen. Sie haben das Tiefland erobert, aber sie werden nicht hierher kommen. Noch nicht. Glaub mir. Du bist in Sicherheit.«

»Sie haben die Stadt eingenommen«, sagte Gaelen, »und die Milizen einfach überrannt. Sie haben sie nicht einen Tag lang aufhalten können.«

»Du mußt noch viel lernen, mein Junge. Über den Krieg. Über Krieger. Ja, die Stadt ist gefallen, und vor ihr andere Städte. Aber wir haben hier keine Städte, und wir brauchen keine Mauern. Die Berge sind wie eine Festung, mit Mauern, die bis in die Wolken reichen. Sie tragen weder schimmernde Harnische, noch machen sie an Festtagen Paraden oder marschieren im Gleichschritt.

Wenn du einen Mann des Clans neben einen Tiefländer stellst, siehst du zwei Männer, aber das reicht nicht aus, um ein klares Bild zu bekommen. Der eine ist wie ein Hund, gut erzogen und gut gefüttert. Er sieht gut aus und bellt laut. Der andere ist wie ein Wolf, hager und tödlich. Er bellt überhaupt nicht. Er tötet. Die Aenir werden noch nicht herkommen. Vertrau mir.«

Als er aufwachte, fand Gaelen ein frischgebackenes Honigmalzbrot, einen Krug mit Ziegenmilch und eine Schale mit Haferflocken, getrockneten Äpfeln und gemahlenen Haselnüssen auf dem Tisch vor. Von Orakel war nichts zu sehen.

Gaelens Seite schmerzte, frisches Blut war durch die Leinenbandagen gedrungen, die um seinen Leib gewickelt waren, doch er verdrängte die Schmerzen und aß. Die Haferflocken waren fad und wenig reizvoll, doch er stellte fest, wenn er den Honigkuchen zerkrümelte und über die Mischung streute, wurde das Ganze appetitlicher.

Mit vollem Bauch wanderte er aus der Höhle und kniete an einem schmalen Bach nieder, der auf seinem Weg zum Tal hinunter über weiße Felsen plätscherte. Er schöpfte mit den Händen Wasser, um sich das Gesicht zu waschen, wobei er sorgsam darauf achtete, die Bandage über seinem verletzten Auge nicht naß zu machen. Er hatte vorgehabt, einen kleinen Spaziergang zu machen, doch selbst der kurze Weg zum Bach hatte ihn ermüdet, und er lehnte sich gegen einen glatten Stein und schaute ins Tal hinunter.

Es war so still hier. Vor der Stille dieser Bergtäler wirkten die Geschehnisse von Ateris noch entsetzlicher. Gaelen sah wieder die Krähen vor sich, die sich auf dem dicken Leon niederließen und sich um einen Streifen roten Fleisches zankten.

Die Wildheit der Aenir erstaunte den Jungen nicht. Für

ihn war es wie der Höhepunkt all dessen, was das Leben ihn über die Menschen gelehrt hatte. Die meisten waren grausam, gleichgültig und lieblos, erfüllt von Gier und kleinlicher Bosheit. Der Junge wußte, wie man leiden konnte. Das war das Leben. Es bedeutete, im Winter zu frieren, im Sommer in der Hitze auszudörren, durchnäßt zu zittern, wenn es regnete. Es bedeutete Prügel für das Vergehen, Hunger zu haben, mißbraucht zu werden als Fluch der Einsamkeit, gequält, weil man ein Bastard war und zudem verachtet, wenn man eine Waise war.

Das Leben war kein Geschenk, an dem man sich erfreute, es war ein Feind, gegen den man kämpfen mußte, grimmig und unnachgiebig.

Der alte Mann war freundlich zu ihm gewesen, aber er hat auch seine Gründe, dachte Gaelen mißmutig. Dieser Caswallon bezahlt ihn wahrscheinlich für seine Zeit.

Gaelen seufzte. Wenn er wieder stark genug war, würde er nach Norden davonlaufen und eine Stadt suchen, die die Aenir noch nicht geplündert hatten, und dann würde er sein altes Leben wieder aufnehmen – Essen stehlen und sich durchschlagen, bis er groß genug oder stark genug war, um das Leben bei der Kehle zu packen und es zu zwingen, nach seinem Willen zu handeln.

Immer noch Zukunftsträumen nachhängend, schlief er im Sonnenschein ein. Orakel fand ihn am Mittag hier und trug ihn sanft hinein, legte ihn auf das breite Bett und deckte ihn mit dem Bärenfell zu. Der Pelz war noch immer dick und schimmernd, obwohl es schon dreißig Jahre her war, daß Orakel den Bären getötet hatte. Eine epische Schlacht, geschlagen an einem Frühlingstag wie diesem ... Der alte Mann lachte leise bei der Erinnerung. In jenen Tagen war er Caracis, der Jagdherr der Farlain, gewesen, und eine Macht, die man nicht übersehen durfte. Er hatte den Bären mit Kurzschwert und Dolch getötet und dabei schreckliche Wunden von den Tatzen des Tieres davongetragen. Er hatte nie gewußt, warum es ihn angegriffen hatte; die großen Bären der Berge mieden die Menschen für gewöhnlich, doch vielleicht war er seiner Höhle zu nahe gekommen, oder der Bär war krank gewesen und hatte Schmerzen.

Aus welchem Grunde auch immer, er war aus dem Gebüsch gestürzt und hatte drohend über Caracis aufgeragt. In einer fließenden Bewegung hatte er sein Jagdmesser in die Brust des Bären gestoßen, Schwert und Dolch gezogen und einen Satz nach vorn gemacht, um beide Klingen durch den dichten Pelz in das darunter liegende Fleisch zu rammen. Der Kampf war kurz und blutig gewesen. Die großen Arme des Tieres hatten ihn umschlungen, seine Tatzen ihm den Rücken aufgerissen. Er hatte das Schwert losgelassen und den Dolch mit beiden Händen gepackt und gedreht, um das große Herz zwischen den Rippen zu finden.

Und er hatte es gefunden.

Jetzt war der Bär, der Herr des einsamen Hochwaldes, eine Decke für ein Kind, und der größte Krieger der Farlain war ein ausgetrockneter Alter, der nur noch als Orakel bekannt war.

»Die Zeit macht uns alle zu Narren«, flüsterte er.

Er sah in das Gesicht des Jungen. Er war ein gutaussehender Bursche, mit gutem Knochenbau und einem starken Kinn, und sein flammendrotes Haar enthielt einen Hauch von Gold, der zu den goldbraunen Flecken in seinen dunklen Augen paßte.

»In den nächsten Jahren wirst du viele Herzen brechen, Gaelen, mein Junge.«

»Herzen?« fragte Gaelen gähnend und setzte sich. »Tut mir leid. Hast du mit mir gesprochen?«

»Nein. Alte Männer reden manchmal mit sich selbst. Wie fühlst du dich heute?«

»Gut.«

»Schlaf ist eine gute Medizin für viele Krankheiten des Lebens. Vor allem bei Blutverlust.«

»Es ist so friedlich hier«, sagte Gaelen. »Normalerweise schlafe ich nicht soviel, selbst wenn ich verletzt bin. Kann ich dir irgendwie helfen? Ich möchte dir nicht zur Last fallen.«

»Junger Mann, du bist keine Last. Du bist ein Gast. Weißt du, was das bedeutet?«

»Nein.«

»Es bedeutet, du bist ein Freund, der gekommen ist, um eine Weile zu bleiben«, erklärte der alte Mann und legte dem Jungen seine Hand auf den Arm. »Es bedeutet, du schuldest mir nichts.«

»Caswallon bezahlt dich, damit du dich um mich kümmerst«, sagte Gaelen und entzog Orakel seinen Arm.

»Nein, das tut er nicht. Und wird er auch nicht. Er bringt mir vielleicht das nächste Mal, wenn er kommt, ein Stück Wildbret oder einen Sack Gemüse mit.« Orakel ging zum Feuer und legte Holz nach. »Es ist eine solche Verschwendung«, rief er über die Schulter zurück, »hier im Frühling ein Feuer in Gang zu halten. Aber die Höhle wird so kalt, und mein Blut wird allmählich dünner.«

»Es ist schön«, meinte Gaelen, »ich sehe gern ein Feuer brennen.«

»Holzhacken verhindert, daß ich dick werde«, sagte der alte Mann und kehrte zum Bett zurück. »Also, was möchtest du gerne wissen?«

Gaelen zuckte die Achseln. »Worüber?«

»Worüber du möchtest.«

»Du könntest mir etwas über die Clans erzählen. Woher sind sie gekommen?«

»Eine kluge Wahl«, sagte Orakel und setzte sich. »Es gibt mehr als dreißig Clans, aber ursprünglich gab es nur einen: die Farlain. Unter ihrem Anführer Farla dem Ersten reisten sie vor mehr als sechshundert Jahren zum Druin, auf der Flucht vor einem Krieg in ihrer Heimat. Die Farlain ließen sich in dem Tal unten nieder sowie in zwei benachbarten Tälern im Osten. Sie vermehrten sich und lebten in Wohlstand. Aber mit den Jahren gab es Streit, und ein paar Familien verließen den Clan. Es gab ein bißchen Ärger und ein paar Kämpfe, doch der neue Clan gründete seine eigenen Siedlungen und nannte sich Pallides, was in der alten Sprache ›Sucher Neuer Pfade‹ bedeutet. In den darauffolgenden Jahrzehnten gab es noch mehr Spaltungen, aus denen die Haesten, die Loda, die Dunild und viele andere hervorgingen. Es hat mehrere Kriege zwischen den Clans gegeben. Im letzten, vor mehr als hundert Jahren, verloren sechstausend Männer ihr Leben. Dann setzte der mächtige König Eisenhand dem ein Ende. Er schenkte uns Weisheit – und die Spiele.«

»Was sind die Spiele?« fragte Gaelen.

»Wettbewerbe in einer Reihe von Disziplinen. Bogenschießen, Schwertkampf, Schnellauf, Weitsprung, Ringen … viele, viele Wettbewerbe. Alle Clans nehmen daran teil. Die Spiele dauern zwei Wochen lang, von der Mittsommernacht an, und enden mit dem Wirbel-Fest. Du wirst es dieses Jahr erleben – und nie vergessen.«

»Was gibt es für Preise?«

»Stolz ist der Preis – und war es immer.« Die blauen Augen des alten Mannes funkelten. »Na ja, Stolz und ein kleines Säckchen mit Gold. Caswallon hat im vergangenen Jahr beim Bogenschießen Gold gewonnen. Einen besseren Bogenschützen hat man in diesen Bergen noch nie gesehen.«

»Erzähl mir von ihm.«

Der alte Mann lachte und schüttelte den Kopf. »Caswallon. Immer wollen die Kinder Geschichten über Caswallon hören. Wenn Caswallon eine Schwalbe wäre, würde er im Winter hierbleiben, nur um zu sehen, wie kalt es wird. Was kann man von Caswallon sagen?«

»Ist er ein Krieger?«

»Sicherlich, aber das sind die meisten Männer der Clans. Er kann gut mit Schwert und Messer umgehen, obwohl es andere gibt, die besser sind. Er ist ein hervorragender Jäger und ein guter Versorger.«

»Magst du ihn?« fragte Gaelen.

»Ihn mögen? Er treibt mich zur Weißglut. Aber ich liebe ihn. Ich weiß nicht, wie seine Frau es mit ihm aushält. Aber Maeg ist ein kluges Mädel.« Orakel stand auf und ging zum Tisch, wo er zwei Becher mit Wasser füllte. Er reichte Gaelen einen und setzte sich wieder. »Warte, ich kenne eine Geschichte, die dir einen Vorgeschmack vom jungen Caswallon geben wird:.

Vor drei Jahren sah er bei den Spielen ein Mädchen vom Pallides-Clan und verliebte sich in sie. Es war die Tochter des Jagdherrn Maggrig. Nun ist Maggrig ein ausgezeichneter Krieger und ein Mann von aufbrausendem und unberechenbarem Temperament. Mehr als alles andere auf dieser Erde haßt und verabscheut er die Farlain. Wenn man nur den Clan-Namen erwähnt, fängt sein Blut an zu kochen, und sein Gesicht verfinstert sich.

Stell dir also seine Wut vor, als Caswallon zu ihm ging und ihn um die Hand seiner Tochter bat. Männer, die dicht dabei standen, schwören, daß ihm die Adern an den Schläfen beinahe platzten. Maeg warf auch selbst einen Blick auf ihn und tat ihn als arroganten Narren ab. Caswallon schluckte die Beleidigungen, die auf ihn herabprasselten, verbeugte sich und ging zum Bogenschießen-Turnier, das er eine Stunde später gewann. Die meisten von uns dachten, damit wäre die Sache erledigt.« Orakel stand auf und reckte sich, dann ging er zum Feuer und legte zwei Scheite auf. Er seufzte und füllte seinen Becher nach.

»Nun, was geschah dann?« drängte Gaelen.

»Geschah? Ach ja, tut mir leid, mein Junge, aber meine Gedanken wandern manchmal. Wo war ich? Caswallons Werbung um Maeg.« Er setzte sich wieder ans Bett. »Die meisten der Farlain hatten ihren Spaß an seinem Scherz, denn für nichts anderes konnten sie es halten. Maeg war beinahe zwanzig und unverheiratet, und man hielt sie für eine kalte Jungfrau mit wenig Interesse für Männer.

Zwei Monate später, mitten in der Nacht, schlich Caswallon sich auf Pallides-Gebiet, an ihren Spähern vorbei in Maggrigs eigenes Dorf. Er erkletterte die Steinmauer seines Hauses und gelangte ungesehen in Maegs Zimmer. Kurz vor Morgengrauen weckte er Maeg, erstickte ihren Schrei mit einem Kuß, kletterte aus dem Fenster und war im Wald verschwunden. Oh, sie haben Jagd auf ihn gemacht! Fünfzig der schnellsten Läufer der Pallides, doch Caswallon ist ihnen allen davongerannt und ohne einen Kratzer nach Hause gekommen.

In Maggrigs Haus schäumten alle vor Wut, denn der junge Farlain-Jäger hatte ein Paar zerrissener Hosen, ein abgetragenes Hemd und Leder, in Form von einem Paar Schuhen zugeschnitten, zurückgelassen. Bald lachte das gesamte Hochland über die Geschichte, und Maggrig war außer sich vor Wut. Du mußt die Symbolik verstehen, Gaelen. Die Hosen, das Hemd und das Leder sind Dinge, die du einer Ehefrau überläßt, zum Flicken und Nähen. Und die Tatsache, daß er die Nacht allein in ihrem Schlafzimmer verbracht hatte, stellte sicher, daß kein anderer Mann sie heiraten würde.

Maggrig schwor, er wolle seinen Kopf. Jäger der Pallides hofften inständig, Caswallon von den Farlain würde seinen Schatten auf ihr Territorium fallen lassen. Endlich, gut drei Monate später, als der Winter einsetzte und die Berge unpassierbar machte, zogen sich die Pallides in ihre Häuser zurück. An diesem Abend gingen in der langen Halle, in der der Clan die Längste Nacht feierte, die Türen auf, und dort stand, ganz mit Schnee und Eis bedeckt, Caswallon.

Er ging langsam durch die Halle, zwischen den Tischen hindurch, bis er vor Maggrig und seiner Tochter stand. Dann lächelte er und fragte: ›Hast du meine Hosen und mein Hemd fertig, Frau?‹

›Ja‹, antwortete sie. ›Und wo warst du diese ganzen letzten Monate?‹

›Wo schon?‹ antwortete er. ›Ich habe unser Haus gebaut.‹

Ich sage dir, Gaelen, ich hätte viel darum gegeben, wenn ich Maggrigs Gesicht an jenem Abend gesehen hätte. Die Hochzeit fand am nächsten Morgen statt, und die beiden verbrachten den größten Teil des Winters bei den Pallides. Caswallon wollte nichts davon hören, Maeg den gleichen Weg zurückgehen zu lassen, den er gekommen war, denn er hatte die Ostflanke des High Druin erklommen – schon keine leichte Aufgabe im Sommer, im Winter aber lebensgefährlich.

Hilft dir das jetzt, Caswallon von den Farlain zu verstehen?«

»Nein«, antwortete Gaelen.

Der alte Mann lachte laut. »Das sollte es auch nicht, denke ich. Aber vergiß die Geschichte nicht, dann wirst du es im Lauf der Jahre vielleicht verstehen. Jetzt zieh dein Hemd aus und laß mich die Wunde untersuchen.«

Orakel schnitt behutsam den Verband von den blutverkrusteten Stichen. Gaelen biß die Zähne zusammen und gab keinen Laut von sich. Als das letzte Stück Leinen herunter war, warf Gaelen einen Blick auf seine Seite. Ein großer, blaugelber Fleck hatte sich von seiner Hüfte bis zu den Rippen und bis zum Steißbein ausgebreitet. Die Wunde selbst hatte sich gut geschlossen, doch an den Rändern sickerte gelber Eiter heraus.

»Mach dir deshalb keine Sorgen, mein Junge«, sagte Orakel. »Dein Körper wirft nur den Abfall raus. Die Wunde ist sauber und verheilt gut. Wenn Mittsommer kommt, kannst du mit den anderen bei den Spielen rennen.«

»Die Wunde sieht größer aus, als ich sie in Erinnerung habe«, sagte Gaelen. »Ich dachte, es wäre einfach nur ein rundes Loch.«

»Das war es auch – auf beiden Seiten«, antwortete

Orakel. »Aber runde Wunden brauchen ewig zum Verheilen, Gaelen. Sie schließen sich kreisförmig, bis nur noch ein heller Fleck in der Mitte ist, der nie zuzuheilen scheint. Ich habe eine größeren Schnitt hindurch gemacht. Vertrau mir, ich kenne mich mit Wunden aus, mein Junge. Ich habe genug davon gesehen und genügend selbst erlitten. Es verheilt gut.«

»Was ist mit meinem Auge?« fragte Gaelen und betastete vorsichtig den Verband.

»Das werden wir bald wissen, Junge.«

Maeg legte das Kind in die Wiege und deckte es mit einer weißen Wolldecke zu. Sie strich mit den Fingern über den weichen, dunklen Flaum auf seinem Kopf und flüsterte einen Segen, der seinen Schlaf schützen sollte. Der Junge war ein schönes Kind, er hatte die meergrünen Augen seines Vaters und die Grübchen seiner Mutter. Morgen würde sein Großvater kommen, und Maeg war insgeheim froh, daß das Kind Maggrigs hohe Wangenknochen und runden Kopf hatte. Sie wußte, es würde dem jähzornigen Jagdherrn der Pallides gefallen. Auch wenn er ein Krieger war und ein Mann, dem man Respekt zollte, Maeg wußte, daß in der harten Schale ein weichherziger Mann steckte, der in Kinder vernarrt war.

Männer bewegten sich in Gegenwart des alten Bullen vorsichtig, doch Kinder kletterten auf ihm herum, kreischten in gespieltem Entsetzen über seine blutrünstigen Drohungen und zupften an seinem rostroten Bart. Er war ein Mann, der sich immer Söhne gewünscht hatte. Trotzdem hatte er seiner Tochter nie Schuldgefühle vermittelt oder seine Frau beschimpft, weil sie danach keine Kinder mehr bekam.

Und Maeg liebte ihn.

Der Klang der Axt zog sie zum Nordfenster. Im Hof hackte Caswallon, nackt bis zur Taille, den Wintervorrat an Holz. Eine Stunde pro Tag wurden den ganzen Frühling und Sommer über die Scheite an der Hausseite gestapelt, drei Schritt tief, dreißig Schritt breit und so hoch wie ein großgewachsener Mann. Auf diese Weise bot das Holz doppelten Nutzen. Zum einen hielt es ihr Feuer in Gang, zum anderen hielt es den Nordwind von der Hauswand ab und isolierte so ihr Heim gegen die wütenden Winterstürme.

Caswallon hatte das lange Haar aus dem Gesicht gestrichen und im Nacken zu einem kurzen Pferdeschwanz zusammengebunden. Die Muskeln an Armen und Schultern streckten sich und schwollen bei jedem gleichmäßigen Schlag der Axt. Maeg grinste, während sie ihn beobachtete, und stützte sich mit den Ellbogen aufs Fenstersims. Caswallon war wie ein geborener Schauspieler, der selbst so schlichte Aufgaben wie Holzhacken mit einem Sinn von lebendiger Dichtung erfüllte. Seine Bewegungen waren geschmeidig, trotzdem drehte er hier und da einmal die Klinge um sich selbst, ehe er sie in das Holz auf dem eichenen Hackklotz hieb. Es war beinahe theatralisch und lohnte das Zuschauen. So war es mit allem, was er tat, wie Maeg wußte. Nicht, daß er es nötig hatte, ein Publikum zu beeindrucken, er war einfach nur kreativ und schnell gelangweilt und vergnügte sich damit, selbst den alltäglichsten Arbeiten Feinheit und Schönheit zu verleihen.

»Mit solch hübschen Schlägen wirst du aber bei den Spielen keinen Preis gewinnen«, rief sie, als er das letzte Stück spaltete.

Er grinste sie an. »Ach, deswegen kommt mein Frühstück also so spät, was? Du bist zu sehr damit beschäftigt, mich anzuglotzen und meinen Stil zu bewundern? Es war ein trauriger Tag, Frau, als du mich verhext und den Farlain-Frauen geraubt hast.«

»Die Wahrheit ist, Caswallon, mein Freund, daß nur eine fremde Frau dich nehmen wollte – eine, die die schrecklichen Geschichten aus deiner Jugend noch nicht gehört hatte.«

»Du hast eine scharfe Zunge, aber was sollte ich von Maggrigs Tochter auch anderes erwarten? Meinst du, er findet das Haus?«

»Warum sollte er nicht?«

»Es ist allgemein bekannt, daß die Pallides eine Landkarte brauchen, um vom Bett zum Tisch zu finden.«

»Sag das Maggrig, wenn er herkommt, und er spießt dich mit den Ohren an den Bettpfosten«, sagte sie.

»Dann sollte ich es vielleicht tun«, erwiderte er und bückte sich, um sein Rehlederhemd vom Zaun zu nehmen.

»Das wirst du nicht tun!« rief sie. »Du hast versprochen, ihn nicht zu ärgern. Oder?«

»Schsch, Frau. Ich halte meine Versprechen immer.«

»Unsinn. Du hast versprochen, ein ganz bestimmtes Fenster winddicht zu machen.«

»Du hast eine Zunge wie eine Weidengerte und ein Gedächtnis wie ein kranker Hund. Ich mache es nach dem Frühstück – das heißt, falls hier jemals etwas zu essen auf den Teller kommt.«

»Hört ihr beiden denn nie auf zu streiten?« fragte Orakel, der an seinem Stab an der Hausecke lehnte. »Gut, daß du euer Haus so weit abseits der anderen gebaut hast.«

»Wie kommt es«, fragte Maeg lächelnd, »daß du immer dann kommst, wenn das Essen fertig ist?«

»Der natürliche Instinkt eines alten Jägers«, antwortete er.

Maeg tischte heißen Haferbrei in hölzernen Schalen auf, schnitt ein halbes Dutzend Scheiben von einem dicken, dunklen Brot und krümelte etwas Salz in ein Schälchen, bevor sie alles vor die zwei Männer stellte. Aus der Vorratskammer holte sie einen Teller mit frischer Butter und ein Glas dicker Beerenmarmelade.

Dann setzte sie sich in ihren Stuhl am Feuer und nahm

die kleine Tunika zur Hand, die sie für das Baby strickte.

Die Männer aßen schweigend, bis Caswallon schließlich seinen Teller fortschob und fragte: »Wie geht es dem Jungen?«

Maeg hörte auf zu stricken und schaute auf, ihre grauen Augen waren auf das Gesicht des alten Mannes gerichtet. Die Geschichte von Caswallons Rettung des Burschen hatte sich schnell unter den Farlain herumgesprochen. Es hatte die meisten nicht überrascht, denn sie kannten Caswallon. Auch Maeg hatte es nicht überrascht, aber es beunruhigte sie. Donal war Caswallons Sohn, und er war kaum vier Monate alt. Jetzt hatte der impulsive Mann einen weiteren Sohn erworben, der viele Jahre älter war, und das machte ihr Sorgen.

»Er ist ein starker Bursche, und es geht ihm von Tag zu Tag besser«, antwortete Orakel. »Aber das Leben war nicht gut zu ihm, und er ist mißtrauisch.«

»Gegenüber was?« fragte Caswallon.

»Gegenüber allem und jedem. Er war in Ateris ein Dieb, ein Waisenknabe, ungeliebt und unerwünscht. Ein hartes Leben für ein Kind, Caswallon.«

»Ein hartes Leben für jeden«, erwiderte Caswallon. »Weißt du, er kroch fast zwei Stunden lang mit diesen Wunden. Er ist zäh. Er verdient eine zweite Chance im Leben.«

»Er hat noch immer Angst vor den Aenir«, meinte Orakel.

»Das sollte er auch«, sagte Caswallon ernst. »Ich habe auch Angst vor ihnen. Sie sind ein blutrünstiges Volk, und sobald sie das Tiefland erobert haben, werden sie sich den Clans zuwenden.«

»Ich weiß«, sagte der alte Mann und sah Caswallon in die Augen. »Sie sind uns an Zahl weit überlegen. Und sie sind Kämpfer. Tötungsmaschinen, jeder einzelne.«

»In den Bergen ist der Krieg eine andere Sache«, sagte Caswallon. »Die Aenir sind gute Krieger, aber nichtsdestoweniger Tiefländer. Ihre Pferde sind zwischen den Farnen oder auf Geröllhängen nutzlos. Ihre langen Schwerter und Äxte werden sie nur behindern.«

»Richtig, aber was ist mit den Tälern, in denen unsere Heime stehen?«

»Wir müssen unser bestes tun, um sie von den Tälern fernzuhalten«, antwortete Caswallon achselzuckend.

»Seid ihr so sicher, daß sie uns angreifen werden?« fragte Meag. »Was könnten sie hier wollen?«

»Dasselbe wie alle Eroberer«, antwortete Orakel. »Sie fürchten, daß alle Menschen so wie sie denken. Sie werden die Clans als Bedrohung empfinden, weil sie nicht wissen, wann und ob wir aus den Bergen hinunter in ihre Städte strömen, und deshalb werden sie versuchen, uns zu vernichten.

Aber wir haben noch Zeit. Es gibt noch Armeen und Städte im Tiefland, die zu erobern sind, und dann müssen sie ihre Familien aus dem Süden holen und ihre Höfe und Städte aufbauen. Wir haben noch drei Jahre, vielleicht ein bißchen weniger.«

»Warst du immer schon so düster, alter Mann?« fragte Maeg, die immer zorniger wurde, je mehr ihre gute Laune verdampfte.

»Nicht immer, junge Maeg. Einst war ich stark wie ein Bulle und fürchtete nichts und niemanden. Jetzt sind meine Knochen wie trockene Zweige, meine Muskeln wie Pergament. Jetzt mache ich mir Sorgen. Es gab einmal eine Zeit, als die Farlain eine Armee hätten aufstellen können, die die Welt in Schrecken versetzt, als niemand gewagt hätte, ins Hochland einzudringen. Doch die Welt dreht sich weiter …«

»Das Morgen soll auf sich selbst aufpassen, mein Freund«, sagte Caswallon und legte dem alten Mann eine Hand auf die Schulter. »Es wird kein Jota anders, ob wir uns nun Sorgen darum machen oder nicht. Wie Maeg sagt, wir werden allmählich trübsinnig. Komm, wir gehen ein Stück und reden miteinander. Das hilft der Verdauung, und ich weiß, Maeg will nicht, daß wir ihr zwischen den Füßen herumlaufen.«

Beide Männer standen auf, und Orakel ging um den Tisch zu Maeg. Er verbeugte sich vor ihr und küßte sie auf die Wange. »Es tut mir leid«, sagte er. »Ich verspreche, keinen Trübsinn in dieses Haus zu bringen – jedenfalls für eine Weile.«

»Fort mit euch«, sagte sie, stand auf und schlang ihm ihre Arme um den Hals. »Du bist hier immer willkommen – aber vergiß nicht, daß ich ein kleines Kind habe und solch düstere Aussichten für seine Zukunft nicht hören will.«

Maeg sah ihnen nach, wie sie den kurzen Weg durch die Weiden zu dem dahinterliegenden Wald gingen. Dann nahm sie die Teller und wusch sie in dem Wassereimer am Herd ab. Sie erledigte ihre Arbeiten, dann schaute sie nach dem Kind, streichelte ihm noch einmal über die Stirn und zupfte die Decke zurecht. Bei ihrer Berührung erwachte ihr Sohn, reckte einen pummeligen Arm mit zusammengeballtem Fäustchen in die Luft, verzog das Gesicht und gähnte. Maeg setzte sich neben ihn, öffnete ihre Tunika und legte ihn an ihre Brust. Während er trank, begann sie leise ein fröhliches Schlaflied zu singen. Der Kleine saugte ein paar Minuten, anschließend legte sie ihn über die Schulter. Er kuschelte den Kopf an ihre Wange. Sanft rieb sie ihm den Rücken, dann stieß er einen lauten Rülpser aus, was seine Mutter auflachen ließ. Sie küßte ihn auf die Wange und sagte: »An deinen Tischmanieren müssen wir noch arbeiten, mein Kleiner.« Behutsam legte sie ihn wieder in die Wiege, und Donal schlief fast augenblicklich wieder ein.

Maeg ging zurück in die Küche, wo sie Kareen vorfand, die mit der Morgenmilch angekommen war und sie gerade in den Steinkrug an der Wand goß. Kareen war ein Kind der Berge, seit dem letzten Winter verwaist. Da sie erst fünfzehn war, dauerte es noch ein Jahr, bis sie nach dem Gesetz verheiratet werden konnte, und so hatte der Jagdherr Cambil entschieden, daß sie Maeg während der schwierigen ersten Monate nach der Geburt von Donal dienen sollte. Streng genommen war Kareen eine vertragliche Dienerin, aber im Hochland galt sie als ›Haustochter‹, eine Tochter auf Zeit, die man liebte und umsorgte, wie es bei den Clans üblich war. Kareen war ein fröhliches, lebendiges Mädchen, nicht besonders attraktiv, aber stark und guten Willens. Sie hatte ein langes Gesicht mit eckigem Kinn, aber ein hübsches Lächeln, das sie oft zeigte. Maeg mochte sie gern.

»Beth gibt schon wieder weniger Milch«, sagte Kareen. »Ich glaube, das liegt an dem verdammten Hund von Bolan. Er hat sie ins Bein gebissen, weißt du. Caswallon sollte ihn deswegen tadeln.«

»Das wird er gewiß auch tun«, sagte Maeg. »Hättest du etwas dagegen, dich um Donal zu kümmern, wenn er aufwacht? Ich würde gern ein paar Kräuter für die Suppe sammeln.«

»Ob ich was dagegen habe? Ich freue mich riesig. Hat er schon gegessen?«

»Ja, aber ich zweifle nicht daran, daß er den aufgewärmten Haferbrei genießen wird, mit dem du ihn lockst«, sagte Maeg augenzwinkernd.

Kareen grinste. »Er ist ein guter Esser, soviel ist sicher. Wie geht's dem Jungen aus dem Tiefland?«

»Seine Wunden heilen«, antwortete Maeg. »Ich bin bald zurück.« Sie nahm ihren Umhang vom Haken an der Tür, schwang ihn sich um die Schultern und trat hinaus auf den Hof.

Kareen stellte den letzten Steinkrug an die Wand, nahm den leeren Eimer und ging hinaus zum Brunnen, um ihn auszuwaschen.

Sie sah Maeg zu den Waldweiden gehen und bewunderte die stolzen, fast königlichen Bewegungen und die seltene, katzenhafte Anmut, die selbst der schwere Wollrock und der Umhang nicht verbergen konnten. Maeg war schön. Von ihrem nachtschwarzen Haar bis zu den schlanken Fesseln war sie all das, was Kareen nie sein würde. Und doch war sie sich ihrer Schönheit nicht bewußt, und vor allem dafür liebte Kareen sie.

Maeg genoß es, allein durch den Wald zu wandern, dem Gesang der Vögel zu lauschen und in der Einsamkeit zu schwelgen. Hier fand sie ihre Ruhe. Obwohl Caswallon die Liebe ihres Lebens war, war er auch die Ursache großer Unruhe. Sein turbulenter Geist wäre nie zufrieden mit dem schlichten Leben eines Bauern und Viehzüchters. Er brauchte die Aufregung und die Gefahr, die sich aus dem Raub der Herden benachbarter Clans ergaben, wenn er sich auf ihr Land stahl und an ihren Wachposten vorbeischlich. Eines Tages werden sie ihn fangen und aufhängen.

Du wirst ihn nicht ändern, Maeg, dachte sie.

Caswallon war ein Kind der Berge, das uneheliche Kind einer flatterhaften Maid namens Mira, die kurz nach der Geburt gestorben war – angeblich an inneren Blutungen, aber es ging das Gerücht, daß ihr Vater sie vergiftet hatte. Sie hatte nie den Namen ihres Liebhabers verraten. Caswallon war im Haus des Jagdherrn Padris aufgewachsen als Stiefbruder Cambils. Die beiden Jungen waren nie Freunde geworden.

Mit siebzehn verließ Caswallon Padris' Heim mit einem Dolch, einem Umhang und zwei Goldstücken. Jedermann hatte angenommen, er würde ein Kleinbauer werden und sich im Norden eine magere Existenz aufbauen. Stattdessen war er allein in das Land der Pallides eingedrungen und hatte einen Bullen und vier Kühe gestohlen. Den Haesten stahl er sechs Kühe, von denen er drei in Ateris verkaufte. Innerhalb eines Jahres versuchten alle Jäger der anderen Clans, Caswallon zu erwischen.

Maggrig, der Jagdherr der Pallides, setzte zwei Preisbullen aus auf den Mann, der ihn tötete. Caswallon stahl die Bullen.

Zuerst hatten seine Clanbrüder Spaß an diesen Raubzügen. Doch je mehr sein Wohlstand wuchs, desto mehr wuchs ihre Eifersucht. Die Frauen verehrten Caswallon, wie Maeg wußte. Die Männer hingegen verabscheuten ihn naturgemäß. Vor drei Jahren, nach dem Tod von Padris, wurde Cambil zum Jagdherrn gewählt, und Caswallons Beliebtheit unter den Männern erreichte Rekordtiefe. Denn Cambil haßte ihn, und viele wollten sich mit dem neuen Jagdherrn gut stellen.

In jenem Jahr hatte Caswallon es sogar abgelehnt, an den Spielen teilzunehmen, obwohl er als amtierender Meister Punkte für den Clan hätte gewinnen können. Schlimmer noch, als Grund hatte er angegeben, daß er bei seiner Gemahlin zu Hause bleiben wolle, die während ihrer Schwangerschaft unter Blutungen litt. Er hatte sie ins Bett gesteckt und den Haushalt übernommen – eine unmännliche Handlungsweise.

Doch so wie sein Kurs bei den Männern fiel, stieg er in umgekehrtem Verhältnis bei den Frauen.

Jetzt war es die Sache mit dem Tiefland-Jungen, und der fast perverse Gebrauch des Clanrechtes, um sie durchzusetzen. Wie konnte er für so einen den Cormaach in Anspruch nehmen? Das alte Gesetz – ersonnen, damit Kinder eines gefallenen Kriegers von dessen Verwandten adoptiert werden konnten – hatte nie im Auge gehabt, dadurch einen Tiefländer in den Clan zu holen.

Cambil hatte sich geweigert, öffentlich gegen Caswallon zu sprechen, doch privat hatte er seine Abscheu im Rat verkündet. Caswallon jedoch, wie immer, war gegenüber jeder Kritik unempfänglich.

Genauso war es, als er zwei Haesten-Jäger auf Farlain-Grund erwischte. Er hatte sie mit seinem Wanderstab verprügelt, aber er hatte ihnen nicht die Finger abgeschnitten. Das und seine Heirat mit Maeg hatte den Rat in Wut gebracht: eine Kränkung eines jeden Farlain-Mädchens.

Ihrem Zorn begegnete Caswallon mit Gleichgültigkeit. Und mancherorts fachte das den Zorn an, bis er in Haß umschlug.

All das wußte Maeg, denn es gab nur wenige Geheimnisse unter den Farlain, aber Caswallon sprach niemals davon. Er war immer höflich, selbst zu seinen Feinden, und nur selten hatte man in den drei Tälern gesehen, daß er die Beherrschung verlor. Viele hielten das für ein Zeichen von Schwäche, aber die Frauen, die oft über größere Einsicht in diesen Dingen verfügen, zweifelten nicht an Caswallons Männlichkeit.

Wenn er die Jäger nicht verstümmelte, dann aus einem Grund, der nichts mit Feigheit zu tun hatte. Und Caswallons Gründe, wie sie auch aussehen mochten, waren für seine Freunde gut genug. Da keine Antwort seine Handlungsweise gegenüber denen, die ihn haßten, rechtfertigen konnte, bot Caswallon ihnen ebendies – nämlich keine Antwort.

Maeg fand es traurig, daß das Ergebnis dieses Hasses Blutvergießen und Blutrache zwischen Farlain heraufbeschwören würde. Aber das war eine Sorge für morgen, und viel dringender waren stets die Probleme von heute, um die sich die Frauen der Berge kümmern mußten.

2. Kapitel

Ohne etwas von dem Streit zu ahnen, von dem er nun ein Teil war, saß der Junge Gaelen in der Höhle, wickelte langsam den Verband von seinem Kopf und löste ihn sanft von der Reihe von Stichen auf Wange und Schläfe.

Mit unendlicher Vorsicht rieb er das verkrustete Blut weg, das das Augenlid verklebte, und schob das Auge behutsam auf. Zuerst konnte er nur verschwommen sehen, aber langsam klärte sich sein Blick und wurde scharf, wenn auch ein rosa Hauch ihn störte. Am Kamin lag ein silberner Spiegel. Gaelen hob ihn auf und betrachtete sein Spiegelbild. Er verzog keine Miene, angesichts der Narben, doch etwas Kaltes umklammerte sein Herz, als er sein Auge sah.

Es war völlig rot, blutunterlaufen, was ihm ein dämonisches Aussehen verlieh. Man hatte ihm den Schädel geschoren, um seine Wunde nähen zu können, aber jetzt wuchsen die Haare wieder. Allerdings waren sie rund um die Narbe schneeweiß.

Eine Veränderung ging in ihm vor, denn er spürte, wie die Angst vor den Aenir sich auflöste wie Frühnebel und für etwas Platz machte, das weit stärker war als Furcht.

Haß erfüllte ihn und entflammte in seiner Seele ein schreckliches Bedürfnis nach Rache.

Drei Wochen lang war Gaelen in der Höhle oder deren unmittelbarer Umgebung geblieben, hatte den Regen und den nachfolgenden Sonnenschein gesehen, der den Bergginster golden färbte. Er sah, wie der Schnee von den Berggipfeln wich und wie junge Rehe aus den Wäldern kamen, um an den rasch dahineilenden Bächen zu trinken. In der Ferne sah er einen großen Braunbären, der sich reckte, um mit den Krallen seiner Tatzen am Stamm einer schlanken Ulme sein Revier zu markieren. Er sah Kaninchen, die im Rosenlicht des frühen Morgens durch das hohe Gras der Bergwiesen hoppelten.

Abends unterhielt er sich mit Orakel, während sie beide auf einem Fell vor dem Feuer saßen. Er hörte die Geschichte der Clans und begann die Namen legendärer Helden zu lernen – Cubril, auch Schwarzriegel genannt, der als erster den Wirbelstein trug; Grigor, der Flammentänzer, der den Feind noch bekämpfte, als sein Haus rund um ihn herum in Flammen stand; Eisenhand und Dunbar. Starke Männer. Männer der Clans.

Nicht alle gehörten zu den Farlain, das war es, was Gaelen seltsam vorkam. Die Clans haßten einander, aber rühmten in Geschichten die Helden anderer Clans. »Es hat keinen Zweck, wenn du das jetzt schon verstehen willst, Gaelen«, sagte der alte Mann. »Es ist schon für uns selbst schwer zu verstehen.«

Am letzten Abend des Monats zog Orakel die Fäden und erklärte ihn für wiederhergestellt, so daß er in die Welt der Lebenden zurückkehren könne.

»Morgen wird Caswallon kommen, du wirst ihn sehen und deine Entscheidungen treffen. Entweder du bleibst oder du gehst. Wie auch immer, wir beide werden als Freunde scheiden«, sagte Orakel ernst.

Gaelens Magen krampfte sich zusammen. »Kann ich nicht einfach noch eine Weile hier bei dir bleiben?«

Orakel nahm das Kinn des Jungen in die Hand. »Nein, mein Junge. So sehr ich deine Gesellschaft auch schätze, es kann nicht sein. Sei bei Morgengrauen bereit, denn Caswallon wird früh kommen.«

In dieser Nacht konnte Gaelen kaum schlafen, und wenn er doch einschlief, träumte er vom kommenden Morgen, sah sich selbst unbeholfen vor diesem großen Mann, dessen Gesicht er nicht richtig erkennen konnte.

Der Mann befahl ihm zu laufen, doch seine Beine versanken im Schlamm, der Mann verlor die Geduld und durchbohrte ihn mit einem Speer. Er erwachte erschöpft und schweißnaß und stand sofort auf, um sich im Bach zu baden.

»Einen guten Morgen dir.«

Gaelen fuhr herum und sah einen hochgewachsenen Mann auf einem Granitblock sitzen. Er trug einen blattgrünen Umhang und eine braune Ledertunika. Über seine Brust war ein Wehrgehänge geschlungen, in dem zwei schlanke Dolche in Lederscheiden steckten, an seiner Hüfte hing ein Jagdmesser. Seine langen Beine steckten in Beinlingen aus grüner Wolle, die mit Lederriemen kreuzförmig bis zu den Knien geschnürt waren. Sein Haar war lang und dunkel, seine Augen meergrün. Er wirkte etwa dreißig Jahre alt, konnte aber auch älter sein.

»Bist du Caswallon?«

»Allerdings«, antwortete der Mann und stand auf. Er streckte die Hand aus. Gaelen schüttelte sie und ließ sie rasch wieder los. »Geh ein Stück mit mir, dann unterhalten wir uns über Dinge, die dich interessieren werden.«

Ohne eine Antwort abzuwarten, drehte sich Caswallon um und ging langsam auf die Bäume zu. Gaelen stand einen Augenblick wie angewurzelt, dann schnappte er sein Hemd und folgte ihm. Caswallon blieb neben einer umgestürzten Eiche stehen und nahm ein Bündel hoch, das er dort verstaut hatte. Er öffnete es und zog ein paar Kleidungsstücke heraus, dann setzte er sich auf den überwucherten Stamm und wartete, daß der Junge ihn einholte.

Caswallon beobachtete ihn scharf, als er näherkam. Der Junge war groß für sein Alter und zeigte schon Spuren des Mannes, der er einmal werden würde. Sein Haar hatte das Rot eines ersterbenden Feuers, wenn auch die schrägen Sonnenstrahlen goldene Fäden beleuchteten, und über der Wunde an seiner Stirn zog sich eine silberne Strähne hin. Die Narbe auf seiner Wange sah noch immer zornigrot und geschwollen aus, und das Auge selbst war ein Alptraum. Doch Caswallon gefiel der Junge, das kräftige Kinn, der aufrechte Gang und die Tatsache, daß der Junge ihm die ganze Zeit in die Augen sah.

»Ich habe ein paar Kleidungsstücke für dich.«

»Meine sind in Ordnung, danke.«

»Allerdings, Gaelen, aber eine graue, fadenscheinige Tunika paßt nicht zu dir, und deine nackten Beine wirst du dir an Brombeeren und Ginster zerkratzen, deine nackten Füße an scharfen oder spitzen Steinen aufreißen. Und du hast keinen Gürtel, um ein Messer zu tragen. Ohne ein Messer wirst du kaum überleben können.«

»Dann danke ich dir. Aber ich werde sie dir bezahlen, wenn ich kann.«

»Wie du willst. Probier sie an.« Caswallon warf ihm ein grünes Wollhemd zu, das mit braunem Leder eingefaßt und an den Ellbogen und Schultern mit Rehleder besetzt war. Gaelen streifte seine eigene schmutzige graue Tunika ab und zog die grüne an. Sie paßte gut, und sein Herz schlug schnbeller, denn es war wahrlich das schönste Stück, das er je getragen hatte. Die grünen wollenen Beinlinge waren zu weit, aber er band sie in der Taille zusammen und folgte Caswallon zu dem Baum, um zu lernen, wie man sie schnürte. Zum Schluß holte Caswallon noch ein Paar Mokassins aus seinem Beutel, zusammen mit einem schwarzen Gürtel, in dem ein Messer mit beinernem Griff in einer langen Scheide steckte. Die Mokkassins waren etwas zu eng, doch Caswallon versprach, sie würden schon nachgeben, bis sie bequem wären. Gaelen zog das Messer aus der Scheide, es hatte zwei Schneiden, eine Seite lief in einen Halbmond aus.

»Die erste Seite dient dazu, um Holz zu schneiden, dich zu rasieren oder Häute zu schaben und zu säubern, die zweite zum Häuten. Es ist auch eine nützliche Waffe. Halt sie immer scharf. Jeden Abend vor dem Schlafengehen mußt du dich darum kümmern.«

Zögernd steckte der Junge das Messer in die Scheide und band sich den Gürtel um die Taille.

»Warum tust du das für mich?«

»Eine gute Frage, Gaelen, und ich freue mich, daß du sie so früh gestellt hast. Aber ich kann dir keine Antwort geben. Ich sah dich kriechen und bewunderte dich dafür, wie du deinen Schmerz und deine Schwäche überwandest. Außerdem hast du es bis in den Wald geschafft, und so wurdest du ein Kind der Berge. So wie ich das Clangesetz deutete, war nunmehr der Clan für dich verantwortlich. Ich ging nur noch einen Schritt weiter, das ist alles, und lud dich in mein Haus ein.«

»Ich will keinen Vater. Wollte ich nie.«

»Und ich habe schon einen Sohn von meinem Blut. Aber darum geht es hier nicht. Nach Tiefland-Gesetz – wie die Aenir es jetzt abschaffen werden – würde ich wohl dein Vormund sein. Das bedeutet lediglich, daß ich dich lehren muß, zu leben wie ein Mann. Danach bist du auf dich allein gestellt – wenn du es wünschst.«

»Was würdest du mich lehren?«

»Ich würde dich lehren zu jagen, zu pflanzen, Zeichen zu deuten, ich würde dich lehren, die Jahreszeiten zu lesen und Menschen einzuschätzen, ich würde dich lehren zu kämpfen, und, wichtiger noch, wann man kämpfen muß. Aber das wichtigste von allem, ich würde dich lehren zu denken.«

»Ich kann schon denken«, wandte Gaelen ein.

»Du kannst denken wie ein Dieb in Ateris, wie ein Tiefland-Waisenknabe. Sieh dich um und sag mir, was du siehst.«

»Berge und Bäume«, antwortete der Junge, ohne sich umzusehen.

»Nein. Jeder Berg hat einen eigenen Namen und bestimmten Charakter, aber alle zusammen bedeuten sie nur eins: Heimat.«

»Es ist nicht meine Heimat«, sagte Gaelen, der sich plötzlich in seinen schönen neuen Kleidern unbehaglich fühlte. »Ich bin Tiefländer und weiß nicht, ob ich lernen kann, Clansmann zu sein. Ich bin mir nicht einmal sicher, ob ich das will.«

»Wessen bist du dir sicher?«

»Ich hasse die Aenir. Ich möchte sie am liebsten alle töten.«

»Möchtest du gerne groß und stark werden und auf einem schwarzen Hengst eins ihrer Dörfer angreifen?«

»Ja.«

»Würdest du jeden töten?«

»Ja.«

»Würdest du einen Jungen verfolgen, ihm sagen, er solle laufen, damit du ihm eine Lanze in den Rücken bohren kannst?«

»NEIN!« schrie er. »Nein, das würde ich nicht tun.«

»Das freut mich. Das würde auch kein Mann der Clans tun. Wenn du bei uns bleibst, Gaelen, wirst du gegen die Aenir kämpfen. Aber bis dahin werde ich dir gezeigt haben, wie. Dies ist deine erste Lektion, mein Junge, schieb deinen Haß beiseite. Er umwölkt den Verstand.«

»Nichts wird mich dazu bringen, die Aenir nicht mehr zu hassen. Es sind bösartige Mörder. In ihnen ist nichts Gutes.«

»Ich will nicht mit dir streiten, denn du hast ihre Scheußlichkeiten miterlebt. Aber was ich sagen will, ist folgendes: Ein Kämpfer muß klar und schnell denken. Seine Handlungen sind immer abgemessen. Beherrschte Wut ist gut, denn sie macht uns stärker, aber Haß verdrängt alle Gefühle – er ist wie ein durchgegangenes Pferd, schnell, doch ohne Ziel. Doch genug davon. Laß uns ein Stück gehen.«

Während sie durch den Wald schlenderten, sprach Caswallon über die Farlain und über Maeg.

»Warum bist du zu einem anderen Clan gegangen, um dir eine Frau zu suchen?« fragte Gaelen, als sie bei einem kleinen Bach Halt machten. »Orakel hat mir davon erzählt. Er sagte, es würde zeigen, was für ein Mann du bist. Aber ich habe nicht verstanden, warum du es getan hast.«

»Ich verrate dir ein Geheimnis«, sagte der Ältere, beugte sich zu ihm und flüsterte: »Ich habe selbst keine Ahnung. Ich habe mich in die Frau verliebt, im ersten Augenblick, als sie aus ihrem Zelt trat und mir vor Augen kam. Es durchdrang mich wie ein Pfeil, meine Knie wurden weich, und mein Herz flatterte wie ein Adler.«

»Sie hat dich verzaubert?« flüsterte Gaelen mit weitaufgerissenen Augen.

»Allerdings.«

»Ist sie eine Hexe?«

»Alle Frauen sind Hexen, Gaelen, denn sie sind alle eines solchen Zaubers fähig, wenn der rechte Zeitpunkt gekommen ist.«

»Mich werden sie nicht verhexen«, sagte der Junge.

»Nein, dich nicht«, gab Caswallon zu. »Denn du hast einen kühnen Geist und ein starkes Herz. Das konnte ich auf den ersten Blick erkennen.«

»Machst du dich über mich lustig?«

»Aber überhaupt nicht«, sagte er mit ernstem Gesicht. »Das ist keine Angelegenheit zum Scherzen.«

»Gut. Und jetzt, wo du weißt, daß sie dich verhext hat, warum behältst du sie?«

»Nun, ich habe sie lieben gelernt. Und sie kann gut kochen und näht gute Kleider. Sie hat die Sachen gemacht, die du anhast. Ein Mann müßte ein Narr sein, wenn er sie nicht behielte. Ich kann nicht gut mit Nadel und Faden umgehen.«

»Das stimmt wohl«, sagte Gaelen. »Daran hatte ich nicht

gedacht. Wird sie auch versuchen, mich zu verhexen, was meinst du?«

»Nein. Sie wird sofort erkennen, wie stark du bist.«

»Gut. Dann bleibe ich bei dir – für eine Weile.«

»Sehr schön. Leg deine Hand auf dein Herz und sag deinen Namen.«

»Gaelen«, erwiderte der Junge.

»Deinen vollen Namen.«

»Das ist mein voller Name.«

»Nein. Von diesem Augenblick an, bis du etwas anderes sagst, bist du Gaelen von den Farlain, Sohn des Caswallon. Jetzt sag es.«

Der Junge wurde rot. »Warum tust du das? Du hast schon einen Sohn, hast du gesagt. Du kennst mich nicht. Ich bin … nicht gut in irgendwas. Ich weiß nicht, wie ich ein Mitglied des Clans werde.«

»Ich werde dich lehren. Nun sag es.«

»Gaelen von den Farlain, … Sohn des Caswallon.«

»Jetzt sag: ›Ich bin vom Clan.‹«

Gaelen fuhr sich mit der Zunge über die Lippen. »Ich bin vom Clan.«

»Gaelen von den Farlain, ich heiße dich in meinem Haus willkommen.«

»Danke«, antwortete Gaelen lahm.

»So, ich habe heute noch viel zu tun, also überlasse ich dich dir selbst, damit du die Berge erkunden kannst. Morgen komme ich wieder, dann gehen wir zusammen für ein paar Tage in die Heide, um uns kennenzulernen. Dann gehen wir nach Hause.« Ohne ein weiteres Wort stand Caswallon auf und ging den Hang zum Dorf hinunter.

Gaelen sah ihm nach, bis er außer Sicht war, dann zog er seinen Dolch und hielt ihn vor sich wie einen schmalen Spiegel. Freude stieg in ihm auf. Er steckte das Messer weg und rannte zurück zur Hütte, um Orakel seine schönen Sachen zu zeigen. Unterwegs blieb er plötzlich vor einem fast drei Meter hohen Felsblock stehen. Einem Impuls folgend, kletterte er hinauf und sah sich um. Er betrachtete die in der Ferne aufragenden Berge mit neuen Augen.

Er hob die Arme zum Himmel und schrie so laut er konnte. Echos hallten wider, und Tränen rannen ihm aus den Augen. Er hatte noch nie ein Echo gehört, und für ihn klang es, als ob die Berge ihn riefen.

»Ich gehe nach Hause!« hatte er geschrieen, und die Berge hatten ihm geantwortet. NACH HAUSE! NACH HAUSE! NACH HAUSE!

Weit unter sich hörte Caswallon die Echos und lächelte. Der Junge mußte noch viel lernen und noch mehr Probleme überwinden. Wenn er dachte, es sei schwer, in Ateris als Dieb zu leben, dann sollte er nur warten, bis er versuchte, sich unter die Jugend der Farlain zu mischen!

Ein Tiefländer in Hochland-Kleidern…

Ein Schaf, das geschoren werden mußte …

Und der Sohn des Caswallon zu sein machte das Leben auch nicht einfacher. Caswallon zuckte die Achseln. Das war eine Sorge für den nächsten Tag.

Drei Tage lang wanderten der neue Vater und der frischgebackene Sohn durch die Farlain-Berge und Wälder, ins höher gelegene Land, wo der Goldadler kreiste, in den Wald, in dem Bären junge Bäume mit ihren Krallen als ihr Revier markiert hatten.

»Warum tun sie das?« fragte Gaelen und starrte auf die tiefen Kratzer.

»Es ist sehr praktisch«, antwortete Caswallon, schnallte sein Lederbündel los und ließ es zu Boden gleiten. »Sie richten sich zu voller Höhe auf und hinterlassen ihre Markierung. Jeder andere Bär in der Nähe wird, wenn er die Markierung sieht, versuchen, sie zu erreichen. Wenn er es nicht schafft, verläßt er den Wald, denn der andere

Bär ist offensichtlich größer und daher stärker als er selbst. Aber vergiß nicht, der Bär, der hier lebt, ist schlau. Und er kommt nicht an seine eigene Markierung heran, in Wirklichkeit ist er ziemlich klein.«

»Das verstehe ich nicht«, sagte Gaelen, »wie hat er dann diese Kratzer gemacht?«

»Denk ein bißchen darüber nach. Geh und sammle Holz für ein Feuer, ich häute inzwischen das Kaninchen.«

Gaelen suchte die Lichtung nach totem Holz ab und zerbrach jeden Zweig, wie Caswallon es ihn gelehrt hatte, wobei er jeden aussortierte, der noch im Saft stand. Hin und wieder warf er einen Blick zurück zu dem Baum. Konnte der Bär einen Stein zum Baum gerollt haben? Er wußte es nicht. Wie klug waren Bären? Als er und Caswallon am Feuer saßen, erzählte er dem älteren Mann von seiner Theorie mit dem Felsen. Caswallon hörte ernsthaft zu.

»Eine gute Theorie«, sagte er schließlich, »aber sie trifft nicht zu. Jetzt sieh dich um und beschreibe deine Umgebung.«

»Wir sitzen in einer Mulde, so daß man unser Feuer nicht sehen kann und wo wir vor dem Wind geschützt sind.«

»Aber wo genau in der Senke sind wir?«

Der Junge orientierte sich an den Bergen, wie Caswallon es ihm beigebracht hatte, und antwortete zuversichtlich: »Wir sind am Nordende.«

»Und der Baum, wo steht der?«

»Er wächst zehn Schritt weit in die Senke hinein.«

»Woher kommt der Wind im Winter – der eisige Wind?«

»Aus Norden«, antwortete Gaelen.

»Stell dir die Mulde im Winter vor«, bat Caswallon.

»Es wäre kalt, wenn auch geschützt, und schneebedeckt.«

»Wie hat der Bär seine Markierung gemacht?«

»Ich verstehe!« schrie Gaelen. »Der Wind hat Schnee in die Mulde getrieben, aber er hat sich wie eine große Stufe vor dem Baumstamm gesammelt, und der Bär ist auf den Schnee geklettert.«

»Sehr gut.«

»Aber war das einfach nur Glück? Oder hatte der Bär die Absicht, andere Bären zu narren?«

»Ich glaube gern, daß es so ist«, sagte Caswallon. »Weißt du, im Winter schlafen Bären meistens. Sie machen keinen richtigen Winterschlaf wie andere Tiere, sie schlafen einfach nur viel. Im Winter kommt ein Bär vor allem aus seiner Höhle, wenn er Hunger hat, und dann denkt er nicht über seine Reviermarken nach.

Aber deine Lektion, Gaelen, handelt nicht von dem Bären – sie handelt davon, wie man ein Problem angeht. Denk es ganz durch. Eine Frage über das Land bezieht immer alle vier Jahreszeiten mit ein.«

Als sich Gaelen an diesem Abend in seine Decken rollte, unter dem ledernen Schutzdach, das Caswallon errichtet hatte, quoll er fast über von all dem neuen Wissen. Ein Pferd tritt das Gras immer in der Richtung nieder, aus der es kommt, eine Kuh jedoch tritt es in die Richtung nieder, in die sie geht. Rehe meiden den tiefen Wald, denn sie leben von Schößlingen und jungen Sprossen, die nur im Sonnenschein wachsen, nicht aber in den dunklen Tiefen des Waldes. Töte nie ein Reh auf der Flucht, denn in seiner Angst schießen Säfte in die Muskeln, die sie zäh und schwer zu kauen machen. Bau dein Feuer immer vor einer Felswand oder einem umgestürzten Baum, denn die reflektierte Hitze verdoppelt seine Wärme. Das, und dazu die Namen aller Berge, schoß ihm durch den Kopf, und sein Schlaf war nur leicht, mit vielen Träumen.

Er erwachte zweimal in der Nacht – einmal, als es zu regnen begann, beim zweiten Mal, als ein großer Fuchs gegen seinen Fuß stieß. Im Mondschein schien das

Gesicht des Tieres zu glühen wie ein Höllendämon der Finsternis. Gaelen schrie auf, und der Fuchs floh.

Caswallon rührte sich nicht, aber als er am Morgen ihr provisorisches Zelt zusammenpackte, erklärte er Gaelen ernst: »In den Bergen kann ein Mann für einen Augenblick der Panik mit dem Leben bezahlen. Das war eine gute Lektion für dich. In Zukunft machst du keinen Lärm, wenn du dich einer Bedrohung gegenübersiehst. Wenn du dich nun vor den Aenir versteckt hättest, und eine Schlange wäre über dein Bein gekrochen. Ein Schrei, eine plötzliche Bewegung – und du würdest von beiden den Tod erfahren.«

»Tut mir leid. Wird nicht wieder vorkommen.«

Caswallon fuhr dem Jungen mit den Fingern durchs Haar und grinste. »Das war keine Kritik, Gaelen. Wie schon gesagt, es war eine wertvolle Lektion.«

Den ganzen Vormittag lang folgten die beiden den Bergpfaden. Gaelen lauschte den Geschichten des älteren Mannes über die Clans und lernte dabei. Er lernte etwas über den Marsch der Farlain zur Insel Vallon und über die geheimnisvollen Tore und über ihren Eintritt in die Berge. Er lernte etwas über den Aufbau der Gesellschaft, daß es innerhalb der Clans zwar keinen König gab, aber daß in Kriegszeiten ein Hochkönig gewählt wurde: ein Mann wie der legendäre Eisenhand. Aber vor allem lernte er etwas über Caswallon von den Farlain. Er bemerkte die gleichmäßige, zuversichtliche Art, in der er sprach und sich bewegte, den sanften Humor in seinen Worten, die Autorität in seinen Äußerungen. Er lernte, daß Caswallon ein Mann von unendlicher Geduld und Verständnis war, ein Mann, der das Hochland und sein Volk liebte, obwohl ihm die rauhe Grausamkeit des ersten und die flüchtigen, oftmals gewalttätigen Leidenschaften des letzteren fehlten.

Gegen Nachmittag führte Caswallon ihn in ein kleines Kiefernwäldchen, das sich gegen eine hochaufragende Felswand lehnte. Als sie zwischen die Bäume kamen, blieb er plötzlich stehen. Gaelen wollte etwas sagen, doch Caswallon gebot ihm mit einer Handbewegung zu schweigen. Sie konnten den Wind in den Bäumen rauschen hören, das Rascheln kleiner Tiere im trockenen Gestrüpp. Doch dazwischen war ein gelegentliches Wimmern, leise und von den Bäumen gedämpft, wie ein Echo.

Caswallon führte den Jungen nach links, bahnte ihnen einen Weg durchs Unterholz, bis sie auf eine größere Lichtung am Fuße der Felswand kamen.

Hier, vor dem Eingang der Höhle, sahen sie die Spuren eines mächtigen Kampfes. Ein toter Berglöwe wurde in einer grotesken Umarmung von einem riesigen Hund umklammert, wie Gaelen noch nie einen gesehen hatte. Der Hund hatte seine Kiefer in die Kehle des Löwen gegraben, der im Todeskampf mit den schrecklichen Krallen seiner Hinterläufe dem Hund den Bauch aufgerissen hatte. Die toten Tiere begannen bereits zu verwesen, der Bauch des Löwen war von Gasen aufgedunsen.

»Was ist das für ein Hund?« fragte Gaelen.

»Der beste, den es gibt«, antwortete Caswallon. »Das ist Nabara, die Kriegshündin, die einst Cambil gehörte, dem Jagdherrn der Farlain. Aber sie war bösartig und entwischte in die Berge am Tag, bevor sie getötet werden sollte.«

Gaelen ging dicht an die beiden heran. »Sie hat riesige Kiefer und einen langen Körper. Sie muß großartig gewesen sein«, meinte er.

»Es gibt heute nur noch wenige Kriegshunde. Ich weiß nicht warum. Vielleicht, weil wir keine Kriege nach alter Art mehr haben. Aber du hast recht, sie sind großartig. Furcheinflößend geradezu. Wie du siehst, können sie es sogar mit einem Löwen aufnehmen.«

Wieder ertönte das Wimmern, es kam aus der Höhle.

»Ihre Welpen sind drinnen«, sagte Caswallon. »Deswegen hat sie bis zum Tode gekämpft. Es wird ihnen nichts nützen.«

»Willst du sie töten?«

»Ja«, antwortete Caswallon.

»Aber warum?«

»Sie hat seit über einem Jahr in den Bergen gelebt. Das einzige Tier, mit dem sie sich gepaart haben kann, ist ein Wolf. Aber wir werden es ja sehen.«

Die Höhle war niedrig, und die beiden krochen vorsichtig auf allen vieren hinein. Drinnen verengte sich die Höhle zu einem schmalen, nach rechts gekrümmten Tunnel. Dahinter war ein tiefer Spalt, in dem die Hündin ihre Welpen zurückgelassen hatte. Es waren fünf kleine Körper, und ein sechster, der versuchte, auf wackligen Beinen zu stehen. Caswallon griff hinüber, packte den schwarzgrauen Welpen und reichte ihn dem Jungen. Dann untersuchte er die anderen. Sie waren alle tot.

Zurück im Sonnenschein nahm Caswallon den Welpen wieder an sich und steckte ihn vorne in seine Tunika, wo seine Körperwärme ihn warmhalten würde.

»Mach ein Feuer dort drüben, Gaelen, dann sehen wir, ob es sich lohnt, den Kleinen zu retten.«

Gaelen legte einen kleinen Kreis aus Steinen, tat etwas Zunder hinein und hieb dann Funken mit seinem Dolch und einem kleinen Feuerstein. Der Zunder begann zu qualmen. Er pustete vorsichtig darauf, bis die erste Flammenzunge emporloderte, dann legte er kleine Ästchen und schließlich dünne Zweige darauf. Caswallon legte seinen Rucksack ab und holte das Trockenfleisch hervor, das Maeg ihm eingepackt hatte.

»Wir müssen eine dicke Suppe kochen«, sagte er. »Und hier kommt die nächste Lektion. Schneide mir einen langen Streifen Rinde von dem Baum da drüben.«

Gaelen tat wie geheißen und sah erstaunt zu, wie Caswallon die Ecken schärfte und dann die Rinde zu einer tiefen Schale bog. Er füllte sie halb mit Wasser aus seiner Feldflasche und setzte den Topf dann in das kleine Feuer.

»Aber er wird verbrennen«, sagte Gaelen. »Es ist doch Holz.«

»Es wird nicht verbrennen, solange Wasser darin ist und die Flammen unterhalb der Wasserlinie bleiben.« Caswallon nahm seinen Dolch, schnitt das Trockenfleisch in Stücke und warf sie in den Topf.

Es dauerte nicht lange, bis die Suppe zu brodeln und zu dampfen begann, während das Fleisch aufquoll. Caswallon fügte mehr Fleisch hinzu und rührte mit seinem Dolch um. Gaelen kauerte sich neben ihn, um den kleinen dunklen Kopf zu streicheln, der aus Caswallons Tunika schaute.

Als die Sonne hinter dunkelroten Wolken versank und die Bergspitzen in glühendes Kupfer tauchte, befahl Caswallon dem Burschen, die Schale aus dem Feuer zu nehmen, damit die Suppe abkühlen konnte. Während sie warteten, öffnete er seine Tunika und setzte den Welpen auf seinen Schoß. Dann schnitt er ein Stück Trockenfleisch ab und begann zu kauen. »Kannst du dem Kleinen nicht was geben?« flehte Gaelen. »Er ist halb verhungert!«

»Das tue ich ja gerade, mein Junge. Es ist zu zäh für ihn. Ich tue das, was seine Mutter tun würde.«

Caswallon nahm das halb zerkaute Fleisch aus dem Mund und bot ein Häppchen davon dem Welpen an. Die kleine Zunge schoß hervor, das Näschen krauste sich bei dem Duft des Fleisches. Das kleine Wesen aß ein wenig, dann sank sein Kopf gegen Caswallons Hand. »Immer noch zu zäh für ihn«, sagte der Clansmann. »Aber siehst du, wie groß die Pfoten sind? Er wird mal ein Großer. Hier, halt ihn mal.«

Der Welpe begann zu jaulen, als Caswallon ihn dem Jungen reichte, beruhigte sich aber wieder, als Gaelen ihn hinter den Schlappohren kraulte.

»Wie ich mir dachte, ein halber Wolf«, sagte Caswallon. »Aber es ist genügend Hund in ihm, daß man ihn erziehen kann, denke ich. Möchtest du ihn gern behalten?«

Gaelen hob den Welpen hoch und sah ihm in die kleinen braunen Augen. Wie er selbst, war das hilflose Wesen ein Waise, und er dachte an seine lange Kriecherei in die Berge.

»Er ist ein Kind der Berge«, sagte Gaelen. »Ich werde ihn adoptieren. Ist das mein Recht?«

»Ja«, antwortete Caswallon ernst. »Aber zuerst muß er am Leben bleiben.«

Nach einer Weile probierte Caswallon den Eintopf. Als er Körpertemperatur erreicht hatte, gab er ihn Gaelen. »Tauch deinen kleinen Finger hinein und laß ihn ablecken. Der Kleine ist offensichtlich zu jung, um es anders zu sich zu nehmen.«

Der Eintopf war dick und dunkel, und Gaelen folgte Caswallons Anweisung. Wieder kräuselte sich die Nase des Welpen bei dem Fleischduft, aber er streckte seine Zunge heraus. Der Junge fütterte das Tier, bis es schließlich in seinen Armen einschlief.

»Glaubst du, er bleibt am Leben?«

»Ich weiß nicht. Morgen werden wir es wissen.«

»Ich hoffe so, daß er leben möge, Caswallon.«

»Die Hoffnung ist eine Schwester des Gebets«, antwortete Caswallon, »also hilft es vielleicht.« Er stand auf. »Warte hier, ich muß noch etwas prüfen. Ich bin bald zurück.« Damit war er im Unterholz verschwunden. Die Sonne war untergegangen, doch der Mond stand hoch und strahlend am klaren Himmel, und Gaelen setzte sich an einen Baum und starrte in die Flammen.

Dies war das Leben, dies war ein Frieden, den er nie gekannt hatte. Der kleine Welpe rührte sich im Schlaf, und er streichelte ihn geistesabwesend. In der Ferne bildeten die Berge eine zackige Linie vor dem Himmel, wie eine Mauer gegen den Rest der Welt – zutiefst beschützend und beruhigend.

Caswallon kam lautlos zurück und setzte sich neben den Jungen.

»Wir haben ein kleines Problem, Gaelen«, sagte er. »Ich sah ein paar Fußspuren am Waldrand, aber ich wollte den Hund finden. Ich bin der Fährte bis zu weicherem Untergrund gefolgt, wo die Abdrücke deutlicher sind. Es gibt keinen Zweifel, sie stammen von eisenbeschlagenen Stiefeln. Alle Angehörigen der Clans tragen Mokkassins.«

»Wer hat die Fußspuren dann gemacht?«

»Die Aenir. Sie sind in den Bergen.«

Am Morgen fütterte Gaelen den Welpen mit den Resten des Eintopfes, die er über der glühenden Asche ihres Feuers aufwärmte. Inzwischen hatte sich sein innerer Aufruhr gelegt, das Entsetzen der Nacht hatte sich abgeschwächt und war zu einer beherrschbaren, ängstlichen Spannung geworden.

»Wie viele sind es?« fragte er.

»Etwa zwanzig. Ich denke, es sind nur Späher, aber sie sind auf dem Weg ins Land der Farlain, und das könnte Ärger bedeuten. Wir müssen heute wachsam wandern und offenes Gelände meiden. Aber hab keine Angst, Gaelen, denn das hier sind meine Berge. Sie werden uns nicht überraschen.«

Gaelen holte tief Luft, und sein Blick war fest, als er Caswallon in die Augen sah. »Heute habe ich keine Angst«, erklärte er. »Vergangene Nacht habe ich gezittert. Jetzt bin ich bereit.«

»Gut«, erwiderte Caswallon, nahm seinen Wanderstab und schlang sich die Riemen seines Rucksacks um die Schultern. »Dann wollen wir die Aenir aus unseren Gedanken verbannen, und ich zeige dir etwas von seltener Großartigkeit.«

»Was denn?«

»Nicht so ungeduldig. Ich will es nicht durch Worte verderben.«

Er ging in westlicher Richtung davon, und Gaelen nahm den Welpen auf den Arm und folgte ihm.

Den ganzen Vormittag hindurch stiegen sie durch den Wald auf, über steinige Geröllhänge, hinab in grüne Täler und schließlich zu einem Sandstein-Paß hinauf. Ein Geräusch wie ferner Donner grollte in der Stille, und Gaelens Herz klopfte.

»Ist das ein Tier?« fragte er.

»Nein. Wenn es in den Legenden auch anders heißt. Was du jetzt sehen wirst, ist der Geburtsort vieler Mythen. Die Regenbogenbrücke zur Heimstatt der Götter ist nur eine, die aus Attafoss entspringt.«

Sobald sie den Paß durchschritten hatten, führte Caswallon ihn über einen grasbewachsenen Pfad. Das Donnergrollen wurde rechts unterhalb von ihnen immer lauter. Endlich kletterten sie zu dem Lärm hinunter, über Felsen und gefährliche Geröllhänge, bis Caswallon das Bündel von seinen Schultern gleiten ließ und den Jungen zu sich winkte. Caswallon stand auf dem Vorsprung eines Simses, der wie eine große Steinplatte vorragte. Als Gaelen näherkam, sah er zum ersten Mal die Herrlichkeit von Attafoss, und er wußte tief in seinem Herzen, daß er diesen Augenblick nie vergessen würde.

Es waren drei gewaltige Wasserfälle, deren Wasser durch zwei hochaufragende Felsblöcke voneinander getrennt wurde, ehe es hundert Meter tief in ein schäumendes Becken stürzte und von dort in einem einzigen großen Wasserfall weiter, dessen Tosen die Zuschauer taub machte. Sonnenstrahlen wurden von dem schwarzen Basaltgestein zurückgeworfen, so daß sich Regenbögen bildeten, von denen einer die Fälle überspannte und hoch in der Luft über den Bergen verschwand. Die Fälle waren riesig, gut siebenhundert Meter breit.

Gaelen stand mit offenem Mund da und starrte die Regenbogenbrücke an. Sogar bis Ateris waren die Geschichten darüber gedrungen.

Caswallon reckte die Arme zum Himmel und begann zu sprechen, doch die Donnerstimme von Attafoss riß ihm die Worte von den Lippen. Caswallon drehte sich zu dem Jungen um und grinste. »Komm mit«, brüllte er.

Langsam arbeiteten sie sich vor, bis sie sich am oberen Teil der Fälle neben das rauschende Wasser setzen konnten, geschützt von einer Felswand, die das Donnern milderte.

Caswallon deutete auf eine tränenförmige Waldinsel in der Mitte des Sees. Von seinem Platz aus konnte der Junge die Eingänge tiefer Höhlen in den steinigen Hügeln oberhalb des Waldes erkennen.

»Das ist Vallon«, sagte er, »darauf steht eins der magischen Tore, durch die die Farlain vor vielen hundert Jahren kamen. Wir kamen im Winter, als der See zugefroren war, und wanderten über das Eis.«

Sie blieben über Nacht oberhalb der Fälle, und Gaelen fütterte den Welpen mit Trockenfleisch, das er selbst zuvor weichgekaut hatte, und diesmal fraß der Hund gierig. Am nächsten Tag führte Caswallon sie nach Süden zu den Farlain. Der Junge sah, daß Caswallon sich vorsichtiger bewegte, die Umgebung prüfend musterte und in der Deckung des Waldes wartete und sorgfältig alles musterte, ehe er die Deckung verließ.

Zweimal stießen sie auf Spuren der Aenir, und einmal auf die Reste eines Lagerfeuers. Caswallon steckte seine Finger in die graue Asche und tiefer bis in die Erde.

»Heute morgen«, sagte er. »Sei wachsam.«

In dieser Nacht lagerten sie in einer engen Höhle, ohne ein Feuer anzuzünden. Beim ersten Licht des neuen Tages gingen sie weiter. Caswallon war unruhig.

»Sie sind ganz in der Nähe«, sagte er. »Ich kann sie beinahe riechen. Um ehrlich zu sein, Gaelen, ich mache mir Sorgen. Vielleicht habe ich diese Aenir unterschätzt. Denn dafür, daß es zwanzig sind, hinterlassen sie nur wenige Spuren, und sie meiden offenes Gelände. Es sind

Waldläufer und gute Späher. Und das beunruhigt mich, es könnte bedeuten, daß die Aenir viel früher hier einmarschieren wollen, als ich annahm.«

Bei Einbruch der Dämmerung war aus Caswallons Unruhe Alarmbereitschaft geworden. Er sprach nicht mehr, sondern prüfte den Pfad immer wieder, kletterte gelegentlich sogar auf einen Baum, um den Horizont abzusuchen.

»Was ist los?« fragte Gaelen, als er über einer fast unsichtbaren Reihe von Eindrücken und Spuren auf dem Pfad brütete.

»Sie haben sich in kleine Gruppen aufgeteilt. Drei sind geradeaus gegangen, die anderen haben sich in den Wald zurückgezogen. Ich vermute, sie wissen, daß wir in der Nähe sind, und haben einen Kreis um uns gebildet.«

»Was können wir tun?«

»Wir haben nicht viele Möglichkeiten«, antwortete Caswallon. »Laß uns einen Lagerplatz suchen.«

Caswallon wählte einen Flecken an einem Bach, wo er ein kleines Feuer hinter einem umgestürzten Baum entfachte. Sie aßen den Rest des Proviantes, den Maeg ihnen eingepackt hatte. Wieder war der Nachthimmel wolkenlos, der Mond schien hell. Gaelen kuschelte sich in die Decken, den Welpen an seine Brust gedrückt, und schlief tief und traumlos bis etwa zwei Stunden vor Sonnenaufgang, als Caswallon ihn sanft weckte. Gaelen schlug die Augen auf. Über ihm kniete Caswallon, einen Finger auf die Lippen gelegt, um Schweigen zu gebieten. Gaelen stand rasch auf. Caswallon deutete auf den Welpen, und der Junge nahm ihn und steckte ihn in seine Tunika. Caswallon füllte Gaelens Bett mit Gestrüpp und legte eine Decke darüber. Dann legte er Holz aufs Feuer, ehe er in der Dunkelheit des Waldes untertauchte. Er blieb bei einem niedrigen, dichten Busch in Sichtweite der Lichtung und des flackernden Feuers stehen.

Er brachte sein Gesicht dicht an Gaelens Ohr und flüsterte: »Kriech in den Busch und mach dich klein. Kein Laut, und rühr dich nicht. Wenn der Welpe sich rührt – bring ihn um!«

»Ich will kämpfen«, flüsterte Gaelen.

»Du willst, ja – aber du bist noch nicht bereit«, sagte Caswallon. »Jetzt tu, was ich dir sage.«

Gaelen ließ sich auf die Knie sinken und kroch in den Busch, wobei er die Zweige beiseite schob und sich in den Mantel wickelte, den Caswallon ihm gegeben hatte. Er wartete mit klopfendem Herzen, sein Atem kam ihm so laut vor wie das Donnern der Attafoss-Fälle.

Caswallon war verschwunden.

Über eine Stunde lang gab es keinerlei Anzeichen von feindlichen Bewegungen im Wald. Gaelen war verkrampft und steif, und der Welpe begann sich zu rühren. Sanft streichelte er den grauschwarzen Kopf. Der kleine Hund gähnte und schlief wieder ein. Gaelen lächelte – dann erstarrte er.

Ein dunkler Schatten hatte sich zwischen den Bäumen hervorgeschoben, keine zehn Schritt von dem Busch entfernt. Mondlicht fiel glitzernd auf einen eisengefaßten Helm und ein Schwert in seiner Hand.

Der Krieger schlich zum Rand der Lichtung, hob sein Schwert und winkte damit, um seinen Kameraden ein Zeichen zu geben. Gaelens Sicht war durch Blätter und Zweige beeinträchtigt, doch er konnte den Angriff auf das Lager gerade erkennen. Drei Krieger rannten über die Lichtung und stießen ihre Schwerter in die ausgestopften Decken.

Während der Junge zusah, zogen sich die Aenir zurück, als sie erkannten, daß sie getäuscht worden waren. Sie wechselten kein einziges Wort, sondern begannen die umstehenden Bäume abzusuchen.

Gaelen war voller Angst. Sein Busch stand einzeln im Freien, von den drei Jägern gut zu sehen. Warum hatte Caswallon ihn an einem solch exponierten Platz alleingelassen? Er spielte mit der Idee, aus dem Busch zu kriechen und davonzurennen, aber sie waren zu nah.

Einer der Krieger begann auf der anderen Seite der Lichtung zu suchen und trat an das Ginstergebüsch. Gaelen riß die Augen auf, als Caswallon sich hinter dem Krieger erhob, ihm die Hand über den Mund legte und ihm die Kehle durchschnitt. Er ließ den Toten los, drehte sich um und duckte sich wieder hinter den Ginster.

Ahnungslos suchten die übrigen Jäger im Westen und Osten. Als sie nichts fanden, bewegten sie sich auf den Busch zu, in dem Gaelen starr vor Angst saß.

Der erste Krieger, ein stämmiger Mann in Bärenfell-Tunika und Lederhosen, wandte sich an den zweiten, eine hochgewachsene, schlanke Gestalt mit geflochtenem schwarzem Haar.

»Hol Karis«, sagte der erste. Der Krieger ging zurück auf die Lichtung, während der Anführer auf Gaelens Versteck zu ging. Der Junge beobachtete ihn voller Staunen. Der Mann sah nicht einmal nach unten, es war, als ob er und der Busch unsichtbar wären.

Der Krieger war so nahe, daß Gaelen nur seine lederbekleideten Beine und die hohen, geschnürten Stiefel sehen konnte. Er wagte nicht aufzuschauen. Plötzlich sank der Mann neben dem Busch zusammen. Gaelen fuhr heftig zusammen, schaffte es aber, nicht zu schreien. Der Aenir lag mit dem Gesicht zu ihm, die toten Augen standen offen, aus seinem Nacken rann Blut auf die weiche Erde.

Der tote Mann begann sich wie eine Schlange zu bewegen, nur rückwärts. Gaelen schaute auf. Caswallon hatte den Mann an den Füßen gepackt und zog ihn ins Unterholz. Dann ließ er den Toten fallen und verschwand wieder zwischen den Bäumen.

Der letzte Aenir-Krieger trat mit dem Schwert in der Hand wieder auf die Lichtung. »Asta!« rief er. »Karis ist tot. Komm wieder her!«

Caswallons Stimme ertönte kalt: »Du bist allein, Freundchen.«

Der Krieger fuhr herum und machte einen Satz, um mit erhobenem Langschwert anzugreifen, doch Caswallon wirbelte seinen Stab herum und stieß ihn vorwärts wie einen Speer. Er traf den Krieger in den Bauch, und mit einem Grunzen klappte er zusammen. Caswallon hieb ihm das andere Ende des eisenbeschlagenen Stabes an den Kopf. Von den Füßen gerissen, stürzte er schwer zu Boden. Benommen versuchte er aufzustehen. Starke Finger hoben ihn an den Haaren hoch und rammten sein Gesicht gegen die rauhe Borke einer alten Eiche. Wieder ging er zu Boden, diesmal halb bewußtlos.

Ongist fühlte, wie seine Hände zusammengebunden wurden, fand aber nicht die Kraft, sich zur Wehr zu setzen. Dann verlor er das Bewußtsein. Offenbar kam er erst Stunden später wieder zu sich, denn die Sonne war inzwischen aufgegangen. Sein Kopf schmerzte, und er schmeckte Blut im Mund. Er versuchte, sich zu bewegen, war jedoch an einen Baumstamm gebunden.

Ein paar Schritt vor ihm entfernt saßen die beiden, denen er aufgelauert hatte, der Mann und der Junge. Beide gehörten offensichtlich den Clans an, wenn auch der Junge etwas Vertrautes an sich hatte, das der Krieger jedoch nicht einordnen konnte.

»Ich sehe, du bist wieder bei uns«, sagte der Mann. »Wie heißt du?«

»Ongist, Sohn des Asbidag.«

»Ich bin Caswallon von den Farlain. Dies ist mein Sohn Gaelen.«

»Warum hast du mich nicht getötet?«

»Es gefällt mir, wenn ein Mann rasch zur Sache kommt«, erwiderte Caswallon. »Du lebst noch, weil ich es so will. Ihr seid hier, um im Land der Farlain zu kundschaften. Deine Anweisungen lauteten wahrscheinlich, ungesehen zu bleiben oder jeden zu töten, der dich entdeckte – in diesem Fall hast du zweimal versagt. Ihr hattet uns eingekreist, und der Kreis zieht sich jetzt zusammen. Wenn ich dich also hier lasse, wird man dich finden, und du kannst deinem Anführer folgende Botschaft mitteilen: verschwindet, denn bevor der Tag vorüber ist, werde ich die Jäger der Farlain zusammenrufen, und dann wird niemand von euch mehr am Leben bleiben, um euren Herrn Bericht zu erstatten.«

»Starke Worte«, murmelte der Aenir.

»Allerdings, mein Freund. Aber du mußt verstehen, daß ich unter den Farlain als sanftmütiger Mann gelte und als geringster unter den Kriegern. Und doch sind zwei eurer Männer tot, und du bist verschnürt wie ein Hühnchen. Stell dir vor, was passiert, wenn ich zweihundert Krieger auf euch loslasse.«

»Was sind schon zweihundert?« fauchte der Krieger. »Was wären selbst zwei*tausend von euch*, verglichen mit der Stärke der Aenir? Ihr seid nicht mehr als trockenes Laub in einem Waldbrand. Die Farlain? Ein zusammengewürfelter Haufen von Halbwilden ohne König und ohne Armee. Laß mich dir einen Rat geben. Schickt Botschafter zum Grafen Asbidag nach Ateris und macht euren Frieden mit ihm. Aber vergeßt nicht, Geschenke mitzubringen. Graf Asbidag schätzt Geschenke.«

Caswallon lächelte. »Ich werde dem Rat der Farlain deine weisen Worte mitteilen. Vielleicht stimmen sie dir zu. Wenn deine Männer dich finden, sag ihnen, sie sollen nach Süden gehen. Das ist der schnellste Weg, von den Farlain wegzukommen.«

Der Krieger spie aus.

»Sieh ihn dir an, Gaelen. Das ist ein Aenir, das ist das Volk, das die Welt in Schrecken versetzt. Aber trotzdem ist er nichts weiter als ein Mann, der ziemlich streng riecht, dessen Haare voller Läuse sind und dessen Reich auf dem Blut von Unschuldigen aufgebaut ist. Krieger? Wie du gestern abend gesehen hast, sind es einfach nur Männer ohne große Fähigkeiten – außer im Ermorden von Frauen und Aufspießen von Kindern.«

Ongists Augen flackerten auf, als ihn die Erkenntnis traf. Der Junge war der Bursche, den Asbidag vor den Toren von Ateris durchbohrt hatte. Er biß sich auf die Lippe und sagte nichts. Sein Bruder Tostig hatte ihnen erzählt, wie der Junge zu den Bergen gekrochen und von zwanzig Männern der Clans gerettet worden war. Das hatte Asbidag beunruhigt.

»Möchtest du ihn gerne töten, Gaelen?«

Ongist spürte den Haß im Blick des Jungen und starrte furchtlos zurück. »Wie ich sehe, haben wir unser Zeichen an dir gemacht«, höhnte er. »Nennen sie dich jetzt Blutauge oder Narbengesicht?«

Gaelen wandte sich an seinen Vater. »Ja, ich will ihn töten. Aber nicht heute.«

Der Mann und der Junge verließen die Lichtung, ohne sich noch einmal umzudrehen, und Ongist lehnte sich zurück, um auf seinen Bruder und die anderen zu warten. Es war fast Mittag, als die Aenir ihn entdeckten, sie schnitten ihn los und zogen ihn auf die Füße. Seine Brüder Tostig und Drada stützten ihn, denn ihm war schwindelig, und sein Blick verschwamm, als er aufstand.

»Was ist passiert?« fragte Drada, der drei Jahre älter war als er.

»Der Kerl hat uns ausgetrickst. Er hat Karis und Asta getötet.«

»Ich weiß. Wir haben sie gefunden.«

»Er befahl mir, das Land der Farlain zu verlassen. Er sagt, er will die Jäger benachrichtigen.«

»Guter Rat«, sagte Drada.

»Asbidag wird wütend sein«, murmelte Tostig. Ongist rieb sich die geschwollene Schläfe und warf ihm einen finsteren Blick zu. Tostig war der größte der Brüder, ein riesiger Kerl mit geflochtenem gelbem Haar und abgebrochenen Zähnen. Aber er war auch der vorsichtigste – manche würden ihn feige nennen. Ongist verachtete ihn.

»Wie war er?« fragte Drada.

Ongist zuckte die Achseln.

»Groß. Bewegt sich geschmeidig. Kämpfte gut. Voller Selbstvertrauen.«

»Dann werden wir seinem Rat folgen. Hast du mit ihm geredet, versucht ihn zu ködern?«

»Ja?«

»Und?«

»Keine Reaktion. Er hat einfach gelächelt. Ich sagte, die Aenir würden sein Volk einfach hinwegschwemmen. Ich riet ihm, zu Asbidag zu gehen und um Frieden zu bitten. Er sagte nur, er würde meine weisen Worte dem Rat vortragen.«

»Verdammt«, meinte Drada. »Das gefällt mir nicht. Männer, die nicht wütend werden, sind die schlimmsten Feinde.«

Ongist grinste und legte Drada seinen Arm um die Schultern. »Immer unser Denker, Bruder. Übrigens, der Junge, von dem er behauptet, er sei sein Sohn, ist derselbe, den Vater vor den Stadttoren durchbohrt hat.«

Drada fluchte. »Und trotzdem wurde er nicht wütend? Das jagt mir einen Schauer über den Rücken.«

»Ich dachte, es würde dir gefallen«, meinte Ongist. »Übrigens, Tostig, wie viele Männer, sagst du, haben den Jungen gerettet?«

»Ich konnte sie nicht alle sehen. Sie waren im Gebüsch versteckt.«

»Wie viele konntest du sehen?« fragte Drada, dessen Interesse durch Ongists Frage plötzlich geweckt war.

»Ich konnte nur den Anführer deutlich sehen. Warum? Was hat er denn gesagt, wie viele Leute er hatte?«

»Er hat es nicht gesagt«, antwortete Ongist, »aber ich weiß es.«

»Mistkerl!« rief Tostig und stapfte wütend auf die andere Seite der Lichtung.

Drada nahm Ongist am Arm und führte ihn zu dem umgestürzten Baum, hinter dem Caswallon das Feuer errichtet hatte. Drada rieb sich die Augen. »Was sollte das?« fragte er.

»Es waren keine zwanzig Leute«, höhnte Ongist. »Nur der eine – derselbe Mann, darauf möchte ich mein Leben verwetten.«

»Du hast wahrscheinlich recht«, stimmte Drada ihm zu. »Hat er einen Namen genannt?«

»Caswallon von den Farlain.«

»Caswallon. Wir wollen hoffen, daß es bei den Clans nicht noch viele von seiner Art gibt.«

»Und wenn schon, was spielt das für eine Rolle? Wer kann schon gegen dreißigtausend Aenir bestehen?«

»Das ist wohl wahr«, gab Drada zu, »aber sie bleiben eine unbekannte Größe. Wer weiß, wie viele es sind? Unsere Schätzung beläuft sich auf weniger als siebentausend Kämpfer, wenn alle Clans zusammengezählt werden. Aber angenommen, wir irren uns?«

»Was schlägst du vor?«

»Ich finde, wir sollten behutsam mit ihnen umgehen. Erst handeln und uns bei ihnen willkommen machen. Dann sehen wir weiter.«

»Glaubst du, sie sind dumm genug, um uns in die Berge zu lassen?« fragte Ongist.

»Warum nicht? Jedes andere eroberte Volk hat uns dieselbe Möglichkeit gegeben. Und es wird mit Sicherheit auch bei den Clans Menschen geben, die verachtet, übersehen oder enttäuscht sind. Sie werden zu uns kommen und lernen.«

»Ich dachte, Vater wollte im Sommer angreifen?«

»Das will er auch, aber das rede ich ihm schon aus. Es sind noch drei größere Tiefland-Gebiete, die erst fallen müssen, und die liefern reichere Beute als die Berge.«

»Ich mag die Berge. Ich würde mir hier gern ein Haus bauen«, sagte Ongist.

»Das wirst du auch bald, mein Bruder. Das verspreche ich dir.«

Orakel war allein. Er saß am Feuer, in Gedanken an verflossene Träume versunken, als Armeen über das Land hinwegfegten mit funkelnden Lanzen und hocherhobenen Bannern.

Ein roter Falke auf schwarzem Feld. Die Fremdländer, die zerbrochen und demoralisiert vom Schlachtfeld strömten. Sigarni, die ihr Schwert in der Abenddämmerung in die Luft reckte, die triumphierende Kriegskönigin.

Das war der Ruhm der Jugend gewesen, als Orakel durch das Tor in das jenseitige Königreich gereist war. Der alte Mann zog seinen grauen Umhang um die Schultern und streckte die Beine aus, um die Wärme des Feuers aus Buchenscheiten auszukosten. Er betrachtete seine Hände, faltig und mit braunen Altersflecken übersät.

Aber früher einmal …

»Träumst du wieder vom Ruhm?« fragte Taliesen.

Orakel fuhr auf wie gestochen und drehte sich um. Er fluchte leise, als er den uralten Druiden erkannte. »Hol dir einen Stuhl«, sagte er.

Der Druide war klein und klapperdürr, Haare und Bart weiß und schütter und umrahmten Gesicht und Kopf wie Reste von Winternebel. Doch seine Augen waren seltsam jugendlich und humorvoll, antilopenbraun und standen dicht zusammen unter scharfgezeichneten Augenbrauen. Von seinen knochigen Schultern hing ein Mantel aus Vogelfedern in vielen Farben, das Blau des Eisvogels leuchtete neben Rabenschwarz, weiche helle Kiebitzfedern neben denen von Adlern.

Er lehnte seinen langen Stab an die Höhlenwand und setzte sich neben Orakel. »Der Junge ist also gekommen«, sagte der Druide mit tiefer, leiser Stimme.

»Das wußtest du doch.«

»Ja. Und so fängt es an: die Zerstörung von allem, was wir lieben.«

»Das glaubst du.«

»Zweifelst du an mir, Orakel?«

»Die Zukunft ist wie weicher Lehm, der sich formen läßt. Ich kann nicht glauben, daß alles schon entschieden und festgelegt ist.«

Der Druide stieß einen leisen Fluch aus. »Du solltest besser als jeder andere wissen, daß die Vergangenheit, die Gegenwart und die Zukunft gemeinsam existieren, ineinander verwoben wie die Fäden eines Teppichs. Du bist durch das Tor gegangen. Hast du denn gar nichts gelernt?«

»Ich habe den Fehler des Stolzes kennengelernt. Das hat mir gereicht.«

»Du siehst alt und müde aus«, sagte der Druide.

»Ich bin beides. Wie kommt es, daß du noch immer lebst, Taliesen? Du warst schon alt, als ich noch an Mutters Brust lag.«

»Ich war schon alt, als dein Großvater noch an der Brust lag.«

Eine Zeitlang schauten beide Männer schweigend in die Flammen, dann seufzte Orakel und rutschte auf seinem Stuhl hin und her. »Warum bist du gekommen?« flüsterte er.

»Sigarni hat das Tor durchschritten. Sie ist in der Höhle am High Druin.«

Orakel leckte sich die Lippen, sein Mund war plötzlich wie ausgetrocknet. »Wie geht es dem Mädchen?«

Taliesen lachte trocken auf. »Mädchen? Sie ist eine Frau, fast so alt wie du. Wie ich schon sagte, du begreifst die Feinheiten der Tore nicht.«

»Trotzdem, wie geht es ihr, verdammt nochmal?«

»Sie ist ernstlich verwundet, aber ich werde sie heilen.«

»Darf ich sie sehen?«

Der Druide schüttelte den Kopf. »Das wäre nicht klug.«
»Warum kommst du dann überhaupt zu mir?«
»Vielleicht kannst du mir helfen.«
»Inwiefern?«
»Was ist mit dem Schwert passiert, das du ihr gestohlen hast?«
Orakel wurde rot. »Es war der Lohn für alles, was ich für sie getan hatte.«
»Versuch nicht dich zu rechtfertigen, Caracis. Deine Sünde hat zu weiteren Kriegen geführt. Du hast Sigarni weit mehr gekostet, als du wert warst, und dann hast du Skallivar gestohlen. Du hast mir erzählt, du hättest es in dem Kampf verloren, der dich zu uns zurückbrachte, aber ich glaube dir nicht mehr. Was ist damit geschehen?«
Orakel stand auf und ging in den hinteren Teil der Höhle. Als er zurückkam, trug er ein langes, in Tücher gewickeltes Bündel. Er legte es auf den Tisch, löste die Schnüre und öffnete es. Ein schimmerndes Schwert aus Silberstahl lag vor ihnen. »Willst du es haben?« fragte Orakel.
Taliesen seufzte und schlug das Tuch wieder über die Klinge. »Nein. Verdammt noch mal, Mann! Du hast die Zeitlinien überschritten. Du wirst sterben ohne einen Funken Ahnung von dem Chaos zu haben, das du angerichtet hast. Ich habe versucht, es wieder rückgängig zu machen, aber es ist mir nur gelungen, neue Paradoxien zu schaffen.
»Wovon redest du?«
»Ohne das Schwert wurde Sigarni zermalmt, besiegt und erschlagen.«
»Aber du sagst doch, sie ist hier!«
»Ist sie auch. Ich versuchte, ihr zu helfen, Caracis. Aber sie starb. Ich habe die Linien überschritten, um eine andere Sigarni in einer anderen Welt zu finden. Sie starb. Wieder und wieder bin ich durch die Tore gereist. Immer starb sie. Für lange Zeit habe ich aufgegeben, dann wandte

ich mich wieder meiner Suche zu und fand eine andere Sigarni, deren Schicksal es war, jung zu sterben. Sie besiegte ihren ersten Feind und dann den zweiten, den Grafen Jastey. Sie tat es mit Hilfe von Caracis. Du erinnerst dich doch daran, nicht wahr?« Orakel wandte den Kopf ab. »Und wieder stahl Caracis ihr Schwert. Aber dieses Mal bat sie mich, es ihr wieder zu beschaffen. Das war noch nie geschehen. Ich wußte nicht, was ich tun sollte. Und jetzt – plötzlich – ist sie hier. Eine siegreiche Königin, die dieses Schwert trägt.«

»Ich will mich nicht davon trennen«, flüsterte der Mann, der einst Caracis gewesen war.

»Du hattest soviel Talent, Caracis«, sagte Taliesen leise. »Wie kommt es, daß du ein solcher Schuft geworden bist?«

»Ich wollte König werden, ein Held. Ich wollte, daß Lieder über mich gesungen werden und Legenden geschrieben. Ist das so schlimm? Sag mir, hat sie gut geherrscht?«

»Sie hat die letzte Schlacht gewonnen und hielt die Clans vierzig Jahre lang zusammen. Sie ist eine wahre Legende und wird es auch bleiben.«

Orakel grinste. »Vierzig Jahre, sagst du? Und sie gewann.« Er stand auf, holte einen Krug Honigmet und zwei Becher. »Trinkst du einen mit mir?«

»Ich denke schon.«

»Vierzig Jahre«, wiederholte Orakel. »Das hätte ich nicht geschafft. Vierzig Jahre!«

»Erzähl mir von dem Jungen, Gaelen.«

Orakel wandte sich wieder der Gegenwart zu. »Gaelen? Er ist ein guter Junge, von scharfem und raschem Verstand. Er hat Mut. Ich kann ihn gut leiden. Er wird Caswallon gut tun.«

»Wie geht es Caswallon?«

»Wie immer, er geht seinen eigenen Weg. Er war gut zu mir … wie ein Sohn. Und er lindert meine Schuld und hilft mir vergessen …«

»Hast du ihm von deiner Vergangenheit erzählt?« fragte Taliesen, beugte sich vor und sah Orakel gespannt an.

»Nein, ich habe meine Versprechen gehalten. Ich habe niemandem von den anderen Welten erzählt. Zweifelst du an mir?«

»Nein. Du bist eigensinnig und stolz, aber niemand hat dich je beschuldigt, einen Eid gebrochen zu haben.«

»Warum fragst du dann?«

»Weil Menschen sich verändern. Sie werden schwach. Senil.«

»Ich bin noch nicht senil«, fauchte Orakel.

»Allerdings nicht.«

»Was wird mit der Königin geschehen?«

Taliesen zuckte die Achseln. »Sie wird sterben, so wie alle sterben. Sie ist alt und müde, ihre Tage sind vorüber. Vor langer Zeit hat ein Zauberer einen Dämonen ausgeschickt, um sie zu töten. Er machte einen Fehler und sprach seinen Zauber zu nahe an einem Tor. Das Untier hat sie fast erreicht.«

»Können wir sie nicht retten?«

»Wir reden hier vom Schicksal, Mann!« fuhr Taliesen ihn an. »Das Wesen muß sie finden.« Seine strenge Miene entspannte sich. »Selbst wenn der Dämon versagt, wird sie bald sterben. Ihr Herz ist alt und verbraucht.«

»Wenigstens hat sie in ihrem Leben etwas erreicht. Sie hat ihr Volk gerettet. Ich habe meins vernichtet.«

»Ich kann es dir nicht leichter machen, denn du sprichst die Wahrheit. Aber jetzt ist es vorbei.«

»Gibt es denn wirklich keine Hoffnung?« flehte Orakel.

Der Druide seufzte und stand auf, um seinen langen Stab zu holen. »Es gibt immer Hoffnung, gleich wie dünn oder unrealistisch. Glaub nicht, du wärest der einzige, der etwas bedauert. Die Farlain sind mein Volk, auf eine Art und Weise, die du nie begreifen würdest. Wenn sie vernichtet sind, geht mein Leben mit ihnen. Und alle Taten meines Lebens. Du! Du bist nichts weiter als ein Mann, der einen Fehler machte. Ich muß die Kosten tragen. Hoffnung? Ich werde dir sagen, was für Hoffnung es gibt. Stell dir einen Mann zu Beginn des Herbstes im Atta-Wald vor. Stell dir vor, alle Blätter stehen direkt davor zu fallen. Dieser Mann muß die Hand ausstrecken und ein Blatt auffangen, ein ganz bestimmtes Blatt. Aber er weiß nicht, auf welchem Baum es ist. So sieht die Hoffnung für die Farlain aus. Glaubst du, dieser Idiot Cambil kann das Blatt fangen?«

»Caswallon vielleicht«, sagte Orakel.

»Caswallon ist nicht der Jagdherr«, sagte Taliesen leise. »Und wenn er es wäre … die Clans sind entzweit und weit zerstreut. Sie werden keinen Feind abwehren können, der so stark ist wie die Aenir.«

»Bist du hergekommen, um mich zu bestrafen, Druide?«

»Dich bestrafen? Manchmal wünschte ich, ich hätte dich umgebracht«, erwiderte Taliesen traurig. »Verdammt, Sterblicher! Warum mußte ich dir je das Tor zeigen?«

Orakel wandte sich von ihm ab, beugte sich vor und legte Holz aufs Feuer. Als er wieder aufschaute, war der Druide verschwunden.

Und er hatte das Schwert mitgenommen …

»Du bist ein bißchen ungerecht gegenüber Caswallon«, sagte Maeg zu ihrem Vater, der in dem breiten Ledersessel saß und leise kicherte, wenn der kleine Donal ihn am Bart zupfte. Maggrig war über die Lebensmitte schon hinaus, doch er war noch immer kraftvoll, und sein dichter roter Bart zeigte keine Spur von Grau. Donal gähnte, und der Jagdherr der Pallides legte das Kind an seine Brust, so daß es in seiner Armbeuge ruhte.

»Ungerecht ihm gegenüber?« sagte er leise. »Er hat meine einzige Tochter geheiratet, und er raubt noch immer meine Herden.«

»Das tut er nicht.«

»Ich gebe zu, in letzter Zeit hat er sich von Pallides-Land ferngehalten – aber nur, weil die Aenir ihm den Markt verdorben haben.«

»Das ist Tradition, Vater«, wandte Maeg ein. »Andere Clans waren immer schon Beute, und Caswallon ist ein Farlain.«

»Verschon mich damit, Mädchen. Diese Tradition ist schon vor vielen Jahren ausgestorben. Bei Gott, er braucht mein Vieh doch gar nicht. Oder Larics. Und früher oder später wird ihn jemand erwischen. Glaubst du denn, ich will meinen eigenen Schwiegersohn aufhängen?«

Maeg nahm das schlafende Kind aus Maggrigs Armen, legte es in seine Wiege und deckte es zu.

»Er braucht die Aufregung, er tut es, weil es ihm Spaß macht.« Die Erklärung klang lahm, selbst in Maegs Ohren. Denn trotz all seiner Intelligenz und seines flinken Verstandes weigerte sich Caswallon, erwachsen zu werden.

»Es hat ihm auch Spaß gemacht, anderen Männern die Frauen wegzunehmen, wie ich höre«, sagte Maggrig.

Maeg wandte sich ihm mit funkelnden Augen zu. »Genug davon!« fauchte sie. »Er hat keine andere Frau auch nur angesehen, seit wir verheiratet sind – na ja, angesehen schon, aber das ist alles.«

»Ich kann mir nicht erklären, warum du ihn geheiratet hast. Wußtest du, daß er meinen Preisbullen auf den Wiesen hinter dem Haus hält? Das ist wirklich ein Anblick für einen Besucher, sein eigener gestohlener Bulle!«

»Nimm ihn mit, wenn du gehst«, sagte Maeg lächelnd.

»Und lasse mich von allen Farlain dabei sehen? Eher sollen sie denken, es war ein Geschenk.« Er schüttelte den Kopf. »Ich dachte, du würdest ihn ändern, Maeg. Ich dachte, die Ehe würde ihn ruhiger machen.«

»Das hat sie auch. Er ist ein wunderbarer Ehemann, er sorgt für mich.«

»Ich will ihn nicht töten«, gestand Maggrig. »Verdammt, ich mag den Burschen. Es muß doch andere Möglichkeiten geben, Spaß zu haben.«

»Ich werde noch mal mit ihm reden. Bist du sicher, daß es dein Bulle ist?«

»Sicher? Natürlich bin ich sicher. In der Nacht, als er ihn klaute, jagte Intosh mit sieben anderen stundenlang hinter ihm her – nur daß er und dieser verdammte Kleinbauer Arcis sich getrennt hatten. Caswallon ließ Intosh auf der falschen Fährte hinterherjagen.«

»Er muß ziemlich wütend gewesen sein«, sagte Maeg und hatte Mühe, nicht zu grinsen.

»Er hat versprochen, sich Caswallons Ohren an einem Band um den Hals zu hängen.«

»Das war aber nicht wegen des Bullen«, meinte seine Tochter. »Sie sagten, als Intosh in sein Haus zurückkam, hatte jemand in seinem Bett geschlafen und sein bestes Schwert war gestohlen.«

»Der Mann ist einfach unverschämt«, sagte Maggrig, der sich ein Grinsen nicht verkneifen konnte. »Ich verlieh Intosh das Schwert, nachdem er die Spiele gewonnen hatte.«

»Soll ich es holen, Vater? Intosh hätte es bestimmt gern zurück.«

»Jetzt würde er es lieber in Schweinemist vergraben als es benutzen.«

»Caswallon will es bei den Spielen tragen.«

»Himmel, Frau! Schämt er sich denn gar nicht?«

»Nicht so weit ich weiß.«

Sie hörten, wie sich in dem Raum unter ihnen eine Tür öffnete und schloß, und die Treppe hinauf ertönte ein fröhliches Pfeifen.

»Ich begrüße ihn wohl besser«, sagte Maggrig und stand auf.

»Sei nett«, bat Maeg und hakte sich bei ihm unter.

»Sei nett, sagt sie. Was soll ich denn sagen? ›Wieder ein paar nette Raubzüge gemacht?‹«

Maeg kicherte, schlang ihren Arm um seinen Hals und küßte seine bärtige Wange. »Ich liebe dich«, sagte sie.

Er grinste sie an. »Ich war viel zu weich bei deiner Erziehung, Kind. Du hast immer bekommen, was du wolltest.«

Die beiden gingen hinunter, wo Caswallon vor dem Kamin stand und die Hände der Wärme entgegenstreckte. Er drehte sich um und lächelte, seine grünen Augen zwinkerten.

»Wie geht es dir, Vater?« fragte er.

»Nicht gerade besser, wenn ich dich sehe, du Klaubruder«, fauchte Maggrig. Maeg seufzte und ließ sie allein.

»Spricht man so mit dem Ehemann seiner Tochter?« fragte Caswallon.

»Es war ein Unglückstag, als du meine Schwelle überschritten hast«, erklärte Maggrig, ging zum Tisch und schenkte sich einen Becher Honigwein ein. Er hatte ein volles, reiches Aroma, und er genoß den Geschmack. »Das kommt mir irgendwie bekannt vor«, sagte er. »Er ist dem besonderen Met, das Intosh braut, recht ähnlich.«

»Ach, wirklich?« fragte Caswallon.

Maggrig schloß die Augen. »Mehr brauche ich nicht, damit mein Tag vollkommen wird – mein eigener Bulle grast auf deiner Wiese, während ich Met trinke, der meinem Kameraden gestohlen wurde.«

»Du mußt ihm mein Kompliment aussprechen. Es ist der beste Met, den ich je gekostet habe.«

»Mach' ich. Wo ist Gaelen?«

»Ich habe ihn hinausgeschickt, um die anderen Burschen kennenzulernen.«

»War das klug?«

Caswallon lächelte nicht mehr, als er zu Maggrig hinüberging und sich auch einen Becher Met einschenkte. »Früher oder später mußte es ja geschehen«, sagte er und bat Maggrig mit einer Handbewegung, sich zu setzen. Caswallon nahm gegenüber Platz und betrachtete die goldene Flüssigkeit, dann nippte er langsam daran. »Er ist ein guter Junge, Maggrig, aber er hat viel durchgemacht. Ich denke, sie werden häßlich zu ihm sein. Agwaine wird den Anführer machen.«

»Warum hast du ihn dann hinausgeschickt?«

»Weil er lernen muß. Darum dreht sich das ganze Leben – lernen zu überleben. Sein Leben lang hat er das getan. Jetzt muß er feststellen, daß das Leben in den Bergen so anders nicht ist.«

»Das klingt bitter. Das sieht dir nicht ähnlich.«

»Nun, die Welt verändert sich«, erwiderte Caswallon. »Ich habe gesehen, wie die Aenir Ateris überfallen haben, und das war scheußlich. Sie töten wie Füchse im Hühnerstall.«

»Wie ich höre, hattest du ein Gespräch mit ihnen in den Bergen?«

Caswallon grinste. »Ja.«

»Du hast zwei getötet.«

»Ja, ich hatte keine Wahl.«

»Was glaubst du, werden sie die Clans angreifen?«

»Unvermeidlich.«

»Ich stimme dir zu. Hast du schon mit Cambil gesprochen?«

Caswallon lachte laut auf. »Der Mann haßt mich. Wenn ich ihm einen guten Tag wünsche, betrachtet er das als Beleidigung.«

»Dann sprich mit Leofas. Macht Pläne.«

»Das werde ich. Er ist ein guter Mann. Stark.«

»Mehr als das«, sagte Maggrig, »er ist schlau.«

»Er klingt wie du, Maggrig.«

»Er ist auch so.«

»Dann gehe ich zu ihm. Und mach dir keine Sorgen um deine Herden. Diese Zeiten liegen hinter mir. Nachdem ich Ateris gesehen habe, habe ich den Spaß an dem Spiel verloren.«

»Freut mich zu hören.«

Caswallon schenkte ihnen nach. »Natürlich könnte ich mal hinschleichen, um noch etwas von Intoshs Met zu holen.«

»Das würde ich dir nicht raten«, sagte Maggrig.

3. Kapitel

Gwalchmai hörte zu, wie Agwaine den Sturz des Tiefländers plante. In einem großen Kreis saßen um den Sohn des Jagdherrn herum fünfzehn weitere Jugendliche – die Söhne der Ratsherren, die eines Tages selbst Ratsherren sein würden. Sie hörten Agwaine zu und erhoben keine Einwände. Gwalchmai war über ein solchen Gespräch alles andere als glücklich. Als Waisenkind der Berge wußte er, was Einsamkeit bedeutet, kannte er den Kummer, den sie mit sich brachte und die innerliche Kälte. Er war immer beliebt gewesen, aber er hatte auch darum gekämpft – mit Späßen und Scherzen und indem er die Zustimmung der anderen suchte. Er machte Botengänge für die älteren Jungen, war immer bereit, bei jeder Arbeit zu helfen, doch in seinem Herzen verbarg er große Ängste. Sein Vater war gestorben, als er sieben war – er wurde getötet, während er auf Pallides-Gebiet wilderte. Im nächsten Jahr erkrankte seine Mutter an Lungenfieber, und ihr Tod war schmerzlich. Der kleine Gwalchmai wurde zu Badraig und seinem Sohn geschickt, und sie hießen ihn willkommen. Aber Gwalchmai hatte seine Eltern sehr geliebt, und ihr Verlust schmerzte ihn so, daß er allein nicht damit fertig wurde.

Er war kein großes Kind, und obwohl er bald fünfzehn wurde, war er doch bei weitem der kleinste seiner Gruppe. In zwei Dingen bewies er Geschick: im Laufen und Bogenschießen. Aber sein Mangel an Kraft beschränkte ihn in beidem. Auf kurze Entfernungen rannte er schneller als selbst Agwaine, und mit einem Kinderbogen konnte er auf zwanzig Schritte die besten Schützen der Farlain übertreffen. Aber er hatte nicht die Kraft, den Bogen eines Mannes zu spannen und versagte bei Turnieren, wenn die Entfernung dreißig Schritte überstieg.

Agwaine sprach darüber, wie sie Caswallons neuen Sohn demütigen wollten. Gwalchmai saß dabei und sah den Sohn des Jagdherrn aufmerksam an. Er war groß und geschmeidig, mit einem raschen, strahlenden Lächeln, und im allgemeinen war er nicht bösartig. Doch heute war es anders. Agwaines dunkle Augen glitzerten, und sein attraktives Gesicht war verzerrt, als er davon sprach, wie sie den Tiefländer foltern wollten. Gwalchmai fand das schwer zu begreifen, und er wünschte, er hätte den Mut, das auch laut zu sagen. Aber wenn er in sich hineinlauschte, wußte er, daß er dafür nicht die Nerven hatte. Nervös wanderte sein Blick zu Layne. Während alle anderen Agwaine blindlings folgen würden, würde Layne immer seinen eigenen Weg gehen. Im Augenblick sagte der Sohn des Leofas nichts, sein Adlergesicht verriet keinerlei Gefühle. An seiner Seite schwieg sein riesenhafter Bruder Lennox ebenfalls. Laynes graue Augen begegneten Gwalchmais Blick, und der Waisenjunge wünschte so sehr, daß Layne etwas sagte. Wie als Antwort auf sein Gebet lächelte Layne Gwalchmai an, dann sprach er.

»Ich glaube, dieser Gaelen ist schon schlimm genug behandelt worden, Agwaine«, sagte Layne. »Warum es noch schlimmer für ihn machen?« Gwalchmai spürte, wie ihn Erleichterung durchströmte, doch Agwaine wollte sich nicht von seinem Vorhaben abbringen lassen.

»Wir reden hier über einen Spaß«, sagte Agwaine glattzüngig. »Ich sage ja nicht, daß wir ihn töten wollen. Was schadet es?«

Layne fuhr sich mit der Hand durch sein langes dunkles Haar, seine Augen hielten Agwaines Blick stand. »Was nützt es?« entgegnete er. »Eine solche Handlung ist unter deiner Würde, Vetter. Wir alle wissen, daß dein Vater

Caswallon nicht leiden kann, aber das ist eine Sache, die nur die beiden etwas angeht.«

»Das hat nichts mit meinem Vater zu tun«, sagte Agwaine hitzig. Er fuhr zu Lennox herum. »Was ist mit dir?« fragte er. »Bist du auch der gleichen Meinung wie dein Bruder?«

Lennox zuckte die gewaltigen Schultern. »Immer«, sagte er, und seine Stimme klang tief wie ferner Donner.

»Denkst du denn nie selbst, du häßlicher Ochse?« fauchte Agwaine.

»Doch, manchmal«, antwortete Lennox freundlich.

»Was ist mit euch anderen?«

»Ach, laßt uns ein bißchen Spaß mit ihm haben«, meinte Draig, Gwalchmais Stiefbruder. »Was schadet es? Was meinst du, Gwal?«

Alle Augen wandten sich Gwalchmai zu, und sein Herz sank. Er versuchte immer, Streitereien aus dem Weg zu gehen, und was immer er jetzt sagte, es würde ihm weh tun. Layne und Lennox waren seine Freunde. Layne war von ernstem Wesen, aber loyal, und sein Bruder Lennox war zwar stark wie ein Ochse, aber ein sanftmütiger Kamerad. Doch Agwaine war Cambils Sohn und der akzeptierte Anführer der Jugend von Farlain, und Draig war Gwalchmais Stiefbruder und ein Junge, der ein hitziges Temperament hatte und schnell grollte. Die anderen fünf waren alle größer als Gwalchmai.

»Nun, was meinst du?« drängte Draig.

»Ich weiß nicht«, murmelte Gwalchmai. »Was ihr am besten findet.«

Er versuchte, nicht zu Layne hinüberzuschauen, doch er wurde von dem Blick des anderen angezogen. Layne lächelte ihm lediglich zu. Er spürte das Mitleid in diesem Lächeln, es schmerzte ihn mehr, als er ertragen konnte.

»Dann laß es uns machen!« sagte Agwaine grinsend.

Ihr Plan war einfach. Kareen hatte ihnen in aller Unschuld erzählt, daß Caswallon seinen Sohn an diesem

Morgen auf die Wiese schicken wollte, damit er die anderen Jungs aus dem Dorf kennenlernen sollte. Agwaine hatte vorgeschlagen, daß sie ihm seine Kleider abnehmen und ihn nach Hause zurückjagen sollten, wobei sie ihn mit Birkenzweigen peitschen wollten.

Jetzt entfernten sich Layne und Lennox von der Gruppe und hockten sich ins Gras. Gwalchmai setzte sich unglücklich auf einen umgestürzten Baumstamm und wünschte, er wäre zu Hause geblieben.

Er sah auf, als die Unterhaltung verebbte. Ein schlanker Junge in einer grünen, mit braunem Leder eingefaßten Wolltunika kam auf sie zu. Sein Haar war rot, mit einer weißen Strähne oberhalb der zackigen Narbe, die über seine linke Gesichtshälfte verlief. Er trug einen breiten Gürtel, in dem ein Jagdmesser steckte. In seinem Gang lag nichts Zauderndes, doch er wirkte nervös. Layne und Lennox beachteten ihn nicht, als er vorbeiging, und Gwalchmai sah, daß der Junge die Zähne zusammenbiß.

Er ging auf die Gruppe zu, den Blick fest auf Agwaine gerichtet. Gwalchmai sah, daß sein linkes Auge voller Blut war und schauderte.

»Ich bin Gaelen«, sagte der Junge zu Agwaine.

Agwaine nickte. »Warum sagst du mir das?«

»Ich sehe aus der Art, in der deine Freunde sich um dich scharen, daß du hier der Anführer bist.«

»Klug beobachtet, Tiefländer.«

»Willst du mir nicht sagen, wie du heißt?«

»Wozu? Du wirst uns niemals direkt ansprechen, du bist wie das Wolfsjunge, das du mit nach Hause gebracht hast – ohne Belang für jeden mit Stammbaum.«

Gaelen erwiderte nichts, doch seine Gedanken überschlugen sich. In Ateris hatte es viele Diebe und viele Banden gegeben, aber er war immer allein gewesen.

Diese Szene hier unterschied sich nicht wesentlich von anderen in seinem Leben. Zuerst würde noch ein bißchen geredet, dann kochte der Ärger hoch, und die Gewalt begann. Der Unterschied war, daß er in Ateris immer irgendwo hinrennen konnte, er kannte jede Gasse und jedes Gebäude, jedes Dach und jedes Versteck. Als er auf die Gruppe zugegangen war, hatte er sie abgeschätzt, um herauszufinden, welche der Burschen er fürchten mußte und welche er ignorieren konnte. Zwei lagen im Gras, ein Stück entfernt von den anderen. Der eine war schlank, aber athletisch gebaut, mit ausgeprägten Zügen. Neben ihm saß ein richtiger Riese, größer als die meisten Männer des Clans, die Gaelen gesehen hatte. Doch da sie sich von der Gruppe getrennt hatten, beachtete Gaelen sie nicht. Sein Blick wurde von einem kleinen Jungen angezogen, der bei den anderen saß. Er war zierlich gebaut, hatte kurzgeschnittenes rotes Haar und wirkte nervös, ja geradezu ängstlich. Gaelen schob ihn innerlich beiseite. Die anderen hatten sich um den jungen Mann geschart, dem er jetzt gegenüberstand. Sie würden nicht handeln – nur reagieren. Also hing alles von dem Ausgang seiner Konfrontation mit dem Anführer ab. Gaelen musterte ihn prüfend. Er hatte ein entschlossenes Gesicht mit dunklen Augen und festem Blick. Und er war stolz. In diesem Augenblick wußte Gaelen, daß er nicht vor einem feigen Raufbold stand, der sich einschüchtern oder mit Worten beherrschen ließ. Sein Herz sank.

Trotzdem, eins hatte er schon früh gelernt: Man durfte dem Feind nie gestatten, das Tempo zu bestimmen. »Na, nun steh doch nicht so da rum«, sagte er mit einem gezwungenen Lächeln zu Agwaine. »Erteil dem Wolfsjungen doch die Lektion, die ihr geplant habt.«

»Was?« sagte Agwaine verblüfft.

»Es ist doch klar, daß du und deine Bastarde schon beschlossen habt, wie dieses Spiel gespielt werden soll, also fangt doch an. Hier, ich mache es euch leicht.« Lässig trat er vor und schlug dem anderen so langsam voll ins Gesicht, daß dessen Reflexe versagten und er rücklings ins Gras fiel.

Gaelen zog sein Messer und sprang zurück, als die anderen Jugendlichen aufsprangen. Agwaine schüttelte den Kopf und stand langsam auf. Seine Augen glitzerten. Auch er zog ein Messer.

»Dafür bringe ich dich um, Fremdländer«, sagte er. Seine Miene war finster, und er bewegte sich in vollendetem Gleichgewicht nach vorn. Die anderen zogen ihre Waffen und bildeten einen Halbkreis um sie.

»Das reicht!« sagte der große junge Mann, den Gaelen abseits der anderen gesehen hatte. Er kam heran und stellte sich neben Gaelen. »Genau genommen ist es mehr als genug. Dein Scherz ist schal geworden, Agwaine.« Eine weitere Gestalt stellte sich auf der anderen Seite neben Gaelen, riesengroß überragte sie alle anderen.

»Mischt euch nicht ein«, warnte Agwaine sie. »Ich will ihm das Herz herausschneiden.«

»Stell dich hinter mich«, befahl Layne Gaelen.

»Ich habe keine Angst vor ihm.«

»Stell dich hinter mich!« Obwohl er die Stimme nicht erhob, besaß sie Autorität. Nichtsdestoweniger war Gaelens Wut inzwischen so groß, daß er sich fast geweigert hätte. Dann legte der Riese ihm seine Pranke auf die Schulter, und Gaelen spürte die Kraft darin.

»Du tust besser, was er sagt«, sagte der riesige Bursche leise. »Layne hat meistens recht.«

Gaelen georchte, und Layne trat vor, bis er mit seinem Bauch Agwaines Messer berührte.

»Willst du mich wirklich töten, Vetter?« fragte er.

»Natürlich nicht, das weißt du genau.«

»Dann denk darüber nach. Der Junge hat sich gut gehalten. Er wußte, daß du vorhattest, ihn zu verprügeln, und er hat sich euch allen gestellt, er hat Mut. Es wäre nicht anständig, ihn jetzt zu bestrafen – oder?«

Agwaine steckte sein Messer weg. »Er ist ein Tiefländer, und ich werde ihn nie akzeptieren. Meine Freunde auch nicht. Alle, die mir folgen, werden ihn meiden.«

»Ich nicht, Agwaine. Lennox auch nicht.«

»Dann seid ihr nicht mehr meine Freunde. Gehen wir!« befahl er den anderen. Als sie davonstapften, blieb Gwalchmai zurück, doch Draig sah ihn und rief nach ihm.

»Wir sehen uns später«, gab Gwalchmai zurück.

Draig kam zurückgetrabt. »Du kannst nicht hier bleiben«, sagte er. »Du hast doch gehört, was Agwaine gesagt hat.«

»Ich bleibe bei meinen Freunden«, sagte Gwalchmai.

»Du bist ein Idiot, Gwal. Daraus kann nichts Gutes werden.« Draig ging davon.

Gaelen steckte sein Messer weg. Der große Junge mit dem dunklen Haar und den grauen Augen wandte sich ihm zu und streckte die Hand aus.

»Ich bin Layne, Sohn des Leofas«, sagte er. »Das hier sind mein Bruder Lennox und mein Vetter Gwalchmai.«

Gaelen schüttelte allen dreien die Hand. »Warum hast du das für mich getan?« fragte er.

»Das war nicht für dich, das war für Agwaine«, antwortete Layne.

»Das verstehe ich nicht.«

»Agwaine ist ein guter Freund und tapfer«, erklärte Layne. »Er handelte im Zorn und hätte es bedauert, wenn er dich getötet hätte. Er ist nicht böse und auch nicht boshaft. Aber er hat den Dünkel seines Vaters, und er liebt die Rolle des Anführers.«

»Ich habe euch Ärger gemacht. Das tut mir leid.«

Layne schüttelte den Kopf. »Du hast gar nichts gemacht. Nicht dich wollten sie demütigen, sondern deinen Vater. Caswallon ist nicht beliebt.«

»Warum nicht?«

»Es steht mir nicht zu, Klatsch zu verbreiten. Ich mag

Caswallon, aber andere tun das nicht, und bei den Clans enden solche Dinge meist mit Blutvergießen und Blutrache. Wir sind ein gewalttätiges Volk, Gaelen, wie du bereits gemerkt hast.«

»Caswallon ist nicht gewalttätig.«

»Allerdings nicht. Aber auch er hat die Anlagen dafür, wie du in den Bergen mit den Aenir gesehen hast.«

»Ihr habt davon gehört?«

»Wer nicht? Mein Vater führte die Jäger, die sie aus dem Gebiet der Farlain hinausbrachten.«

Die Jungen ließen sich im Gras nieder und genossen den Sonnenschein. Lennox und der rothaarige Gwalchmai sprachen nur wenig.

Layne fragte Gaelen über sein Leben in Ateris und den Überfall der Aenir aus. Aber die Erinnerungen waren für Gaelen zu schmerzlich, und um das Thema zu wechseln, kam er wieder auf Caswallon zurück. »Ich weiß, daß du keinen Tratsch verbreiten willst«, sagte er, »aber ich bin fremd hier, und ich muß wissen, warum mein ... Vater sich so unbeliebt gemacht hat.«

»Caswallon ist der reichste Mann im ganzen Tal. Er besitzt die größten Herden, und seine Felder tragen mehr Weizen als die aller anderen, außer Cambils. Aber er hält sich von den anderen Mitgliedern des Clans fern, und der Jagdherr haßt ihn.«

»Er wirkt aber nicht reich«, wandte Gaelen ein. »In Ateris haben ... hatten ... reiche Männer Marmorpaläste und goldene Kutschen. Und viele Diener. Und sie trugen Ringe und Halsketten, Armreifen und Broschen.«

»Für solchen Schnickschnack haben wir keine Verwendung«, erklärte Layne. »Wir leben frei. Caswallon gibt mehr als hundert Kleinbauern Brot. Wenn er wollte, könnte er einen neuen Clan gründen. Das ist reich – glaub mir.«

»Warum tut er es dann nicht? Ich meine, wenn er so unbeliebt ist, wäre das doch nur vernünftig. Dann wäre er sein eigener Jagdherr.«

»Dann müßte er sein Land hier im Tal aufgeben und einen anderen Platz zum Leben suchen, und das ist heute nicht mehr einfach. Im Nordosten kontrollieren die Haesten das Land, das ans Tiefland grenzt. Nördlich davon leben die Pallides. Der Rest des Landes im Umkreis von sechs Tagesmärschen gehört den Farlain, und dahinter kämpfen die kleineren Clans – die Loda, Dunilds und Irelas – um das Land. Jedenfalls ist Caswallon ein Farlain und wird es immer bleiben.«

»Ich bin verdammt hungrig«, sagte Lennox plötzlich.

Gaelen suchte in seinem ledernen Gürtelbeutel und brachte ein dickes Stück kalter Fleischpastete zum Vorschein. Er reichte es Lennox. Der riesige Bursche dankte ihm und verschlang die Pastete im Eiltempo.

»Mein Vater wäre auch reich«, sagte Layne trocken, »wenn mein Bruder nicht so einen Appetit hätte.«

»Er ist groß«, sagte Gaelen. »Ich glaube nicht, daß ich schon mal jemanden in seinem Alter gesehen habe, der größer war.« Lennox war jetzt schon über ein Meter achtzig groß, mit einem Stiernacken und breiten Schultern. Sein Gesicht war breit, die tiefliegenden Augen braun. Kinn und Wangen zeigten schon die Schatten eines Bartes.

»Und er ist so stark, wie er aussieht. Und auch wenn du das Gegenteil hörst, er ist kein Dummkopf. Er sagt nur einfach wenig. Stimmt's nicht, Bruder?«

»Was immer du sagst«, erwiderte Lennox grinsend.

»Ich weiß nicht weshalb, aber er spielt gern den Einfaltspinsel«, sagte Layne. »Er läßt die Leute glauben, er habe kein Hirn.«

»Das schadet doch nichts«, sagte Lennox mild.

»Nein, aber es ärgert mich«, entgegnete sein Bruder mit finsterem Blick. Gaelen hätte nicht geglaubt, daß die beiden Brüder waren. Obwohl Layne hochgewachsen war, war er viel schlanker gebaut, sein Gesicht zartknochiger.

»Ich kann mir nicht denken weshalb, Layne«, sagte

Lennox lächelnd. »Du bist doch der Denker in der Familie.«

»Unsinn.« Layne wandte sich an Gwalchmai. »Warum so schweigsam, Kleiner?«

»Ich dachte gerade an Agwaine«, antwortete Gwalchmai. »Ich mache nicht gerne jemanden wütend.«

»Er wird nicht lange wütend auf dich sein. Außerdem, ich bin stolz auf dich. Was meinst du, Lennox?«

»Ich finde, es hat Mut gekostet, bei uns zu bleiben. Du wirst es nicht bedauern, Gwal, mein Freund.«

»Glaubt ihr, sie werden Gaelen wieder angreifen?« fragte Gwal.

»Nein«, antwortete Layne. »Wenn er Zeit hat nachzudenken, wird Agwaine erkennen, daß Gaelen wie ... «, er grinste, »wie ein Hochländer gehandelt hat«, sagte er. »Das wird er respektieren.«

Gaelen wurde rot, sagte aber nichts

»Nun«, meinte Layne. »Ich glaube, es wird Zeit, daß wir Gaelen von der Jagd erzählen.«

Caswallon stand nervös vor der Tür und biß sich auf die Lippe, eine Angewohnheit, die er mit der Kindheit abgelegt zu haben meinte. Aber vor der Tür von Leofas zu stehen, brachte Erinnerungen zurück, und zwar keine angenehmen.

Als Caswallon noch ein Kind war, hatte er einen Dolch aus dem Haus des Schwertchampions Leofas gestohlen. Sein Stiefvater Padris war wütend gewesen, als Cambil ihn von Caswallons Fehlverhalten in Kenntnis gesetzt hatte, und hatte den Jungen zu Leofas geschickt, um zu beichten.

Caswallon hatte ebenso vor der Tür gestanden wie jetzt, nervös und ängstlich. Er lachte leise. »Du Idiot«, sagte er zu sich. Aber es half nichts.

Er klopfte an die Tür und holte tief Luft.

Leofas ließ ihn ohne ein Wort der Begrüßung ein und deutete auf einen Stuhl vor der Feuerstelle. Caswallon nahm seinen Umhang ab und setzte sich. Das Zimmer war groß, mit Teppichen aus Ziegen – und Wolfsfellen ausgelegt, und an der gegenüberliegenden Wand hing ein Bärenfell, staubig und räudig vor Alter.

Caswallon streckte seine Beine vor dem Feuer aus. »Das letzte Mal, als ich hier war, hast du mich mit deinem Gürtel verdroschen«, stellte er fest.

»Ich erinnere mich, daß du es verdient hattest«, erwiderte Leofas. Er war ein großer Mann, nicht übermäßig hochgewachsen, aber mit breiten Schultern und einem dicken Nacken sowie einem dichten Bart, der allmählich grau wurde. Aber seine blauen Augen waren scharf, sein Blick abweisend.

»Allerdings.«

»Komm zur Sache, Caswallon«, fuhr der alte Mann ihn an.

Caswallon stand auf, Zorn stieg in ihm auf. »Ich glaube nicht«, sagte er leise. »Ich bin nicht mehr das Kind, das dein Messer gestohlen hat, ich bin ein Mann. Ich kam her, weil Maggrig es mir riet, und weil es vernünftig schien, aber ich werde nicht hier sitzen und mir deine Unhöflichkeiten anhören.«

Leofas hob die Augenbrauen und wartete, während Caswallon nach seinem Mantel griff.

»Möchtest du etwas trinken, mein Junge?« fragte er.

Caswallon zögerte einen Augenblick, dann ließ er seinen Mantel über eine Stuhllehne fallen und wandte sich dem Älteren wieder zu. »Das wäre schön«, sagte er.

Leofas verließ das Zimmer und kam kurz darauf mit zwei Krügen Bier zurück. Dann setzte er sich Caswallon gegenüber. »Willst du jetzt auf den Grund deines Besuches zu sprechen kommen?«

»Ehe ich das tue, wollen wir reinen Tisch machen. Als du jung warst, hast du das ganze Gebirge durchstreift, um deine Herden zu vergrößern. Was hast du gegen mich?«

»Das läßt sich leicht beantworten, und ich mag es, wenn jemand ohne Umschweife seinen Grund zur Klage nennt. Als ich noch ein junger Bursche war, lagen die Clans in offenem Krieg miteinander. Niemand wußte, was es bedeutete, reich zu sein. Viehdiebstahl war oft der Unterschied zwischen Hunger und ein bißchen Annehmlichkeit. Aber die Zeiten ändern sich, und die Clans kamen zu Wohlstand. Ich zollte dir Beifall, als du anfingst, ich dachte, du wärst geistreich und schlau. Aber dann wurdest du reich, und trotzdem gingen die Diebstähle weiter. Und dann wußte ich, daß sie kein Mittel zum Zweck waren, sondern der Zweck selbst.

Manchmal muß ein Mann um seiner Familie willen sein Leben riskieren, aber du riskierst es lediglich zum Spaß. Die meisten Männer in den Bergen schätzen ihren Clan hoch, denn er ist wie eine große Familie, und wir sind zum Überleben voneinander abhängig. Für die Kinder der Berge wird gesorgt, niemand hungert, während ein anderer sich vollstopft. Aber du, Caswallon, du sorgst nicht. Du meidest Verantwortung, und deine bloße Existenz nagt an dem, was den Clan stark macht. Kinder ahmen dich nach. Sie erzählen Geschichten von deinen Raubzügen und wollen sein wie du, denn du bist aufregend wie ein Mensch aus einer anderen Zeit. Ein Mythos aus der Vergangenheit.

Kuckuck-Caswallon nennen sie dich wegen deiner amourösen Eroberungen. Frauen verzehren sich nach dir, und das kann ich verstehen und hege deswegen keinen Groll gegen dich. Aber wenn du dich ins Bett der Frau eines anderen schleichst und ihm einen Sohn zeugst, dann hast du das Leben dieses Mannes zerstört. Er hing an seiner Frau, liebte und umsorgte sie. Sie gibt das alles auf für ein paar leidenschaftliche Nächte mit dir. Aber du bleibst nicht bei ihr, und so verzweifelt sie. Und auch ihr Leben ist ruiniert.

Was deine Raubzüge angeht … du ermutigst andere Clans, es dir nachzutun. Im vergangenen Herbst fing ich drei Viehdiebe von den Pallides, die sich mit meinem Preisbullen davon machen wollten. Ich mußte sie verstümmeln, wie das Gesetz es befiehlt. Aber warum taten sie es? Warum? Weil Caswallon *ihren* Bullen gestohlen hatte. Und jetzt komm zur Sache.«

Caswallon lehnte sich in seinem Stuhl zurück. Sein Herz war schwer, denn er konnte nicht ein Wort von Leofas' Anschuldigungen zurückweisen.

»Noch nicht, Leofas. Erst laß mich folgendes sagen: Alles, dessen du mich beschuldigst, ist wahr, und ich kann es nicht leugnen. Aber ich hatte niemals Böses im Sinn. Kuckuck-Caswallon? Manchmal gibt ein Mann seiner Selbstsucht nach und redet sich ein, daß es einen edleren Grund dafür gibt – daß er ein bißchen Glück in ein langweiliges Leben bringt. Aber seit ich Maeg geheiratet habe, war ich treu, denn ich habe aus meinen Fehlern gelernt.

Was die Raubzüge angeht, auch die waren selbstsüchtig, doch ich bedauere sie nicht, denn ich habe jeden Augenblick genossen. Wenn Männer litten, weil sie mich nachahmten, dann geht das zu ihren Lasten, denn mein Risiko war ebenso groß wie das ihre. Aber auch das gehört jetzt der Vergangenheit an.

Ich kam zu dir wegen der Aenir, das ist mein Begehr. Ich suche weder deine Freundschaft noch deine Zustimmung. Beides ist mir gleichgültig. Die Aenir sind Mörder, und sie werden ins Land der Clans einfallen.«

»Cambil ist der Jagdherr«, sagte Leofas wachsam. »Warst du schon bei ihm?«

»Du weißt, daß ich das nicht war. Und auch nicht zu ihm gehen werde. Wenn ich Cambil sagte, daß Schafe Gras fressen, würde er es abstreiten und seine Herde mit Fleisch füttern.«

Der ältere Mann nickte. »Das ist wohl wahr. Und ich

stimme dir bezüglich der Aenir zu, doch Cambil denkt anders. Er will neue Handelsvereinbarungen treffen, und er hat einen Aenir-Hauptmann eingeladen, sich die Jagd anzusehen.«

»Er hat auch nicht die Plünderung von Ateris mitangesehen«, sagte Caswalon.

»Nein. Aber du, und es hat dich verändert.«

»Das will ich nicht abstreiten.«

»Wie geht es dem Jungen, den du mitgebracht hast?«

»Es geht ihm gut. Deine Jungs haben ihm geholfen, denke ich, wenn er auch nicht darüber gesprochen hat.«

»Sie auch nicht, aber ich habe davon gehört. Es sind gute Jungs. Layne wollte nicht zulassen, daß Agwaine ihm etwas antat, und Lennox stand ihm bei. Das macht mich stolz, denn es ist schwer, Jungen ohne Mutter aufzuziehen. Und sie haben sich gut entwickelt.«

»Sie machen dir Ehre.«

»Wie Gaelen dir«, sagte Leofas, »denn er wollte es mit allen aufnehmen.«

»Er macht sich selbst Ehre. Wirst du im Rat gegen Cambil sprechen?«

»In der Frage der Aenir, ja.«

»Dann will ich deine Zeit nicht länger in Anspruch nehmen.«

»Mann, du hast dein Bier noch nicht ausgetrunken. Bleib noch ein Weilchen sitzen. Ich habe nicht oft Besuch.«

Die Männer saßen noch etwa eine Stunde zusammen, tranken Bier und tauschten Geschichten aus. Caswallon hatte den Eindruck, der ältere Mann sei einsam. Seine Frau war vor sechs Jahren gestorben, und er hatte nicht wieder geheiratet. Nach dem Tode von Padris vor drei Jahren hatte Leofas sich geweigert, als Jagdherr zur Verfügung zu stehen und behauptet, das sei die Aufgabe eines jungen Mannes. Aber er blieb im Jagdrat, und man hörte auf das, was er zu sagen hatte.

»Wie lange haben wir wohl noch – bevor sie einmarschieren?« fragte Leofas plötzlich. Sein Blick war trotz des Biers klar.

Caswallon versuchte, klar zu denken. »Ich würde sagen, ein Jahr, vielleicht zwei. Aber ich kann mich auch irren.«

»Ich glaube nicht. Sie kämpfen noch immer im Tiefland. Einige Städte halten noch stand.«

»Wir brauchen einen eigenen Plan«, sagte Caswallon. »Das Tal läßt sich nicht verteidigen.«

»Such Taliesen«, riet Leofas. »Ich weiß, diese Druiden verursachen Gänsehaut, aber er ist klug, und er weiß viel über das, was außerhalb unserer Berge vor sich geht.«

Zwei Monate lang nahm Caswallon Gaelen mit auf jede Jagd, brachte ihm alles über das Land und die Lebewesen darin bei. Er lehrte ihn von Mann zu Mann zu kämpfen, zu ringen und zu boxen, sich mit den Schlägen abzurollen und rasch zu kontern. Die Lektionen waren manchmal schmerzhaft, und Gaelen geriet schnell in Zorn. Caswallon erklärte ihm, daß er seine Wut beherrschen und kühl einsetzen mußte.

»Zorn kann einem Mann Kraft verleihen oder ihn vernichten«, sagte er zu dem Jungen, als sie gemeinsam auf dem Hügel oberhalb des Hauses saßen. »Wenn du kämpfst, mußt du gelassen bleiben. Denke mit deinen Händen. Wenn du zuschlägst, muß dich das ebenso überraschen wie deinen Gegner. Jetzt polstere deine Hände, dann sehen wir, wieviel du schon begriffen hast.« Vorsichtig umkreisten sich die beiden. Caswallon stieß eine gerade Linke auf Gaelens Gesicht vor. Gaelen wehrte ab und konterte mit einer Rechten. Caswallon wich aus, der Schlag pfiff an seinem Kinn vorbei. Er reagierte mit einer raschen Linken, die am Kinn des Jungen abglitt. Aus dem Gleichgewicht gebracht, ging Gaelen zu Boden, rollte sich ab und kam mit blitzenden Augen auf die Beine. Caswallon versuchte einen rechten Haken, der jedoch nie sein Ziel erreichte, denn Gaelen duckte sich unter dem Schlag und traf den größeren mit einem Aufwärtshieb, der ihn zu Boden schickte.

»Fein. Das war gar nicht schlecht«, sagte Caswallon und rieb sich das Kinn. »Du fängst an, dich gut zu bewegen. Ein bißchen zu gut.« Er griff nach Gaelens Hand, der ihn hochzog. »Wir wollen uns ein Weilchen hinsetzen«, sagte er. »In meinem Kopf dreht sich noch alles. Ich glaube, du hast mir alle Zähne gelockert.«

»Tut mir leid.«

Caswallon lachte. »Muß es nicht. Du warst wütend, aber du hast deine Wut beherrscht und ihre Kraft in deinen Schlag gelegt. Das war ausgezeichnet.« Die beiden setzten sich in den Schatten einer Ulme.

»Ich wollte dich schon immer etwas fragen«, begann Gaelen, »über den Busch, in dem du mich versteckt hast, als die Aenir so nah waren.«

»Es war ein gutes Versteck.«

»War es nicht«, widersprach Gaelen. »Es war in freiem Gelände, und wenn sie nach unten geguckt hätten, hätten sie mich ganz bestimmt gesehen.«

»Deswegen war es ja gerade gut. Als sie angriffen, war ihr Blut in Wallung. Sie bewegten sich schnell, dachten schnell, guckten schnell. Verstehst du? Sie haben die Lichtung nicht durchsucht, sondern nur rasch überflogen und haben ihre Urteile überstürzt gefällt. Der Busch war klein und, wie du sagst, nicht zu übersehen. Er bot nur wenig Deckung, war der letzte Platz, so dachten sie, den sich jemand als Versteck aussuchen würde. Deshalb schenkten sie ihm keine Beachtung. Und genau das machte ihn zum besten Versteck.«

»Ich verstehe«, sagte Gaelen, »aber wenn sie nun stehengeblieben wären, um die Lichtung genauer zu untersuchen?«

»Dann hätten sie dich wahrscheinlich getötet«, sagte Caswallon. »Es hätte passieren können – aber die Wahrscheinlichkeit war sehr gering. Die meisten Menschen reagieren auf gewaltsame Situationen oder drohende Gewalt instinktiv wie ein Tier. Wenn man diesen Instinkt versteht, kann ein intelligenter Mann in neun von zehn Fällen gewinnen.«

Gaelen grinste. »Ich verstehe«, sagte er. »Deswegen hast du nach dem Überfall auf die Pallides beschlossen, dich in ihrem Dorf zu verstecken. Du wußtest, daß sie von dir erwarteten, daß du aus ihrem Gebiet so schnell wie möglich fliehst, also rannten sie aus dem Dorf, um dich einzufangen.«

»Ah, du hast Geschichten über meine verruchte Jugend gehört. Ich hoffe, du lernst etwas aus ihnen.«

»Das tue ich«, erklärte Gaelen. »Aber warum hast du das Haus von Intosh als Versteck ausgesucht? Er ist der Schwertmeister der Pallides, und alle sagen, er sei ein furchtbarer Gegner.«

»Aber er ist auch ein Witwer ohne Kinder. Niemand war in dem Haus.«

»Also hattest du es schon vor der Tat geplant. Du mußt erst das Dorf ausgekundschaftet haben.«

»Man muß immer einen Plan haben, Gaelen. Immer.«

Später, als sie auf dem Hang oberhalb von Caswallons Haus saßen und auf den Ruf zum Mittagessen warteten, fragte Caswallon den Jungen, wie er mit den anderen Burschen in dem kleinen Dorf zurechtkäme.

»Sehr gut«, antwortete Gaelen zurückhaltend.

»Keine Probleme?«

»Keine, mit denen ich nicht fertig würde.«

»Das bezweifle ich nicht. Wie sind sie im Vergleich zu den Jungen in Ateris?«

Gaelen lächelte.

»In der Stadt habe ich immer bei ihren Spielen zugesehen: Verstecken, Fangen, Murmeln. Hier spielen sie nichts. Sie sind so ernst. Das gefällt mir … aber in Ateris hätte ich immer gern mitgespielt.«

Caswallon nickte.

»Für Kinderspiele bist du ein bißchen spät zu uns gekommen, Gaelen. Hier in den Bergen wird ein Junge mit sechzehn zum Mann, dann kann er heiraten und sein eigenes Leben führen. Das ist nicht leicht. Zwei von fünf Kindern sterben vor ihrem ersten Geburtstag, und nur wenige Männer erreichen ein Alter von fünfzig Jahren. Die Kindheit ist hier rascher vorbei.

Hast du dich schon für eine Mannschaft zur Jagd nächste Woche gemeldet?«

»Ja, ich gehe mit Gwalchmai, Lennox und Layne.«

»Gute Jungs«, sagte Caswallon, »wenn Gwalchmai auch ein bißchen zimperlich ist, denke ich. Bist du zufrieden mit deiner Mannschaft?«

»Ja, wir treffen uns heute, um die Strecke zu planen.«

»Welche Probleme seht ihr?«

»Lennox ist stark, aber kein Läufer. Vielleicht schaffen wir es nicht, Agwaines Mannschaft bis zum ersten Baum zu schlagen.«

»Schnelligkeit ist nicht alles«, sagte Caswallon.

»Ich weiß.«

»Wer ist euer Anführer?«

»Das entscheiden wir heute nachmittag – aber ich nehme an, es wird Layne.«

»Logisch. Layne ist ein heller Kopf.«

»Nicht so hell wie Agwaine«, wandte Gaelen ein.

»Nein, aber du schon. Ihr werdet euren Spaß haben.«

»Hast du geführt, als du bei der Jagd mitgelaufen bist?«

»Nein. Cambil führte.«

»Habt ihr gewonnen?«

»Ja.«

»War Cambil ein guter Anführer?«

»Auf seine Weise schon. Ist er immer noch. Und er ist den Farlain ein guter Jagdherr gewesen.«

»Aber er mag dich nicht, Caswallon. Das weiß doch jeder.«

»Du solltest nicht auf so müßiges Geschwätz hören. Aber du hast recht. Er mag mich nicht – aber er hat auch einen guten Grund. Vor drei Jahren habe ich ihm etwas geraubt. Ich wollte es nicht, aber es hat sich so ergeben, und das hat er mir nicht vergessen.«

»Was hast du gestohlen?«

»Ich habe eigentlich gar nichts gestohlen. Ich habe mich nur geweigert, mich gegen ihn als Jagdherrn aufstellen zu lassen. Ich wollte nicht. Also haben die Ältesten ihn gewählt.«

»Das verstehe ich nicht. Wieso hält er dir das vor?«

»Eine schwierige Frage, Gaelen. Viele Leute glaubten, ich würde mich zur Wahl stellen. In Wahrheit hätte ich verloren, denn Cambil ist – und war es immer schon – dieser Rolle würdig. Aber hätte ich zur Wahl gestanden und verloren, hätte er gewußt, daß man ihn für den besseren Mann hielt. Da ich es nicht tat, wird er es nie wissen.«

»Ist das der Grund, weshalb Agwaine mich nicht leiden kann?« fragte Gaelen. »Weil sein Vater dich nicht leiden kann?«

»Vielleicht. Ich bin in meinem Leben oft selbstsüchtig gewesen und habe nur getan, was mir Spaß machte. Ich hätte anders handeln sollen. Wenn ich wieder für den Rat nominiert würde, würde ich annehmen. Aber das ist unwahrscheinlich.«

Vom Haus unten hörten sie Kareen rufen. Gaelen winkte ihr zu, doch Caswallon blieb sitzen.

»Geh und iß«, sagte er. »Ich komme bald nach.«

Er sah dem Jungen nach, wie er den Hang hinunterrannte und lächelte, als er sich an seinen eigenen Jagdtag vor fünfzehn Jahren erinnerte. Jeder Knabe des Clans, der über vierzehn, aber noch kein Mann war, wurde mit drei anderen in eine Mannschaft eingeteilt und in die Berge hinausgeschickt, um einen ›Schatz‹ zu finden. Geschickte Jäger legten die Spuren, verbargen Hinweise und Zeichen, und die Mannschaften mußten sie aufspüren, bis schließlich eine Mannschaft mit dem Preis zurückkehrte. Für Caswallon war der Preis ein Dolch gewesen, der in einem Baum versteckt war. Oft war es ein Pfeil, eine Lanze, ein Helm oder ein Schild. Dieses Jahr war es ein Schwert, aber von den Jungen wußte das keiner.

Jedes Jahr half Caswallon dabei, die Spuren zu legen, und es machte ihm Spaß. Aber dieses Jahr war es etwas Besonderes für ihn, da Gaelen teilnahm.

Er holte aus seinem Beutel den Streifen Pergament, den Taliesen ihm gegeben hatte, und las die Worte zum wiederholten Male:

Suche das Tier,
das niemand findet,
tosend, brüllend,
niemals stille,
unter der Haut,
bewacht von Silberflügeln,
liegt der
langverlor'ne
Königstraum.

Nach dem Essen würde Caswallon diesen Vers seinem neuen Sohn vorlesen, so wie es alle anderen Väter der Farlain auch taten. Es gab Zeiten, überlegte Caswallon, in denen Tradition wohltuend war.

In der Küche lag Caswallons kleiner Sohn Donal auf einer Wolldecke vor der Feuerstelle. Neben ihm schlief der Welpe, den Gaelen mitgebracht hatte. Er war in den vergangenen beiden Monaten sehr gewachsen und man konnte schon ahnen, zu was für einem herrlichen Tier er sich in den kommenden Jahren entwickeln würde. Kareen saß neben Maeg gegenüber von Gaelen, und sie lachten alle, als Caswallon eintrat.

»Was erheitert euch denn so?« fragte er.

»Ruh deine armen Knochen hier am Tisch aus«, sagte Maeg, »und erzähl uns vorsichtig, wie Gaelen dich zu Boden geworfen hat.«

»Es war ein fieser Schlag, und ich war unvorbereitet«, antwortete er und setzte sich neben den Jungen, der heftig errötete.

»Hast du angegeben, Gaelen?« fragte er.

»Hat er nicht«, warf Maeg ein. »Kareen sah es mit eigenen Augen, als sie die Hühner fütterte.«

»Die Hühner fütterte, also wirklich«, sagte Caswallon. »Vom Hof aus konnte man es gar nicht sehen. Das faule Kind ist auf den Hügel gestiegen und hat uns nachspioniert, das ist mal sicher.« Jetzt wurde Kareen rot und warf Maeg einen schuldbewußten Blick zu. »Genaugenommen«, fuhr Caswallon fort, »habe ich auf dem Rückweg zwei Reihen von Fußspuren gesehen. Die einen waren die zarten Abdrücke der jungen Kareen, und zu den anderen kann ich nur sagen, daß sie ungewöhnlich lang waren.«

»So!« sagte Maeg. »Jetzt sind wir wieder bei Scherzen über meine Füße angelangt, was?«

»Du hast schöne Füße, Maeg, Liebste. Keine andere Frau der Farlain hat so schöne Füße – oder so lange.«

Während der ganzen Mahlzeit neckten sie einander gut gelaunt, und erst als sie begann, Caswallons Fehler aufzuzählen, öffnete er geschlagen die Arme und bat um Verzeihung.

»Frau«, sagte er, »du steckst voller Gift.«

Nach dem Essen erlaubte er Gaelen, zu seinen Freunden zu gehen, und las ihm das Pergament des Druiden vor. »Komm nicht so spät nach Hause. Morgen geht es früh los.«

Später, als Maeg und Caswallon Arm in Arm in dem breiten Bett lagen, beugte sie sich über ihn und küßte ihn sanft auf die Lippen. »Was beunruhigt dich, Liebster?« fragte sie und strich ihm das dunkle Haar aus den Augen.

Er schlang den Arm um sie und zog sie an sich. »Wie kommst du darauf, daß mich etwas beunruhigt?«

»Keine Spielchen, Caswallon«, bat sie ernst. Sie rollte sich von ihm herunter, und er setzte sich und stopfte sich ein Kissen in den Rücken.

»Der Rat hat dafür gestimmt, den Handel mit Ateris wieder aufzunehmen und einer Gruppe von Aenir zu erlauben, die Farlain zu besuchen.«

»Aber wir müssen mit ihnen Handel treiben«, sagte Maeg. »Wir haben immer mit Ateris gehandelt, um Eisen, Saatgut, Bauholz und Leder.«

»Nicht immer, Maeg. Früher haben wir diese Dinge selbst gemacht. Wir haben es hier nicht mehr mit Kaufleuten aus dem Tiefland zu tun, sondern mit einer Kriegerrasse.«

»Was kann es schon schaden, wenn wir ein paar von ihnen gestatten, uns zu besuchen? Vielleicht werden wir sogar Freunde.«

»Man freundet sich nicht mit einem Wolf an, indem man ihn einlädt, bei den Schafen zu schlafen.«

»Aber wir sind keine Schafe, Caswallon. Wir sind die Clans.«

»Ich halte die Entscheidung für kurzsichtig. Vielleicht bereuen wir sie noch.«

»Ich liebe dich«, sagte sie. Ihre Worte unterbrachen seine Gedanken.

»Ich kann mir nicht vorstellen, wieso«, sagte er lachend. Dann nahm er sie in die Arme, und sie lagen schweigend da und genossen die Wärme des anderen und daß sie sich innerlich nahe waren.

»Ich kann dir gar nicht sagen, was du mir bedeutest«, flüsterte er.

»Das brauchst du auch nicht«, erwiderte sie.

In einem Moment war die Landschaft noch klar, sanfte grüne Hänge, hier und dort ein einzelner Baum, zwei Bäche, die sich vereinigten und schäumend über weiße Steine eilten. Schafe grasten friedlich in der Nähe einer kleinen Herde wilder Ponies.

Plötzlich hing ein beißender Gestank in der Luft, den keins der Tiere kannte. Ihre Köpfe fuhren hoch. Statt goldener Sonne strahlte blaues Licht. Regenbögen tanzten auf dem Gras, und ein Getöse wie von riesigen Heuschreckenflügeln hing über den Bergen. Die Ponies stiegen und machten kehrt, die Schafe stoben in alle Richtungen auseinander.

Für den Bruchteil einer Sekunde hingen zwei Sonnen am Himmel, dann verschmolzen sie, und die Berge lagen wieder in goldenem Licht. Aber es war nicht alles wie es gewesen war …

Im Schatten eines großen Felsblocks stand eine riesenhafte Gestalt. Aus dem breiten Maul ragten zehn Zentimeter lange gekrümmte Fangzähne, die massigen Schultern waren mit schwarzem Pelz bedeckt, gewaltige Arme endeten in krallenbewehrten Fingern. Die Augen waren schwarz und rund, und das Wesen blinzelte, als es seine neue Umgebung erkennen konnte.

Es hob den zottigen Kopf und schnüffelte. Der süße Geruch lebendigen Fleisches stieg ihm in die Nase. Das Wesen beugte sich vor, bis seine Krallen den Boden berührten.

Sein Blick richtete sich auf ein Mutterschaf, das zitternd auf dem Hang stand.

Das Ungeheuer ließ sich vollends auf alle viere nieder, spannte die Muskeln der Hinterbeine und machte einen Satz nach vorn. Mit erschreckender Geschwindigkeit näherte es sich dem Schaf. Erschreckt wollte das Mutterschaft davonrennen. Aber es war erst drei Sätze weit gekommen, als das Gewicht seines Verfolgers ihm das Rückgrat brach.

Krallenfinger bohrten sich in das Fleisch, Blut rann heraus.

Das Untier fraß rasch und hob oft den zottigen Kopf, um sich kurzsichtig umzusehen, bereit für jeden Feind, der sich ihm nähern mochte. Es fühlte sich in freiem Gelände unwohl, denn es war nicht an schimmernde Horizonte und helles Licht gewöhnt. Doch das Blut schmeckte gut, das Fleisch war saftig und fett. Gleichgültig riß es dem Schaf die Eingeweide heraus und warf sie fort und konzentrierte sich statt dessen auf das Fleisch der Lenden. Langsam und methodisch fraß das Wesen, knackte Knochen, um das Mark auszusaugen, zerschlug den Schädel und verschlang das Hirn.

Als sein Hunger gestillt war, setzte es sich. Es blinzelte im Sonnenlicht, als sich ein Bild in seinem Geist formte. Ein helles Bild. Grunzend schüttelte es den Kopf, dann stieß es ein tiefes Knurren aus. Undeutlich erinnerte es sich an den Steinkreis und den rotgekleideten Zauberer, aus dessen Fingern Flammen zuckten. Das Feuer war dem Untier in die Brust gedrungen und hatte sich dort eingenistet, ohne ihm Schmerzen zu bereiten. Das Biest heulte, als sein Hunger zurückkehrte.

Es würde immer hungrig sein – bis es die Bild-Frau verschlingen konnte. Wütend schlug das Untier mit den Händen auf die Erde.

Links von sich sah es die Baumreihen, die in den Wald oberhalb von Vallon übergingen. Da sein Hunger wieder erwachte, begann es darauf zuzulaufen und blieb an einem Bach stehen, um zu trinken. Die Bäume waren kleiner als diejenigen, die es gekannt und erklettert hatte, standen nicht so dicht und waren seltsam still. Keine schnatternden Affen schwangen sich an Schlingpflanzen weiter, nur wenige Vögel sangen, und es gab keine Spuren von Früchten an den Zweigen.

Der Wind drehte, und ein neuer Geruch stieg dem Wesen in die geblähten Nüstern. Die schwarzen Augen glitzerten bei der Erinnerung an salzig-süßes Fleisch und markgefüllte Knochen. Der Zauberer hatte einen Seelenduft in seine Sinne eingepflanzt – und dieses Lebewesen war nicht das vorbestimmte Opfer. Auch war der Duft nicht nahe. Doch es konnte beinahe das süße Fleisch des Menschenwesens schmecken, das sich näherte.

Speichel tropfte aus seinem Maul, und die dunkle Zunge fuhr über die Fangzähne. Der Geruch wurde stärker. Es mußte sich nicht anschleichen, denn das einfältige Wesen kam in seine Richtung.

Etwa hundert Schritt weiter westlich lehnte sich Erlik von den Pallides, ein großer junger Jäger aus dem Hause Maggrigs, auf seinen Stab. Sein Kriegshund Askar an seiner Seite ließ ein tiefes Knurren hören. Erlik war verwirrt. Vor einer Stunde hatte er den blauen Schimmer über den Bergen und die zwei Sonnen am Himmel stehen sehen. Und obwohl es Farlain-Gebiet war, hatte er sich hergewagt, geleitet von der Neugier der Jugend. Es war noch kein Jahr her, daß Erlik bei der Jagd zum Manne geworden war, und jetzt nahm er als Kämpfer an den Spielen teil.

Und wo ein erfahrener Veteran gezögert hätte, hatte Erlik, mit dem Selbstvertrauen der Jugend, die Grenze überschritten und sich in Feindesland begeben. Er hatte keine Angst vor den Jägern der Farlain, denn er wußte, daß er ihnen davonlaufen konnte, aber er mußte wissen, warum die Luft so blau gebrannt hatte. Er hatte das Gefühl, daß es eine tolle Geschichte war, die er bei der abendlichen Feier seinen Kameraden erzählen konnte.

Er beugte sich nieder und streichelte Askar, um ihn zum Schweigen zu bringen. Der Hund gehorchte unwillig. Ihm gefiel die Vorstellung nicht, in die Richtung zu gehen, aus der der Wind wehte, er spürte Gefahr voraus, die seine Nackenhaare sich sträuben ließ. Mit der angeborenen Schlauheit aller Hunde begann er, nach links abzubiegen, doch Erlik rief ihn zurück.

Der junge Jäger ging weiter zu einem Dickicht aus Ginster und Brombeeren. Askar knurrte wieder, und diesmal drang das Unbehagen des Hundes bis zu dem Menschen durch. Vorsichtig legte er seinen Wanderstab nieder, nahm den Bogen von der Schulter und legte hastig einen Pfeil auf die Sehne.

Das Dickicht explodierte, als ein riesiges schwarzes Wesen sich vor Erlik aufrichtete. Ein krallenbewehrter Arm schoß vor, riß dem Jäger den linken Arm halb ab und warf ihn zu Boden. Der Kriegshund versuchte, dem Wesen an die Kehle zu springen, wurde aber brutal beiseite gewischt. Erlik zog sein Jagdmesser und versuchte aufzustehen, doch wieder schlugen die Krallen zu, und sein Kopf rollte von den Schultern.

Minuten später kam der Kriegshund wieder zu sich, Schmerzen strahlten von seinen gebrochenen Rippen aus. Der große Kopf hob sich langsam, die Ohren lauschten auf das Knacken zerbissener Knochen.

Unendlich vorsichtig bewegte sich der Hund zentimeterweise nach Westen, weg von dem fressenden Ungeheuer.

Im Tal der Farlain packten vierzehn Mannschaften von Jugendlichen ihre Rucksäcke mit Proviant für die Jagd. Angehörige und Verwandte bevölkerten das Marktgelände.

Layne und Lennox saßen brüderlich Seite an Seite auf einer umgestürzten Eiche, während Gaelen mit geschlossenen Augen daneben auf dem Rücken lag. Neben ihm saß der schlanke Gwalchmai und schnitzte mit seinem kurzen Dolch.

»Ich wünschte, sie würden den Start verkünden«, sagte Layne. »Auf was warten sie denn noch?«

Gaelen setzte sich auf. »Caswallon sagte, der Druide muß seinen Segen geben.«

»Das weiß ich auch«, fauchte Layne. »Ich meine, warum die Verzögerung?« Gaelen legte sich wieder ins Gras, ohne etwas zu sagen. Normalerweise war Layne nicht so reizbar.

»Freust du dich drauf?« fragte Gwalchmai. Gaelen sah, daß der rothaarige Junge wegen Laynes Gereiztheit beunruhigt war und versuchte, die Stimmung zu ändern.

»Ja«, antwortete Gaelen.

»Verstehst du, was das Rätsel bedeutet?«

»Nein. Hast du es schon gelöst?«

Gwalchmai zuckte die Achseln. »Vielleicht wird es einfacher, wenn wir die zweite Spur finden.«

Im Hause Cambils, hinter dem Feld und den wartenden Mannschaften, saß der Oberdruide Taliesen. Ihm gegenüber schritt der hochgewachsene Jagdherr Cambil vor der Feuerstelle auf und ab, ein gutaussehender junger Mann mit hellem Haar in einer blattgrünen Tunika und rotem Mantel.

Neben der Feuerstelle saß ein Fremder in Lederhemd und Hosen, das lange blonde Haar unter einem runden Lederhelm zu Zöpfen geflochten. Auch er sah gut aus, aber im Gegensatz zu Cambil hatte er nichts Sanftes an sich. Seine Augen waren vom kalten Blau des Winterhimmels, um seinen Mund spielte ein spöttisches Halblächeln. Daß der Druide ihn nicht leiden konnte, war offensichtlich und schien den Aenir zu amüsieren, doch Cambil fand dieses Gespräch äußerst peinlich.

Der Druide war wütend, wenn er sich das auch nicht anmerken ließ, während er an seinem Wasser nippte. Cambil fühlte sich unbehaglich und zupfte an seinem goldblonden Bart. Der Fremde lehnte sich mit ausdrucksloser Miene in dem lederbespannten Stuhl zurück.

»Es kommt selten vor«, sagte der Druide schließlich, »daß ein Fremder bei der Jagd der Jugend anwesend ist –

wenn es auch schon in Einzelfällen so gewesen ist. Heute gibt es keinen Segen, denn die Worte der Macht können nicht in Anwesenheit von Tiefländern gesprochen werden. Das ist keine Mißachtung deines Gastes, Cambil, sondern die Macht der Tradition verbietet es.«

Cambil biß sich auf die Lippen und nickte.

»Darf ich bitten«, fuhr der Druide fort, »daß wir uns unter vier Augen unterhalten?«

Cambil wandte sich an den Mann neben ihm. »Ich bitte um Entschuldigung, Lord Drada, bitte geh doch zu den anderen an den Tisch, und nimm etwas zu dir.«

Drada stand auf und verbeugte sich vor Cambil, dann wandte er sich an den Druiden. »Es tut mir leid, wenn ich euch Schwierigkeiten mache. Hätte ich gewußt, daß meine Anwesenheit die Zeremonie unterbrechen würde, hätte ich die Einladung abgelehnt.« Weder Taliesen noch Cambil entging die Betonung des Wortes Einladung, und der Jagdherr merkte, wie er rot wurde.

Der Aenirkrieger warf sich kunstvoll seinen schwarzen Umhang um die breiten Schultern und ging hinaus, wobei er leise die Tür hinter sich schloß.

Der alte Druide ließ seine dunklen Augen auf dem Jagdherrn ruhen und beugte sich über den Tisch. »Es war nicht klug, ihn ins Farlain-Land einzuladen«, sagte er.

»Er ist doch ganz freundlich«, beharrte Cambil.

»Er ist der kommende Feind«, fauchte der Druide.

»Das sagst du, alter Mann, aber ich bin der Jagdherr der Farlain, und ich allein entscheide, ob ein Mann Freund oder Feind ist. Du bist Druide und mußt in religiösen Angelegenheiten respektiert werden, aber überschreite deine Grenzen nicht!«

»Bist du blind, Cambil, oder einfach nur dumm?«

Zorn schimmerte in den Augen des Jagdherrn auf, doch seine Antwort war ruhig. »Ich bin nicht blind, Druide. Und ich behaupte gar nicht, klüger zu sein als andere. Was ich weiß, ist, daß ein Krieg für keine der beiden Seiten einen Vorteil bringt. Wenn wir die Aenir davon überzeugen können, daß wir keine Bedrohung für sie darstellen und daß es hier in den Bergen keine Schätze zu holen gibt, dann sehe ich keinen Grund, warum wir nicht nebeneinander existieren sollen – wenn schon nicht als Freunde, so doch wenigstens als gute Nachbarn. Wenn wir sie fernhalten, schürt das nur Mißtrauen und macht einen Krieg wahrscheinlicher.«

Cambil ging zur Tür und riß sie auf. »So, die Jungen warten, ich schicke sie jetzt los, und ich habe keinen Zweifel daran, daß dein fehlender Segen sie nicht im geringsten beeinträchtigen wird.«

Am Rande des Geländes saß Caswallon mit Maeg und Kareen und beobachtete die Jungen, die sich für das erste Rennen zu den Bäumen aufstellten. Wenn sie dort ankamen, würden sie einen Lederbeutel finden, der an der mittleren Kiefer hing. In dem Beutel befanden sich vier Hinweise, auf Pergament geschrieben. Die erste Mannschaft, die den Baum erreichte, konnte also alle Hinweise lesen und einen entfernen. Die nächste Mannschaft fand nur noch drei Hinweise und nahm einen weg. Und so weiter, bis die vierte Mannschaft schließlich nur noch einen Hinweis fand.

Gaelen, der noch nicht lesen konnte, war beim ersten Rennen für seine Mannschaft nutzlos, aber sie hatten Gwalchmai gewählt, um als erster zu laufen, denn er war fast so schnell wie Cambils Sohn Agwaine.

Die Mannschaften schossen auf Cambils Befehl davon, und Caswallon sah zu, wie Gwalchmai und Agwaine sich an die Spitze setzten, während Gaelen mit dem riesigen Lennox die Nachhut bildete.

In diesem Augenblick sah Caswallon den schwarzgekleideten Aenirkrieger, der vor dem grauen Haus stand. Er verließ Maeg und Kareen und ging das kurze Stück hinüber. Beim Gehen schätzte er den Mann ab. Der Aenir war groß und gut gebaut, aber schmal in den Hüften. Man sah ihm deutlich an, was er war: ein Krieger. Als Caswallon sich ihm näherte, drehte der Mann sich um, und Caswallon wußte, daß er dieselbe Musterung erfuhr.

»Die Burschen laufen gut«, sagte der Aenir und deutete auf die Jugendlichen, die jetzt schon halb den Hang hinauf waren.

»Wie ich sehe, haben deine Männer meinen Rat angenommen«, sagte Caswallon. »Das war klug.«

Drada lächelte. »Ja, ich höre immer auf weise Ratschläge. Aber ich sah keine Spur von den Farlain-Jägern, die du hinter uns herschicken wolltest.«

»Aber sie waren da.«

»Ich war erstaunt, daß du kein Ratsherr bist, Caswallon.«

»Warum?«

»Ich hatte den Eindruck, daß du ein einflußreicher Mann wärst, aber Cambil sagt, dem sei nicht so. Er sagt, du seiest ein Dieb und Gauner.«

»Wie gefallen dir die Farlain-Berge?« erwiderte Caswallon.

»Sie sind schön. Vor allem dieses Tal.«

»Es gibt viele Täler im Land der Farlain und unzählige im Druin-Gebiet«, sagte Caswallon.

»Ich zweifle nicht daran, daß ich sie eines Tages alle sehen werde«, erklärte Drada mit einem wölfischen Lächeln.

»Aber reise allein, wenn du es tust.«

»Ach, warum?«

»Die Berge können friedlich sein, und allein kann man ihre Harmonie am besten genießen.«

»Und wenn man nicht allein ist?« fragte Drada.

»Wenn man mit vielen reist, können die Berge feindlich, gar tödlich sein. Sieh mal, zur Zeit verrotten zwei Aenir in den Bergen. Und es ist Platz für viele weitere.«

»So redet man doch nicht mit neuen Freunden, Caswallon.«

Caswallon lachte mit echtem Humor, dann verblaßte sein Lachen. »Ich bin auch nicht dein Freund, mein Bester, und werde es nie sein.«

Mehr als fünfzig Jugendliche rannten den Hang hinauf, ihre Schritte dröhnten auf dem harten, grasbewachsenen Lehmboden. Gwalchmai hielt sich dicht hinter Agwaine, heftete die Augen auf den Rucksack des anderen und rannte unbeirrt weiter. Nach vierzig Schritten löste er die Riemen seines eigenen Rucksacks und ließ ihn hinter sich fallen. Dann eilte er, wie Gaelen ihn angewiesen hatte, hinter Agwaine her.

Hier war der Hang am steilsten, und Agwaine atmete keuchend, seine Beine begannen zu schmerzens, als die überschüssigen Säuren in seine Wadenmuskeln drangen. Er sah sich nicht um. Er konnte es sich nicht leisten, Energie zu verschwenden. Außerdem war er seit Jahren der schnellste Läufer unter den Farlain.

Weiter hinten, hob Lennox Gwalchmais Bündel auf und lief neben Gaelen weiter, hinter den anderen Läufern her.

»Ich hoffe, das ist erlaubt«, rief Lennox.

Gaelen sagte nichts. Caswallon hatte erklärt, daß die Regeln eindeutig waren. Jeder Läufer mußte bei Beginn des Rennens seinen eigenen Proviant tragen. Nun, das hatte Gwalchmai getan.

Es war nicht einfach gewesen, Layne zu überzeugen, denn er lebte nach den Traditionen der Ehre und würde lieber verlieren als betrügen. Doch Gaelen hatte abstimmen lassen, wie es sein Recht war, und hatte gewonnen. Layne schien es nicht übelzunehmen.

Gwalchmai und Agwaine hatten jetzt den Abstand zu dem übrigen Feld auf etwa fünfzig Schritt vergrößert, und es war klar, daß sie mit großem Vorsprung vor ihren Rivalen die Bäume erreichen würden.

Als der Waldrand näherkam, spurtete Gwalchmai an seinem erstaunten Gegner vorbei. Agwaine war wütend. Schweißgebadet und der Erschöpfung nahe, nahm er seinen Rucksack ab und eilte hinter dem anderen her. Die Wut pumpte frisches Adrenalin in seine müden Beine, und gegen alle Chancen begann er, den Abstand zu verringern.

Fünfzig Schritt von den Bäumen entfernt lief Agwaine in Gwalchmais Windschatten, doch der schlaue Bursche hatte noch etwas in petto. Als Agwaine auf gleiche Höhe mit ihm zog, griff er auf die Kraft zu, die er bislang in Reserve gehalten hatte. Agwaine hatte nichts mehr nachzulegen. In einer quälenden Anstrengung, seinen Gegner einzuholen, stolperte er über einen Stein und fiel zu Boden.

Gwalchmai rannte voraus, seine Augen suchten jeden Baum ab, um den Beutel zu finden. Er war gut zu sehen, da er an einem niedrigen Zweig hing. Er zog ihn herunter und holte die kleinen Papierstücke heraus. Er las sie alle, wählte einen aus und steckte ihn in seinen Gürtel. Dann hängte er den Beutel wieder auf und ging zurück zu Agwaine.

Der Sohn des Jagdherrn ignorierte ihn und rannte an ihm vorbei, um den Beutel vom Baum zu reißen. Er las die drei übriggebliebenen Papierstreifen, nahm einen und legte die beiden anderen wieder zurück. Dann kam er zu Gwalchmai zurück.

»Du Schweinehund!« brüllte er keuchend. »Du … Schwindler, du Halunke!«

Verängstigt wich Gwalchmai zurück und öffnete die Hände. »Die Regeln verbieten es nicht, Agwaine.«

Andere Läufer kamen heran, um in einem letzten verzweifelten Spurt die Hinweise zu erreichen, und Agwaine wandte sich ab und setzte sich in den Schatten einer ausladenden Ulme.

Gwalchmai grinste breit, als Layne bei ihm ankam, und

reichte ihm das Pergament. Layne las es, nickte, dann ging er zu Agwaine hinüber.

»Gut gelaufen, Vetter«, sagte er und hockte sich neben ihn.

»Danke. Das war eine Mogeltaktik. Aber wie Gwalchmai sagt, es ist im Rahmen der Regeln, und deswegen kann ich mich nicht beschweren.« Layne hielt Agwaine das Papier hin. »Was soll das? Was machst du da?«

»In den Regeln steht vielleicht nichts gegen unsere Taktik«, erklärte Layne, »aber ich bin nicht glücklich damit. Hier. Lies die Zeilen, dann fangen wir hier bei Gleichstand wieder an.«

»Nein, Vetter«, sagte Agwaine und packte die Schulter des anderen, »aber ich danke dir für deine Höflichkeit. Ich muß gestehen, wenn ich nicht der schnellste Läufer wäre, hätte ich die Taktik wahrscheinlich selbst angewandt. Ich nehme an, der Tiefländer hat sich das ausgedacht?«

»Ja.«

»Er hat einen raschen Verstand. Das muß man ihm lassen.«

Layne nickte. Dann stand er auf und ging zu den anderen zurück, die die Szene verblüfft beobachtet hatten. »Kommt, wir suchen uns einen Platz außer Hörweite und besprechen, wie wir weitermachen«, sagte er und ging an ihnen vorbei zum Wald. Gaelen verbiß seinen Ärger und folgte ihm. Er hatte gesehen, wie Layne Agwaine den Hinweis anbot und wie dieser ablehnte. Es war verwirrend und aufreizend.

In einer tiefen Senke, weit weg von den anderen, hockten sich die vier in einem engen Kreis zusammen. Layne nickte Gwalchmai zu, der leise flüsternd zu reden begann. Sie wußten alle, daß die Mannschaften, die keinen Hinweis mehr ergattert hatten, jetzt den ersten vier Mannschaften folgen und sie ausspionieren würden.

»Die Hinweise waren leicht zu verstehen«, flüsterte Gwalchmai. »Der erste ist der leichteste: ›*Das, was Earis verlor.‹* Also suchen wir ein Schwert. Die anderen Hinweise bestätigen das: ›*Eines Königs Kummer*‹, ›*Das Licht, das Dunkelheit bringt*‹, und ›*Eskas Verdammnis*‹. die Frage ist nur, wo ist es versteckt?«

»Bei oder in der Nähe von Attafoss«, flüsterte Gaelen.

»Was?« fragte Layne erstaunt. »Woher weißt du das?«

»Der Reim: ›*Suche das Tier, das niemand findet, tosend, brüllend, niemals stille …*‹. Als Caswallon mich zum Attafoss mitnahm, klang es wie ein großes Ungeheuer, aber als wir ankamen, war da kein Ungeheuer, nur ein tosender Wasserfall.«

»Das könnte hinhauen«, meinte Layne. »Was denkst du, Gwal?«

»Ich stimme Gaelen zu.«

»Lennox?«

Der Junge zuckte unverbindlich die Schultern.

»Also«, sagte Layne, »wir sind uns einig. Gut gemacht, Gaelen. Wenn wir uns den Rest des Verses anschauen, wird es noch deutlicher: ›*Unter der Haut, bewacht von Silberflügeln, liegt der lang verlor'ne Königstraum.‹* Die Klinge ist unter dem Wasser verborgen, von Fischen bewacht. Aber wo? Attafoss ist groß.«

»Wir werden bestimmt noch weitere Hinweise finden«, sagte Gwalchmai. »Wir müssen nur den richtigen Spuren folgen.«

»Stimmt«, sagte Layne. »Also gut. Wir schlagen weiter oben im Wald unser Lager auf, dann schlüpfen wir vor Tagesanbruch davon und wandern nach Vallon.«

Der neue Tag fand die vier einige Kilometer tief im Wald und schon eine Weile auf den Beinen. Layne führte sie über felsige Abhänge und schwieriges Gelände und prüfte dabei beständig die Spuren, die sie hinterließen. Im Laufe des Vormittags war er endlich zufrieden. Selbst die geschicktesten Jäger würden Schwierigkeiten haben, sie zu finden, und vor allem würde es viel Zeit in Anspruch nehmen.

Während sie an goldgelbem Ginster vorbei über blühende Wiesen wanderten, empfand Gaelen wieder die seltsame Freude wie damals, als Caswallon ihn förmlich an Kindes Statt angenommen hatte. Er war zu Hause. Wirklich zu Hause.

Neben ihm pfiff Gwalchmai ein fröhliches Lied, vor ihnen waren Layne und Lennox in ein Gespräch versunken. Gaelen rieb sich das vernarbte Auge, denn es juckte hin und wieder, vor allem, wenn er müde war.

»Tut es weh?« fragte Gwalchmai. Gaelen schüttelte den Kopf, und Gwalchmai pfiff weiter, doch seine Gedanken weilten bei dem Jungen an seiner Seite. Gwalchmai hatte Gaelen von Anfang an gemocht. Er wußte nicht warum, aber er analysierte solche Dinge auch meist nicht, er verließ sich auf seine Gefühle, die ihn steuerten und selten auf einen falschen Weg führten. Er erinnerte sich an den Schock, als er den Jungen zum ersten Mal sah, das rote Haar mit der blendendweißen Strähne, das linke Auge voller Blut – wie ein Rubin in seinem Schädel.

Er war darauf gefaßt gewesen, daß er den Tiefländer nicht mochte, nachdem er Agwaine verächtlich über Caswallons Rettung hatte reden hören. Doch es war etwas an der Art gewesen, wie Gaelen sich hielt – wie ein Angehöriger der Clans, groß und stolz. Gwalchmai hörte auf zu pfeifen, als er eine Spur etwa zehn Schritt vom Weg entfernt sah.

»Layne!« rief er. »Warte.« Gwalchmai kniete auf der weichen Erde neben dem Stechginster nieder. Die drei Gefährten scharten sich um ihn und starrten den Fußabdruck verwundert an.

»So lang wie mein Unterarm«, sagte Gwalchmai. »Und seht mal, das Ding hat sechs Zehen.« Alle vier verfolgten die Spuren, doch sie fanden nichts. Um den Ginster herum war die Erde weich, doch die Umgebung war felsig und hart.

»Was glaubt ihr, was das ist?« fragte Gaelen, der noch

immer nicht allzu viel über die Tiere der Berge wußte.

»Nichts, was ich schon mal gesehen hätte«, antwortete Gwalchmai. »Layne?«

Ihr Anführer grinste plötzlich. »Es ist doch sonnenklar, Freunde. Es ist ein Jägerspaß. Als sie die Spuren für unsere Jagd legten, haben sie sich einen Scherz mit dem Reim ›*Suche das Tier …*‹ gemacht. Der Fußabdruck deutet auf Vallon und soll uns zeigen, daß wir auf der richtigen Spur sind.«

Gwalchmais sommersprossiges Gesicht verzog sich zu einem Grinsen. »Ja, natürlich«, stimmte er zu.

Eine Stunde vor Einbruch der Nacht erspähte Layne eine kleine Senke, in der sie vor einer hochaufragenden Granitwand ihr Feuer anzünden konnten. Die kleine Flamme konnte aus keiner Richtung gesehen werden, und die vier Wanderer rollten ihre Decken aus und machten es sich für eine leichte Mahlzeit aus Haferflocken und Wasser bequem.

Als es immer dunkler wurde und die Sterne erschienen, rollte sich Lennox wie ein dösender Bär zusammen und schlief, während die anderen noch am Feuer saßen und sich leise unterhielten.

»Wer war Earis?« fragte Gaelen, während er kleine Zweige ins Feuer warf.

»Der erste Hochkönig«, antwortete Layne. »Vor Hunderten von Jahren lebten die Farlain in einem anderen Land, jenseits der Tore. Es gab einen großen Krieg, und die Clans wurden beinahe ausgelöscht. Earis scharte die Reste der besiegten Armee um sich und unternahm einen letzten verzweifelten Angriff auf den Feind, zersprengte seine Armee und tötete ihren Anführer Eska. Aber es war nur eine von mehreren Armeen, denen er sich gegenübersah. Die Druiden zeigten dem König einen Weg, sein Volk zu retten. Aber es war gefährlich: Sie mußten ein Tor zwischen den Welten passieren. Ich weiß nicht viel über diesen Teil, aber es gibt zahlreiche

Legenden. Jedenfalls brachte Earis die Farlain hierher, und wir nannten die Berge Druin.

Während der Reise geschah etwas Seltsames. Als Earis durch das Tor von Vallon trat, in die bittere Winterkälte, verschwand sein Schwert aus seiner Hand. Earis nahm seine Krone und schleuderte sie zurück durch das Tor. Das Schwert, sagte er, war das Symbol seines Königtums, und da es fort war, wäre auch seine Stellung hinfällig. Von nun an würde es keinen König der Farlain mehr geben. Der Rat wählte ihn zum Jagdherrn, und das ist seitdem so geblieben.«

»Ich verstehe«, sagte Gaelen. »Also ›*Eskas Verdammnis*‹ ist ein Hinweis, den ich verstehe. Aber was ist mit dem Licht, das Dunkelheit bringt?«

»Das Schwert hieß Skallivar, das bedeutet Sternenlicht der Berge«, erklärte Gwalchmai. »Doch im Kampf fand jeder, den es berührte, nur die Dunkelheit des Todes.«

»Und das suchen wir? Skallivar?«

Layne lachte. »Nein. Einfach nur ein Schwert. Es macht die Hinweise poetischer, das ist alles.«

Gaelen nickte. »Ich habe noch viel zu lernen.«

»Aber du wirst es lernen, Vetter«, sagte Layne. Gaelen spürte eine Welle von Wärme und Kameradschaft in sich aufsteigen, als Layne ihn so nannte. Aber dann fuhr er zusammen, von einem Geräusch, das die Nacht zerriß. Ein unheimliches, unmenschliches Heulen hallte in den Bergen wider.

Lennox erwachte mit einem Ruck. »Was war das?« fragte er und rollte sich auf die Knie.

Gaelen schauderte, antwortete aber nicht.

»Ich habe keine Ahnung«, sagte Layne. »Vielleicht ein Wolf, und das Geheul ist nur verzerrt.«

»Wenn es ein Wolf ist«, murmelte Gwalchmai, »dann muß er groß wie ein Pferd sein.«

Einige Minuten lang saßen sie schweigend und versuchten, aus der Schwärze der Nacht noch etwas zu hören. Aber sie hörten nichts mehr. Lennox legte sich wieder schlafen. Layne wechselte einen Blick mit Gwalchmai.

»Das war kein Wolf, Layne.«

»Nein, aber es könnte einer der Jäger gewesen sein, der uns Angst einjagen will.«

»Hoffentlich«, meinte Gwalchmai. »Trotzdem sollten wir heute nacht lieber abwechselnd Wache halten.«

4. Kapitel

Gaelen erwachte bei Gwalchmais Berührung und riß die Augen auf, seine unruhigen Träume zerfielen und waren sofort vergessen.

»Ich kann meine Augen nicht mehr offenhalten«, flüsterte Gwalchmai. »Ich glaube nicht, daß da draußen was ist. Ich habe einen Fuchs gesehen, das ist alles.«

Gaelen setzte sich auf und gähnte. »Es ist kühl«, flüsterte er. Gwalchmai rollte sich rasch in seine Decke und bettete seinen Kopf auf seinen Rucksack. In wenigen Sekunden war er eingeschlafen. Gaelen reckte sich, dann kroch er an Lennox vorbei zum Feuer. Mit einem trockenen Zweig stocherte er in den letzten Funken der Feuers herum und blies es behutsam wieder an. Er legte noch ein paar Zweige nach und sah zu, wie die Flammen aufflackerten. Dann wandte er den Blick ab. Caswallon hatte ihn gelehrt, niemals in ein Feuer zu starren, denn die Helligkeit sorgte dafür, daß die Pupillen sich zusammenzogen, und wenn man dann in die Dunkelheit blickte, war man praktisch blind.

Gaelen wickelte sich die Decke um die Schultern und lehnte sich gegen den Granitfelsen. Eine Eule rief, und seine Finger schlossen sich um den Griff seines Jagdmessers. Du Idiot, schalt er sich selbst. Du hast doch nie Angst vor dem Dunkel gehabt. Beruhige dich. Das sind deine Berge, hier gibt es nichts, was dir schaden könnte.

Außer Wölfen, Bären, Löwen und was auch immer dieses entsetzliche Geheul ausgestoßen hatte …

Gaelen schauderte und legte mehr Holz aufs Feuer. Ihr Vorrat wurde knapp, und die Aussicht, in die bedrohliche

Dunkelheit des Waldes zu gehen, um Nachschub zu holen, behagte ihm nicht besonders.

Langsam erstarb das Feuer, und Gaelen fluchte leise. Er hatte gehofft, es würde bis zum ersten Tageslicht reichen, wenn aus dem Wald wieder einfach nur Bäume wurden und nicht die beängstigenden Wachtposten, als die sie nun erschienen. Er stand auf, lockerte den Dolch in der Scheide und ging vorsichtig zu einer umgestürzten Ulme am Waldrand. Rasch sammelte er Bruchholz und kleine Zweige. Als er wieder am Feuer war, überfiel ihn Erleichterung. Lennox' Geschnarche war tröstlich, ebenso wie der Anblick seiner anderen beiden Freunde, die tief und fest schliefen.

Es war lächerlich. Wenn ihnen Gefahr drohte, wären sie ihm nicht von Nutzen, so wie sie schliefen. Und trotzdem fühlte er sich behaglich.

Layne murmelte etwas im Schlaf und drehte sich auf den Rücken. Gaelen betrachtete sein kantiges, ehrliches Gesicht. Er sah im Schlaf so viel jünger aus, mit halb offenem Mund, wie ein Kind.

Gaelen drehte sich um und betrachtete Lennox. Wo Layne scharfgeschnitten und athletisch war, war Lennox massig, mit hängenden Schultern von ungeheurer Kraft, mit faßförmigem Brustkasten und dicker Taille. Seine Hände waren riesig, ihre Kraft furchteinflößend. Vor einem Jahr hatte er bei den Spielen ein Hufeisen geradegebogen, nachdem er gesehen hatte, wie das im Wettbewerb um den Stärksten Mann gemacht wurde. Obwohl er zu jung war, um daran teilzunehmen, hatte er einige Teilnehmer beschämt und damit bei den Farlain große Heiterkeit ausgelöst.

Später an jenem Tag hatte ein Dutzend Jugendlicher des Haesten-Clans, nachdem sie zusehen mußten, wie ihr Teilnehmer so gedemütigt wurde, Lennox auf seinem Heimweg aufgelauert. Sie stürzten sich mit Knüppeln und dicken Ästen aus der Dunkelheit auf ihn. Als der erste Schlag seinen dicken Schädel traf, hatte Lennox vor Angst aufgebrüllt und um sich geschlagen und damit einen der glücklosen Jungen in ein Gebüsch geschleudert. Zwei andere folgten ihm, als Lennox sie angriff, der Rest floh.

Gaelen hatte die Geschichte gehört und lachte leise. Er glaubte sie. Er wünschte, er hätte sie miterlebt.

Im Osten wurde der Himmel allmählich hell, und Gaelen stand auf und wanderte zwischen den Bäumen hindurch aus der Senke, so daß er die fernen Berge sehen konnte. In den Bäumen begannen die Vögel zu singen, und die düstere Bedrohlichkeit der vergangenen Nacht verschwand. Der Junge sah, wie die schneebedeckten Gipfel im Westen wie glühende Kohlen zu brennen begannen, als die Sonne über den östlichen Horizont stieg. Die Felder wurden in leuchtende Farben getaucht, als die Blüten sich dem goldenen Licht öffneten.

Gaelen atmete tief ein und füllte seine Lungen mit der süßen Bergluft. Er rutschte den Hang hinunter und suchte in Lennox' Gepäck – das mehr als doppelt so viel wog wie sein eigenes – nach einem Kupfertopf. Er stocherte das Feuer wieder an, stellte den Topf hinein, füllte ihn mit Wasser und fügte die Haferflocken hinzu, die Maeg ihm eingepackt hatte.

Layne erwachte als erster. Er grinste Gaelen an. »Also keine Ungeheuer der Nacht?«

Gaelen grinste zurück und schüttelte den Kopf.

Wäre er noch einen Moment länger auf dem Rand der Senke geblieben, hätte er einen Farlain-Jäger gesehen, der mit wehendem Umhang zurück in Cambils Dorf eilte.

Badraig war ein geschickter Jäger, dessen Aufgabe es war, die Spuren für diejenigen Jungen zu legen, die in Richtung Vallon wanderten. Ihm gefiel seine Rolle. Es war gut, die zukünftige Generation zu sehen, wie sie ihre Kräfte maßen, und sein Sohn Draig sowie sein Stiefsohn Galchmai waren unter ihnen.

Aber heute waren seine Gedanken woanders. Während der Nacht, als er ohne Feuer an einem schmalen Bach gelagert hatte, hatte er das Heulen gehört, das Gaelen und seine Gefährten so beunruhigt hatte. Sie hatten es halb als Scherz eines Jägers abgetan, aber Badraig wußte, daß dem nicht so war, denn er war der einzige Jäger in der Gegend.

Als vorsichtiger Mann mit über zwanzigjähriger Erfahrung wartete Badraig bis kurz vor Tagesanbruch, ehe er sich auf die Suche nach der Quelle des Geheuls machte. Mit unendlicher Geduld hatte er sich durch den Wald gearbeitet, immer mit dem Wind von vorn. Wenn der Wind die Richtung änderte, tat auch er es.

Und er fand die abgeschlachteten Überreste von Erlik von den Pallides. Er wußte natürlich nicht, daß es Erlik war, obwohl er ihn bei den Spielen oft gesehen hatte. Niemand hätte das blutige Fleisch, das über dem Weg verstreut war, als Erlik erkennen können. Badraig hob den abgerissenen Fetzen einer Tunika ab und erkannte die Einfassung als Pallides-Webart. Im Gebüsch links fand er einen Teil eines Fußes.

Zuerst dachte er, es sei das Werk eines Bären, aber dann suchte er nach Spuren und fand sechszehige Abdrücke, wie er sie noch nie gesehen hatte. Er fand auch Spuren von Füchsen und anderen kleinen Aasfressern, aber sie waren offensichtlich erst lange nach dem mörderischen Wesen gekommen.

Die Abdrücke waren ungeheuer, so lang wie ein Kurzschwert. Badraig maß die Schrittlänge. Er war weder besonders groß noch der kleinste Mann bei den Farlain, aber er konnte die Schrittlänge nur durch einen Sprung überwinden. Er schätzte die Höhe des Tieres etwa halb so hoch wie einen hochgewachsenen Mann ein. Und es ging aufrecht. Der tiefste Teil des Abdrucks war an der Ferse. Er folgte der Spur ein Stück, bis er zum Fuß des Hanges kam. Hier veränderten sich die Abdrücke. Das

Wesen hatte sich auf alle viere niedergelassen und war schnell davongelaufen, wobei es tiefe Spuren in der lehmigen Erde hinterließ. Badraig grub seine Finger mit aller Kraft in die Erde, dann verglich er seine Anstrengungen mit denen des mörderischen Tieres. Er hatte kaum die Oberfläche ankratzen können.

Also war es groß, größer als ein Bär, und viel schneller. Es konnte auf allen vieren laufen oder aufrecht gehen wie ein Mensch. Es hatte gewaltige Kiefer – die Bißspuren in dem Bein, das er gefunden hatte, bewiesen das. Er überlegte, ob er dem Tier bergan folgen sollte, verwarf die Idee jedoch wieder.

Aus den Überresten konnte er erkennten, daß der Pallides-Jäger seinen Bogen mit aufgelegtem Pfeil getragen hatte. Er hatte keine Zeit gehabt zu schießen. Badraig war sich seiner eigenen Fähigkeiten durchaus sicher, aber seine Stärke lag auch im Erkennen seiner Schwächen. Nur mit einem Jagdmesser und einem Wanderstab bewaffnet, war er kein Gegner für das Wesen, das dieses Gemetzel veranstaltet hatte. Seine einzige Pflicht bestand jetzt darin, Cambil die Nachricht zu überbringen und die Jugendlichen nach Hause zu holen.

Glücklicherweise, so glaubte er, hatte noch keine Mannschaft seinen Beobachtungsposten passiert, also müßte er auf seinem Rückweg jeden aufhalten können, dem er begegnete. Im Laufe des Nachmittags hatte jedes Dorf im Farlain-Gebiet die Nachricht erhalten, und bei Einbruch der Nacht durchkämmten hundert Clanmitglieder in Sechsergruppen die Berge. Am Mittag des folgenden Tages waren achtundvierzig verwirrte und enttäuschte Jungen in ihre Dörfer zurückgetrieben worden.

Nur zwei Mannschaften waren noch nicht gefunden, und zwar die unter Leitung von Layne und Agwaine. Gegen Abend des zweiten Tages saß Cambil mit seinen Ratgebern um ein Lagerfeuer, einen halben Tagesmarsch tief in den Bergen.

»Sie sind einfach verschwunden«, sagte Leofas. »Laynes Gruppe hat bei dem Ulmenwäldchen ihr Lager aufgeschlagen, und von dort aus sind sie nach Nordosten gewandert. Dann hören die Spuren einfach auf.«

»Das war ein schlauer Zug«, sagte Badraig. »Offensichtlich glaubten sie, einen Hinweis zu haben und wollten nicht verfolgt werden. Es macht es allerdings für uns nicht einfacher – außer daß wir wissen, daß sie nicht nach Vallon wollten.«

»Dem muß ich widersprechen«, warf Caswallon ein.

»Die Pest auf dich, Caswallon«, fauchte Badraig. »Das war mein Gebiet. Willst du sagen, daß ich so ein schlechter Jäger bin, daß ich acht unreife Burschen nicht finden könnte?«

»Ich will damit sagen, daß wir überall gesucht und keine Spur gefunden haben«, sagte Caswallon.

Badraig schnaubte. »Dann hast du vielleicht die Spur verfehlt.«

»Genug gestritten«, befahl Cambil. »Was sollen wir tun?«

»Sucht in Vallon«, riet Caswallon. »Uns fehlen zwei Mannschaften. Beide werden von den intelligentesten, fähigsten jungen Männern geleitet. Der Reim war nicht einfach, doch die Antwort war einfach für diejenigen, die genug Grips haben, sie zu finden. Ich bin sicher, daß Agwaine es entziffert hat. Meinst du nicht, Cambil?«

Cambil biß sich auf die Lippe und starrte ins Feuer. »Ja, ihm entgeht nur wenig.«

»So, alle Jungen, die nach Westen gegangen sind, haben ausgesagt, daß sie keine Spur von Agwaine gesehen haben. Oder von Layne. Tatsächlich sind sie nach der ersten Nacht wie vom Erdboden verschluckt. Keine Mannschaft wanderte nach Vallon, weil keine der anderen den Reim entziffert hat. Für mich ist die Schlußfolgerung unausweichlich.«

»Also sagst du wirklich, mir mangelt es an Fähigkeiten!« tobte Badraig.

»Ganz ruhig, Vetter«, sagte Caswallon. »Wir reden hier von zwei Mannschaften, die umsichtig vorgegangen sind, damit ihre Gegner sie nicht finden. Das heißt nicht, du wärst unfähig, wenn du sie nicht gefunden hast.«

»Ich behaupte trotzdem, sie sind nach Westen gegangen.«

»Dann geh nach Westen, und such sie«, sagte Caswallon. »Ich gehe nach Vallon.«

Badraig fluchte, doch Cambil schnitt ihm das Wort ab. »Halt den Mund, Mann! In dieser Sache gebe ich Caswallon recht. Wir lassen Männer im Westen suchen, und wir vergeben uns nichts, wenn wir uns Attafoss anschauen. Ich wünschte nur, dieser Druide käme. Ich möchte gern wissen, was das für eine Höllenbrut ist.«

»Nun, ›dieser Druide‹ kann euch helfen«, sagte Taliesen, trat aus dem Schatten der Bäume und setzte sich zu ihnen. »Das Wesen kam durch ein Tor und folgt den Jungen nach Attafoss. Caswallon hat recht. Hört auf zu streiten.«

»Bist du sicher, Druide?« fragte Badraig.

»Todsicher«, antwortete Taliesen. »Ihr solltet lieber aufbrechen, denn eine Tragödie hängt in der Luft, und es wird noch mehr Blut vergossen werden, ehe ihr sie findet.«

»Ein Fluch über deine Prophezeiungen«, sagte Cambil und sprang auf. »Entstammt auch dieses Untier deiner Magie?«

»Nein, meiner nicht, Jagdherr.«

»Hast du gesehen, wer sterben wird?« fragte Badraig. »Kannst du uns das sagen?«

»Nein, das kann ich nicht sagen.«

»Aber mein Sohn ist bei Agwaine.«

»Ich weiß. Geht jetzt, die Zeit ist knapp.«

Die Männer rollten ihre Decken zusammen und brachen auf, ohne noch einen Blick zurück auf den Druiden zu werfen, dessen dunkle Augen ihnen scheinbar ohne jede Gefühlsregung folgten. Taliesen sah ihnen nach, schweren Herzens, eine tiefe Traurigkeit überkam ihn. Die Fäden kamen allmählich zusammen. In einer anderen Zeit hatte der Zauberer Jakuta Khan ein Untier ausgesandt, um die junge Sigarni zu töten. Dieses Untier war in den Nebeln der Zeit verschwunden. Jetzt war es hier, bei den Farlain, und wurde unausweichlich zu der zerbrechlichen und verwundeten Königin gezogen. Und zwischen dem Jäger und seinem Opfer befanden sich die Jungen von Farlain. Taliesen sehnte sich danach einzugreifen. Er erinnerte sich an die langen Nächte, in denen er am Bett der Königin gesessen hatte, in der Höhle in der Flanke des Druin. Er hatte ihr befohlen, nichts von den Ereignissen in ihrer eigenen Welt zu erzählen, da dieses Wissen sonst noch mehr Brüche in den Zeitlinien hervorrufen würde. Aber als sie ins Delirium fiel vor Fieber, hatte sie im Schlaf gesprochen, und Taliesen hatte gespürt, wie das Gewicht der Trauer ihn niederdrückte wie ein gewaltiger Stein.

Er würde zu gern die Jungen retten. Und er konnte nicht. »Jetzt liegt alles bei dir, Gaelen«, flüsterte er.

Und bei dem Ewigen Falken, dachte er.

Die Männer wanderten den größten Teil der Nacht über und machten nur kurz vor Morgengrauen Halt, um eine Stunde zu schlafen. Dann zogen sie weiter, erklommen Hügel, durchquerten schmale Täler, erstiegen baumgesäumte Hänge. Im Laufe des Nachmittags schlossen sich ihnen sechs Jäger an, die von Osten kamen. Eine eilige Besprechung fand statt. Ein Mann wurde zum Dorf zurückgeschickt, um weitere Bogenschützen zu holen, die übrigen neun schulterten ihre Bündel und marschierten hintereinander in Richtung der hochaufragenden Gipfel im Nordosten.

Sie schonten sich nicht, griffen auf Ausdauerreserven zurück, die sie in langen mühsamen Jahren des Lebens in den Bergen geschaffen hatten. Nur Leofas, der älteste von ihnen, hatte Mühe, mit ihnen Schritt zu halten, doch er hielt aus und ließ sich die Schmerzen in seinem geschwollenen Knie nicht anmerken.

Kurz vor Einbruch der Nacht ließ Badraig die Reihe halten, da er etwas rechts vom Pfad entdeckt hatte. Es war ein halber Haferkeks. Badraig hob ihn auf und zerkrümelte ihn. In der Mitte war er noch immer trocken.

»Gestern«, sagte er. Dann durchsuchte er sorgfältig das Gelände. Um nicht irgendwelche schwachen Spuren zu zerstören, hockten sich die anderen nieder, um Badraigs Bericht abzuwarten. Nach wenigen Minuten kam er zurück.

»Vier Burschen«, sagte er. »Einer ist sehr groß, das kann nur Lennox sein. Du hattest recht, Caswallon, sie sind an mir vorbeigeschlüpft.«

Die Gruppe eilte tiefer in die Berge, und als die Sonne sank, fand Caswallon die Senke, die Layne als Lagerplatz ausgesucht hatte. Die Männer sammelten sich.

»Morgen kommen wir leichter voran«, sagte Cambil, streckte seine langen Beine aus und lehnte sich gegen den Granitblock. »Die Spuren werden sich leicht finden lassen.« Seine kräftigen Finger kneteten die Muskeln seiner Oberschenkel, und er grunzte, als der Schmerz nachließ.

Leofas sank zu Boden, sein Gesicht war grau, die Augen eingefallen. Mit großer Mühe ließ er seinen Rucksack von den Schultern gleiten und breitete seine Decke aus. Er wickelte sich zum Schutz gegen die Nachtkälte hinein und war augenblicklich eingeschlafen.

Badraig nahm zwei Jäger mit und begann die Umgebung abzusuchen. Der Mond war dreiviertel voll und schien hell, und die Spuren der Jungen waren deutlich zu sehen. Badraig folgte ihnen halb den Nordhang der Senke hinauf. Hier hielt er inne.

Lennox' großer Fußabdruck wurde von einem anderen

überlappt, der mindestens doppelt so groß war. Badraig fluchte unterdrückt. Rasch kehrte er zu den Männern in der Senke zurück.

»Das Biest macht Jagd auf sie«, erklärte er Cambil. »Wir müssen weiter.«

»Das ist vielleicht nicht klug«, erwiderte der Jagdherr. »Wir könnten in der Dunkelheit wichtige Spuren übersehen. Schlimmer noch, wir könnten über das Biest stolpern.«

»Ich gebe dir recht«, sagte Caswallon. »Wie dicht ist es ihnen auf den Fersen, Badraig?«

»Schwer zu sagen. Ein paar Stunden, vielleicht weniger.«

»Verdammt seien alle Druiden!« schimpfte Cambil. Sein breites Gesicht war rot vor Zorn. »Verdammt seien sie und ihre Tore!«

Caswallon sagte nichts. Er wickelte sich wieder in seine Decke, legte sich zurück und schloß die Augen. Er dachte an Gaelen und fragte sich, ob das Schicksal so grausam sein konnte, um den Jungen an einem Tag zu retten, nur damit er kurze Zeit später brutal getötet würde. Er wußte, daß es so sein konnte. Das ganze Leben war Zufall.

Aber die Tore waren ein Geheimnis, das er nie hatte ergründen können.

Die Alten erzählten Geschichten von einer Zeit, ehe Caswallon geboren war, als ein geflügeltes Wesen mit Lederschwingen in den Bergen auftauchte und Schafe und sogar Kälber tötete. Dieses Wesen war von dem damaligen Jagdherrn erlegt worden, einem starken, stolzen Mann, der danach strebte, der erste Hochkönig seit Earis zu werden. Doch das Volk hatte gegen ihn gestimmt. Verbittert hatte er dreißig seiner Anhänger mitgenommen und irgendwie einen Weg gefunden, um die brodelnden Wasser von Attafoss zu durchqueren zur Insel Vallon. Dort hatte er die Druiden überwältigt und hatte seine Männer durch das Verbotene Tor geführt.

Zwanzig Jahre später kehrte er allein zurück, schwer

verwundet. Taliesen hatte seinen Tod gefordert, doch der Druidenrat hatte das abgelehnt und den Mann nach Farlain zurückgebracht. Er war kein Jagdherr mehr und erzählte niemandem von seinen Abenteuern, nur daß er eine schreckliche Vision gehabt hatte.

Viele hielten ihn für verrückt. Sie verspotteten ihn, und der einst so stolze Jagdherr nahm es hin, richtete sich in einer Höhle in den Bergen häuslich ein und lebte dort wie ein Einsiedler. Caswallon hatte sich mit ihm angefreundet, aber selbst mit Caswallon sprach der Mann nicht über die Welt jenseits des Druidentores. Doch von den Toren selbst sprach er, und Caswallon hatte zugehört.

»Dieses Gefühl, wenn du hindurchgehst«, hatte Orakel erzählt, »ist anders als alles, was du in deinem Leben erlebt hast. Für einen Augenblick verlierst du jedes Gefühl für dich selbst und erfährst eine große Ruhe. Dann kommt ein anderer Moment von betäubender Geschwindigkeit, und du siehst lauter Farben, die an dir vorbei und durch dich hindurchgehen. Dann trifft dich eine Kälte bis ins Mark, und du bist auf der anderen Seite wieder Mensch.«

»Aber wohin bist du gegangen?« fragte Caswallon.

»Das kann ich dir nicht sagen.«

Das Wunder war, wie Caswallon wußte, daß Orakel überhaupt zurückgekommen war. Es gab viele Geschichten von Menschen, die in den Bergen verschwanden, und es geschah sogar hin und wieder, daß seltsame Tiere oder Vögel auftauchten.

Aber Orakel war der einzige Mensch, von dem er gehört hatte – außer Taliesen – der hindurchgegangen und zurückgekehrt war. Orakel hätte so viele Fragen beantworten können. So viele Geheimnisse waren noch ungelöst.

»Was kannst du mir sagen?« fragte Caswallon.

»Ich habe den Druiden versprochen, daß ich nichts verrate.«

Caswallon stellte keine weiteren Fragen. Ein Versprechen war eisern, und kein Clanmitglied erwartete, daß ein anderes einen solchen Schwur brach.

»Alles wird dir eines Tages enthüllt werden, Caswallon, das verspreche ich dir«, hatte Orakel ihm rätselhaft gesagt.

Jetzt, als er unter dem monderhellten Himmel saß, wanderten seine Gedanken zurück zu diesem Gespräch. Er war nicht ganz sicher, ob er dieses Wissen wollte. Er wollte nichts weiter, als die Jungen finden und sie sicher ins Tal zurückbringen.

Badraig richtete ein Feuer, und die Männer scharten sich schweigend darum und suchten in ihrem Gepäck nach Proviant. Nur Leofas schlief.

Cambil schob sich die blonden Locken aus dem Gesicht und wischte sich den Schweiß von der Stirn. Er war müde, erfüllt von einer Erschöpfung, die nur Angst hervorruft. Agwaine war sein einziger Sohn, und er liebte ihn mehr als alles andere auf der Welt. Der Gedanke daran, daß der Junge von einem Untier von der anderen Seite des Tores gejagt wurde, erfüllte ihn mit Entsetzen, er konnte die Möglichkeit nicht ertragen, daß Agwaine vielleicht sterben könnte.

»Wir werden sie finden«, sagte Caswallon leise.

»Ja«, antwortete der Jagdherr, »aber auch lebend?«

Caswallon sah, wie es in dem kantigen, aufrichtigen Gesicht des Mannes zuckte, als ob ein plötzlicher Schmerz ihn durchfuhr. Unter dem drahtigen, goldgelben Bart biß sich Cambil auf die Lippen, um nicht in Tränen der Enttäuschung auszubrechen.

»Was hältst du von der Geschichte mit dem Rucksack?« fragte Caswallon plötzlich.

»Was?«

»Daß Gwalchmai seinen Rucksack fallenließ und Agwaine davonsprintete.«

»Ach das. Kluger Schachzug. Aber Agwaine gab trotzdem nicht auf. Er ist bis zum Ende gelaufen.«

»Vergiß das nicht, Cambil. Der Junge ist ein Kämpfer. Wenn er auch nur eine halbe Gelegenheit bekommt, wird er überleben.«

»Vielleicht meidet das Ding Menschen«, sagte Badraig. »Das tun wilde Tiere oft, nicht wahr? Sie wissen, daß der Mensch ein Killer ist. Sie halten sich mißtrauisch von ihm fern.«

»Es hielt sich nicht allzu mißtrauisch fern von dem Pallides-Späher«, sagte ein bärtiger Clanangehöriger aus dem Westen.

»Stimmt, Beric – aber den Spuren nach hatte sich der Pallides an es angeschlichen, wenn ich auch nicht begreife warum. Aber, man weiß ja, daß die Pallides starke Nerven und ein schwaches Hirn haben.«

Allmählich, während die Nacht verging, fielen die Männer in Schlaf, bis nur noch Cambil und Caswallon nebeneinander am Feuer saßen.

»Es ist lange her, daß wir so beisammensaßen, Vetter«, sagte Cambil nach langem Schweigen.

»Ja. Aber wir gehen jetzt auch verschiedene Wege. Du trägst Verantwortung.«

»Es hätte deine sein können.«

»Nein«, entgegnete Caswallon.

»Viele hätten für dich gestimmt.«

»Sie hätten einen Fehler gemacht.«

»Wenn Agwaine umkommt, nehme ich meine Tochter und verlasse Farlain«, sagte Cambil und schaute in die glühende Asche des ersterbenden Feuers.

»Jetzt ist nicht die Zeit, daran zu denken«, erklärte Caswallon. »Morgen reden wir, wenn wir die Jungs nach Hause bringen.«

Knapp fünfundzwanzig Kilometer weiter nordöstlich zankten sich die vier Gefährten um die besten Bissen des gerade gebratenen Kaninchens. Lennox, der das Tier zubereitet hatte, protestierte in aller Unschuld, obwohl auf seinem Teller mehr als doppelt so viel lag wie auf den anderen.

»Aber ich bin auch größer«, sagte er ernsthaft. »In meinem Rucksack ist das ganze Kochgeschirr. Und es war in meiner Schlinge.«

Gwalchmai steckte sich indessen heimlich ein kleines Stück Fleisch in den Mund und kaute. Er ließ unverzüglich von dem Streit und zupfte Gaelen verstohlen an der Tunika. Gaelen sah seinen Gesichtsausdruck. Er probierte sein eigenes Fleisch, kaute einen Augenblick, dann nahm er das Stück wieder aus dem Mund. Lennox und Layne stritten sich noch immer wütend. »Ich glaube, Lennox hat recht«, sagte Gaelen plötzlich. »Er ist der größte und trägt die schwerste Last. Hier, nimm meins auch, mein Freund.«

»Das kann ich nicht«, widersprach Lennox, doch seine Augen verrieten seine Gier.

»Nein, wirklich. Ein kleines Kaninchen reicht kaum aus, um deine Kraft zu erhalten.« Gaelen kippte den Inhalt seines Tellers auf Lennox'. In der Zwischenzeit hatte Gwalchmai mit Layne geflüsterte.

»Es tut mir leid, Bruder«, sagte Layne lächelnd. »Gaelen hat mir gezeigt, wie selbstsüchtig ich war. Du kannst meine Portion auch haben.«

»Meine auch«, setzte Gwalchmai eifrig hinzu.

Lennox setzte sich verblüfft. »Ihr seid wahre Freunde«, sagte er und starrte verträumt auf seinen Teller. Er legte sein Messer weg und stopfte sich eine Handvoll Fleisch in den Mund. Sekundenlang kaute er schweigend, dann erstarrte er. Seine drei Gefährten warteten in nervösem Schweigen, bis er verbissen zu Ende gekaut und geschluckt hatte.

»Ist es gut?« fragte Layne mit unbewegtem Gesicht.

»Ja«, antwortete Lennox. »Aber seht mal, ich fühle mich mies, wenn ich alles nehme.«

»Mach dir nichts draus«, entgegnete Gwalchmai rasch. »Du brauchst es am nötigsten.«

»Ja, aber …«

»Und du hast es zubereitet«, warf Gaelen ein.

»Ich weiß, aber …«

»Iß, Bruder«, sagte Layne. »Sieh mal, es wird nur kalt und … geliert.«

Der Damm brach, und alle drei fingen an zu kichern. Plötzlich überkam Lennox die Erkenntnis, und er schleuderte das verdorbene Fleisch ins Gebüsch. »Schweine!« sagte er.

Hundert Schritt über ihnen, am Waldrand, kauerte sich das Biest auf die Hinterbeine und blickte finster zu dem Feuer hinunter. Das Gelächter verwirrte es, denn das Geräusch erinnerte an das Kreischen der kleinen Affen in seiner Heimat. Seine schwarzen Nüstern blähten sich, als sie den Duft von versengtem Fleisch aufnahmen – ranzig riechendes verdorbenes Fleisch.

Das Biest schnaubte und blies den Duft fort. Es streckte seine kraftvollen Beine und bewegte sich ein paar Schritte nach links. Hier war der Fleischduft anders, warmblütig, salzig und lebendig. Die Augen des Wesens glitzerten. Der Hunger drängte es, das Lager anzugreifen, um sich das Fleisch zu holen. Aber Instinkt ließ es das Feuer fürchten.

Das Wesen legte sich nieder und wartete.

Gaelen hatte unruhige Träume. Wieder einmal verfolgten die Aenir ihn, das Trommeln der Hufe dröhnte im Rhythmus seiner Angst, während er davonlief. Seine Beine waren schwer, seine Bewegungen schwerfällig. Plötzlich erfüllte ein beruhigendes blaues Licht seinen Geist, und die Krieger verblaßten. Ein Gesicht tauchte auf, uralt und runzlig, nur die dunklen Augen verliehen ihm Leben.

»Das Feuer«, sagte eine tiefe, melodische Stimme,

obwohl sich die Lippen nicht bewegten. »Das Feuer geht aus. Erwache!«

Gaelen stöhnte und drehte sich um und versuchte, den Mann aus seinen Gedanken zu verdrängen.

»Das Feuer, du Idiot! Euer Leben ist in Gefahr! Wach auf!«

Das beruhigende Licht verschwand und wurde durch einen roten Nebel ersetzt. In dem Nebel war ein Ungeheuer, schwarz und bedrohlich. Aus seinem gewaltigen Maul tropfte Speichel, die krallenbewehrten Hände griffen nach ihm.

Gaelen erwachte mit einem Ruck im hellen Mondschein unter den funkelnden Sternen an einem samtschwarzen Himmel. Er warf einen Blick auf das Feuer. Wie der Traum gesagt hatte, fiel es zusehends in sich zusammen, die letzten flackernden Zweige wurden zu glühender Asche.

Der Junge wollte die Wärme seiner Decke nur ungern verlassen, doch der Traum hatte ihm Angst gemacht. Er setzte sich auf, fuhr sich mit den Fingern durchs Haar und kratzte die Narbe unter der weißen Strähne über seinem linken Auge. Rasch zerbrach er Zweige und kleinere Äste, legte sie in die glühende Asche und blies das Feuer zu neuem Leben an. Er fühlte sich besser, als die Flammen wieder munter tanzten.

Ein Rascheln rechts von ihm ließ ihn herumfahren. Ein großer Busch bebte, und ein tiefes Knurren hallte über die Lichtung. Gaelen zog sein Jagdmesser und kniff die Augen zusammen, um die Dunkelheit besser durchdringen zu können. Er kam sich vor wie ein Narr. Hatte Caswallon ihn nicht immer und immer wieder davor gewarnt, ins Feuer zu starren? Jetzt konnte er nicht deutlich sehen. Ein riesiger Schatten erhob sich aus dem Busch, und Gaelen schrie den anderen eine Warnung zu.

Layne rollte sich aus der Decke, das Messer schon in der Hand, und stellte sich leicht gebückt neben Gaelen.

»Was ist los?« Gaelen deutete auf das Ding hinter dem Busch. Es war mindestens zwei Meter zwanzig hoch, der Kopf rundlich wie der eines Menschen, nur daß es ein gewaltiges Maul hatte, das von gekrümmten Zähnen gesäumt war. Gwalchmai und Lennox hatten ihre Betten verlassen und starrten entsetzt das Ungeheuer an.

Gaelen streckte seine zitternde Hand zum Feuer aus und packte den letzten Ast aus ihrem Vorrat. Sie hatten die trockenen Blätter nicht abgestreift, weil sie für das Morgenfeuer einen guten Zunder abgeben würden. Gaelen hob den Zweig und hielt ihn über die Flammen. Die Blätter fingen sofort Feuer, flackerten und knisterten. Mit zitternden Beinen ging Gaelen auf das Untier zu, die Fackel vor sich ausgestreckt.

Layne und Lennox tauschten einen Blick, dann folgten sie ihm. Gwalchmai schluckte schwer, konnte seine Beine aber nicht dazu bringen, ihn vorwärts zu tragen. Er blieb wie angewurzelt stehen und sah zu, wie seine Freunde langsam auf dieses Alptraumwesen zugingen. Es war ungeheuer, fast zweieinhalb Meter hoch, und der Schein des brennenden Astes glitzerte auf seinen dolchlangen Krallen.

Gaelen zitterten die Beine, während er auf das Ungeheuer zuging. Es richtete sich auf und spannte sich, um den Jungen anzuspringen, doch er holte aus und schleuderte ihm die Fackel direkt ins Gesicht. Flammen leckten an dem zottigen Fell um die Augen und fraßen sich in die rechte Wange. Ein angsterfülltes Heulen zerriß die Stille der Nacht, und das Untier machte kehrt und rannte davon in den Wald. Die Jungen sahen ihm nach, bis es zwischen den Bäumen verschwunden war. Layne legte Gaelen eine Hand auf die Schulter. »Gut gemacht, Vetter«, sagte er mit bebender Stimme. »Ich bin froh, daß du wach geworden bist.«

»Was bei allen sieben Höllen war das?« fragte Gwalchmai, als sie zum Feuer zurückkehrten.

»Ich weiß es nicht«, antwortete Layne finster. »Aber nach dem Maul zu urteilen, sucht es nicht nach Beeren und Wurzeln.«

Gwalchmai holte die flammende Fackel und untersuchte die Spuren des Ungeheuers. Als er zum Feuer zurückkam, erklärte er Layne. »Das ist dieselbe Fährte wie die, die wir im Tal gesehen haben. Und wir wissen jetzt, daß kein Jäger sie gelegt hat. Glückwunsch, Gaelen, du hast uns das Leben gerettet. Daran besteht kein Zweifel.«

»Ich hatte einen Traum«, erzählte Gaelen. »Ein alter Mann erschien mir und warnte mich.«

»Hast du ihn erkannt?« fragte Layne.

»Ich glaube, es war der Druide, der am Jagdtag bei Cambil war.«

»Taliesen«, flüsterte Gwalchmai mit einem Blick auf Layne.

»Was sollen wir tun?« fragte Lennox. »Kehren wir um?«

»Ich wüßte nicht warum«, atnwortete Layne. »Wir haben das Biest ja mühelos verjagt. Und die meisten wilden Tiere meiden den Menschen sowieso. Abgesehen davon werden wir morgen am Attafoss sein, also können wir es auch bis zum Ende durchziehen.«

»Ich bin mir nicht so sicher«, meinte Gwalchmai. »Das Ding war verflixt groß. Ich möchte ihm nicht ohne Feuer begegnen.«

»Wenn es Jagd auf uns macht«, sagte Gaelen, »dann kann es das ebensogut tun, ob wir nun vorwärts oder rückwärts gehen.«

»Also sind wir uns einig?« fragte Layne in die Runde. Gwalchmai hätte zu gern gehört, daß Lennox einen raschen Rückzug ins Tal vorschlug, doch Lennox zuckte lediglich die Achseln und schulterte sein Bündel.

Bei Morgengrauen hatten sie die letzte Etappe ihrer Reise erreicht und kletterten den steilen Geröllhang zum letzten Berg vor Attafoss empor.

Als sie den Kamm überquerten, hörten sie in der Ferne

das Tosen der Fälle, die ein paar Kilometer entfernt waren.

»›*Brüllend, tosend, niemals stille*‹«, zitierte Gwalchmai. »Wenn ich das höre, sträuben sich mir immer die Nackenhaare.«

Layne schob sich den Rucksack bequemer zurecht. »Jedenfalls keine Spur von dem Ungeheuer«, sagte er und ging voraus, den Hang hinunter zu einer schmalen steinernen Brücke, hinter der sich ein schmaler Pfad durch ginsterbewachsenes Gelände wand. Layne bog rechts ab, einen felsübersäten Abhang hinunter, bis sie schließlich zu einem schmalen Streifen schwarzen Sandes kamen, der sich am Fuß des Wasserfalles in einer Felsbucht hinzog. Hier legten sie ihre Rucksäcke ab und ließen sich zum Frühstück nieder. Die vorspringende Felswand dämpfte das Donnern des Falls, doch der Wind trug die Gischt hoch in die Luft, so daß die Sonne einen Regenbogen über ihrem Lager zauberte.

»Mir fällt auf«, sagte Gwalchmai, während sie aßen, »daß wir keinen einzigen Hinweis mehr gesehen haben. Keine Beutel. Keine Steine, die den Pfad markieren. Es ist kein angenehmer Gedanke, aber vielleicht irren wir uns.«

»Daran habe ich auch schon gedacht«, sagte Layne, »aber der Vers ist eindeutig. Vielleicht sind die Hinweise alle beim Wasserfall.«

Nach dem Essen gaben sie sich am Ufer dem uralten Spiel hin, Steine über das Wasser hüpfen zu lassen, bei dem Gwalchmai brillierte. Er übertraf Layne um drei Sprünge. Sie füllten ihre Wasserflaschen auf, dann machten sie sich auf den Weg bergan zum Wald oberhalb des Wasserfalls.

Am Nachmittag bereitete Lennox ein Lagerfeuer vor, und Layne schlug eine rasche Durchsuchung des Waldes nach Hinweisen vor. Sie ließen ihr Gepäck am Feuer zurück und brachen in zwei Gruppen auf – Lennox und Layne gingen nach Süden, Gaelen und Gwalchmai nach Norden.

Von einem Vorsprung auf dem Hang blickte Gaelen wieder einmal auf den majestätischen Attafoss hinab und betrachtete das aufgewühlte weiße Wasser, das donnernd in den Fluß hinunterstürzte.

»Das, mein Freund, ist die Seele Farlains«, sagte Gwalchmai.

Gaelen wandte sich an seinen Kameraden und grinste. »Das glaube ich dir sogar.«

Gwalchmais Gesicht strahlte vor Stolz, und seine grünen Augen glitzerten. »Alles was wir sind, ist hier«, sagte er. »Alle Poesie, die Herrlichkeit, die Stärke, die die Clans auszeichnet.«

Gaelen beobachtete ihn, während er den Anblick in sich aufsog. Gwalchmai war nicht so kräftig gebaut wie Lennox oder Layne – er war schmal und leichtknochig, sein Gesicht beinahe zart. Doch in seinen Augen funkelte dieselbe Kraft, die Gaelen bisher bei allen Clanmitgliedern gesehen hatte – ein Gefühl der Zugehörigkeit, das sie mit dem Land verband und von seiner Kraft zehren ließ.

»Komm schon, Gwal, laß uns die Hinweise suchen«, sagte er schließlich, und die beiden machten sich wieder auf in den Wald.

Bis zum späten Nachmittag hatten sie nichts gefunden, doch dann entdeckte Gwalchmai Spuren, die ihn laut fluchen ließen.

»Was ist es?« fragte Gaelen. »Jäger?«

»Nein«, fauchte Gwalchmai. »Agwaine. Sie waren heute morgen hier. Deswegen sind auch keine Hinweise zu finden, er hat sie mitgenommen. Verdammt!«

»Dann folgen wir ihnen«, meinte Gaelen. »Wir haben nichts zu verlieren.«

Die Spur führte nach Süden und war leicht zu verfolgen. Nach weniger als einer Stunde erreichten sie einen sanften Hang, der von dichtem Gebüsch bewachsen war. Hier blieb Gwalchmai stehen.

»Oh, mein Gott!« flüster er. »Schau nur!«

Über den Mokassinspuren lag ein riesiger Abdruck mit sechs Zehen, so lang wie ein Unterarm.

Mit blassem Gesicht drehte sich Gwalchmai zu Gaelen um. »Steigen wir den Hang hinauf?«

»Ich möchte nicht«, antwortete sein Freund. »Aber haben wir eine Wahl?« Er leckte sich mit trockener Zunge die Lippen.

Langsam stiegen sie den Hang hinauf zu einem Kiefernwäldchen. Die Sonne ging allmählich unter, lange Schatten streckten sich vor ihnen aus.

»Das Biest hat sie hier erwischt«, zischte Gwalchmai. »Oh, bei allen Göttern, ich glaube, es hat sie alle getötet. Sieh dir die Spuren an. Siehst du, hier sind sie auseinandergelaufen, um zu fliehen, aber erst, als einer schon am Boden lag. Sieh mal dort! Das Blut. Oh, Gott.«

Gaelen spürte, wie sein Herz raste und sein Atem flach wurde: beginnende Panik. Caswallon hatte ihn gelehrt, in solchen Situationen tief und langsam zu atmen, und das tat er jetzt und beruhigte sich allmählich. Gwalchmai bewegte sich zentimeterweise auf die Büsche zu, wo er stehenblieb und das Gesicht in den Händen verbarg, als er sah, was dort lag. Gaelen ging ihm nach.

Sein Magen drehte sich um, Galle stieg ihm in die Kehle. Er schluckte. In dem Gebüsch lagen die Überreste von drei Körpern, so verstümmelt, daß sie kaum zu erkennen waren. Ein Bein war halb in moderndem Laub vergraben, ein gespaltener Schädel lag leer daneben.

Alles war voll Blut.

Gwalchmai taumelte zurück und übergab sich ins Gras. Gaelen zwang sich, noch einen Blick darauf zu werfen, dann ging er zu Gwalchmai, der unkontrolliert zitterte.

»Gwal, hör mich an. Wir müssen wissen, wohin das Ungeheuer gegangen ist. Untersuch die Spuren. Bitte.«

Kein Anzeichen, daß Gwalchmai ihn überhaupt gehört hatte.

Gaelen nahm ihn bei den Schultern und schüttelte ihn sanft. »Gwal, hör mich an. Wir müssen es herausfinden, dann sagen wir es Layne. Kannst du mich hören?«

Gwalchmai begann zu weinen, sank gegen Gaelen, der seine Arme um ihn legte und ihm wie einem kleinen Kind den Rücken tätschelte. »Ist ja gut«, flüsterte er.

Nach ein paar Minuten machte sich Gwalchmai los und atmete tief. »Es tut mir leid«, sagte er und wischte sich mit dem Ärmel über die Augen.

»Schon gut, Vetter«, sagte Gaelen. »Es waren deine Freunde.«

»Ja. Schon gut. Laß uns sehen, wohin das Vieh gegangen ist.«

Minutenlang umkreiste Gwalchmai den Schauplatz des Massakers, dann kam er zurück.

»Das Biest hat auf sie gewartet, verborgen auf der Kuppe des Hangs. Er richtete sich auf und tötete den ersten, der die Kuppe erreichte. Der zweite, ich glaube, es war Ectas, drehte sich um und wollte weglaufen und wurde dabei getötet. Die anderen beiden liefen nach Westen. Das Untier holte einen von ihnen ein, doch der vierte – Agwaine – entkam. Das Biest ist ihm jetzt auf den Fersen. Aber zuerst hat es … gefressen.«

»Also«, sagte Gaelen, »ist es im Westen.

Gwalchmai nickte und trabte nach Norden davon, die grünen Augen auf die Spur geheftet. Gaelen lief dicht hinter ihm und suchte das Unterholz mit den Augen ab. Das Schicksal war ihnen günstig, und sie fanden die Brüder innerhalb einer Stunde. Sie saßen an einem Bach. Rasch erklärte Gaelen, was vorgefallen war.

»Wie lange ist das her?« fragte Layne Gwalchmai.

»Es ist heute morgen passiert, während wir am Ufer saßen. Ich glaube, das Ungeheuer war uns auf den Fersen, aber als wir dann zum Wasser hinunter sind, hat es Agwaines Fährte aufgenommen.«

»Glaubst du, Agwaine hat überlebt?«

»Auf jeden Fall den ersten Angriff, denn das Wesen ist zu den Toten zurückgekehrt. Aber dann ist es wieder hinter ihm her. Was für ein Wesen ist das überhaupt? Ich meine, es hat doch gefressen. Warum jagt es Agwaine?«

»Ich weiß es nicht, aber wir müssen unserem Vetter helfen.«

»Wir helfen ihm nicht, indem wir auch sterben, Bruder«, stellte Lennox fest. »Gwal sagt, das Biest sei nach Westen gegangen. Wenn wir ihm folgen, haben wir den Wind im Rücken, so daß er unseren Geruch mit sich trägt. Und wir gehen direkt auf es zu.«

»Das weiß ich auch«, sagte Layne. »Aber wir können Agwaine nicht im Stich lassen.«

»Hättest du etwas gegen einen Vorschlag von einem Tiefländer?« fragte Gaelen.

Layne wandte sich ihm zu. »Du bist kein Tiefländer, Vetter. Sprich.«

»Danke. Aber ich bin nicht so bewandert in diesen Dingen wie ihr, also ist mein Plan vielleicht nicht gut. Aber ich glaube, wir sollten ein Versteck finden, von dem aus wir den … Vorrat beobachten können. Sobald das Untier zurückkommt, und der Wind bis dahin nicht gedreht hat, sollten wir nach Westen gehen können, ohne daß es unsere Spur wittert. Was meint ihr?«

»Ich glaube, du bist mehr Clan, als dir klar ist«, sagte Layne.

Sie verließen den Bach in raschem Lauf und hielten auf die Hügelkette zu, die nur knapp einen Kilometer entfernt war – Layne voraus, Gaelen und Gwalchmai dicht hinter ihm, und Lennox als Nachhut.

Sobald sie den Hügel erreicht hatten, krochen sie auf dem Bauch weiter, um die Spur zu beobachten. Von ihrer Position aus konnten sie deutlich bis zu dem See oberhalb des Wasserfalls sehen und darüber hinaus, während im Norden eine Reihe felsiger Erhebungen den Horizont bildete.

Der Himmel färbte sich blutrot, als die Sonne zu den Gipfeln im Westen sank.

»Ich hoffe, es kommt zurück, bevor es dunkel wird«, meinte Layne.

Das Glück war mit ihnen, denn mit den letzten Strahlen der untergehenden Sonne entdeckte Gwalchmai das Untier, das auf allen vieren den Pfad entlang kam. Es bewegte sich vorsichtig und duckte sich in die Schatten, ehe es in dem Gebüsch verschwand, in dem die Toten lagen.

Die Gefährten krochen den Hügel wieder hinunter und schlugen einen weiten Kreis um den Unterschlupf des Ungeheuers, ehe sie die lange, mühsame Verfolgung seiner Spur nach Westen aufnahmen. Der Mond war aufgegangen, ehe sie ankamen, aber der Nachthimmel war klar, und Gwalchmai deutete auf einen mit Felsen übersäten Abhang.

»Ich nehme an, Agwaine hat Zuflucht in den Höhlen gesucht«, sagte er, und sie erklommen den Hang und suchten nach Spuren.

»Wir dürfen nicht vergessen«, sagte Layne, »daß das Wesen noch heute nacht zurückkommen wird, wenn es gefressen hat.«

Es war Gaelen, der den Jungen fand, tief in einer schmalen Klamm in den Felsen auf halber Höhe des Hanges. »Agwaine, ist alles in Ordnung?« rief er.

»Bei allen Göttern, ich dachte schon, das Ungeheuer kommt zurück«, sagte Agwaine. Tränen rollten ihm über die Wangen, und er biß die Zähne zusammen, um die Schluchzer zu ersticken, die sich Bahn brechen wollten. Gaelen streckte Agwaine die Hand entgegen und zog ihn aus dem Spalt, als die anderen sich um sie scharten. Agwaine war unverletzt, aber in seinem Gesicht malte sich der Druck aus, unter dem er gestanden hatte. Seine Augen waren eingesunken und von tiefen Ringen beschattet.

»Es kam aus dem nichts«, sagte er. »Es hat Cael den Kopf abgerissen. Ectas war der nächste, er hatte kehrtgemacht und wollte fliehen, doch das Ungeheuer riß ihm mit einem Schlag seiner Krallen den Rücken auf. Es blieb nichts anderes übrig als die Flucht. Ich war der letzte, drehte mich um und rannte. Draig war direkt hinter mir. Ich hörte ihn schreien, aber sein Schrei brach ab, und da wußte ich, daß ich der einzige war, der noch übrig war. Ich konnte es hinter mir hören und bin gerannt wie noch nie in meinem Leben. Es hat mich hier gefunden, kam aber nicht an mich dran.«

»Wir müssen fort von hier, Vetter«, warf Layne ein.

»Ja. Nein! Erst muß ich etwas holen. Ich warf es beim Laufen weg.«

»Wir können nicht zurück in den Wald«, zischte Gwalchmai.«

»Wir müssen. Es ist nicht weit. Ich warf es weg, als ich den Hang sah.«

»Was kann denn so wichtig sein?« fragte Layne. »Vielleicht ist das Biest schon unterwegs hierher.«

»Dann geht ihr vor, und ich hole euch ein«, sagte Agwaine.

»Verdammt, Vetter, du weißt genau, daß wir das nicht können.«

»Dann laßt uns das dämliche Ding suchen«, sagte Gaelen. »Ich will nicht die ganze Nacht damit verbringen, darüber zu streiten.«

Agwaine führte sie zurück in den Wald. Gaelen war wütend, aber er beherrschte sich. Er wußte, was Agwaine suchte. Das Schwert. Agwaine hatte das Schwert gefunden.

Der Wald wirkte düster und bedrohlich, und die Jungen zogen ihre Messer. Sie würden nicht viel nutzen, dachte Gaelen. Er warf einen Blick auf Gwalchmai. Das Gesicht seines Freundes war verzerrt und wirkte im Mondlicht aschgrau. Nur Lennox schien ungerührt.

Agwaine hob den Arm und blieb stehen. Der Sohn des Jagdherrn verschwand im Gebüsch und kehrte nach kurzer Zeit mit einem langen, verschnürten Paket zurück.

»Gehen wir«, sagte er und führte sie wieder bergab zu dem Wasserfall. Wegen des drehenden Windes machten sie weite Umwege, damit ihre Witterung nicht zu dem Ungeheuer getrieben wurde, und bei Morgengrauen waren sie unterhalb von Attafoss, links vom Fluß vor einem Wäldchen. Sie waren müde, aber die Angst vor dem Untier ließ sie nicht los, und sie zögerten, den Wald zu betreten.

Mit den Messern in den Händen wanderten sie vorsichtig weiter, doch als sie unter den überhängenden Zweigen dahergingen, ließ eine Stimme sie zusammenfahren. Gwalchmai ließ vor Schreck seinen Dolch fallen, hob ihn aber schnell wieder auf.

»Guten Morgen, Jungs.«

Rechts von ihnen, auf einer kreisförmigen Lichtung, saß eine Frau auf einer umgestürzten Eiche. Zu ihren Füßen lag eine Decke, auf der ein Frühstück aus schwarzem Brot und kaltem Fleisch gedeckt war.

Sie war auf eine Weise gekleidet, wie sie es noch nie gesehen hatten. Um ihre Schultern lag ein Panzerschal aus engmaschigen silbernen Ringen. Darunter trug sie einen angepaßten Harnisch aus Silber, der mit einem kupfernen Falken verziert war, dessen Flügel so weit gespreizt waren, daß sie unter dem Panzerschal verschwanden. Sie trug einen ledernen Kilt, der mit Kupfer beschlagen und zur besseren Bewegungsfreiheit geschlitzt war. Dazu dunkle Beinlinge und silberne Beinschienen über Reitstiefeln. Ihre Arme waren bloß, bis auf einen breiten Armreif aus Silber an ihrem rechten Handgelenk. Um ihr linkes Handgelenk lag eine schwarzlederne Schutzmanschette.

Und sie war alt. Dichtes silbergraues Haar war aus einem Gesicht zurückgekämmt, das von Weisheit und

Kummer gezeichnet war. Doch ihre Augen strahlten eisblau, und ihre Haltung war aufrecht und unnachgiebig.

Gaelen betrachtete sie genau und bemerkte, wie sie die Jungen ansah. In ihrer Jugend muß sie schön gewesen sein, dachte er. Aber in ihrer Miene lag etwas, das er nicht deuten konnte, es schien eine Mischung aus Staunen und Bedauern zu sein.

»Wollt ihr mit mir frühstücken?« lud sie die Jungen ein.

»Wer bist du?« fragte Agwaine.

Die Frau lächelte. »Ich bin Sigarni – die Königin«, antwortete sie.

»Wir haben in Farlain keine Königin«, erklärte Layne.

»Ich bin die Königin von Jenseits des Tores«, sagte sie mit einem leisen Lächeln.

»Du bist im Land der Farlain«, sagte Agwaine streng. »Hier dürfen keine Fremden sein. Bist du eine Aenir?«

»Nein, Agwaine. Ich bin Taliesens Gast.«

»Kannst du das beweisen?«

»Ich wüßte nicht, warum ich das tun sollte. Ihr Jungen seid auf der Jagd. Taliesen fragte, ob er sich dafür mein Schwert ausborgen dürfe. Wenn du das Paket aufmachst, wirst du es finden – eine schöne Waffe aus Metall, die einer von euch schon gesehen hat. Der Griff aus Ebenholz ist so geformt, daß ein Krieger ihn mit beiden Händen umfassen kann, während der Handschutz aus Eisen mit Gold- und Silberdraht verziert ist. Die Scheide ist mit einem Falken geschmückt, wie der auf meinem Harnisch. Jetzt öffne das Paket, und gib mir zurück, was mir gehört.«

»Mach es auf«, sagte Layne. »Wenn es stimmt, mußt du das Schwert seinem rechtmäßigen Besitzer zurückgeben.«

»Nein, es gehört mir«, widersprach Agwaine zornesrot. »Ich habe die Jagd gewonnen, und das ist mein Beweis.«

»Du brauchst keinen Beweis«, erklärte Gaelen. »Wir wissen, daß du gewonnen hast, das Schwert ist nur ein Symbol. Öffne das Paket.«

Agwaine zog seinen Dolch und schnitt die Lederriemen durch, mit denen das Öltuch umwickelt war. Wie die Frau gesagt hatte, war das Schwert tatsächlich eine wunderbare Waffe. Zögernd gab Agwaine es zurück. Die Frau schnallte sich schnell die Scheide um. Hätten an den Besitzverhältnissen noch irgendwelche Zweifel bestanden, so waren sie beseitigt, als das Schwert an ihrer Seite hing. Es war, als würde ein Bild vervollständigt, dachte Gaelen.

Mit dem Schwert kehrte sie zu ihrem Platz auf dem Baumstamm zurück. Sie deutete auf das Essen. »Kommt. Eßt euch satt«, sagte sie. »Ich hatte eigentlich acht von euch erwartet. Wo sind die anderen?«

Die Jungen tauschten einen Blick aus.

»Sie sind tot«, antwortete Gaelen.

»Tot?« fragte die Königin und erhob sich anmutig. »Wieso?«

Gaelen erzählte von dem Ungeheuer und ihrer Flucht aus den Bergen.

»Verdammt!« sagte sie. »Taliesen ist mir gestern abend im Traum erschienen. Er sagte mir, daß ihr euch in den Bergen verirrt habt und daß ich euch hier suchen sollte. Von einem Ungeheuer hat er nichts gesagt.«

»Zu mir ist er auch gekommen«, sagte Gaelen. »Und er hat nichts von einer Königin gesagt.«

Sie lächelte freudlos. »Also dann. Zauberer sind mir ein Rätsel, und das können sie auch gerne bleiben. Jetzt beschreib mir dieses Wesen.«

Sie fingen alle gleichzeitig an zu reden, doch sie brachte sie mit einer Handbewegung zum Schweigen und deutete auf Agwaine. »Du hast es von nahem gesehen. Du sprichst.«

Also erzählte Agwaine von der Kraft und der erschreckenden Größe, der Schnelligkeit und dem halbmenschlichen Aussehen.

»Ihr habt recht daran getan davonzulaufen«, sagte die

Frau, als er geendet hatte. »Ich habe solche Wesen in meinem eigenen Königreich schon gesehen. Mehr als einmal. Sie sind schrecklich – und schwer zu töten. Obwohl sie töten, um zu essen, wenn sie sich einmal auf eine Beute fixiert haben, verfolgen sie sie bis in alle Ewigkeit. Dieses Ungeheuer jagt mich – gewissermaßen – seit vierzig Jahren.«

»Wieso dich?« flüsterte Gaelen.

»Es wurde vor langer Zeit von einem Zauberer namens Jakuta Khan ausgeschickt. Aber das ist eine Geschichte für ein andermal, Gaelen.«

»Was können wir tun?« fragte Layne.

»Ihr könnt frühstücken, damit ihr bei Kräften bleibt. Dann machen wir einen Plan für den Kampf.«

Die Gefährten setzten sich zu ihren Füßen und bedienten sich mit Brot und Fleisch. Das Brot war frisch, und das Rindfleisch zart und rosa.

Sie aßen lustlos, bis auf Lennox, der große Stücke Brot abriß und sich in den Mund stopfte.

Die Königin beobachtete ihn mit hochgezogenen Augenbrauen. »Steht eine Hungersnot bevor?«

»Wahrscheinlich wird er eine verursachen«, spöttelte Gwalchmai.

Agwaine sagte nichts. Das Auftauchen dieser seltsamen Frau hatte ihn erzürnt, und er hatte keinesfalls das große Schwert – ihre einzige echte Verteidigung gegen das Ungeheuer – einer Frau aushändigen wollen.

»Wie wollen wir gegen dieses Ungeheuer kämpfen?« fragte Layne.

»Ja, wie wohl?« erwiderte sie. In ihren hellen Augen schimmerte Kummer.

»Wir könnten Speere machen«, schlug Gaelen vor, »indem wir unsere Dolche an Stöcken befestigen.«

»Ich könnte auch einen Bogen machen«, sagte Gwal. »Keine besonders gute Waffe oder besonders zielgenau. Aber auf kurze Entfernung wäre sie von Nutzen.«

»Dann tut es rasch«, sagte die Königin, »und wir reden später weiter.«

Die Jungen erhoben sich und schwärmten nervös in den Wald aus, um Schößlinge oder feste, gerade Zweige zu suchen. Gaelen und Agwaine wählten eine junge Ulme aus und begannen, mit ihren Messern auf sie einzuhauen.

»Was hältst du von ihr, Tiefländer?« fragte Agwaine, als der Schößling durchtrennt war.

»Ich glaube, daß sie ist, was sie sagt«, fuhr Gaelen auf. »Und wenn du mich noch einmal Tiefländer nennst, bekommst du eine entsprechende Antwort.«

Agwaine grinste. »Ich mag dich nicht, Gaelen, aber du hast recht. Woher du auch stammst, jetzt gehörst du zum Clan. Aber ich werde dich niemals Vetter nennen.«

»Das ist mir gleich«, erwiderte Gaelen. »Du bedeutest mir nichts.«

»Dann sei es so.«

Sie befreiten den jungen Baum von Zweigen und Blättern und kürzten ihn auf eine handliche Länge von anderthalb Metern. Dann wickelte Gaelen die Bänder seines linken Beinlings ab und band sein Messer damit an das Holz. Er wog den Speer, um das Gleichgewicht zu prüfen und schleuderte ihn auf einen nahen Baum. Der Speer traf mit dumpfem Aufprall. Gaelen zog ihn heraus und prüfte die Bindung. Sie war noch straff.

Es sah aus wie eine prächtige Waffe, doch als er sich das Bild des Ungeheuers wieder vor Augen rief, kam ihm der Speer ausgesprochen kümmerlich vor.

»Warst du überrascht, daß ich das Schwert fand?« fragte Agwaine ihn.

»Nein, enttäuscht.«

»Das mit dem Rucksack war ein guter Trick.«

»Schön, daß er dir Spaß gemacht hat.«

»Hat er nicht, aber gut war er trotzdem.« Gaelen nickte. Er wartete, während Agwaine seinen Speer zurechtmachte, dann ging er davon. Er mochte Agwaine nicht und wußte, daß dieses Gefühl erwidert wurde.

Er ging zurück zu der Lichtung, auf der die alte Frau saß. Sie war tief in Gedanken versunken, und Gaelen beobachtete sie eine Weile vom Waldrand aus. Es war leicht zu glauben, daß sie eine Königin war, denn ihre ganze Haltung verriet Stolz und Selbstvertrauen, und sie war eindeutig gewohnt, daß man ihr gehorchte. Aber da war noch mehr an ihr: eine Art angeborener Adel, eine innere Stärke, die nach außen drang.

»Willst du den ganzen Tag dort stehen bleiben, Gaelen?« fragte sie, ohne den Kopf zu drehen.

Gaelen trat vor. »Woher wußtest du, daß ich hier bin? Und woher kennst du meinen Namen?«

»Belassen wir es bei der ersten Frage: Ich habe dich gehört. Komm, setz dich ein Weilchen zu mir und iß etwas. Um richtig zu funktionieren, muß der Körper ernährt werden.«

»Bist du keine Königin mehr?« fragte Gaelen, während er sich mit gekreuzten Beinen ihr gegenüber niederließ.

Die Frau lachte leise und schüttelte den Kopf. »Eine Königin ist immer eine Königin. Nur der Tod kann das ändern. Aber ich bin augenblicklich ohne Reich. Doch ich hoffe, bald zurückzukehren. Ich versprach meinem Volk, daß ich das täte – genauso wie mein Vater es vor mir tat.«

»Warum hast du dein Land verlassen?« fragte Gaelen.

»Ich war verwundet und wäre wahrscheinlich gestorben. Und so wurde die Prophezeiung erfüllt und ... mein Hauptmann ... suchte das Tor und schob mich hindurch. Taliesen heilte mich.«

»Wie wurdest du verwundet?«

»Im Kampf.« Sie sah weg, ihre Augen blickten in die Ferne.

»Habt ihr gewonnen?«

»Ich gewinne immer, Gaelen«, sagte sie traurig. »Meine

Freunde sterben, und trotzdem gewinne ich. Zu gewinnen ist eine Gewohnheit, mit der man schwer brechen kann, es kann passieren, daß man sich von nichts anderem mehr nähren mag.«

»Ist das so schlecht?«

»Nicht, wenn man jung ist«, sagte sie und lächelte wieder.

»Warum bist du hier oben und nicht im Dorf?«

»Wie schon gesagt, ich bin Gast von Taliesen. Er meinte, es wäre klüger, in der Nähe von Vallon zu bleiben. Aber jetzt genug der Fragen. Sieh dich um. Ist das ein guter Platz, um sich dem Ungeheuer zu stellen?«

»Gibt es überhaupt einen guten Platz?« entgegnete Gaelen.

»Es gibt Plätze, die man meiden sollte, wie offenes Gelände.«

»Ist das hier ein guter Platz?«

»Jedenfalls nicht schlecht. Du hast Bäume zur Deckung, trotzdem gibt es kein dichtes Unterholz, so daß es sich nicht unbemerkt anschleichen kann.«

»Außer bei Nacht«, sagte Gaelen.

»Allerdings. Aber es wird lange vorher vorüber sein, zum Guten oder Schlechten.«

»Was ist mit dir? Du hast keinen Speer.«

Die Königin lächelte. »Ich habe mein Schwert, es begleitet mich seit vierzig Jahren. Ich dachte, es wäre zurückgeblieben, als ich durch das Tor kam, doch Taliesen brachte es mir. Es ist eine gute Waffe.«

Lennox kam mit einem gewaltigen Eichenknüppel an. »Ich habe das hier gefunden«, sagte er. »Das reicht für mich.«

Die Königin lachte laut auf. »An dir ist wahrlich nichts Zartes, Lennox, mein Lieber. Und wird es auch nie sein. Es ist wirklich eine gute Waffe.«

Gwalchmai hatte sich einen Kurzbogen gemacht und sechs Stöcke gefunden, die gerade genug waren, um

Pfeile daraus zu machen. »Es ist sehr unbeholfen«, sagte er, »und die Reichweite wird nicht mehr als zwanzig Schritte betragen.« Er hockte sich nieder und begann, aus Rindenstücken Federn für die Pfeile zu schnitzen.

Gegen Mittag hatten sie ihre Vorbereitungen beendet, saßen zusammen und warteten auf die Anweisungen der Frau. Doch sie sagte nichts, sondern saß nur bei ihnen und kaute langsam das letzte Stück Brot. Gaelen fing einen Blick der Königin auf, und sie lächelte und hob fragend eine Augenbraue. Er wandte sich an Gwalchmai. »Du bist der leichteste von uns, Gwal. Warum kletterst du nicht auf diesen Baum dort und hältst Ausschau nach dem Ungeheuer?«

Gwalchmai nickte. »Wäre die Eiche nicht besser? Sie ist standhafter.«

»Das Untier könnte sie vielleicht erklettern«, sagte Gaelen. »Die Ulme könnte sein Gewicht nicht tragen.«

»Wie wollt ihr es angehen, wenn es kommt?« fragte die Königin und sah Gaelen dabei unverwandt an.

»Wir müssen es verwirren«, sagte er. Seine Gedanken überschlugen sich. Er hatte keine Ahnung, wie fünf Jungen und eine alte Frau ein Wesen von solcher Schnelligkeit und Kraft angehen konnten, doch die Königin stellte ihm eine Frage und schien eine vernünftige Antwort zu erwarten. »Wenn wir uns trennen, muß das Ungeheuer jeden einzeln angreifen. Jedesmal muß einer, oder alle anderen, auf es einstechen, so daß es von allen Seiten angegriffen wird. Gwal, du bleibst auf dem Baum«, rief er dem kletternden Jungen zu. »Schieß, wenn du freie Bahn hast.«

»Das ist alles gut überlegt« sagte die Königin, »doch trotzdem, um das Ungeheuer zu verwirren, mußt du es überraschen. Sobald wir es sehen und wissen, aus welcher Richtung es kommt, müßt ihr euch verstecken, und zwar etwa im Kreis. Einer von euch muß allerdings als Köder dienen und gut sichtbar bleiben. Wenn wir Glück haben, greift das Biest an, ich habe das schon früher erlebt. Im Idealfall müssen wir es dazu bringen, daß es jemanden mit einem Speer angreift. Auf diese Weise sorgt sein Gewicht mit viel mehr Gewalt dafür, daß die Spitze eindringt, als ein Stoß von euch das vermöchte.«

»Ich werde der Köder sein«, sagte Gaelen zu seiner eigenen Überraschung.

»Wieso du?« fragte Agwaine. »Ich bin der schnellste hier, und bin ihm schon einmal davongelaufen.«

»Von einem Köder erwartet man normalerweise nicht, daß er schnell ist«, erklärte Gaelen trocken.

Agwaine lachte und schüttelte den Kopf. »Na schön. Ich bleibe auf deiner rechten Seite, Lennox und Layne nehmen die Linke. Möge Gott uns Glück schenken.«

»Bitte nicht um Glück, bitte um Mut«, sagte die Königin.

»Wie wirst du kämpfen?« fragte Agwaine sie.

»Mit meinem Schwert«, antwortete sie leise. »Wie ich es immer getan habe, gegen Mensch und Tier. Mach dir um mich keine Sorgen, Junge.«

»Warum solltest du überhaupt für uns kämpfen?«

»Das ist ein Geheimnis, das du eines Tages verstehen wirst, aber es ist nicht an mir, es zu erklären.«

»Es kommt!« rief Gwalchmai hoch oben in der Ulme. Sie konnten alle sehen, wohin er zeigte. Das Ungeheuer näherte sich von Nordwesten.

»Nehmt eure Plätze ein«, sagte die Frau. Lennox und Layne rannten nach links und kauerten sich hinter einen großen Busch. Agwaine ging nach rechts, den Speer vor sich ausgestreckt und hockte sich hinter den Stamm einer Eiche. Oben auf der Ulme spannte Gwalchmai seinen Bogen, schlang sein Bein um einen dicken Ast, so daß er fest saß und legte einen Pfeil auf die Sehne.

Die Königin zog ihr Schwert und hielt die Klinge an ihre Lippen. Dann lächelte sie Gaelen zu. »Das hier ist etwas, wovon du deinen fünf Kindern erzählen kannst«, sagte sie.

Gaelen antwortete nicht. Etwa fünfzig Schritt voraus war das Ungeheuer in Sicht gekommen. Auf diese kurze Entfernung wirkte es noch gewaltiger. Als es Gaelen sah, richtete sich das Wesen zu voller Höhe auf und stieß ein Geheul aus, das das Blut gerinnen ließ. Dann fiel es auf alle viere und griff an.

Der Junge warf einen Blick nach links, um sich von der Kriegerin Zuversicht zu holen.

Doch die Königin war verschwunden.

Die Erde unter Gaelens Füßen bebte, als das Ungeheuer auf ihn zu donnerte. Er packte seinen Speer und wartete ab, alle Angst verging wie Nebel im Wind. In diesem Augenblick wurde er von einer seltsamen Euphorie ergriffen. Sein ganzes Leben lang war er allein gewesen, verängstigt und unglücklich. Jetzt war er Teil von etwas, er gehörte dazu. Selbst wenn sein Leben in den nächsten Augenblicken endete, konnte ihm nichts mehr die Freude nehmen, die er in diesen vergangenen kostbaren paar Monaten erlebt hatte.

Er war nicht mehr allein. Er gehörte zum Clan.

Das Ungetüm wurde langsamer und richtete sich wieder auf, die Arme weit gespreizt, die Fangzähne glitzerten in der Morgensonne. Gaelen packte seinen Speer fester, spannte die Muskeln für den Stoß. Das Wesen kam näher, bis auf Höhe des versteckten Agwaine. Angst überfiel den Sohn des Jagdherrn, schlug wie eine Flutwelle der Panik über ihm zusammen. Er wollte weglaufen. Sich verstecken.

Aber auch er gehörte zum Clan.

Als der Schatten des Biests auf ihn fiel, richtete sich Agwaine in seinem Versteck auf und rammte ihm den Speer in die Seite. Ein markerschütternder Schrei erfüllte die Lichtung. Ein klauenbewehrter Arm fuhr zurück und stieß den Jungen von den Füßen, er fiel mit dem Gesicht zu Boden und rollte sich auf den Rücken. Das Ungeheuer trat über ihn, mit geiferndem Maul und ausgefahrenen Krallen. Agwaine schrie.

In diesem Augenblick rannte Layne von links herbei und schleuderte seinen Speer mit aller Kraft. Die Waffe flog durch die Luft und grub sich in den breiten Rücken des Untiers. Es richtete sich auf und fuhr herum, um sich dem neuen Angreifer zu stellen. Hinter ihm versuchte Agwaine aufzustehen, doch seine Beine gaben unter ihm nach, und er fiel zu Boden. Ihm wurde übel. Layne, jetzt waffenlos, stand wie erstarrt, als das Biest auf ihn zukam. Lennox packte ihn am Hemd und stieß ihn beiseite, dann wartete er mit erhobener Keule und trotzigem Blick auf das Ungeheuer.

Gaelen rannte hinzu, aus voller Kehle brüllend. Die schwarzen Augen des Wesens wanderten zu dem heranstürmenden Jungen, und in diesem Augenblick schlug Lennox zu. Er machte einen Schritt nach vorn und donnerte den Eichenknüppel auf den Schädel des Wesens. Es taumelte, wehrte jedoch Lennox' nächsten Hieb mit erhobenem Arm ab. Gaelens Speer drang in das Fleisch über der Hüfte, dann brach er ab, so daß der Junge dem Ungeheuer vor die Füße fiel.

Jetzt war nur noch Lennox übrig. Der junge Riese schlug wieder zu, doch dieses Mal war das Biest vorbereitet – es parierte den Schlag mit seiner Pfote, und die Krallenhand packte den Oberarm des Jungen, zerquetschte den Knochen und riß ihm das Fleisch von der Schulter. Lennox taumelte rücklings, fiel jedoch nicht. Er nahm den Knüppel in die rechte Hand und wartete auf den nächsten Angriff.

Ein Pfeil bohrte sich tief in den Schenkel des Ungeheuers und ließ es vor Schmerz und Wut aufheulen. Ein zweiter prallte von seinem dicken Schädel ab. Lennox hieb dem Untier seine Keule gegen das Maul, doch ein Rückhandhieb riß ihn von den Füßen.

Auch wenn das Untier verletzt war, keine der Wunden war tödlich, und der Kampf hatte sich gewendet. Von seiner unsicheren Lage auf dem Baum feuerte Gwalchmai einen dritten Pfeil ab, der sich vor dem rechten Fuß des Ungeheuers in die Erde bohrte. Als er sich vorbeugte, um den vierten Schuß abzugeben, fiel der junge Schütze vom Ast und landete auf dem Rücken.

Gaelen rannte hinter das Wesen, packte Laynes Speer und zog ihn aus dem Rücken. Als es sich umdrehte, stieß er in sein Gesicht, die Spitze drang in die empfindlichen Nüstern. Rechts von Gaelen packte Layne Lennox' Knüppel, um zu helfen, doch das Biest drehte sich zu ihm und zerfetzte dem Jungen die Brust. Wieder holten die krallenbewehrten Tatzen aus. Gaelen machte einen Satz nach hinten und stürzte.

Das Biest öffnete sein Maul und stieß einen weiteren entsetzlichen Schrei aus.

Die Jungen waren am Ende.

»Ho, Höllenbrut!« rief die Königin. Das Untier fuhr herum, die glitzernden schwarzen Augen suchten die große, gepanzerte Gestalt inmitten der Lichtung. »Jetzt stell dich mir!«

Sie stand mit gespreizten Beinen, das silberne Schwert vor sich ausgestreckt.

Das Biest richtete sich zu voller Höhe auf – zweieinhalb Meter schwarzer, erbarmungsloser Vernichtung. Angesichts seiner Kraft erschien die Frau für Gaelen wie eine winzige, zerbrechliche Figur. Das Ungeheuer bewegte sich langsam vorwärts – dann rannte es los, indem es sich auf alle viere fallen ließ. Die Königin wich aus, ihr Silberschwert kam in hohem Bogen herab und schlitzte dem Wesen die Haut am Schädel auf, so daß Blut spritzte. Das Untier drehte sich, setzte zu einem gewaltigen Sprung an, doch die Frau sprang nach rechts und ritzte dem Wesen die Brust auf.

Agwaine kam zu Gaelen herübergekrochen.

»Sie kann nicht gewinnen«, flüsterte der Sohn des Jagdherrn.

»Lauft, Jungs!« schrie die Königin.

Doch sie blieben. Gaelen hob den zerbrochenen Speer auf, während Layne Lennox auf die Füße half und wieder einmal den Knüppel aufhob.

Die alte Frau atmete jetzt schwer. Taliesen hatte ihre Wunden genäht, aber die Kraft ihrer Jugend hatter er ihr nicht zurückgeben können. Unter ihrem Harnisch waren die Nähte aufgeplatzt, Blut rann über ihren Bauch. Ihr Gesicht war schweißüberströmt, die Lippen zusammengekniffen.

Wieder richtete sich das Ungeheuer über ihr auf. Wieder stieß sie ihm ihr Schwert ins Gesicht. Das Untier schüttelte den Kopf, Blut spritzte durch die Luft.

Die Frau wußte, daß sie nicht mehr lange durchhalten konnte, während das Ungeheuer durch die erlittenen Verwundungen nur noch rasender wurde. Ein Plan formte sich in ihr und senkte sich auf ihr Herz. Sie hatte gehofft, in ihr Reich zurückzukehren und es aus der Dunkelheit des Krieges hinauszuführen. Aber jetzt würde sie nicht mehr nach Hause gehen. Keine Zukunft. Keine goldenen Tage des Friedens, in denen sie zusehen konnte, wie ihr Volk gedieh.

In diesem letzten Moment, als das Ungeheuer sich bereit machte, wieder anzugreifen, war es, als würde die Zeit langsamer ablaufen. Sigarni konnte den Wald riechen, den Moschusduft der braunen Erde, die frische Brise. Bilder kamen ihr in den Sinn, und sie sah vor sich wieder den gutaussehenden Waldhüter Fell, die erste große Liebe ihres Lebens. Er war im Kampf gegen den Baron gefallen, niedergestreckt von dem letzten Pfeil, der in dieser schicksalhaften Schlacht abgeschossen wurde. Gesichter aus der Vergangenheit leuchteten in ihrer Erinnerung auf: Ballistar der Zwerg, der ein neues Leben in einer neuen Welt gesucht hatte, Asmidir, der schwarze

General, Obrin, der abtrünnige Fremdländer, und der Rote Falke – vor allem der Rote Falke.

»Ich werde dich nie wieder sehen«, dachte sie, »obwohl du mir versprochen hast, am Ende bei mir zu sein. Du hast mir dein Wort gegeben, Liebster. Du hast es versprochen!«

Die Krallen fuhren auf sie nieder. Sie duckte sich, machte einen Satz nach hinten und hob ihr Schwert. Das Ungeheuer sprang nach vorn, doch dieses Mal wich die Königin nicht aus. Mit einem wilden Schlachtruf warf sie sich dem Untier in den Weg und trieb ihre Klinge tief in seine riesige Brust. Der Silberstahl glitt zwischen die Rippen, durchstieß eine Lunge und drang ins Herz.

Während es Todesschreie ausstieß, umklammerten seine großen Arme die Frau. Die Brustplatte gab unter dem ungeheuren Druck nach, und die Rippen der Königin brachen, scharfe Knochenstücke bohrten sich in sie. Dann ließ das Ungeheuer sie los und stürzte zu Boden. Die Frau taumelte rücklings, dann fiel sie. Sie versuchte aufzustehen, doch Todesqualen hielten sie nieder.

Die Jungen rannten zu ihr. Gaelen kniete neben ihr nieder und bettete ihren Kopf auf seinen Schoß. Sanft strich er ihr die silbergrauen Haare aus den Augen.

»Gebt Taliesen Nachricht«, flüsterte die Königin. Blut trat ihr auf die Lippen. Sie hustete schwach und schluckte. »Wir haben es geschafft, Jungs«, sagte sie. »Ihr habt euch gut gehalten, genau wie ich es mir dachte.«

Agwaine kniete auf ihrer rechten Seite nieder und nahm ihre Hand.

»Du hast uns gerettet, du hast es getötet«, sagte Gaelen.

»Hört mir zu, denn ich sterbe, doch vergeßt meine Wort nicht. Ich werde zu den Farlain zurückkehren. Dann werdet ihr älter sein. Männer. Krieger. Ihr werdet viel gelitten haben, und ich werde euch wieder beistehen.«

Agwaine warf Gaelen einen Blick zu. »Was meint sie damit?«

Gaelen zuckte die Achseln. Rasche Schritte hallten auf der Lichtung wider, als Caswallon, Cambil und die anderen Clanmitglieder in Sicht kamen. Caswallon kniete neben Gaelen nieder. »Alles in Ordnung?«

»Ja. Sie hat uns gerettet. Sie hat das Ungeheuer erschlagen.«

»Wer ist sie?« fragte Caswallon.

Die Königin schlug die Augen auf. »Ach, du bist es«, flüsterte sie lächelnd. »Jetzt ist der Kreis vollendet, denn du sagtest, du würdest bei meinem Tod bei mir sein. Wie gut du aussiehst. Wie jung. Wie schön! Kein ... Silber in deinem Bart.«

Caswallon sah ihr in die strahlenden blauen Augen und erkannte, daß sie rasch verfiel. Sie hob ihm ihre Hand entgegen, und er nahm sie und hielt sie fest.

»Habe ich es gut gemacht, Caswallon? Sag es mir ehrlich.«

»Du hast es gut gemacht«, antwortete Caswallon. »Du hast die Jungen gerettet.«

»Aber mein Königreich? War ich ... wirklich die Königin, die du wolltest?«

»Ja«, antwortete Caswallon verblüfft.

Sie lächelte wieder, und eine Träne rann ihr langsam über die blasse Wange. »Armer Caswallon«, wisperte sie. »Du weißt nicht, wessen Hand du hältst, aber du wirst es erfahren.« Tränen standen ihr in den Augen. Er hob ihre Hand an die Lippen und küßte die Finger. »Ich weiß, daß du tapferer bist, als Worte es zu fassen vermögen«, sagte er, »und ich zweifle nicht daran, daß du eine unvergleichliche Königin warst.«

Ihre Augen schlossen sich, und ein langer, rasselnder Seufzer entrang sich ihrer Kehle. Caswallon blieb noch einen Augenblick sitzen und hielt ihre Hand. Dann legte er sie der Köngin zärtlich auf die Brust.

Cambil kniete neben ihm nieder. »Wer war das?« fragte der Jagdherr.

Caswallon blickte auf die tote Kriegerin nieder. »Wer immer sie auch war, ich trauere um sie.«

»Sie war die Königin von Jenseits des Tores«, sagte Gaelen, »und sie gewann immer.«

Dann begann er zu weinen.

5. Kapitel

Lennox saß mit dem Rücken an einen Baum gelehnt, während seine Schulter genäht und sein gebrochener Arm geschient wurde. Sein Gesicht war grau vor Schmerz, doch er gab keinen Laut von sich, sondern kniff nur die Augen zu und biß die Zähne zusammen.

Sein Vater Leofas sagte nichts, aber seine Augen leuchteten vor Stolz. Layne lag neben seinem Bruder und ertrug die Stiche in seiner Brust genauso stoisch. Etwas abseits von den anderen saß Badraig weinend, den Kopf in den Händen vergraben. Sein Sohn Draig war am Tag zuvor getötet worden.

Trotz seiner eigenen ungeheuren Erleichterung spürte Cambil den Schmerz des anderen. Er ließ seinen Sohn Agwaine zurück und ging zu dem Jäger. Er legte Badraig eine Hand auf die Schulter.

»Es tut mir leid, mein Freund. Aufrichtig.«

Der andere Mann nickte, hob aber weder den Kopf, noch antwortete er.

Caswallon stand mit den anderen zusammen und betrachtete das Ungeheuer. Selbst im Tod war es noch ein erschreckender Anblick, das große Maul in einem letzten Knurren aufgerissen, die Fangzähne fingerlang, entblößt und blutig.

»Ich habe so etwas noch nie gesehen«, murmelte Caswallon, »und ich bete, daß ich es nie wieder sehen muß.«

Sie gruben der Königin ein tiefes Grab und markierten es mit flachen weißen Steinen. Cambil versprach, einen Grabstein meißeln zu lassen. Dann teilten sich die

Männer in zwei Gruppen. Badraig führte die fünf Jäger zurück zum Wasserfall, um zu begraben, was noch von den Toten übrig war. Cambil, Leofas und Caswallon blieben bei den Jungen. Sie beschlossen, bis zum Morgen auf der Lichtung zu rasten und dann die lange Wanderung zurück zum Dorf in Angriff zu nehmen.

Ihre Hauptsorge galt Lennox, der viel Blut verloren hatte. Gwalchmai hatte bei seinem Sturz zwar das Bewußtsein verloren, war aber wieder unverletzt auf den Beinen. Er allein hatte den letzten Kampf der Königin verpaßt.

In dieser Nacht waren die Jungen am Lagerfeuer ungewöhnlich schweigsam. Lennox, der große Schmerzen hatte, suchte Zuflucht im Schlaf, doch die anderen saßen beisammen und starrten in die Flammen. Agwaine hatte Freunde verloren und die Panik erlebt, gejagt zu werden. Layne hatte seine Führerschaft über die Gruppe fast unmerklich an den ehemaligen Tiefländer abgegeben, und Gaelen hatte in seinem Herzen eine Stärke entdeckt, von der er nicht gewußt hatte, daß sie da war. Nur Gwalchmai war von dem Drama unberührt, doch er schwieg, weil er das Bedürfnis seiner Freunde spürte.

Caswallon bereitete für alle eine kräftige Suppe zu. Seine eigenen Gedanken wanderten in viele Richtungen. Er betrauerte den Tod der drei jungen Burschen, er war stolz darauf, wie die anderen sich dem Ungeheuer gestellt hatten, und er empfand Freude darüber, wie Gaelen sich gehalten hatte. Wenn er zurückdachte, wußte er nicht, ob er diese Heldentat in Gaelens Alter auch hätte vollbringen können. Doch über all diesen Empfindungen mußte er immer wieder an die Worte der Königin denken. Zuerst hatte er gedacht, die Frau würde phantasieren, aber ihre Augen waren klar gewesen.

Caswallon hatte immer schon die Fähigkeit gehabt, einen Charakter wirklich erkennen zu können, und er wußte instinktiv, daß die sterbende Kriegerin eine große

Frau war, eine Frau von Mut, edler Gesinnung und großer innerer Kraft. Daß sie eine Königin war, war daher keine Überraschung.

Aber wessen Königin? Und woher kannte sie ihn?

Jenseits des Tores. Was war jenseits des Tores?

Nur Orakel wußte es. Und Taliesen.

Die Nacht verging, und Caswallon schlenderte vom Feuer weg auf der Suche nach Einsamkeit und einem Platz zum Nachdenken. Cambil schloß sich ihm an, und sie setzten sich zusammen auf einen Hügel unter dem klaren Himmel.

»Badraig ist ein gebrochener Mann«, sagte Cambil leise und zog sich seinen grünen Umhang um die breiten Schultern.

»Ja. Was kann man dazu sagen?«

»Ich fühle mich schuldig daran«, sagte Cambil. »Letzte Nacht betete ich, daß Agwaine überleben würde. Ich hätte bereitwillig jedes andere Leben für seines eingetauscht. Als ich sah, daß er am Leben war, war mir Badraigs Verlust gleichgültig, er traf mich erst später.«

»Das ist doch verständlich.«

»Sei nicht so herablassend, Caswallon!« fauchte der Jagdherr mit funkelnden Augen.

»So habe ich es nicht gemeint. Was glaubst du denn, wie ich mich fühlte, als ich Gaelen sah?«

»Das ist doch nicht dasselbe, oder? Du hast den Jungen vielleicht gern, aber er ist nicht von deinem Blute. Du hast ihn nicht seine ersten tapsigen Schritte tun sehen, seine ersten Worte gehört, ihn mit auf seine erste Jagd genommen.«

»Nein, das ist wohl wahr«, gab Caswallon zu, der erkannte, wie sinnlos dieses Gespräch war.

»Trotzdem, Gaelen hat sich gut gehalten«, sagte Cambil. »Er hat bewiesen, daß er zu Recht zum Clan gehört.«

»Ja.«

»Aber er kann niemals Jagdherr werden.«

Caswallon drehte sich um, um Cambil in die Augen zu sehen, doch der Jagdherr wandte den Blick ab und starrte in den Wald. Auf einmal verstand Caswallon, was der andere sagen wollte. Gaelen hatte den Kampf mit dem Ungeheuer geplant, hatte Layne die Führung aus der Hand genommen. Agwaine hatte getan, was er angeordnet hatte. Solche Fähigkeiten zeichneten künftige Jagdherren aus. Cambil träumte davon, daß Agwaine ihm nachfolgen würde, aber jetzt war er seiner Sache nicht mehr sicher.

»Sei zufrieden damit, daß dein Sohn lebt«, sagte Caswallon. »Die Zukunft kümmert sich schon um sich selbst.«

»Aber du stimmst mir doch zu, daß es nicht passend wäre, wenn ein Tiefländer den Clan leitete?«

»Das kann der Rat entscheiden an dem Tag, an dem du zurücktrittst.«

»Also es ist dein Plan, Agwaine durch diesen Jungen zu ersetzen?« klagte Cambil ihn mit rotem Gesicht an.

Caswallon seufzte. »Nichts liegt mir ferner.«

»Es war Agwaine, der das Schwert fand.«

»Allerdings.«

Ein langes Schweigen hüllte sie ein, bis schließlich Cambil aufstand, um zu gehen. »Wir werden niemals Freunde sein, Caswallon«, sagte er traurig.

»Du siehst Gespenster, wo keine sind«, erklärte Caswallon. »Ich habe keinen Ehrgeiz, Vetter – weder für mich selbst noch für meine Söhne. Sie werden sein, was sie sein wollen und was sie sein können. Ich möchte sie glücklich sehen, gut verheiratet und zufrieden. Alles andere ist Spreu, denn wir alle sterben, und es gibt keinen Beweis dafür, daß wir etwas mit uns nehmen, wenn wir gehen.«

Cambil nickte. »Ich wünschte, ich könnte dir glauben, aber ich sehe einen anderen Caswallon. Ich sehe einen Mann, der Jagdherr hätte werden können. Kinder ahmen deinen Gang nach, an den Lagerfeuern werden

Geschichten über dich erzählt. Und was hast du getan? Du hast anderen das Vieh gestohlen. Was ist an dir, Caswallon?«

»Ich habe keine Ahnung. Ich höre mir diese Geschichten nicht an.«

Caswallon sah Cambil nach, der langsam den Hang hinunter zum Feuer ging. Er zog seinen Umhang um sich und betrachtete die Sterne, während seine Gedanken schweiften.

Nach etwa einer Stunde spürte er einen kalten Windhauch im Nacken, doch kein Blättchen regte sich. Er drehte sich um. Hinter ihm stand Taliesen in seinem Mantel aus schimmernden Federn und hielt einen mit Mistelzweigen umwickelten Stab in den Händen.

»Drei Jungen sind tot«, berichtete er dem Druiden und deutete auf einen Platz neben sich auf dem flachen Stein. Der Druide setzte sich und lehnte sich auf seinen Stab.

»Ich weiß. Die Königin auch.«

»Wer war sie?«

»Sigarni, die Falkenkönigin. Hat sie noch etwas gesagt, ehe sie starb?«

»Sie sagte, sie würde wiederkommen. Das haben jedenfalls die Jungen erzählt. Und sie dachte, ich wäre jemand, den sie einst kannte.«

»Der alte Mann, den du als Orakel kennst, hat uns das eingebrockt«, sagte Taliesen. »Ich kann nur hoffen, daß ich es wieder richten kann.«

»Wovon redest du?«

»Geh zu Orakel und sag ihm, daß du mit mir gesprochen hast. Sag ihm, ich möchte gern, daß du seine Geschichte erfährst. Aber wenn du sie gehört hast, mußt du mir versprechen, daß du sie niemandem weitererzählst. Einverstanden?«

»Ja.«

Maeg rannte mit Kareen aus dem Haus, als die Männer auf dem fernen Hügel erschienen. Andere Frauen strömten aus ihren Katen und Häusern. Die Männer, die auf den Feldern arbeiteten, ließen ihre Werkzeuge fallen und schlossen sich ihnen an.

Innerhalb weniger Minuten waren die Jäger und die Jungen umringt. Cambil beantwortete alle Fragen, und Caswallon führte Gaelen durch die Menge zu Maeg, die auf sie wartete. Sie ging zu ihm, nahm sein Gesicht in ihre Hände und fragte: »Alles in Ordnung, Liebster?«

»Ja.«

Sie erkannte den Kummer in seinen Augen und hakte sich bei ihm ein, um mit ihm den langen Weg nach Hause zu gehen. Er hatte in seinem Leben schon so viel gelitten, und jetzt war klar, daß er noch weitere Qualen erduldet hatte. Ihr Herz schmerzte um seinetwillen.

Am Haus wartete der Kätner Durk auf Kareen. Er erkundigte sich nach Gaelen und ging dann mit dem Mädchen den Berg hinauf.

Gaelen war erschöpft und stolperte zu seinem Bett, und Caswallon und Maeg setzten sich zusammen ans Feuer. Er erzählte ihr von der schweren Prüfung in den Bergen und wie gut die Jungen sich geschlagen hatten.

»Er ist ein Junge, auf den man stolz sein kann, Caswallon«, sagte sie.

Er grinste verlegen. »Ich weiß. Ich war den Tränen nah, als er mir die Geschichte erzählte.«

»Er wird ein guter Mann werden.«

»Und eher als du denkst«, sagte Caswallon.

»Wie bist du all die Tage mit Cambil ausgekommen?«

Er zuckte die Achseln. »Der Mann hat Angst vor mir, Maeg. Er glaubt, ich wolle Gaelen an Agwaines Stelle setzen. Ist das nicht verrückt? Seine Zweifel müssen wie Berge auf seine Schultern drücken.«

»Er ist ein trauriger, einsamer Mann. Ich bin froh, daß du keinen Groll gegen ihn hegst.«

»Wie könnte ich ihn hassen? Ich bin mit ihm zusammen aufgewachsen. Er war schon immer so, er glaubte, sein Vater hätte mich lieber als ihn. Er hat immer versucht, mich zu besiegen, und es ist ihm nie gelungen. Wäre ich klüger gewesen, hätte ich wenigstens einmal verloren.«

»Es ist nicht deine Art zu verlieren«, sagte sie. »Du bist vom Clan. Und stolz – zu stolz, denke ich manchmal.«

»Kann ein Mann zu stolz sein? Es schadet doch niemandem. Ich habe noch nie einen anderen beleidigt oder meine Kraft mißbraucht, um einen schwächeren Gegner zu zerstören. Ich trage meine Gaben nicht zur Schau, aber ich kenne sie genau.«

»Unsinn. Du bist so eitel wie ein Flamingo. Ich habe dich vor dem Spiegel stehen und mit meiner Bürste deinen Bart kämmen sehen, um ihn glatt zu kriegen.«

»Du spionierst mir wohl nach, was?«

»Ja. Warum auch nicht? Bin ich nicht deine Frau?«

Er zog sie auf seinen Schoß und küßte sie. »Allerdings, und du bist das beste, was ich den Pallides jemals gestohlen habe. Außer dem Bullen deines Vaters.«

»Wenn ich mir vorstelle, daß Intosh um mich angehalten hat«, sagte Maeg und zupfte an seinem Bart, »und daß ich statt dessen bei dir gelandet bin, frage ich mich, ob die Götter etwas gegen meine Familie haben.«

»Intosh? Er war mein Rivale? Du hättest es gehaßt, Maeg. Der Mann hat Flöhe im Bett. Ich habe mich noch tagelang gekratzt, nachdem ich sein Schwert gestohlen hatte.«

»Du Hund! Daher kamen sie also.«

»Na, na, Maeg, Liebste«, sagte er, als sie sich mit funkelnden Augen von ihm losmachte. »Laß uns nicht streiten. Der Junge braucht seinen Schlaf, er hat viel durchgemacht.«

»Das war noch nicht das letzte Wort in dieser Sache, mein guter Farlain«, sagte sie leise.

»Und jetzt, wo du mal einen Moment still bist«, sagte er und zog sie wieder an sich, »könntest du mich vielleicht zu Hause willkommen heißen. Es war eine anstrengende Unternehmung.«

»Dann willst du jetzt wohl schlafen?«

»Allerdings. Kommst du mit?«

»Du kannst erst baden. Ich will nicht noch mehr von deinen Flöhen.«

»Gibt es heißes Wasser?«

»Nein.«

»Du erwartest doch nicht von mir, daß ich im Hof in der Kälte bade?«

»Natürlich nicht. Du kannst hier unten schlafen und morgen in warmem Wasser baden.«

»Hier schlafen?« Ihr Blick war unnachgiebig. »Dann also im Hof«, sagte er.

Später, als Caswallon schlief, hörte Maeg Gaelen im Schlaf nebenan stöhnen. Sie stand rasch auf, wickelte sich eine Decke um den nackten Körper und ging zu seinem Bett. Es war ein wiederkehrender Alptraum, und sie wußte, daß er wieder einmal vor den Aenir davonlief, mit bleischweren Beinen und blutenden Wunden.

Sie setzte sich neben ihn und strich ihm übers Haar. »Schon gut, Gaelen«, flüsterte sie. »Du bist hier bei Maeg. Du bist in Sicherheit. In Sicherheit.«

Er stöhnte und drehte sich auf den Rücken. »Maeg?«

»Ich bin hier.«

»Träume«, flüsterte er. Dann fielen ihm die Augen wieder zu.

Sie erinnerte sich, wie Caswallon ihn mit nach Hause gebracht hatte. Er war nervös gewesen, und sein Blick war von einer Wand zur anderen geflogen, als ob das Haus ein Gefängnis wäre. Und er hatte sie gemieden. Als sie ihm sein Zimmer zeigte, hatte seine Freude sie in Erstaunen versetzt.

»Das ist mein Zimmer?«

»Ja.«

»Mein Zimmer ganz allein? Ich muß es mit niemandem teilen?«

»Deins ganz allein.«

»Es ist großartig. Danke.«

»Keine Ursache.«

»Du kannst mich nicht verhexen«, sagte er plötzlich.

»Ich verstehe«, sagte sie lächelnd. »Caswallon hat dir also von meinen Zaubern erzählt.«

»Ja.«

»Aber er hat dir wohl nicht erzählt, daß meine Kräfte schon bald nach unserer Hochzeit nachließen?«

»Nein.«

»Das passiert mit Frauen, wenn sie sich einen Mann gefangen haben.«

»Ich verstehe.«

»Also laß uns Freunde sein. Wie würde dir das gefallen?«

»Sehr«, sagte er grinsend. »Ich habe nie Freunde gehabt.«

»Es ist schön, wenn man jemanden hat, mit dem man reden kann«, meinte sie.

»Ich rede nicht sehr viel«, erklärte er. »Ich hatte nie jemanden, so daß ich keine Übung habe. Ich bin nicht sehr klug, wenn es um Freundschaften geht.«

»Dabei kommt es auch gar nicht auf Klugheit an, Gaelen. Klugheit kommt aus dem Kopf, aber Wahrheit kommt aus dem Herzen. Jetzt will ich unsere Freundschaft damit beginnen, daß ich dir die Wahrheit sage. Als Caswallon dich gerettet hat, habe ich mir Sorgen gemacht, denn wir haben einen Sohn. Aber ich habe lange darüber nachgedacht, und jetzt bin ich froh. Denn ich mag dich, und ich weiß, daß du bei uns glücklich werden wirst. Wir werden unseren Teil dazu beitragen und dich alles lehren, was man wissen muß, um ein Mitglied des Clans zu sein.«

»Auch darin bin ich vielleicht nicht besonders gut«, gestand der Junge.

»Es geht nicht darum, daß man gut darin ist. Es einfach nur zu sein ist genug. Es wird nicht einfach für dich sein, denn Caswallon ist nicht sehr beliebt, und manche werden es dir schwermachen – vielleicht sogar unerfreulich.«

»Warum ist er nicht beliebt?«

»Das ist eine schwierige Frage. Er ist unabhängig, und das hat ihm alles eingebracht, was er hat. Er hält an der alten Tradition vom Rauben und Stehlen von anderen Clans fest. Aber es gibt noch andere Gründe, die du besser selbst herausfindest.«

»Er ist ein Dieb?«

Sie lachte leise. »Ja. Genau wie du.«

»Nun, ich mag ihn. Ich kümmere mich nicht um die anderen.«

Sie legte ihm eine Hand auf die Schulter. »Hier ist deine erste Lektion, Gaelen: Kümmere dich. Das macht den Clan aus. Wir kümmern uns. Um einander. Selbst wenn wir uns streiten, wir kümmern uns trotzdem. Ich sage dir etwas: Wenn Caswallons Haus niederbrennen würde, würden auch diejenigen, die ihn nicht leiden können, kommen und helfen, um es wieder aufzubauen. Wenn Caswallon stürbe, würde man sich um mich kümmern, falls es nötig wäre. Wenn Caswallon und ich beide stürben, würde der kleine Donal von einer anderen Familie aufgenommen – vielleicht von einer, die uns beide nicht leiden konnte – und mit Liebe aufgezogen.«

Es war schwer gewesen, ihn zu überzeugen, vor allem nach dem anfänglichen Ärger mit Agwaine. Doch zumindest hatte er Freunde gefunden. Maeg saß noch eine Weile am Bett, dann ging sie zum Fenster.

Der Mond stand hoch und tauchte die Berge in Silber, die Täler lagen friedlich da. Hinter ihr regte sich Gaelen und schlug die Augen auf. Er sah ihre Silhouette vor dem Himmel. »Maeg«, flüsterte er.

Sie wandte sich um. »Ja?«
»Danke.«
»Wofür?«
»Fürs Kümmern.«
Sie beugte sich nieder und küßte ihn auf die Stirn. »Schlaf gut, junger Krieger«, sagte sie.

Caswallon wanderte zur Höhle, sich wohl bewußt, daß der alte Mann ihn beobachtete. Orakels eingesunkene blaue Augen sahen ihn scharf an. »Du siehst müde aus, Mann«, sagte Orakel, als Caswallon sich neben ihm im Höhleneingang niederließ.

»Ja, ich bin müde. Und es macht mir Kummer, daß die armen Jungen so leiden mußten.«

»Ein böser Tag«, stimmte der ältere Mann zu. Eine Zeitlang schwiegen sie, dann ergriff Orakel wieder das Wort. »Es ist immer schön, dich zu sehen, mein Junge. Aber ich spüre, daß du etwas auf dem Herzen hast, also spuck es aus.«

Caswallon kicherte. »Wie immer entgeht dir nichts. Taliesen sagte mir, ich sollte mit dir sprechen. Er sagte, es würde ihm gefallen, wenn du mir die Geschichte erzähltest, was jenseits des Tores geschah.«

»Ja, ihm würde es gefallen und mich beschämen.« Orakel stand auf und ging zurück in die Höhle, wo er sich am Feuer niederließ. Caswallon schloß sich ihm an. Orakel füllte zwei irdene Becher mit verdünntem Wein und reichte einen davon dem jüngeren. »Ich habe seit fünfundzwanzig Jahren niemandem diese Geschichte erzählt. Ich vertraue darauf, daß du sie nicht weitererzählst, solange ich lebe.«

»Du hast mein Wort darauf«, versicherte Caswallon.

»Ich wollte Hochkönig werden«, begann Orakel. »Ich hatte das Gefühl, es wäre mein Recht, nach all den Schlachten, die ich angeführt hatte – und gewonnen.

Doch die Menschen wiesen mich zurück. Soviel weißt du bereits. Ich nahm meine Anhänger, und wir überwanden die Druiden, die das Tor von Vallon bewachten. Wir gingen hindurch. Zuerst schien es, als hätte sich nichts geändert: die Berge waren die gleichen, der High Druin wachte noch immer über das Land der Clans. Doch es war anders, Caswallon. In einem vom Krieg geschüttelten Land war eine Frau Hochkönigin geworden. Sie hieß Sigarni. Aus Gründen, die ich dir jetzt nicht erklären kann – die du aber später verstehen wirst –, will ich nichts mehr über sie sagen, außer daß meine Männer und ich ihr bei ihren Kämpfen gegen die Armee der Fremdländer halfen. Wir blieben zwei Jahre. Ich wollte noch immer König werden, meine eigene Dynastie gründen. Ich kehrte mit den Überlebenden meiner Männer zum Vallon-Tor zurück und durchschritt es wieder. Das war der größte Fehler meines Lebens.«

Der alte Mann leerte seinen Becher und schenkte sich nach, diesmal jedoch ließ er das Wasser weg. Er sah Caswallon an und lächelte grimmig. »Verflucht ist der Mann, der seine Träume erreicht. In diesem neuen Land – nach zehn blutigen Jahren – wurde ich König. Ich führte meine Armeen von Sieg zu Sieg. Große Siege, Caswallon. Große Siege … « Er brach ab.

»Was geschah dann?« fragte Caswallon.

»Versagen und Flucht«, erwiderte Orakel mit einem traurigen Lächeln. »Ich wurde verraten – aber ich hatte es nicht anders verdient. Nur weil ein Mann König werden will, heißt das nicht unbedingt, daß er auch ein guter König wird.« Er seufzte. »Aber das ist es nicht, was Taliesen wollte, daß du erfährst. Während ich für mein Königreich kämpfte, schloß ich einen Pakt mit einem Mörder namens Agrist. Ich verriet ihm das Geheimnis der Tore. Nachdem er mich verraten und sich plündernd durch mein Reich geschlagen hatte, führte er seine Armee durch ein anderes Tor.« Orakel leckte sich die

Lippen. »Sie kamen vor vierzig Jahren hier an. Sie nennen sich die Aenir, Caswallon. Ich habe die Aenir gebracht, die uns alle vernichten werden.«

»Noch haben sie uns nicht vernichtet«, betonte Caswallon.

»Sie sind Dämonen, Caswallon, unerreicht in Gewalt und Schreckensherrschaft. Ich habe sie kämpfen sehen. Ich sagte Gaelen, die Clans wären stark wie Wölfe. Das stimmt auch. Doch die Aenir sind zwanzigmal mehr als wir. Sie leben, um zu erobern und zu töten.« Orakel sah auf. »Hat Sigarni etwas zu dir gesagt, ehe sie starb? Hat sie von mir gesprochen?«

»Nein, aber sie kannte mich, Orakel. Kannst du mir sagen wieso?«

Orakel schüttelte den Kopf. »Ich könnte es – aber ich werde es nicht tun. Vertrau mir, Caswallon. Du wirst noch alles erfahren. Mehr kann ich nicht sagen.«

In den Monaten nach ihrem Schreckenserlebnis in den Bergen stellten die fünf Überlebenden fest, daß sich ihr Leben grundlegend geändert hatte. Sie waren jetzt junge Männer, als vollwertige Mitglieder des Clans anerkannt, aber mehr noch galten sie als die ›Fünf-Ungeheuer-Töter‹. Ein Barde der Farlain namens Mesric hatte sie in einem Lied verewigt, und um ihre Taten wurden sie von den jungen Burschen aller Clans beneidet.

Das Geheimnis der Königin wurde vielfach besprochen, doch bei diesem Thema schwiegen die Druiden. Taliesen hatte die Jungen ausgiebig über ihre Unterhaltung mit der Königin befragt, aber er gab ihnen keine weiteren Hinweise zu ihrer Geschichte. Alle fünf verbrachten viel Zeit damit, immer wieder über ihre Jagd nachzudenken und die Veränderungen, die sie bei ihnen hervorgerufen hatte.

Layne, der tiefste Denker, betrachtete Gaelen mit neuen

Augen, suchte oft seine Gesellschaft und erkannte in dem narbengesichtigen Jungen die Zeichen des geborenen Anführers.

Lennox trieb sich hart an, sobald sein gebrochener Arm verheilt war. Er stemmte Baumstämme, hob Felsen, verbrachte all seine Freizeit damit, seine Kraft auszubauen. In seiner riesigen Gestalt sammelte sich immer mehr Kraft, er baute Muskeln auf, und trotzdem trainierte er weiter. Seine Kraft war für ihn etwas geworden, auf das er sich in einer Welt verlassen konnte, in der sein Verstand nicht so scharf war wie der seines Bruders. Das Ungeheuer war stärker gewesen als er, und Lennox war fest entschlossen, daß kein Feind ihn je wieder besiegen sollte.

Gwalchmai hatte keine Angst mehr, unbeliebt zu sein, die seinem Gefühl der Minderwertigkeit entsprungen war. Er hatte immer schon gewußt, daß Gaelen ein Anführer war und folgte ihm gerne. Aber er beobachtete Lennox, der sich bis an seine Grenzen trieb und erkannte in dem jungen Riesen jene Art von Angst, unter der er selbst gelitten hatte.

Für Gaelen hatte sich die Welt verändert. Er erkannte jetzt, daß sein einsames Leben in der Stadt, durch eine Laune des Schicksals, die beste Lehrzeit gewesen war. Er hatte schon früh gelernt, daß jeder sich auf sich selbst verlassen mußte. Mehr noch – ein solcher Mann war stärker als seine Kameraden. Und doch, da er die kalte Leere eines einsamen Lebens gekostet hatte, konnte er den Clan so hoch schätzen, wie kein anderes Mitglied des Clans es je tun würde.

Den hochgewachsenen jungen Mann mit der weißen Strähne im roten Haar umgab eine natürliche Arroganz. Er lief wie der Wind und genoß die Geschwindigkeit. Und wenn auch seine Schießkunst nurmehr Durchschnitt war, den Speer warf er mit größerer Genauigkeit als viele geübte Krieger. Er boxte gut, hielt seine Gefühle unter

Kontrolle, wie Caswallon es ihn gelehrt hatte, und seine Schwertfechterei war atemberaubend. Doch die Arroganz, die er bei seinen Fertigkeiten zeigte, ließ er im Leben vermissen, und das machte ihn beliebt, ohne daß er dafür etwas tun mußte.

Die klugen Männer der Farlain achteten ihn sehr und beobachteten seine Fortschritte mit wachsendem Interesse. Das alles kränkte Agwaine, der in Gaelen einen Rivalen um den höchsten Preis sah.

Die Jagd hatte Agwaine mehr verändert als die anderen. Man hatte ihm immer den Glauben vermittelt, er sei etwas ganz besonderes, ein geborener, begabter Anführer, der seinem Vater folgen würde. Und nichts von dem, was in den Bergen vorgefallen war, hatte daran etwas geändert. Geändert hatte sich nur, daß Agwaine fürchtete, Gaelen sei der bessere Mann. Vor der Begegnung mit dem Ungeheuer hätte er Gaelen dafür gehaßt, daß er Grund für eine solche Befürchtung war. Doch jetzt konnte er es nicht mehr.

Sie nahmen bei ihren ersten Spielen gemeinsam am Fünf-Meilen-Lauf teil, wobei Gaelen Agwaine um vierzig Schritt schlug und die beiden den neunten und zehnten Platz belegten.

Cambil war wütend gewesen. »Er ist schneller, Vater«, sagte Agwaine, während er sich mit einem Handtuch den Schweiß vom Gesicht wischte. »Nichts weiter.«

»Du mußt härter arbeiten. Üben, üben. Du darfst ihn nie wieder gewinnen lassen.«

Agwaine war bedrückt. Zum ersten Mal sah er seinen Vater in neuem Licht. »Ich werde härter arbeiten«, sagte er.

Layne und Gwalchmai fanden Beifall unter den jungen Clanmitgliedern, weil beide bei ihren Wettbewerben bis ins Finale kamen, Layne beim Speerwurf und Gwalchmai beim Bogenschießen. Layne holte den dritten Preis und verwies den Champion der Loda auf den vierten Platz, Gwalchmai wurde letzter der acht Finalisten, war aber trotzdem zufrieden, denn im folgenden Jahr würde er größer und stärker sein und könnte gewinnen. Für Lennox waren die Spiele eine traurige Angelegenheit, denn sein verletzter Arm beraubte ihn der Gelegenheit, den Wirbelstein zu stemmen.

Der Sommer wich einem milden Herbst, der in einen bitteren Winter überging.

Caswallon und Gaelen verbrachten ihre Zeit damit, dem Vieh Heu vorzuwerfen und hoch in die Berge zu wandern, um Schafe zu retten, die in Schneewehen festsaßen. Es war eine verzweifelt harte Zeit für alle Clans, doch Gaelen saugte alles Wissen auf, das Caswallon ihm bereitwillig vermittelte.

Im Winter, erzählte Caswallon, als sie vor einem wütenden Schneesturm auf den östlichen Bergen Schutz suchten, ist es lebenswichtig, nicht ins Schwitzen zu geraten. Denn Schweiß verwandelt sich unter der Kleidung in Eis, und ein Mensch kann dadurch in wenigen Minuten erfrieren. Alle Bewegungen müssen langsam und sicher sein, jedes Lager lange vor Dunkelheit vorbereitet.

An jenem Nachmittag, als sie in heftigem Schneetreiben festsaßen, hatte Caswallon sie zu einem bewaldeten Hügelkamm geführt. Hier hatte er vier Schößlinge zusammengezogen und sie aneinander festgebunden. Dann flocht er sorgfältig Zweige dazwischen und errichtete in der Mitte ein Feuer. Als der Schnee weiter fiel, legte er sich auf die Zweige, so daß sich eine runde Schutzhütte mit dicken weißen Wänden bildete. Das Feuer innen erwärmte die Wände, bis sie aus festem Eis bestanden, und die beiden Männer hatten es sicher und gemütlich.

»Laß den Sturm für dich arbeiten«, sagte Caswallon und streifte sein Schaffellwams ab, damit die Wärme des Feuers an seine Haut dringen konnte. »Zieh deine Überkleidung aus, Gaelen.«

»Dann erfriere ich«, antwortete der junge Mann und rieb sich die kalten Hände.

»Kleider halten die Wärme drinnen, aber sie können sie genausogut aussperren. Zieh deinen Mantel aus.«

Gaelen tat es und grinste verlegen, als er die Hitze in ihrem Unterstand spürte.

Später schaute Gaelen abwesend in die glühenden Kohlen, seine Gedanken schweiften. Er rieb sich die Augen und kratzte sich an der Narbe.

»Woran denkst du?« fragte Caswallon.

»Ich dachte an die Königin.«

»Was ist mit ihr?«

»Daß sie wiederkommt.«

»Sie ist tot, Gaelen. Tot und begraben.«

»Ich weiß. Aber sie schien so sicher zu sein. Ich frage mich, wer sie wohl war.«

»Eine Königin – und ich möchte meinen, eine große«, sagte Caswallon. Schweigen breitete sich aus, bis Caswallon plötzlich grinste. »Was höre ich da von dir und Deva?«

Bei der Erwähnung von Agwaines Schwester wurde Gaelen rot.

»Aha!« meinte Caswallon und setzte sich auf. »Also ist es nicht nur ein Gerücht.«

»Es ist gar nichts«, protestierte Gaelen. »Wirklich, gar nichts. Ich habe kaum ein paar Worte mit ihr gesprochen. Und wenn ich es tue, verheddere ich mich mit meiner Zunge und scheine drei Füße zu haben.«

»So schlimm?«

»Es ist gar nichts. Nur ...« Er schaute auf und sah, wie Caswallon die rechte Augenbraue hob und scheinbar ernst dreinsah. Gaelen begann zu kichern. »Du Schwein. Du machst dich über mich lustig.«

»Überhaupt nicht. Ich habe mich noch nie über junge Liebe lustig gemacht«, widersprach Caswallon.

»Ich bin nicht verliebt. Und wenn, es hätte ja keinen Zweck. Cambil kann mich nicht ausstehen.«

»Mach dir deshalb keine Sorgen, Gaelen. Cambil hat

vor vielen Dingen Angst, aber wenn die kleine Deva dich will, wird er schon einverstanden sein. Aber es ist noch ein bißchen früh, um ans Heiraten zu denken. Noch ein Jahr.«

»Ich weiß. Und ich hab' auch gar nicht vom Heiraten gesprochen ... oder von Liebe. Ein Mann kann ein Mädchen auch einfach gernhaben, weißt du.«

»Wohl wahr«, gab Caswallon zu. »Ich hatte Maeg vom ersten Augenblick an gern.«

»Das ist doch etwas ganz anderes.«

»Ihr werdet ein schönes Paar abgeben.«

»Kannst du nicht damit aufhören? Ich will schlafen«, sagte Gaelen und rollte sich in seine Decke. Kurz darauf schlug er die Augen auf und sah, daß Caswallon noch immer am Feuer saß und ihn betrachtete.

Gaelen grinste. »Sie ist sehr groß – für ein Mädchen, meine ich.«

»Das ist sie allerdings«, gab Caswallon ihm recht. »Und hübsch.«

»Ja. Meinst du wirklich, wir gäben ein gutes Paar ab?«

»Ohne Zweifel.«

»Wie kommt es, daß immer, wenn ich mit ihr rede, mir die Worte aus dem Mund purzeln wie aus einem alten Sack?«

»Zauberei«, antwortete Caswallon.

»Die Pest über dich«, schnaubte Gaelen. »Jetzt will ich endlich schlafen.«

Der Winter verging wie eine schmerzliche Erinnerung. Die Verluste bei Schafen und Rindern waren groß gewesen, doch der Frühling war warm und trocken und versprach gute Ernten im Sommer.

Cambil nahm eine Einladung von Asbidag an, dem Anführer der Nördlichen Aenir, um Ateris zu besuchen, das jetzt Aesgard hieß. Cambil nahm zwanzig Clanmitglieder mit. Er wurde königlich behandelt und antwortete, indem er Asbidag und zwanzig seiner Anhänger zu den Sommerspielen einlud.

Caswallons Zorn verblüffte Maeg, die noch nie erlebt hatte, daß er die Beherrschung verlor. Sein Gesicht war kreidebleich, seine Hände fegten über den Tisch und zerschmetterten das Geschirr.

»Dieser Idiot!« zischte er. »Wie konnte er das nur tun?«

»Glaubst du wirklich, diese zwanzig Mann stellen eine so große Gefahr dar?« fragte Maeg leise, ohne die zerbrochenen Becher zu beachten.

Caswallon antwortete nicht. Er nahm Mantel und Stab, verließ das Haus und lief mit langen Schritten bergan zu Orakels Höhle.

Taliesen verschloß die Tür zu seinen privaten Räumen und öfnete eine kleine verborgene Nische in der Wand. Er griff hinein und berührte einen kleinen Sensor. Licht durchflutete den Raum aus Paneelen, die in die vier Wände eingelassen waren. Mit einer weiteren Berührung aktivierte er das Sichtgerät. Das lackierte Eichenholz seiner grob geschnitzten Schreibtischplatte glitt zurück und gab einen dunklen Bildschrim frei, der ausfuhr und sich aufrichtete. Taliesen ging zur Rückwand. Zahlreiche Blätter Papier waren hier an die Vertäfelung geheftet, jedes bedeckt mit Linien und übersät mit Symbolen. Dem ungeübten Auge mochten diese Zeichnungen erscheinen wie winterkahle Bäume, mit Hunderten von kleinen, blattlosen Zweigen. Taliesen starrte sie an und dachte an die gefahrvollen Reisen durch die Tore, die jeder Baum darstellte. Hier und dort war auf jedem Blatt ein Zweig mit einem einzigen Strich durchgestrichen. Neben jedem befand sich ein hastig gezeichneter Stern. Taliesen zählte sie. Achtundvierzig. Auf dem Schreibtisch neben dem dunklen Schirm lag ein frisch gezeichneter Baum, der keine Sterne aufwies. Taliesen heftete das Blatt an die Wand.

Das war der Baum des Ewigen Falken.

Der Baum, in dem Sigarni ihr gestohlenes Schwert zurückerlangte. Wo sie nicht in einer letzten, verzweifelten Schlacht starb, sondern überlebte, um zu den Farlain zurückzugehen und die Kinder zu retten. Taliesen betrachtete die Zeichnung. »Einfach zu sehen«, sagte er, »aber wo bist du? Welche der Zeitlinien bringt mich zu dir?«

Er setzte sich vor den Bildschirm, öffnete die rechte Schublade und holte einen runden Ohrring mit einem Federclip heraus. Er befestigte ihn an seinem Ohr und schloß die Augen. Der Bildschirm flackerte, dann wurde er hell. Taliesen tat einen tiefen, beruhigenden Atemzug und öffnete die Augen.

»Sei vorsichtig«, warnte er sich. »Versuch, nicht zuviel zu sehen. Konzentrier dich auf die Einzelheiten.« Der Bildschirm wurde dunkel, und mit einem leisen Fluch berührte Taliesen den sternförmigen Ohrring und drückte ihn fest. Der Schirm erwachte wieder zum Leben, und der alte Druide betrachtete gespannt die Szene, die dort erschien.

Über eine Stunde lang sah er zu, wobei er gelegentlich kurze Notizen als Gedächtnisstütze machte. Dann nahm er den Ohrring ab, berührte einen Knopf unter der Schreibtischplatte und stand auf. Der Schirm versenkte sich, die Eichenplatte verdeckte ihn wieder.

Taliesen studierte seine Notizen, fügte hier und dort eine Linie hinzu. Dann heftete er das Blatt neben den Baum des Ewigen Falken. Er schüttelte den Kopf. »Irgendwo ist da drin ein falsches Element«, sagte er, »und es hat sein Gesicht noch nicht gezeigt. Was, wo und wann?« Ein Gedanke durchzuckte ihn, er preßte die Lippen aufeinander. »Oder vielleicht sollte ich fragen: Wer?« überlegte er.

»Pah! Sei nicht so dumm«, schalt er sich selbst. »Da ist niemand. Du bist der Herr der Tore, und das böse

Element entspringt nur deiner Paranoia. Wenn es da jemanden gäbe, hättest du ihn inzwischen gefunden. Oder auf jeden Fall mehr Beweise, die auf ihn hindeuten. Du bist ein alter Narr! Das Geheimnis liegt bei dem Ewigen Falken – und du wirst ihn lehren.«

Sein Blick wurde von den Sternen angezogen, die auf die Blätter gemalt waren. Er konzentrierte sich auf jeden und grub die schmerzlichen Erinnerungen aus den Tiefen seines Gedächtnisses. Am ärgerlichsten war die letzte. Nachdem sie den Grafen Jastey besiegt hatte, zog sich Sigarni ein Fieber zu und starb noch in derselben Nacht. Himmel, das war schwer zu schlucken. Taliesen hätte beinahe aufgegeben.

Monatelang hatte er keinen Versuch unternommen, die Linien zu prüfen, um eine neue Sigarni zu finden. Die Aufgabe schien hoffnungslos. Doch als er auf die Täler Farlains hinunterblickte und auf das Gemetzel, das im Tiefland vor sich ging, wußte er, daß er weitermachen mußte.

Mit der Absicht, weitere Notizen zu machen, ging Taliesen zu seinem Schreibtisch zurück. Die Erschöpfung überfiel ihn, als er sich setzte, und er legte den Kopf auf die Arme. Augenblicklich übermannte ihn der Schlaf.

Was einst die schimmernde Marmorhalle des Rates von Ateris gewesen war, war jetzt mit Stroh ausgelegt und verqualmt vom Rauch aus dem lodernden Holzfeuer in einem grob gebauten Kamin an der Westwand. Ein großer Kieferntisch stand im Saal, um den der neue Aenir-Adel saß. Zu ihren Füßen rollten sich Asbidags Kriegshunde im Stroh und kratzten sich wegen ihrer Flöhe – sieben schlanke, schwarze Hunde mit blitzenden Augen, ausgebildet für die Jagd.

Asbidag selbst saß in der Mitte des Tisches gegenüber den Doppeltüren aus mit Bronze beschlagener Eiche. Um ihn herum saßen seine sieben Söhne, ihre Frauen und eine Schar von Kriegsberatern. Neben dem großen Aenir saß eine schwarz gekleidete Frau. Sie war schlank, und ihr Samtgewand wirkte mehr wie ein Fell als ein Kleid. Ihr pechschwarzes Haar hing ihr bis auf die blassen Schultern herab und glänzte wie geölt, ihre Augen standen schräg und schienen über dem düsteren Gewand zu glitzern wie blaue Juwelen, hell und kalt. Ihr Mund war breit mit vollen Lippen, und nur das spöttische Halblächeln beraubte ihn seiner Schönheit.

Asbidag legte ihr beiläufig die Hand auf den Schenkel und beobachtete sie. Über seinem blutroten Bart erschien ein zahnlückiges Grinsen.

»Möchtest du gern, daß die Unterhaltung beginnt?« fragte er sie.

»Wenn es dir beliebt, Herr«, antwortete sie. Ihre Stimme war tief und heiser.

Asbidag stemmte sich auf die Füße. »Bringt den Gefangenen herein«, bellte er.

»Bei Vatan, darauf habe ich lange gewartet«, flüsterte Ongist und schwang sich auf seinem Hocker herum, so daß er die Tür sehen konnte.

Drada sagte nichts. Er hatte nie viel für Folter übriggehabt, wenn es auch pure Dummheit wäre, das zu sagen. Die Art des Grauen Gottes war die Art der Aenir, und niemand stellte eins von beiden in Frage.

Dradas Blick wanderte zu seinen anderen Brüdern, während sie darauf warteten, daß der Gefangene hereingezerrt wurde. Tostig, groß und grausam, ein Mann, der für seine tierischen Gelüste bekannt war. Ongist, der zweitjüngste, ein kluger Bursche mit der Moral eines Wolfes. Aeslang, Barsa und Jostig, Söhne von Asbidags langjähriger Geliebten Swangild. Sie erfreuten sich Asbidags Gunst weiterhin, obwohl er ihre Mutter umgebracht hatte – tatsächlich schienen sie von dieser Tragödie ungerührt. Aber Swangild war eine unbarmherzige Frau gewesen, so gefühllos wie die schwarzgekleidete Hure, die jetzt ihren Platz einnahm. Und zum Schluß noch Orsa der Berserker, stumpf und geistig schwach, aber ein furchtbarer Gegner im Kampf, der vor Lachen kreischte, während er mordete.

Asbidags Söhne …

Die großen Türen schwangen auf, und herein traten zwei Krieger, die ein menschliches Wrack halb zogen, halb trugen. Seine Kleider hingen in Fetzen, sein Körper war von nässenden Schwären und frischen Peitschenhieben übersät, aus denen Blut rann. Seine Hände waren deformiert und geschwollen, die Finger gebrochen und nutzlos, trotzdem waren seine Hände zusammengebunden. Die Wachen ließen den Mann los, und er sank zu Boden. Er stöhnte auf, als sein Gewicht auf seine geschundenen Hände fiel.

Drada warf einen verstohlenen Blick auf die Geliebte seines Vaters. Morgase betrachtete den Verkrüppelten aufmerksam. Ihre Augen glänzten, ihre weißen Wangen wurden rosig überhaucht, sie fuhr sich mit der Zunge über die angemalten Lippen. Er schauderte und richtete seinen Blick wieder auf den Mann, der die Armee des Tieflands befehligt hatte. Er hatte ihn einmal bei Hofe getroffen, ein starker, stolzer Krieger, der sich von ganz unten zum Befehlshaber der nördlichen Legionen heraufgedient hatte. Jetzt lag er wimmernd wie ein Säugling vor den Füßen seiner Eroberer.

»So sollte ein Feind aussehen«, meinte Asbidag. Pflichtschuldiges Gelächter erhob sich ringsum, als er den Tisch verließ und sich vor den Gefangenen stellte. »Ich habe gute Neuigkeiten für dich, Martellus«, sagte er und drehte den Mann mit der Stiefelspitze um. »Ich werde dich endlich töten.«

Der Mann versuchte, seine geschwollenen Augen auf ihn zu richten, sein Kiefer sackte herab und zeigte die Überreste seiner Zähne, schwarz und abgebrochen.

»Willst du mir nicht danken, Mann?«

Für einen kurzen Augenblick sah Drada eine Spur von Zorn in den Augen des Mannes aufblitzen. Einen flüchtigen Moment lang gewann der verstümmelte Krieger seine Männlichkeit zurück. Dann verging der Augenblick, und wieder liefen ihm die Tränen übers Gesicht.

»Wie sollen wir ihn töten, Morgase?« fragte Asbidag und drehte sich wieder zum Tisch.

»Wirf ihn den Hunden vor«, flüsterte sie.

»Meine Hunde vergiften? Nein. Etwas anderes.«

»Häng ihn in einem Käfig vor den Stadtmauern auf, bis er verfault«, rief Tostig.

»Pfähle ihn«, schlug Ongist vor.

Drada rutschte auf seinem Stuhl hin und her und zwang sich, an etwas anderes zu denken. Seit über einem Jahr erfüllte eine Aufgabe all seine wachen Stunden: die Vernichtung der Clans zu planen.

Die Probleme waren zahlreich. Die Clans hatten Heimvorteil, aber andererseits fehlte ihnen jede Form militärischer Disziplin, und ihre Dörfer waren weit zerstreut und ohne Mauern errichtet. Jeder Clan mißtraute den anderen, und das war ein Vorteil für die Aenir. Sie konnten sich einen nach dem anderen vornehmen.

Aber es war eine gewaltige Unternehmung, die sorgfältige Planung erforderte.

Drada arbeitete seit Monaten daran, daß man ihn mit einer kleinen Gruppe von Männern zu den Farlain ließ. All seine Bitten waren höflich abgelehnt worden. Jetzt endlich hatte Cambil zugestimmt, daß sie bei den Spielen zu Gast sein durften. Das war ein Geschenk des Grauen Gottes.

Alle Clans versammelten sich an einem Ort, eine Gelegenheit, jedes Oberhaupt und jeden Jagdherrn zu treffen. Eine Gelegenheit für die Aenir, Täler, Pässe und künftige Schlachtfelder zu erkunden.

Drada wurde in die Gegenwart zurückgerissen, als der

glücklose Gefangene aus dem Saal geschleppt wurde. Asbidags Schatten fiel auf ihn. »Nun, Drada, was meinst du?«

»Wozu, Vater?«

»Zu meiner Entscheidung bezüglich Martellus.«

»Sehr passend.«

»Woher willst du das wissen?« fauchte Asbidag. »Du hast doch gar nicht zugehört.«

»Das stimmt, Vater, aber du planst seinen Tod schon so lange, daß ich sicher bin, du hast dir etwas Besonderes für ihn ausgedacht.«

»Aber es interessiert dich nicht?«

»Doch, Herr, aber ich habe über das Problem nachgedacht, das du mir heute gestellt hast, und ich habe einen Plan, der dich vielleicht freut.«

»Wir reden später«, entgegnete Asbidag und kehrte zu seinem Platz neben Morgase zurück.

»Sie wollen ihm die Haut abziehen«, flüsterte Ongist Drada zu.

»Danke.«

»Warum mußt du ein solches Risiko eingehen?«

»Ich weiß nicht. Ich dachte an etwas anderes.«

»Es ist gut, daß du ein Denker bist, Bruder. Denn du weißt, daß Vater dich nicht ausstehen kann.«

»Ich weiß – aber ich glaube, daß er keinen von uns mag.«

Ongist lachte laut auf. »Da könntest du recht haben«, flüsterte er, »aber er hat uns so erzogen, daß wir ihm ähnlich sind, und das sind wir. Wenn ich glaubte, ich könnte damit durchkommen, würde ich der aufgeblasenen alten Kröte den Bauch aufschlitzen. Aber du und meine lieben Brüder würdet euch gegen mich wenden. Oder?«

»Natürlich. Unsere Famile hält der Haß zusammen.«

»Und doch gedeihen wir«, sagte Ongist, schenkte sich Met ein und hob seinen Becher, um seinem Bruder zuzuprosten.

»Allerdings, Bruder.«

»Dieser Plan von dir, betrifft er die Clans?«

»Ja.«

»Ich hoffe, du schlägst eine Invasion vor. Langeweile bekommt mir nicht.«

»Warte es ab, dann wirst du sehen, Ongist.«

»Wir warten schon ein Jahr. Wie lange noch?«

»Nicht mehr lange. Hab Geduld.«

Am nächsten Nachmittag wanderte Drada zum Garten der Sinne, der mit seinen Blumen, Bäumen und Sträuchern einst ein Ort der Meditation für die Intellektuellen von Ateris gewesen war. Jetzt waren viele der gewundenen Pfade verschwunden, ebenso wie die zarten Blumen, denen Unkraut und die Gleichgültigkeit der Menschen den Garaus gemacht hatten.

Und trotzdem, bis jetzt blühten die Rosen prächtig. Von allen Dingen, die Drada in dieser grausamen Welt kennengelernt hatte, fand allein die Rose einen Platz in seinen Gefühlen. Er konnte stundenlang dasitzen und sie betrachten, ihre Schönheit beruhigte seinen Geist, so daß er sich auf seine Probleme und Pläne konzentieren konnte.

Wie an so vielen Nachmittagen zuvor schob sich Drada durch das wuchernde Gestrüpp bis zu einem Felsenbecken, das von hölzernen Bänken umrahmt war. Er öffnete die Brosche, mit der sein roter Umhang befestigt war, wählte die nach Westen schauende Bank und setzte sich in die Sonne.

Da er nicht Asbidags Mißfallen heraufbeschwören wollte, hatte er den Morgen damit verbracht, zuzusehen, wie Martellus die Haut abgezogen wurde. Das Bild war eine unangenehme Ablenkung für den jungen Aenir-Krieger gewesen. Er hatte schon oft gesehen, wie Menschen die Haut abgezogen wurde, er hatte sogar noch barbarischeren Taten zugesehen. Und sie langweilten ihn. Aber schließlich langweilte das meiste, was das Leben zu bieten hatte, Drada letztendlich. Dem jungen Krieger kam es so vor, als wäre das Leben vom ersten Schrei bis zum Totenbett nichts anderes als eine bedeutungslose Abfolge von vergänglichen Vergnügungen und Schmerzen, die am Ende in der Frustration über verpaßte Gelegenheiten und entgangene Augenblicke mündeten.

Er dachte an seinen Vater und grinste wölfisch. Asbidag, der Zerstörer von Völkern, der Blutbringer. Der brutalste Krieger einer ganzen Generation von Kriegern. Er hatte der Welt nichts zu geben, außer endloser Qual und Zerstörung. Er hatte keine echten Gedanken an ein Reich, denn es war ihm fremd, etwas von Wert aufzubauen. Er lebte, um zu kämpfen und zu töten, und träumte nur von dem Tag, an dem er endlich in die Halle des Grauen Gottes berufen würde, um die Liste seiner Eroberungen vorzutragen.

Drada schauderte, obwohl die Sonne warm schien.

Asbidag hatte elf Söhne gezeugt. Drei waren in anderen Kriegen gefallen, einen hatte Asbidag kurz nach der Geburt während eines Streits mit der Mutter erwürgt. Sie hatte keinen so leichten Tod gehabt.

Jetzt waren noch sieben Söhne übrig. Und was für eine Brut, als Abbilder ihres Vaters erzogen.

Von ihnen allen haßte Drada Tostig am meisten. Als boshafter Mann von ungeheurer Kraft besaß Tostig die ganze natürliche Grausamkeit des geborenen Feiglings. Ein Päderast, der sich nur befriedigen konnte, wenn er die Opfer seiner Lust tötete. Eines Tages werde ich dich töten, dachte Drada. Wenn Vater tot ist. Ich werde euch alle töten. Nein, überlegte er. Nicht alle. Ich werde Orsa den Berserker verschonen, denn er hat keinen Ehrgeiz, und trotz seiner Raserei im Kampf trägt er keinen Haß in sich.

Drada lehnte seinen Kopf zurück und schloß die Augen vor der gleißenden Sonne.

»Hier planst du also deine Feldzüge.«

Drada schlug die Augen auf. »Willkommen, meine Dame. Bitte setz dich zu mir.« Es gefiel ihm nicht, hier gestört zu werden, aber bei Morgase achtete er genau darauf, seine Gefühle zu verbergen.

Wie immer war sie schwarz gekleidet, dieses Mal trug sie ein schimmerndes Gewand aus Seide und Satin. Ihr dunkles Haar war geflochten und hing ihr über eine marmorweiße Schulter. Sie setzte sich neben ihn, legte einen Arm über die Rückenlehne der Bank, so daß ihre Finger nahe seinem Nacken ruhten. »Immer so höflich, Drada. Das findet man bei den Aenir so selten.«

»Als Kind schickte mich mein Vater zum Hof von Rhias. Dort wurde ich erzogen.«

»Du warst eine Geisel?«

»Eher eine Viper am Busen eines künftigen Feindes.«

»Ich verstehe.« Ihre Hand glitt auf seine Schulter und drückte das feste Fleisch seines Oberarms. »Warum magst du mich nicht?« fragte sie mit spöttischem Blick.

»Es ist nicht so, daß ich dich nicht mag«, erwiderte er. Die Lüge ging ihm glatt über die Lippen. »Aber wollen wir einmal annehmen, ich würde dich hier und jetzt lieben. Heute abend würde mein blutiger Leichnam dann neben dem unglücklichen Martellus liegen.«

»Vielleicht«, gab sie zu. Das Interesse in ihren Augen verblaßte. Sie nahm ihre Hand von seiner Schulter und schaute sich im Garten um. »Ein hübscher Ort.«

»Ja.«

»Planst du einen Krieg gegen die Clans?«

»Sie sind nicht der Feind.«

»Ach, komm schon, Drada, glaubst du etwa, ich rede nie mit deinem Vater? Siehst du mich lediglich als seine Geliebte? Jemand, der nur sein Bett teilt?«

»Nein, Herrin.«

»Dann sag es mir.«

»Ich plane unseren Besuch bei den Farlain. Man hat uns eingeladen, den Spielen beizuwohnen.«

»Wie langweilig.«

»Allerdings«, pflichtete er ihr bei.

»Dann sag mir, wenn du einen Krieg gegen die Clans planen würdest, wie würdest du vorgehen?«

»Ist das ein Spiel?«

»Warum nicht?«

»Also schön. Erst sag mir, wie du ihn planen würdest, Herrin, dann füge ich meine Vorschläge hinzu.«

»Bist du immer so vorsichtig?«

»Immer«, antwortete er lächelnd.

Sie lehnte sich zurück und schloß entspannt die Augen, während sie nachdachte.

Sie war schön, doch Drada erstickte sofort das Begehren, das in ihm erwachte. Es verwirrte ihn vorübergehend, denn in den sechs Monaten, seit sie mit Asbidag zusammen war, hatte Drada sich nie von ihr angezogen gefühlt. Sie schlug die Augen auf, und da fand er die Antwort. In diesen Augen lag etwas Reptilienhaftes. Er schauderte.

»Auslöschung«, sagte sie triumphierend.

»Erkläre«, wisperte er.

»Es gibt verschiedene Wege zu bedenken, wenn man eine Stadt erobern will. Vielleicht will man die bestehenden Geschäfte der Stadt übernehmen, dann will man sie mit einem möglichst geringen Verlust an Menschenleben einnehmen und die Einwohner zu seinen Sklaven machen. Auf diese Art würden sich nur die Besitzverhältnisse der Unternehmungen ändern. Aber mit den Clans ist es anders. Die Aenir wollen nur das Land und offenbar das Vieh. Aber nicht die Menschen. Es ist eine wilde Rasse, sie würden die Sklaverei nicht hinnehmen. Also wird eine Invasion der Farlain ein Vorspiel für die Ausrottung des Volkes sein.«

»Du würdest nicht dafür plädieren, die Frauen als Sklaven zu nehmen?« fragte Drada.

»Nein. Benutzt sie unbedingt, um die Lust der Krieger

zu stillen, aber dann tötet sie. Tötet alle Clans. Dann gehört das Land wirklich den Aenir.«

»Das ist gut als Ziel des Krieges. Wie würdest du bei der Invasion vorgehen?«

»Ich kenne das Gelände nicht, deshalb kann ich keine Antworten auf logistische Probleme geben«, erklärte Morgase.

»Ich auch nicht.«

»Und deshalb planst du deinen Besuch ihrer Spiele so sorgfältig?«

»Du sprichst von logistischen Problemen, Morgase. Hast du schon einmal an einer Kriegsvorbereitung teilgenommen?«

»Überrascht dich das?«

Er überlegte einen Augenblick. »Nein.«

»Gut. Wir sollten Freunde werden, Drada, denn wir haben viel gemeinsam.«

»Es scheint so, Herrin.«

»Dann sag mir, als Freund, was du von mir hältst.«

»Ich halte dich für intelligent und schön.«

»Sprich nicht vom Offensichtlichen«, fauchte sie, »sag die Wahrheit.«

»Ich kenne dich nicht gut genug, um mir eine genauere Meinung zu bilden. Vor dem heutigen Tag hielt ich dich lediglich für eine attraktive Frau, recht klug, die meinen Vater verführt hatte. Jetzt muß ich das noch einmal überdenken.«

»Allerdings. Denn ich habe eigene Pläne – große Pläne. Und du kannst mir helfen.«

»Wie?«

»Zuerst müssen die Aenir die Farlain erobern. Dann reden wir weiter.«

»Warum ist das so wichtig? Du hast doch nichts mit den Clans zu schaffen, sie bedeuten dir nichts.«

»Tja, mein lieber Drada, du weißt eben nicht alles, was ich weiß. Es gibt einen Schatz bei den Farlain, der weit über das Verständnis gewöhnlicher Sterblicher hinausgeht: das Tor zu unzähligen Reichen.«

»Woher weißt du das?«

»Es genügt, daß ich es weiß.«

»Was willst du eigentlich, Morgase?«

Ihre Augen glitzerten, und sie lachte. Dann streckte sie die Hand aus, um sein bärtiges Gesicht zu streicheln. »Ich will Rache, mein gutaussehender Denker. Einfach das, fürs erste.«

»An wem?«

»An einer Frau, die meinen Vater ermordete und meine Mutter vergewaltigen ließ. Eine Frau, die ein Reich gestohlen hat, das meins hätte sein sollen – meins gewesen wäre.« Ihre Reptilienaugen glitzerten beim Sprechen, und sie fuhr sich mit der Zunge über die Lippen. Drada verbarg seinen Abscheu. »Willst du mein Freund sein, Drada? Willst du mir bei meiner Aufgabe helfen?«

»Ich diene meinem Vater, Herrin. Aber ich will dein Freund sein.«

»Ich bewundere Vorsicht, Drada«, sagte sie und erhob sich. Ihre Finger strichen über seine Kehle, und es wunderte ihn, daß ihn erneut Erregung durchflutete. »Ich bewundere sie – solange sie mit Ehrgeiz gepaart ist. Bist du ehrgeizig?«

»Ich bin Asbidags Sohn«, sagte er leise.

Als er ihr nachsah, wie sie davonging, setzte die Angst ein. Er hatte sie unterschätzt. Sie war eiskalt, klug und gänzlich skrupellos. Noch eine Viper in unserem Korb, dachte er.

Caswallon war drei Tage lang fort gewesen und kehrte kurz nach Tagesanbruch zurück, als Maeg gerade den kleinen Donal versorgte. Er stand schweigend in der Tür und lauschte auf ihre sanften Worte, während sie das Kind saubermachte und ölte. Caswallon schloß für einen

Augenblick die Augen, seine Gefühle drohten ihn zu überwältigen. Er räusperte sich. Sie wandte sich um, so daß ihr das Haar ins Gesicht fiel, schob es zurück und lächelte.

Er kniete neben ihr nieder. Donal griff glucksend nach ihm. Caswallon hob den Jungen hoch und tätschelte ihm den Rücken, während sein Sohn versuchte, ihn mit seinen pummeligen Ärmchen zu umhalsen.

Caswallon reichte Donal seiner Mutter zurück, die ihm ein wollenes Unterhemd und eine leichte Tunika anzog, dann gingen sie zusammen hinunter in die Küche, wo Kareen das Frühstück bereitete. Sie ließen Donal bei dem Mädchen, Caswallon nahm Maeg bei der Hand, und sie gingen nach draußen, um sich den Sonnenaufgang über dem Druin anzusehen. Maeg sagte nichts, während sie gingen, sie spürte, wie der Kummer auf Caswallon lastete.

Sie erreichten den Kamm eines Hügels und setzten sich unter eine ausladende Eiche. »Es tut mir so leid, Maeg, meine Liebste«, sagte Caswallon, nahm ihre Hand und küßte sie.

»Was? Jeder Mann läßt sich hin und wieder vom Zorn hinreißen.«

»Ich weiß. Aber du bist der einzige Mensch auf der Welt, dem ich niemals weh tun will.«

»Dummer Mann, glaubst du denn, du tust mir mit ein bißchen zerbrochenem Geschirr weh?«

»Warum hast du mich geheiratet?« fragte er plötzlich.

»Warum sind Männer so dumm?« entgegnete sie.

»Nein, ich meine es ernst. Warum?«

Sie schaute ihn aufmerksam an und sah den Kummer in seinen grünen Augen, spürte die Last, die er trug. Sie strich ihm über den Bart, dann schlang sie ihm die Arme um den Hals und zog ihn zu sich herunter, um ihn zu küssen.

»Niemand kann eine solche Frage beantworten. Ich mochte dich nicht, als du mich bei den Spielen ansprachst, ich sah dich als arroganten Räuber von den Farlain. Aber nachdem Maggrig dich weggeschickt hatte, stellte ich fest, daß ich oft an dich denken mußte. Als ich dann an jenem Tag aufwachte und dich in meinem Zimmer vorfand, haßte ich dich. Ich wollte, daß du tot warst. Aber als die Tage vergingen, dachte ich immer öfter an dich. Und als du in jener Winternacht in die Lange Halle kamst, dein Bart steifgefroren, da wußte ich, daß ich dich liebte. Aber jetzt sag du mir, warum du dein Leben riskiert hast, um mich zu heiraten.«

Sanft löste er sich von ihr und nahm ihr Gesicht in beide Hände. »Ehe ich dich sah, hatte ich kein Leben zu verlieren«, sagte er einfach.

Lange Zeit saßen sie unter dem Baum, ohne etwas zu sagen, genossen die Wärme der aufgehenden Sonne, bis schließlich Maeg das Wort ergriff. »Und jetzt sag mir ehrlich, Caswallon, was macht dir Sorgen?«

»Ich kann nicht. Ich habe mein Versprechen gegeben. Aber eins kann ich sagen: Die alten Tage sind vorüber, und was wir jetzt haben, ist vielleicht der letzte goldene Sommer der Farlain. Ich weiß das, und dieses Wissen macht mich krank.«

»Die Aenir?« fragte sie.

»Und unsere eigene Dummheit.«

»Niemand lebt ewig, Caswallon. Ein Mann, eine Frau, sie können jederzeit sterben. Deswegen ist das Heute auch so wichtig.«

»Ich weiß.«

»Ja, das tust du. Aber du hast es noch nicht gelebt. Nimm einmal an, du hast recht, und die Aenir vernichten uns nächsten Monat oder nächstes Jahr. Nimm weiter an, daß sie uns beide töten …«

»Nein! Daran will ich nicht einmal denken!«

»Denk daran!« befahl sie und machte sich von ihm frei. »Was für eine Rolle spielt all dieses Herzweh? Denn die Aenir sind noch nicht hier. Heute morgen haben wir einander. Wir haben Donal und Gaelen. Wir haben Frieden, wir haben Liebe. Wie oft hast du mir gesagt, daß die Probleme von morgen auch morgen gelöst werden können?«

»Aber ich hätte es ändern können.«

»Und das ist der wahre Grund für deinen Kummer. Du hast dich geweigert, als Jagdherr zu kandidieren, und dir einen Platz im Rat verwehrt. Jetzt leidest du deswegen. Aber ein Mann allein kann ein Volk wie die Aenir nicht zurückschlagen. Sie sind Mörder. Was wollen sie? Krieg und Tod. Eroberung und Blutvergießen. Sie werden vorübergehen, denn sie bauen nichts auf.«

»Ich habe dich wütend gemacht«, sagte er.

»Ja, das hast du, denn du hast zugelassen, daß sich Angst in dein Herz schleicht. Und dort ist sie gewachsen und hat dir ein Gefühl der Niederlage eingeflüstert. Und das ist nicht das, was ich von dir erwarte, Caswallon von den Farlain.«

»Was erwartest du denn?« fragte er lächelnd.

»Ich erwarte, daß du immer ein Mann bist. Du bist wütend, weil Cambil erlaubt hat, daß eine Gruppe von Aenir die Spiele besucht.«

»Ja.«

»Warum?«

»Weil sie unser Land ausspähen und lernen werden, was sie hätte Blut kosten sollen.«

»Dann sieh zu, daß sie nur mit einer Eskorte herkommen. Umgib sie mit Spähern.«

»Das kann ich nicht. Der Rat ...«

»Die Pest auf den Rat! Du bist einer der reichsten Männer der drei Täler. Als solcher bist du ein Mann mit Einfluß. Es gibt andere, die auch deiner Meinung sind: Leofas zum Beispiel. Such dir hundert Männer, die tun, was du willst. Und noch etwas. Kareen ist gestern auf den Hügeln im Osten spazierengegangen und hat gesehen, wie Männer rund um die Mauern von Ateris liefen. Andere übten mit Bogen und Speer.«

»Und? Die Aenir haben ihre eigenen Spiele.«

»Wir haben sie noch nie zuvor üben sehen.«

»Was schlägst du vor?«

»Die Aenir bringen zwanzig Mann mit. Ich nehme an, sie werden darum bitten, bei den Spielen mitmachen zu dürfen.«

»Zu welchem Zwecke?«

»Um zu gewinnen.«

»Das würde nie erlaubt.«

»Cambil ist dieses Jahr der Leiter der Spiele«, sagte sie.

»Das ist undenkbar«, flüsterte er. »Aber es könnte viele Vorteile für sie haben. Wenn sie sich als überlegen erweisen könnten, würde es die Moral ihrer Krieger heben und genauso unsere eigene schmälern. Und sie würden das Recht erwerben, durch die Berge zu wandern.«

»Das ist schon besser. Das ist der Caswallon, den ich kenne.«

»Allerdings. Ich hätte schon früher mit dir reden sollen, Maeg.«

Caswallon nahm Gaelen und Gwalchmai mit, um die merkwürdigen Possen der Aenir zu beobachten. Es schien, daß die Hälfte von Asbidags Armee in Aesgard spielte. Die Ebene vor der Stadt war durch Zelte, Buden und Seile abgetrennt, die eine Rennbahn markierten, ein Schießfeld, eine Reihe von Bahnen zum Speerwurf und einen riesigen Kreis in der Mitte, in dem Männer rangen und boxten oder mit Schwert und Schild kämpften. Auch Kraftproben wurden abgehalten.

»Es ist wie bei den Spielen«, sagte Gwalchmai. »Wie lange machen sie das schon?«

Caswallon zuckte die Achseln. »Kareen sah sie gestern.«

»Sie haben ein paar gute Athleten«, meinte Gaelen. »Guckt euch diesen weißhaarigen Läufer an, der die Führung hat. Er bewegt sich wie der Wind.«

Unten auf der Ebene beobachteten Drada und Ongist

interessiert die Rennen. Ongist hatte zehn Goldstücke auf Snorri Wolfson gesetzt, gegen Dradas Favoriten, den aschblonden Borak. Snorri lag dreißig Schritt zurück, als sie in die letzte Runde gingen.

»Verflucht sei der Mann!« knurrte Ongist.

»Er ist ein Sprinter«, sagte Drada grinsend. »Er ist nicht für Langstrecken gebaut.«

»Wie wäre es mit einer Wette gegen Orsa?«

Drada schüttelte den Kopf. »Bei den Kraftproben kann ihn keiner schlagen.« Die Brüder wanderten über die Rennbahn zu den zwölf Männern, die sich an den Gewichten maßen. Sie zogen Lose, um zu entscheiden, wer sich als erster im Weitwurf versuchen sollte, und Drada und Ongist ließen sich im Gras nieder, als das Los entschieden hatte.

Ein Mann ging zu dem Karren, auf dem ein Stück Marmor lag. Es war geformt wie ein Ball und kunstvoll mit den Namen der größten Dichter von Ateris verziert. Bis zum heutigen Tag hatte es auf einem samtbezogenen Podest in der Stadtbücherei gelegen.

Es wog über sechzig Pfund.

Der Mann legte seine Hände um die Kugel, ging in die Knie und hob sie an die Brust. Dann ging er zur Startmarke, hob die Kugel über den Kopf und warf sie mit einem Grunzen von sich. Mit einem dumpfen Aufprall grub sie sich etwa fünf Schritte vor ihm in die Erde. Drei Preisrichter hebelten sie mit Speeren wieder heraus und rollten sie zurück zum Start und legten sie für den nächsten Werfer zurecht.

Drada und Ongist sahen mit mäßigem Interesse zu, wie die Männer nacheinander an die Reihe kamen, bis schließlich Orsa sein Hemd abstreifte und sich grinsend an der Marke aufstellte. Er winkte seinen Brüdern zu.

Zwei Preisrichter legten ihm die Kugel in die Arme. Bevor sie noch ganz losgelassen hatten, verlagerte Orsa das Gewicht in seine rechte Hand, hob die Schulter an und schleuderte die Kugel von sich. Sie segelte mehr als drei Schritte über die anderen Marken hinweg, und als sie landete, zerbrach sie in tausend Stücke.

»Hat wohl einen vergrabenen Stein getroffen«, murmelte Ongist.

Orsa stapfte zu ihnen heran. »Einfach«, sagte er und deutete auf die zerstörte Marmorkugel.

Drada nickte. »Du bist immer noch der Stärkste, Bruder.«

»Muß ich nicht beweisen«, sagte Orsa. »Zeitverschwendung.«

»Allerdings«, stimmte Drada zu.

»Ich habe Hunger«, sagte Orsa und ging ohne ein weiteres Wort davon. Drada sah ihm nach und bewunderte wieder einmal die schiere Größe des Mannes. Seine Oberarme waren so dick die die Oberschenkel der meisten anderen.

»Bei Vatan, er ist ein Monster«, meinte Ongist.

Drada wandte sich ab. In einer Familie von Monstern schien es ironisch, daß Ongist so den einzigen unter ihnen beschrieb, der niemanden haßte.

Hoch auf dem Hügel erhoben sich die drei Clanmitglieder, um zu gehen. Sie hatten genug gesehen. »Ich glaube, Maeg hat recht«, sagte Caswallon. »Sag, Gaelen, glaubst du, du könntest diesen weißhaarigen Läufer schlagen?«

»Ich fürchte, das werden wir nächsten Monat herausfinden«, antwortete Gaelen. »Ich glaube schon. Aber heute stand er nicht unter Druck, er hat sein eigenes Tempo vorgegeben. Trotzdem, wenn sie eine Mannschaft mitbringen, hoffe ich, daß dieser Riese mitkommt. Ich würde ihn gern gegen Lennox antreten sehen.«

6. Kapitel

Deva erwachte beim ersten Morgengrauen, als die Sonne ihre Strahlen durch die Läden vor ihrem Fenster schickte. Sie gähnte und streckte sich und rollte sich auf die Seite, um die Staubflocken zu betrachten, die in den Sonnenstrahlen tanzten. Sie trat die daunengefüllte Decke beiseite, öffnete die Fensterläden, lehnte sich auf die steinerne Fensterbank und atmete tief ein.

Der kühle frische Morgenwind kündigte schon den Herbst an, und die Blätter an den fernen Bäumen waren schon rotgolden gefleckt. Die Blätter der Bergeschen und Rotbuchen glänzten golden wie frisch geprägte Münzen.

Deva stand immer als erste auf. Sie konnte ihren Bruder Agwaine nebenan schnarchen hören. Sie streifte das wollene Nachthemd von ihrem schlanken Körper, goß Wasser in eine Schale und wusch sich das Gesicht. Sie war ein großes Mädchen, gertenschlank und schmalhüftig. Sie hatte klare Gesichtszüge, nicht schön, doch ihre großen, grauen Augen mit goldbraunen Einsprengseln verliehen ihr Glanz. Die meisten jungen Männer der Farlain hatten um sie angehalten, und sie hatte alle zurückgewiesen. Mutter von Königen! Das hatte die alte Zigeunerin bei ihrer Geburt geweissagt. Und Deva war fest entschlossen, ihr Schicksal zu erfüllen. Aber nicht, indem sie einen Burschen aus dem Hochland heiratete! An der Tür hing ein versilberter Spiegel. Sie rieb sich das Wasser von Gesicht und Hals und ging hinüber, um sich tief in die Augen zu sehen. Sie waren grau, aber nicht von der Farbe arktischer Wolken oder des winterlichen

Meeres. Sie hatten das weiche Grau eines Kaninchenfells und die funkelnden Goldpünktchen ließen sie warm und einladend erscheinen. Sie lächelte sich zu und neigte den Kopf. Sie wußte, daß sie attraktiv war. Sie kämmte sich mit den Fingern ihr weizengelbes Haar und schüttelte den Kopf, um die Knoten zu lösen. Dann erinnerte sie sich an die Gäste, die ihr Vater Cambil am Abend zuvor empfangen hatte.

Asbidag, Herrscher der Aenir! Sie schauderte und verschränkte die Arme. Der Aenir war ein großer Mann mit mächtigen Schultern und einem ausladenden Bauch. Sein Gesicht war breit, sein Mund grausam und seine Augen boshaft. Deva mochte ihn nicht.

Genausowenig mochte sie die Frau, die er mitgebracht hatte – Morgase nannte er sie. Ihre Haut war so weiß wie eine Statue aus Ateris, und sie wirkte genauso kalt.

Deva hatte während der vergangenen Monate vieles über die Gefahr durch die Aenir gehört und hatte es aus ihren Gedanken verdrängt, da sie an die Weisheit ihres Vaters glaubte. Gestern abend hatte sie anders gedacht.

Asbidag hatte zwei seiner Söhne mitgebracht. Beide sahen gut aus, und wenn sie Farlain gewesen wären, hätte Deva vielleicht überlegt, ob sie mit ihr zum Wirbeltanz gehen dürften. Der dunkelhaarige Ongist hatte sie angelächelt, doch seine Augen verrieten seine Wollust, und sie hatte das Interesse an ihm verloren. Der andere, Drada, hatte sich nur vor ihr verbeugt und ihr die Hand geküßt. Ihn hatte sie schon vorher gesehen. Seine Stimme war tief, aber sanft, und in seinen Augen sah sie eine Spur von Spott.

Nun, er war interessant …

Deva hatte sich den ganzen Sommer lang auf die Spiele gefreut. Als Königin der Spiele, vom Rat gewählt, würde sie über den Wirbeltanz präsidieren und die einzige Frau sein, die sich ihre Tanzpartner selbst auswählte. Kein Mann durfte die Königin der Spiele abweisen.

Sie sah sich selbst, wie sie entlang der Reihen der wartenden Männer lief, hier stehenblieb, dort eine Hand hob. Sie würde vor Gaelen stehenbleiben und lächeln. Wenn er vortrat, würde sie weitergehen und Layne wählen.

Sie kicherte. Vielleicht würde sie doch Gaelen wählen …

Die Gedanken waren köstlich.

Sie zog sich rasch einen fließenden grünen Rock und ein rotbraunes Hemd mit weiten Ärmeln an. Dann ging sie nach unten.

Morgase war in der Küche und unterhielt sich mit Drada. Ihr Gespräch endete abrupt, als sie eintrat. »Guten Morgen«, sagte sie, als die beiden sich umwandten.

Sie nickten ihr zu, und sie fühlte sich unbehaglich, als ob sich in eine geheime Versammlung hineingeplatzt sei. Sie ging an ihnen vorbei, öffnete die Küchentür und trat hinaus in den Hof.

Die Spielfelder unten im Tal waren prachtvoll bunt. Zelte in allen Farben und Schattierungen waren über Nacht gesprossen wie Riesenblumen. Seile waren gespannt worden, um Bahnen zu markieren, und lange Tische warteten auf Waren. Für die Drehspieße waren mehrere Kochgruben ausgehoben worden, und Fässer mit Met wurden in der Mitte gestapelt, wo der Wirbelstein auf einem kleinen Hügel lag.

Die Clans sammelten sich schon. Sie suchte dic Hügel der Umgebung ab. Überall herrschte Bewegung. Sie kamen von den Pallides, den Haesten, den Loda, den Irelas, den Dunilds, den Wolken – von jedem Clan, groß oder klein.

Heute würden sie sich versammeln und ihre Zelte aufschlagen. Morgen würde Cambil, der Leiter der Spiele, die Reihenfolge der Wettbewerbe verkünden. Und dann würde Deva das erste Rennen starten.

Eine Bewegung links von ihr erregte ihre Aufmerksamkeit. Sie drehte sich um und sah den Oberdruiden auf sich zukommen. »Guten Morgen, Taliesen«, sagte sie und versuchte, mit einem Lächeln ihr Unbehagen zu verbergen. Sie mochte den alten Mann nicht. Er verursachte ihr eine Gänsehaut, und sie hatte oft gehört, wie ihr Vater von seinen Zauberkräften sprach.

»Guten Morgen, Deva. Wie geht es der Königin der Spiele?«

»Es geht mir gut, Herr. Und dir?«

»Mir auch, wie du siehst.«

»Du scheinst dich nie zu verändern.«

»Alle Menschen verändern sich. Man kann nicht gegen die Jahre ankämpfen. Ich habe mich gefragt, ob du mir einen kleinen Gefallen tun würdest?«

»Selbstverständlich.«

»Danke. Gehen wir ein Stück zusammen?«

»Wohin?« fragte sie, während ihr Unbehagen der Angst wich.

»Keine Angst. Ich tue dir nichts. Komm.«

Der alte Mann ging auf die Wälder im Westen zu, und Deva folgte ihm mit ein paar Schritten Abstand. Sobald sie zwischen den Bäumen waren, blieb Taliesen stehen und holte ein langes Bündel hinter einem umgestürzten Baumstamm hervor. Er wickelte es aus, und das Schwert, das Agwaine gefunden hatte, kam zum Vorschein.

»Was machst du da?« fragte Deva und wich zurück.

»Das hier muß zu seinem Besitzer zurück«, antwortete er.

»Ich dachte, die alte Frau wäre tot.«

»Ist sie – und doch wieder nicht.«

Deva merkte, wie ihr die Farbe aus dem Gesicht wich. »Du willst doch nicht ihren Geist beschwören?«

»Nein, nicht ihren Geist.« Er lächelte sanft. »Vertrau mir, Kleine. Nimm das Schwert in deine Hände.« Er hielt es ihr mit dem Griff voran hin. Sie nahm es. Es war zwar schwer, aber sie war kräftig und hielt es sicher.

Taliesen schloß die Augen und begann, in einer Sprache zu wispern, die Deva noch nie gehört hatte. Die

Luft ringsum begann zu knistern, und ein starker Duft erfüllte den Wald. Sie wäre am liebsten davongerannt, war aber vor Angst wie erstarrt.

Der Druide schlug die Augen auf und beugte sich zu Deva. »Geh in den Nebel«, sagte er. Deva blinzelte, und als sie zurücktrat, sah sie, wie dicker grauer Nebel aus dem Boden aufstieg und etwa zehn Schritte vor ihr waberte wie Rauch. »Es besteht keine Gefahr, Mädel«, fauchte Taliesen.

Deva zögerte. »Was erwartet mich dort?«

»Du wirst schon sehen. Vertrau mir.« Doch sie rührte sich noch immer nicht, und Taliesen verlor die Geduld. »Himmel, bist du eine Farlain oder eine Tieflandschlampe, die vor ihrem eigenen Schatten Angst hat?«

Deva stählte sich und ging vorwärts. Sie hielt das Schwert mit beiden Händen, die Spitze wies ihr den Weg. Der Nebel umschloß sie. Vor sich sah sie flackernde Lichter. Ihre Füße waren kalt. Sie sah hinab, und zu ihrem Erstaunen stellte sie fest, daß sie im Wasser ging. Nein, nicht im! Auf! Sie blieb stehen, als ein großer silberner Fisch unter ihr vorbeischwamm. »Geh weiter!« hörte sie Taliesens Stimme in ihren Gedanken.

Rechts von sich hörte sie einen Wasserfall, aber er klang seltsam gedämpft. Sie ging weiter geradeaus über den See. Am Ufer sah sie eine Reihe bewaffneter Männer mit Fackeln. In ihrer Mitte stand eine junge Frau. Sie war schön, obwohl ihr Haar hellsilbern war, und sie trug eine dunkle Rüstung.

»Stehenbleiben!« sagte Taliesen. Deva wartete, das Schwert wurde ihr schwer in den Händen. Die Kriegerin watete in den See hinaus. Das Wasser war schenkeltief, als sie bei Deva ankam.

»Wer bist du?« fragte die gepanzerte Frau.

»Nichts sagen!« befahl Taliesen. »Gib ihr das Schwert.«

Gehorsam drehte Deva die Klinge um und hielt sie der Frau hin.

Für einen Augenblick trafen sich ihre Blicke, und Deva

fröstelte angesichts der Kraft, die aus den Augen der anderen Frau strahlte. »Kannst du die Zukunft lesen, Geist?« fragte die Königin. Taliesen gab ihr einen weiteren gewisperten Befehl, und Deva wandte sich ab, wandelte langsam über das Wasser und trat wieder in den Nebel.

Der alte Druide wartete im Sonnenschein auf sie. Er saß im Gras, seinen Federumhang um die hageren Schultern gewickelt, das Gesicht grau vor Erschöpfung.

Deva kniete neben ihm nieder. »Wer war das?« fragte sie.

»Eine Königin in einer anderen Zeit«, antwortete er. »Sprich mit niemandem darüber, was heute hier geschehen ist.«

Am nächsten Tag bevölkerten fast viertausend Clanmitglieder, Männer, Frauen und Kinder, die Felder und scharten sich um den Wirbelberg, auf dem der legendäre Stein von Earis lag, bei dem jener geschworen hatte, die Farlain in die Sicherheit jenseits des Tores zu führen. Der Stein selbst war schwarz, aber durchsetzt mit perlweißen Einschlüssen, die das Sonnenlicht einfingen und funkelten wie kleine Juwelen. Obwohl ein Mann ihn mit den Armen umfangen konnte, wog er mehr als zweihundert Pfund.

Um den Stein herum standen die Jagdherren der Clans und in ihrer Mitte Asbidag von den Aenir. Die Clanoberen fühlten sich sichtlich unbehaglich.

Maggrig von den Pallides war wütend. Die Spiele waren eine Sache der Clans, doch am vergangenen Abend hatte Cambil sie mit seiner Einladung an die Aenir überrumpelt, eine Mannschaft aufzustellen. Der Streit hatte über eine Stunde gedauert.

»Bist du verrückt?« hatte Maggrig getobt. »Hat dich dein verfaultes Farlain-Hirn endgültig im Stich gelassen?«

»Ich bin in diesem Jahr der Herr der Spiele. Sie finden auf Farlain-Gebiet statt, es ist meine Entscheidung«, antwortete Cambil, bemüht, seinen Zorn im Zaum zu halten.

»Mag sein, wie es will, Cambil«, warf der weißhaarige Laric, der Jagdherr der Haesten ein, »aber sollte man einem Mann erlauben, einen Präzedenzfall zu schaffen, dem andere gezwungen sein werden zu folgen?« Er war bekannt dafür, daß er nur selten in Zorn geriet. Doch jetzt war sein mageres Gesicht gerötet, die Fäuste geballt.

»Es ist meine Entscheidung«, wiederholte Cambil steinern.

Laric schluckte seinen Ärger hinunter. »Die Aenir haben keine Freunde – nur Vasallen. Sie haben versucht, unser ganzes Land auszukundschaften, und wurden zurückgewiesen. Ist dir nicht klar, daß wenn sie wirklich gewinnen, wir verpflichtet sein werden, ihnen Zugang zu gewähren? Die Sieger der Spiele können reisen und jagen, wo immer sie wollen.«

»Sie werden nicht gewinnen«, sagte Cambil. »Sie sind keine Clanleute.«

»Dich als Narr zu bezeichnen bringt uns nicht weiter«, sagte Laric, »denn daß du einer bist, hast du zur Genüge bewiesen. Was mir das Herz bricht, ist, daß die Torheit eines einzigen Mannes den Ruin aller Clans mit sich bringen könnte.« Die versammelten Jagdherren rangen nach Luft, und Cambil saß reglos, das Gesicht aschgrau.

Maggrig erhob sich. »Ich bin versucht, die Pallides nach Hause zu führen, fort von dieser Dummheit, doch ich kann es nicht«, sagte er, »denn ohne sie haben die Aenir eine noch größere Chance auf den Sieg. Ich vermute, das gleiche gilt für jeden Jagdherrn hier. Aber eins sage ich dir, Cambil. Bislang habe ich dir mäßig Achtung gezollt. Ab heute gehört das der Vergangenheit an. Es interessiert mich nicht im geringsten, ob die Farlain von einem Narren angeführt werden, das betrifft nur die Farlain. Aber wenn du die Pallides in Gefahr bringst, kann ich dir nicht verzeihen.«

Alle Farbe wich aus Cambils Gesicht. »Wie kannst du

es wagen! Glaubst du, es schert mich, was irgendein Fettsack eines anderen Clans von mir denkt? Nimm deine zerlumpten Kerle mit nach Hause. Mit oder ohne die Aenir würden die Pallides nichts gewinnen außer Demütigung.«

»Hört, hört, der Schoßhund der Aenir kann noch bellen«, fauchte Maggrig.

»Genug davon!« tobte Laric, als Maggrig und Cambil aufeinander losgingen. »Hört mich an. Ich liebe weder die Farlain noch die Pallides besonders. Aber wir sind alle Clan, und niemand wird den Geist der Spiele verletzen. Keine Gewalt unter den Jagdherren. Es ist geschehen und wird noch lange diskutiert werden. Aber es ist geschehen. Jetzt laßt uns die Reihenfolge der Wettbewerbe festlegen, sonst stehen wir noch die ganze Nacht hier.«

Später, als Maggrig und Laric im Mondschein zurück zu ihren Zelten gingen, war der großgewachsene Älteste der Haesten tief in Gedanken verloren. Auch Maggrig schwieg. Laric – der älteste Jagdherr Druins, annähernd sechzig Jahre alt – war auch mit Abstand der weiseste. Maggrig mochte ihn, obwohl er lieber glühende Kohlen verspeist als ihm das gesagt hätte.

Sie erreichten zuerst Larics Zelt, und der ältere Mann wandte sich an Maggrig und legte ihm eine Hand auf die Schulter. »Cambil ist ein Narr. Er kann nicht sehen, was jedem Clanmitglied klar sein sollte. Die Aenir sind unsere Feinde von morgen. Mein Land grenzt an das deine, Maggrig, und wir hatten bislang viele Streitereien, aber wenn die Aenir die Grenzen der Pallides überschreiten, werde ich dir mit meinen Männern zu Hilfe kommen.«

Maggrig lächelte. Das war ein hübscher Plan, abgesehen von der Tatsache, daß, wenn die Aenir die Grenzen der Pallides überschreiten wollten, sie zuvor entweder durch Farlain- oder Haesten-Land mußten – und die Haesten waren schwächer als die Farlain. Laric suchte also einen Verbündeten.

»Zusammen haben wir vielleicht zweitausend Kämpfer«, sagte Maggrig. »Meinst du, sie könnten eine Aenir-Armee aufhalten?«

»Vielleicht.«

»Also einverstanden. Wir sind Verbündete. Ich würde allerdings erwarten, Kriegsherr zu werden.«

»Selbstverständlich«, sagte Laric. »Gute Nacht.«

Am nächsten Morgen stand Maggrig neben Asbidag und verbiß sich seinen Zorn. Die beiden Männer hätten Brüder sein können. Beide hatten leuchtendrote, graugesprenkelte Bärte, beide waren kräftig gebaut. Deva beobachtete sie voller Sorge. Sie waren sich so ähnlich – bis man ihnen in die Augen sah. In Maggrig war nichts Böses. Deva wandte den Blick ab.

Cambils Willkommensrede zur Eröffnung war kurz, und er umriß knapp den Ablauf der Spiele. Der erste Wettbewerb war ein Gebirgslauf, sieben Kilometer auf einer gewundenen Strecke durch Wald und Täler. Dreihundert Männer hatten sich gemeldet, und die Jagdherrn hatten sich für sechs Qualifikationsläufe entschieden. Die ersten fünf aus jedem Rennen würden in zwei Halbfinalen laufen, die fünfzehn schnellsten und stärksten das Finale am letzten Tag bestreiten.

Andere Qualifikationswettbewerbe wurden erläutert, dann war es an Deva, in einem fließenden Gewand aus weißem Leinen, mit Blumen bekränzt, das Startsignal für den ersten Lauf zu geben. Die aufgestellten Athleten, unter ihnen Gaelen und Agwaine, drängelten sich um die besten Positionen, dann hob Deva den Arm, hielt ihn einen Augenblick hochgereckt, senkte ihn dann, und das Rennen begann.

Caswallon sah beim Start zu, sah, wie Gaelen gleichmäßig in der Mitte der Läuferschar lief, und da er wußte, daß der Junge sich mühelos qualifizieren würde, schlenderte er zu den Marktbuden am Rande des Feldes.

An den Ständen wurden eifrig Broschen, Dolche, Flitterkram und Werkzeuge, Stoffe, Pelze, Decken und Schuhe, Fleisch, Käse, Obst und Gemüse verkauft. Caswallon schob sich durch die Menge auf der Suche nach einem Halsband für Maeg. Da er nichts fand, was seinem Geschmack entsprach, kaufte er sich einen Krug Met und ein Haferbrot. Am Rand des Feldes waren noch ein, zwei Tische unbesetzt, und er wählte einen Platz weitab vom Gedränge, wo er allein seinen Gedanken nachhängen konnte. Seit seinem Gespräch mit Maeg war er weniger von seiner Angst vor einer Bedrohung durch die Aenir besessen, doch jetzt dachte er, wie es seine Art war, das Problem durch und beleuchtete jeden Gesichtspunkt.

Morgase und Drada saßen kaum dreißig Schritt entfernt, doch von der Menge verborgen, so daß Caswallon sie nicht sehen konnte. Morgase langweilte sich, und ihre Augen wanderte über die Menschen auf der Suche nach etwas, das sie wenigstens vorübergehend interessieren konnte. Sie sah, wie der große Mann zu dem leeren Tisch ging, und ihr Blick blieb auf ihm ruhen, ihre Augen weiteten sich alarmiert. Er trug einen blattgrünen Umhang und eine Tunika aus poliertem brauenen Leder, über seiner Brust hing ein Wehrgehänge mit zwei schmalen Messern. An seiner Seite hing ein langes Jagdmesser. Seine Hosen waren grün und mit Lederbändern zusammengeschnürt. Morgase betrachtete angespannt sein Gesicht. Der kurze dreigabelige Bart verwirrte sie, aber die Augen hatten dasselbe tiefe Grün, an das sie sich so gut erinnerte.

Und mit solchem Haß …

Sie stand auf und ging zu ihm hinüber. »Guten Morgen«, sagte sie. Ihre Kehle war wie zugeschnürt, ihr Zorn kaum beherrschbar.

Caswallon sah auf. Vor ihm stand eine Frau in Schwarz, in einem enganliegenden Gewand, das nichts von ihrer schlanken Gestalt verbarg. Ihr dunkles Haar war geflochten, zu einer Krone auf dem Kopf zusammengerollt und mit einer goldenen Nadel festgesteckt. »Guten Morgen, meine Dame.« Er wies auf einen Stuhl und erkundigte sich, ob er ihr eine Erfrischung bringen könnte. Dann sah sie Drada mit zwei Bechern Wein kommen.

»Wie geht es dir, Caswallon?« fragte Drada.

»Gut. Willst du mich der Dame nicht vorstellen?«

»Heißt das, du kennst mich nicht?« fragte Morgase überrascht.

»Ich bin zwar vergeßlich, meine Dame, aber nicht verrückt. Eine Schönheit wie die deine ist unvergeßlich.«

Sie wirkte verwirrt, unsicher. »Du siehst jemandem sehr ähnlich, den ich einmal kannte. Außergewöhnlich ähnlich.«

»Ich hoffe, er war ein Freund«, sagte Caswallon.

»Nein.«

»Dann laß mich das wiedergutmachen«, meinte er lächelnd. »Willst du dich nicht zu mir setzen?«

»Nein, ich muß gehen. Aber bitte, da ihr beiden euch kennt, warum trinkt nicht ihr den Wein?«

Die Männer sahen ihr nach, wie sie davonging. »Seltsame Frau«, meinte Drada.

»Wer ist das?«

»Morgase, die Geliebte meines Vaters. Schön, aber humorlos.«

»Sie glaubte, mich zu kennen.«

»Ja. Nimmst du an den Spielen teil?«

»Ja.«

»Bei welchem Wettbewerb?« fragte Drada.

»Kurzschwert.«

»Ich dachte, du wärst ein Läufer?«

»Das war ich. Du bist gut informiert. Und du?«

»Nein, ich fürchte, ich bin in den meisten Dingen nicht gut genug.«

»Du scheinst sehr gut darin zu sein, eine Auswahl zu

treffen«, sagte Caswallon. »Ich habe selten Männer so hart trainieren sehen.«

Drada lächelte. »Die Aenir gewinnen gern.«

»Ich frage mich nur weshalb?«

»Was soll das heißen? Niemand verliert gern.«

»Stimmt. Aber die Clans trainieren nicht für die Spiele, sie sind ein Bereich ihres Lebens und ihrer natürlichen Fähigkeiten. Wenn einer verliert, zuckt er die Achseln. Für ihn ist es nicht das Ende der Welt.«

»Vielleicht seid ihr deshalb Clans und führt ein ruhiges Leben in diesen schönen Bergen, während die Aenir den Kontinent erobern.«

»Ja, genau das dachte ich auch«, sagte Caswallon.

»War es deine Idee, uns mit einer Eskorte herbringen zu lassen?«

»Ich fürchtete, ihr könntet euch verirren.«

»Das war sehr freundlich von dir.«

»Ich bin ein freundlicher Mann«, sagte Caswallon. »Ich werde auch Sorge tragen, daß ihr zurückbegleitet werdet.«

»Cambil versicherte uns, das wäre nicht nötig. Oder ist er nicht der Jagdherr?«

»Doch, schon, aber wir sind ein freies Volk, und der Jagdherr ist nicht allmächtig.«

»Du machst viel Aufhebens, Caswallon. Warum können wir nicht Freunde sein? Wie du gesehen hast, respektieren die Aenir eure Grenzen. Wir handeln. Wir sind Nachbarn.«

»Du und ich, wir haben es nicht nötig, diese Spielchen zu spielen, Drada. Ich weiß, was in deinem Herzen vorgeht. Wie alle Mörder fürchtet ihr, daß ein noch größerer Mörder euch auflauert, wie ihr anderen auflauert. Ihr könnt nicht leben mit einem freien Volk an euren Grenzen. Ihr müßt immer Krieg mit jemandem führen. Und selbst, wenn ihr eines Tages je euer Ziel erreicht, und die Aenir in jede Richtung von Ozean zu Ozean herrschen, wird es auch dann noch nicht enden. Dann werdet ihr euch gegeneinander wenden wie tollwütige Wölfe. Heute erzeugt ihr Furcht in den Herzen der Menschen. Aber morgen? Dann wird man an euch als an ein Furunkel am Hals der Geschichte denken.«

Diese Worte waren ohne Erregung gesprochen. Drada nippte an seinem Wein, dann sah er Caswallon in die Augen. »Ich kann schon verstehen, weshalb du so denkst, aber du irrst dich. Alle neuen Zivilisationen beginnen mit Blutvergießen und Schrecken, aber im Lauf der Jahre läßt das nach, und sie beginnen zu gedeihen, zu wachsen und fett zu werden. Wenn sie dann ihren glanzvollen Höhepunkt erreichen, taucht ein neuer Feind am Horizont auf, und das Blutvergießen beginnt von neuem.«

»Die Farlain werden euer Untergang sein«, erklärte Caswallon. »Ihr seid wie der Mann, der den Wurm unter seinen Füßen zertreten will – viel zu groß, um zu sehen, daß es eine Viper ist.«

»Und trotzdem, wenn der Mann zutritt, stirbt die Viper«, sagte Drada.

»Und der Mann mit ihr.«

Drada zuckte die Achseln. »Alle Menschen sterben irgendwann.«

»Ganz recht, mein Lieber. Aber einige sterben schwerer als andere.«

Zehn Tage lang dauerten die Spiele bereits, und die Befürchtungen der Jagdherren wuchsen von Tag zu Tag. Die Aenir kämpften wild entschlossen und verliehen den Wettbewerben auf diese Weise eine neue Schärfe. Verschwunden war jeder Anschein von freundlicher Rivalität – die Fremden kämpften, als ob ihr Leben von den Ergebnissen abhinge.

Am Abend des vorletzten Tages war ein überragender Sieg der Aenir nicht mehr nur möglich, sondern wahrscheinlich geworden. Nur die Athleten der Farlain konnten sie überwinden. Die Aenir hatten bis auf zwei alle Finalläufe im Sprinten gewonnen und Gwalchmai im Bogenschießen besiegt, aber sie hatten gegen Layne im Speerwerfen verloren. Caswallon hatte den Aenirkämpfer beim Kurzschwert-Kampf besiegt, aber im Finale gegen Intosh, den Schwertkämpfer der Pallides, verloren. Gaelen und Agwaine hatten sich bis ins Finale des für den nächsten Morgen angesetzten Fünfmeilen-Rennens durchgekämpft, wenn Agwaine es auch nur erreicht hatte, weil ein Läufer der Haesten sich beim Sprung über einen umgestürzten Baum den Knöchel verstaucht hatte. Seine Enttäuschung darüber, sich auf eine solche Weise qualifiziert zu haben, wurde noch dadurch verstärkt, daß der Läufer der Aenir, der weißhaarige Borak, Gaelen im Halbfinale auf den zweiten Platz verwiesen hatte.

Lennox, ein ehrfurchtgebietendes Bild schierer Kraft, war gelassen zum Finale im Kraftwettbewerb geschlendert, doch hier würde er morgen auf den furchterregenden Riesen Orsa treffen, der selbst ungeschlagen war. Die Aenir hatten den Clans widerwilligen Respekt abgerungen, doch nichtsdestoweniger waren die Spiele verdorben.

Cambil zog sich während des gesamten Turniers weitgehend zurück, da er tief in seinem Herzen das Ausmaß seines Irrtums fühlte. Das Unausdenkbare war kurz davor, Wirklichkeit zu werden. Die Aenir trennten nur noch zwei Wettbewerbe vom Sieg. Er hatte Gaelen und Agwaine zu sich gerufen. Die drei saßen vor der leeren Feuerstelle in Cambils Haus.

»Glaubst du, du kannst diesen Borak schlagen, Gaelen?« fragte Cambil, der wohl wußte, daß sein eigener Sohn mit den beiden nicht mithalten konnte.

Gaelen rieb sich das Auge und wählte seine Worte sorgfältig. »Ich fand es unnötig, gestern bis zum letzten zu gehen, das hätte ihm nur gezeigt, wie schnell ich sein kann. Aber andererseits kann auch er seine Reserven vor mir verborgen haben. Nein, ich bin nicht zuversichtlich. Aber ich glaube, ich kann es schaffen.«

»Was meinst du, Agwaine?«

»Ich kann Gaelen nur zustimmen, Vater. Sie sind beide hervorragend. Kein Ergebnis würde mich überraschen.«

»Ihr habt beide eure Sache gut gemacht und für die Farlain Ehre erworben. Auch wenn du nur adoptiert bist, Gaelen, du hast das Herz eines Clanmitgliedes. Ich wünsche dir alles Gute.«

»Ich danke dir, Jagdherr.«

»Geh nach Hause und ruh dich aus. Iß zum Frühstück nicht zu üppig.«

Gaelen ging hinaus und wanderte zu dem Zaun, der den Hof umgab. Er drehte sich um und warf einen Blick zu Devas Fenster hinauf, in der Hoffnung, dort Licht zu sehen. Aber es war dunkel. Enttäuscht öffnete er das Tor und machte sich auf den kurzen Weg durch den Wald zu Caswallons Haus im Tal.

Die Nacht war hell, der Mond voll, und ein leichter Wind wisperte in den Zweigen. Er dachte an das Rennen und die damit verbundenen Folgen. Es stimmte, daß er nicht siegessicher war, aber es sollte ihn doch erstaunen, wenn der Aenir ihn besiegen könnte. Er meinte, eine Spur von Erschöpfung bei dem blonden Läufer entdeckt zu haben, als er zur letzten Runde um das Feld von den Bergen herab kam. Gaelen hatte keinen Druck ausgeübt, sondern seinen Gegner nur sorgfältig beobachtet. Er hatte den Kopf während der letzten zweihundert Schritte ruckartig bewegt, seine Arme waren aus dem Takt geraten.

Gaelen war mit dreißig Schritt Vorsprung ins Ziel gegangen, aber morgen würde es enger werden. Caswallon hatte auf einen ermutigenden Gedanken hingewiesen: Niemand hatte Borak bislang auf die Probe gestellt. Konnte sein Herz mit seiner Schnelligkeit mithalten?

Ein dunkler Schatten sprang Gaelen von links an, ein weiterer von rechts. Er duckte und drehte sich und benutzte seinen Unterarm, um einen Hieb mit einer Keule abzuwehren. Er hämmerte dem nächsten seine Faust in den Bauch und ließ ihm einen raschen Haken ans Kinn folgen. Der Angreifer ging zu Boden wie von einer Axt gefällt. Als er sich nach rechts warf, krachte Gaelen mit der Schulter dem zweiten Mann in die Rippen. Das grunzende Stöhnen seines Gegners zeigte, daß ihm die Luft ausgegangen war. Gaelen rappelte sich auf und trat dem Gefallenen ins Gesicht. Zwischen den Bäumen kamen noch mehr Männer hervor, in der Dunkelheit konnte Gaelen keine Gesichter erkennen, aber sie waren wie Clanmitglieder gekleidet.

Er erwischte einen Angreifer mit einer rechten Geraden am Kinn, doch dann traf ihn eine Holzkeule an der Schläfe. Gaelen wich nach links aus und hob vergeblich den Arm, um seinen Kopf zu schützen. Die Keule traf seinen Schenkel, und eine Woge von Schmerz überrollte ihn. Nach einem weiteren Schlag gegen das Schienbein brach er zusammen und versuchte verzweifelt aufzustehen, während ein gestiefelter Fuß ihm ins Gesicht trat. Er spürte noch zwei weitere Schläge gegen sein rechtes Bein, dann verlor er das Bewußtsein.

Es war Morgengrauen, ehe man ihn fand. Caswallon entdeckte den Bewußtlosen, als er auf dem Weg zu Cambil war. Caswallon hatte sich Sorgen gemacht, weil Gaelen die ganze Nacht ausblieb, und das vor dem Rennen, aber er hatte angenommen, daß er im Haus des Jagdherrn übernachtete. Behutsam drehte er Gaelen auf den Rücken, kontrollierte seinen Herzschlag und die Atmung. Er tastete das getrocknete Blut an der Schläfe des Jungen ab, der Schädel war nicht gebrochen. Mit Mühe hievte er Gaelen auf seine Schulter und stolperte zum Haus.

Deva wurde als erste wach, als Caswallon gegen die Tür trat. Sie lief hinunter, schob die Riegel zurück und ließ ihn hinein. Caswallon ging an ihr vorbei und ließ Gaelen vorsichtig in einen lederbespannten Sessel gleiten. Deva holte Wasser aus der Küche und ein Handtuch, um Gaelens Kopf abzutupfen.

Mit bloßem Oberkörper und noch halb verschlafen, kam Cambil zu ihnen. »Was ist passiert?« fragte er und beugte sich über den bewußtlosen Jungen.

»Den Spuren nach würde ich sagen, daß fünf Mann ihm nachgegangen sind, als er gestern abend hier wegging«, erklärte Caswallon.

»Warum?«

Caswallon sah ihn an, seine grünen Augen sprühten. »Was glaubst du wohl? Ich war dumm, daß ich nicht selbst daran gedacht habe.«

»Glaubst du, die Aenir?«

»Brauchst du noch weitere Beweise?« Behutsam löste Caswallon die Bänder von Gaelens Beinkleidern und zog sie aus. Das rechte Bein war blau angelaufen, das Knie geschwollen und breiig. Er stöhnte, als Caswallon die Knochen auf Brüche hin abtastete. »Geschickt gemacht, meinst du nicht?«

»Ich werde das Rennen absagen«, meinte Cambil.

»Und welchen Grund willst du angeben?« fuhr Caswallon ihn an. »Und wozu soll das dienen? Wir müssen heute beide Wettbewerbe gewinnen. Wenn du einen absagst, wird das nur die Trophäe an die Aenir ausliefern.«

Agwaine stand am Fuß der Treppe und beobachtete den Streit. Er sagte nichts und ging an seinem Vater vorbei in den Hof. Vorn hier aus blickte er über das Sportgelände und die dahinterliegenden Berge. Deva trat zu ihm, einen Wollschal um die schmalen Schultern gelegt, ihr weißes Nachthemd blähte sich in der Morgenbrise. Sie legte ihm einen Arm um die Taille und lehnte ihren Kopf an seine Schultern.

»Woran denkst du?« fragte sie.

»Ich dachte an Vater.«

»In welcher Hinsicht?«

»Oh, ich weiß nicht. In vieler Hinsicht. Er hat unrecht, das weiß ich jetzt. Die Spiele waren von dem Moment an ruiniert, als er sich von Drada dazu überreden ließ, eine Mannschaft der Aenir zuzulassen. Aber sie haben ihm so geschmeichelt.«

»Bist du enttäuscht?«

»Ja, ich denke schon. Versteh mich nicht falsch, Deva. Ich liebe Vater von ganzem Herzen, und ich würde alles dafür geben, daß er so geachtet wird, wie er es sich wünscht. Aber wie alle Menschen hat er seine Grenzen, er macht Fehler.«

»Gaelen wird wach.«

»Ja, aber er kann heute nicht laufen.«

»Nein, aber du, Bruder.«

»Ja«, antwortete er seufzend. »Ja, ich schon.«

Das Feld war dicht gedrängt, die Buden verlassen, als dreitausend Clanmitglieder sich um den Start zum Gebirgsrennen drängten. Die fünfzehn Läufer, die nur karierte Lendenschurze und Mokassins trugen, waren von der Menge durch eine Reihe von Seilen getrennt, die die Startbahn über die ersten zweihundert Schritte abspannten, ehe der lange Anstieg zur Waldgrenze begann.

Agwaine schob sich durch die Athleten, bis er neben dem großen Borak stand. Der Mann sah weder rechts noch links, sondern hatte die Augen starr geradeaus gerichtet und lauschte gespannt auf das Startsignal.

Als Herr der Spiele war es Cambils Pflicht, das Rennen zu starten. Neben ihm standen Asbidag und Morgase, Maggrig, Laric und die anderen Jagdherren der kleineren Clans.

Cambil hob den Arm. »Macht euch bereit!« rief er. Die Menge wurde still, die Läufer spannten sich. »Los!« schrie

Cambil, und die Athleten stürmten davon und kämpften um die besten Positionen auf der schmalen Startbahn.

Agwaine lief hinter Borak und wurde an die Spitze der Läufer mitgezogen, als der schlanke Aenir davonstob. Gaelen, der mit Hilfe eines Stockes ging, war krank vor Enttäuschung. An seiner Seite feuerten Lennox und Layne ihren Vetter an.

Die Läufer näherten sich dem Fuß des Berges, Agwaine und der Aenir waren dem Rest etwa zwanzig Schritte voraus. Borak verkürzte seine Schritte, lehnte sich vor, seine langen Beine trommelten rhythmisch auf die harte Erde. Ein dünner Schweißfilm glänzte auf seinem Körper, und das weißgoldene Haar schimmerte in der Sonne. Agwaine, der den Blick fest auf den Rücken seines Gegners gerichtet hielt, atmete leicht, denn er wußte, daß das schwierige Stück vor der dritten Meile kam. An dieser Stelle war er im Halbfinale gescheitert, während der Aenir seine Schritte beschleunigt und seine Gegner abgeschüttelt hatte. Er hatte in diesem Augenblick gelernt, daß Verzweiflung kraftraubend war.

Die Menge sah ihrem Aufstieg zu, und Asbidag beugte sich zu Cambil. »Dein Sohn läuft gut«, sagte er.

»Danke.«

»Aber wo ist der Junge mit der weißen Strähne im Haar?«

Cambil sah ihn an. »Er wurde letzte Nacht bei einem Handgemenge verletzt.«

»Tur mir leid zu hören«, sagte Asbidag glattzüngig. »Ärger unter den Clans, vielleicht?«

»Ja, vielleicht«, antwortete Cambil.

Die Läufer erreichten die Zwei-Meilen-Marke, umrundeten den Hang und liefen an einem hohen Kreidefelsen vorbei in den Wald zur langgezogenen Zielkurve. Agwaine konnte die nachfolgenden Läufer nicht mehr hören, nur noch sein hämmerndes Herz und seinen keuchenden Atem. Aber er hielt weiter drei Schritte Abstand zu dem Mann vor ihm.

Kurz vor der Drei-Meilen-Marke vergrößerte Borak seine Schrittlänge, so daß er zehn Schritt voraus war, ehe Agwaine reagieren konnte.

Caswallon hatte den jungen Farlain früher am Tage beiseite genommen, nachdem Gaelens Wunden versorgt waren. »Ich weiß, daß wir viele Sachen mit anderen Augen sehen, Vetter«, hatte Caswallon zu ihm gesagt. »Aber zwing dich jetzt dazu, das zu glauben, was ich dir sage. Du weißt, daß ich vor drei Jahren den Gebirgslauf gewonnen habe. Und zwar, indem ich das Feld kurz nach der Hälfte der Strecke abgehängt habe – dieselbe Methode, die der Aenir im Halbfinale angewandt hat. Also weiß ich, wie sein Hirn arbeitet. Er hat keine Kraft für einen Schlußsprint, seine einzige Chance ist, die Gegner vorher abzuschütteln. Wenn er schneller wird, tut es ihm weh. Seine Beine brennen genau wie deine, seine Lungen sind wie Feuer. Vergiß das nicht. Jeder Schmerz, den du fühlst, fühlt auch er. Bleib trotzdem dran.«

Agwaine wußte nicht, wie der Aenir sich in diesem Augenblick fühlte, aber als er sich mühte, um den Abstand zwischen ihnen wieder zu verringern, nahm der Schmerz in seinen Beinen zu, und sein Atem ging stoßweise. Doch Schritt für Schritt holte er auf, bis er schließlich dem Krieger dicht auf den Fersen war.

Noch zweimal versuchte Borak, den hartnäckigen Clanburschen abzuschütteln. Zweimal schloß Agwaine wieder auf.

Vor ihnen, verborgen hinter einem Gebüsch, kniete ein Aenir-Krieger. In der Hand hielt er eine Lederschlinge, in deren Beutel ein runder schwarzer Stein lag. Er erspähte die Läufer und machte sich bereit. Er konnte sehen, daß der kleinere Clanangehörige dicht hinter Borak war, und fluchte. Schwierig genug, einen laufenden Mann zu treffen, auch ohne das Risiko, seinen Kameraden zu treffen. Trotzdem, Borak wußte, daß er hier war. Er würde davonziehen.

Die Läufer waren jetzt näher, und der Aenir hob die Schleuder …

»Hast du dich verlaufen, Freundchen?«

Der Krieger fuhr herum und ließ hastig die Schleuder fallen.

»Nein, ich schaue dem Rennen zu.«

»Da hast du dir eine gute Stelle ausgesucht«, sagte Caswallon lächelnd.

»Ja.«

»Sollen wir zusammen zurückgehen und den Endlauf beobachten?«

»Ich gehe allein«, fauchte der Aenir und warf einen Blick zum Pfad hinunter. Er sah gerade noch, wie die Läufer aus dem Wald herauskamen zum letzten Abstieg vor der Endrunde.

»Wie du willst«, meinte Caswallon.

Borak war beunruhigt. Er konnte den verdammten Clan-Burschen hinter sich hören, und in wenigen Augenblicken würden sie den Wald hinter sich gelassen haben. Worauf in Vatans Namen wartete Snorri nur?

Kurz bevor sie in Sichtweite der wartenden Menge kamen, verkürzte Borak seine Schritte. Als Agwaine mit ihm auf gleiche Höhe zog, holte er mit dem Ellbogen aus und stieß ihn zurück. Er traf Agwaines Lippen, so daß dessen Kopf zurückfuhr. In diesem Augenblick sprintete Borak aus dem Wald, den sanften Abhang zum Tal hinunter.

Agwaine taumelte, gewann sein Gleichgewicht wieder und machte sich an die Verfolgung. Zorn durchströmte ihn und verdrängte den Schmerz in seinen müden Beinen.

Unten auf dem Feld erhoben sich dreitausend Stimmen zu einem Jubelgeschrei, das von den Bergen widerhallte. Cambil konnte es nicht glauben. Als Herr der Spiele geziemte es sich für ihn, neutral zu bleiben, aber das war unmöglich. Er sprang auf, von der Plattform und schloß sich der Menge an und stimmte in den Jubel ein.

Borak rannte geradewegs in diese Mauer aus Lärm, die ihn in Panik versetzte, da er den Mann hinter sich nicht mehr hören konnte. Er wußte, es war unsinnig zurückzuschauen, da es ihn Geschwindigkeit kostete, aber er konnte nicht anders.

Er drehte den Kopf, und da, direkt hinter ihm, war Agwaine. Blut rann aus seinem verletzten Mund. Borak versuchte, seine Schritte zu beschleunigen – die Ziellinie war nur noch fünfzig Schritte entfernt – doch die Strecke dehnte sich vor ihm wie eine Ewigkeit. Wieder schloß Agwaine auf – dann war er vorbei.

Die Menge war im Siegestaumel. Die Absperrungen wurden niedergetrampelt und Agwaine von der Menge verschluckt, nur um gleich darauf von zwei Farlain auf die Schultern gehoben zu werden. Borak stolperte davon, mit gesenktem Kopf, dann blieb er stehen und suchte nach seinem Herrn.

Asbidag sah schweigend von der Plattform des Jagdherrn herab. Borak begegnete seinem Blick und wandte sich ab.

»Wir haben immer noch Orsa«, meinte Drada.

Sein Vater nickte, dann sah er dem gebrochenen Borak nach, der sich von den Zelten der Aenir entfernte.

»Ich will ihn nie wieder sehen.«

»Ich schicke ihn nach Süden«, sagte Drada. »*Niemand* soll ihn je wieder sehen.«

Die Leidenschaft der Clans, die nach Agwaines unerwartetem, mutigem Sieg einen Höhepunkt erreicht zu haben schien, loderte im Verlauf des langen Nachmittags zu ungeahnten Höhen auf. Niemand schlenderte an den Buden entlang oder saß gemütlich am Tisch bei Met oder Wein. Die gesamte Menge drängte sich auf dem Sportplatz, auf dem Lennox und Orsa um die Wirbeltrophäe kämpften, die dem stärksten Mann der Berge verliehen wurde.

Daß die beiden Männer einander ebenbürtig waren, war schon bei den Auswahlkämpfen deutlich geworden, die beide mühelos bestritten hatten. Beide waren über einen Meter achtzig groß. Körperlich waren sie sich sehr ähnlich, großgewachsen mit dicken Muskelpaketen. Deva hielt sie beide für gleich häßlich, die männlichen Zuschauer betrachteten sie allerdings mit unverhohlener Bewunderung.

Der Wettbewerb bestand aus fünf Teilen. Der erste Teilnehmer, der drei davon gewann, wurde Wirbelmeister.

Den ersten Teil gewann Orsa ohne Mühe. Eine Bleikugel von zwanzig Pfund Gewicht mußte mit einer Hand gestoßen werden. Orsas erster Stoß brachte achtzehneinhalb Schritte. Lennox gelangen nur dreizehn. Doch beim nächsten Teilwettbewerb zog Lennox gleich, als es darum ging, ein Hufeisen gerade zu biegen.

Caswallon sah mit Gaelen und Maeg zu. Er machte sich Sorgen. »Der Aenir ist geschmeidiger und dadurch schneller. Deswegen hat er das Kugelstoßen so leicht gewonnen, und das macht ihn auch zum Favoriten für das Ringen.«

Der dritte Wettkampf bestand darin, den Wirbelstein aufzuheben und ihn entlang einer abgesteckten Bahn zu tragen. Lennox versuchte es zuerst.

Man hatte den schwarzen Stein zu einer hölzernen Plattform geschleppt, die am Anfang der Strecke stand. Zweihundert Pfund glatter Stein. Lennox ging darauf zu, holte tief Atem, und die Menge verstummte, damit er sich auf seine Aufgabe konzentrieren konnte. Das Gewicht war nicht das Problem. Wenn man den Stein in ein Geschirr packte, würde Lennox ihn quer durchs Gebirge tragen. Aber vor der Brust gehalten, lockerte jeder Schritt den Griff. Ein starker Mann konnte ihn zehn Schritt weit tragen, ein sehr starker vielleicht zwanzig, aber nur jemand mit ungeheurer Kraft schaffte mehr als dreißig. Der Mann, den man als Orakel kannte, hatte in seiner Jugend zweiundvierzig Schritte geschafft. Davon sprach man noch heute.

Lennox beugte die Knie, schlang die mächtigen Arme um den Stein und spannte Rücken- und Schultermuskeln an. Mit einem Grunzen drückte er die Beine durch, dann drehte er sich langsam um und begann, die Bahn entlang zu gehen.

Bei fünfzehn Schritten geriet der Stein ins Rutschen, doch er packte ihn fester und ging weiter. Bei dreißig Schritten wurden seine Schritte kleiner. Der langsame, gemessene Gang war verschwunden. Er hielt den Kopf in den Nacken, die Muskeln und Sehnen an seinem Hals traten hervor wie Eisenstangen.

Bei vierzig Schritten war sein Gesicht dunkelrot, die Adern auf seinen Schläfen traten hervor, die Augen hatte er fest geschlossen.

Bei fünfundvierzig Schritten stolperte Lennox, machte noch einen weiteren Schritt, dann sprang er zurück, als er gezwungen war, das Gewicht loszulassen. Drei Männer stemmten den Stein fort, während ein vierter den Punkt mit einem Stab markierte.

Nach Luft ringend, suchte Lennox nach seinem Gegner, um zu sehen, ob sich in seinem Gesicht Besorgnis abzeichnete. Orsa fuhr sich mit der Hand durch das dichte gelbe Haar und strich es sich aus den Augen. Er grinste Lennox an, ein freundliches, offenes Grinsen. Lennox' Herz sank.

Zur Verblüffung der Zuschauer trug Orsa den Wirbelstein mühelos an dem Stab vorbei und ließ ihn nach siebenundfünfzig Schritten fallen. Es war eine unglaubliche Leistung, und selbst die Clans zollten ihr Beifall. Aller Augen wanderten zu Lennox, alle wußten, daß dies ein Tiefschlag für ihn war. Er saß im Gras und beobachtete seinen Gegner, seine Miene war ernst.

Cambil kündigte eine Pause an, um den Wettkämpfern Gelegenheit zu geben, wieder zu Kräften zu kommen, ehe sie das Tauziehen begannen, und die Zuschauer zerstreuten sich und steuerten die Metstände und Grillspieße an.

Caswallon und Gaelen gingen zu Lennox, begleitet von Agwaine, Cambil und Layne. »Kannst du ihn schlagen?« fragte Cambil.

»Jetzt nicht, Vetter«, fauchte Caswallon ihn an. »Laß ihn ausruhen.« In Cambils Augen flackerte es zornig auf, und er wandte sich ab. Agwaine zögerte, dann folgte er seinem Vater.

»Wie fühlst du dich?« fragte Caswallon und setzte sich. Lennox grinste achselzuckend.

»Ich fühle mich gebrochen. Wie kann ein Mensch diesen Stein fast sechzig Schritte weit schleppen? Das ist unmenschlich.«

»Das habe ich auch gedacht, als du ihn sechsundvierzig Schritte weit geschleppt hast.«

»Ich glaube nicht, daß ich ihn schlagen kann.«

»Du kannst es.«

»Du hast ihn wohl nicht genau beobachtet, Vetter.«

»O doch, Lennox, und deswegen weiß ich es auch. Er hat den Stein tiefer gefaßt und den Kopf gesenkt gehalten. Du hattest den Kopf im Nacken. Das hat deine Schritte verkürzt. Du hättest es ihm gleichtun können, du kannst es immer noch.«

»Versteh mich nicht falsch, Caswallon. Ich werde mein bestes tun. Aber er ist stärker, daran gibt es keinen Zweifel.«

»Ich weiß.«

»Aber er ist kein Farlain«, sagte Gaelen. »Du jedoch bist einer.«

Lennox grinste. »So spricht unser humpelnder Vetter, der zuließ, daß fünf läppische Aenir ihn nicht am Rennen teilnehmen ließen.«

Gaelen kicherte. »Trotzdem, ich habe es so gemeint. Ich glaube nicht, daß er dich schlagen kann, Lennox. Ich glaube nicht, daß es überhaupt einen Menschen gibt, der dich schlagen kann. Du wirst schon sehen.«

»Ein tröstlicher Gedanke, Gaelen. Ich danke dir dafür.« Lennox grunzte, während er sich reckte.

»Dreh dich auf den Bauch«, befahl Layne. »Ich massiere dir die Muskeln.«

Caswallon half Gaelen auf die Füße, dessen Bein vom Sitzen steif wurde. »Wir holen etwas zu essen. Wie fühlst du dich?«

»Mir tut alles weh. Verdammt, Caswallon, ich wünschte, ich hätte das Rennen laufen können.«

»Warum?«

»Ich wollte etwas für den Clan tun. Jemand sein.«

»Du bist jemand. Und wir alle wissen, daß du gewonnen hättest. Aber es war für Agwaine besser, daß er gewann.«

»Wieso?«

»Weil Agwaine es brauchte. Heute hat er etwas über sich selbst gelernt. In manchen Dingen ist er wie sein Vater, voller Zweifel. Heute hat er viel davon verloren.«

»Das ist vielleicht gut für Agwaine, aber mir hilft es nicht.«

»Das stimmt«, sagte Caswallon und fuhr Gaelen durchs Haar. »Aber es gibt immer ein nächstes Jahr.«

Der Nachmittag begann mit dem Tauziehen, das Stärke und Ausdauer eines Mannes auf die Probe stellte. Der Wettkämpfer schlang sich ein Seil um den Körper und wappnete sich. Am anderen Ende versuchten drei Männer ihn von den Füßen zu ziehen. Nach zehn Herzschlägen konnte ein vierter Mann die Mannschaft verstärken, zehn Herzschläge weiter noch einer, und so fort.

Diesmal fing Orsa an. Die Männer, die versuchten, ihn umzureißen, waren Angehörige der Farlain. Er stemmte seinen Fuß gegen einen tief im Boden steckenden Stein und hielt die ersten drei Männer mit Leichtigkeit, neckte sie und forderte sie auf, fester zu ziehen. Als sechs Männer an ihm zerrten, waren ihm die Scherze ausgegangen, und er sparte seinen Atem. Der siebte Mann war zuviel für ihn, und er fiel vornüber und schlug hart auf. Er war sofort wieder auf den Beinen, grinste und beschwerte sich, der Stein unter seinem Fuß wäre weggerutscht.

Lennox trat an die Markierung, eine Decke um die Schultern gewickelt, damit ihm das Seil keine Abschürfungen beibrachte. Dann prüfte er den Stein, er steckte noch fest. Er wappnete sich, und drei Aenir-Krieger nahmen das Seil auf.

Ein vierter Mann machte mit, dann ein fünfter. Lennox verschwendete keine Energie damit, sie zu necken, er verschloß seinen Geist vor seinen Gegnern. Er war ein Fels in den Bergen, unbeweglich. Ein starker, tief verwurzelter Baum. Er hatte die Augen geschlossen, hochkonzentriert. Er spürte die Kraft, die sich gegen ihn aufbaute und absorbierte sie.

Schließlich wurde der Druck zu groß, und er gab nach und schlug die Augen auf, um seine Gegner zu zählen.

Neun Männer!

Er ließ das Seil fallen und wandte sich zu Orsa. Der Aenir begegnete seinem Blick und nickte langsam. Jetzt lächelte er nicht mehr, während er auf den dunkelhaarigen Lennox zuging. Blaue Augen blickten in graue. Orsa war Ende Zwanzig, ein erfahrener Krieger, der noch nie besiegt worden war und es auch nie würde. Seine Zuversicht war aus Wissen, Erfahrung und dem Schmerz, den andere zu tragen hatten, erwachsen. Lennox war noch nicht ganz achtzehn, ungeübt in Kampf und Krieg, aber er hatte sich dem Untier gestellt und seinen Platz behauptet.

Jetzt stand er vor dem Aenir, und sein Blick blieb kühl und fest. Orsa nickte einmal und wandte sich dann ab.

Da jetzt jeder zwei Wettbewerbe für sich entschieden hatte, würde die Wirbel-Meisterschaft sich im Ringen entscheiden, eine schönfärberische Ausdrucksweise für einen Kampf, in dem die einzige Regel lautete, daß es keine Regeln gab. Er wurde in einem durch Seile markierten Kreis ausgetragen, der sechs Schritte im Durchmesser maß, und der erste, der aus diesem Ring geworfen wurde, war der Verlierer. Als sie sich vorbereiteten, ging Caswallon zu Lennox und flüsterte ihm etwas ins Ohr. Der große Clanbursche nickte, dann trat er in den Ring.

Orsa trat zu ihm, die beiden schüttelten einander die Hände und nahmen den Beifall der Zuschauer entgegen. Dann zogen sie sich voreinender zurück und begannen, sich mit ausgestreckten Armen zu umkreisen.

Plötzlich machte Lennox einen Schritt nach vorn und schlug Orsa leicht ins Gesicht. Da er einen Hieb erwartete, duckte sich der Aenir und wich zurück. Lennox holte wieder aus, diesmal gab er Orsa einen Klaps auf den Arm. Einer der Zuschauer begann zu lachen, andere fielen ein. Lennox täuschte eine Rechte an, dann gab er Orsa wieder einen Klaps, diesmal mit links. Das Gelächter schwoll an.

In Orsas blauen Augen glitzerte es seltsam, und er begann zu zittern. Mit einem durchdringenden Schrei stürmte er auf seinen Quälgeist zu. Er versuchte nicht mehr, ihn lediglich aus dem Ring zu drängen. Jetzt konnte nur noch der Tod seine Beleidigung rächen.

Orsa war zum Berserker geworden!

Lennox ließ ihn auf sich zukommen, dann drehte er sich und ließ einen rechten Haken an Orsas bärtiges Kinn donnern. Der Aenir schüttelte den Hieb ab und griff erneut an. Diesmal traf Lennox ihn mit beiden Händen, doch ein wild ausholender Schlag traf ihn am Ohr. Lennox taumelte. Ein linkshändiger Schlag brach Lennox die Nase, Blut spritzte über sein Gesicht. Mit einem verzweifelten Stoß wehrte er einen erneuten Ansturm ab, dann zog sich er sich an den Rand des Kreises zurück. Unter lauten Schlachtrufen stürmte Orsa wieder auf ihn los. Im letzten Augenblick ließ sich Lennox auf die Knie fallen und kam ruckartig wieder hoch, als Orsa genau über ihm war. Sein Schwung trug Orsa weiter, und er flog der Länge nach über seinen Gegner und krachte in die Zuschauer außerhalb des Ringes.

Der Kampf war vorüber, und Lennox hatte gewonnen. Doch in seiner Berserkerwut kannte Orsa keine Turniere und läppischen Siege. Er schleuderte den Mann beiseite, der ihm auf die Füße helfen wollte, und sprang in den Ring, in dem Lennox die Arme in Siegerpose erhoben hatte.

»Paß auf!« schrie Gaelen, und mit ihm zahlreiche andere.

Lennox fuhr herum. Orsas Riesenhand umschloß seine Kehle. Instinktiv spannte Lennox die Halsmuskeln an gegen die zermalmende Kraft in Orsas Fingern. Seine eigenen Hände klammerten sich um Orsas Hals und erstickten dessen dämonisches Knurren.

Die Menge verstummte, als die beiden Männer im Ring miteinander kämpften und schwankten.

Dann tauchte die rotgekleidete Gestalt Dradas auf und schob sich durch die Zuschauer. In der rechten Hand hielt er einen Holzknüppel, den er seinem Bruder auf den Schädel hieb. Orsas Blick wurde glasig, sein Griff lockerte sich. Drada schlug ihn noch einmal, dann stürzte er. Lennox trat einen Schritt zurück und rieb sich den wunden Hals.

Orsa kam taumelnd auf die Füße und wandte sich an seinen Bruder. »Tut mir leid«, sagte er mit einem Achselzucken. Er ging zu Lennox und ergriff seine Hand. »Guter Wettkampf«, sagte er. »Du bist stark.«

»Ich glaube nicht, daß jemals ein anderer den Wirbelstein so weit tragen kann wie du«, erwiderte Lennox.

»Vielleicht. Warum hast du mir solche Klapse gegeben?« Die Frage war so einfach und direkt gestellt, daß Lennox nervös auflachte und einen Augenblick brauchte, um seine Gedanken zu sortieren. Aber Orsa wartete geduldig, sein breites Gesicht verriet keine Gefühle.

»Ich habe es getan, um dich wütend zu machen, damit du die Beherrschung verlierst.«

»Dachte ich mir. Habe mich selbst besiegt – das ist nicht gut.« Noch immer nickend, ging er davon. Lennox sah ihm verblüfft nach, dann wurde er von der Menge umringt, die ihm auf den Rücken hieb und ihn zur Plattform des Jagdherrn führte, wo er die Glückwünsche des Herrn der Spiele entgegennahm.

Als die Zuschauer weg waren, ging Drada zu Caswallon. »Das war dein Rat, nicht wahr, meinen Bruder zum Berserker zu machen?«

»Ja.«

»Du fängst an, Ärger zu machen, Caswallon.«

»Freut mich zu hören.«

»Kein vernünftiger Mann sollte froh darüber sein, sich Feinde zu schaffen.«

»Ich habe mir keinen Feind geschaffen, Drada. Ich habe einen erkannt. Das ist ein Unterschied.«

Der Wirbeltanz hatte um ein Dutzend lodernde Feuer herum begonnen, und die heiratsfähigen Farlain-Mädchen suchten sich ihre Tanzpartner aus den Reihen der wartenden Burschen. Musik kam rauh und kraftvoll von den Dudelsäcken, melodisch und schmachtend von den Flöten, und märchenhaft, zauberisch von der Harfe. Es war Musik der Berge, und sie wirkte auf die Sinne der Männer und Frauen der Clans stärker als Wein.

Deva tanzte mit Layne, dem Speerwurf-Sieger, während Gaelen allein saß und gegen sein Selbstmitleid ankämpfte. Sein Bein schmerzte, und er zog es unter dem Tisch hervor, um sich den angeschwollenen Schenkel zu reiben.

Gwalchmai fand ihn dort kurz vor Mitternacht. Der junge Bogenschütze trug seine besten Kleider, einen Umhang aus weichem braunem Leder über einer grünen, bestickten Tunika. »In der Wirbel-Nacht sollte niemand allein sein«, sagte Gwal und ließ sich seinem Kameraden gegenüber nieder.

»Ich warte einfach nur auf ein Mädchen mit geschwollenem Bein, mit dem ich dann zusammen weghinken kann«, sagte Gaelen und schenkte sich mehr Met ein.

»Ich habe zwei Beine, aber keine Partnerin gefunden«, sagte Gwal und bediente sich an Gaelens Met.

»Ach komm, Gwal, hier müssen mindestens fünfhundert Mädchen sein.«

»Aber sie sind nicht das, was ich mir wünsche«, sagte Gwalchmai traurig. Gaelen sah seinen Freund an. Gwals Haar leuchtete im Feuerschein flammendrot, sein Gesicht wirkte nicht mehr jungenhaft, er war ein gutaussehender junger Mann.

»Was willst du denn … eine Prinzessin?«

Gwalchmai zuckte die Achseln. »Das ist schwer zu beantworten, Gaelen. Aber ich weiß, daß ich nie heiraten werde.«

Gaelen antwortete nicht. Er wußte seit einiger Zeit, wie auch Layne und Lennox, daß Gwalchmai sich für die jungen Mädchen der Farlain nicht interessierte. Die Jungen konnten das nicht verstehen, nur Gaelen vermutete die Wahrheit. In Ateris hatte er viele gesehen, die Gwalchmais geheime Sehnsüchte teilten.

»Du weißt, was ich bin, nicht wahr?« fragte Gwalchmai plötzlich.

»Ich weiß«, erwiderte Gaelen. »Du bist Gwalchmai, einer der Ungeheuer-Töter. Du bist vom Clan, und ich bin stolz darauf, dich zum Freund zu haben.«

»Dann denkst du nicht …?«

»Ich habe dir doch gerade gesagt, was ich denke, Vetter«, sagte Gaelen und legte Gwalchmai seine Hand auf die Schulter.

»Stimmt. Danke, mein Freund.« Gwalchmai seufzte – und wechselte das Thema. »Wo ist Caswallon?«

»Er eskortiert die Aenir zurück nach Aesgard.«

»Es tut mir nicht leid, sie abziehen zu sehen«, sagte Gwal.

»Nein. Hast du schon von Borak gehört?«

»Dem Läufer? Nein, was ist mit ihm?«

»Man fand ihn heute abend an einem Baum im Westen hängen.«

»Er hat sich umgebracht?«

»Scheint so«, sagte Gaelen.

»Ein merkwürdiges Volk, diese Aenir. Ich hoffe nicht, daß sie nächstes Jahr wiederkommen.«

»Ich glaube schon, aber nicht zu den Spielen«, meinte Gaelen.

»Gehörst du etwa auch zu diesen Kriegsunken?«

»Ich fürchte ja.«

»Was hätten sie zu gewinnen? Im Druin-Gebirge gibt es nichts zu holen.«

»Der Krieg selbst ist Preis genug für die Aenir. Das ist ihr Lebenszweck.«

Gwalchmai stützte sich auf die Ellenbogen und schüttelte den Kopf. »Was für ein Abend! Zuerst verliere ich im Bogenschießen, dann werde ich rührselig, und jetzt sitze ich hier mit einem Mann, der Krieg und Tod prophezeit.«

Gaelen lachte. »Beim Turnier hattest du Pech. Der Wind legte sich gerade, als der Aenir zielte, und das gab ihm einen Vorteil.«

»Tausend Dank dafür, daß du das gemerkt hast«, sagte Gwal grinsend. »Warst du schon jemals betrunken?«

»Nein.«

»Na, scheint das einzige Vergnügen zu sein, das uns bleibt.«

»Einverstanden. Hol noch einen Krug.«

Innerhalb einer Stunde hatten ihre rauhen Lieder einige Zuhörer gefunden. Lennox und Agwaine schlossen sich ihnen an und brachten frische Krüge mit, dann kam Layne mit Deva.

Der Nachschub ging ihnen kurz vor Morgengrauen

aus, und die Gruppe zog um an ein erlöschendes Feuer. Die Lieder erstarben, das Lachen verebbte, und das Gespräch wandte sich den Spielen und ihren möglichen Folgen zu. Deva schlief an Layne gelehnt ein, er legte sie behutsam auf den Boden und deckte sie mit seinem Mantel zu.

Gaelen sah zu, wie er seinen Mantel sanft um sie herum feststeckte, und sein Herz tat weh. Er wandte den Blick ab und versuchte, sich wieder auf das Gespräch zu konzentrieren. Doch es gelang ihm nicht. Er sah zu den Bergen, zum Horizont, der sich langsam rötlich färbte. Caswallon hatte ihm von seiner Theorie erzählt, die Aenir hätten die Demoralisierung der Clans geplant. Das Ausmaß ihres Irrtums war enorm. Am Ende hatten sie genau das Gegenteil erreicht. Männer aller Clans hatten Agwaine und Lennox gegen einen gemeinsamen Gegner angefeuert, sie hatten die Clans auf eine Weise geeint, wie es seit hundert Jahren niemand vermocht hatte.

Er hörte, wie jemand ihn rief, und riß sich von seinen Gedanken los.

»Tut mir leid, daß du nicht mitlaufen konntest«, sagte Agwaine.

»Das muß es nicht. Du warst großartig.«

»Caswallon hatte mir einen Rat gegeben.«

»Offenbar einen guten.«

»Ja. Es tut mir leid, daß er und mein Vater keine Freunde sind.«

»Und du?«

»Was ist mit mir?«

»Was empfindest du … gegenüber Caswallon, meine ich?«

»Ich bin dankbar. Aber ich bin meines Vaters Sohn.«

»Das verstehe ich.«

»Ich hoffe es, Vetter.« Ihre Blicke trafen sich, und Agwaine streckte ihm die Hand entgegen. Gaelen ergriff sie.

»Das ist schön zu sehen«, sagte Lennox und beugte sich vor, um seine Hand auf ihre zu legen. Layne und Gwalchmai folgten seinem Beispiel.

»Wir sind alle Farlain«, sagte Layne feierlich. »Brüder im Geiste. Möge es lange so bleiben.«

»Die Fünf-Ungeheuer-Töter«, sagte Agwaine grinsend. »Es wäre passend, wenn wir Freunde wären.«

Deva schlug die Augen auf und sah die fünf jungen Männer schweigend beisammen sitzen. Die Sonne stieg über die Berge und tauchte sie in goldenes Licht. Sie blinzelte und setzte sich auf. Für einen kurzen Augenblick meinte sie eine sechste Gestalt bei ihnen stehen zu sehen – groß war sie und schön, mit silbernen Haaren und voller Kraft. An ihrer Seite hing ein mächtiges Schwert, auf dem Kopf trug sie eine goldene Krone. Deva schauderte und blinzelte wieder. Die Königin war verschwunden.

7. Kapitel

Gaelen stand am Rand eines Felsvorsprungs, von dem aus er in nördlicher Richtung auf Vallon hinunterschauen konnte. Das Rauschen des Wasserfalls war bis hier oben zu hören. Nach einem weiteren bitteren Winter war es endlich Frühling geworden, und Gaelen war begierig gewesen, das Tal zu verlassen, um seine Beine zu bewegen und sein Herz der Musik der Berge zu öffnen. Er war während des Winters gewachsen, und die stetige Arbeit mit Axt und Säge hatte seine Arme und Schultern gekräftigt. Sein Haar war lang, es reichte ihm bis auf die Schultern, und er hielt es mit einem schwarzen Lederstirnband zurück. Kareen hatte es für ihn gemacht – vor ihrer Hochzeit mit dem Kleinbauern Durk aus dem West-Tal. Sie hatte ihm auch eine Tunika aus allerweichstem Leder gemacht, auf Hochglanz poliert, und schenkellange Mokassin-Stiefel aus der gleichen Haut. Sein Winterumhang war ein Geschenk von Caswallon, ein schweres Schaffell, das auch als Decke dienen konnte. In den kalten Wintermonaten hatte er seinen Bart wachsen lassen und versucht, die neckenden Bemerkungen von Maeg und Kareen über ›Gänseflaum‹ zu überhören. Es hatte lange genug gedauert, aber wie er jetzt auf dem Berg im frühen Morgensonnenschein stand, verlieh es ihm das, was er mehr als alles andere begehrte – einen Anstrich von Männlichkeit.

Verschwunden war der verängstigte, verwundete Knabe, den Caswallon vor zwei Jahren mit nach Hause gebracht hatte. Statt dessen stand hier ein Mann, groß und stark, abgehärtet durch Arbeit, gestärkt durch Erfahrung.

Das einzige, was noch an den verfolgten Jungen erinnerte, war das blutgefüllte linke Auge und die weiße Strähne in seinem Haar über der zackigen Narbe auf Stirn und Wange.

Der schwarzgraue Kriegshund an seiner Seite knurrte und rieb sich an ihm. Gaelen strich ihm über den dicken Kopf. »Dir gefällt es so hoch oben nicht, hm?« sagte Gaelen und kauerte sich neben das Tier. Es hob den Kopf und leckte ihm das Gesicht, bis er es schließlich lachend fortschob.

»Wir haben uns verändert, du und ich«, sagte er, den Hund von sich haltend. Er hatte die breite Schnauze seiner Mutter und die kräftigen Schultern seiner Rasse, aber dazu kam noch die sehnige Kraft des Wolfes, der ihn gezeugt hatte.

Der Wolf in ihm brachte Schwierigkeiten bei der Erziehung mit sich, und sowohl Caswallon als auch Gaelen verzweifelten manchmal fast. Doch ganz allmählich hatte er auf ihre geduldige Behandlung angesprochen, bis Gaelen ihn schließlich ohne Leine durch eine Schafherde geführt hatte.

Er befahl ihm, sich zu setzen, und der Hund gehorchte. Doch seine Augen hingen an den dicken, langsamen Mutterschafenb und ihren Lämmern, und aus seinem Maul rann Speichel. Nach einer geraumen Weile legte er sich nieder und schloß die Augen, unfähig, diesen Anblick, der ihm das Wasser im Maul zusammenlaufen ließ, noch länger zu ertragen.

Unter Caswallons Anleitung brachte Gaelen dem Hund bei, immer komplexere Anweisungen zu befolgen. Er begann mit so einfachen Befehlen wie ›sitz‹, ›bei Fuß‹, ›hierher‹. Anschließend lernte das Tier lautlos zu warten, wenn Gaelen die Hand hob. Schließlich baute Caswallon eine Puppe aus Holz und Stroh, zog ihr alte Kleider an, und dann lehrten sie den Hund, sie auf Gaelens Befehl ›töte‹ anzugreifen. Sie vervollkommneten dieses Training mit dem Befehl ›faß ihn‹, auf den der Hund den Arm der Puppe packte.

Mit größter Sorgfalt verbesserten sie die Fähigkeiten des Hundes. Sobald er angriff, konnte nur ein Befehl ihn aufhalten: *Zurück.* Jeder andere Befehl, selbst von Gaelen, wurde nicht beachtet.

»Das«, sagte Caswallon, »ist dein Schutz. Denn ein Hund ist ein Wesen, das instinktiv handelt. Du kannst ihm zwar befehlen anzugreifen, doch eine andere Stimme könnte ihn zurückrufen. ›Zurück‹ sollte ein geheimer Befehl bleiben. Verrate ihn nicht einmal deinen Freunden.«

Gaelen nannte das Tier Render. Er war gutmütig, vor allem gegenüber Caswallons Sohn Donal, der inzwischen krabbeln konnte und Render – oder Wenna, wie er ihn nannte – durchs ganze Haus folgte und ihn an den Ohren zog oder versuchte, auf seinen Rücken zu klettern. Versuchte man ihm das zu verbieten, folgten Tränenströme und die schwer zu widerlegende Behauptung: »Wenna will's!«

Maeg war nur schwer davon zu überzeugen, daß Render eine wertvolle Bereicherung des Haushalts war, aber eines Nachmittags im Spätwinter gewann er ihr Herz. Kareen war in den Hof gegangen, um Feuerholz zu holen, hatte bei ihrer Rückkehr jedoch die Küchentür nicht verriegelt. Donal hatte sich hinausgeschlichen, um im Schnee zu spielen, ein Abenteuer von seltenem Zauber.

Er war schon seit über einer halben Stunde fort, ehe man sein Verschwinden bemerkte. Maeg war außer sich. Caswallon und Gaelen waren im Langen Saal, wo Caswallon in den Rat gewählt wurde, um die Stelle eines älteren Clanmitgliedes einzunehmen, das kurz nach den Spielen einen Zusammenbruch erlitten und gestorben war. Maeg wickelte sich einen Wollschal um die Schultern und trat hinaus in den Schneesturm. Innerhalb weniger

Minuten war es dunkel geworden, und wenn sie Donals Namen rief, riß ihr der Wind die Worte vom Mund. Seine Fußspuren waren von frischem Schnee verdeckt.

Kareen kam dazu. »Er wird hier draußen sterben«, schrie Maeg.

Render tappte aus dem Haus. Als Maeg den Hund sah, lief sie zu ihm und kniete sich neben ihn.

»Donal!« rief sie, zog den Hund mit und deutete auf den Hof. Render legte den Kopf zur Seite und leckte ihr das Gesicht. »Bring ihn her!« rief sie. Render sah sich um. Da war nichts, was man bringen konnte. »Donal! Hol Donal!« Render sah zurück zum Haus und zu der offenen Tür, die in die Wärme führte. Der Hund wußte nicht, was die Frauen hier draußen in der Kälte wollten. Dann spitzte er die Ohren, als ein Wolf in der Ferne heulte. Ein weiterer Laut, dünn und fiepend. Render erkannte sofort Caswallons Welpen darin und tappte durch den Schnee davon.

Maegs Hände und Füße waren eiskalt, aber sie hatte keine Ahnung, ob der Hund sie verstanden hatte, und sie hatte den leisen Ruf auch nicht gehört, also suchte sie weiter. Angst und Panik brachten sie fast um.

Render trabte zu einer kleinen Senke, die vom Haus aus nicht zu sehen war. Hier fand er den Kleinen, der ausgerutscht und auf blankem Eis hinuntergerollt war und jetzt nicht mehr aufstehen konnte. Ihm gegenüber saßen zwei Wölfe mit heraushängenden Zungen.

Render ging auf den Jungen zu. Aus seiner Kehle kam ein tiefes Knurren. Die Wölfe standen auf, dann wichen sie zurück, als der Kriegshund näherkam. Die grauen Wölfe waren gerissene Jäger, aber sie erkannten einen besseren Jäger, wenn sie ihn sahen.

»Kalt, Wenna«, sagte Donal schniefend. »Donal kalt.«

Render blieb bei dem Jungen stehen und beobachtete die beiden Wölfe sorgsam.

Sie zogen sich weiter zurück, und zufrieden stupste

Render Donal mit der Schnauze an, doch der Junge konnte auf dem Eis nicht aufstehen. Render senkte den Kopf und packte die Wolltunika des Jungen mit den Zähnen. Er hob Donal hoch, dann trabte der riesige Hund den Abhang hinauf und zum Haus zurück.

Maeg sah sie und watete ihnen durch den Schnee entgegen, doch Render lief an ihr vorbei in die Küche. Ihm war kalt, und er wollte ans Feuer. Als Maeg und Kareen ankamen, saßen Donal und Render vor dem Feuer. Maeg riß Donal in ihre Arme.

»Wölfe, Mama. Wenna wegjagt.«

Maeg schauderte. Wölfe! Und ihr Kind war allein gewesen. Sie setzte sich hastig.

Keine der beiden Frauen erzählte Caswallon von dem Abenteuer, doch er ahnte, daß etwas vorgefallen war, als Maeg ihm erklärte, daß sie sein eigenes Abendbrot aus kaltem Fleisch dem Hund gegeben hatte.

Caswallons Aktivitäten während des Sommers und Winters verwirrten viele seiner Clanbrüder. Er trieb kein Vieh nach Aesgard und lieferte auch keinen Weizen oder Hafer. Die Früchte aus seinem Obstgarten verschwanden, und niemand wußte wohin, wenn auch die Fuhrwerke von vertrauenswürdigen Arbeitern in die Berge gefahren wurden. Dort, hieß es, wurden sie den Druiden übergeben.

In der Zwischenzeit scharte Caswallon über hundert Männer des Clans um sich, von denen er einige dafür bezahlte, daß sie Aesgard ausspähten und über alle Bewegungen der Aenir berichteten.

Cambil hatte Caswallon wutschnaubend beschuldigt, eine Privatarmee aufzustellen. »Kannst du nicht begreifen, Caswallon, daß solche Handlungen einen Krieg noch wahrscheinlicher machen?« sagte der Jagdherr. »Du hältst mich für dumm, weil ich versuche, Freundschaft mit den Aenir zu schließen, das weiß ich. Genauso wie ich weiß, daß sie ein kriegsliebendes Volk sind, hart und grausam.

Aber als Jagdherr muß ich das langfristige Wohlergehen meines Volkes im Auge haben. Wir könnten einen Krieg gegen die Aenir nicht gewinnen – sie würden uns überrollen. Was ich versucht habe – und weiterhin versuchen werde – ist, Asbidag klarzumachen, wie sinnlos ein Krieg im Hochland wäre. Wir haben kein Gold, kein Eisen. Hier gibt es keine Reichtümer. Das versteht er. Noch wichtiger ist, daß er uns nicht als Bedrohung empfindet. Es liegt in der Natur der Aenir, überall Feinde zu sehen. Wenn wir sie zu unseren Freunden machen, dann gibt es keinen Krieg.«

Caswallon hörte schweigend zu, bis Cambil geendet hatte. »Unter anderen Umständen würde ich dir bei jedem einzelnen Wort zustimmen«, sagte er schließlich. »Ein Krieg ist das letzte Ungeheuer, das ein intelligenter Mensch entfesseln sollte. Wo du aber meiner Ansicht nach irrst, ist, daß die Aenir Krieg als ein Mittel sehen, um einen Zweck zu erreichen. Für sie ist Krieg Selbstzweck. Sie leben, um zu kämpfen, sie ergötzen sich an Mord und Totschlag. Selbst ihre Religion beruht auf der Verherrlichung des Kampfes. Sie glauben, nur wenn sie im Kampfe sterben, werden ihre Seelen mit ewigem Glück gesegnet. Jetzt, wo ihr Krieg mit den Tiefländern vorüber ist, wen sollen sie noch bekriegen, außer uns? Ich achte dich, Vetter – und das meine ich aufrichtig. Du hast ehrenvoll gehandelt. Aber jetzt ist es an der Zeit, die Augen zu öffnen und zu erkennen, daß deine Bemühungen vergeblich waren. Die Aenir ziehen Truppen an den südlichen Grenzen zusammen.«

Cambil schüttelte den Kopf. »Asbidag hat mir versichert, daß die Truppen nur zusammenkommen, weil die Mehrheit von ihnen entlassen wird und Land angeboten bekommt, auf dem sie Ackerbau treiben können, als Lohn für treue Dienste. Du irrst dich, Caswallon. Und wie weise mein Weg ist, wird man in den kommenden Jahren zu schätzen wissen.«

Trotz Cambils Beteuerungen riet Caswallon dem Rat, eine Miliz gegen eine Frühjahrsinvasion zu organisieren. Sie weigerten sich und stimmten mit dem Jagdherrn überein, daß es keine Anzeichen für irgendwelche Feindseligkeiten der Aenir gegenüber dem Clan gab. Diese Haltung war keineswegs einmütig. Badraig und Leofas unterstützten Caswallon offen. Beric, ein hochgewachsener Krieger aus dem nördlichen Tal stimmte mit ihnen, sagte jedoch nichts.

»Du hast hundert Männer, Caswallon«, sagte Leofas, als die vier sich nach dem Frühlingsfest trafen. »Ich kann achtzig Kleinbauern aufbringen. Badraig und Beric zusammen das gleiche. Wenn die Aenir kommen, wird es sein wie ein plötzliches Unwetter. Dreihundert Mann können sie nicht aufhalten.«

»Wir wollen ehrlich sein«, sagte Badraig. »Auch die vereinten Farlain könnten sie nicht aufhalten. Wenn jeder Mann Schwert und Bogen nähme, könnten wir ... wieviel? ... fünftausend aufbringen. Gegen eine Armee, die fünfmal so groß ist.« Badraig hatte sich verändert, seit das Ungeheuer seinen Sohn getötet hatte. Sein Haar war grau geworden, und er hatte Gewicht verloren, war nun sehnig und schlank.

»Das stimmt«, gab Caswallon zu, »aber wir können sie auslaugen. Wir können keine regelrechten Schlachten austragen, wir müssen ihnen Stiche versetzen, indem wir, zuschlagen und uns sofort wieder zurückziehen. Dadurch werden sie bald müde, und dann kehren sie nach Aesgard zurück.«

»Das hängt davon ab, warum sie hier sind«, sagte Beric. »Wenn sie die Täler besetzen, haben wir keine Möglichkeit, uns zu versorgen. Dann sterben wir in den Bergen, wenn erst der Winter kommt.«

»Nicht unbedingt«, widersprach Caswallon. »Aber diese Diskussion kann bis zu einem besseren Zeitpunkt warten. Was mich beunruhigt, ist nicht der langfristige Feldzug, sondern der erste Schlag. Wenn sie die Täler unvorbereitet treffen, wird das Gemetzel entsetzlich sein.«

»Es gibt keinen Tag, an dem nicht ein Späher sie beobachtet«, sagte Leofas. »Wir müßten mindestens eine Stunde im voraus gewarnt werden.«

Sechs Stunden Fußmarsch weiter westlich tat der Kleinbauer Arcis seinen letzten Atemzug. Man hatte seine Arme an den breiten Stamm einer Eiche genagelt und ihm die Rippen geöffnet, die aus seinem Körper ragten wie kleine zerbrochene Flügel.

Der Blutadler hatte Farlain erreicht.

Eine Armee der Aenir brach über die Dörfer und Gehöfte der Haesten herein und verbreitete Feuer und Tod in tiefster Nacht. Die Häuser loderten, die Schwerter troffen vor Blut. Die Aenir strömten ins Tal von Laric, mordend, brennend, plündernd. Den Haesten blieb keine Zeit, sich zur Verteidigung zu formieren, und die wenigen Überlebenden zogen sich in die Berge zurück, gebrochen und panikerfüllt.

Ein Jäger der Pallides, der auf einem Berghang schon auf Haesten-Gebiet kampierte, beobachtete wie betäubt, wie die Aenir ins Tal stürmten. Wie im Traum sah er die Krieger in leuchtender Rüstung und geflügelten Helmen zu den Häusern der Haesten hinabstürzen und brennende Fackeln durch die offenen Fenster werfen. Und er sah mit wachsendem Entsetzen dem Massaker zu. Er sah, wie Frauen herbeigeschleppt, vergewaltigt und dann ermordet wurden, wie Babys aufgespießt wurden, er sah, wie kleine Gruppen, die Widerstand leisteten, von stählernen Ringen umzingelt und verschluckt wurden.

Dann stand er auf und begann zu rennen, wobei er in der Dunkelheit über Baumwurzeln und Steine stolperte.

Er erreichte das graue Haus Maggrigs zwei Stunden vor Tagesanbruch. Innerhalb weniger Minuten erklang das

Kriegshorn der Pallides. Frauen und Kinder packten hastig Kleidung und Lebensmittel ein und wurden dann in die Berge geführt. Im Glauben, es gäbe nur eine einzige Armee der Aenir, verschätzte sich Maggrig, und die Evakuierung war noch im Gange, als eine zweite Truppe der Aenir unter der Leitung von Ongist über sie herfiel.

Maggrig hatte achthundert Krieger im Rücken und Boten losgejagt, die noch vielleicht fünfhundert weitere bringen konnten. Als er auf dem Hang stand und beobachtete, wie die Aenir ins Tal strömten, schätzte er ihre Zahl auf über fünftausend. An seiner Seite stand der Schwertkämpfer Intosh, der Sieger bei den Spielen. Er fluchte und spie aus. Die beiden Männer tauschten einen Blick. Welche Entscheidung sie jetzt auch trafen, sie würde zur Tragödie führen.

Der Feind stürzte auf die letzte Reihe der Frauen und Kinder zu. Wenn Maggrig nichts unternahm, würden sie sterben. Wenn die Pallides einen Gegenangriff unternahmen, würden sie in Stücke gehauen. Im Herzen wußte Maggrig, daß es vernünftig war, die Nachzügler ihrem Schicksal zu überlassen und einen defensiven Rückzug anzutreten, um die Mehrheit zu schützen.

Doch er war Clan, und diese Nachzügler waren sein Volk.

Er hob sein Schwert, rückte seinen Schild zurecht und begann, bergab auf die Aenir zuzurennen. Achthundert Krieger folgten ihm ohne Zögern. Als sie sie kommen sahen, ließen die Aenir von den Frauen und Kindern ab. Ihr Tod würde eben später kommen.

Die beiden Truppen prallten aufeinander. Schwerter krachten gegen Eisenschilde, gegen engmaschige Kettenpanzer, weiches Fleisch und brüchige Knochen. Die Clankrieger trugen nur wenig oder gar keine Rüstung, doch die Schnelligkeit und Wildheit ihres Angriffs machte das wieder wett. Intosh, der mit zwei Schwertern und ohne Schild kämpfte, hieb eine blutige Schneise in die

Reihen der Aenir, während Maggrigs Kraft und Schwertkunst seine rechte Flanke schützte.

Minutenlang hielt der Clan stand, doch dann drängte das Gewicht der Aenir sie zurück. Maggrig parierte einen wilden Hieb von einem axtschwingenden Krieger und konterte mit einem raschen Bauchstoß.

Er blickte zurück auf den Berghang. Er war leer. Ohne Möglichkeit, die Verluste unter den Kriegern abzuschätzen, brüllte Maggrig: »Pallides kehrt!«

Die Überlebenden machten auf der Stelle kehrt und eilten in die Berge. Mit Triumphgeheul setzten die Aenir ihnen nach. Auf halbem Wege zum Wald blickte Maggrig nach links und rechts. Etwa fünfhundert waren noch bei ihm.

»Auf sie! Auf sie! Auf sie!« brüllte er. Beim Klang ihres Schlachtrufes schwenkten die Pallides wieder herum und warfen sich auf die Verfolger. In ihrem Eifer, den Feind einzuholen, hatten die Aenir ihre dichte Kampfformation aus dem Tal verloren. Die schnellsten von ihnen hatten großen Abstand vor ihren Kameraden, und dafür zahlten sie mit ihrem Leben.

»Pallides kehrt!« schrie Maggrig erneut, und der Clan machte kehrt und rannte in die relative Sicherheit des Waldes.

Die Aenir blieben ihnen auf den Fersen. Ein Krieger in vorderster Reihe schrie plötzlich auf, seine Finger umklammerten einen schwarzgefiederten Pfeil, der in seiner Kehle steckte. Ein weiterer starb, und noch einer. Die Aenir wichen zurück, als der Tod aus der Dunkelheit des Waldes kam.

Innerhalb weniger Minuten schickte Maggrig seine Männer vor, um den übrigen Clan einzuholen, dann winkte er Intosh zu sich. Gemeinsam bahnten sie sich ihren Weg zu den Bogenschützinnen, die am Waldrand auf der Lauer lagen.

»Gut gemacht, Adugga«, sagte Maggrig, als eine dunkelhaarige Frau sich vor ihm erhob. »Das war gut überlegt.«

»Es wird sie nicht lange aufhalten. Sie werden uns einkesseln.«

»Bis dahin sind wir lange fort. Sie sind vielleicht gute Krieger, aber uns werden sie nicht kriegen.«

»Mag sein, Jagdherr. Aber wohin wollen wir gehen?« fragte Adugga.«

»Zu den Farlain.«

»Erwartest du, daß wir dort freundlich aufgenommen werden?« fragte Intosh.

»Wenn ich mich nicht irre, werden die Aenir vor uns bei ihnen sein.«

»Warum gehen wir dann dorthin?«

»Mein Sohn Caswallon hat einen Plan. Wir haben oft darüber gesprochen, und in diesem Augenblick scheint er die beste Hoffnung zu sein, die wir haben. Wir gehen zum Attafoss.«

Maggrig trat vor, bog das Gebüsch auseinander und blickte auf das brennende Tal hinunter. Die Aenir saßen auf dem Hang knapp außer Schußweite. »Sie warten auf die Morgendämmerung«, sagte Maggrig, »und das wird nicht mehr lange dauern. Laßt uns gehen.«

Im ersten Tal Farlains wurde Caswallon noch vor Tagesanbruch durch wildes Hämmern an der Tür geweckt. Er rollte sich aus dem Bett und rannte die Treppe hinunter.

Taliesen stand vor der Tür. Der alte Mann lehnte sich mit rotem Gesicht und völlig außer Atem auf seinen Stab. Als er wieder Luft bekam, packte er Caswallon am Arm.

»Die Aenir kommen! Die Zeit zum Handeln ist jetzt da.«

Caswallon nickte und rief nach Maeg, damit sie Donal anzöge, anschließend half er dem Druiden in die Küche und hieß ihn sich vor den Kamin zu setzen. Dann nahm Caswallon sein Kriegshorn von der Wand und trat in den Hof hinaus.

Dreimal hallten die schaurigen Töne durchs Tal. Dann ertönte Antwort aus zahlreichen Häusern, und das Signal wurde aufgenommen und weitergegeben, bis es auch die letzten Kleinbauern in den äußeren Tälern erreichte. Männer und Frauen strömten aus ihren Häusern zum Spielfeld, die Männer trugen Bögen und hatten ihre Schwerter umgeschnallt, die Frauen brachten Proviant und Wolldecken.

Caswallon öffnete die Holztruhe, die an der Wand in der Küche stand. Daraus nahm er ein Kettenhemd und ein Kurzschwert. Rasch zog er das Kettenhemd über seine Tunika und schnallte sich das Schwert um. Dann nahm er das Kriegshorn, band es an seinem Wehrgehänge fest und rückte es zurecht.

»Wie lange haben wir noch, Taliesen?«

»Vielleicht eine Stunde. Vielleicht weniger.«

Caswallon nickte. Maeg kam mit Donal auf dem Arm die Treppe herunter, und alle vier verließen das Haus. Caswallon lief voraus zu dem Platz, an dem sich Hunderte verwirrter Clanangehöriger versammelten.

Leofas sah ihn und winkte, als Caswallon sich zu ihm durchdrängte. »Was ist los, Caswallon?«

»Die Aenir sind da. Sie haben Farlains Grenzen überschritten.«

»Woher weißt du das?«

»Von Taliesen. Er ist da hinten bei Maeg.«

Caswallon half dem Druiden durch die Menge zur Kuppe eines niedrigen Hügels bei der Wiese, die als Hauptarena bekannt war. Der alte Mann hob die Arme, um Ruhe zu gebieten.

»Die Aenir haben heute nacht die Haesten und die Pallides angegriffen«, sagte er. »Bald werden sie hier sein.«

»Woher weißt du das, alter Mann?« fragte Cambil und stapfte den Hügel hinauf. Sein Gesicht war krebsrot vor Zorn. »Vielleicht ein Traum? Die Vision eines Druiden?«

»Ich weiß es, Jagdherr. Das muß dir genug sein.«

»Genug. Genug, um uns zu sagen, daß in zwei Tagesmärschen Entfernung eine Schlacht stattfindet. Bist du verrückt?«

»Es ist mir egal, woher er es weiß«, sagte Caswallon. »Wir haben nicht einmal mehr eine Stunde, um unser Volk in die Berge zu bringen. Wollen wir stattdessen hier die ganze Nacht stehen und reden?«

»Das ist doch schierer Unsinn«, rief Cambil, sich an die Menge wendend. »Warum sollten die Aenir uns angreifen? Sollen wir vielleicht diesem alten Mann glauben? Kann einer von uns sehen, was bei den Pallides geschieht? Und wenn die Aenir sie angegriffen haben? Das ist Sache der Pallides. Ich habe Maggrig gewarnt, daß er Asbidag gegenüber nicht so starrköpfig sein soll. Und jetzt genug von diesem Unsinn, gehen wir nach Hause und ins Bett.«

»Wartet!« rief Caswallon, als die Männer sich zu regen begannen. »Wenn der Druide unrecht hat, werden wir es im Laufe des Vormittags wissen, das einzige, was wir uns dann eingebrockt haben, ist eine Nacht auf einem feuchten Berg. Wenn er recht hat, können wir dieses Tal nicht verteidigen. Wenn Maggrig und Laric überfallen wurden, wie Taliesen sagt, dann müssen die Aenir die Farlain angreifen.«

»Ich bin auf deiner Seite, Caswallon«, rief Leofas.

»Ich auch«, rief Badraig. Andere nahmen den Ruf auf, jedoch nicht alle.

Diskussionen entzündeten sich, Streitereien folgten. In seiner Verzweiflung stieß Caswallon noch einmal in sein Kriegshorn. In der folgenden Stille erklärte er: »Es ist keine Zeit mehr zum Reden. Ich gehe jetzt in die Berge. Wer mir folgen will, kann das tun. Den anderen kann ich nur sagen, ich bete, daß ihr recht habt.«

Cambil hatte sich bereits auf den langen Heimweg gemacht, eine Schar anderer folgte ihm. Caswallon führte Maeg und Taliesen vom Hügel herunter durch die Menge.

Ihnen schlossen sich Leofas, Layne, Lennox, Badraig und viele andere an.

»Ach, was macht schon eine Nacht in den Bergen aus?« hörte er jemanden sagen, und seine Schar wuchs an. Er sah sich nicht um, aber sein Herz war schwer, als sie den Wald erreichten. Von den dreitausend Menschen im ersten Tal waren ihm mehr als zweitausend gefolgt. Viele von den anderen standen noch immer auf dem Spielfeld, andere gingen zurück nach Hause.

In diesem Augenblick flackerte am östlichen Horizont ein Ring flammender Fackeln auf.

Cambil, der sein Haus schon fast erreicht hatte, blieb stehen und starrte dorthin. Die Hänge im Osten wimmelten vor bewaffneten Männern. Er musterte sie prüfend. In der Mitte saß auf einem schwarzen Pferd ein Mann in schwerer Rüstung und gehörntem Helm. Cambil erkannte den Anführer der Aenir und verfluchte ihn.

»Mögen die Götter uns schützen«, flüsterte Agwaine, der zu seinem Vater gelaufen war.

Cambil wandte sich zu ihm. »Geh weg hier. Sofort! Schließ dich Caswallon an. Sag ihm, es tut mir leid.«

»Nicht ohne dich, Vater.«

Cambil schlug ihm heftig ins Gesicht. »Bin ich nicht der Jagdherr? Gehorche mir. Und paß auf deine Schwester auf.«

Auf dem Berg hob Asbidag den Arm, und die Aenir griffen an und erfüllten die Nachtluft mit schrillen Schreien, die ihren Haß vor sich hertrieben wie eine unsichtbare Mauer. Es traf Cambil ins Herz, und er wurde bleich. »Geh endlich!« schrie er und stieß Agwaine von sich.

Agwaine wich einen Schritt zurück. Es gab so viel, was er sagen wollte. Aber sein Vater hatte sein Schwert gezogen und rannte ins Tal, den Aenir entgegen. Agwaine machte kehrt und lief nach Westen. Tränen rannen ihm über die Wangen.

Auf dem Mittelfeld zogen Hunderte von Unentschlossenen ihre Schwerter, um ihren belagerten Freunden und Verwandten zu Hilfe zu eilen, doch Caswallons Kriegshorn hielt sie auf. »Ihr könnt nichts für sie tun!« schrie er verzweifelt. »Kommt mit uns!«

Das Tal war voller Aenir-Krieger. Feuer loderte aus den nächsten Häusern. Die Menschen auf dem Mittelfeld waren hin- und hergerissen zwischen dem Wunsch, ihren Kameraden zu helfen und ihrem Bedürfnis, die Frauen und Kinder an ihrer Seite zu schützen. Die engeren Liebesbande gewannen die Oberhand, und die Menge stürmte den Berg hinauf.

Cambil rannte mit dem Schwert in der Hand den Hang hinunter und blinzelte die Tränen der Scham fort, die ihm in die Augen traten. Erinnerungen drängten an die Oberfläche – unfreundliche, häßliche Bilder. Maggrig, der ihn bei den Spielen einen Narren nannte. Taliesens verächtlicher Blick. Und vor langer Zeit, das grausamste von allen, sein Vater Padris, der ihm sagte, er wäre es nicht wert, auch nur Caswallons Mantel zu säubern.

Er hastete den grasbewachsenen Hügel hinunter. Die Aenir-Armee hatte einen gewaltigen Schwenk gemacht, wie ein riesiges Hufeisen, um die Umzingelung der Verteidiger zu beginnen, die mit grimmiger Miene und Schwertern in den Händen warteten.

Cambil wurde schneller. Noch hundert Schritte, und er konnte gemeinsam mit den Menschen sterben, die er liebte, den Menschen, die er durch seine Dummheit verraten hatte. Zumindest hatte der Feind den Auszug unter Caswallons Führung nicht gesehen.

Atemlos und der Erschöpfung nahe, schloß sich Cambil dem Kreis an und stellte sich neben den Ratsherrn Tesk. »Es tut mir … so leid«, sagte der Jagdherr.

Tesk zuckte die Achseln. »Wir alle machen Fehler, Cambil, mein Junge. Aber ich warne dich – noch einmal stimme ich wahrscheinlich nicht für dich.« Der ältere

Mann schob Cambil sanft nach hinten in den Kreis. »Komm erst mal wieder zu Atem, und dann kommst du später wieder zu mir.«

Grinsend rückte Tesk seinen Schild zurecht und richtete seinen Blick auf die kreischende Horde, die nun fast bei ihnen war. Er konnte jetzt ihre Gesichter erkennen, spürte ihre Blutlust wie einen bösen Windhauch.

»Die Sterne leuchten, Farlain!« schrie er. »Eine schöne Nacht zum Sterben!«

Die Aenir brachen über sie herein wie Wogen an den Strand, und das Sterben begann. Doch zuerst waren es die funkelnden Klingen der Farlain, die dem Feind zusetzten, und viele Aenir schrien verwundet und sterbend, wenn sie unter die Stiefel ihrer Kameraden gerieten.

Cambil drängte sich an Tesks Seite, alle Angst fiel von dem Jagdherrn ab. Die Zweifel flohen und zerstoben wie Sommerwolken. Endlich fand er Ruhe, und der Schlachtenlärm war ihm fern. Ein seltsames Gefühl der Entrückung überkam ihn, und er schien sich selbst zu beobachten, wie er um sich hieb und schlug, und er hörte das Lachen aus seinem eigenen Munde, als ob es von einem Fremden käme.

Sein Leben lang hatte er die innere Qual der Ungewißheit gekannt. Die Unzulänglichkeit hing an ihm wie ein Schatten. Jetzt war er frei. Eine Axt drang ihm in die Brust, aber er spürte keinen Schmerz. Er tötete den Axtkämpfer und zwei weitere, ehe seine Beine nachgaben und er zu Boden ging. Er drehte sich auf den Rücken, fühlte, wie die Wärme des Lebens aus der Wunde rann.

Endlich hatte er Erfolg gehabt, das wußte er jetzt. Ohne sein Opfer hätte Caswallon niemals die Zeit gehabt zu entkommen.

»Ich habe etwas richtig gemacht, Vater«, flüsterte er.

»Bogenschützen zu mir!« schrie Caswallon. Neben ihm stand der silberhaarige Krieger Leofas mit seinen Söhnen Layne und Lennox. »Leofas, du führst den Clan nach Attafoss. Schick Späher in weitem Bogen aus, denn es wird nicht lange dauern, bis die Aenir Jagd auf uns machen. Geht jetzt!«

Der Clan begann, in den Wald zu marschieren, gerade als die Sonne über die Gipfel im Osten stieg. Viele Blicke wurden zurück auf die kleine Gruppe von Kämpfern geworfen, die vom Feind umringt waren, und die Augen, die das sahen, brannten vor Schuld und Scham.

Dreihundert Bogenschützen scharten sich um Caswallon. Jeder hatte zwei Köcher mit vierzig Pfeilen bei sich. Sie schwärmten entlang des Waldrandes aus, versteckt hinter Büschen, dichtem Gestrüpp und Heide.

Als das Tageslicht zunahm, beobachtete Caswallon das letzte Aufbäumen der umzingelten Clanbrüder. Er konnte Cambil unter ihnen erkennen, der tapfer kämpfte, auch ein paar der Frauen hatten Schwerter und Dolche in den Händen. Und dann war es vorbei. Der Schwertkreis brach, und die Aenir stürzten sich auf sie, hieben und hackten, bis endlich keiner der Verteidiger sich mehr rührte.

Asbidag ritt ins Tal hinunter und nahm seinen Helm ab. Er rief seine Hauptleute zu sich.

Caswallon konnte die Befehle, die er erteilte, nicht hören, doch er konnte sie erraten, denn die Augen der Aenir wandten sich nach Westen, und die Armee nahm ihre Waffen und rannte auf die Berge zu.

»Nicht eher schießen, als ich es tue«, rief er den verborgenen Schützen zu. Caswallon legte einen Pfeil auf die Sehne, als die Aenir sich am Fuß des Berges verteilten. Sie rückten vorsichtig vor, viele schoben die Visiere ihrer Helme hoch, um den Feind besser entdecken zu können. Caswallon grinste. Er suchte sich einen hageren, wölfischen Krieger in der Mitte der vorrückenden Linie aus und spannte den Bogen. Der Pfeil zischte durch die Luft und traf den Krieger in die Stirn.

Die Aenir rückten vor … In einen schwarzen Pfeilhagel des Todes. Hunderte fielen innerhalb weniger Schritte, der Angriff geriet ins Stocken und verebbte, die feindlichen Krieger zogen sich außer Schußweite zurück.

Caswallon trat aus seinem Versteck und setzte sich. Er legte seinen Bogen neben sich, öffnete seinen Beutel, holte ein Stück dunkles Brot hervor und begann zu essen, während er die durcheinanderlaufenden Krieger beobachtete.

Angestachelt durch diese schweigende Verhöhnung, griffen sie erneut an. Ruhig legte Caswallon sein Brot zurück in den Beutel, legte einen Pfeil auf den Bogen, schoß und grinste, als er einen untersetzten Krieger in die Brust traf.

Die Aenir stürmten geradewegs in einen zweiten Hagel von Pfeilen, der ihre Reihen lichtete und sie aufhielt. Caswallon, der noch immer sorgfältig schoß, schob sich zurück ins Gebüsch, wo er außer Sicht war. Die Aenir flohen erneut, und ließen einen Berg von Toten zurück.

Ein junger Bogenschütze namens Onic kroch durch den Ginster zu Caswallon. »Wir haben fast keine Pfeile mehr«, flüsterte er.

»Dann sag allen, sie sollen sich zurückziehen«, sagte Caswallon.

Im Tal unten ging Asbidag zwischen den Toten umher und blieb neben Cambils Leichnam stehen. »Schlag ihm den Kopf ab und steck ihn auf einen Speer vor seinem Haus«, befahl er seinem Sohn Tostig. Der Herrscher der Aenir schnallte seine Brustplatte ab und reichte sie einem Krieger mit grimmigem Gesicht. Dann sah er sich um, sein Blick wanderte über den Wald und die dünn mit Schnee bedeckten Gipfel in der Ferne.

»Mir gefällt diese Gegend«, sagte er. »Ich habe ein gutes Gefühl hier.«

»Aber die meisten Farlain sind entkommen, Vater«, sagte Tostig.

»Entkommen? Wohin? Da draußen ist nichts als Wildnis. Heute abend wird Drada hier sein, nachdem er mit den Haesten fertig ist. Ongist wird die Pallides vernichten und die Überlebenden nach Westen, direkt in unsere Arme treiben. Sobald sie alle erschlagen sind, führen wir unsere Männer in die Wildnis und vollenden unsere Aufgabe – das heißt, wenn Barsa es nicht tut, ehe wir ankommen.«

»Barsa?«

»Er ist bereits mit zweitausend walderfahrenen Kriegern aus dem Süden im Westen. Sie nennen sich Waldwölfe, und, bei Vatan, sie sind diesen zusammengewürfelten Haufen von stinkenden Clanwilden ebenbürtig.«

»Wir haben keine Frauen genommen«, beklagte sich Tostig. »Die meisten der jungen Frauen haben sich selbst das Leben genommen. Miststücke!«

»Drada bringt sicher Frauen mit. Mach dir keine Sorgen.«

Asbidag begann wieder, zwischen den Toten herumzugehen und drehte die Frauen und jungen Mädchen um. Endlich stand er auf und ging zu Cambils Haus.

»Wen suchst du?« fragte Tostig, der ihn begleitete.

»Cambils Tochter. Haare wie Gold, ein kluges Mädchen. Unverdorben. Mir gefiel nicht, wie sie mich ansah. Und ich hatte dir doch befohlen, Cambils Kopf auf einen Speer zu stecken!«

Tostig erbleichte und wich zurück. »Sofort, Vater«, stammelte er, rannte zurück zu den Toten und zog sein Schwert.

Durk der Farlain war als mürrischer Einzelgänger bekannt. Er hatte keine Freunde und hatte beschlossen, sein Leben im Hochland westlich des Tals zu verbringen, wo er sich ein kleines Haus aus Holz und grauem Stein baute, um dort ein Leben in erwarteter Einsamkeit zu führen. Durk war immer schon allein gewesen, und selbst als Kind hatte er sich von Gleichaltrigen ferngehalten. Es lag nicht daran, wie er wußte, daß er Menschen nicht mochte, sondern eher daran, daß er kein Mann des Wortes war. Er hatte nie gelernt, sich an Gesprächen zu beteiligen. Menschenmengen machten ihn nervös, immer schon, und er mied die Tanzveranstaltungen und Feste. Die Mädchen fanden ihn verdrießlich und wenig gesprächig, die Männer hielten ihn für abweisend und überheblich. Mit jedem Jahr fühlte sich der junge Mann weiter von seinen Kameraden entfernt. Das schmerzte Durk, wenn er auch wußte, daß die Schuld in seinem eigenen, schüchternen Wesen lag.

Aber jener erste Winter allein hatte ihn fast verhungern lassen, bis sein Nachbar Onic ihn mit Caswallons nächtlichen Überfällen in benachbarte Ländereien bekannt machte.

Zu Anfang hatte Durk Caswallon nicht gemocht. Es war leicht zu verstehen, warum: sie waren wie Tag und Nacht, Sommer und Winter. Wo Caswallon schnell lächelte und oft scherzte, blieb Durk mürrisch gegenüber Fremden und schweigsam gegenüber seinen Gefährten.

Doch Caswallon für seinen Teil schien Durks Gesellschaft zu mögen, und nach und nach drang seine offene, freundliche Art durch die harte Schale des Kleinbauern.

Durch Caswallon lernte Durk Kareen kennen, die sanfte Haustochter, und hatte sich, gegen seinen Willen, in sie verliebt. Das unglaublichste Glück, das das Schicksal dem Hochländer mit dem dunklen Bart bescherte, war Kareens Einwilligung, ihn zu heiraten.

Sie machte aus seinem schäbigen Häuschen ein gemütliches Heim und sein Glück vollständig, als sie schon im ersten Monat ihrer Ehe schwanger wurde. Mit ihr lernte Durk über seine eigenen Fehler zu lachen, und seine Schüchternheit verlor sich. Bei ihrer Hochzeit hatte er sogar mit ein paar von Kareens Freundinnen getanzt. Lachen und Freude hatten ihn eingehüllt und ihn zurück an den Busen des Clans geholt, um die Leere in seinem Herzen zu füllen.

Vor vier Tagen, im achten Monat, war Kareen ins Tal zurückgekehrt, um ihr Kind im Haus von Larcia, der Frau des Ratsherrn Tesk und Hebamme der Farlain, zu bekommen.

Doch in der vergangenen Nacht hatte Durk die Kriegshörner gehört und war voller Angst ins Tal aufgebrochen. Beim ersten Licht des Tages hatte er die Reihe der fliehenden Clanangehörigen getroffen.

Tesk war nicht bei ihnen.

Caswallon war ihm entgegengelaufen und hatte ihn von den anderen fortgeführt. Dann hatte Durk die Nachricht erhalten, die sich wie eine Axt in sein Herz bohrte. Tesk war mit Cambil und annähernd achthundert anderen gestorben. Kareen war unter ihnen. Caswallon hatte sie zum Schluß in dem Kreis gesehen, ein Jagdmesser in der Hand, als die Aenir über sie herfielen.

Durk fragte nicht, warum der Rest des Clans nicht zurückgelaufen war, um mit ihnen zu sterben, obwohl er es gerne getan hätte.

»Komm mit uns«, bat Caswallon.

»Ich glaube nicht, mein Freund«, antwortete Durk.

Caswallon senkte den Kopf, in seinen Augen stand Kummer. »Tu, was du tun mußt, Durk. Mögen die Götter mit dir sein.«

»Und mit dir, Caswallon. Jetzt bist du endlich der Anführer.«

»Ich wollte das nicht.«

»Nein, aber du bist dafür geeignet. Warst es immer schon.«

Jetzt stand Durk am Waldrand und blickte ins Tal hinunter, an den zerstörten Häusern und den Zelten der Aenir vorbei zu dem Berg von Toten auf der Wiese.

Er verließ den Wald und begann den langen Marsch zu seiner Frau.

Zwei Aenir-Krieger sahen ihn kommen. Sie standen auf und ließen ihr Essen stehen, um ihm entgegenzutreten. Er bewegte sich so gelassen, als ob er einen Morgenspaziergang machte. Konnte er ein Bote sein, der Frieden suchte? Oder einer von Barsas Wald-Wölfen, gekleidet nach Clan-Art?

»Du da!« rief der erste und hob die Hand. »Warte!«

Die Hand verschwand in einem roten Sprühnebel, als Durks Schwert durch die Luft sauste. Der nächste Hieb spaltete dem Mann den Hals. Während er ins Gras sank, zog der zweite sein Schwert und sprang vor. Durk duckte sich unter einem zischenden Hieb und schlitzte ihm den Bauch auf.

Dann ging er weiter. Kareen war keine Schönheit gewesen, aber ihre Augen waren sanft und freundlich, und ihr Mund schien immer zu lächeln, als ob das Leben einen geheimen Zauber bereithielt, dessen Geheimnis sie allein kannte.

Im Tal gingen die Krieger der Aenir herum, aßen, tranken und erzählten Geschichten. Die Invasion war gut verlaufen, und sie hatten nur wenige Verluste erlitten, bis auf die vergangene Nacht, als sie auf den wütenden Schwertkreis des Clans getroffen waren. Wer hätte schon geglaubt, daß ein paar hundert Männer und Frauen einen solchen Kampf liefern würden?

Durk ging weiter.

Niemand hielt ihn auf oder schien ihn auch nur zu bemerken, als er zu dem Berg von Toten ging und nach Kareen zu suchen begann. Er fand sie in der Mitte, unter dem kopflosen Leichnam von Cambil. Sanft zog er sie hervor und versuchte, ihr das Blut vom Gesicht zu wischen, doch es war getrocknet und wollte nicht abgehen.

Inzwischen hatte er das Interesse von fünf Kriegern geweckt, die herbeikamen, um ihn zu beobachten. Durk fühlte ihre Blicke und legte Kareen auf die Erde. Er stand auf und ging auf sie zu, seine Miene war ausdruckslos, seine dunklen Augen musterten sie.

Sie machten keine Anstalten, ihre Schwerter zu ziehen, bis er fast bei ihnen war. Es war, als ob seine ruhigen, gelassenen Bewegungen einen Bann auf sie legten …

Durks Schwert fuhr aus der Scheide …

Und der Bann brach.

Die Aenir tasteten nach ihren Klingen, während Durks Schwert auf sie hinuntersauste. Der erste fiel schreiend, der zweite taumelte rücklings, aus seiner Kehle spritzte Blut. Der dritte starb, als er auf Knien ungläubig den blutenden Stumpf seines Schwertarms betrachtete. Der vierte hämmerte Durk sein Schwert in die Seite, dann fiel er sterbend zurück, nachdem Durk die tödliche Wunde ignorierte und ihm mit einem Rückhandhieb die Kehle aufschlitzte. Der fünfte wich zurück und schrie um Hilfe.

Durk taumelte und blickte auf die Wunde in seiner Seite nieder. Blut floß heraus, durchnäßte seine Beinlinge und sammelte sich um seine Füße. Weitere Aenir-Krieger rannten herbei und blieben stehen, um den sterbenden Clanangehörigen anzustarren.

»Kommt schon, ihr Frauentöter! Stellt euch einem Mann!« knurrte er.

Ein Krieger rannte mit erhobenem Schwert auf ihn zu. Verächtlich wehrte Durk seinen wilden Hieb ab und stieß dem Mann sein eigenes Schwert in den Bauch.

Durk begann zu lachen, dann mußte er plötzlich husten und taumelte. Blut stieg ihm in die Kehle, er spie es aus.

»Ihr elenden Hurensöhne«, sagte er. »Krieger? Ihr seid wie eine Herde von Schafen mit Fangzähnen.«

Er ließ sein Schwert fallen, machte kehrt, taumelte zu Kareens Leiche zurück und sank neben ihr nieder. Er hob ihren Kopf.

Ein Speer durchbohrte seinen Rücken, und er bäumte sich heftig auf.

Sein Blick verschwamm, das letzte, was er sah, war Kareens Gesicht.

»Es tut mir so leid«, sagte er. »Ich hätte hier sein sollen.«

Orsa blickte auf den Toten nieder, dann zog er ihm den Speer aus dem Rücken.

»Er war verrückt«, murmelte ein Krieger hinter ihm.

»Er war ein Mann«, sagte Orsa, drehte sich um und schob sich durch die Menge.

Die Aenir scharten sich noch eine Weile um die Toten, dann kehrten sie zurück zu ihren Mahlzeiten.

»Er war ein guter Schwertkämpfer«, sagte ein hagerer, wölfischer Krieger .

»Er war ein Dummkopf«, meinte ein zweiter und nahm einen Weinschlauch zur Hand.

»Er war ein Berserker«, sagte der erste.

»Unsinn. Wir alle wissen, was mit einem Berserker geschieht – er wird wahnsinnig und greift in wilder Wut an.«

»Nein, das ist es, was wir tun. Die Clans sind anders. Sie werden kalt und tödlich, wo wir hitzig werden. Aber die Wirkung ist dieselbe. Es ist ihnen egal.«

»Fängst du jetzt an zu denken, Snorri?«

»Dieses Land hier bringt einen zum Denken«, sagte Snorri. »Seht euch doch nur um. Würdet ihr nicht auch für so ein Land sterben wollen?«

»Ich will für gar kein Land sterben. Für eine Frau, vielleicht. Aber nicht für Dreck.«

»Hat dir die Clanfrau, die du gestern abend genommen hast, Spaß gebracht?«

»Halt dein stinkendes Maul!«

»Sie hat sich umgebracht, wie ich höre.«

»Ich sagte, halt's Maul!«

»Ruhig, Bemar! Kein Grund, die Beherrschung zu verlieren.«

»Es ist dieser Ort, er geht mir unter die Haut. Ich wußte, es würde nicht einfach. Ich spürte es in meinen Knochen. Hast du den Blick in den Augen dieses Kerls gesehen? Als ob er dachte, wir wären nichts. Eine Herde von Schafen mit Zähnen! Es wäre zum Lachen gewesen, aber er hatte gerade sieben Männer getötet. Sieben!«

»Ich weiß«, sagte Snorri. »Vergangene Nacht mit ihrem Schwertkreis war es dasselbe. Es war, als ob man sich gegen eine Felswand warf. Sie wichen keinen Zentimeter, zeigten keinerlei Furcht. Dieser Späher, den Ongist fing und an den Baum nagelte – er hat keinen Laut von sich gegeben, uns nur finster angestarrt, als wir ihm die Rippen öffneten. Vielleicht sind es überhaupt keine Menschen.«

»Was soll das denn nun heißen?« fragte Bemar mit gesenkter Stimme.

»Dieses Hexenweib, Agnetha. Sie kann Menschen in Tiere verwandeln. Vielleicht sind die Clans alles Tiere, die in Menschen verwandelt sind.«

»Das ist doch albern.«

»Sie handeln aber nicht wie Menschen«, wandte Snorri ein. »Hast du jemals einen von einem Clan betteln hören? Hast du auch nur davon gehört?«

»Sie sterben wie Männer«, sagte Bemar.

»Ich glaube, sie sind mehr als das. Ihr habt Asbidags Befehl gehört. Kein Mann, keine Frau, kein Kind darf am Leben bleiben. Keine Sklaven. Nur Tote. Kommt euch das nicht seltsam vor?«

»Ich will nicht darüber nachdenken. Und ich will nicht darüber reden«, murmelte Bemar und warf den Weinschlauch beiseite.

»Wolfsmenschen, das ist es, was sie sind«, flüsterte Snorri.

Caswallon sah hilflos zu, wie Durk zurück ins Tal marschierte. Er wußte, daß sein Kamerad den Tod suchte, und er konnte es ihm nicht einmal verübeln. Kareen war sein Leben gewesen, seine Freude. Genauso wie Maeg alles für Caswallon war.

Der Clan zog weiter, und Caswallon nahm seinen Platz an der Spitze neben Leofas ein. Kätner aus entlegeneren Gegenden schlossen sich ihnen im Laufe des Tages an, und viele Fragen wurden dem neuen Anführer gestellt.

Wo gingen sie hin? Was sollten sie tun? Was war mit der Schwester des einen geschehen? Was mit dem Bruder des anderen? Warum hatten sie nicht kehrt gemacht und gekämpft? Warum hatten die Aenir angegriffen? Wo war Cambil? Wer hatte Caswallon gewählt?

Caswallon verlor die Geduld, ehe die Nacht hereinbrach, stürmte davon und rannte einen nahegelegenen Hügel hinauf. Die Sonne beschien die Täler der Farlain und tauchte sie in blutiges Rot. Caswallon sank zu Boden und starrte auf die fernen Gipfel des High Druin.

»Es ist alles eine Lüge«, sagte er leise. Dann begann er zu kichern. »Du hast eine verdammte Lüge gelebt.«

Armer Cambil. Armer, einsamer Cambil.

»Du hättest mich nicht fürchten müssen, Vetter«, sagte Caswallon in die zunehmende Dunkelheit. »Dein Vater wußte das, er war klüger als du.«

In der Nacht, bevor der junge Caswallon das Haus seines Stiefvaters für immer verlassen hatte, hatte Padris ihn mit auf die Nordweide genommen und ihm dort einen Mantel, einen Dolch und zwei Goldstücke geschenkt.

»Ich will dich nicht anlügen, Caswallon«, sagte Padris. Seine scharfen Augen blickten kummervoll. »Du warst eine Enttäuschung für mich. Ich habe dich wie meinen eigenen Sohn erzogen, und du hast große Gaben. Aber du bist nicht würdig. Du hast einen scharfen Verstand und einen starken Körper. Es wird dir gut gehen. Aber du bist nicht würdig. Du hast eine Furcht in dir, die ich nicht ausloten kann. Nach außen bist du tapfer genug, und du trägst deine Niederlagen wie ein Mann. Aber du bist nicht Clan. Es kümmert dich nicht. Was ist es, das du fürchtest?«

»Ich fürchte nichts«, hatte Caswallon geantwortet.

»Falsch. Jetzt sehe ich zwei Ängste. Die eine, die du verbirgst, und die Angst, sie zu zeigen. Geh in Frieden, Caswallon von Farlain.«

»Du hattest recht, Padris«, flüsterte Caswallon in den Himmel. »Dies ist es, was ich fürchtete. Ketten. Fragen. Verantwortung.«

Urteile über Landstreitigkeiten zu fällen, Streit über Vieh oder Schafe zu schlichten, über Diebstähle, widerspenstige Ehefrauen und untreue Ehemänner zu richten. Taschendiebe zu verurteilen, Titel zu vergeben, darüber zu befinden, ob ein verliebtes Paar eine passende Verbindung war und ihnen das Recht zu verleihen zu heiraten. Jedes kleine Problem ein zweischneidiges Schwert.

Und so hatte er die Wahlen gemieden.

Und was hatte es ihm genützt? Farlain war von Fremden besetzt, und Tausende in ganz Druin tot. Und was würde die Zukunft bringen?

Er fluchte, als er Schritte kommen hörte. Leofas ließ sich neben ihm nieder, schwer atmend. »Keine Anzeichen von Verfolgung«, sagte der alte Krieger.

»Gut.«

»Rede, mein Junge. Wirf die Last ab.«

»Die Last abwerfen wäre, wenn du die Führung übernähmst.«

»Das haben wir schon besprochen. Ich bin nicht der richtige Mann dafür.«

»Ich auch nicht.«

»Schscht, Junge! Red keinen Unsinn. Du machst deine Sache gut. Bis jetzt haben wir die meisten unserer Vettern gerettet, und mit ein bißchen Glück haben noch weitere zweitausend Kätner die Hörner gehört und sich in die Berge zurückgezogen.«

»Verdammt, alter Mann. Ich habe nie viel mit dir gestritten, und ich hätte es tun sollen. Du warst schon im Rat ehe ich geboren wurde. Du wirst geachtet, jeder würde dir folgen. Du bist die natürliche Wahl. Welches Recht hast du, dich deiner Verantwortung zu entziehen?«

»Überhaupt keins, Caswallon. Und das kannst du mir auch nicht vorwerfen. Ein Mann muß seine Stärken kennen, wenn er vorwärtskommen will, und seine Schwächen, wenn er überleben will. Ich weiß, was du durchmachst, aber glaube mir, du bist der beste Mann, den wir haben. Ich gebe zu, daß du einen schlechten Jagdherrn abgeben würdest, dir fehlt die Beziehung dazu. Aber das hier ist Krieg. Mit Glück wird es eine kurze, scharfe Angelegenheit, und du bist der Mann, das zu planen. Stell es dir als einen Riesenraubzug vor. Bei den Göttern, Mann, darin warst du doch nun wirklich gut.«

»Aber es ist kein Raubzug«, fauchte Caswallon. »Ein Fehler, und wir verlieren alles.«

»Ich habe nicht gesagt, es wäre einfach.«

»Das stimmt allerdings.«

»Du vertraust doch Taliesen, oder nicht?«

»Ja.«

»Nun, er sagte, du wärst der einzige Mann, der imstande sei, aus diesem katastrophalen Anfang einen Sieg zu machen. Und ich glaube ihm.«

»Ich wünschte, ich hätte deine Zuversicht.«

»Gerade, daß du sie nicht hast, überzeugt mich«, sagte Leofas und schlug ihm auf die Schulter. »Ich sage das nur einmal, mein Junge, denn mir gehen Komplimente nicht leicht über die Lippen. In dir sind Edelmut und eine Stärke, von der du noch gar nichts ahnst. Daß du Gaelen gerettet hast, hat mir das gezeigt. Das war eine feine, gute Sache. Aber mehr noch, wenn ich mich daran erinnere, wie wir das Ungeheuer jagten. Du hast Cambil in dieser Nacht wieder aufgerichtet, als seine Angst um seinen Sohn ihn zu entmannen drohte, und mitten unter

Männern, die dich verabscheuten, warst du es, dem sie nach Norden folgten. Als die Königin im Sterben lag und phantasierte, warst du es, der tröstende Worte für sie fand. Du hast den Sieg bei den Spielen geplant, und wiederum du warst es, der uns aus dem Tal herausgebracht hat.

Also sitz nicht hier und beklage dein Schicksal. Du bist, was du sein solltest: Kriegsherr der Farlain. Habe ich mich klar genug ausgedrückt?«

»Ich hätte schon vor zehn Jahren mit dir reden sollen«, sagte Caswallon. »Vielleicht wäre ich dann anders geworden.«

»Vor zehn Jahren hättest du mir noch nicht zugehört. Damals warst du völlig damit beschäftigt, herumzuhuren und zu stehlen.«

»Waren aber schöne Tage«, sagte Caswallon grinsend.

»Tu nicht, als würdest du mir damit ein Geheimnis verraten. Ich habe schon herumgehurt und gestohlen, als du noch gar nicht geboren warst. Und ich habe es wahrscheinlich besser gemacht!«

Gaelen erwachte, drehte sich auf den Rücken und rieb sich die Augen. Die Nacht war still, nur in den Bäumen bewegten sich Fledermäuse, im Unterholz zur Linken huschten Dachse umher. Dies waren Geräusche, die er gut kannte. Aber etwas anderes war durch seine Träume gedrungen und hatte ihn geweckt. Er war etwas benebelt, durcheinander. Ihm schien, als wären es Hörner gewesen, die in der Nachtluft weit entfernt klangen.

Aber jetzt war alles still, als Gaelen sich aufsetzte und sich umsah. Render war fort, auf der Suche nach seinem Abendessen, und das Feuer war in seinem Ring aus Steinen heruntergebrannt. Gaelen legte Holz nach, mehr um Licht zu haben als wegen der Wärme. Als die Flammen wieder loderten, schob er seine Decke zurück, stand auf und streckte sich. Er hatte Hunger. Der Himmel wurde allmählich heller, der Morgen war nicht mehr fern. Er nahm Bogen und Köcher und ging zum Waldrand. Von dort schaute er auf ein sanft abfallendes Feld hinab, das im schwindenden Mondlicht silbrig wirkte. Scharen von Kaninchen saßen dort und knabberten Gras und Klee. Gaelen sank auf die Knie und legte eine Sehne auf. Dann wählte er einen Pfeil und legte ihn auf die Sehne. Als er ein männliches Tier etwa zwanzig Schritt entfernt erspähte, schoß er. Als der Rammler fiel, verschwanden die anderen Kaninchen blitzschnell. Er kehrte zum Feuer zurück, häutete das Tier, nahm es aus und bereitete es zum Kochen vor. Render sprang mit blutigen Lefzen durch die Büsche und kauerte sich neben ihn. Er wartete hoffnungsvoll auf Reste.

Gaelen warf dem Hund die Eingeweide zu, der sich über seine zweite Mahlzeit in dieser Nacht hermachte. Als die Morgendämmerung den Himmel erhellte, dachte Gaelen an die Königin von Jenseits des Tores. Ihr Gesicht erschien ihm oft, manchmal im Traum, aber öfter noch, wenn er seinen Alltagsverrichtungen nachging. Sie war für ihn – für sie alle – gestorben, und Gaelen wünschte von ganzem Herzen, daß er es hätte wiedergutmachen können. Und was hatte sie gemeint, als sie versprach wiederzukommen?

Im Laufe des Vormittags wanderten Gaelen und Render einen bewaldeten Hang bergab, immer einem sprudelnden Bach folgend. Alle vierzig oder fünfzig Schritte schoß das Wasser über eine felsige Kante und wurde immer schneller auf seinem raschen Lauf ins Tal. Vögel sangen in den Bäumen, und am Ufer blühten rote Blumen. Hin und wieder, wenn sich zwischen den Bäumen eine Lücke auftat, blieb Gaelen stehen und betrachtete die Berge, die noch immer Schneehauben trugen, wie eine Reihe alter Männer. Gaelen wußte, daß er eigentlich schuldbewußt sein müßte, weil er so gemächlich ging und einen weiten Bogen nach Westen schlug, denn zu

Hause wartete reichlich Arbeit fürs Frühjahr auf ihn. Doch nachdem er den Winter über im Tal festgesessen hatte, brauchte er die Einsamkeit.

Der Schrei einer Frau tönte über die Lichtung. Render hob den Kopf und stieß ein tiefes Knurren aus. Gaelen hob rasch die Hand, mit der Handfläche nach oben, und der Hund schwieg. Der Schrei kam von rechts, hinter einem dichten Gestrüpp hervor. Gaelen zog vorsichtig sein Jagdmesser, ließ seinen Rucksack und seinen Bogen zu Boden gleiten und ging lautlos voran. Render tappte neben ihm her.

Sobald er in dem Dickicht war, konnte er noch andere Geräusche hören – das Zerreißen von Tuch, klatschende Laute, als ob jemand mit der flachen Hand zuschlagen würde. Tief geduckt kroch Gaelen vorwärts bis zum Rand des Gebüschs. Drei Aenir-Krieger hielten ein junges Mädchen am Boden fest. Zwei hielten ihre Arme, der dritte hockte über ihr, zerschnitt ihre Kleider mit einem Messer und riß sie ihr vom Körper.

Gaelen beruhigte den Hund und wartete. Er konnte das Gesicht des Mädchens nicht sehen, aber den Kleidern nach war sie eine Farlain. Die Aenir zogen sie nackt aus, dann spreizte einer ihr gewaltsam die Beine und fuhr sich mit der Hand an den Gürtel, um seine Hosen abzustreifen. In diesem Augenblick deutete Gaelen auf den Krieger, der das Mädchen festhielt.

»Töte!« zischte er. Render sprang vorwärts, mit drei Sätzen war er am Ziel, er knurrte wütend. Die drei fuhren herum und zogen ihre Messer. Renders gewaltige Kiefer schlossen sich um die Kehle seines Opfers, das Genick des Aenirs brach mit einem gräßlichen Knacken. Mit dem langen Jagdmesser in der Hand war Gaelen unmittelbar hinter dem Hund. Er sprang über das Tier, fegte einen wilden Hieb von dem zweiten Aenir beiseite, dann zog er dem Mann sein Messer übers Gesicht. Die Wange des Kriegers färbte sich rot, und er fiel zurück, wobei er sein

Messer fallen ließ. Gaelen warf sich vorwärts, um ihm sein Messer durch die Lederweste und die Rippen zu stoßen, aufwärts bis ins Herz. Der Mann riß vor Schock und Schmerz die Augen auf. Gaelen drehte die Klinge, um sie freizubekommen und trat ihn fort. Er wirbelte herum, gerade rechtzeitig, um einen Stoß von dem dritten Krieger zu parieren, der auf seinen Kopf gezielt hatte. Gaelen duckte sich, wich seitlich aus und stieß dem Mann sein Messer in die Lenden. Der Aenir schrie auf und stürzte. Gaelen zog sein Messer heraus und stieß es dem Mann in die Kehle, um seine Schreie abzuwürgen. Render, der noch immer knurrte, riß an seinem Opfer, obwohl der Mann schon längst tot war.

»Zurück!« zischte Gaelen. In der nachfolgenden Stille lauschte er angespannt. Zufrieden, daß die Aenir allein gewesen waren, lief er zu dem Mädchen.

Es war Deva. Ihr Gesicht war angeschwollen und blau angelaufen, ihre Lippen waren aufgeplatzt und bluteten. Sie war bewußtlos. Gaelen suchte zusammen, was von ihren Kleidern noch übrig war und hob das Mädchen auf seine Schulter. Dann machte er sich auf den Rückweg durch das Gebüsch zu seinem Gepäck und den mühevollen Weg bergan, wobei er sich auf den felsigen Pfaden und festerem Gelände hielt, wo er weniger Fußspuren hinterlassen würde.

Sein Atem ging stoßweise, als er den höchsten Punkt des Hanges erreichte, wo er in eine geschützte Lichtung abbog und Deva zu Boden gleiten ließ. Sie atmete regelmäßig. Ihr Hemd bestand nur noch aus Fetzen, und er warf es beiseite. Ihr Rock war zur Hälfte zerrissen. Er breitete den Stoff aus und schnitt eine Öffnung in die Mitte. Dann richtete er das Mädchen zu einer sitzenden Position auf und zog ihr den Rock über den Kopf. Er vergrößerte die Öffnung so lange, bis der Stoff über ihre Schultern glitt und wie ein Umhang bis auf die Knie fiel. Anschließend riß er ihr Hemd in Streifen und machte daraus einen Gürtel, den er ihr um die Taille band, dann legte er sie wieder hin.

»Sitz!« befahl er Render, und der Hund ließ sich neben dem Mädchen nieder. Gaelen nahm Bogen und Köcher und ging auf seiner Spur zurück zu dem Hang, kauerte sich ins Unterholz und suchte den Pfad ab.

Er hatte so viele Fragen. Wieso waren die Aenir so tief in Farlain-Gebiet? Was machte Deva allein in der Wildnis? Was für Menschen waren diese Krieger, die gekleidet waren wie Waldläufer und Jagdmesser wie die Clans hatten? Hatte der Krieg schon begonnen, oder waren es nur Späher? Wie viele durchkämmten noch diese Wälder? Er konnte keine dieser Fragen beantworten.

Er hatte heute Glück gehabt und gewartet, bis die Lust der Männer auf ihrem Höhepunkt war, ehe er sie angriff. Doch sobald der Feind die Leichen entdeckte, würden sie seine Fährte aufnehmen wie Wölfe die eines verwundeten Rehs. Von jetzt an würde er mehr als Glück brauchen, um zu überleben.

Er war mindestens zwei Tagesmärsche vom Tal entfernt, aber falls der Krieg begonnen hatte, war es sinnlos, nach Osten zu gehen. Falls nicht, machte es wenig Sinn, zum Attafoss zu gehen, der einen Tagesmarsch oder mehr nach Nordosten lag.

Bergab sah er eine Bewegung aufblitzen und zog sich ins Gebüsch zurück. Ein Mann tauchte auf, dann noch einer, dann eine Reihe von Kriegern mit Pfeil und Bogen. Sie schienen keiner Fährte zu folgen, doch wenn sie weiter auf dem Pfad blieben, würden sie die Toten finden. Gaelen wartete, bis die Reihe an ihm vorbei war und zählte sie dabei. Seine Verzweiflung wuchs, als er auf über hundert kam.

Das war kein Spähtrupp.

Er zog sich zurück, rannte zu der Lichtung, kniete neben Deva nieder, hob ihren Kopf und streichelte ihr sanft übers Gesicht. Sie erwachte mit einem Ruck und wollte aufschreien, doch seine Hand legte sich auf ihren Mund.

»Still, Deva, ich bin es, Gaelen!« zischte er. Sie sah ihn an, blinzelte und nickte. Er nahm die Hand weg.

»Die Aenir?« flüsterte sie.

»Tot. Aber es kommen noch mehr, wir müssen fort. Kannst du laufen?«

Sie nickte, und er half ihr auf die Füße. Er schulterte seinen Rucksack, nahm die Reste ihrer Kleidung und bat sie, auf ihn zu warten. Er ging zweihundert Schritt weit nach Osten, überquerte den Bach und hinterließ eine Spur auf einem schlammigen Uferstück. Dann hängte er einen Fetzen von Devas Hemd über einen Ginsterbusch. Zufrieden mit seiner falschen Spur, wandte er sich wieder nach Westen, wobei er sorgfältig nur über Steine und harten Boden ging, bis er wieder bei Deva auf der Lichtung anlangte.

»Gehen wir«, sagte er und wandte sich Richtung Attafoss.

Sie hatten fast einen Kilometer zurückgelegt, als die Hörner erklangen, die unheimlich in den Bergen widerhallten. »Sie haben die Toten gefunden«, sagte er grimmig. »Wir müssen uns beeilen.«

Den ganzen langen Nachmittag hindurch führte Gaelen sie immer höher in die Berge. Er blieb oft stehen, um zurückzuschauen und hielt sich immer in Deckung. Deva stolperte hinter ihm her, noch immer schockiert nach ihrem knappen Entkommen, aber beeindruckt von der autoritären Art, in der Gaelen die Führung übernahm. Er zeigte keine Panik oder auch nur eine Spur von Furcht. Er war, erkannte sie nicht ohne Schock, ein Mann des Clans.

Und er hatte drei Aenir-Krieger getötet. Es tat ihr leid, daß sie dieses Ereignis verpaßt hatte.

Als es dämmerte, fand Gaelen eine geschützte Senke abseits des Pfades, ließ sein Gepäck fallen und setzte sich.

Er blieb ein paar Minuten schweigend so sitzen, ohne das Mädchen zu beachten, dann stand er auf und ging auf den Pfad zurück, kauerte sich hin und spähte über den Berghang. Keine Spur von Verfolgern. Er wartete, bis es zu dunkel war, um etwas erkennen zu können, dann kehrte er in die Senke zurück.

»Wie geht es dir?« fragte er.

»Gut. Sind sie schon in der Nähe?«

»Ich kann niemanden sehen, aber das heißt nichts weiter. Es sind Waldläufer, sie könnten überall sein.«

»Ja.«

»Was hast du in den Bergen gemacht?« fragte er.

»Ich mußte meinen Onkel Lars besuchen, der einen Berghof etwas südlich von hier hat. Ich bin mit Larain gegangen. Wir waren schon auf dem Weg nach Hause, als wir die Aenir sahen, da sind wir beide davongerannt. Ich habe mich im Wald versteckt, ich weiß nicht, was mit Larain passiert ist. Den größten Teil der Nacht habe ich auf sie gelauscht, aber ich hörte nichts. Heute morgen habe ich versucht, zurück ins Tal zu gehen, aber sie hatten auf mich gewartet. Einmal bin ich ihnen entkommen, aber da hinten haben sie mich erwischt, wo du mich gefunden hast.«

»Es ist eine Invasion«, sagte Gaelen.

»Aber warum sollten sie so etwas tun?«

»Ich weiß nicht, Deva. Ich glaube nicht, daß sie einen Grund brauchen, um zu kämpfen. Ruh dich jetzt aus.«

»Danke für meine Tunika«, flüsterte sie, beugte sich vor und küßte ihn auf die Wange.

»Besser konnte ich es nicht«, stammelte er. Er langte an ihr vorbei und zog seine Decke aus dem Rucksack. »Deck dich zu. Die Nacht wird kalt, und wir können kein Feuer machen.«

»Gaelen?«

»Ja?«

»Ich … danke, daß du mir das Leben gerettet hast.«

»Dank mir, wenn wir in Sicherheit sind. Wenn es so einen Ort noch gibt …«

Sie sah, wie die Dunkelheit ihn verschluckte und wußte, daß er die Nacht am Rande des Pfades verbringen würde. Render ließ sich neben ihr nieder, und sie kuschelte sich an seinen warmen Körper.

Gaelen erwachte kurz vor Tagesanbruch aus einem leichten Schlummer in seinem Versteck am Wegrand. Er gähnte und streckte sich. Der Pfad unterhalb von ihm war noch immer leer. Als er um die Büsche kam, blieb er abrupt stehen, aufgeschreckt von einem Fersenabdruck auf dem Weg, keine zehn Schritte von der Stelle entfernt, wo er geschlafen hatte.

Die Spur war frisch. Rasch suchte er den Boden ab. Er fand einen weiteren Abdruck und noch einen dritten. Zwei Männer. Und sie waren vor ihm.

Gebückt schlich er wieder zur Lichtung, weckte Deva und rollte seine Decke zusammen. Dann nahm er sein Gepäck, schnallte seinen Bogen los und legte eine Sehne auf.

Als er sich umschaute, sah er, daß Render auf Jagd gegangen war.

»Wir haben ein Problem«, sagte er.

»Sie sind vor uns?«

Er nickte. »Es sind nur zwei. Späher. Sie sind in der Nacht an uns vorbeigekommen.«

»Dann gib mir einen Bogen. Ich kann gut schießen, und du mußt die Hände frei haben für dein Messer.«

Er reichte ihr die Waffe, ohne zu zögern. Alle Frauen des Clans waren geübt im Umgang mit Pfeil und Bogen, und Deva stand in dem Ruf, besser zu sein als die meisten.

Langsam machten sie sich auf den Weg nach Nordosten, umgingen offenes Gelände, bis schließlich der Wald lichter wurde und sich vor ihnen, etwa vierhundert Schritt lang, ein mit Ginster bewachsener Hang erstreckte.

»Da unten könnte man eine ganze Armee verstecken«, flüsterte Deva und kauerte sich neben ihn in das letzte Unterholz vor dem Hang.

»Ich weiß. Aber wir haben keine Wahl. Die Haupttruppe ist hinter uns. Sie haben diese Späher vorausgeschickt, um uns den Weg abzuschneiden. Wenn wir hier bleiben, werden wir der großen Truppe in die Hände fallen. Wir müssen weiter.«

»Du gehst als erster. Ich warte hier. Wenn sich irgend etwas bewegt, gebe ich dir ein Zeichen.«

»Gut. Aber schieß erst, wenn du sicher bist, daß du treffen kannst.«

Sie verkniff sich eine wütende Erwiderung und nickte. Was glaubte er denn, was sie vorhatte? Auf Schatten schießen? Gaelen verließ den Schutz der Bäume und bewegte sich langsam bergab, gespannt und aufmerksam. Deva suchte mit den Augen das Gestrüpp ab und versuchte dabei, sich nicht auf einen Punkt zu konzentrieren. Ihr Vater hatte sie gelehrt, daß man Bewegung am besten am Rande des Blickfeldes wahrnahm.

Ein Busch zu ihrer Rechten bewegte sich, als ob ein Mann sich hindurchzwängte. Dann wurde ihre Aufmerksamkeit abgelenkt von einem Geräusch hinter ihr, und sie drehte sich um. Hundert Schritte hinter ihr auf dem Pfad war ein Mann gestürzt, und seine Kameraden lachten ihn aus. Sie waren noch nicht zu sehen, aber das war nur noch eine Frage von wenigen Augenblicken. Sie saß in der Falle! Sie kämpfte ihre Panik nieder und legte einen Pfeil auf die Sehne. Galen war am Fuß des Hanges angekommen und sah zu ihr zurück. Deva hob beide Hände und deutete mit einem Zeigefinger nach links, mit dem anderen nach rechts. Dann zeigte sie mit dem Daumen über ihre Schulter.

Gaelen fluchte. Er sprintete nach rechts auf den Ginster zu, das Messer in der Hand. Überrascht von seinem plötzlichen Sprint, mußte der verborgene Bogenschütze einen Schritt aus seiner Deckung machen. Sein Bogen war bereits gespannt.

Deva zog die Sehne, bis sie an ihrer Wange ruhte. Dann atmete sie langsam aus, wurde ruhig und zielte auf den reglosen Bogenschützen. Gaelen warf sich in einem Purzelbaum vorwärts, als der Mann schoß. Der Pfeil zischte über seinen Kopf hinweg. Deva schoß, ihr Pfeil drang dem Schützen in die Brust. Der Mann ließ seinen Bogen fallen und sank auf die Knie. Er umklammerte mit beiden Händen den Pfeil, dann fiel er seitwärts zu Boden.

Als Gaelen wieder auf die Füße kam, sah er den Mann stürzen. Der zweite Aenir, ein riesiger Kerl mit geflochtenem gelbem Bart, warf seinen Bogen weg und zog sein Jagdmesser. Er sprang Gaelen an und zielte auf Gaelens Bauch. Gaelen warf sich nach links – und die Klinge des Aenir schrammte an seinen Rippen entlang. Gaelen rollte sich wieder auf die Füße und warf sich auf den Krieger, so daß seine Schulter in die Brust des Mannes krachte. Aus dem Gleichgewicht gebracht, stürzte der Aenir, Gaelen landete auf ihm. Der blonde Krieger versuchte aufzustehen, doch Gaelen stieß mit seiner Stirn gegen dessen Nase, so daß er vorübergehend blind war. Als der Mann zurückfiel, rollte sich Gaelen auf den Messerarm des Kriegers und schlitzte ihm die Kehle auf. Blut sprudelte aus der klaffenden Wunde und besudelte ihn. Gaelen schob den Toten unter den Ginster, sprang auf und rannte zu dem ersten zurück. Deva war schon da und mühte sich ab, den Toten außer Sicht ins Gebüsch zu zerren. Sie schafften es im letzten Augenblick.

Sie kauerten eng beieinander über dem Toten, und Gaelen legte seinen Arm um Deva und zog sie an sich, als die Aenir-Truppe auf den Hang hinauskam. »Wenn sie den anderen finden, sind wir erledigt«, sagte er. Er hatte sein Messer in der Hand und wußte mit finsterer Gewißheit, daß er ihr eher die Kehle durchschneiden als zulassen würde, daß sie ihnen in die Hände fiel.

Der Feind kam den Hang herunter. Es waren grimmige Männer, und sie bewegten sich vorsichtig, viele legten Pfeile auf ihre Sehnen, mit Blicken suchten sie den Ginster ab. Gaelen holte tief Luft, um sich zu beruhigen, sein Herz klopfte wie eine Trommel. Er schloß die Augen, Deva lehnte sich gegen ihn, so daß er den Duft ihres Haares riechen konnte.

Die Aenir zogen durch den Ginster nach Osten. Zwei Männer kamen in nur zehn Schritt Entfernung an ihrem Versteck vorbei. Sie sprachen und scherzten jetzt miteinander, zufrieden, daß das offene Gelände hinter ihnen lag.

Der letzte der Aenir verschwand außer Hörweite. Gaelen war verkrampft, rührte sich aber noch nicht. Es war schwer, so still zu bleiben, denn sich zu verstecken, war eine passive, negative Angelegenheit, die einem den Mut raubte.

»Du kannst mich jetzt ruhig loslassen«, flüsterte Deva.

Er nickte, regte sich aber nicht. Deva schaute in sein Gesicht und sah die Anspannung und Angst dort. Sie hob die Hand und strich ihm über die Wange. »Hilf mir, das Wams dieses Schweins zu nehmen«, bat sie.

Gaelen ließ sie los und lächelte verlegen. Er zog dem Mann ihren Pfeil aus den Rippen, und gemeinsam zogen sie ihm das braune Lederwams aus. Deva probierte es über ihrer Tunika. Es war viel zu groß, und Gaelen schnitt es an den Schultern mit seinem Messer zurecht.

»Wie sehe ich aus?« fragte sie.

»Schön«, antwortete er.

»Wenn das hier schön ist, hättest du beim Wirbeltanz wie vom Donner gerührt sein müssen.«

»War ich auch.«

Deva kicherte. Sie schlang sich den Messergürtel des Mannes um die Taille. »Du warst so unglücklich, Gaelen. Du hast mir so leid getan, mit deinem geschwollenen Bein.«

»Ich habe mir selbst auch sehr leid getan.«

»Was hast du jetzt vor? Warum gehen wir nach Norden?«

»Wenn wir Glück haben, ist der Clan dort.«

»Warum sollte er?«

»Ich glaube, der Krieg hat angefangen. Die Aenir werden die Täler überfallen haben. Aber Caswallon hat einen Plan.«

»Caswallon!« fauchte sie. »Caswallon ist nicht der Jagdherr!«

»Nein, sollte er aber sein«, zischte Gaelen. Ein Geräusch im Gebüsch ließ sie zusammenfahren, aber erleichtert sah Gaelen Renders großen schwarzgrauen Kopf auftauchen. Er kniete sich hin und streichelte den Hund liebevoll. Er wollte Zeit gewinnen, um den zornigen Augenblick verstreichen zu lassen.

»Es tut mir leid«, sagte er schließlich. »Ich habe es nicht so gemeint.«

»Du hast es so gemeint. Wir wollen nicht mehr davon reden. Wir haben einen langen Weg vor uns.«

8. Kapitel

Am zweiten Tag nach dem Einmarsch kam Drada in den Tälern Farlains an, nachdem er seinen Angriff auf die Haesten abgeschlossen hatte. Während des ganzen Tages hatten seine Männer die Berge durchkämmt und Clan-Familien gejagt. Die Männer und älteren Frauen wurden getötet, die jüngeren Mädchen lebend gefangen. Bislang hatten sie schon über tausend Hochländer getötet.

Er ließ ein Drittel seiner Truppe zurück, um weiter die Überreste von Larics Volk aufzuspüren, dann zog er zu seinem Vater. Von Ongist und seiner Truppe hatten sie noch nichts gehört, abgesehen von der ersten Nachricht, die von Maggrigs Flucht in die Berge berichtete.

Mit zwanzig Mann ritt Drada an der Spitze der marschierenden Armee. Auf dem Hang oberhalb des ersten Tales zügelte er sein Pferd. Unter ihm lagen etwa ein Dutzend zerstörter Häuser, der Rest war von den Aenir übernommen worden, deren Zelte ebenfalls die Wiese sprenkelten. Drada war jedoch unzufrieden. Der Anschlag war kein völliger Erfolg gewesen. Die Haesten waren praktisch ausradiert, aber die Pallides und Farlain liefen immer noch herum.

Barsas Wald-Wölfe würden sie im Nordwesten jagen, aber Drada teilte die Einschätzung seines Vaters über die geringen Kampffähigkeiten der Clans nicht. Und er hatte mit Bedauern von Cambils Tod erfahren.

Nicht, daß er den Mann mochte, aber er war leicht zu durchschauen gewesen, und wenn die Farlain schon entkommen mußten, wäre Drada ruhiger gewesen, wenn er gewußt hätte, daß Cambil der Jagdherr war. Er brauchte kein Prophet zu sein, um den nächsten Anführer vorauszusagen:

Caswallon!

Die Viper unter dem Absatz der Aenir.

Er gab seinem Pferd die Sporen und ritt ins Tal hinunter, an den Weiden vorbei, auf denen friedlich Schafe und Rinder grasten. Sein Bruder Tostig sah ihn kommen. Er kam ihm entgegen und blieb vor dem Steinhügel stehen, der die Toten des ersten Angriffs barg.

»Ich grüße dich, Bruder«, sagte Tostig, als Drada abstieg und seine Zügel einem nachfolgenden Reiter gab. »Ich sagte ja, der Krieg würde kurz und der Sieg süß sein.«

Drada starrte in das häßliche Gesicht seines Bruders. »Es ist noch nicht vorbei«, sagte er gelassen.

Tostig spie aus. »Diese Berghunde können nicht richtig kämpfen. Sie sorgen ein paar Wochen lang für Spaß, das ist alles.«

»Wir werden ja sehen«, sagte Drada und ging an ihm vorbei. Er betrat Cambils Haus auf der Suche nach seinem Vater. Asbidag saß in dem breiten Ledersessel vor dem Feuer und trank aus einem silbernen Becher. Neben ihm standen ein Krug Met und ein halber Laib Brot. Drada zog sich einen Stuhl heran und nahm seinen Umhang ab. Asbidag war betrunken, Bier rann ihm bei jedem Schluck in den roten Bart und über die Brotkrumen, die dort hängengeblieben waren. Seine blutunterlaufenen Augen fixierten Drada, und er rülpste und beugte sich vor.

»Nun?« knurrte er.

»Die Haesten sind erledigt.«

Asbidag begann zu lachen. Er trank den letzten Schluck Bier, dann nahm er den silbernen Becher und zerquetschte ihn plötzlich. Die Muskeln an seinem Unterarm traten hervor, als seine kraftvollen Finger das Metall verformten.

»Erledigt? Was ist mit den Farlain? Dein Plan war eine

Katastrophe.« Die Worte klangen verschwommen, doch die Augen glitzerten vor boshafter Intelligenz.

»Wir haben die Täler, und die Farlain können nirgendwo hin und haben keine Lebensmittelvorräte.«

»Sagst du.«

Morgase trat ein, und Drada stand auf und verbeugte sich. Ohne ihn zu beachten, ging sie zu Asbidag und kniete neben seinem Stuhl nieder. Dann strich sie ihm die Brotkrumen aus dem Bart. Asbidags Blick wurde weich, als er ihre kühle Schönheit betrachtete. Er erhob sich schwerfällig, zog sie hoch und ließ seine Hand über ihren Schenkel gleiten. Er starrte sie gierig an und stolperte auf die Treppe zu.

»Warte hier«, sagte Morgase. »Ich bin gleich wieder da.«

»Ich glaube nicht, Herrin. Ich fürchte, du wirst eine Weile beschäftigt sein.«

»Wir werden sehen.«

Drada setzte sich aus dem harten Stuhl in den breiten Ledersessel, den sein Vater freigemacht hatte, lehnte sich zurück und legte die Füße auf einen kleinen Tisch. Dann schloß er die Augen und genoß die Bequemlichkeit. Er war müde, er hatte gar nicht gewußt, wie müde. Das Licht wurde schwächer. Er fluchte leise und ging, um aus der Küche Kerzen zu holen. Dann nahm er eine stählerne Zunderschachtel aus seinem Beutel, schlug eine Flamme und zündete eine Kerze an, die er in einen Messinghalter an der Wand über dem Kamin steckte. In der Nähe der Tür war eine kristallene Laterne, die er ebenfalls anzündete. Nachdem er sich wieder gesetzt hatte, versuchte er sich erneut zu entspannen, doch es gelang ihm nicht. Er war übermüdet und erfüllt von der Spannung, die nur die Planung eines Krieges hervorrief.

Morgase schlüpfte lautlos ins Zimmer, nur mit einem dunklen Seidengewand bekleidet. Sie kniete neben ihm nieder, wie sie neben seinem Vater gekniet hatte. Er sah ihr tief in die kalten blauen Augen, ihre Wangen waren gerötet, ihre Lippen geschwollen und rot. Im Kerzenschein wirkte ihr Gesicht jünger, weicher.

»Er schläft«, flüsterte sie.

»Gut. Ich wünschte, ich könnte auch schlafen.«

»Bald, Drada. Bald. Hör mir zu. Ich versprach dir das Tor zu Königreichen. Willst du es immer noch?«

»Natürlich.« Er beugte sich vor und rieb sich die müden Augen.

»Die Druiden bewachen das Tor. Sie haben ein Versteck in der Nähe des großen Wasserfalls, des Attafoss. Du mußt eine Armee nach Norden führen.«

»Was ist dieses Tor?«

»Ich weiß nicht, was es ist, nur was es tut. Es ist ein Eingang in meine eigene Welt – ein Land voller Reichtümer und reif zur Eroberung.«

»Was meinst du damit? Im Norden gibt es keine Welt, nur Berge und das Meer.«

»Da irrst du dich. Ich wuchs in einem fernen Land auf, das nicht von dieser Welt ist. Mein Vater war ein Graf. Er wurde bei einem Aufstand getötet, als ich sieben Jahre alt war. Jetzt wird das Land von einer Krieger-Königin beherrscht, doch ihre Armeen haben viele Schlachten geschlagen und sind müde, zu Tode erschöpft.«

»Ich habe noch nie von einer Königin gehört …«, begann Drada.

»Hör mich an, du Narr«, zischte sie. Ihre Augen blitzten zornig. »Meine Brüder und ich kämpften sechs lange Jahre gegen sie, aber unsere Armee wurde aufgerieben. Ich floh mit zwei vertrauenswürdigen Dienern nach Norden. Sie brachten mich zu einem Druiden, der in den östlichen Bergen lebte, und er erzählte mir von einem Tor, durch das ich gehen und das mich in Sicherheit bringen würde. Der Eingang war markiert durch eine Steinmeißelei an einem Höhleneingang, die jemand vor langer Zeit in Form eines Kelches angebracht hatte. Er brachte mich dorthin, und wir gingen in die Höhle. Sie war niedrig, von der Decke tropfte Wasser. Er sprach ein paar Worte an der Rückwand, und sie schimmerte und verschwand. Dann winkte er mir, ihm zu folgen und trat dort hindurch, wo die Wand gewesen war. Ich folgte ihm und fand mich in den Bergen in der Nähe eines großen Wasserfalls wieder.

Es war wie ein Traum. Der alte Mann trat einen Schritt zurück – und verschwand. Ich versuchte, ihm zu folgen, aber es gab keinen Weg zurück. Ich wanderte viele Tage lang nach Süden, bis ich in der Ferne die Stadt Ateris sah. Dort lernte ich deinen Vater kennen.«

Drada war jetzt völlig wach. »Und du sagst, die Druiden der Farlain kontrollieren dieses Tor?«

»Ja.«

»Und sie können Menschen überall hinbringen, wohin sie wollen?«

»Ja. Verstehst du jetzt?«

»Allerdings.«

»Der Druide, der mir half, sagte, wenn ich je zurückkehren wolle, sollte ich einen Mann namens Taliesen aufsuchen.«

»Ich kenne ihn«, sagte Drada.

»Er bewacht das Tor und kontrolliert seine Macht.«

Drada lehnte sich in seinem Stuhl zurück, die Spannung fiel von ihm ab, seine Erschöpfung verflog. »Durch ein solches Tor könnten die Aenir in diese Länder einfallen«, sagte er. »Aber sobald wir hindurch wären, würde es sich hinter uns schließen und wieder massiver Fels werden. Jahrelang suchten wir Zauberer und Hexen, um sie zu öffnen, aber es gelang niemandem. Was sind diese Tore? Wer hat sie geschaffen?«

»Ich weiß es nicht. Der alte Druide erzählte mir, sie existierten seit Jahrhunderten. In meinem Land gibt es Geschichten von Trollen und Riesen, Ungeheuern und Drachen. Der Druide sagte, das wären alles Wesen, die einmal durch Zufall durch die Tore gekommen wären.«

Drada setzte sich zurück, ohne etwas zu sagen. Dies war ein Preis, größer als alles andere. Träume von einem Reich wuchsen in seiner Vorstellung. Angenommen, die Tore konnten einen Mann überall hinschicken, wo er hinwollte? Wer könnte einer Armee widerstehen, die innerhalb einer befestigten Stadt auftauchte? Aber war das möglich? Er sah auf Morgase hinunter und nahm ihr Kinn in die Hand. »Hast du meinem Vater davon erzählt?«

Sie legte ihm eine Hand auf den Schenkel. »Nein, du bist der Mann, die Aenir zu führen.« Bei ihrer Berührung versteifte er sich, seine Augen zuckten zu der dunklen Treppe.

»Keine Angst, Drada. Ich habe ihm ein Schlafmittel gegeben. Er wird noch Stunden schlafen.«

Er hob sie auf seinen Schoß und küßte sie, seine Hand glitt in ihr Gewand.

»Bist du es wert, daß man für dich stirbt?« fragte er. Seine Stimme war heiser, sein Gesicht gerötet.

»Finde es heraus«, antwortete sie.

Gaelen und Deva verbrachten die zweite Nacht in einer kleinen Höhle, deren Eingang sie hinter einer hastig errichteten Tarnung aus Büschen verbargen. Der Tag war gefahrvoll gewesen, eine zweite Gruppe von Aenir hatte ihre Spur gefunden. Einmal hatte man sie sogar gesehen und über einen Kilometer weit gejagt, ehe es ihnen gelang, ihren Verfolgern zu entwischen. Deva war erschöpft, ihre Füße wund und voller Blasen. Gaelen schnitt Lederstreifen aus ihrem Wams, und sie fertigte daraus Mokassins, doch das Leder war weich, so daß sie in den Bergen nicht lange halten würden.

Sie konnten kein Feuer machen, und die Nacht war kalt. Sie verbrachten sie gemeinsam in Gaelens Decke gewickelt.

Gaelen machte sich inzwischen verzweifelte Sorgen.

Der Feind war überall, und sie hatten noch immer offenes Gelände vor sich. Sie würden es nie schaffen. Deva schlief, ihr Kopf ruhte an seiner Schulter. Sein Rücken tat ihm weh, er war verkrampft, doch er rührte sich nicht. Sie war noch erschöpfter als er und brauchte den Schlaf.

Was würde Caswallon tun? fragte er sich. Es mußte einen Weg geben, dem Netz der Aenir zu entgehen. Er schloß die Augen und stellte sich den Weg nach Attafoss vor. Es gab vier Abschnitte mit freiem Gelände, wo das Land in breite Täler abfiel, mit keiner oder nur spärlicher Deckung. Es gab keine Möglichkeit, auch nur einen dieser Abschnitte zu meiden. Wenn sie tagsüber wanderten, wäre das Selbstmord. Bei Nacht wäre es fast ebenso gefährlich, denn bis jetzt hatte Gaelen noch keine Spur von einem Lagerfeuer der Aenir gesehen. Sie könnten geradewegs in ein feindliches Lager stolpern.

In zwei Tagen hatte Gaelen fünf feindliche Krieger getötet. Er hatte oft von dem Tag geträumt, an dem er ihnen seine Angst und seine Schmerzen heimzahlen würde. Aber jetzt stellte er fest, daß darin keine Freude oder Befriedigung lag. Er wünschte, er wäre niemals zu den Farlain gekommen. Er wünschte es von ganzem Herzen.

Render regte sich neben ihm, der große Kopf hob sich, er spitzte die Ohren. Gaelen bedeutete ihm, still zu sein und weckte Deva sanft. Er legte ihr die Hand auf den Mund.

»Es kommt jemand«, flüsterte er. Behutsam kroch er zum Eingang der Höhle und bog die Blätter und Zweige zur Seite, die ihn verbargen.

Die Aenir waren zurückgekommen und suchten den Hang nochmals nach Spuren ab.

Unendlich vorsichtig zog Gaelen die Hand zurück, so daß die Zweige sich wieder schlossen. Dann zog er sein Messer und wartete. Render zitterte, als er die Aenir roch. Die Höhle lag etwas tiefer als der umgebende Grund, der Eingang war nur knapp einen Meter hoch, und Gaelen hatte zwei dicke Büsche entwurzelt und sie mit den Wurzeln voran in die Höhle gezogen. Von außen sah es aus, als wüchsen sie am Fuß des Felsens.

Gut eine Stunde lang setzten die Aenir ihre Suche fort, dann zogen sie weiter hangabwärts, bis sie außer Sicht waren. Gaelen entspannte sich und kroch zurück zu Deva. Er legte ihr den Mund dicht ans Ohr.

»Wir müssen warten, bis es Nacht wird«, flüsterte er. Sie nickte. Draußen schien die Sonne hell, doch ihre Wärme konnte die Kälte in der Höhle nicht verdrängen, und so saßen sie den ganzen langen Nachmittag über in Gaelens Decke gewickelt.

Kurz nach Anbruch der Dämmerung schob Gaelen die Büsche beiseite und kletterte aus der Höhle. Mit den Augen suchte er den Berg ab. Die Aenir waren weitergezogen. Deva reichte ihm seinen Rucksack und den Bogen, dann kletterte auch sie ins Freie. Gaelen schob die Büsche wieder zurück.

»Vielleicht müssen wir wieder herkommen«, sagte er. »So haben wir noch ein Versteck.«

Sie brachen schweigend auf und schlängelten sich durch die Bäume zum ersten Tal. Die Nacht war heller, als es Gaelen gefiel, ein dreiviertelvoller Mond stand an einem klaren Himmel. Sie machten am Waldrand halt, weil sie nur unter größter Vorsicht den Schutz der Bäume verlassen wollten, wenn sie an die verborgenen Aenir-Späher vom Vortag dachten.

Gaelen trat schließlich hinaus und begann den langen Abstieg in das schattige Tal. Deva, die einen Pfeil auf dem Bogen hatte, ging unmittelbar hinter ihm, während Render in einem weiten Kreis um sie herumsprang, zufrieden, endlich aus der Enge der Höhle befreit zu sein. Der Wind blies Gaelen ins Gesicht, was ihn freute, denn so konnte Render jede Fährte wittern. Er schaute den Hund oft an, um nach Alarmzeichen zu sehen. Aber es war nichts.

Sie brauchten eine Stunde, um das Tal zu durchqueren

und den steilen Hang auf der anderen Seite zu erklimmen. Sie hatten eine Gefahr hinter sich gebracht, jetzt wartete die nächste auf sie.

Sie konnten zwischen den Bäumen nichts sehen, überhängende Zweige verschluckten das Mondlicht und schufen eine Mauer aus Dunkelheit. Im Wald konnten hundert, ja tausend Aenir auf sie warten.

Sie hatten keine Wahl. Mit der Hand am Messer ging Gaelen in die Dunkelheit, lehnte sich gegen einen mächtigen Stamm, damit seine Augen sich an die tückische Finsternis gewöhnen konnten. Dann gingen sie wachsam weiter. Es war ungewöhnlich still im Wald, kein Laut durchdrang die Nacht. Der Wind war eingeschlafen, die Zweige über ihnen bildeten einen Bogengang, die Bäume eine Säulenhalle. Zwischen den Bäumen huschten keine Fledermäuse umher. Kein Tier schlich durchs Unterholz. Es war, als ob sie durch eine Halle der Toten gingen, düster und still, doch unheilschwanger.

Render hob den Kopf und schnüffelte. Er machte keinen Laut, schaute jedoch nach links. Gaelen streichelte ihn leise. Etwa zwanzig Schritte voraus konnte er soeben den Umriß eines sitzenden Mannes erkennen. Gaelen stand still wie eine Statue. Während er hinüberschaute, erkannte er noch mehr Männer, die in Decken gewickelt auf der Erde lagen.

Ein Aenir-Lager!

Er winkte Deva, ließ sich auf Hände und Knie fallen und begann zu kriechen. Der Wachposten hustete und spie aus. Gaelen erstarrte. Sie schoben sich langsam an der Gruppe vorbei und in den Wald dahinter. Hier stieg das Gelände an, und es wurde schwieriger, sich lautlos zu bewegen. Schweiß rann Gaelen übers Gesicht, und sein Atem ging stoßweise. Er wußte, daß Streß ihm genauso viel Kraft raubte wie die Flucht selbst. Deva hielt sich gut. Er lächelte düster. Schließlich war sie vom Clan!

Sie kletterten einen steilen Hang hinauf, und Gaelen

spähte über den Rand, ließ sich aber augenblicklich zurückfallen. Dort oben schliefen weitere zwanzig Aenir. Ein Wächter saß auf einem Stein auf der anderen Seite. Er hatte – Gott sei Dank – in die andere Richtung geschaut, als Gaelen auftauchte. Gaelen kroch etwa dreißig Schritte weiter längs des Hangs. Vorsichtig steckte er seinen Kopf über die Kuppe. Zwischen ihm und dem Wachtposten der Aenir befand sich jetzt ein Gebüsch. Rasch hievte er sich über den Rand. Render krabbelte hinter ihm her. Deva reichte Gaelen den Bogen, dann kletterte sie geschickt zu ihm hinauf.

Wieder zwischen den Bäumen überquerten sie den Kamm und stiegen ins zweite Tal hinunter. Hier wuchs mehr Ginstergestrüpp, und Gaelens Zuversicht wuchs. Dann frischte der Wind wieder auf – und rettete ihnen das Leben.

Render knurrte und schoß voraus in den Ginster. Ein Schrei zerriß die Nacht. Deva ließ sich auf ein Knie fallen und spannte den Bogen, bis die Sehne ihre Wange berührte. Gaelen rannte nach links, ließ sein Gepäck fallen und zog sein Messer. Drei Männer rannten aus den Büschen auf sie zu. Der erste fiel, als Devas Pfeil sein rechtes Auge durchbohrte. Gaelen sprang den zweiten mit den Füßen voraus an und trat ihm ins Gesicht, der Mann ging zu Boden. Gaelen rollte sich ab, als der dritte Aenir an ihm vorbei auf Deva zurannte. Das Mädchen hatte keine Zeit, den Bogen voll zu spannen und schoß zu früh. Der Pfeil traf den Mann im Gesicht und riß ihm die Wange auf, doch er zog ihn heraus und lief weiter. Deva warf den Bogen beiseite, als der Mann sie packte und zu Boden warf.

»Jetzt habe ich dich, Hexe!« schrie er, das Messer an ihrer Kehle. Doch ein schwarzer Schatten ragte über ihm auf, und Renders gewaltige Kiefer schlossen sich um sein Gesicht, seine Zähne zerfleischten es. Blut spritzte auf Deva, als der Aenir von ihr herunterfiel. Mit letzter Kraft versuchte er den Hund zu erstechen, doch dann hörte man Knochen knacken – sein Schädel barst.

Gaelen rollte sich auf die Füße und warf sich über den zweiten Aenir, der von seinem Tritt betäubt gewesen war und nun versuchte aufzustehen, als der junge Mann sich auf ihn stürzte. Gaelen stieß ihm sein Messer in den Rücken. Er schrie auf und schlug mit den Armen, als Gaelen das Messer wieder herauszog und ihm die Kehle durchschnitt.

Render tappte mit blutiger Schnauze auf ihn zu. Die nachfolgende Stille wurde nur unterbrochen durch die Schritte eilig davonlaufender Männer.

Gaelen nahm seinen Rucksack und Bogen, winkte Deva und begann zu laufen. Er schlug die Gegenrichtung zu ihren Verfolgern ein und bog dann nach Norden ab. Deva lief leichtfüßig neben ihm her, den Bogen über die linke Schulter geschlungen. Gaelen steigerte das Tempo, so sehr er es wagte, und Deva hielt couragiert mit ihm Schritt, obwohl ihre Lungen brannten und ihre Beine schmerzten.

Sie erreichten vor ihren Verfolgern den Wald. Was sie jetzt brauchten, war ein Versteck. Das Problem war nur, daß Gaelen in der Dunkelheit keine Ahnung hatte, was für Spuren sie hinterließen. Er blieb stehen und nahm Deva am Arm. »Gib ihnen etwas zum Nachdenken«, sagte er.

Als die Aenir den Fuß des Hanges erreichten, schickte sie einen Pfeil in ihre Reihen, der einen Mann in die Schulter traf. Der Mann fluchte laut, der Rest warf sich zu Boden. Die Verfolgertruppe bestand nur aus zehn Männern, und keiner von ihnen wollte bergan laufen, einem versteckten Schützen entgegen.

»Gehen wir«, sagte Gaelen.

Deva schüttelte den Kopf, sie versuchte immer noch, wieder zu Atem zu kommen. »Brauch … noch … einen Moment«, keuchte sie. Er nahm den Bogen, kroch zum

Waldrand und versuchte zu erkennen, ob die Aenir sie einkreisen wollten.

Nach wenigen Augenblicken tippte Deva ihm auf die Schulter. »Ich bin bereit«, erklärte sie. Er nickte, und sie schlüpften in den Wald.

Als die Morgendämmerung die Täler erhellte, unternahm Gaelen einen verzweifelten Zug. Da er glaubte, sie wären den Aenir genügend voraus, beschloß er, den ganzen Tag über weiter zu wandern, damit sie den Attafoss vor Einbruch der Nacht erreichten. Er wußte, daß das Risiko groß war, denn auch vor ihnen konnten sich feindliche Soldaten befinden. Aber er dachte, daß man sie mit Sicherheit einholte, wenn sie den ganzen Tag auf die Dunkelheit warteten. Und er hatte keine Lust, die Abenteuer der verganenen Nacht zu wiederholen.

Sie überquerten das offene Gelände, ohne eine Spur des Feindes zu sehen. Render lief voraus, schoß dann davon, um einen Hasen zu jagen, der sich jedoch versteckte. Der Hund trottete zu seinem Herrn zurück. Jetzt, hoch in den Bergen, die Verfolger weit hinter sich, entspannte sich Gaelen. Auch Deva spürte, wie die Anspannung von ihr abfiel.

»Du redest nicht viel, Gaelen«, sagte sie.

»Nein. Ich bin nicht sehr gut im Umgang mit Worten.«

»Stimmt das? Oder bist du nur schüchtern in Gegenwart von Frauen?«

»Das auch.«

»Magst du Layne?«

»Ja, er ist ein guter Freund.«

»Er will mich heiraten.«

Gaelen spürte, wie ein Knoten von Spannung in ihm wuchs. Wütend und unsicher erwiderte er nichts.

»Nun sag schon was.«

»Was soll ich dazu sagen? Du hast ja keine Frage gestellt. Du weißt, daß ich fühle … daß ich gerne … verdammt! Wie ich sagte, ich bin nicht gut mit Worten. Ich habe als Kind viele Jahre lang allein gelebt. Ich habe nur mit wenigen Menschen gesprochen. Ich habe nie gelernt, mich zu unterhalten. Ich bin schwerfällig, obwohl ich gerne anders wäre. Es wäre schön, wenn ich andere mit einem geistreichen Scherz zum Lachen bringen könnte, aber so bin ich nun mal nicht.«

»Du bist gut so, wie du bist«, sagte sie. Sie fühlte sich schuldbewußt und ein wenig beschämt. »Es tut mir leid, ich hätte dich nicht necken sollen.«

»Du hättest dir einen besseren Zeitpunkt aussuchen können«, sagte er mit einem Lächeln.

»Ja. Glaubst du, der Clan ist am Attafoss?«

»Ich hoffe es.«

»Du bist ein prima Kerl, Gaelen. Wirklich.«

»Freut mich, daß du das findest. Wirst du Layne heiraten?«

»Nein«, sagte sie leise. »Als ich geboren wurde, hat eine alte Zigeunerin mir gewahrsagt. Sie sagte, ich würde die Mutter von Königen.«

»Was soll das heißen? Hier gibt es keine Könige.«

»Nicht hier im Hochland«, sagte sie, »aber es gibt Geschichten von fernen Ländern, in denen Könige und Prinzen herrschen. Eines Tages wird ein Mann kommen – und ihn werde ich heiraten.«

»Ich verstehe das nicht«, sagte er. »Was ist so wichtig daran, einen König zu heiraten? Oder die Mutter eines Königs zu werden? Was ist mit Liebe, Deva? Glück?«

»Wie könntest du es auch verstehen?« sagte sie. »Du warst ein Waisenkind und ein Dieb. Es war nicht deine Schuld. Aber ich werde in einem Palast leben, und man wird meinen Namen auf der ganzen Welt kennen. Vielleicht für immer.«

Er schwieg einen Augenblick. »Ich würde dich heiraten«, sagte er, »und mein Leben damit verbringen, dich glücklich zu machen. Das ist ein Traum, den ich habe, seit ich dich zum erstenmal gesehen habe. Aber ich kann dir keinen Palast geben, Deva.«

Sie sah ihn an, und einen Herzschlag lang hätte sie ihn beinahe in die Arme genommen und ihrem Traum den Rücken gekehrt. Doch der Traum war zu stark, und Deva schüttelte den Kopf. »Ich weiß, daß ich dich liebe, Gaelen. Wirklich. Aber du mußt eine andere finden«, sagte sie leise, überrascht, daß die Worte ein Gefühl der Leere in ihr hinterließen und sie mehr als nur ein bißchen ängstigten.

Er nahm ihre Hand und küßte sie. »Ich werde dich nicht wieder fragen«, erklärte er. »Ich wünsche dir alles Gute bei deiner Suche, Deva. Ich hoffe, dein König kommt, um dich zu holen.«

Caswallon trieb sein Volk während der Tage nach der Invasion hart an. Er schickte einen Trupp Soldaten nach Nordosten und Westen, unter Führung von Badraig und Onic. Dann wählte er fünfhundert Mann aus und ließ sie zurück als Nachhut, falls eine Aenir-Armee ihnen folgen sollte. Er wartete verzweifelt auf Nachricht von Laric und Maggrig. Hatten die Pallides als Clan überlebt, oder waren sie führerlos in die Berge versprengt? Er mußte es wissen. Er rief Freiwillige unter den alleinstehenden Männern zu sich, erfahrene Jäger und Fährtensucher, um zurück nach Südosten zu wandern und Informationen zu sammeln. Unter denen, die sich meldeten, waren auch Layne, Gwalchmai und Agwaine. Caswallon wählte fünf Männer aus, darunter Agwaine.

Er nahm sie zur Seite und instruierte jeden einzeln, bis schließlich nur noch Agwaine übrig war. Caswallon legte dem jungen Mann beide Hände auf die Schultern. »Es tut mir wirklich leid, was mit deinem Vater passiert ist«, sagte er. »Er war ein guter Mann, ein Mann von Ehre und Edelmut.«

»Er war ein Narr, Caswallon. Aber ich liebte ihn. Mehr als er ahnte.«

»Das bezweifle ich. Du hast ihm alles bedeutet. Als wir auf der Suche nach dir waren, als du gegen das Ungeheuer kämpftest, erzählte er mir, er würde Farlain verlassen, wenn du nicht überleben würdest. Du warst seine Freude. Und was das angeht, daß er ein Narr war, möchte ich, daß du folgendes bedenkst: er wurde zum Narren gemacht, durch die brutale Dummheit der Aenir. Cambil hatte recht mit seiner Philosophie, Agwaine. Vernünftige Männer tun viel, um die Abscheulichkeit eines Krieges zu vermeiden. Doch es ist auch tragische Wahrheit, daß wenn ein Krieg unausweichlich ist, kein Platz mehr für vernünftige Männer bleibt. Intelligenz kann ein zweischneidiges Schwert sein. Der Segen eines scharfen Verstandes ist, daß er einem Mann erlaubt, beide Seiten eines Problems zu sehen, und ihn so daran hindert, blind zu handeln. Dein Vater war solch ein Mann. Er glaubte, daß die Aenir die Weisheit seiner Ansicht auch erkennen würden. Daß sie es nicht taten, wirft keinen Schatten auf ihn, sondern auf sie.«

Agwaine schüttelte den Kopf. »Ich würde das alles gern glauben. Aber du bist ein intelligenter Mann – und die Aenir haben dich nicht getäuscht, oder?«

»Nein«, antwortete Caswallon langsam, »aber von mir hingen auch nicht Tausende von Leben ab, die meine Gedanken erhellten und meine Hoffnung waren. Cambil wußte, daß ein Krieg ungeheure Verluste von Leben mit sich bringen würden. Das macht einen Unterschied, Agwaine.«

»Ich danke dir, Vetter, für deine Worte. Ich werde darüber nachdenken. Und was soll ich jetzt tun?«

»Such Maggrig und schare so viele Pallides um dich, wie du nur kannst. Dann geht zum Ostufer des Sees am Attafoss. Dort planen wir die Vernichtung des Feindes.«

»Glaubst du denn, wir können gewinnen?«

»Dessen sei gewiß, Agwaine von Farlain.«

Agwaine grinste. »Es wäre schön, Gewißheit zu haben.«

Caswallon nahm den jungen Mann am Arm und führte ihn von den anderen weg.

Sie setzten sich auf den Hang, die Sterne glitzerten über ihnen wie Juwelen auf Samt.

»Dein Vater und ich sind zusammen aufgewachsen, das weißt du. Du weißt auch, daß wir nie Freunde wurden«, sagte Caswallon leise. Als er Agwaine in die Augen sah, stellte er voll Kummer fest, wie sehr er Cambil ähnelte. »Er mochte mich nicht, aber das mache ich ihm nicht zum Vorwurf. Das habe ich nie getan. Er sah in mir alles, was den Clan zerstören könnte: Selbstsucht, Mißachtung der Bräuche, die uns verbinden. Ich sehe das heute deutlich, und ich wünschte, er wäre hier, damit ich es ihm sagen könnte. Statt dessen sage ich es seinem Sohn.

Der Clan gedeiht, weil wir uns umeinander kümmern, füreinander sorgen. Zum Clan zu gehören ist genauso sehr ein geistiger Zustand wie eine Volkszugehörigkeit. Ohne das sind wir nicht anders als die Aenir. Cambil hat das verstanden. Füreinander zu sorgen macht uns stark, gibt uns Mut.«

»Warum sagst du mir das?« fragte Agwaine.

»Hast du bemerkt«, entgegnete Caswallon, »wie die Natur gibt und nimmt? Der schwächste Welpe in einem Wurf ist immer der schlaueste, ein kleiner Mann oftmals besonders ehrgeizig, die häßliche Frau hat ein Wesen wie ein Engel. So ist es auch mit dem Charakter. Du hast es bei den Spielen gesehen. Borak war schneller als du und stärker. Er hatte sogar einen Komplizen im Wald, der seinen Sieg sicherstellen sollte. Und doch verlor er, wie Menschen seiner Art stets verlieren werden. Denn Mut erwächst aus der Sorge füreinander. Das Böse besitzt keine Charakterstärke, auf die es sich stützen kann. Du willst Gewißheit, Agwaine? Ich gebe sie dir. Sie können den Clan nicht erobern.«

Agwaine senkte den Kopf. »Und dabei«, sagte er, »sind wir gerade in diesem Augenblick auf der Flucht. Sie sind viel zahlreicher als wir, und sie haben Tausende von uns getötet.«

»Ja, und es werden noch mehr vom Clan sterben«, gab Caswallon zu, »aber wir werden nicht verlieren. Denk nicht an ihre Anzahl. Die spielt keine Rolle, wenn das Terrain richtig ist. Denk an deinen Vater mit seinen paar hundert Männern. Ja, und Frauen. Denk daran, wie die Aenir sich auf diesen Schwertkreis stürzten. Ich wette, daß drei Aenir für jeden vom Clan gestorben sind. Denk daran. Denn die Aenir werden es auch.

Tief in ihren Herzen kennen sie die Wahrheit. Du mußt sie auch kennen. Wir sind Farlain, und auch wenn wir vielleicht nicht besonders geeignet sind, wir tragen die Fackeln des Lichts in diesem Krieg. Und die Dunkelheit der Aenir wird es nicht auslöschen.«

Agwaine kicherte plötzlich und lehnte sich auf die Ellbogen zurück. »Caswallon, du bist erst seit ein paar Monaten im Rat, und schon redest du wie ein Wasserfall.«

»Ich weiß, und das überrascht mich. Aber was mich vielleicht noch mehr überrascht, ist, daß ich daran glaube. Mit meiner ganzen Seele.«

»Du glaubst, die Kraft des Guten wird immer das Böse besiegen?«

»Ja – letzten Endes.«

»Warum?«

»Ich kann es nicht sagen, denn es kommt aus dem Herzen und nicht aus dem Verstand. Warum kam die Königin, als du sie brauchtest?«

»Zufall?«

»Woher hattest du die Kraft, einen schnelleren Mann zu besiegen?«

»Ich weiß nicht. Aber warum sind die Tiefländer gefallen? Sie waren doch nicht böse.«

»Ich sage ja gar nicht, daß die Dunkelheit nicht auch kleine Triumphe feiert. Aber wir sind keine Tiefländer, wir sind die Farlain.«

»Da stimme ich dir zu«, sagte Agwaine. »Und jetzt mache ich mich besser auf die Suche nach Maggrig.«

»Hast du jetzt mehr Gewißheit?«

»Ich weiß nicht, aber ich fühle mich besser, weil wir geredet haben.«

»Das muß genügen«, sagte Caswallon und stand auf.

»Paß auf dich auf, Caswallon – und halte Ausschau nach Deva. Sie müßte ihnen entkommen sein. Sie hat mit ihrer Freundin Larain zusammen Lars besucht.«

»Ich schicke Späher aus.«

Der Clan hatte auf der Nordseite einer Hügelgruppe sein Lager aufgeschlagen, wo ihre Lagerfeuer von Süden her nicht zu sehen waren. Als die Nacht sich übers Land senkte, befahl Caswallon, die Feuer abzudecken, damit ihr Schein sich nicht vor dem Himmel abzeichnete. Er suchte Taliesen, und gemeinsam wanderten sie zur Kuppe des Hügels. Der alte Druide lehnte sich schwer auf seinen Eichenstab. Er trug seinen Vogelfederumhang über einem weißen Gewand. Caswallon hielt ihn für bedrohlich erschöpft.

»Wie geht es dir?« fragte er, als sie zusammen unter den hellen Sternen saßen.

Taliesens Augen funkelten, er lächelte. »Ich sterbe dir schon nicht weg, Caswallon.«

»Das beantwortet meine Frage nicht.«

»Ich bin erschöpft. Aber ich bin eben alt.« Er betrachtete den jungen Krieger neben sich, seine Augen blitzten listig. »Weißt du eigentlich, wie alt?«

»Siebzig? Achtzig?«

»Wenn ich dir mein Alter verriete, würdest du mir glauben?«

»Ja. Warum solltest du lügen?«

»Ich werde nicht lügen, Caswallon. Ich bin über tausend Jahre alt.«

»Ich habe mich geirrt«, sagte Caswallon grinsend. »Ich glaube dir nicht.«

»Und doch spreche ich die Wahrheit. Ich war es, der Earis vor so vielen Jahrhunderten herbrachte. Auf genau diesem Hügel blickten er und ich auf Farlain hinunter und freuten uns.«

»Hör auf mit diesem Scherz, Taliesen …«

»Das ist kein Scherz, Caswallon, und ich sage das auch nicht, um dich zu beeindrucken. Von allen Menschen des Clans kannst du allein begreifen, was ich dir sagen will. Du hast einen offenen, fragenden Geist und eine seltene Intelligenz. Du verfällst nicht in Aberglauben. Du triffst deine eigenen Urteile. Ich bin über tausend Jahre alt. Ich wurde dort draußen geboren!«

Der alte Mann zeigte mit seiner knochigen Hand auf die Sterne. »Du hast Geschichten gehört über das Alte Volk, das verschwundene Volk. Ich bin der letzte jener Alten, der letzte reinblütige jedenfalls. Wir machten die Tore, Caswallon, und wir reisten über Entfernungen, die so groß sind, daß ich es dir nicht vermitteln kann. Stell dir eine Ameise vor, die durch Farlain krabbelt und multipliziere das mit tausend, dann hättest du den ersten Schritt meiner Reisen.

Wir kamen her, und von hier aus breiteten wir uns durch das Universum aus. Wir waren die Sternenwanderer. Wir schufen Religionen und ließen Mythologien entstehen, wo immer Menschen uns sahen. Aber dann kam die Katastrophe.« Der Druide senkte den Kopf und starrte auf seine Hände.

»Was geschah?« fragte Caswallon.

»Die Großen Tore schlossen sich. Plötzlich, ohne Vorwarnung. Unsere Verbindungen mit der Heimat und fernen Reichen waren abgeschnitten, spurlos verschwunden. Nur die Kleineren Tore blieben übrig: Spielzeuge, die für Studenten wie mich geschaffen wurden, die die Evolution primitiver Gesellschaften in einer kontrollierten Umgebung beobachten wollten.«

»Ich verstehe kein Wort«, sagte Caswallon. »Aber ich

kenne mich mit Menschen aus, und ich glaube, was du sagst. Warum erzählst du mir das jetzt?«

»Weil ich dich brauche. Weil du der Katalysator bist. Weil die Zukunft der Farlain – meines erwählten Volkes – auf dir ruht. Und weil du große Wunder sehen wirst und darauf vorbereitet sein mußt. Ich kann dir nicht das Wesen der Fähigkeiten erklären, die die Tore schufen. Denk sie dir als Magie, die Unmögliches wirklich macht. Du weißt, daß ich ein Versteck für den Clan habe. Ich werde dir nun sagen, wo dieses Versteck ist: in Golfallin, dem ersten Tal Farlains.«

»Was ist das für ein Unsinn? Du willst uns dahin zurückbringen, wo wir gerade herkommen?«

»Ja, aber es wird dort keine Aenir geben, keine Höfe und Häuser, nur jungfräuliches Land.«

»Wie das?«

»Genauso wie ich es mit Earis machte«, sagte der alte Mann. »Die Tore verbinden nicht nur verschiedene Länder, Caswallon. Ich werde euch durch die Zeit führen. Wir gehen zehntausend Jahre zurück, in eine Zeit, als es noch keinen Clan gab, keine Aenir.«

»Das wäre allerdings Magie.«

»Du allerdings gehst nicht zurück. Du mußt eine Aufgabe vollbringen.«

»Nenne sie.«

»Du mußt die Königin finden, die starb, und sie mit ihrer Armee nach Farlain bringen. Nur dann kannst du hoffen, die Aenir zu besiegen.«

»Ich soll eine tote Frau finden?«

»Zeit, Caswallon. Wo ich dich hinschicke, ist sie noch immer jung.«

»Warum sollte sie uns helfen?«

Der alte Druide zuckte die Achseln. »Ein paar Fragen darf ich dir nicht beantworten. Aber eins will ich dir sagen: Das Chaos, das wir erleiden, wurde – zum Teil – von einem einzigen, selbstsüchtigen Mann hervorgerufen.

Ich tue alles, was in meiner Macht steht, um es rückgängig zu machen.«

»Orakel?«

»Ja.«

»Er erzählte mir von seiner Reise«, sagte Caswallon, »und deshalb glaube ich dir. Er sagte, er nahm seine Männer mit durch das Tor und kam in ein Reich, das vom Krieg zerrissen war. Er entschloß sich, der Königin zu dienen und wurde berühmt. Er sagte, er schlug viele Schlachten, bis er schließlich wieder durch das Tor ging und in einem fernen Land König wurde, mit einer Armee, die zu Tausenden zählte, im Rücken. Doch dann wurde er verraten und floh wieder durch das Tor.«

»Er hat dir nicht alles erzählt, Caswallon. Das tun Menschen selten, wenn sie von ihren Fehlern berichten. Er wurde ein König, wie er sagte, aber um das zu werden, verbündete er sich mit bösen Menschen. Einer davon war Agrist, ein selten brutaler Mann. Als Gegenleistung für Agrists Dienste verriet Oakel ihm das Geheimnis des Tores, und Agrist führte seine Leute hindurch, auf der Suche nach Reichtümern und um zu plündern. Sie hatten in der neuen Welt Erfolg und wurden stark. Sie wurden zu den Aenir, die jetzt die Farlain plagen. Denn das Tor, das Orakel ihnen preisgab, brachte sie in die jüngere Vergangenheit unserer Welt.«

»Das sagte er mir«, erklärte Caswallon.

Der Druide lächelte dünn. »Hat er dir auch von der Nacht erzählt, nach Sigarnis großer Schlacht, als er die Witwe und die Tochter des feindlichen Generals in einer Höhle versteckt fand? Hat er dir beschrieben, wie er die Mutter vor den Augen der Tochter vergewaltigte und wie die edle Dame sich dann das Leben nahm?«

»Nein«, antwortete Caswallon.

»Nein«, wiederholte Taliesen. »Er hat auch nicht erzählt, wie er der Königin das legendäre Schwert Eisenhands stahl und seine Macht nutzte, um sein eigenes

Königreich auf dem Blut Unschuldiger aufzubauen. Wie ich schon sagte, die Menschen erzählen selten die ganze Wahrheit über ihre Schandtaten. Ich habe Jahre mit dem Versuch zugebracht, die Schäden zu reparieren, die sein Stolz und sein Ehrgeiz angerichtet haben.«

Caswallon wandte sich ab und schaute zu den Bergen hinaus, die sich schwarz vor dem grauen Himmel abzeichneten. »Ich komme mir vor wie ein Kind, das gerade gelernt hat, seinen Namen zu kritzeln und jetzt ein Buch in die Hand gedrückt bekommt und es lesen soll. Ich kann ein paar Buchstaben entziffern, aber die Wörter sind mir ein Rätsel. Tore, Reisen durch die Zeit.« Er sah dem alten Mann in die Augen. »Wenn wir solche Reisen machen können, warum können wir nicht einfach nur ein paar Tage zurückgehen und all die Menschen retten? Wir könnten die Aenir schlagen, *bevor* sie einmarschieren.«

Taliesen nickte. »Und wenn ich dir sagte, daß wir das taten? Und daß es fehlschlug und die Farlain vernichtet wurden?«

»Jetzt verstehe ich gar nichts mehr.«

»Das macht das Chaos ja so schrecklich«, sagte Taliesen. »Es gibt so viele alternative Wirklichkeiten. Wenn ich dir nun sagte, wie oft ich versuchte, einen Sieg der Aenir zu verhindern, würdest du mich für verrückt halten. Die Komplexitäten und entstandenen Paradoxa sind Legion. Armeen außerhalb ihrer Zeit, tote Männer, die leben und große Dinge vollbringen sollten, Frauen, die stolze Söhne hätten bekommen sollen, in ihrer Kindheit ermordet. Das Schicksal zurückgeschlagen, verändert – die Tore selbst zittern unter der Last des Chaos.« Taliesen seufzte. »Weißt du, wie oft du und ich dieses Gespräch schon führten? Natürlich nicht, aber an die hundertmal, Caswallon. Und wie oft habe ich gesehen, wie die Clans vernichtet wurden, die Aenir triumphierten? Hunderte von Malen. Jetzt werde ich älter und schwächer, und die Aufgabe ist immer noch so groß wie zuvor.«

Caswallon lächelte grimmig. »Ich bezweifle, daß ich lernen kann, was du zu lehren hast, alter Mann. Du willst den Clan in eine Zeit zurückbringen, ehe er geboren war, und dann soll ich Hilfe bei einer Königin suchen, die schon tot ist. Hast du noch mehr Überraschungen parat, Taliesen?«

Der Oberdruide antwortete nicht. Er lehnte sich zurück, blickte zu den Sternen auf und nannte im stillen ihre Namen, bis sein Blick sich auf den am weitesten entfernten heftete, dessen Licht flackerte wie eine verlöschende Kerze.

Taliesen erhob sich mühsam, sein Herz war schwer, sein Geist müde. »Ja, ich habe noch mehr Überraschungen, Kriegsherr«, sagte er. »Wenn wir gewinnen sollen, Caswallon, was nicht wahrscheinlich ist, dann wirst du dich ändern und leiden wie noch kein Farlain vor dir.« Taliesen seufzte. »Ich weiß noch nicht, wie all das geschehen wird, aber ich weiß, daß es geschehen wird, denn ich habe den Ewigen Falken gesehen.«

Caswallon wollte etwas sagen, doch Taliesen hob die Hand und gebot ihm Schweigen. »Keine Worte mehr heute abend, Kriegsherr. Denn ich bin todmüde.«

Orakel beobachtete die Aenir unten im Tal. Sie hatten drei fette Ochsen geschlachtet und bereiteten eine Feier vor. Seit der Invasion vor drei Tagen hatte sich kein feindlicher Krieger der Höhle genähert. Mit schwerem Herzen wanderte Orakel zurück zum Eingang und in den kleinen Raum an der Rückseite der Höhle. Er hatte den Tod von Durk gesehen, und jetzt zog er unter seinem schmalen Feldbett eine Eichentruhe hervor, mit Messingbeschlägen und fein gearbeitet. Daraus holte er ein verrostetes Kettenhemd, einen Helm und ein altes, in geöltes Tuch gewickeltes Breitschwert. Er zog das Kettenhemd an und stellte mit schiefem Grinsen fest, daß es nicht mehr so gut an seiner knochigen Gestalt hing. Menschen alterten weniger gut als Eisen. Er schob sein weißes Haar zurück und setzte sich den Helm auf den Kopf. Dann schnallte er Schwert und Scheide um, ging wieder in den Sonnenschein hinaus und begann den langen Abstieg ins Tal.

Er dachte an viele Dinge, als er zu dem Fest dort unten wanderte. Er dachte an seine Kindheit, seine erste Jagd, seinen Ruhm bei den Spielen, als er den Wirbelstein weiter schleppte als jeder andere. Er erinnerte sich an seine Liebe, Astel, ein lebhaftes Mädel von den Haesten, und wie sie in ihrem ersten gemeinsamen Winter krank geworden und gestorben war. Das Gefühl des Verlustes lähmte ihn noch immer, wenn sie auch in seiner Erinnerung jung geblieben war, während er in Wirklichkeit gealtert war.

Der Wald wurde lichter, und er ging weiter.

Dann war der Tag gekommen, an dem er vor den Rat getreten war, nach seinem Erfolg im Krieg gegen die Überfallkommandos aus dem Tiefland. Große Tage, als sein Name in ganz Farlain gesungen wurde. Er glaubte, sie würden ihn zum König machen. Statt dessen hatten sie ihn abgewiesen, und in seinem Zorn hatte er geschworen, nie mehr zum Clan zurückzukehren.

Mit einigen wenigen wagemutigen Anhängern hatte er alles riskiert, als er nach Vallon gesegelt war. Dort hatte er die Druiden überwältigt, die das Tor bewachten, und war in die jenseitige Welt gereist. Zwei Jahre lang hatte er an der Seite der Kriegskönigin Sigarni gekämpft. Bedauern überfiel ihn, als die lang unterdrückte Erinnerung an seine Schande an die Oberfläche stieg. Sigarni hatte ihn entlassen und ihm seinen Rang aberkannt. Orakel und seine Anhänger waren daraufhin wieder durch das Tor geschritten in ein fernes Land.

Und was für ein Land es war, grün und fruchtbar, mit sanften Hügeln und üppigen Tälern, weiten Ebenen und großen Städten aus weißem Marmor. Es war ein Land, das vom Bürgerkrieg geschüttelt wurde, in dem kleine Fürsten und räuberische Prinzen miteinander um die Herrschaft rangen. Orakel war in einer Welt gelandet, die für seine Talente wie geschaffen war. Innerhalb von zwei Jahren war er General. Nach fünf Jahren befehligte er eine Armee von dreitausend Mann gegen Vashinu, den Prinzen der Füchse, und zermalmte ihn in einer Schlacht bei Duncarnin. Fünf Jahre später krönte er sich selbst zum König und wurde von den Bergen im Norden bis zum Meer im Süden als der uneingeschränkte Herrscher der Inseln, als Hochkönig, anerkannt.

Hätte er Mitgefühl besessen oder wenigstens Voraussicht, hätte er das gequälte Land vielleicht ändern können, hätte Frieden und Wohlstand für seine Untertanen schaffen können. Aber er war ein Mann des Krieges und hatte nichts von Diplomatie oder Vergebung gelernt. Er verfolgte seine Feinde und schuf so immer mehr Haß und damit immer mehr Feinde. Zwei Rebellionen schlug er nieder, doch die dritte vernichtete seine Armee.

Verwundet und allein, seine wenigen engen Freunde tot oder gefangen, floh er nach Norden und versuchte dort vergebens, eine Armee aufzustellen. Drei Jahre lang focht er kleinere Schlachten, doch die großen Siege entzogen sich ihm immer, bis er schließlich von seinen Offizieren verraten und seinen Feinden ausgeliefert wurde. Zum Tode verurteilt, war er aus dem Gefängnis ausgebrochen, wobei er zwei Wachposten tötete, ein Pferd stahl und nach Südosten ritt, wieder einmal zum Tor. Zweimal hatten sie ihn beinahe gehabt, einmal erwischte ihn ein Pfeil im Rücken. Doch damals war er stark gewesen, und er hatte sich mit der Wunde zu der Druidenhöhle geschleppt – in die Höhle, aus der er vor so vielen Jahren gestolpert war, als er zum ersten Mal das Land der Inseln erblickte.

Dort war ein Druide gewesen, der ihn verblüfft und erschreckt angesehen hatte. Er war einer der Männer gewesen, die Orakel vor langer Zeit auf Vallon überwältigt hatte. Orakel, der durch Blutverlust geschwächt war, hatte ihm befohlen, ihn zurück nach Hause zu schicken. Er hatte es ohne Widerspruch getan.

Jetzt blickte der alte Mann auf die Früchte seines Ehrgeizes, und es schmeckte bitter. Das Tal war von der Invasion gezeichnet, ausgebrannte Häuser vor dem Grün, feindliche Soldaten, die den Weizen auf den Feldern niedergetrampelt hatten. Am Langhaus waren die Wächter, und darin die gefangenen Frauen der drei Clans, die von Ketten gehalten, die Lust ihrer Eroberer zu befriedigen hatten.

Männer sahen von ihrer Arbeit auf, als der alte Mann in Sicht kam, dann begannen sie sich zu sammeln und auf ihn zu zeigen. Gelächter breitete sich aus, als immer mehr Krieger kamen, um ihn zu sehen. Das Lachen berührte Orakel wie Säure. Seinerzeit hatten Männer gebebt, wenn sie ihn so gekleidet sahen. Jetzt war er eine Witzfigur. Er zog sein Schwert, und das Lachen verebbte.

Dann rief jemand: »Lauft, Freunde, es ist die ganze Armee der Clans!«

Und sie verhöhnten ihn und bildeten einen Kreis um ihn.

»Wo ist euer Anführer?« fragte er.

»Hört, hört, das Ding spricht! Du kannst mit mir reden, alter Mann. Sag mir, was du willst.«

»Ich suche den Hund, nicht seinen Kot«, erwiderte Orakel. Der Mann wurde rot, als er das Lachen hörte, und spürte den beißenden Spott. Er zog sein Schwert und sprang vorwärts. Orakel parierte seinen Stoß und ließ einen Hieb folgen, der dem Mann den Hals halb durchtrennte.

Das Lachen erstarb und machte dem scharfem Zischen von Schwertern Platz, die gezogen wurden.

»Laßt ihn. Er interessiert mich«, sagte Asbidag und schritt durch die Menge. Zu seiner Rechten ging Drada,

Tostig zu seiner Linken. Er blieb fünf Schritte vor Orakel stehen und mußte grinsen, als er das verrostete Kettenhemd sah.

»Ich bin der Anführer. Sag, was du willst.«

»Ich habe nichts zu sagen, du Gezücht Arists. Ich kam her, um zu sterben. Willst du es mir gleichtun?«

»Du willst mit mir kämpfen, Alter?«

»Hast du den Mut dazu?«

»Ja. Aber sag mir erst, wo dein Clan hingegangen ist. Wo verstecken sie sich, und was haben sie vor?«

Orakel grinste. »Sie verstecken sich überall um euch, und sie planen eure Vernichtung.«

»Ich glaube, du kannst mir noch mehr sagen als das. Ergreift ihn!«

Die Männer stürmten vor. Orakels Schwert zuckte zweimal, und die Männer fielen schreiend. Der alte Mann drehte seine Klinge und stieß sie tief in den Bauch des nächsten Kriegers. In seinem Schmerz und seiner Wut schlug der Aenir mit seinem eigenen Schwert zu, durchstieß Orakels Rippen und durchbohrte seine Lungen. Er klappte zusammen und fiel, Blut schoß aus der Wunde.

»Zurück, ihr Narren!« rief Asbidag und schob die Männer beiseite. Orakel versuchte aufzustehen, doch der Kriegsherr der Aenir drückte ihn wieder zu Boden und kniete neben ihm.

»Du bekommst deinen Wunsch, alter Mann. Aber du wirst in Valhalla blind sein, denn ich steche dir die Augen aus, wenn du mir nicht sagst, was ich wissen will.«

Orakel hörte seine Stimme wie aus großer Ferne, und dann eine andere Stimme: die Stimme einer Frau, die haßerfüllt schrie. Er glaubte sie zu erkennen, doch sein Blick verschwamm, und er spürte die Messerklinge nicht mehr, die ihm in die Kehle drang.

Asbidag drehte sich um, während Morgase dem alten Mann das Messer wieder und wieder in den Hals stieß.

Tränen rannen ihr übers Gesicht, und ihre schluchzenden Schreie beunruhigten die Krieger. Asbidag riß sie hoch und schlug ihr ins Gesicht. Darauf beruhigte sie sich, ihre Augen verschleierten sich, als sie mit aller Willenskraft den Haß unterdrückte, der sie überwältigt hatte.

»Du kannstest diesen Mann?« fragte Asbidag leise.

»Ja. Er war ein General in der Armee, durch die mein Vater getötet wurde. Er vergewaltigte meine Mutter, und danach nahm sie sich das Leben. Er war Caracis, Sigarnis General.«

»Ich kenne diese Namen nicht«, sagte Asbidag. »Du sagtest, dein Land läge zehntausend Kilometer von hier. Du mußt dich irren. Dieser alte Mann hier gehörte zum Clan.«

»Glaubst du, ich könnte einen solchen Mann vergessen?«

»Nein. Aber irgend etwas hast du ausgelassen, meine kleine, dunkle Dame. Wie kommt er hierher?«

»Ich dachte, er wäre tot. Er verschwand vor fünfundzwanzig Jahren.«

Asbidag grunzte, dann trat er gegen den Toten. »Na, was er auch war, jetzt ist er tot«, sagte Asbidag, doch sein Blick ruhte auf Morgase, die zurück zum Haus ging.

Drada ging zu seinem Vater. »Glaubst du wirklich, sie würde sich daran erinnern? Vor fünfundzwanzig Jahren muß sie noch ein kleines Kind gewesen sein.«

»Es macht mir Sorgen«, antwortete Asbidag, der immer noch der Frau nachsah. »Ich habe noch nie von ihrem Reich gehört. Ich glaube, sie ist verhext.«

»Was hast du vor?«

»Was ich entscheide. Ich glaube, sie lügt über irgend etwas, aber das kann warten. Sie ist eine viel zu gute Bettpartnerin, um sie jetzt zu zerstören.«

»Und die Farlain, Vater?«

»Wir brechen morgen auf. Ongist hat die Pallides nach

Westen getrieben und stößt von der Flanke her auf sie, so daß er sie zurück nach Osten in die Arme von Barsas Waldwölfen treiben kann. Morgen marschieren wir, und wenn Vatan es gut mit uns meint, kommen wir an, ehe der ganze Spaß vorbei ist.«

Der Marsch tief ins Gebirge war schwierig, denn viele Angehörige des Clans waren alt, während andere Säuglinge und Kleinkinder schleppten. Selbst unter den jungen und starken brachten die Niederlage und die nachfolgende Flucht eine kräftezehrende Verzweiflung mit sich. Der Regen machte die Hänge rutschig und trügerisch, doch die Kolonne zog weiter, immer näher zum Attafoss. Maeg reichte den schlafenden Donal an einen Mann weiter, der grinste, als er den Kopf des Jungen an seine Schulter bettete. Dann löste sie sich von der Kolonne und ging zu Caswallon, der einer Gruppe von Kriegern Anordnungen gab. Er sah sie kommen und winkte die Männer fort. Maeg fand, daß er müde aussah, seine Schritte federten nicht mehr, sein Blick war stumpf. Er lächelte und nahm ihre Hand.

»Du ruhst dich nicht genug aus«, sagte sie.

»Bald, Maeg.«

Gemeinsam betrachteten sie den Clan, der sich auf die letzten Berghänge vor dem Attafoss zuwälzte. In der Ferne konnten sie schon das Tosen des großen Wasserfalls hören. Tag für Tag schlossen sich mehr Versprengte dem Auszug des Clans an, und jetzt folgten fast sechstausend Menschen Caswallon. Die lange Reihe der Männer, Frauen und Kinder bewegte sich langsam, sie litt noch unter dem hastigen Tempo von drei Tagesmärschen. Die alten und ganz jungen gingen in der Mitte der Reihe. Dahinter kam die Nachhut, während junge Frauen, bewaffnet mit Bögen und Messern, vorneweg gingen. Man sprach nur wenig. Die jungen Männer wollten möglichst schnell ihre Familien auf Vallon in Sicherheit bringen, damit sie kehrtmachen und sich den Feind vornehmen konnten. Die Alten waren gedankenverloren in Erinnerungen an ihre Jugend und bedauerten, daß sie nicht mehr Rache an den Aenir nehmen konnten, und sie schämten sich, weil sie nicht mehr so schnell laufen konnten. Die Frauen, junge wie alte, dachten an ihre verlorenen Heime und die Gefahr, in die ihre Männer sich in naher Zukunft begeben würden.

Krieger trugen abwechselnd die kleineren Kinder. Diese Aufgaben wurden gern übernommen, denn sie waren alle Clan. Alle eins im Geiste Farlains.

»Du hast den Clan gerettet, Caswallon«, sagte Maeg, schlang ihrem Mann die Arme um die Hüften und lächelte zu ihm auf. Sie bemerkte die angespannten Linien in seinem Gesicht, die dunklen Ringe unter den grünen Augen.

Er küßte sie aufs Haar. »Du brauchst mich nicht aufzumuntern, meine Schöne, aber trotzdem danke, daß du das sagst. Ich habe das Gefühl, als hinge ich an den Fingerspitzen an einer vereisten Felswand. Es gibt so viele Probleme. Ein Bote von Badraig sagt, im Osten befinde sich eine feindliche Truppe. Wir wissen, daß die Aenir uns auch von Süden her folgen. Ich habe Angst vor all dem. Wir können uns eine falsche Entscheidung nicht leisten.«

»Du wirst schon tun, was das beste ist«, sagte sie. »Ich habe Vertrauen zu dir.«

»Oh, Vertrauen habe ich auch zu mir, Maeg. Aber alle Menschen machen Fehler.«

»Maggrig sagte immer, du wärst so schlau wie ein Fuchs, und der Versuch, dir auf die Schliche zu kommen, wäre so sinnlos, als ob man Rauch mit den Fingern fangen wollte.«

Er grinste, und die Spannung fiel von ihm ab, wenn auch die Müdigkeit blieb.

»Ich werde mich besser fühlen, wenn die Frauen und

Kinder in Sicherheit sind und ich mich wieder einfacheren Aufgaben zuwenden kann – wie die Aenir zu töten.«

»Du glaubst, das wäre einfacher?«

»Allerdings. Sie glauben, sie haben gewonnen, sie sehen uns auf der Flucht und meinen, wir wären gebrochen. Aber wir machen kehrt, und dann merken sie, daß sie in die goldenen Augen des Wolfes blicken.«

Sie drehte sich zu ihm und sah in seine zornigen Augen. »Du läßt dein Herz nicht von Haß vergiften?«

»Nein. Darum brauchst du keine Angst zu haben. Ich hasse die Aenir nicht, sie sind, was sie sind. Ich hasse ebensowenig den Berglöwen, der mein Vieh jagt. Trotzdem werde ich kämpfen und den Löwen töten.«

»Gut. Haß würde nicht zu dir passen, Caswallon von Farlain.«

»Wie könnte ich dich im Herzen tragen und noch Platz für Haß finden?« fragte er und küßte sie auf die Lippen. »Jetzt mußt du gehen, denn ich habe viel zu tun.«

Sie schürzte ihren Rock und lief entlang der Kolonne, bis sie den Krieger fand, der Donal trug, und dankte ihm für seine Hilfe. Das Kind schlief noch immer, und sie nahm es wieder auf den Arm und marschierte weiter.

Caswallon wanderte zum Ende der Reihe, wo Leofas mit der Nachhut marschierte. Umgeben von jüngeren Männern wirkte der stämmige Krieger grau und alt, doch seine Augen funkelten, als Caswallon kam.

»Na, wir haben es ohne Zwischenfall geschafft«, sagte er.

»Sieht so aus«, stimmte Caswallon zu.

Leofas kratzte sich den Bart. Er war mehr grau als rot, er kam Caswallon vor wie rostiges Eisen. Leofas war alt, aber er war auch zäh und schlau, und der Tag war noch nicht heraufgedämmert, an dem ein Feind ihn auf die leichte Schulter nehmen konnte. Er trug ein glitzerndes Kettenhemd aus Eisenringen, das mit Silberfaden auf ein ledernes Unterhemd genäht war. An seiner Seite hingen zwei Kurzschwerter, in der Hand hielt er einen kräftigen Stab mit eiserner Spitze.

»Hast du gemeint, was du sagtest, Caswallon? Daß du die Menschen durch das Druidentor schicken willst?«

»Ja.«

»Werden sie dann in Sicherheit sein?«

»Sicherer als hier, mein Freund, glaub mir. Hundert der älteren Männer gehen mit ihnen, um bei der Jagd und beim Hausbau zu helfen.«

»Und dann?«

»Dann werden du und ich andere Beute jagen.«

Die Augen des Älteren funkelten, und er grinste wölfisch. »Es wird auch Zeit. Es ist ein komisches Gefühl, vor den Teufeln wegzulaufen. Meine Beine wollen immer kehrtmachen. Ich dachte nie, daß mal der Tag käme, an dem es mich etwas scherte, was aus den Pallides wird«, fuhr Leofas fort, »aber ich hoffe, daß der alte Wolf Maggrig in Sicherheit ist.«

»Er ist kein Mann, der sich von einem plötzlichen Angriff überraschen läßt. Er hatte bestimmt Späher ausgeschickt.«

»Ja, aber das hatten wir auch, Caswallon.«

Fünfzig Kilometer weiter südöstlich wuchs Maggrigs Verärgerung. Er war es müde, nach Westen getrieben zu werden. Er war es leid, vor dem Feind davonzulaufen, und er war angsterfüllt. Die Aenir hatten sie am Nachmittag nach dem Tag des Angriffs eingeholt, doch die Späher der Pallides hatten sie mit einem Hagel von Pfeilen getroffen und ihre Verfolgung verlangsamt. Seitdem hatten sie den Clan im Osten umgangen, und die beiden Gruppen schienen jetzt ein tödliches Wettrennen zu laufen, wobei die Aenir versuchten, sie zu überholen und ihre Flucht nach Norden zu verhindern. Seine Schläue und genaue Kenntnisse des Landes hatten Maggrig bis jetzt immer in die Lage versetzt, einen Vorsprung zu behalten, aber die Marschrichtung wechselte ständig, und der listige Jagdherr der Pallides vermutete, daß sie noch aus einem anderen als dem offensichtlichen Grund immer mehr nach Westen abgedrängt wurden. Zuerst hatte es den Anschein, daß der Befehlshaber der Aenir einen direkten Kampf erzwingen wollte, indem er ihnen den Fluchtweg abschnitt, doch er hatte zwei Gelegenheiten dazu verstreichen lassen. Beim ersten Mal konnten Unwissenheit oder Gedankenlosigkeit die Ursache sein.

Aber gleich zweimal, das war etwas anderes.

Wie der Schwertkämpfer Intosh gemeint hatte, konnte es auch reine Dummheit sein. Maggrig hatte gegrunzt und diese Vorstellung verworfen. »Jeder General, der sich darauf verlassen muß, daß sein Gegner ein Idiot ist, steckt in ernstlichen Schwierigkeiten. Nein, ich glaube, er will noch keine Konfrontation. Ich glaube, es gibt noch eine zweite Aenirtruppe westlich von uns. Wir sitzen zwischen Hammer und Amboß.«

»Wir haben kaum eine Wahl«, sagte Intosh, kauerte sich auf die Erde und zeichnete eine grobe Karte von dem vor ihnen liegenden Gebiet. »Wir können nichts anderes tun als reagieren. Wir sind durch unsere Frauen und Kinder behindert.«

»Nach den Berichten unserer Späher«, sagte Maggrig, »verfügt der Feind über zweitausend Mann. Wir haben achthundert, die kämpfen können, und siebenhundert Frauen. Mit den älteren Kindern, die mit einem Bogen umgehen können, könnten wir sechzehnhundert Kämpfer aufbringen.«

»Zu welchem Zweck?« fragte Intosh. »Wir können es doch nicht mit ihnen aufnehmen.«

»Wir müssen«, sagte Maggrig traurig. »Ja, wir können auch weiter davonlaufen, aber jeder Kilometer bringt uns dem Verhängnis näher. Wir müssen die Initiative ergreifen.«

»Wir können nicht gewinnen.«

»Dann sterben wir, mein Freund, und nehmen so viele von den Schweinen mit, wie wir nur können.«

Intosh musterte Maggrig. Der Schwertkämpfer war es ebenfalls müde, davonzulaufen. »Es ist deine Entscheidung, und ich werde an deiner Seite stehen. Aber wo werden wir stehen?«

Maggrig kniete sich neben ihn, und gemeinsam wählten sie das Schlachtfeld aus und zeichneten die Linien des Landes in die weiche Erde.

Bei Tagesanbruch marschierten die Aenir unter Ongist durch ein breites Tal. Vor ihnen lag ein Höhenzug, dicht bewaldet mit alten Eichen auf der linken Seite, im Osten ein höherer, baumloser Berg. Auf diesem Berg hatte sich der Schildkreis der Pallides gebildet. Die aufgehende Sonne glitzerte auf den Schwertern, Speeren und Helmen des Clans und blendete die Aenir.

Ongist rief seine Späher zu sich. »Wie lange dauert es noch, bis Barsa bei uns ist?«

»Noch einen Tag«, antwortete ein hagerer, sehniger Waldläufer. »Wollen wir warten?«

Ongist überlegte. Zu warten bedeutete, den Ruhm teilen zu müssen – und die Frauen. Er legte eine Hand über die Augen, musterte den Berg und überschlug die Zahl der dortigen Kämpfer. »Wie viele sind es deiner Meinung nach?«

Der Waldläufer zuckte die Achseln. »Fünfzehnhundert, vielleicht zweitausend. Aber die Hälfte davon müssen Frauen sein. Bei Vatans Eiern, Ongist, wir sind ihnen drei zu eins überlegen!«

Drada hatte darauf bestanden, daß keine größere Schlacht geschlagen wurde, bis Barsas Truppe zu der seinen gestoßen war, aber was würde Vater sagen, wenn Aenir-Krieger lediglich abwarteten, scheinbar voller Angst, einen Berg anzugreifen, der von Frauen, alten Männern, Kindern und einer Handvoll Kriegern verteidigt wurde?

Ongist rief seine Hauptleute zu sich und gab Befehl zum Angriff.

Die Aenir stürmten unter Schlachtrufen los. Der Hang war steil, Pfeile und Speere regneten auf sie herab, doch sie rannten weiter.

Auf dem Berg zog Maggrig sein Schwert und rückte seinen Schild am linken Arm zurück. Die Aenir waren halbwegs den Berg hinauf, die letzten ihrer Krieger noch auf dem unteren Hang, als Maggrig dem Krieger neben ihm ein Zeichen gab. Der Mann setzte sein Horn an die Lippen und ließ das Kriegssignal der Pallides ertönen.

Im Wald hinter den Aenir sprangen achthundert Frauen aus den Bäumen und legten Pfeile auf die Sehnen. Lautlos verließen sie ihre Deckung, knieten sich am Fuß des Hanges nieder und spannten die Bögen. Die Aenir, die ihre Schilde vor sich trugen, wurden scharenweise niedergestreckt, als der schwarzbefiederte Tod von hinten heranzischte. Ongist, der inmitten seiner Truppe war, drehte sich bei den ersten Schreien um.

Hunderte seiner Männer lagen am Boden. Andere hatten kehrtgemacht, um sich vor diesem neuen Angriff zu schützen. Damit erreichten sie jedoch nur, daß sie den Bogenschützen oben auf dem Berg den Rücken zuwandten.

Ongist fluchte und duckte sich, als ein Pfeil an ihm vorbeisauste und sich in den Hals des nächststehenden Kriegers bohrte. Der Vormarsch war ins Stocken geraten. Er hatte nur noch eine Chance auf den Sieg, und die lag darin, die weiblichen Schützen anzugreifen. Er brüllte seinen Männern zu, ihm zu folgen und begann zu laufen.

Doch in diesem Augenblick ließ Maggrig erneut ins Horn stoßen, und der Schildring öffnete sich. Er führte seine Kämpfer in einem tollkühnen Angriff auf den Rücken des Feindes. Mit Intosh an seiner Seite hieb und stieß der stämmige Jagdherr sich seinen Weg durch das

Pack der Aenir. Ein Schwert ritzte seinen Hals, ehe sein Träger mit durchschnittener Kehle fiel und von seinen Kameraden niedergetrampelt wurde.

Ein Pfeil nach dem anderen hämmerte in die Reihen der Aenir. Der Tod war vor ihnen – und hinter sich hörten sie den schrillen Kriegsruf der Pallides: »Auf sie! Auf sie!« Angesichts des Pfeilhagels brachen viele Aenir nach links aus und versuchten verzweifelt, sich zwischen den Bäumen in Sicherheit zu bringen. Ongist schäumte vor Wut. Mit einem harten Kern seiner persönlichen Gefolgschaft hielt er aus, doch die Schlacht war verloren. Seine Männer wurden von Pfeilen durchbohrt, so daß eine Lücke in dem Schildwall entstand und Ongist dem Feind darbot.

Zwei Pfeile schossen durch die Luft und bohrten sich in Ongists Brust. Mit einem schmerzerfüllten Grunzen brach er die herausragenden Pfeile ab. Als er sich umdrehte, sah Ongist Maggrig vor sich. Maggrigs Bart war dunkel vor Blut, seine Augen glänzten, und er bleckte mit einem wilden Knurren die Zähne.

Ongist holte schwach aus. Maggrig parierte den Schlag mühelos und hob die Hand als Zeichen für seine Schützen, das Schießen einzustellen. Ongist, der letzte Aenir, der noch am Leben war, taumelte, dann betrachtete er den Feind mit neuen Augen. Seine Beine gaben nach, und er fiel zu Boden. Mit größter Anstrengung stemmte er sich auf die Knie.

»Bringt ihn mit«, murmelte Maggrig und ging an dem sterbenden General der Aenir vorbei zum Wald.

Eine Stunde später marschierten die Pallides wieder nach Nordwesten. Hinter ihnen ließen sich die Krähen auf den Toten der Aenir nieder – mehr als elfhundert Tote, denen Rüstung und Waffen abgenommen worden waren, übersäten den Berg. An einen Baum genagelt hing der Leichnam Ongists, dessen Rippen grotesk auseinanderklafften und dessen Innereien mit Streifen aus Borke an ihrem Platz gehalten wurden. Man hatte ihm die Augen ausgestochen und die Zunge herausgeschnitten.

Auch Maggrig kannte den Traum der Aenir von Valhalla.

Ongists Schatten würde weder sehen noch sprechen, wenn er in die Halle der Grauen Götter geführt wurde.

Gaelen und Deva krochen über den letzten Kamm vor Attafoss und schauten auf den großen Wasserfall und den ausgedehnten Wald, die weiten Täler und die schmalen Felsenpässe unter ihnen.

In der Ferne konnte er schwach die marschierende Reihe erkennen, wie Ameisen, die über eine grüne Decke krochen.

Er sank neben Deva zu Boden. Er war jetzt müde, doch sie war erschöpft, ihre Mokassins durch scharfe Steine und Geröll zerfetzt. Ihre Füße bluteten, und ihr Gesicht war grau vor Müdigkeit. Ihr goldenes Haar, einst so schön, hing in fettigen Rattenschwänzen um ihren schmutzigen Hals.

Sie legte den Kopf gegen seinen Nacken. »Ich hätte nicht gedacht, daß wir es bis hierher schaffen«, sagte sie.

Er strich ihr übers Haar, ohne etwas zu sagen. Render hatte sich neben ihnen ausgestreckt, sein Kopf ruhte auf seinen Pfoten. Er hatte seit zwei Tagen nichts gefressen, und der Glanz seines glatten Fells war dahin. Dreimal waren sie ihren Verfolgern entwischt, hatten sich in Höhlen und hinter dichten Büschen versteckt, und einmal in den Ästen einer ausladenden Eiche Zuflucht gesucht, als die Aenir darunter suchten.

Zweimal waren sie über die gefolterten Leichen von Clanangehörigen gestolpert, die grausam als Blutadler an Bäume genagelt worden waren. Deva wollte die Toten abnehmen, doch Gaelen weigerte sich und wies darauf hin, daß das nur die Aufmerksamkeit ihrer Verfolger auf sich ziehen würde.

Jetzt waren sie deutlich voraus und hatten nur noch einen gemütlichen Spaziergang von einer Stunde leicht bergab vor sich, bis sie zum Clan stießen. Gaelen rieb sich das schweißnasse Gesicht ab und kratzte sich an der zackigen weißen Narbe über dem blutunterlaufenen linken Auge. Er suchte den Wasserfall und das tosende weiße Wasser ab, dann richtete er seinen Blick wieder auf die Kolonne, die quälend langsam auf den Wald zu marschierte. Plötzlich fuhr Gaelen zusammen wie gestochen. Von seinem Standpunkt aus konnte er in den Wald sehen, und für einen Augenblick erhaschte er einen Blick auf einen Krieger, der gebückt lief. Der Mann hatte den gehörnten Helm eines Aenir getragen.

»Oh, nein!« flüsterte er. »Oh, ihr Götter, nein!«

»Was ist los?« fragte Deva und schaute sich um, in der Erwartung, ihre Verfolger dicht auf den Fersen zu sehen.

»Die Aenir sind im Wald«, erklärte er. »Sie warten darauf, den Clan zu überfallen – und ich kann sie nicht warnen.«

Deva beschattete die Augen und suchte den Waldrand ab.

»Ich sehe nichts.«

»Es war nur ein Mann. Aber ich weiß, daß da noch mehr sind.«

Verzweiflung überfiel den jungen Mann. »Gehen wir«, sagte er, und sie begannen, den grasbewachsenen Hang hinunterzulaufen, ohne auf den Wald zuzuhalten.

Weit unten ließ Caswallon die Kolonne halten. Vor ihnen lag der Attawald, der dunkle und heilige Ort der Druiden. Dahinter befand sich, Taliesen zufolge, die unsichtbare Brücke nach Vallon. Caswallon rief Leofas zu sich – und Badraig, der aus dem Westen mit der Nachricht zurückgekehrt war, daß die Aenir sich in mehrere Truppen aufgeteilt hatten, von denen der Hauptteil im

Geschwindmarsch nach Osten rannte, während die anderen in kleineren Gruppen in den Bergen verschwanden.

Der Spähtrupp hatte zwanzig Aenir-Krieger eingekesselt und erschlagen. Einen nahmen sie lebendig gefangen und befragten ihn ausführlich. Er verriet nur wenig, außer daß sie einen Mann und ein Mädchen verfolgten. Badraig tötete den Mann rasch und führte seine Gruppe zurück zu Caswallon.

»Was meinst du?« fragte Badraig. »Gaelen?«

»Könnte sein. Das Mädchen könnte Deva sein. Diraks Späher fanden den verstümmelten Körper eines Clan-Mädchens, das sie für Larain hielten, und Agwaine sagt, die beiden Mädchen waren zusammen unterwegs.«

»Warum sollten die Aenir ihre Truppen aufteilen?« fragte Leofas.

»Ich wette, wegen Maggrig. Der schlaue alte Fuchs läßt sie wahrscheinlich fröhlich tanzen.«

Taliesen kam zu ihnen. Er stützte sich auf seinen Eichenstab, sein langes weißes Haar flatterte im Morgenwind. »Können wir weiterziehen, Jagdherr? Ich möchte gern sicheres Gebiet erreichen.«

»Noch nicht«, entgegnete Caswallon. »Ich mache mir Sorgen um die zweite Truppe, von der du sprachst, Badraig. Warum haben sie sich aufgeteilt, was meinst du?«

»Um woanders wieder zusammenzutreffen. Weshalb sonst?«

»Warum sind sie dann hier? Wir haben doch den Westen abgesucht.«

»Sie könnten sich nach Süden gewandt haben«.

»Oder nach Norden«, sagte Leofas.

»Genau meine Meinung«, sagte Caswallon und blickte zu den dunklen Bäumen von Atta hinüber.

»Wie groß war diese zweite Truppe?« fragte Leofas.

Badraig zuckte die Achseln. »Irgendwas zwischen zweihundert und tausend. Mehr aber nicht.«

»Dann wären wir wenigstens einmal nicht zahlenmäßig

unterlegen«, sagte Caswallon. »Ich denke, wir lagern hier, und heute abend zünden wir Feuer an. Wir wissen, daß vor morgen nachmittag keine Truppe aus Süden uns überraschen kann.«

Badraig und Leofas verbreiteten die Nachricht, und die Frauen suchten Feuerholz, wenn sich auch keine in den Wald wagte.

Im Wald wartete Barsa geduldig mit seinen siebenhundertundfünfzig Bogenschützen und sah zu, wie die Farlain ihr Lager aufschlugen.

Im Gegensatz zu seinem Halbbruder Ongist war Barsa nicht tollkühn. Er besaß aber auch nicht die Intuition seines Halbbruders Drada. Barsa war nichts weiter als ein geübter Menschenjäger, der sich mehr auf seine Erfahrung als auf seinen Verstand verließ. Seine Erfahrung sagte ihm, daß die Farlain nichts von seiner Anwesenheit wußten, er hatte ihre Späher umgangen und nur die besten seiner Männer genommen, die er in kleine Gruppen aufgeteilt und nach Norden geschickt hatte, um am Wasserfall wieder zusammenzustoßen. Er hatte geraten, welche Route der Clan nehmen würde, und freute sich insgeheim darüber, wie richtig er gelegen hatte. Er hatte keine Ahnung, wo sie eigentlich hinwollten, denn der Norden war ein Geheimnis für die Aenir, es hieß nur, das Meer wäre nicht fern. Und als er die Nachricht von Ongist erhalten hatte, daß die Pallides auch nach Norden marschierten, hatte er sofort gehandelt und dreitausend Mann zu seinem Bruder geschickt und nur achthundert mit sich hierher genommen.

Es würde seinem Vater gefallen, und Barsa freute sich darauf, sein Lob einzuheimsen. Er konnte die Farlain mit dem ersten Angriff dezimieren. Sie würden davonlaufen, und seine Männer konnten sich an den Mädchen des Clans bedienen. Leider mußten sie sie anschließend töten. Das war der Befehl, der für Barsa keinen Sinn ergab. Die Aenir hatten immer die gefangenen Frauen als

Haussklaven und Konkubinen behalten – manchmal sogar als Ehefrauen. Aber in den Bergen waren Asbidags Befehle unmißverständlich gewesen.

Tötet alle Männer, Frauen und Kinder der Clans.

Ein Waldläufer kroch zu Barsa heran. »Sie schlagen ihr Lager auf. Sollen wir heute abend angreifen?«

Das war ein Gedanke, aber Barsa wollte seine Männer nicht in offenem Gelände kämpfen lassen, denn die Clans hatten mehr Leute als er. »Nein. Wir warten bis zum Morgen, wenn sie in den Wald kommen.« Der Mann nickte und schob sich lautlos zurück in die tiefere Dunkelheit.

Hinter der Reihe der Lagerfeuer, die im offenen Gelände flackerten, führte Caswallon lautlos tausend Krieger erst nach Süden, dann nach Osten, so daß sie den schwarzen Atta-Wald umgingen. Sobald sie im Osten waren, teilten sich die Farlain in drei Truppen, eine unter Führung von Caswallon, die anderen wurden von Leofas und Badraig befehligt. Nur mit Kurzschwertern und Jagdmessern bewaffnet, kamen die Männer in den Wald und bewegten sich leise voran. Es ging nur langsam vorwärts.

Der Mond stand hell über den Bergen, doch unter den überhängenden Zweigen der alten Eichen, aus denen der Wald weitgehend bestand, war es dämmrig. Alle drei oder vier Schritte schloß Caswallon die Augen und konzentrierte sich auf die Geräusche der Umgebung, um Bewegungen vor ihnen im Gebüsch zu hören. Er hörte das heisere Rascheln von Tuch an Holz und hob die Hand. Die Männer hinter ihm blieben stehen. Er deutete auf die Büsche, ein Mann kroch mit dem Messer in der Hand vorwärts.

Im Gebüsch döste ein Bogenschütze der Aenir – und starb, ohne aufzuwachen, als die rasiermesserscharfe Klinge ihm die Kehle durchschnitt. Hinter ihm schliefen zahlreiche Krieger. Mit blitzenden Messern rückten die Männer des Clans vor und töteten sie im Schlaf.

Die nächtlichen Jäger zogen weiter. Leofas und seine Gruppe schlichen tief in den Wald nach Norden und setzten ihr lautloses Töten fort, ehe sie auf der Westseite wieder bergab schlichen, während Badraig, der den nördlichsten Punkt erreichte, sich nach Süden wandte.

Eine Stunde vor Tagesanbruch zerriß ein Schrei die Stille der Nacht, als ein Mann des Clans einem Aenir die Kehle durchschnitt. Der Mann wachte auf, als das Messer seine Haut durchdrang, und stieß einen Warnschrei aus, ehe zehn Zentimeter Eisen ihm den Hals durchschnitten.

Barsa sprang auf und wußte im gleichen Moment, daß er hereingelegt worden war. Er brüllte den nächstliegenden eine Warnung zu und zog sein Schwert. Seine Waldläufer kamen herbeigerannt, und er sah, wie der Clan sich in der Dämmerung auf sie stürzte. Er blickte nach links und rechts. Er hatte nicht einmal hundert Männer bei sich. Aber wenn die Männer des Clans sich in den Wald geschlichen hatten, bedeutete das, daß die Frauen allein auf offenem Gelände waren. Barsa machte kehrt und hastete nach Süden. Wenn sie sich nur an den Frauen und alten Männern vorbeischlagen konnten, waren sie gerettet.

Die Aenir rannten aus dem Wald, und Barsas Herz sank. Eine Reihe von Frauen kniete mit gespannten Bögen im Gras. Er warf sich zu Boden, als die Pfeile herabregneten.

Eine zweite Salve hämmerte in ihre Reihen, und dann waren die Männer des Clans über ihnen. Barsa sprang auf und parierte einen Stoß, schwang sein Schwert beidhändig und spaltete dem Mann den Schädel. Ein zweiter Mann fiel unter seinem Schwert, und ein dritter, während er seinen Trotz herausschrie. Dann zogen sich die Männer des Clans zurück, und ein Krieger schritt durch ihre Reihen. Der Mann war groß, sein langes schwarzes Haar im Nacken zusammengebunden. Ein dreigabeliger Bart verlieh ihm ein sardonisches Aussehen. Seine

Augen waren grün, und in der Hand hielt er ein Kurzschwert.

Neben Barsa starb der letzte Waldläufer der Aenir mit einem Pfeil zwischen den Rippen. Barsa hatte keine Angst vor dem Tod. Er hatte sich einen Platz in der Halle des Grauen Gottes verdient.

Er stützte sich auf sein Schwert und grinste den blutgetränkten Mann an.

»Na komm schon, du Bergesel. Ich sehe dich als Leiche, bevor du mich so siehst.«

Der Mann trat vor, als Barsas Schwert durch die Luft sauste. Er parierte es, duckte sich und stieß auf die Lenden des Aenir. Barsa machte einen Satz zurück und ließ seine Klinge niedersausen. Der Mann blockte den Hieb, Eisen klirrte auf Eisen, während sich die Männer umkreisten. Der Aenir hatte den Vorteil eines Langschwertes, doch der andere bewegte sich rasch, seine grünen Augen suchten nach Schwachstellen in der Deckung des Aenir.

»Angst?« höhnte Barsa. Der Mann antwortete nicht, sondern sprang mit erhobenem Schwert vor. Barsa schlug wild zu. Der Mann parierte, dann wirbelte er auf der Ferse herum und ließ seinen Ellbogen in Barsas Gesicht krachen. Der Aenir taumelte zurück, dann spürte er die sengende Pein einer Schwertklinge, die sich tief in seinen Bauch bohrte. Ein schrecklicher Schrei entrang sich seiner Kehle, und er fiel zu Boden. Er wand sich im Bemühen, die Klinge herauszuziehen. Dann verging der Schmerz, wurde mit dem Blut aus seinem Körper gewaschen. Er rollte sich auf den Rücken, und blickte zum Himmel hinauf, in Erwartung der Valkyrie, die herabgeritten kam, um seine Seele zu holen.

Er fragte sich, ob Asbidag wohl um ihn trauern würde. »Ich steche ihm die Augen aus«, hörte er jemanden sagen. Barsa bekam Panik, er wollte in der Halle der Helden nicht blind sein.

»Laß ihn«, sagte der Mann, der ihn niedergestreckt hatte.

Erleichterung und Erlösung kamen gleichzeitig, und das Licht verblaßte.

9. Kapitel

Im frühen Morgensonnenschein nahmen die Frauen des Clans den toten Aenir alle Waffen ab und töteten die Krieger, die sich noch immer ans Leben klammerten. Caswallon ging mit vielen anderen seiner Angriffstruppe in den Wald zu einem rasch dahineilenden Bach und zog seine blutbespritzten Kleider aus.

Die nächtliche Arbeit hatte den neuen Kriegsherrn abgestoßen. Mehr als sechshundert Aenir waren im Schlaf abgeschlachtet worden. So sollte ein Mann nicht sterben.

Caswallon stieg in den Bach und schauderte, als das eiskalte Bergwasser seine Haut berührte. Rasch wusch er sich, dann kehrte er ans Ufer zurück und legte sich neben Leofas und dem jungen, schwarzhaarigen Krieger Onic ins Gras, dem besten Kämpfer mit dem Eichenstab, den die Berge aufzuweisen hatten.

»Eine schöne Nacht«, sagte Leofas grinsend. Ohne seine Kleidung wirkte der alte Krieger noch kraftvoller. Seine breite Brust und die muskulösen Schultern kündeten von seiner großen Stärke, sein Bauch war flach und fest, die Muskeln des Solar Plexus zeichneten sich scharf ab.

»Zumindest war es ein Sieg«, meinte Caswallon müde.

»Du bist schon seltsam, Caswallon«, sagte Leofas, setzte sich auf und schlug dem Jüngeren zwischen die Schulterblätter. »Diese Schweine haben sich mit Mord und Totschlag und Vergewaltigung auf uns gestürzt, und jetzt habe ich das Gefühl, daß du die letzte Nacht bedauerst.«

»Das tue ich auch. Ich bedaure, daß es nötig war.«

»Na, mir hat es Spaß gemacht. Vor allem zuzusehen, wie du diesen großen Hurensohn fertig gemacht hast.«

Eine Gruppe von Frauen, allen voran Maeg, kam mit frischen Kleidern für die Männer zum Bach. Caswallon zog sich an und erspähte Taliesen, der auf einem umgestürzten Baum saß. Der Kriegsherr ging zu ihm.

»Auf diesem Wald liegt der Geruch des Todes«, sagte Taliesen. »Er stinkt regelrecht danach.« Der Druide sah unglaublich alt aus, sein Gesicht war aschgrau, die Haut trocken. Sein Federumhang, staubig und verblaßt, hing locker um seine knochigen Schultern. »Aber trotzdem, du hast deine Sache gut gemacht, Kriegsherr.«

Caswallon setzte sich neben den alten Mann. »Wer bist du, Druide? Was bist du?«

»Ich bin ein Mensch, Caswallon. Nicht mehr, nicht weniger. Vor Jahrhunderten war ich ein Student und schloß mich dem Zug von den Sternen an, um mehr vom Leben zu sehen. Ich wollte die Ursprünge der Menschheit kennenlernen. Die Tore waren Mittel zum Zweck.«

»Und was sind die Ursprünge der Menschheit?«

Taliesen lachte, in seinen müden Augen blitzte ein Funken seines Humors auf. »Ich weiß es nicht. Ich werde es nie wissen. Mein Lehrer war ein großer Mann. Er kannte die Geheimnisse der Sterne, die Mysterien der Planeten und die Struktur der Tore. Und trotzdem lernte er nie etwas über die Ursprünge. Wir sind zusammen gereist und haben studiert, doch das große Geheimnis entzog sich uns. Manchmal habe ich Angst vor der kosmischen Macht, die ich nicht sehen kann, und daß sie über mich in meiner Eitelkeit lacht.

Mein Lehrer, Astole, wurde ein Mystiker in einem fernen Land. Es geschah, kurz nachdem das Oberste Tor versagte. Siehst du, wir konnten nie weit genug zurückreisen, um den ersten Menschen zu finden. Die Tore wurden immer weiter zurückgeschoben. Wo immer wir hingingen, gab es Menschen, die bis zu einem gewissen Grad entwickelt waren. Vor ein paar hundert Jahren entwickelte ich meine eigene Theorie. Ich ließ Astole in den Wüsten seiner Welt allein und reiste in ein nordisches Land, ein Hochland-Königreich. Die Menschen dort waren bedroht, ebenso wie ihr, und ich führte sie zu den Farlain, um sie wachsen zu sehen und zu beobachten, wie sie sich entwickeln würden. Ich dachte, die Entwicklung würde mir bei meinen Studien helfen.«

»Und tat sie es?«

»Nein. Der Mensch ist ein selten aufreizendes Wesen. Alles was geschah war, daß ich das Volk von Farlain zu lieben begann. Meine Studien waren vor etwa zweihundert Jahren ruiniert, als der letzte meines Volkes in diese Rasse einheiratete. Wie hatten keine Frauen, verstehst du, und jeder Mann braucht eine Gefährtin. Ich rekrutierte viele ihrer Kinder, und so überlebt der Orden, aber viele derjenigen, die jetzt noch die Kunst ausüben, schätzen nicht länger die ... Künste ... hinter den Maschinen.

»Du, Caswallon, stammst von meiner Rasse ab. Du bist der Urenkel von Nerists Tochter. Ein kluger Mann, dieser Nerist. Er allein von allen meinen Schülern sagte, wir würden die Großen Tore nie wieder öffnen. Du kannst nicht begreifen, was für ein schreckliches Gefühl des Verlustes und der Abgeschnittenheit es war, als die Tore sich schlossen. Verstehst du, was geschah, war ein Ding der Unmöglichkeit.«

»Warum sollte es unmöglich sein?« fragte Caswallon. »Alle Dinge haben einen Anfang und ein Ende.«

»Allerdings. Aber wenn du mit der Zeit spielst, Caswallon, dann schaffst du Kreise. Stell dir einmal vor: Heute wirst du das letzte der Mittleren Tore sehen. Heute. Jetzt. Du wirst es betrachten, und dein Volk – unser Volk – wird es durchschreiten. Aber morgen, sagen wir, verschwindet das Tor. Zuerst machen wir uns Sorgen, aber dann denken wir: Gestern war es hier. Also schreiten wir durch ein Kleines Tor ins Gestern. Was sollten wir dann vorfinden?«

»Das andere Tor sollte wieder da sein«, sagte Caswallon.

»Ja, genau – denn wir sahen es ja gestern ... gingen hindurch. Aber das ist eben das Rätsel, mein Junge. Denn als die Großen Tore verschwanden, verschwanden sie durch alle Zeiten. Unmöglich, denn das entspricht nicht der Wirklichkeit.«

»Du sagtest mal«, meinte Caswallon, »daß Magie ist, wenn etwas Unmögliches Wirklichkeit wird. Wenn das stimmt, sollte es kein Problem sein, die Umkehrung zu akzeptieren. Was mit deinen Toren geschah, war nichts anderes, als die Wirklichkeit, die unmöglich wird.«

»Aber wer ließ es geschehen?«

»Vielleicht jemand, der dich studiert, so wie du uns studierst«, schlug Caswallon lächelnd vor.

Taliesens Augen glänzten. »Astole glaubte genau so etwas. Ich nicht.«

In diesem Moment betrat Gaelen die Lichtung und rief Caswallons Namen. Der Kriegsherr sprang auf die Füße und breitete die Arme aus, als der junge Mann auf ihn zu lief. Sie standen eine Weile nur da und hielten sich in den Armen. Dann packte Caswallon Gaelen bei den Schultern und schob ihn von sich.

»Mir fällt ein Stein vom Herzen, dich zu sehen«, sagte Caswallon.

»Mir auch. Deva und ich dachten schon, wir würden euch von den Aenir in Stücke gehauen vorfinden. Wir sahen euch von den Bergen dahinten.«

»Wenigstens einmal ist es uns gelungen, ihnen vorauszusein. Du siehst müde aus, und auf deiner Tunika ist eingetrocknetes Blut.«

»Sie haben uns seit drei Tagen durch die Berge gejagt.«

»Aber ihr habt es geschafft.«

»Du warst ein guter Lehrmeister.«

Caswallon grinste. »Wo ist Deva?«

»Bachaufwärts, um sich den Schmutz abzuwaschen.«

»Dann solltest du das auch tun. So froh ich auch bin, dich zu sehen, aber du stinkst wie ein toter Fisch. Fort mit dir!«

Caswallon sah dem jungen Mann nach, wie er zum Bach ging, und seine Augen glänzten vor Stolz. Taliesen stand neben ihm. »Er ist ein feiner junger Mann. Er macht dir Ehre.«

»Er macht sich selbst Ehre. Weißt du, Taliesen, als ich ihn auf dem Rücken aus dem zerstörten Ateris trug, überlegte ich, ob ich wohl eine Dummheit machte. Seine Wunden waren ernst – und er bestand sowieso nur aus Haut und Knochen. Meine Beine taten weh, und mein Rücken schmerzte bei jedem Schritt. Aber ich bin froh, daß ich ihn nicht liegengelassen habe.«

»Er ist zäh«, stimmte der Druide zu. »Orakel hat dafür gesorgt, daß seine Wunden gut heilten.«

»Ja. Ich hoffe, der alte Mann hat den Angriff überlebt.«

»Hat er nicht«, sagte Taliesen.

»Woher weißt du?«

»Lassen wir das jetzt. Er war ein starker Mann, aber eitel.«

»Ein toller Grabspruch.«

»Einen besseren kann ich nicht bieten. Jetzt sieh zu, daß der Clan sich bereit macht. Wir müssen vor Einbruch der Dunkelheit die Brücke überqueren.«

Fast sechstausend Menschen säumten das Ufer, als die Sonne ihren Mittagsstand erreichte. Stille breitete sich aus, als ein Druide am Ufer der Insel erschien, etwa vierzig Meter jenseits des schäumenden Wassers. Er band ein dünnes Tau an eine kräftige Kiefer, dann schlang er das lange Ende um seine Schultern und trat auf das Wasser hinaus. Die Zuschauer rangen nach Atem, denn der alte Mann ging etwa einen Meter über dem tosenden Wasser. Nach ein paar Schritten blieb er stehen, brückte sich und zeichnete mit den Fingern eine vertikale Linie bis zu seinen Füßen. Dann schlang er das Seil um den unsichtbaren Pfahl und ging weiter. Das machte er alle paar Schritte so, und zur Verblüffung aller hing die Leine hinter ihm in der Luft. Langsam arbeitete er sich zu dem wartenden Clan vor. Das Ende des Seils band er an einen kleinen Baum. Dann ging er auf Taliesen zu und verbeugte sich.

»Willkommen, Herr, es ist schön, dich wieder zu sehen. Wie viele vom Clan haben überlebt?«

»Knapp sechstausend. Aber es könnten sich noch welche in den Bergen verstecken.«

»Und die Pallides?«

»Das weiß niemand. Doch die Haesten wurden vernichtet, und ich zweifle nicht daran, daß viele der kleineren Clans ausgelöscht wurden.«

»Traurige Neuigkeiten, Herr.«

Der Druide, der fast so alt wirkte wie Taliesen, wandte sich an Caswallon. »Du wirst deinen Leuten sagen, daß sie sich an dem Seil festhalten und ihm folgen sollen. Es besteht keine Gefahr, und der Pfad ist breit genug, so daß fünf Menschen nebeneinander in einer Reihe gehen können. Laß sie langsam kommen. Alle Kinder müssen auf den Arm genommen werden. Wenn einer hinfällt, ist es sein Tod. Er wird in wenigen Sekunden den Attafoss hinuntergespült. Gib deinen Leuten entsprechende Anweisungen.«

Caswallon ging als erster, der Clan folgte ihm langsam. Es war ein unheimliches Gefühl, seine Füße auf feste Luft zu setzen. Bald merkte er, daß es nicht ratsam war, nach unten zu schauen, denn dann drohte ihn sein Gleichgewichtssinn zu verlassen.

Der Clan folgte schweigend und ohne Zwischenfall.

Sobald sie auf der Insel angekommen waren, schwärmten die Menschen aus und schlugen ihr Lager auf. Sie stellten fest, daß Trockenfleisch und Trockenobst auf sie warteten, Säcke voller Getreide und Hafer, Tüten mit Salz und große Schalen mit Honig, warme Decken und weiche Tierhäute: alles Erzeugnisse von Caswallons Ländereien, die im vergangenen Jahr auf so geheimnisvolle Weise verschwunden waren.

Caswallon selbst rief einen Kriegsrat zusammen, und sie trafen sich in einer Höhle unterhalb von Vallons höchstem Berg.

In der Mitte der Höhle stand ein langer Tisch aus Kiefernholz, um den fünfzig Stühle standen. Diese waren bald besetzt. Caswallon nahm seinen Platz am Kopfende des Tisches ein, flankiert von Leofas und seinen Söhnen Lennox und Layne. Neben diesen saßen Gwalchmai und Gaelen, daran schlossen sich Onic und die besten Krieger der Farlain an.

»Ehe wir anfangen«, begann Caswallon, »müssen wir eins klären. Es ist Brauch, unsere Anführer zu wählen. Die meisten Mitglieder des Rates wurden mit Cambil im Tal erschlagen. Wir müssen hier einen neuen Rat bestimmen. Ich schlage mich selbst als Kriegsherrn vor, aber wenn jemand anders hier sich nach der Führung drängt, so soll er sprechen.«

Niemand rührte sich.

»Dann ist es angenommen, daß ich die Farlain führe, bis dieser Krieg vorbei ist?«

»Selbstverständlich, Caswallon. Hältst du uns für Dummköpfe?« sagte Leofas.

»Also schön. Dann wollen wir uns mit den wichtigen Dingen befassen. Wie können wir den Feind am besten treffen?«

Asbidag blickte auf das Wrack hinunter, das einmal sein Sohn gewesen war. Maden wanden sich durch das tote Fleisch, und die scharfen Schnäbel von Krähen hatten an dem Körper gerissen, doch man konnte Ongist immer noch erkennen. In voller Rüstung, den Helm in den Händen, stand Asbidag vor dem Baum und nahm diesen Anblick in sich auf, nährte seine Wut und seinen Haß. Hinter ihm standen Drada und Tostig und fünfundzwanzigtausend Aenir-Krieger.

Asbidag empfand weder Mitleid oder Trauer beim Tod seines Kindes. Er hatte Ongist nicht gemocht, er mochte keinen seiner Sprößlinge. Aber der Junge war sein gewesen: Blut von seinem Blut. Er konnte ihn förmlich am Tor zur Halle des Grauen Gottes um Rache bitten hören.

Durch seinen Zorn hindurch empfand er Enttäuschung. Wie konnte er sich an den Clans rächen? Seine Armeen hatten schon viertausend von ihnen getötet. Viele Blutadler schmückten die Landschaft. Aber er wollte – brauchte – mehr.

Die Clans fürchteten ihn jetzt, doch Entsetzen war das, was er begehrte.

Er wandte sich an Tostig.

»Hol Agnetha aus Aesgard. Jetzt.«

Die Farbe wich aus dem Gesicht des Kriegers, und er überlegte einen Moment, ob er seinen Vater bitten sollte, jemand anderen zu schicken. Doch Asbidags Augen waren kalt und fern, und Tostig wußte aus Erfahrung, daß er am Rande einer mörderischen Raserei stand. Er nickte und ging zu seinem Pferd.

Drada stand schweigend dabei, als sein Bruder davonritt. Er hatte den Spähtrupp auf den Berg geführt, auf dem Maggrig Stellung bezogen hatte, und er hatte die Berichte von den Waldläufern entgegengenommen über die Taktik, die die Pallides angewandt hatten. Es war ein kluger Plan, doch bei jedem Hauptmann, der weniger stürmisch war als Ongist, wäre er fehlgeschlagen. Maggrig hatte das Leben seines Volkes auf eine gefährliche Weise gewagt, und er hatte Erfolg gehabt. Doch es bewies auch die Grenzen des Mannes, und Drada wußte, er konnte ihn besiegen, wenn sie sich das nächste Mal begegneten.

Maggrig hatte zwei gravierende Fehler begangen. In der Nacht des ersten Angriffs hatte er seine Krieger in einem geradezu selbstmörderischen Sturm geführt, um wenige Frauen und Kinder zu beschützen, und jetzt hatte er alles auf eine Karte gesetzt. Er war offensichtlich ein Mann, der sich von seinem Herzen lenken ließ.

Drada hoffte, daß sein Erfolg ihn kühn machen würde.

Asbidag entfernte sich von dem Baum, und mehrere Krieger kamen herbei, um den Toten abzuschneiden und ihn für den Scheiterhaufen vorzubereiten.

Drada ging zu seinem Vater in das schwarze Zelt am Fuße des Berges. Asbidag trank heftig, und Morgase saß schweigend im Hintergrund. »Wir werden die Pallides nicht einholen, ehe sie sich mit den Farlain verbinden können«, sagte Drada.

»Gut«, erwiderte Asbidag. »Ich will sie alle zusammen haben.«

»Willst du heute noch weiter?«

»Nein, wir warten auf Agnetha.«

Drada verließ seinen Vater und wanderte durch das Lager zu seinem eigenen Zelt. Drinnen streifte er seine Rüstung ab und breitete die Decken auf dem Boden aus. Es war noch früh, doch er war müde und schlief den ganzen Nachmittag hindurch. Er erwachte vom Duft gebratenen Fleisches. Einer seiner Gefolgsleute brachte ihm einen Teller mit Rindfleisch und Brot, und damit ging er nach draußen zu seinen Leuten.

Zum ersten Mal seit vielen Jahren kämpften diese wilden Krieger nicht um Geld oder um Frauen oder Ruhm, sondern um Land. Und er spürte den Unterschied in ihnen.

»Es wird nicht leicht sein«, sagte der Hauptmann seiner Gefolgsleute, Briga, ein dunkler, schwarzhaariger Veteran, der Dradas erster Lehrer gewesen war.

»Nichts von Wert erreicht man leicht«, erwiderte Drada.

Der Mann grinste. »Sie kämpfen gut, diese Clans.«

»Hattest du etwas anderes erwartet?« fragte Drada.

»Nicht nach den Spielen.«

»Nein.« Drada beendete seine Mahlzeit und kehrte in sein Zelt zurück. Briga sah ihm nach. Er war jetzt seit fünf Jahren Hauptmann von Dradas Gefolge, und davor war er sein Schwertmeister gewesen. Er mochte den Jungen, er war anders als seine Brüder. Aber er war ja auch als Geisel in einer fremden Stadt aufgewachsen und war bei seiner Rückkehr weniger Aenir als vielmehr Ausländer. Er war sanft, und seine Bildung lastete schwer auf ihm. Asbidag hatte ihn in Brigas Obhut gegeben.

In den folgenden Jahren hatte Drada Kampf und Tod, Entsetzen und Haß kennengelernt. Seine Herkunft ließ sich nicht leugnen, und er war, zumindest äußerlich, genauso Aenir wie seine Brüder. Nur Briga wußte, was ihm fehlte.

Drada liebte den Krieg nicht. Er liebte es, Kriege zu planen.

Briga war das egal. Er spürte, daß Drada eines Tages über die Aenir herrschen würde, und er wartete geduldig auf diesen Tag.

Die Aenir-Krieger wären gern weitergezogen, doch Asbidag gab keinen entsprechenden Befehl. Zehn Tage lang blieben sie im Lager, bis am Morgen des elften Tages Tostig allein heranritt und sein schweißnasses Pferd vor dem Zelt seines Vaters zum Stehen brachte. Asbidag zerrte ihn mit blitzenden Augen aus dem Sattel.

»Wo ist die Hexe?« tobte er. »Wenn du versagt hast, bringe ich dich um! Dann hängst du an demselben Baum wie dein Bruder.«

»Sie kommt, Vater. Ich schwöre es. Sie weigerte sich zu reiten, sie sagte, sie käme auf ihre Weise.«

Asbidag riß ihn hoch. »Das sollte sie auch besser«, zischte er.

Um Mitternacht, als die Feuer schon heruntergebrannt waren, erhob sich ein eisiger Wind, so daß Funken aus der Asche sprühten. Die Männer erschauerten, als dunkle Wolken die Sterne verbargen, und Asbidag, der allein vor seinem Zelt saß, zog seinen roten Umhang um sich. Ein Schatten fiel über ihn, und als er aufschaute, sah er die alte Frau vor sich. Sie stützte sich auf einen Stab. Sie war so grotesk wie eh und je – nahezu kahl, die wenigen fettigen weißen Strähnen hingen wie Schlangen bis auf ihre hageren Schultern herab. Ihre Zähne waren schwarz und abgebrochen, ihr Gesicht von faltiger, ledriger Haut überzogen, als ob ihr Schädel auf die Hälfte seiner ursprünglichen Größe geschrumpft war, so daß das Fleisch monströs herabsackte. Sie trug einen verfilzten Umhang aus menschlichen Skalps, und ihr zerlumptes Gewand bestand angeblich aus der Haut von Jungfrauen. Asbidag hielt das für wahr.

»Was willst du von mir?« fragte sie. Ihre Stimme war ein schlangenhaftes Zischeln.

»Schrecken unter den Clans.«

»Du hast Schrecken unter den Clans verbreitet. Was willst du von mir?«

»Ich will deine Zauberkraft.«

»Und was willst du dem Grauen Gott dafür anbieten?«

»Was immer er will.«

Ihre Augen glänzten. »Was immer?«

»Hörst du schlecht, Weib? Was immer er will!«

»Hundert Jungfrauen, an Mittsommer geopfert.«

»Sollst du haben.«

»Und heute nacht sieben deiner stärksten Männer geopfert.«

»Meine Männer?«

»Deine. Und ich brauche deine Kriegs-Hunde. Bring sie in einer Stunde in den Wald.«

Asbidags Gefolgsleute streiften durch das Lager, bis die sieben Männer ausgewählt, gebunden und geknebelt waren. Zusammen mit dem Jagdmeister Donic und seinen sieben Hunden wurden sie zu einer kreisförmigen

Lichtung im Wald gebracht. Asbidag wartete dort mit Drada, Morgase und Tostig. Die Frau Agnetha saß auf einem runden Stein in der Nähe.

Die gefesselten Männer wurden gezwungen, vor der Frau niederzuknien, und sie scheuchte Asbidags Leute davon, die erleichtert ins Lager zurückkehrten. Agnetha rief Donic zu sich und befahl ihm, jeden Hund vor einen der Gefesselten zu setzen. Das tat er, dann rannte er zurück zu seinen Decken und dem flackernden Feuer hinter Asbidags Zelt.

Auf der Lichtung lief den knieenden Männern der Schweiß in Strömen übers Gesicht, wie sie Auge in Auge mit Asbidags Hunden waren.

Agnetha warf einen Blick auf den Herrscher der Aenir und nickte.

»Tötet!« rief er.

Die Hunde machten einen Satz nach vorn und verbissen sich in die Kehlen vor ihnen.

Agnetha lief an der Reihe der Sterbenden entlang, streute ein graues, nebelhaftes Pulver auf sie und sang dabei. Einer nach dem anderen sanken die Hunde zu Boden, die Zähne noch ins Fleisch der toten Männer gegraben. Die Hexe hob ihre Arme zum Nachthimmel und schrie immer wieder den Namen des Grauen Gottes.

»Vatan! Vatan! Vatan!«

Zu ihren Füßen begannen die Hunde sich zu winden und anzuschwellen, während die Toten schrumpften. Morgase wandte sich ab. Drada schluckte und warf einen Blick auf seinen Vater. Asbidag grinste. Tostig kniff die Augen fest zusammen.

Nach wenigen Sekunden waren die toten Krieger nur noch knochige Hüllen, während die Hunde auf dreifache Größe angeschwollen waren. Ihre Vorderpfoten streckten sich zu klauenbewehrten Fingern, ihre dunklen, fellbedeckten Gestalten wurden zu einer grotesken Parodie von Menschengestalt – lange muskulöse Beine, tiefe kräftige

Brustkasten und runde Köpfe, die in lange Schnauzen mit scharfen Zähnen ausliefen.

Agnetha tanzte um sie herum und gebot ihnen aufzustehen. Die Tiere ließen die leeren Hüllen los und standen auf, ihre roten Augen musterten die Lichtung. Ihr Blick fiel auf Asbidag, und ihr Geheul zerriß die Nacht. Tostig machte vor Entsetzen einen Schritt zurück und fiel. Morgase packte Dradas Arm.

»Ist es das, was du wolltest, Asbidag?« fragte Agnetha.

»Ja.«

»Einmal losgelassen, kann man sie nie wieder zurückschicken. Sie folgen niemandem. Sie sind aus Haß erschaffen und werden jeden Menschen töten, den sie finden, sei er Aenir oder Clan. Ist es das, was du willst?«

»Ja, verdammt noch mal! Schick sie einfach nach Norden.«

»Sie gehen, wohin sie wollen. Aber ich werde sie nach Norden schicken. Bist du jetzt mit mir fertig?«

»Ja.«

»Denk an dein Versprechen, Asbidag. Einhundert Jungfrauen zum Mittsommer. Oder die Werhunde werden Jagd auf dich machen.«

»Wag es nicht, mir zu drohen, Schlampe«, donnerte Asbidag.

Die Frau kicherte und wandte sich an die schweigenden Tiere. Sie hob den Arm und deutete nach Norden, und das gräßliche Rudel lief in die Dunkelheit davon.

Asbidag erhob sich und stieß mit dem Stiefel gegen einen eingeschrumpften Toten. Ein trockener Knochen durchstach die Haut und fiel ins Gras. Er schüttelte den Kopf und begann zu lachen.

Agnetha unterbrach ihn, indem sie ihm eine knochige Hand auf den Arm legte.

»Was ist daran so lustig?«

»Das hier«, antwortete er und trat noch einmal gegen den Toten. »Das hier war Anias, der Sohn meines Bruders

Casta. Erst gestern erklärte ich ihm, er sei hohlköpfig. Heute paßt sein ganzer Körper zu seinem Kopf.«

Drada ging zu Agnetha. »Wie können diese Dinger leben?«

»Genauso wie du, Graf Drada. Sie atmen und essen. Es ist ein alter Zauber, und ein feiner dazu, den mir einmal in einem anderen Zeitalter ein Nadirschamane beigebracht hat.«

»Aber was sind sie jetzt – Hund oder Mensch?«

»Beides – und keines von beidem.«

»Haben sie Seelen?«

»Hast du eine?«

»Nicht mehr«, sagte Drada mit einem Blick auf die Toten.

In dieser Nacht tötete das Rudel zum ersten Mal, während es auf leisen Sohlen durch die Kiefernwälder im Nordwesten tappte. Der Kopf des Rudelführers fuhr hoch, die Nüstern blähten sich im Wind. Er wandte die roten Augen nach Nordosten und führte die Gruppe tiefer in den Wald.

Ein junger Haesten und seine beiden Töchter versteckten sich in einer Höhle. Nachdem sie dem Anschlag auf ihr Tal entgangen waren, hatten sie einen Farlain-Späher getroffen, der ihnen gesagt hatte, sie sollten nach Vallon gehen. Der Mann war nachts gewandert, mit seinem jüngsten Kind auf den Armen, einem Mädchen von sechs Jahren. Seine andere Tochter war elf und ging neben ihm. In dieser Nacht hatten sie erschöpft und hungrig schon früh ihr Lager im Wald aufgeschlagen, nachdem sie die Aenir-Armee im Süden entdeckt hatten.

Der Mann war in einen leichten Schlaf gefallen, als die Werungeheuer zuschlugen, und er starb ohne Gegenwehr. Seine Augen waren weit aufgerissen und sahen die gewaltigen, zahnstarrenden Kiefer, die sich um seine

Kehle schlossen. Er hatte keine Zeit mehr zu schreien.

Seine ältere Tochter, Jarka, nahm ihre kleine Schwester und rannte aus der Höhle – doch die Klauen fuhren ihr in den Rücken und hielten sie fest. Im letzten Moment ihres jungen Lebens schleuderte Jarka ihre Schwester ins Unterholz. Die Kleine schrie auf, als sie durch das Gebüsch krachte, dann war sie auf den Beinen und rannte, gefolgt von dem schrecklichen Geheul.

Eine Stunde oder mehr fraßen die Ungeheuer, dann schliefen sie neben den Überresten ihrer Beute. Bei Morgengrauen verließen sie die Höhle, ihr Hunger war noch nicht gänzlich gestillt.

Der Anführer ließ sich auf alle viere nieder und schnüffelte den Boden um die Höhle herum ab. Sein Kopf fuhr hoch, als der Wind sich drehte. Dann machten sie sich an die Verfolgung des Kindes.

Maggrig war zornig. Eine Stunde zuvor hatte er vor Wut geschäumt. Caswallon hatte ihm ruhig auseinandergesetzt, daß die Clans als Einheit kämpfen würden, und daß diese Einheit von Caswallon angeführt würde. Maggrig wollte seinen Ohren nicht trauen. Die beiden Männer waren allein in einer winzigen Zelle gewesen, der Schlafkammer eines Druiden. Cawallon saß neben Maggrig auf der schmalen Pritsche, während er seinen Plan umriß.

»Ich habe meine eigenen Pläne«, erklärte der Anführer der Pallides. Caswallon hatte diesen Moment gefürchtet und holte tief Luft.

»Ich weiß, daß es schwer für dich ist, aber denk einmal gründlich darüber nach. Ich habe vielleicht viertausend Kämpfer, du etwa achthundert. Selbst zusammen sind wir kein Gegner für auch nur einen Flügel der Aenir-Armee.«

»Das sehe ich ja ein, Caswallon. Aber warum solltest du die Führung übernehmen? Welche Erfahrungen hast du zu bieten? Bei den Göttern, Mann, du hast dich dein

Leben lang vor jeder Verantwortung gedrückt! Zugegeben, du hast uns hergebracht, und unsere Frauen und Kinder sind in Sicherheit. Aber um in einem Krieg die Führung zu übernehmen, braucht es mehr als das.«

»Es braucht einen kühlen Kopf«, sagte Caswallon.

Maggrig grunzte. »Du wirst die Pallides nicht führen.«

»Eins möchte ich klarstellen. Du bist auf Farlain-Gebiet, unter dem Schutz des Farlain-Clans. Wenn du mich nicht akzeptierst, werde ich verlangen, daß du, und mit dir dein Volk, uns morgen verläßt.«

»Und wo sollen wir hin?«

»Wohin du willst. Wer hierbleibt, wird mir ohne Widerrede folgen.«

»Das würdest du wirklich tun? Frauen und Kinder hinauswerfen, damit sie von den Aenir abgeschlachtet werden?«

»Ja.«

»Was ist aus dir geworden, Caswallon? Ich meine, ich habe dich immer gemocht, Junge. Du warst anders, ja, aber du warst Clan. Jetzt sitzt du hier und erklärst ganz ruhig, daß du mein Volk deinem Ehrgeiz opfern willst?«

»Nein, das hast du gesagt«, antwortete Caswallon. »Während der Spiele hast du eine Vereinbarung mit Laric getroffen, daß du ihn in jeder Hinsicht unterstützen würdest – vorausgesetzt, du würdest Kriegsherr. Du bist zu dieser Entscheidung gekommen aufgrund der Tatsache, daß deine Männer zahlreicher sind als die Haesten. Das Argument gilt doch sicherlich immer noch, verstehst du das nicht? Wenn ich deiner Führung zustimmte, würden die meisten Männr der Farlain gehen, sie würden dir nicht folgen.«

»Aber du glaubst, die Pallides würden *dir* folgen?«

»Ja.«

»Warum? Was macht dich denn so anders?«

»Ich bin dein Schwiegersohn, denn ich habe deine Tochter geheiratet. Das gibt mir die Rechte eines Pallides-Kriegers. Das können sie nicht abstreiten.«

»Schön«, sagte Maggrig schließlich. »Ich werde dir folgen. Aber nur so lange, wie ich glaube, daß du es richtig machst.«

»Nein«, widersprach Caswallon. »du wirst mir die Hand geben und mir als Kriegsherrn Gehorsam schwören. Du wirst mir dein Leben verpflichten, wie deine Gefolgsleute es für dich getan haben.«

»Niemals!«

»Dann bereite deine Leute darauf vor abzuziehen.«

Maggrig war aus dem Zimmer gestürmt auf der Suche nach Intosh, und gemeinsam wanderten sie unter den Bäumen Vallons daher, mieden aber den dunklen Eingang zur Halle der Druiden. Maggrig tobte sich aus, seine Worte überschlugen sich, er überschüttete seinen Schwiegersohn mit Verachtung, ebenso die Farlain, die Druiden und den Einen Zornigen Gott dafür, daß er dies zuließ.

Intosh schwieg, er ging einfach neben seinem Herrn her und verarbeitete, was dieser von sich gab. Als Maggrig endlich erschöpft innehielt, setzte er sich ans Ufer und starrte ins Wasser. »Und, was meinst du?« fragte er.

»Wozu?« erwiderte der Schwertkämpfer.

»Wohin können wir gehen?«

»Nirgendwohin.«

»Wir könnten nach Norden gehen«, meinte Maggrig.

»Und gegen die Dunilds, die Loda und die Meer-Clans kämpfen?«

»Was schlägst du dann vor?«

»Stimme zu, Caswallon zu dienen.«

»Meinst du das im Ernst?«

»Er hat seine Sache gut gemacht.«

»Das weiß ich – und ihm gebührt aller Ruhm. Aber meinem eigenen Schwiegersohn zu dienen …«

»Er hat die Macht«, sagte Intosh achselzuckend. »Es ist logisch.«

»Er verlangte von mir, den Vasalleneid zu leisten.«

»Das hättest du auch getan.«

»Darum geht es doch nicht«, fuhr Maggrig auf.

»Wirklich nicht, Jagdherr?«

Eine Stunde später leistete Maggrig den Vasalleneid. Zu seinem Erstaunen fiel ihm nicht die Zunge ab.

Am selben Nachmittag führten Caswallon und Maggrig die Frauen und Kinder der Pallides in den Eingang zur Druidenhalle und hinunter in den großen unterirdischen Saal, in dem das Mittlere Tor stand.

Maggrig blinzelte. Am Ende der Halle stand ein schwarzer, marmorner Torbogen. Gestern hatte sich eine massive Steinwand zwischen den Säulen erstreckt. Jetzt war diese Wand fort, und der Jagdherr der Pallides blickte in das erste Tal Farlains hinunter, wo bereits Männer und Frauen dabei waren, Zelte aufzustellen und Bäume zu fällen, um Schutzhütten zu bauen. Wenige Schritte von ihnen entfernt wiegte sich eine kleine Kiefer im Wind, doch kein Hauch streifte ihr Gesicht.

»Wo sind die Aenir?« fragte Maggrig, als sein Volk sich hinter ihm staute und voller Verwunderung hinunterblickte.

»Das ist Farlain vor zehntausend Jahren«, erklärte Caswallon.

Maggrig riß die Augen auf. »Dann ist das also Zauberei?«

»Ganz gewiß«, antwortete Caswallon.

Maggrig trat durch das Tor und zuckte zusammen, als Farben auf ihn einstürmten und ihn vorübergehend blendeten. Caswallon kam hinter ihm und bedeutete den Frauen, ihm zu folgen.

Auf der anderen Seite war der Wind frisch, die Sonne schien warm und freundlich.

»Das ist doch nicht möglich«, flüsterte Maggrig, während er zusah, wie sich sein Volk in der Luft materialisierte. Von dieser Seite war nichts von dem Tor zu sehen, nur die sanfte, grüne Hügellandschaft.

Caswallon führte die Pallides hinunter auf die Wiese,

wo Leofas die Bauarbeiten überwachte. »Ich freue mich, daß er noch am Leben ist«, sagte Maggrig. »Er war immer der beste der Farlain.« Der alte Krieger grinste, als er Maggrig sah und trat vor, um dem Jagdherrn die Hand zu schütteln.

»Also hast du es hierher geschafft, du Hund«, sagte Leofas.

»Glaubst du etwa, ein paar Tiefländer könnten mich aufhalten?«

»Sicher nicht. Ich hatte erwartet, daß du die Schweine aus dem Land jagst, so daß für die Farlain nichts mehr zu tun wäre.«

»Ich war auch in Versuchung«, sagte Maggrig breit grinsend.

Caswallon ließ die beiden allein und suchte nach Gaelen. Er fand ihn mit Deva am Flußufer schwatzend. Caswallon entschuldigte sich für die Störung, dann ging er mit Gaelen zum Waldrand hinauf und setzte sich unter die Kiefern.

»Ich möchte, daß du etwas für mich tust«, sagte Caswallon, »aber es ist gefährlich.«

»Sprich's aus«, sagte Gaelen.

»Nicht so voreilig. Ich möchte, daß du einige Männer nimmst und zurück ins Haesten-Gebiet gehst und dort so viele Krieger um dich scharst, wie du kannst. Ich möchte, daß du sie in drei Wochen in die Axta-Schlucht bringst.«

»Warum in die Schlucht?«

»Dort werden wir uns um die Aenir kümmern.«

»Aber dort gibt es keine Deckung.«

»Ich weiß. Vertrau mir. Ich hoffe, daß sich noch etwa tausend Clanangehörige irgendwo versteckt halten. Ich habe Botschaften an die Dunild, die Loda und viele andere kleinere Clans geschickt, aber ich weiß nicht, ob sie zu unserer Hilfe kommen werden. Aber wir brauchen mehr Männer, du mußt sie finden.«

»Ich tue mein bestes.«

»Das weiß ich, Gaelen.«

»Wieso gerade ich?«

»Weil man weiß, daß du ein Außenseiter bist. Du wirst von den Farlain akzeptiert, daran besteht kein Zweifel. Aber trotzdem bist du nicht Farlain, deswegen folgen dir die Haesten vielleicht.«

»Selbst wenn ich unsere Armee um tausend vergrößern würde, wären wir immer noch fünf zu eins unterlegen. Und auf offenem Gelände ...«

»Ich werde ebenfalls eine Reise unternehmen«, sagte Caswallon. »Wenn sie Erfolg hat, haben wir einen neuen Verbündeten.«

»Wohin willst du?«

»Durch das Tor. Ich bitte die Königin von Jenseits des Tores um Hilfe.«

Gaelen schauderte. »Du meinst die Tochter der Frau, die uns vor dem Ungeheuer gerettet hat?«

»Nein, die Frau selbst.«

»Sie ist tot.«

»So wie wir hier in diesem Tal sitzen, Gaelen, ist noch keiner von uns geboren. Unsere Geburt liegt zehntausend Jahre in der Zukunft. Ist es dann so seltsam, nach einer toten Königin zu suchen?«

»Warum sollte sie kommen?«

»Ich weiß es nicht. Ich bete nur darum, daß sie es tut – und daß ihre Stärke ausreichen möge.«

»Und wenn nicht?«

»Dann haben die Clans einen schwierigen Tag im Axta-Tal vor sich.«

»Wie stehen unsere Chancen?«

»Taliesen sagt, sie sind minimal.«

»Und was sagst du?«

»Ich würde sagen, Taliesen ist verflucht optimistisch.«

Gaelen ging zu Deva zurück und erzählte ihr von seiner Aufgabe. Sie hörte ruhig zu, ihre grauen Augen blickten ernst. »Das wird gefährlich für dich. Paß auf dich auf«, sagte sie.

»Ich würde erst recht aufpassen«, sagte er sanft, »wenn ich wüßte, daß du auf mich wartest, wenn ich zurückkomme.« Sie wandte den Blick ab, doch er nahm ihre Hand. »Ich liebe dich schon so lange«, sagte er.

Zart entzog sie ihm ihre Hand. »Ich liebe dich auch, Gaelen. Nicht nur, weil du mir das Leben gerettet hast. Aber ich kann dir nicht versprechen, auf dich zu warten – oder auf irgendeinen anderen Farlain-Krieger. Ich weiß, du findest es albern, daß ich an die Prophezeiung glaube – aber Taliesen hat sie bestätigt, sie ist mein Schicksal.«

Gaelen sagte nichts mehr. Er stand auf und ging davon, und Deva ging wieder zum Ufer. Ihre Gedanken waren durcheinander. Sie setzte sich und hielt eine Hand ins Wasser. Es war sinnlos, sich der Liebe zu verweigern, wenn alles, was sie hatte, ein fernes Versprechen war, das wußte sie. Schlimmer noch, ihre Gefühle für Gaelen waren in der Zeit, die sie gemeinsam verbracht hatten, auf der Flucht vor den Aenir, immer stärker geworden. All ihre Zweifel brachen sich erneut Bahn, und sie dachte daran, wie sie sich Agwaine anvertraut hatte. Er hatte sie nicht verspottet, aber er war brutal realistisch gewesen.

»Angenommen, dieser Vater von Königen kommt nie? Oder noch schlimmer. Stell dir vor, er kommt, aber er will dich nicht? Willst du denn dein Leben als alte Jungfer verbringen?«

»Nein, ich bin kein Narr, Bruder. Ich warte noch ein Jahr, dann nehme ich entweder Layne oder Gaelen.«

»Es wird sie sicher freuen, das zu hören«, sagte er.

»Sei nicht so grausam.«

»Nicht ich bin es, der grausam ist, Deva. Nimm mal an, sie warten nicht? Es gibt noch andere Mädchen.«

»Dann heirate ich jemand anders.«

»Ich hoffe, deine Träume werden wahr, aber ich fürchte das werden sie nicht. Du machst mich traurig, Deva, und ich möchte dich gern glücklich sehen.«

»Ein Jahr ist nicht so arg lange«, hatte sie gesagt. Aber das war vor dem Einmarsch der Aenir gewesen und schien eine Ewigkeit her zu sein. Ihr Vater war tot, der Clan versteckte sich, die Zukunft war düster.

Gaelen wählte sich sechs Gefährten für seine Reise nach Norden – Agwaine, Lennox, Layne und Gwalchmai, und dazu Onic und Ridan. Onic war ein stiller Bursche mit tiefliegenden Augen und einem raschen Lächeln. Er war fast zehn Jahre älter als Gaelen und als guter Kämpfer mit Stab oder Messer bekannt. Er trug das schwarze Haar kurzgeschnitten nach Art der Tiefland-Clans und um die Stirn ein schwarzes Lederband mit einem eingefaßten grauen Mondstein. Sein Halbbruder Ridan war kleiner und stämmiger, er sprach wenig, aber auch er hatte beim Rückzug aus dem Tal gut gekämpft. Beide Männer hatte er gewählt wegen ihrer Kenntnisse über die Haesten, die sie von ihrer Mutter hatten, die von diesem Clan stammte.

Sie nahmen nur wenig Proviant mit, als Waffen wählten sie Bögen, Kurzschwerter und Jagdmesser. Kurz vor Tagesanbruch verließen die sieben Vallon. Ein Druide führte sie über die unsichtbare Brücke, denn das Seil war entfernt worden, damit die Aenir nicht auf die Insel gelangen konnten.

Gaelen empfand gemischte Gefühle über die Reise. Die Verantwortung, die auf ihm lastete, wog schwer. Er liebte Caswallon und vertraute ihm gänzlich, doch die Aenir auf den Hängen des Axta-Tals zu bekämpfen? Das war sicherlich Wahnsinn. Während der vergangenen zwei Jahre hatte sich Gaelen oft und gern mit Orakel über Schlachten und Taktiken unterhalten, und er hatte gelernt, wie wichtig das Terrain war. Einer großen, gut bewaffneten Truppe konnte eine kleinere Truppe nicht offen gegenübertreten. Ziel mußte eine Anzahl kleinerer Gefechte sein, um dem Feind Verluste zuzufügen, seine Nachschublinien zu durchbrechen und seine Moral zu schwächen. Orakel hatte einen solchen Krieg mit einer Krankheit verglichen, die den Körper befällt.

Agwaine war zufrieden. Für ihn bot ihre Aufgabe ein Ventil für seinen Kummer über den Tod seines Vaters und eine Gelegenheit, einen Sieg für die Farlain zu erringen. Er wußte nicht, ob eine Gruppe von Haesten überlebt hatte. Aber wenn, dann würde er sie finden.

Die Gruppe zog in nördlicher Richtung durch den Atta-Wald, an aufgedunsenen toten Aenir vorbei ins erste Tal. Sie gingen wachsam, sich bewußt, daß jederzeit Aenir in der Nähe sein konnten. Nur auf den Hochpässen, wo die Wälder dicht waren und Schutz boten und sie sicher waren, daß ihre Fähigkeiten die des Feindes übertrafen, entspannten sie.

Gegen Abend kundschaftete Lennox eine Senke aus, in der sie ihr Lager aufschlugen. Die Senke lag in einem Kieferwald und war umringt von Felsen und dichtem Gebüsch. In der Nähe floß ein Bach, und Gaelen zündete ein kleines Feuer an. Es war ein guter Lagerplatz, und außerhalb der umstehenden Bäume war das Feuer nicht zu sehen. Lennox war wie immer hungrig und hatte seine Drei-Tages-Ration schon mittags vertilgt. Die anderen neckten ihn, als er mit finsterem Gesicht am Feuer saß und ihnen beim Essen zusah.

Lennox war im vergangenen Jahr noch größer geworden, seine Schultern und Arme muskelbepackt, und er trug jetzt einen dunklen, kurzgeschnittenen Bart. Zusammen mit dem braunen Ziegenfellwams verlieh er ihm Ähnlichkeit mit einem großen, gutmütigen Bären.

»Wir sind doch Kameraden«, flehte er. »Wir sollten ein bißchen teilen.«

»Ich habe auf einem Busch dahinten ein paar Beeren

gesehen«, sagte Gwalchmai. »Sie schmecken bestimmt sehr gut.« Er biß in einen Haferkeks und wandte sich an Agwaine. »Der Honig in diesen Keksen ist dieses Jahr besser, meinst du nicht, Agwaine? Dicker. Davon werden die Kekse so saftig.«

»Genau. Und sie bekommen davon mehr Geschmack.«

»Ihr seid Schweine«, sagte Lennox und stand auf.

Gelächter folgte ihm, als er in die Dunkelheit hinauswanderte auf der Suche nach Beeren. Der Wald war still, Mondlicht sprenkelte das silberne Gras. Lennox fand den Busch und pflückte eine Handvoll Beeren. Sie ließen ihn seinen Hunger nur noch mehr spüren, und er spielte einen Augenblick mit dem Gedanken, sich nochmals an seine Kameraden zu wenden. Sein Magen knurrte, und er schimpfte leise.

Eine Bewegung zu seiner Linken licß ihn herumfahren. Er ließ sich mit ausgebreiteten Armen in die Knie sinken. Er sah einen Fetzen weißen Stoffs unter einem Busch verschwinden und ein kleines Beinchen, das hastig zurückgezogen wurde.

Lennox aß noch ein paar Beeren und ging dann zu dem Busch, als wollte er daran vorbei. Als er direkt davorstand, warf er sich darüber und zog das Kind heraus. Es öffnete den Mund, und das Gesichtchen spiegelte sein Entsetzen wider, aber es kam kein Ton heraus. Lennox nahm die Kleine in die Arme, sprach sanft auf sie ein und strich ihr übers Haar. Sie klammerte sich mit ihren kleinen Händchen so fest an das Ziegenfellwams, daß die Knöchel so weiß hervortraten wie poliertes Elfenbein.

»Na, na, Täubchen. Du bist in Sicherheit. Ich wollte dir keine Angst einjagen. Na, na. Du brauchst doch vor Lennox keine Angst zu haben. Er ist zwar groß, aber nicht böse. Er tut dir nichts, Täubchen. Du bist in Sicherheit.« Die ganze Zeit strich er ihr übers Haar. Sie begrub das Gesicht an seinem Wams, sagte aber nichts.

Lennox machte sich auf den Weg zurück zum Lager. Sofort scharten sich seine Gefährten um ihn und löcherten ihn mit Fragen. Er bat sie, leise zu sein. »Sie ist völlig verängstigt«, sagte er leise mit sanfter Stimme. »Sie hat wohl ihre Eltern im Wald verloren.« Er sah seine Kameraden an und bildete lautlos den Satz: »Wahrscheinlich von den Aenir getötet.«

Gwalchmai, den alle Kinder liebten, versuchte, das Mädchen zum Sprechen zu bringen, aber sie verkroch sich nur noch tiefer in Lennox' Wams.

»Ich habe noch nie ein so verängstigtes Kind gesehen«, meinte Agwaine.

»Wo kommst du her?« flüsterte Lennox und küßte sie aufs Haar. »Sag es deinem Onkel Lennox.« Doch das Kind schwieg.

»Ich kenne sie nicht«, sagte er. »Du, Gwal?«

»Nein. Sie könnte eine Pallides sein oder Haesten oder sogar Farlain. Vielleicht die Tochter eines Kleinbauern von außerhalb.«

»Auf jeden Fall können wir sie nicht mitnehmen«, sagte Ridan. »Einer von uns muß sie zurück nach Vallon bringen.«

»Ich mache das morgen früh«, stimmte Lennox zu.

Das Feuer brannte herunter, und die Kameraden wickelten sich in ihre Decken, da sie früh aufstehen wollten. Lennox saß mit dem Rücken gegen einen Stein gelehnt und hielt das Kind an sich gedrückt, das in einen tiefen Schlaf gefallen war. Es war ein gutes Gefühl, hier zu sitzen. Kinder fühlten sich in seiner Nähe nie besonders wohl – Layne sagte, seine Größe mache ihnen Angst –, aber aus welchem Grund auch immer, es hatte Lennox immer weh getan, denn er liebte Kinder.

Im Schlaf entspannte sich das Gesicht der Kleinen, doch ihre linke Hand umklammerte noch immer seine Tunika. Er schob ihr das helle Haar aus den Augen und betrachtete ihr Gesicht. Sie war ein hübsches kleines

Ding, wie eine kleine Strohpuppe. Als die Nacht kühl wurde, legte Lennox seine Decke um sie.

Ein seltsamer Gedanke durchzuckte ihn.

Dies war wahrscheinlich der wichtigste Augenblick seines Lebens.

Normalerweise neigte er nicht zu abstrakten Gedanken, aber er konnte nicht umhin, über das Kind nachzudenken. Hier war es, klein und hilflos und voller Angst. Die Kleine hatte den schlimmsten Tag ihres jungen Lebens hinter sich. Und jetzt schlief sie sicher in den Armen eines starken Mannes, in der Gewißheit, daß er sich um sie kümmern würde. Nur mit einer sanften Umarmung hatte Lennox ihrem Entsetzen ein Ende bereitet. Was im Leben, überlegte er, konnte für sie wohl wichtiger sein?

Wenn ihre Eltern noch am Leben waren und unterwegs nach Vallon, dann mußten sie krank vor Sorgen sein, dachte er. Aber was, wenn sie – was wahrscheinlich war – tot waren?

Lennox wälzte das Problem eine Zeitlang hin und her. Er würde sie Maerie geben. Sie war eine gute Frau und hatte nur ein Kind, sie würde die Kleine aufnehmen und ihr Liebe geben.

Das Mädchen schlug die Augen auf, blinzelte und gähnte. Lennox spürte ihre Bewegung, blickte auf sie hinunter und strich ihr übers Haar. Sie hatte braune Augen, er lächelte sie an.

»Fühlst du dich jetzt besser?«

»Du bist nicht mein Papa.«

»Nein, Täubchen. Ich bin dein Onkel Lennox.«

»Mein Papa ist tot. Wölfe haben ihn aufgegessen«, sagte sie mit Tränen in den Augen. Sie blinzelte. »Haben auch Jarka aufgegessen.«

»Wölfe?« fragte Lennox.

»Große Wölfe. Groß wie du. Haben ihn aufgegessen.«

»Du hast geträumt, meine Kleine. Hier gibt es keine

Wölfe und erst recht keine, die so groß sind wie ich.«

»Viele Wölfe«, beharrte sie. »Sie haben mich gejagt, um mich aufzuessen.«

»Das wird Onkel Lennox nicht zulassen. Du bist jetzt in Sicherheit. Schlaf weiter, wir reden morgen früh weiter.«

»Kanntest du meinen Papa?«

»Nein. War er nett?«

»Er hat mit uns gespielt.«

»Das klingt nett. Wo ist deine Mama?«

»Männer mit Schwertern haben sie weggebracht. Sie war ganz blutig.«

»Na, das ist jetzt vorbei. Du bist bei deinem Onkel Lennox, und er ist der stärkste Mann der Welt. Jetzt kann dir nichts mehr geschehen.«

»Bist du stärker als die Wölfe?« fragte sie.

»Ja, mein Kleines. Und ich schwöre bei meiner Seele, daß dir nichts geschehen wird, solange du bei mir bist. Glaubst du mir das?« Sie lächelte, schloß die Augen und steckte den Daumen in den Mund.

In den Büschen jenseits des Feuers lauerten blutrote Augen darauf, daß das Feuer erstarb.

Taliesen führte Caswallon tief unter die Erde zu einer kleinen Kammer mit Wänden aus schimmerndem Gold und Silber. Sanftes Licht erhellte den Raum, doch Caswallon konnte nicht entdecken, woher es kam. Der Druide deutete auf einen hohen Stuhl aus weißem Leder und setzte sich selbst auf einen Eichentisch.

»Das ist mein Inneres Sanktum«, erklärte er dem Krieger. »Hier studiere ich die Farlain und schreibe meine Beobachtungen nieder – Beobachtungen, die niemand lesen wird, so lange ich lebe.« Er deutete auf die Regale, aber dort standen keine Bücher, nur kleine silberne Zylinder, die ordentlich vom Boden bis zur Decke gestapelt waren. Die gegenüberliegende Wand war mit

Papieren bedeckt, auf denen seltsame Zeichnungen und Symbole abgebildet waren.

Caswallon betrachtete sie. »Was stellt das dar?« fragte er.

Taliesen stellte sich neben ihn. »Das sind Zeitlinien, sie zeichnen meine Versuche nach, Sigarni zu helfen.«

Caswallon ließ seinen Blick über die Symbole schweifen. »Und die Sterne?«

»Jedesmal, wenn Sigarni stirbt, markiere ich den Punkt und verfolge eine neue Zeitlinie – eine andere Wirklichkeit. Es ist sehr komplex, Caswallon. Du solltest gar nicht versuchen, es zu begreifen.«

»Wann muß ich die Königin suchen?«

»Sobald du bereit bist.«

»Ich bin jetzt bereit.«

»Dann schau zu«, sagte der Druide. Er drehte sich um, ging zur Wand neben der Tür und öffnete eine verborgene Vertäfelung. Die Schreibtischplatte glitt zurück, und lautlos stieg ein Bildschirm empor. Lichter funkelten auf dem Bildschirm und formten das Abbild einer ummauerten Stadt.

»Das ist Zitadell, wo die Königin derzeit residiert – wobei derzeit ein relativer Begriff ist«, setzte der Druide mit einem trockenen Kichern hinzu.

»Wie geht das?« flüsterte Caswallon.

»Das ist nur ein Abbild. Es ist Sommer, und Sigarni hat eine große Schlacht gewonnen. Sie ist in den Norden zurückgekehrt, um mit ihren Hauptleuten zu feiern. Der Feind ist zurückgeworfen – fürs erste. Doch der Fremdländer-König sammelt eine große Armee gegen sie. Und nun, ehe ich dich hinschicke, mußt du eins verstehen, Caswallon: Wir werden uns auf der anderen Seite des Tores wieder begegnen. Frag mich nicht nach Ereignissen, die sich jetzt hier abspielen. Sprich nicht von den Aenir.«

»Das verstehe ich nicht.«

Taliesen seufzte. »Vertrau mir, Caswallon. In anderen …

Wirklichkeiten … hat unsere Begegnung jenseits des Tores bereits stattgefunden. Viele Male. Und ich merke, daß es von Nachteil ist, sich die möglichen Zukünfte anzusehen. Es wird alles zu verwirrend.«

Caswallon schwieg einen Augenblick, dann hefteten sich seine grünen Augen auf die dunklen Augen des Druiden. »Und in diesen anderen Wirklichkeiten bin ich gestorben?« fragte er.

»Ja«, gestand Taliesen. »Willst du noch immer gehen?«

»Können wir gewinnen, wenn ich nicht gehe?«

»Nein.«

»Dann los.«

Taliesen drückte einen Knopf auf dem Bildschirm, und das Bild der Stadt verschwand. Er stand auf und führte Caswallon zurück in die Halle der Druiden mit dem schwarzen Torbogen.

Maeg wartete dort auf sie. Sie stand auf und breitete die Arme aus, und Caswallon umarmte sie.

Sie küßte ihn, in ihren Augen standen Tränen. »Die Welt hat sich verändert, genau wie du gesagt hast«, sagte sie.

»Wir verändern sie wieder zurück.«

»Das glaube ich nicht«, meinte sie traurig. »Selbst wenn du die Aenir besiegst, wird nichts je wieder so sein wie es war.«

Er widersprach ihr nicht. Statt dessen küßte er sie. »Eine Sache bleibt bestehen, Maeg. Ich liebe dich. Ich habe dich immer geliebt und werde dich immer lieben.«

»Ich habe etwas für dich«, sagte sie und machte sich von ihm los. Sie drehte sich um und nahm ein Rehlederhemd von einem Stuhl. Das Leder war weich und beige, aber auf der Brust war in dunkelrot gefärbtem Leder ein kunstvoll gearbeiteter Falke mit ausgebreiteten Flügeln appliziert, die bis zu den Schultern reichten. »Wenn du einer Königin begegnest, dann solltest du so gut wie möglich aussehen«, sagte sie.

Caswallon schlüpfte aus seinem Wollhemd und zog das Lederhemd über. Es paßte wie angegossen.

Leofas trat mit Maggrig aus den Schatten.

»Bist du sicher, was dieses Vorhaben angeht, Caswallon?« fragte er.

»Nein«, gestand der Kriegsherr. »Aber Taliesen ist es, und mir fällt nichts anderes ein.«

»Dann mögen die Götter dich leiten.« Die beiden Männer schüttelten sich die Hand.

Taliesen ging zu dem Torbogen, hob die Hände und begann zu singen. Der Anblick Farlains verschwand und wurde sogleich von einer leicht abfallenden Ebene und einer fernen Stadt ersetzt.

Maggrig legte Maeg den Arm um die Schulter. »Er wird wiederkommen«, sagte er.

Caswallon trat durch den Torbogen – und verschwand.

Plötzlich zeigte das Tor nichts mehr, nur noch eine leere graue Wand war da. Maeg ging hin und berührte kalten Stein.

Caswallon fand sich eine Stunde vor Sonnenuntergang in einem bewaldeten Tal wieder. Sonnenstrahlen drangen durch die Zweige mächtiger Eichen, und in jedem Baum sangen Vögel.

Aber es war keine Stadt zu sehen. Verwirrt trat er einen Schritt zurück, dorthin, wo das Tor gewesen war.

Es war fort …

Fluchend zog er sein Kurzschwert und stieß es in die Luft, auf der Suche nach dem Eingang. Nach ein paar Minuten gab er auf und setzte sich auf eine Baumwurzel. Es widerstrebte ihm, diesen Platz zu verlassen, und er hatte keine Ahnung, wie er vorgehen sollte.

Seine Gedanken wurden von Schreien unterbrochen. Er schaute sich um, um sich die Stelle genau einzuprägen, und brach dann auf in Richtung des Lärms. Vielleicht hatte das Tor ihn einfach zu weit geschickt, und er war auf der anderen Seite der Stadt herausgekommen. Er meinte sich zu erinnern, daß dort ebenfalls ein Wald gewesen war.

Die Rufe wurden triumphierend, und Caswallon vermutete, daß es sich um Jäger handelte, die ihre Beute gestellt hatten. Dann rief eine Stimme. »Herr im Himmel, hilf deinem Diener!«

Caswallon lief los. Vor ihm hatten drei Männer einen kahlköpfigen, älteren Mann in grauem Gewand umzingelt, der ein fest eingewickeltes Bündel im Arm hielt.

»Gib es heraus, Priester«, befahl ein großer Mann in rotem Umhang.

»Das könnt ihr nicht tun«, sagte der alte Mann. »Es ist gegen die Gesetze von Mensch und Gott.«

Der rotgekleidete Krieger machte einen Schritt nach vorn, das Schwert in der Hand. Das Schwert stieß vor. Der alte Mann riß das Bündel vor der Klinge weg, so daß sie ihm in den Bauch fuhr. Er schrie auf und fiel.

Caswallon sprang über einen umgestürzten Baum, sein Schwert glitzerte im letzten Tageslicht. »Was für eine Schandtat ist das hier, Freundchen?«

Die drei fuhren herum, und der Anführer ging auf ihn zu. Von seinem Schwert tropfte Blut ins Gras.

»Das geht dich nichts an, Fremder. Verschwinde.«

»Wenn ich auch vor Angst schlottere angesichts dreier Helden, die so tollkühn einen alten Mann angreifen, fürchte ich doch, daß wir das erst besprechen müssen«, sagte Caswallon.

»Dann stirb«, rief der Mann und machte einen Satz nach vorn. Caswallon parierte seinen Stoß, sein eigenes Schwert traf den Mann am Hals. Die beiden anderen Krieger stürzten herbei. Caswallon wehrte den ersten Stoß ab, ließ seine Faust an das ungeschützte Kinn krachen, so daß der Angreifer ins Taumeln geriet.

Caswallon stürmte an ihm vorbei, um sich den dritten

vorzunehmen, dabei ließ er sein Jagdmesser in die linke Hand gleiten. Er duckte sich unter einem weitausholenden Hieb und stieß dem Mann von hinten ins Knie. Mit einem Aufschrei ging er zu Boden. Caswallon wirbelte herum, als der zweite schon fast über ihm war und auf seine Brust zielte, doch er parierte den Stoß und stieß dem Mann das Jagdmesser durch die Tunika. Die Klinge glitt zwischen die Rippen ins Herz. Er zog sein Messer heraus, da sah er, wie der dritte auf die Büsche zukroch, eine Blutspur hinter sich herziehend. Caswallon beachtete ihn nicht, sondern rannte zu dem alten Mann und drehte ihn behutsam um.

»Dank der QUELLE«, sagte der Priester. »Denn sie hat dich mir in meiner Stunde der Not geschickt.« Er verlor viel Blut, das seine Kleider durchtränkte.

»Warum haben sie dich angegriffen?«

»Nicht mich, mein Sohn, sie wollten das Kind.« Der alte Mann deutete auf das Bündel an seiner Seite. Caswallon hob die Decke hoch und sah einen schlafenden Säugling, der kaum älter als eine Woche sein konnte. Es war ein winziges nacktes Mädchen, und sein flaumiges Haar war reinweiß.

»Bleib still liegen«, drängte Caswallon und riß das Gewand des Priesters auf, um die Blutung zu stoppen. Das Schwert des Angreifers war in den Unterbauch des Mannes gedrungen und hatte dort eine größere Arterie verletzt. Es gab keine Hoffnung mehr für ihn, und sein Gesicht verlor bereits Farbe.

»Wo kommst du her?« flüsterte der Sterbende.

»Von einer anderen Welt«, sagte Caswallon. »Und ich habe mich verirrt.«

Die Augen des alten Mannes glänzten. »Du kamst durch ein Tor?«

»Ja.«

»Hat Mordic dich geschickt?«

»Nein.«

»Cateris, Blean, Taliesen ...«

»Ja, Taliesen.«

»Bring das Kind zurück durch das Tor des Kelches.«

»Ich weiß nicht, wo das ist.«

»Ganz in der Nähe. Im Norden. Ich habe es selbst geöffnet. Such nach einer Höhle auf dem Berghang. Im Felsen am Eingang ist ein Kelch eingraviert. Aber ... paß auf ... Jakuta Khan ... wird dir folgen.«

»Wer bist du?«

»Astole. Ich war Taliesens Lehrer.« Weiter südlich im Wald erklangen Hörner. »Sie kommen, um das Kind zu holen. Nimm es und lauf. Geh jetzt! Ich flehe dich an!« Der alte Mann sank zurück.

Caswallon steckte Schwert und Messer ein, nahm das Bündel in die Arme und begann zu laufen. Hinter sich hörte er Hundegebell und den schrillen Ruf von Jagdhörnern. Er war inzwischen wütend. Von seiner eigenen Aufgabe abgehalten, wurde er jetzt von einem Feind gejagt, den er nicht kannte, in einem Wald, der ihm fremd war.

Er verlangsamte seine Schritte zu einem gemächlichen Dauerlauf und suchte mit den Augen das Unterholz ab, um einen Weg zu finden, seinen Verfolgern zu entkommen. Links von sich hörte er Wasser fließen und bog ab. Ein kleiner Bach gurgelte über ein steiniges Bett. Caswallon sprang hinein und folgte ihm bachaufwärts etwa dreißig Schritte weit, dann verließ er ihn auf der selben Seite und stapfte durch weichen Schlamm bis zu einer massigen Eiche.

Ohne sich umzudrehen, blickte er auf seine Füße und ging rückwärts, wobei er die Füße genau in seine eigenen Fußstapfen setzte. Langsam ging er rückwärts bis zum Bach, dann marschierte er weiter durchs Wasser. Es war ein alter Trick, der bei Tageslicht keinen geübten Fährtenleser täuschen würde, aber da es rasch dunkel wurde, konnte er die Verfolgung erschweren.

Das Kind öffnete die Augen und steckte eine winzige Faust in den Mund. Caswallon fluchte leise. Es hatte Hunger, und das bedeutete, es blieben nur noch wenige Augenblicke, bis es zu schreien begann.

Er bog wieder nach Norden ab und suchte den Hang nach der Höhle ab, von der der alte Mann gesprochen hatte. Das Kind in seinen Armen stieß ein durchdringendes Jammern aus, und Caswallon schimpfte vor sich hin. Die Sonne sank allmählich hinter die Gipfel im Westen. Als sie unter die Wolken sank, streifte ein blendender Lichtstrahl den Hügel, und Caswallon sah den dunklen Schatten des Höhleneingangs, etwa dreißig Schritte rechts über ihm.

Das Hundegebell kam näher. Er drehte sich um und sah vier schlanke schwarze Gestalten aus dem Wald kommen, nicht mehr als fünfzig Schritte hinter ihm. Caswallon hielt das Kind fest, hetzte den Hang hinauf und in die Höhle. Sie war wie ein kurzer Tunnel. Hinter ihm schien die untergehende Sonne auf die Felsen, doch vor ihm lag ein Wald, der in Mondlicht getaucht war.

Caswallon fuhr herum, denn der erste Hund hatte die Höhle erreicht. Als er ihn ansprang, fuhr seine Klinge ihm in den Hals und durchtrennte Fleisch und Knochen. Er drehte sich wieder um und sah, wie der monderhellte Wald zu verblassen begann. Mit zwei Riesenschritten warf er sich durch das Tor. Er stürzte schwer, wobei er das Kind mit Arm und Schulter schützte.

Er rollte sich auf die Füße, um sich dem Feind zu stellen – und fand sich vor einer festen Wand aus grauem Fels. Er hörte das Tosen eines Wasserfalls, steckte sein Schwert ein und ging darauf zu. Ich kenne diesen Ort, dachte er. Doch die Bäume sind anders. Dies hier war Eisenhands See, und wenn er über den Wasserfall nach oben kletterte, würde er in der Ferne den High Druin sehen können. Der Wind drehte sich und brachte den Geruch eines Holzfeuers mit sich. Als er sich mit der linken Seite in den Wind drehte, wurde der Geruch stärker. Voraus lag ein Häuschen aus Stein, mit einem Strohdach und einem kleinen Hof mit einem kleinen Blumengarten und einem Gehege für Hühner. Caswallon rannte zu dem Haus und klopfte leise an die Tür. Sie wurde von einer jungen Frau mit langem blondem Haar geöffnet. »Was willst du?« fragte sie. Ihre Augen waren weit aufgerissen vor Angst

»Etwas zu essen für ein Baby«, antwortete er und reichte ihr das Kind. Ihr Blick veränderte sich, als sie in das kleine Gesicht sah.

»Komm rein.«

Caswallon folgte ihr. An einem Tisch aus Kiefernholz saß ein großer Mann mit einem dichten, rotgoldenen Bart.

»Willkommen«, sagte der Mann. Caswallon sah, daß seine eine Hand unter dem Tisch war und vermutete, daß er eine Klinge dort verbarg.

»Ich fand das Kind im Wald«, sagte er wenig überzeugend.

Der Mann und die Frau tauschten einen Blick aus. »Weißt du, wessen Kind das ist?« fragte der Mann.

»Ich weiß überhaupt nichts über es«, sagte Caswallon.

»Wir haben vor drei Tagen unsere eigene Tochter verloren«, sagte der Mann. »Das ist ihre Wiege, dort in der Ecke. Du kannst das Kind bei uns lassen, wenn du willst. Meine Frau hat noch immer Milch – wie du siehst.« Die Frau hatte ihr Hemd geöffnet und nährte das Kind.

Caswallon zog einen Stuhl heran und setzte sich dem Mann gegenüber und sah ihm tief in die klaren grauen Augen. »Wenn ich sie bei euch lasse, werdet ihr für sie sorgen, als wäre es euer eigenes Kind?«

»Ja«, antwortete der Mann. »Geh ein Stück mit mir.« Er stand auf und steckte das Jagdmesser ein, daß er unter dem Tisch gehabt hatte. Er war größer als Caswallon und breiter in den Schultern. Er trat hinaus in die Nacht und ging um das Haus herum, wo er sich auf eine selbstgezimmerte Bank setzte. Caswallon nahm neben ihm Platz. »Wer bist du?« fragte er. »Nach deinen Kleidern gehörst du zu einem Clan, aber du bist kein Loda.«

»Ich bin Caswallon von den Farlain.«

»Ich habe öfter mit den Farlain zu tun. Wie kommt es, daß ich noch nie von dir gehört habe?«

Cawallon stieß einen Seufzer aus und lehnte sich zurück. »Gibt es hier eine Stadt in der Nähe, am Rand des Tieflands, die Ateris heißt?«

Der Mann schüttelte den Kopf. »Das ist Zitadell. Die Fremdländer beherrschen sie jetzt. Ich frage dich noch einmal – wer bist du?«

»Ich gehöre zum Clan, wie ich schon sagte.« Er lachte plötzlich. »Wäre unsere Situation umgekehrt, mein Freund, und du würdest mir erzählen, wie du das Kleine gefunden hättest, ich würde dich für verrückt halten.«

»Ich bin nicht du«, sagte der Mann. »Also sprich.«

Ruhig berichtete Caswallon von der Invasion der Aenir und von seiner Reise durch das Tor, von dem sterbenden Priester und den Männern und Hunden, die den Tod des Kindes wollten.

Der Mann unterbrach ihn nicht, sondern hörte gespannt zu. Als er geendet hatte, stand Caswallon auf und blickte in die tiefliegenden grauen Augen des Mannes in Erwartung einer Antwort.

In diesem Augenblick bebte die Erde. Aus dem Gleichgewicht gebracht, fiel Caswallon nach rechts. Der Mond schien plötzlich heller, und als sie aufschauten, sahen die beiden Männer zwei Monde am Himmel. Nur wenige Sekunden lang war das Land in gleißendes Silber getaucht, dann verblaßte der zweite Mond.

Statt dessen erschien Taliesen neben ihnen. Der alte Mann stolperte und fiel auf die Knie, während der Kätner aufsprang und sein Messer zückte. »Nicht!« schrie Caswallon. »Das ist der Druide, von dem ich sprach.«

Taliesen versuchte aufzustehen, doch es mißlang, und

er setzte sich niedergeschlagen hin. »Ich glaube, die Reise hat mich beinahe umgebracht«, brummte er. Als Caswallon ihm auf die Füße half, seufzte der kleine Zauberer. »Du hast keine Ahnung, wieviel Energie ich aufbringen mußte, um hierher zu kommen. Wer ist das?«

»Ich bin Cei«, antwortete der Kätner.

»Ich muß das Kind sehen«, sagte Taliesen, schüttelte Caswallons Arm ab und stapfte zum Haus.

Cei ging zu Caswallon. »Du hast dich geirrt. Ich halte dich nicht für verrückt. Gestern kam ein alter Mann zu uns, während wir den Tod unseres Babys betrauerten. Er sagte, er würde kommen und daß er uns Freude bringen würde – und Kummer.«

»Dieser Mann, war er kahlköpfig und hatte ein graues Gewand an?« Cei nickte. Beide Männer kehrten in die Hütte zurück, wo sie Taliesen neben der Wiege kniend fanden, in der das Kind schlief. Als Caswallon und Cei näher hinsahen, stellten sie fest, daß das silberweiße Haar des Kindes jetzt weizenblond war.

Taliesen stand auf und wandte sich an den Kätner. »Feinde dieses Kindes werden kommen«, sagte er. »Seid gewarnt. Ich habe die Farbe ihres Haares geändert. Wie ich deiner Frau schon sagte, ihr müßt sie als euer eigenes Kind aufziehen, niemand darf erfahren, wie sie hierher kam. Deine Frau sagt, eure Freunde im Clan wissen noch nichts von dem Tod eures Kindes. Belaßt es dabei.«

»Wer ist sie?« fragte Cei. »Warum ist sie in Gefahr?«

»Sie ist deine Tochter. Mehr mußt du nicht wissen – außer daß sie von königlichem Blute ist«, sagte Taliesen. »Jetzt müssen wir gehen.«

Lennox legte Holz aufs Feuer, bis die Flammen loderten. Ihm war nicht kalt, er wollte nur das Gesicht des Kindes im Schlaf sehen. Ihr Daumen war ihr aus dem Mund gerutscht, und sie atmete gleichmäßig. Lennox schob sie behutsam in seine rechte Armbeuge, so daß er seinen Rücken strecken konnte.

Gaelen gähnte und reckte sich, setzte sich auf und rieb sich die Augen. Als er sah, daß Lennox noch immer wach war, ging er um das Feuer zu ihm. »Wie geht es ihr?«

»Ganz gut. Sie sagt, ihr Vater wurde von Wölfen gefressen ... und ihre Schwester.«

»Das halte ich für unwahrscheinlich«, meinte Gaelen. »Sie wäre einem Rudel nicht entkommen. Ein Traum vielleicht?«

»Ich weiß es nicht. Sie sagt, die Wölfe waren so groß wie ich.«

»Wölfe greifen bei Nacht an, und sie sind schnell. Ein so kleines Kind empfindet sie vielleicht übergroß?«

»Mag sein, Gaelen, aber sie ist ein Kind des Clans, ihr Vater war vom Clan. Wie konnte er sich von Wölfen überraschen lassen? Das macht keinen Sinn. Ich kann mich nicht erinnern, daß je ein Clanmitglied von einem Rudel getötet wurde. Wölfe greifen keine Menschen an. Ich habe noch nie so etwas gehört.«

»Vielleicht hatte er kein Feuer, oder er war gezwungen, ohne Waffen zu fliehen. Vielleicht waren die Wölfe ausgehungert.«

Die beiden Männer schwiegen eine Weile, dann ergriff Gaelen das Wort. »Es ist eher wahrscheinlich, daß es sich um Aenir handelte, und das Kind war einfach verwirrt. Viele von ihnen tragen Wolfsfelle. Und bei den Spielen habe ich einen Mann gesehen, der als Helm einen Wolfsschädel trug. Ein nächtlicher Angriff?«

»Sie sagt, ihre Mutter wurde von Männern mit Schwertern getötet. Ich glaube nicht, daß sie so verwirrt ist. Ich glaube, ihr solltet morgen sehr vorsichtig sein«, sagte Lennox.

»Wir werden dich vermissen«, sagte Gaelen und packte Lennox an der Schulter.

»Ja, aber ihr braucht mich nicht. Sie schon. Ich bringe

sie zur Insel und schließe mich dann meinem Vater an. Wir sehen uns im Axta-Tal.«

»Ich will es hoffen. Ich bete darum, daß es eine Armee von Hochländern gibt, die ich aufstellen kann. Aber wenn nicht, werde ich dich trotzdem dort sehen, Lennox. Selbst wenn ich allein komme. Das verspreche ich dir.«

»Das weiß ich, Vetter. Ich freue mich darauf.«

Kurz nach Tagesanbruch verabschiedeten sich die Gefährten von Lennox und dem Kind und brachen nach Süden auf. Lennox hob das Mädchen auf seine Schulter und marschierte nach Norden.

Unterwegs fand er heraus, daß sie Plessie hieß und vom Haesten-Clan stammte. Sie war die Nichte von Laric, dem Jagdherrn. Er war versucht, umzukehren und die anderen zu suchen, denn Laric würde eine Gruppe, die seine Nichte gerettet hatte, wohlwollend empfangen. Doch Plessies ängstliche Blicke nach hinten ließen ihn die Idee verwerfen.

Was auch immer ihr zugestoßen war hatte eine schreckliche Narbe hinterlassen.

Den ganzen Vormittag über stieg er durch den Wald auf, und sie machten an einem Felsenteich unter einem kleinen Wasserfall Rast, um zu essen. Die Gefährten hatten Lennox ein paar Haferkekse mitgegeben, und diese teilte er mit Plessie. Die Kleine saß auf einem Stein und ließ die Füße ins Wasser hängen. Sie kicherte, weil es so kalt war. Lennox lächelte – und erstarrte. Langsam erhob er sich, weil er plötzlich fühlte, daß er beobachtet wurde. Angst schlich sich in sein Herz – nicht Angst um sich selbst, sondern um das Kind. Er hatte versprochen, daß sie in Sicherheit war, und ein Versprechen galt bei den Clans als heilig.

Beiläufig spähte er in das dichte Unterholz. Hinter einem blühenden Ginsterbusch entdeckte er einen dunklen Fleck, ließ seinen Blick aber gleichgültig darüber hinweg gleiten. Er hatte den Eindruck, daß dieser dunkle

Fleck Fell war, und wenn dem so war, war das Ding entweder ein Bär oder ein Wolf.

Plessie saß im Schatten einer hohen Kiefer, und ein langer Zweig reichte bis über das Wasser. Lennox nahm sie in den Arm und setzte sie hoch oben auf den Ast.

»Bleib mal einen Augenblick hier sitzen, mein Täubchen«, bat er.

»Will ich aber nicht«, jammerte sie.

»Tu's für deinen Onkel Lennox. Und sei vorsichtig.«

Noch während er sprach, stürmte ein Werungeheuer aus dem Unterholz. Es hatte die Schnauze weit aufgerissen, klauenbewehrte Finger griffen nach Lennox. Im Sprung stieß es ein entsetzliches Geheul aus. Wilde Tiere brüllen oder kreischen immer, wenn sie angreifen. Das verängstigt das Opfer.

Aber Lennox war kein gehetztes Tier. Nicht einmal ein gewöhnlicher Mensch.

Er war der stärkste Krieger in der langen Geschichte der Farlain.

Als das Biest aus der Deckung brach, wirbelte Lennox herum und stieß selbst ein Wutgeheul aus. Er griff an und schmetterte eine rechte Gerade an sein Kinn. Zähne brachen ab, der Kiefer splitterte unter dem Aufprall. Das Wesen schrie und fiel, ließ sich auf alle viere nieder und heulte vor Schmerz. Eine zweite Gestalt stürmte heran. Lennox drehte sich um und griff erneut an. Krallen fuhren über seine Schulter und zogen tiefe Spuren. Das Maul schnappte nach seinem Gesicht, doch er schloß seine Finger um die pelzige Kehle. Wenige Zentimeter vor seinem Gesicht hielt er sich so die Reißzähne vom Leib. Lennox spürte heißen, stinkenden Atem auf seiner Haut. Die Kraft des Unwesens war unglaublich. Er schlug dem Werungeheuer mit der linken Hand donnernd aufs Ohr, es wich zurück, sprang aber wieder vor. Diesmal blieb Lennox stehen, bis es fast über ihm war. Dann packte er es an Kehle und Lende und schleuderte es mit aller Kraft gegen einen Baumstamm. Es prallte mit einem widerlich dumpfen Ton dagegen. Sein Rückgrat zersplitterte, die Rippen brachen und durchstießen die darunterliegenden Lungen. Obwohl Blut aus seinen Wunden strömte, zog Lennox sein Schwert. Das erste Ungeheuer griff erneut an, sein Kiefer hing schlaff herab. Als die Krallen zuschlugen, duckte sich Lennox unter dem Arm und stieß sein Schwert in den ungeschützten Bauch.

Das Wesen wand sich im Todeskampf, dann sank es in letzten Todeszuckungen zur Erde. Lennox zog sein Schwert heraus und zog sein Jagdmesser, während er das Gebüsch absuchte. Nichts rührte sich. Aber er mußte sicher sein.

»Bleib auf dem Baum, Plessie. Onkel Lennox kommt gleich wieder.«

»Nein«, jammerte sie. »Laß mich nicht allein. Sonst fressen Wölfe mich!« Ihre Tränen rührten ihn, doch er ging weiter und suchte nach Spuren im Unterholz. Zufrieden, daß es nur zwei der Wesen gewesen waren, ging er zu dem weinenden Kind zurück, hob es vom Baum und drückte es an sich.

»Ist ja gut. Siehst du, ich war doch schnell wieder da.«

»Laß mich nie mehr allein, Onkel Lennox.«

»Nein. Und jetzt mußt du ein tapferes Mädchen sein und mir helfen, diese Blutung zu stoppen. Kannst du das?« Mit einem Schmerzensgrunzer zog Lennox sein zerfetztes Hemd aus. Über sein rechtes Schulterblatt verliefen vier tiefe Kratzer, aber er konnte keinen erreichen.

»Da ist ganz viel Blut, Onkel Lennox.«

»Das Blut reinigt die Wunden«, sagte er und ging zu seinem Bündel. »Kannst du nähen?«

»Mutter hat es mir beigebracht«, sagte Plessie.

»Das ist gut, meine Kleine.« Er durchsuchte sein Bündel, bis er Nadel und Faden gefunden hatte. »Ich möchte, daß du diese kleinen Kratzer für mich nähst. Dann gehen wir weiter. Willst du das für mich tun?«

»Ich weiß nicht wie.« Lennox konnte sehen, wie die Angst in ihre Augen zurückkehrte.

»Es ist ganz leicht«, sagte er und zwang sich zu einem Lächeln. »Glaub mir. Ich zeige es dir. Zuerst mußt du die Nadel einfädeln. Meine Hände sind zu groß und schwerfällig dafür.« Plessie nahm den Faden, leckte das Ende an und fädelte es sorgfältig in das Nadelöhr. Dann sah sie Lennox erwartungsvoll an. Wenn er den Kopf drehte, konnte er die zackige rote Linie des ersten Kratzers auf der Schulter sehen. Er nahm die Nadel und stieß sie durch die Haut. »Du machst es so«, erklärte er, während eine Woge von Übelkeit ihn überfiel. »Einfach so.«

Plessie begann zu weinen. »Du wirst doch nicht sterben, oder, Onkel Lennox?«

»An so kleinen Kratzern? Nein. Und jetzt komm und zeig mir, wie du nähen kannst.«

Taliesen führte Caswallon aus der Hütte in den Wald. Es war nicht kalt, doch in der Luft hing schon ein Hauch von Herbst. »Das Kind ist die zukünftige Königin – wenn es am Leben bleibt«, sagte der Druide.

Caswallon blieb stehen. »Was soll das heißen, wenn sie am Leben bleibt? Wir wissen doch, daß sie am Leben bleibt. Ich sah sie doch sterben, nachdem sie das Ungeheuer getötet hatte.«

Taliesen lachte trocken. »Mein Junge, du hast eine Sigarni gesehen. Aber es würde zu lange dauern, um die unendlichen Möglichkeiten zu erklären, wenn man mit der Zeit manipuliert, die Paradoxa, die dadurch entstehen. Halt dich einfach an die Vorstellung, daß etwas Unmögliches wirklich wird. Dieses Kind ist in großer Gefahr. In erster Linie ist da der Zauberer Jakuta Khan. Er wurde angeheuert, den König zu stürzen, Sigarnis leiblichen Vater, und im Gegenzug wurden ihm Reichtümer versprochen – und das Leben der Tochter des Königs. Er ist ein begabter Magier, Caswallon. Er wird sie aufspüren, der Kätner kann ihn nicht aufhalten.«

Caswallon setzte sich auf einen umgestürzten Baum. »Der Gedanke macht mich traurig, Taliesen, aber was können wir tun? Mein Volk braucht mich. Ich kann nicht hierbleiben und das Kind beschützen. Ebensowenig wie du. Wir haben keine Zeit.«

»Da ist das Wort schon wieder – Zeit«, erwiderte Taliesen und setzte sich neben ihn. »Es spielt keine Rolle, wie lange wir hier warten, denn wenn du zurückkehrst, wird in der Welt, die du kennst, keine Zeit vergangen sein. Hier in der Nähe ist eine kleine Siedlung, dort werden wir Rast machen und etwas zu essen bekommen. Dann wandern wir zurück zum Wasserfall und schlagen unser Lager vor dem Felsen auf, in dem sich das Tor geöffnet hat. Dort wirst du in einem Tag etwas sehen, was nur wenigen Sterblichen je vergönnt ist.«

Am nächsten Abend schichtete Caswallon ein kleines Feuer vor der Felswand auf, und die beiden Männer setzten sich darum, aßen Honigkuchen und betrachteten das zitternde Spiegelbild des jungen Mondes auf dem Wasser des Sees.

»Wie lange warten wir?« fragte Caswallon.

»Bis ich die Magie Jakuta Khans spüre«, antwortete Taliesen. »Aber jetzt muß ich jemanden rufen.« Der kleine Zauberer stand auf und ging zum Ufer. Taliesen begann mit leiser Stimme zu singen. Der Wind erstarb, und über zwei Felsen dicht am Ufer bildete sich Nebel. Caswallons Augen wurden groß, als der Nebel sich zu einem Bogen, etwa zehn Schritt vor dem Zauberer, formte. Winzige Lichter, wie Glühwürmchen, glitzerten in dem Torbogen, dann erschien ein Mann, groß gewachsen, unglaublich breitschultrig, in silbernem Harnisch und schimmerndem Kettenhemd aus Silberstahl. Sein Haar war weiß wie der Mond, sein Bart geflochten.

»Wer ruft Eisenhand?« fragte er. Seine Stimme war leise

und tief wie ferner Donner. Caswallon stand auf und ging zu Taliesen.

»Ich rufe dich, Hochkönig«, sagte der Zauberer. »Ich Taliesen, der Oberdruide. Deine Tochter lebt, doch sie ist in Gefahr.«

»Hier haben sie mich getötet«, sagte der geisterhafte Krieger. »Mein Körper liegt unter diesen Felsen. Sie haben auch meine Frau getötet, und ich kann ihren Geist nicht finden.«

»Aber deine Tochter lebt, das Kind schläft in einer Kate nicht weit von hier. Und die Jäger werden kommen, um sie zu holen, Dämonen werden sich anschleichen.«

»Was kann ich tun, Taliesen? Ich bin nur noch ein Geist.«

»Gegen Wesen aus Fleisch kannst du nichts ausrichten, Eisenhand. Aber ich habe ein Samenkorn im Geist des Kindes gepflanzt. Wenn die Dämonen erscheinen, wird sie hierhin fliehen. Und obwohl diese Wesen aus Fleisch und Blut sind, werden sie durch Geistersprüche herbeigerufen. Und du kannst gegen sie kämpfen.«

»Wenn du mich brauchst, rufe mich«, sagte der Geisterkönig. Der Torbogen schimmerte auf und verschwand, und Caswallon spürte wieder den Nachtwind auf der Haut.

»Sie ist Eisenhands Tochter? Gerechter Himmel!«

»Ja«, flüsterte Taliesen. »Sie ist vom höchsten königlichen Blute. Jetzt laß uns zum Feuer zurückkehren. Ich muß noch einen Zauber sprechen, ehe ich dich verlasse.« Der Druide deckte das Feuer ab und begann wieder zu singen. Caswallon lauschte schweigend, bis er geendet hatte, dann tat Taliesen einen tiefen Atemzug. »Ich muß einen bestimmten Mann sehen. Er ist ein Träumer und Trinker, aber wir werden ihn in Kürze brauchen. Bleib hier, und rühr dich unter keinen Umständen weg vom Feuer.« Er lächelte. »Ich glaube, was du sehen wirst, wird dich schon unterhalten, bis ich zurück bin.«

Er stand auf und ging am Ufer entlang. Caswallon lehnte sich gegen die Felswand. Plötzlich schoß der Mond über den Himmel, die Sonne sprang empor und tauchte den See in stahlendes Licht. So schnell wie sie gekommen war, verschwand die Sonne wieder, und der Mond tauchte wieder auf. Verblüfft sah Caswallon sich um. Kein Laut war zu hören, doch Tag und Nacht erschienen und verschwanden in Sekundenschnelle. Jenseits des Feuerscheins wuchs das Gras hoch, welkte und vertrocknete, starb ab und wurde durch neues ersetzt. Vor seinen Augen sprossen aus den Bäumen Äste. Blätter entrollten sich, glänzten, welkten und fielen ab. In einem Augenblick erschien Schnee hinter dem Feuer, dicht und tief. Dann war er fort, und an seine Stelle traten unverzüglich Frühlingsblumen.

Er sah die Jahreszeiten in Sekunden vorüberziehen, in einem Feuerwerk an Farben und Licht.

Als der Schnee zum sechsten Mal erschienen war, begann sich der Strom der Zeit zu verlangsamen. Der Mond ging auf und blieb mitten am Himmel stehen. Die Winterkälte drang nun durch Taliesens Zauber, und Caswallon schauderte. Eine Bewegung zu seiner Rechten erregte seine Aufmerksamkeit, und er sah Taliesen durch den Schnee stapfen. Der alte Mann trug einen kurzen Jagdbogen und einen Köcher mit Pfeilen. »Wie hast du das geschafft, daß die Jahreszeiten so schnell laufen?« fragte Caswallon.

»Das kann nicht einmal ich«, antwortete Taliesen müde. »Du hast neben einem Tor gesessen. Ich habe es lediglich aktiviert. Es hat *dich* durch die Jahre geschleust.«

»Diese Erinnerung werde ich lange hüten wie einen Schatz«, sagte Caswallon.

»Leider haben wir keine Zeit, uns damit aufzuhalten«, erklärte Taliesen, »denn das Böse hat uns fast erreicht.« Er hockte sich ans Feuer und streckte seine langen dünnen Finger den Flammen entgegen. »Mir ist so kalt«, sagte er,

»und ich bin müde.« Er reichte Caswallon Bogen und Pfeile.

»Was steht uns bevor?« fragte Caswallon, legte eine Sehne auf und prüfte die Spannung. Es war eine kräftige Waffe.

»Menschen würden sie Dämonen nennen, und das sind sie auch, aber sie sind auch Fleisch und Blut aus einer anderen Dimension ... einem anderen Land, wenn du so willst. Es sind riesige Biester, Caswallon, manche bis zu zweieinhalb Metern hoch. In der Gestalt ähneln sie großen Bären, aber sie bewegen sich schneller und aufrecht, wie Menschen. Ihre Finger haben Krallen, jede so lang wie dein Jagdmesser. Sie haben auch Reißzähne und kurze, gekrümmte Stoßzähne. Sie benutzen die Stoßzähne nicht im Kampf, sie dienen nur dazu, das Fleisch von den lederhäutigen Tieren zu reißen, die sie in ihrer eigenen Welt jagen.«

»Sollten wir nicht zu Ceis Hütte gehen? Er kann sie doch nicht allein bekämpfen.«

Taliesen schüttelte den Kopf. »Ceis Leben ist vorbei, Junge. Es war schon in dem Moment vorbei, in dem er das Kind annahm. Die Ungeheuer werden dort materialisieren.«

»Wie bitte?«

»Sie werden dorthin beschworen«, fauchte Taliesen. »Jakuta Khan ist ein Zaubermeister, er hat Sigarni aufgespürt und wird es so einrichten, daß die Ungeheuer in der Hütte erscheinen. Ich habe ihn beobachtet, Caswallon. Er hat diese Ungeheuer schon öfter eingesetzt, er macht sie für das menschliche Auge unsichtbar. Der erste Augenblick, in dem das Opfer von ihrer Existenz erfährt, ist, wenn die Krallen ihm das Herz herausreißen. Glaub mir, wir wollen nicht in der Hütte sein, wenn das geschieht.«

»Wie sollen wir dann das Baby retten?«

»Sie ist kein Baby mehr. Du hast gesehen, wie die Jahreszeiten vorüberflogen, sie ist jetzt sechs Jahre alt.

Und sie wird hierher kommen. Ich habe ihr das eingepflanzt und ihrer Mutter auch. Sobald das Entsetzen sich manifestiert, werden beide instinktiv handeln. Das Kind wird hierher laufen.«

Caswallon stand auf und band den Köcher an seinen Gürtel. »Und wie soll ich gegen diese unsichtbaren Biester kämpfen?« fragte er leise.

»So gut du kannst, Caswallon. Komm, knie vor mir nieder, und ich werde dir alles geben, das ich kann.«

Caswallon sank auf ein Knie und blickte dem alten Mann in die Augen. Der Druide war mehr als müde. Seine Augen waren stumpf und von dunklen Ringen umgeben, die Haut trocken. Taliesen hob die Hand, legte sie auf Caswallons Augen und begann zu singen. Aus seinen Fingern strahlte Hitze, die in Caswallons Gehirn stach wie ein feuriger Pfeil. Er stöhnte, doch Taliesens Stimme flüsterte: »Halt durch, Junge, es dauert nicht mehr lange.«

Die Hand löste sich, und Caswallon schlug die Augen auf. »Was hast du getan?« flüsterte er. Die Bäume am See hatten sich verändert, waren scharf und unwirklich geworden, wie eine Kohlezeichnung auf jungfräulichem Papier. Er konnte Taliesens Gesichtszüge nicht mehr erkennen, er war nur noch eine glühende Gestalt aus vielen Farben, rot am Bauch und in den Augen, purpur über dem Herzen, der Rest eine sich verändernde Mischung aus Orange, Gelb und Weiß.

»Jetzt kannst du sie sehen, Caswallon«, sagte der schimmernde Druide. »Sie kommen von Süden, dem Kind knapp auf den Fersen. Am besten suchst du dir einen Platz, von dem aus du sie angreifen kannst.«

»Wie viele werden kommen?«

»Ich schätze zwei. Es ist schon ein ungeheuer starker Zauber nötig, um einen herbeizurufen. Jakuta Khan wird von einem Kätner wenig Widerstand erwarten. Doch vielleicht sind es noch mehr, er ist jung und arrogant in seiner Kraft.«

Caswallon ging hinaus zu dem zugefrorenen See. Er hielt sich nach Süden und stieg hoch in den Wald. Eine alte Eiche stand neben dem Pfad, ihre zwei Hauptäste – in etwa drei Metern Höhe – waren ausgebreitet wie die Arme eines Bittstellers. Caswallon kletterte auf den rechten Ast und setzte sich mit dem Rücken gegen den Stamm.

Er dachte an vieles, während er auf die Ungeheuer wartete. Es hatte ihm noch nie an körperlichem Mut gefehlt – tatsächlich hatte er oft die Gefahr gesucht, einfach des Nervenkitzels wegen. Aber jetzt? Die Farlain waren bedroht, seine Frau und sein Kind waren in einer anderen Welt in Gefahr. Er konnte sich den Luxus der Gefahr nicht mehr leisten, und so spürte er Angst in sich aufkeimen. Was, wenn er hier starb? Was würde aus den Farlain oder Maeg und Donal? Sein Mund war trocken. Seine Gedanken wanderten zu dem Kind Sigarni: ein unschuldiges Wesen, das von Dämonen gejagt wurde. Doch was war ihr Leben gegen das eines ganzen Clans?

»Ich werde kämpfen, aber ich kann nicht für dich sterben«, sagte er leise. »Das kann ich nicht riskieren.«

Als seine Entscheidung gefallen war, entspannte er sich. Er betrachtete die schimmernden Farben, zu denen seine Hände geworden waren, und stellte fest, daß er seine Finger nur noch schwer erkennen konnte, außerdem waren sie kalt. Er rieb die Handflächen aneinander und schaute sie wieder an. Einige Sekunden lang schienen sie in dumpfem rotem Licht, dann verblaßten sie erneut. Er zog seine fellgefütterten Handschuhe aus dem Gürtel und zog sie an. Eis bildete sich in seinem Bart, während er im Baum wartete. Er warf einen Blick hinter sich und sah die schimmernden Farben, in denen er Taliesen erkannte, über das Eis wandern. Der alte Mann muß halb erfroren sein, dachte er. Der Federmantel konnte die bittere Kälte kaum abhalten.

Ein bestialischer Schrei zerriß die Stille der Nacht.

Caswallon streifte die Handschuhe ab und legte einen Pfeil auf die Sehne. Für kurze Zeit war keine Bewegung wahrzunehmen, dann kam eine kleine Gestalt in Sicht, deren Farben hell und strahlend leuchteten. Die Gestalt stolperte und rollte in den Schnee.

Caswallon riß den Blick von ihr los und spähte zum Pfad. Etwas Riesiges kam über den Hang, dann noch etwas. Links von ihm bewegte sich ein drittes Wesen durch den Wald. Caswallon fluchte, denn er schätzte die Dämonen etwa zweieinhalb Meter groß. Der erste kam den Hügel herab. Er hatte starke Farben, vor allem Purpur, Orange und Rot, wobei sich das Purpur in zwei Kreisen vom Hals zum Bauch zog, die durch einen roten Balken verbunden waren. Caswallon spannte den Bogen, bis die Sehne seine rechte Wange berührte, dann schoß er. Der Pfeil traf in den oberen Purpurkreis, und sofort änderte sich die Farbe und floß als goldenes Licht aus der Wunde. Caswallon schoß einen zweiten Pfeil ab, der durch den unteren Kreis drang. Das Wesen stieß einen entsetzlichen Schrei aus, taumelte nach links und stürzte schwer.

Als Caswallon sich umdrehte, sah er, daß das Kind das Seeufer erreicht hatte. Zwei Ungeheuer kamen auf es zu. Von Taliesen war nichts zu sehen. Caswallon ließ sich vom Baum fallen, legte einen Pfeil auf und rannte den vereisten Hang hinunter. Er blieb mit dem Fuß an einer im Schnee verborgenen Baumwurzel hängen und stolperte vornüber. Er ließ den Bogen los und versuchte sich abzurollen, um seinen Rutsch bergab zu bremsen. Mit den Händen suchte er im Schnee nach Halt. Eine weitere Baumwurzel rettete ihn, seine Finger umklammerten sie. Als er wieder auf die Füße kam, sah er, daß das erste Biest fast bei dem hilflosen Kind angekommen war. Sein Bogen lag fast zwanzig Schritte weiter bergauf. Er zog sein Kurzschwert und sein Messer und rannte los. Als sich das Biest aufrichtete, duckte er sich unter den mörderischen Krallen und stieß ihm das Messer bis zum Griff in den

Bauch. Ein Hieb traf ihn hoch an der Schulter, hob ihn von den Füßen und schleuderte ihn durch die Luft. Er schlug hart auf, wobei er mit der linken Schulter gegen einen Baumstamm krachte, so daß sein Arm gelähmt war. Das tödlich verwundete Untier taumelte und stürzte, doch da richtete sich der dritte Dämon auf und warf sich auf Caswallon.

Mit einem wütenden Fluch stand Caswallon auf, seine Augen blitzten.

»Lauf, du Idiot!« schrie Taliesen, als sich das Untier über ihm auftürmte. Tief in seinem Herzen wußte Caswallon, daß er diesem Rat folgen sollte. Es gab noch so viel, wofür zu leben sich lohnte, so viel, was noch zu tun war.

Das Untier wandte sich von ihm ab – dem Kind zu, das am Ufer stand. In diesem Augenblick durchflutete Caswallon Erleichterung. Er war gerettet! Ich lebe, und sie stirbt, dachte er plötzlich.

Ohne weiter nachzudenken, machte er drei lange Schritte, warf sich auf das Biest und stieß ihm sein Schwert in den breiten Rücken. Das Wesen schrie auf und fuhr herum. Das Schwert wurde Caswallon aus der Hand gerissen, blieb jedoch in dem vielfarbigen Fleisch des Biestes stecken. Krallen gruben sich in Caswallons Schulter, Schmerz durchzuckte ihn, als er zu Boden geworfen wurde.

In diesem Augenblick flammte ein strahlendes Licht auf, und Caswallon sah die gewaltige, schimmernde Gestalt Eisenhands über dem Kind stehen. Er hielt das Schwert beidhändig hoch erhoben. Das Untier stieß ein tiefes Knurren aus und sprang den Geist an. Der tote König trat ihm entgegen, sein Silberschwert zuckte in einem glitzernden Bogen durch die Luft und glitt durch das Wesen, scheinbar ohne eine Wunde zu hinterlassen.

Doch der Dämon erstarrte, taumelte und fiel rücklings in den Schnee.

Taliesen tauchte aus seinem Versteck im Unterholz auf und rannte zu dem Kind. Caswallons Blick verschwamm, der Zauber, der über seinen Augen lag, verblaßte. Er blinzelte und sah den Druiden neben Sigarni knien. Das Mädchen saß schweigend da, die Augen weit aufgerissen, ohne zu blinzeln. Taliesen legte dem Kind eine Hand auf den Kopf. »Ist sie verletzt?« fragte der Geisterkönig.

Taliesen schüttelte den Kopf. »Ihr Körper ist unversehrt, aber ihr Geist hat Wunden davongetragen«, sagte er.

Stöhnend stemmte sich Caswallon hoch. Blut floß aus dem tiefen Riß in seiner Schulter. »Was geschieht jetzt mit ihr?«

»Es wird jemand kommen, der sich um sie kümmert. Er heißt Gwalch, er ist ein Mystiker«, antwortete Taliesen.

»Ich hoffe, hiermit enden die Abenteuer mit Dämonen«, sagte Caswallon.

»Nein«, flüsterte Taliesen. »Aber das nächste Mal muß sie allein gegen sie kämpfen.«

»Nicht allein«, widersprach der König. »Denn ich werde da sein.«

Da die Zeit gegen ihn arbeitete, führte Gaelen seine Gefährten über ausgesprochen gefährliches Terrain und umging am dritten Tag ihrer Wanderung die Armee der Aenir. Von ihrem Versteck auf einem bewaldeten Hang blickten die Gefährten auf die Horde hinunter, die durch das Tal zog.

Die Größe der feindlichen Truppe erschreckte die Gruppe. Die Armee schien sich auszudehnen, anzuschwellen, das ganze Tal auszufüllen. Es gab nur wenige berittene Soldaten, die meisten der Kämpfer marschierten. Sie trugen runde Schilde, die schwarz und rot bemalt waren sowie Langschwerter oder doppelköpfige Äxte.

Gaelen machte sich Sorgen. Seit dem Vortag war er überzeugt, daß sie verfolgt wurden. Agwaine teilte seine

Ansicht, doch als Gwalchmai und Layne die Umgebung erkundeten, fanden sie nur Tierfährten. Onic und Ridan, die rasch weiter wollten, beschuldigten Gaelen, unnötig vorsichtig zu sein.

In jener Nacht schlugen sie spät ihr Lager auf offenem Gelände auf und zündeten ein Feuer an. Der Mond verbarg sich hinter dunklen Gewitterwolken, und die Nacht legte sich wie schwarzer Nebel um sie. Gaelen war froh über die Dunkelheit und wickelte sich in seine Decke. Onic hatte vorgeschlagen, nach Carduil zu gehen, zu einer Kette von zerklüfteten, abweisenden Bergen im Osten, und Gaelen hatte zugestimmt. Die Gefährten hatten sich zuerst nach Süden gehalten, immer dicht am Waldrand, und waren dann allmählich auf die fernen Berge zugesteuert. Morgen würden sie mit der aufgehenden Sonne das gefährlichste Stück erreichen, weite Täler ohne ausreichende Deckung. Sie lagerten ohne Feuer in einer versteckten Senke, und Gaelen übernahm die erste Wache. Nach einer Stunde kam Layne durch die Dunkelheit und setzte sich neben ihn.

»Kannst du nicht schlafen?« fragte Gaelen.

»Nein, Vetter. Ich wünschte, du hättest Render mitgenommen. Ich fühle mich unbehaglich.«

»Er ist gut erzogen«, sagte Gaelen, »aber er ist trotz allem ein Hund, und seine Jagden hätten die Aenir aufschrecken können.«

»Es sind nicht die Aenir, um die ich mir Sorgen mache«, flüsterte Layne.

»Du denkst noch immer an die Wölfe?«

»Ja – und an das Biest, das die Königin tötete.« Der Mond brach durch die Wolken, und Gaelen sah seinen Freund an. Laynes Haar glitzerte im Mondlicht silbern.

Gaelen lief ein Schauer über den Rücken. »Meinst du, es könnten Dämonen sein?«

»Ich hoffe nicht«, antwortete Layne. »Aber falls sie es sind – und sie weiter dem Kind folgen –, dann habe ich

Angst um Lennox.«

Gaelen legte seinem Freund den Arm um die Schulter. »Wenn überhaupt ein Mensch gegen solche Biester bestehen kann, dann Lennox. Um ihn habe ich keine Angst.«

Layne lächelte. »Ja, er ist ungewöhnlich stark.« Eine Weile saßen sie schweigend beisammen, dann sagte Layne: »Hast du Deva einen Antrag gemacht?«

»Ja. Sie hat mich abgewiesen.«

»Mich auch. Irgendein Unsinn darüber, daß sie Könige gebären solle. Ich schätze, sie wird noch darüber wegkommen. Willst du weiterhin um sie werben?«

»Nein, Layne.«

»Ich schon. Sobald wir die Aenir zermalmt haben, werde ich sie mit solchem Eifer verfolgen, daß sie schließlich in meinen Armen dahinschmelzen wird.« Er grinste und sah dabei wieder ganz jungenhaft aus.

Gaelen lächelte. »Ich wünsche dir viel Glück, mein Freund.«

»Ich glaube, ich werde jetzt schlafen.«

»Layne!« flüsterte Gaelen, als sein Freund aufstand.

»Was?«

»Ich habe dir nie richtig dafür gedankt, daß du damals an dem ersten Tag für mich eingetreten bist, als Agwaine sein Messer zog. Du hast mir das Gefühl gegeben, bei den Farlain willkommen zu sein, und das werde ich nie vergessen. Und wenn du mich jemals brauchen solltest, bin ich für dich da.«

Layne entgegnete nichts darauf, sondern lächelte nur und ging zurück zu seiner Decke. Gaelen hielt noch zwei Stunden lang Wache, dann weckte er Ridan.

»Du hast mich aus einem schönen Traum gerissen«, murmelte der und setzte sich gähnend auf.

Gaelen ging über die Lichtung und legte sich hin. Der Schlaf kam sofort, doch ein leises Rascheln weckte ihn wieder. War das einer der anderen? Er holte tief Luft, atmete dann langsam wieder aus und lauschte erneut.

Stille.

Nein! Da war es wieder, rechts von ihm.

Ein Tier? Ein Vogel?

Gaelen legte die Hand um das Kurzschwert, das neben ihm lag, und zog es vorsichtig aus der Lederscheide. Er kam sich albern vor und dachte zurück an die erste Nacht, die er mit Caswallon im Freien verbracht hatte und in der der Fuchs ihm Angst eingejagt hatte.

Ein Knacken, gefolgt von einem Gurgeln, brachte ihn auf die Beine. In diesem Augenblick gaben die Wolken den Mond frei. Ein schauerliches Bild bot sich seinen Augen. Fünf riesige Tiere kauerten im Lager. Ridan war tot, seine Kehle war aufgerissen, während ein weiterer Leichnam zu einem Gebüsch gezerrt worden war.

Gaelen erstarrte.

Eins der Untiere, mit rotglitzernden Augen, richtete sich auf den Hinterbeinen auf und rannte lautlos auf ihn zu. Gaelen stieß einen Warnschrei aus, und Onic sprang auf. Sein Arm fuhr zurück und schoß wieder vor. Sein Jagdmesser flog quer durchs Lager und bohrte sich tief in den Rücken des Tieres. Sein Geheul zerriß die Stille der Nacht. Gaelen machte einen Satz nach vorn und rammte dem Wesen sein Schwert in die Brust. Krallen schlugen nach ihm, und er sprang zurück und zog seine Klinge frei. Dann stürzte Gwalchmai heran und warf sein Messer, das dem Tier in den Hals drang.

Dann schloß sich die Wolkendecke wieder, so daß sie wie blind waren.

Gaelen hastete zu seinem Rucksack und fummelte an dem Überschlag herum. Als er ihn endlich geöffnet hatte, tastete er nach seiner Zunderschachtel. Es lagen nur ein paar zerkrümelte Bätter darin, aber er wollte unbedingt Licht haben. Zweimal sprang ein Funke hoch, dann flackerte eine winzige Flamme auf. Gaelen hielt die Schachtel wie eine flackernde Kerze hoch und drehte sich um. Er konnte Agwaine, Onic und Gwalchmai sehen, die zusammen standen, die Schwerter in Händen. Auf dem Boden neben ihnen lag der gräßliche Kadaver des toten Ungeheuers. Sonst war nirgendwo etwas von ihnen zu sehen.

Die anderen kamen zu ihm und sammelten Zweige und Äste und entzündeten ein Feuer, ohne Rücksicht darauf, ob ihnen dadurch Gefahr von den Aenir drohte. Agwaine nahm einen brennenden Zweig und ging zu der Stelle, an der Layne geschlafen hatte. Die Erde war naß von Blut, und er lag etwa sieben Meter entfernt. Ridans Leichnam war nirgendwo zu sehen.

Gaelen ging zu Layne und drehte ihn mit zitternden Händen um. Laynes Kehle war zerfetzt, doch sein Gesicht war unversehrt, und seine grauen Augen waren offen und starrten ins Nichts. Gaelen sank auf die Knie. Gwalchmai kauerte neben dem Toten nieder und strich sanft über Laynes Gesicht. »Oh, mein Gott«, sagte Gwalchmai. Gaelen nahm Laynes Hand und dachte an ihn, wie er vor nur wenigen Stunden gewesen war – groß, gutaussehend und verliebt.

»Ich versprach, für dich da zu sein, und ich war nicht da«, sagte er. »Es tut mir so leid, Layne.«

»Wir müssen ihn begraben – tief«, sagte Agwaine.

»Das können wir nicht«, erklärte Gaelen. »Das Feuer wird die Aenir alarmiert haben, und die Ungeheuer können jederzeit zurückkommen. Wir müssen weiter.«

»Ich lasse nicht zu, daß er von diesen Biestern gefressen wird!« tobte Agwaine.

Gaelen stand auf, in seinen Augen standen Tränen. »Meinst du, ich fühle nicht genau dasselbe wie du, Agwaine? Aber Layne ist tot. Sein Geist ist nicht mehr hier, alles was noch da ist, ist totes Fleisch, das selbst wenn wir ihn begraben, von Maden zerfressen wird. Die Farlain brauchen uns, Layne nicht mehr. Und jetzt laßt uns gehen.«

»Aber wir wissen nicht, wo diese Ungeheuer sind«,

wandte Gwalchmai ein. »Wir könnten geradewegs in sie hineinlaufen.«

»Und wenn wir nicht gehen«, fauchte Gaelen, »dann hängen wir morgen früh alle als Blutadler an den Bäumen.«

»Gaelen hat recht. Es ist Zeit zu gehen«, sagte Agwaine. »Löscht das Feuer.«

Sie schulterten ihre Rucksäcke und brachen nach Osten auf, wo sich die dunkle Linie des Carduil-Massivs vor dem Himmel abzeichnete. Sie gingen mit dem Schwert in der Hand und sprachen nur wenig. Ihr Marsch war von Furcht überschattet. Die dunklen Wolken zogen über sie hinweg, Blitze zuckten im Süden, und der Mond schien hell.

»Bei allen Göttern, seht!« schrie Gwalchmai.

Zu beiden Seiten von ihnen, etwa zwanzig Schritt entfernt, sah man dunkle Schatten von Busch zu Busch huschen.

»Wie viele?« zischte Agwaine.

»Vier«, antwortete Onic.

Rasch warfen sie ihre Rucksäcke ab und machten ihre kurzen Jagdbögen bereit.

»Wartet!« sagte Gaelen. »Jeder sucht sich ein Ziel aus, denn sobald sie merken, was ein Bogen anrichten kann, werden sie vorsichtiger sein.«

Gwalchmai spannte. »In Ordnung. Ich nehme den hinteren auf der linken Seite.«

Als sie ihre Ziele ausgewählt hatten, warteten sie geduldig, Gwalchmai und Onic knieten, Agwaine und Gaelen standen aufrecht, die Bögen halb gespannt.

Die Werungeheuer kauerten im Gebüsch, verwirrt und unsicher. Sie konnten die glänzenden Klauen nicht sehen, die ihren Kameraden niedergestreckt hatten, nur lange Holzstöcke. Aber sie waren auf der Hut. Der Anführer schlich vorwärts und hob den Kopf. Bei dem Geruch nach warmem Fleisch zog sich sein Magen zusammen, Geifer rann aus seiner Schnauze. Er schlich auf allen vieren aus seiner Deckung und wagte sich noch näher heran. Ein zweiter folgte ihm. Auf der anderen Seite tauchte das dritte Ungeheuer auf.

Wieder ballten sich Wolken zusammen und verdunkelten den Himmel.

Gaelen fluchte. »Schießt ... Jetzt!«

Pfeile zischten durch die Nacht. Der Anführer heulte auf, als das Geschoß in seine Brust drang und ihm die Lungen durchstieß. Blut stieg ihm in die Kehle, und sein Geheul verebbte. Hinter ihm schlug der zweite im Gebüsch um sich, ein Pfeil ragte aus seinem Auge.

Zur Linken war Gwalchmais Ziel lautlos zusammengebrochen. Gwalchmai hatte ins Herz getroffen. Nur Onic hatte nicht geschossen. Sein Ziel war im Gebüsch geblieben. Allein und verängstigt eilte es davon nach Westen.

10. Kapitel

Taliesen führte Caswallon zu einem langgestreckten Raum unter den Höhlen von Vallon. Die Wände säumten Regale aus altem Eichenholz, von denen einige schon vor Alter verzogen und rissig waren. Auf einigen stapelten sich Pergamentrollen, ledergebundene Bücher und Stapel von Papier, die mit Fäden zusammengebunden waren. In anderen lagen Metallzylinder oder kleine, mit Wachs versiegelte Glasfläschchen. Auf der gegenüberliegenden Seite saßen zwei Druiden an einem der vielen Tische, brüteten über Schriftrollen und machten sich mit Federkielen Notizen.

Maggrig, Leofas und Maeg warteten bereits dort, als der Druide mit Caswallon eintraf. Während Maeg die Wunde auf der Schulter ihres Mannes untersuchte, befragte Maggrig Caswallon nach seiner Reise durch das Tor. Er erzählte ihnen von dem Kind und dem alten Mann, der es getragen hatte.

Als er den Namen des alten Mannes erwähnte, sank Taliesen mit weit aufgerissenen Augen und offenem Mund auf einen Stuhl. Es war das erste Mal, daß Caswallon ihn derart überrascht sah. »Du hast mir nicht gesagt, daß es Astole war«, flüsterte er. »Immer noch am Leben!«

»Jetzt ist er nicht mehr am Leben«, sagte Caswallon. »Er starb in jenem Wald.«

Taliesen schüttelte den Kopf. »Das ist unwahrscheinlich. Er hatte bemerkenswerte Heilkräfte«, sagte der Druide. »Er ist doppelt so alt wie ich. Und einmal sah ich, wie ein Speer in seine Brust drang und die Spitze an seinem Rückgrat wieder austrat. Er ließ mich den Speer herausziehen, das tat ich, und ich sah, wie die Wunde in wenigen Sekunden verheilte.«

»Ob lebendig oder tot, jetzt kann er uns nicht helfen«, sagte Caswallon. »Also, was sollen wir tun?«

»Wir versuchen es noch einmal – wenn du dich stark genug fühlst. Fühlst du dich stark genug?«

»Habe ich eine Wahl, Druide?«

Taliesen schüttelte den Kopf. Maggrig baute sich drohend vor dem Druiden auf. »Nach dem letzten Fehler«, sagte er, »könnte es geschehen, daß du ihn jetzt mitten ins Lager der Aenir schickst, und da kann er dann ihre Kapitulation fordern.«

»Das war kein Fehler«, fuhr der Druide auf. »Das war Schicksal.«

»Jedenfalls, wenn es noch einen Moment des Schicksals gibt«, versprach Maggrig, »dann löchere ich deine Ohren mit deinen eigenen Zähnen!«

»Das wird dir schwerfallen – wenn ich dich in eine Kröte verwandelt habe!« entgegnete Taliesen.

»Genug jetzt!« sagte Maeg scharf. »Geht zurück zum Tor – ihr alle. Ich muß allein mit meinem Mann sprechen.« Maggrig schluckte seinen Ärger hinunter und folgte Taliesen und dem alten Krieger Leofas aus dem Raum.

Als sie gegangen waren, nahm Maeg Caswallons Hand und sah ihm tief in die meergrünen Augen. »Ich liebe dich, Gemahl«, sagte sie, »mehr als mein Leben. Ich möchte dich so gern bitten – anflehen – es Taliesen abzuschlagen. Doch ich werde es nicht tun ... obwohl mein Herz voller Angst um dich ist.«

Er nickte, dann hob er ihre Hand an seine Lippen. »Du bist mein, und ich bin dein«, sagte er. »Du bist die beste Frau, die es gibt, und mir fehlen die Worte, um dir zu sagen, was du mir bedeutest.« Er verstummte, als eine Träne über Maegs Wange rollte. »Ich liebe dich, Maeg. Aber ich muß tun, was ich kann, um mein Volk zu retten.«

Er stand auf, und Hand in Hand gingen er und Maeg zum Tor. Es stand offen, der strahlende Sonnenschein einer anderen Welt beschien Hügel und Berge. Taliesen wartete auf der anderen Seite. Maeg küßte Caswallon, und er spürte ihre nassen Tränen an seiner Wange. Maggrig ergriff seine Hand. »Paß auf dich auf, mein Junge«, sagte er brummig.

Caswallon nahm sein Schwert und trat durch den Bogen hinaus auf den Berghang oberhalb von Zitadell.

»Denk daran, Caswallon«, sagte Taliesen, »die Königin muß ihre Armee innerhalb von zehn Tagen aufgestellt haben. Bring sie zum Wasserfall, wo wir gegen die Dämonen gekämpft haben. Sag ihr, Taliesen braucht ihre Hilfe.«

»Glaubst du, sie wird sich an dich erinnern – nach all diesen Jahren?«

»Sie hat mich erst gestern gesehen«, sagte Taliesen. »Jedenfalls – gestern für sie. Und jetzt ist es Zeit zu gehen. Komm in vier Tagen bei Morgengrauen wieder her und berichte mir, welche Fortschritte du gemacht hast.«

Caswallon ließ den Druiden zurück und machte sich auf den Weg zur Stadt. Vor den Toren standen Wachposten, doch viele Leute gingen hindurch, und Caswallon wurde nicht aufgehalten.

Unterwegs betrachtete Caswallon die Häuser, sie waren anders als die Häuser in Ateris, höher und standen dichter beisammen. Sie waren aus roten Ziegeln und Steinen erbaut, mit kleinen Fenstern.

Auf beiden Seiten der Straßen verliefen schmale, offene Abwässerkanäle, deren Gestank ihm in die Nase drang. Scharen von Müßiggängern drängen sich auf allen Seiten, Betrunkene und Söldner. Viele sangen, andere tanzten zur Musik der Dudelsäcke. Caswallon bahnte sich seinen Weg durch die Menge, um zur Zitadelle oberhalb der Stadt zu gelangen.

Am Tor wurde er von zwei Wächtern aufgehalten, die bronzene Brustplatten und lederne Kilts trugen. Beide waren mit Lanzen bewaffnet. »Was willst du hier?« fragte der kleinere der beiden.

»Ich suche die Königin«, antwortete Caswallon.

»Viele Menschen suchen die Königin. Nicht allen ist gestattet, sie zu finden.«

»Es ist wichtig«, sagte Caswallon.

»Kenne ich dich irgendwoher?« fragte der Wächter. »Du kommst mir bekannt vor.«

»Meine Angelegenheit ist dringend«, erklärte Caswallon. Der Mann nickte noch einmal, dann rief er einen jungen Soldaten vom Wehrgang herunter. »Bring diesen Mann ins Rathaus. Frag nach Obrin.«

Der Soldat salutierte und ging davon. Caswallon folgte ihm. Der Mann blieb vor einer breiten Marmortreppe stehen, die zu einer Flügeltür aus bronzebeschlagener Eiche führte. Vor den Türflügeln standen vier weitere Wächter in bronzenen Brustplatten, die dazu dunkelrote Umhänge und lederne Beinkleider trugen, die bis zur Wade reichten. Der Soldat ging die Treppe hinauf und flüsterte mit einem der Wachposten, der daraufhin anklopfte und eine Nachricht nach drinnen weitergab. Nachdem sie wiederum einige Minuten gewartet hatten, öffnete sich die Tür erneut, und ein Offizier kam heraus. Er war groß und in mittleren Jahren, mit eisengrauem Bart und eisblauen Augen. Er sah Caswallon an und lächelte. Dann nahm er ihn am Arm und führte ihn in den Saal. »Die Königin hält gerade ein Bankett zur Siegesfeier ab«, sagte er, »aber trotzdem wirst du sie nicht in guter Stimmung vorfinden.«

Der Saal war riesig und hatte zehn hohe Bogenfenster. Ein gewaltiger geschnitzter Tisch stand in der Mitte, um den mehr als zweihundert Männer und Frauen saßen und sich an gebratenem Schwein, Schwan, Gans, Huhn und zahlreichen anderen Fleischsorten und Pasteten gütlich taten. Der Lärm war unglaublich, und Caswallon stellte fest, daß er sich nach den Bergen sehnte. Er verbarg seinen Abscheu und folgte dem Offizier.

Am anderen Ende des Saales, wo sich der Tisch krümmte wie ein umgekehrtes Hufeisen, saß die Königin. Sie war eine große Frau, mit silbernen Haaren, obwohl sie noch jung war, und sie trug ein schlichtes Kleid aus weißer Wolle. Caswallon hatte diese Frau vor drei Jahren in Farlain sterben sehen. Damals hatte sie gut ausgesehen, war aber alt. Jetzt war sie eine Schönheit, stolz und stark, ihre klaren grauen Augen funkelten vor Lebenskraft und Energie. Diese Augen richteten sich auf Caswallon, und Sigarni erhob sich mit einem erfreuten Lächeln auf dem Gesicht.

Sie zögerte, als ob sie nicht glauben könnte, was sie sah. Dann lief sie ihm entgegen. »Roter Falke!« rief sie erfreut. »Du bist zurückgekehrt!«

Caswallon erwiderte die Umarmung der Königin. Seine Gedanken überschlugen sich, als Sigarni ihn bei den Schultern packte.

»Laß mich dich ansehen, Roter Falke. Himmel, wie kommt es, daß du wieder jung bist? Hast du dir den Bart gefärbt? Als wir uns das letzte Mal begegneten, war er fast ganz weiß.«

»Ich höre, du machst deine Sache gut«, erwiderte Caswallon, in dessen Kopf sich alles drehte.

»Gut? Das ist wohl eine Untertreibung. Der König der Fremdländer ist tot, seine Armee zerschlagen. Der Krieg ist vielleicht noch nicht gewonnen, aber wir haben wertvolle Zeit gewonnen. Zeit! Morgase ist geschlagen – aber sie ist verschwunden. Seit sechs Monaten kein Wort mehr von ihr. Aber genug davon. Wo warst du in diesen letzten beiden Jahren? Ich brauchte dich.«

»Ich war in meinem eigenen Land, bei meinem eigenen Volk.«

»Du fühlst dich nicht wohl, mein Freund. Was macht dir Kummer?«

»Ich bin nur müde, Herrin.«

Sie lächelte. »Setz dich zu uns an den Tisch. Wir essen

und hören uns ein paar Lieder an«, sagte Sigarni und führte ihn zum Tisch. »Wir unterhalten uns später.«

Das Fest schien eine Ewigkeit zu dauern, und er war äußerst erleichtert, als es endlich zu Ende war. Ein Diener führte ihn nach oben in eine Schlafkammer. Sie war klein und hatte nur ein einziges Fenster und ein langes, schmales Bett. Im Kamin brannte ein Feuer. Caswallon ging zum Fenster, stieß es auf und schaute über die Berge hinaus. Verwirrt dachte er an den Tod der Königin am Attafoss und an ihre letzten Worte.

»Jetzt schließt sich der Kreis«, hatte die Königin gesagt. »Denn du hast mir gesagt, daß du bei meinem Tode bei mir wärst.« Und dann hatte sie zum Schluß noch gefragt: »War ich wirklich die Königin, wie du sie haben wolltest?« Der kalte Wind, der den Winter ankündigte, ließ ihm einen Schauer über den Rücken laufen. Er schloß das Fenster und setzte sich auf das Fell vor dem Feuer. Er hatte geglaubt, auf alles vorbereitet gewesen zu sein, doch der Anblick der Königin hatte ihn erschüttert. Sie war umwerfend schön, und trotz seiner Liebe zu Maeg fand er in sich eine Sehnsucht nach Sigarni, die er nicht für möglich gehalten hätte.

Eine Zeitlang saß er so da, dann spürte er an dem Luftzug in seinem Rücken, daß die Tür aufgegangen war.

Sigarni trat ein. Sie trug jetzt ein einfaches weißes Wollhemd, das die Linie ihrer Brüste betonte, und dazu dunkelbraune Beinlinge, die ihre langen schlanken Beine zur Geltung brachten. Sie setzte sich aufs Bett. Jetzt sah sie nicht mehr aus wie eine Königin, sondern wie eine Frau der Clans – groß und stark, furchtlos und frei. Ihr Mund war erstaunlich einladend, und Caswallon merkte, daß sein Herz heftig klopfte.

»Was denkst du, mein Zauberer?« fragte sie. Ihre Stimme klang heiserer, als er sie von der Begrüßung im Saal in Erinnerung hatte.

»Du bist sehr schön, Herrin.«

»Und du hast dich verändert«, sagte sie leise. Ihre grauen Augen hielten seinen Blick fest.

»Inwiefern?« entgegnete er.

Sigarni glitt vom Bett und setzte sich neben ihn vors Feuer. »Als ich dich begrüßt habe, sah ich das Erstaunen in deinen Augen. Und jetzt bin ich hier neben dir – und doch versuchst du nicht, mich in den Arm zu nehmen. Was ist mit dir geschehen, Roter Falke? Hast du mich um einer anderen willen verlassen? Wenn das wahr ist, werde ich es verstehen. Himmel, ich habe selbst oft genug meinen Liebhabern Lebwohl gesagt. Ich hoffe doch, stark genug zu sein, um diese Behandlung auch zu akzeptieren. Ist es das, was hier geschieht?«

»Nein«, sagte er. Seine Gedanken überschlugen sich. Er zog sich von ihr zurück, stand auf und ging zum Fenster. Der Mond stand hoch über den Bergen und er starrte zum Himmel und bemühte sich, einen Sinn aus ihren Worten zu lesen. Sie waren Liebende! Wie konnte das sein? Denn für Caswallon war Loyalität nicht wie ein Mantel, den man nach Belieben an – oder ablegen konnte, sondern ein eherner Kodex, nach dem man lebte. Und doch …

»Sprich mit mir, Roter Falke«, sagte Sigarni.

Er drehte sich zu ihr um. Wieder traf ihn ihre Schönheit wie ein Pfeil. »Taliesen sagte mir, daß du die Tore verstündest. Du weißt also, daß sie uns sowohl durch die Zeit als auch durch den Raum schicken können?«

»Natürlich«, sagte sie. »Was hat das mit dir und mir zu tun?«

Er holte tief Luft. »Ich habe dich in meinem ganzen Leben erst viermal gesehen. Einmal als Säugling im Wald, das zweite Mal an Eisenhands Wasserfall, das dritte Mal …« er zögerte und wandte den Blick ab, » … in meinem eigenen Land … und das vierte Mal heute abend im großen Saal. Alles, was du mir über uns sagst, ist für mich neu und seltsam. Wenn wir Liebende sind, dann – für mich – nicht heute, sondern in einer Zeit, die für mich erst noch kommt. So wie ich hier stehe, habe ich eine Frau, Maeg, die ich vergöttere, und einen kleinen Jungen.« Er sah, daß sie etwas sagen wollte, und hob die Hand. »Bitte sag nichts, denn ich weiß, ich würde Maeg niemals betrügen, so lange sie lebt. Und ich will nicht wissen, was die Zukunft für sie bereithält.«

Sigarni stand auf, sie sah nachdenklich aus. »Du bist ein guter Mann, Roter Falke, und ich liebe dich. Ich will nichts über Maeg sagen …« Sie lächelte. »Genau wie du gezögert hast, über unsere Begegnung in deinem Land zu sprechen. Ich lasse dich jetzt allein. Wir unterhalten uns morgen weiter.«

»Warte!« rief er, als sie die Tür öffnete. »Ich muß dich um etwas bitten.«

»Die Schuld«, sagte sie. Dann, als sie sein Unverständnis bemerkte, lächelte sie sanft. »Du hast immer gesagt, es würde einmal die Zeit kommen, in der du mich um einen großen Gefallen bitten würdest. Was es auch sein mag, ich gewähre es. Gute Nacht, Roter Falke.«

»Du bist etwas ganz Besonderes, Sigarni.«

Sie drehte sich um und nickte. »Eines Tages wirst du das mit mehr Gefühl zu mir sagen«, versprach sie.

Taliesen saß allein im Halbdunkel seiner Sichtkammer. Es war kalt, und beiläufig berührte er einen Schalter rechts neben sich. Warmumluft strömte durch verborgene stählerne Öffnungen im Boden, und er zog seinen Umhang aus. Er legte den Kopf an die Lehne des gepolsterten Lederstuhls und starrte an die vertäfelte Decke. Er fühlte sich geistig müde, seine Gedanken waren sprunghaft.

Er richtete seinen Blick auf die schimmernden Akten. Achthundert Jahre Notizen, Entdeckungen, Mißerfolge und Triumphe.

Nutzlos.

Alles …

Wie konnte sich das Große Tor geschlossen haben?

Und warum wurden von Jahr zu Jahr weniger Mittlere Tore?

Der Unendlichkeits-Code war ein Jahrhundert vor seiner Geburt durch den Wissenschaftler Astole gebrochen worden. Das erste Tor – eigentlich ein Fenster – war im darauffolgenden Jahr errichtet worden. Damals schien es, als sei das Universum selbst auf die Größe eines kleinen Zimmers zusammengeschrumpft.

Zu der Zeit, als Taliesen Student war, hatte sein Volk jeden Stern, jeden kleineren Planeten gesehen. Tore waren an Tausenden von Stellen vom Sirius bis zum Saptatua errichtet worden. Die lineare Zeit war zu einem gordischen Knoten von ineinander verschlungenen Fäden geworden. Es war eine Zeit schwindelerregender Arroganz und interstellarer Scherze. Taliesen selbst war auf vielen Planeten als Gott erschienen und hatte die Verehrung der planetengebundenen Humanoiden ungeheuer genossen. Aber als er älter wurde, wurde solch billige Zerstreuung schal, und die Entwicklung des Menschen begann ihn immer mehr zu faszinieren.

Astole, sein verehrter Lehrer, war in Ungnade gefallen, da er überzeugt von einer mystischen Kraft jenseits der menschlichen Realität war. Verspottet und verachtet hatte er den Orden verlassen und war aus der äußeren Welt verschwunden. Doch er war es, der zuerst das Baby Sigarni gerettet hatte. Taliesen war erleichtert. Seit Jahren hatte er gefürchtet, in seinen komplexen Plänen sei irgendwo ein störendes Element. Jetzt war diese Furcht verschwunden.

Er verstand jetzt das Rätsel des Ewigen Falken.

»Du und ich, wir werden ihn lehren, Astole«, sagte er, »und wir werden mein Volk retten.« Ein nagender Schmerz flammte in seinem linken Arm auf, und er rieb sich den Bizeps, während er aufstand. »Und jetzt muß ich dich finden, alter Freund«, sagte er. »Ich werde damit beginnen, indem ich den letzten Ort wieder aufsuche, an dem Caswallon dich sah.« Seine Finger verkrampften sich, als frischer Schmerz in seiner Brust aufloderte. Taliesen taumelte zu seinem Stuhl, Angst stieg in ihm auf. Er tastete nach einer Schachtel auf dem Schreibtisch und kippte sie aus. Winzige Kapseln rollten auf den Boden … mit zitternden Fingern griff er danach. Es hatte einmal eine Zeit gegeben, wo er so eine primitive Arznei nicht nötig gehabt hätte – Digitalis aus Fingerhut gewonnen. In den Tagen der Großen Tore hätte er an Orte reisen können, wo man sein geschwächtes Herz in einer Stunde wieder verjüngt hätte. Jugend innerhalb eines Tages! Aber jetzt nicht. Sein Blick verschwamm. Die Angst wurde zu einer Flutwelle der Panik, die seine Brust wie ein feuriges Band umschlang. Oh, bitte, flehte er. Nicht jetzt!

Der Fußboden hob sich ihm entgegen und traf ihn am Kopf. Schmerz überflutete ihn.

»Nur noch … ein Tag«, stöhnte er.

Seine Finger ballten sich zur Faust, als eine neue Schmerzwelle ihn zerriß.

Und als er starb, verschwanden die Tore.

In der Woche nach Caswallons Abreise führte Maggrig seine Pallides-Krieger zu einer Reihe von Überfällen. Sie fielen bei Nacht über die Aenir her und ließen aus dem Wald Pfeile auf sie regnen. Leofas umging die Armee der Aenir mit vierhundert Farlain und griff von Süden her an.

Sobald sich die Aenir zu einem Gegenangriff gesammelt hatten, versickerten die Clans im Wald und teilten sich in kleine Grüppchen auf, die sich an vereinbarten Treffpunkten wieder zusammenfanden.

Die Überfälle waren nicht mehr als ein wachsendes Ärgernis für Asbidag, trotz der Unterbrechung seiner

Nachschublinien und dem Verlust von etwa dreihundert Kriegern. Die entscheidende Schlacht war das, was zählte, und die Clans konnten nicht ewig ausweichen.

Aber wo blieb Barsa? Von seinem Sohn und den Wald-Wölfen, die er anführte, hatte er lange nichts mehr gehört.

Drada lockte ein Überfallkommando von zwanzig Pallides-Kriegern in einem Wald gut fünfzehn Kilometer von Attafoss entfernt in die Falle, und diese wurden – bis auf einen – alle niedergemetzelt. Der Gefangene wurde sieben Stunden lang gefoltert, verriet jedoch nichts. Dann wurde er als Blutadler an einen Baum genagelt. Doch die Haupttruppe, unter Führung von Maggrig, entkam nach Norden und schlüpfte durch den stählernen Ring, den Drada um den Wald gezogen hatte. Trotzdem waren zwanzig Feinde getötet worden, und Drada war nicht unzufrieden.

Im Südosten hatten Gaelen und seine Gefährten mehr als achtzig Pallides-Krieger in den Höhlen von Pataron gefunden, einen Tagesmarsch vom Carduil entfernt. Sie hatten sie überredet mitzukommen. Es war ein Anfang.

Am fünften Tag ihres Marsches kam Gaelen mit seiner Gruppe in den dichten Kiefernwald unterhalb des Carduil, und beim Aufstieg spürten sie den kalten Wind, der von den schneebedeckten Gipfeln herabwehte. Als sie sich einem schmalen Paß näherten, trat eine großgewachsene Frau in Lederhosen und Schaffellwams aus dem Wald, einen halbgespannten Bogen in der Hand.

»Bleibt, wo ihr seid«, befahl sie.

»Wir suchen Laric«, erklärte Gaelen.

»Wer bist du?«

»Gaelen von den Farlain. Ich komme mit einer Botschaft vom Kriegsherrn Caswallon und seinem Freund Maggrig von den Pallides.«

Die Kriegerin ließ den Bogen sinken, steckte den Pfeil wieder in den Köcher und ging auf ihn zu. »Ich bin Lara«, sagte sie und streckte ihm die Hand entgegen. »Larics

Tochter. Mein Vater ist tot. Er führte seine Männer auf einen Überfall nach Aesgard, sie wurden alle gefangen und bis auf den letzten Mann getötet.«

»Sie sind alle tot?« fragte Agwaine und schob sich nach vorn.

»Ja. Die Haesten sind erledigt.«

»Das tut mir leid«, sagte Gaelen. Sein Herz sank.

»Nicht mehr als uns«, sagte Lara. »Wir lagern im Carduil. Folgt mir.«

Die Gefährten folgten ihr in den Paß und einen gewundenen Pfad empor, der zu den Höhlen führte. Sobald sie in den verschlungenen Höhlenlabyrinthen waren, nahm Lara ihre Kapuze ab und schüttelte ihr dunkles Haar. Sie ließ die Gefährten an einem Feuer zurück, an dem Essen zubereitet wurde, und führte Gaelen in eine kleine Kammer, in der ein Bett und ein Tisch standen.

»Hier wohnte früher eine Gruppe von Druiden«, sagte sie und streifte ihr Wams ab. Sie warf es aufs Bett, zog einen Stuhl unter dem Tisch hervor und setzte sich.

Gaelen saß auf dem Bett, sein Elend war ihm deutlich anzumerken. »Du hast gehofftt, eine Armee zu finden?« fragte sie leise.

»Ja.«

»Wie viele Farlain-Krieger sind entkommen?«

»Knapp viertausend.«

»Und Pallides?«

»Nicht einmal tausend.«

»Sie werden gut kämpfen«, sagte das Mädchen. »Möchtest du etwas trinken?« Gaelen nickte. Sie stand auf und holte hinter einer hölzernen Truhe einen Krug und zwei Becher hervor. Das weiche Leder ihrer Hosen spannte sich über ihren Hüften. Gaelen blinzelte und wandte den Blick ab. Er fühlte sich plötzlich unbehaglich.

Sie reichte ihm einen Becher mit honiggesüßtem Wein. »Ist dir warm genug?« fragte sie.

»Es geht so.«

»Dein Gesicht ist ganz rot. Zieh dein Wams aus.«

Sie war wirklich eine Schönheit, stellte er fest, als er sein Wams auszog. Ihre Augen waren so blau wie der Abendhimmel, ihr Mund groß mit vollen Lippen.

»Warum starrst du mich so an?«

»Tut mir leid«, stammelte er.

»Ich habe dich bei den Spielen laufen sehen«, sagte sie. »Es war Pech, daß du das Finale verpaßt hast.«

»Pech hatte nichts damit zu tun«, erklärte er, froh, auf sicherem Boden zu sein.

»Ich hörte davon – du wurdest überfallen. Trotzdem, die Clans haben gewonnen.«

»Ja.«

»Sie werden wieder gewinnen.«

»Im Augenblick wüßte ich nicht wie«, sagte Gaelen. »Für uns ist nichts richtig gelaufen. Wir haben Tausende verloren, und die Aenir hatten kaum Verluste.«

»Ich habe achthundert Krieger unter meinem Befehl«, erklärte sie.

»Was? Wo versteckst du sie?«

»Sie sind nicht versteckt. Sie sind hier, bei mir.«

»Du meinst die Frauen?«

»Wenn dieser herablassende Ausdruck nicht sofort aus deinem Gesicht verschwindet, du Mistkäfer von Farlain, dann bist du hier schneller weg als du hergekommen bist.«

»E … entschuldigung«, sagte er.

»Hör auf, dich zu entschuldigen! « fauchte sie. »Seit du hier bist, tust du nichts anderes. Du bist der Tiefländer, den Caswallon mit nach Hause gebracht hat, nicht wahr?«

»Ja.«

»Dann werde ich dir dieses eine Mal dafür verzeihen, daß du nicht wie ein Mann des Clans gedacht hast. Alle unsere Frauen sind gut im Bogenschießen. Wir können auch mit Messern umgehen, Schwerter sind allerdings für uns etwas unhandlich. Unsere Männer sind tot, und unser Clan ist am Ende. Keine von uns will weiter wie Tiere in den Bergen leben. Selbst wenn wir überleben und die Aenir besiegen, gibt es keine Haesten mehr. Unsere Tage sind vorbei. Das beste, das wir hoffen können, ist es, Ehemänner aus anderen Clans zu finden. Und glaub mir, Gaelen, das ist keine verlockende Aussicht.«

»Laß uns noch einmal von vorne anfangen, Lara«, bat er. »Ich wollte dich nicht beleidigen. Und wenn ich auch früher ein Tiefländer war, weiß ich doch sehr gut um die Fähigkeit der Clan-Frauen. Ich nehme dein Angebot an, wenn du es noch aufrecht erhältst. Du mußt mir verzeihen. Es war ein langes Frühjahr, und viel ist geschehen. Ich wurde gejagt, angegriffen und mußte meinen engsten Freund sterben sehen. Der Feind, der dein Volk vernichtet hat, hat mir dies hier angetan, als ich noch ein Kind in Ateris war«, erzählte er und deutete auf das blutrote Auge und die zackige weiße Narbe darüber. »Ich hatte nur wenige Freunde in der Stadt, aber diese wurden brutal ermordet. Junge Männer, die ich bei den Farlain kennenlernte, werden jetzt von Maden zerfressen. Ich wurde hergeschickt, um eine Armee zu sammeln, die sich auf den Feind stürzen könnte, und vielleicht das Schlachtenglück wendet. Ich schaue nicht auf dich herab, ich bewundere dich. Aber ich bin trotzdem enttäuscht.«

»Das kann ich verstehen«, sagte sie, und ihre Stimme klang weicher. »Du bist einer der Ungeheuer-Töter, nicht wahr?«

»Das scheint jetzt alles so lange her zu sein. Wir waren fünf – und einer von uns liegt tot im Wald ... oder würde es zumindest, wenn er nicht von einem anderen Dämonenwesen gefressen wurde.«

»Wer ist gestorben?« fragte sie.

»Layne.«

»Der gutaussehende Bruder des starken Lennox«, meinte sie. »Das ist wahrlich ein Verlust. Du sagst, es durchstreifen noch mehr solcher Wesen die Berge?«

»Nur eins. Die anderen haben wir getötet.«

»Gut«, sagte sie mit einem Lächeln. »Du weißt, daß du jetzt ein Teil der Mythen der Clans bist.«

Er nickte. »Ein kleiner Teil.«

»Der Tiefländer und die Geisterkönigin.«

»So nennt man sie?«

»Ja. Die Geschichte berichtet, daß sie die Tochter von Earis ist, die aus dem Grab zurückgekehrt ist.«

»Davon weiß ich nichts«, erklärte er. »Ihr Name war Sigarni, und sie war eine mächtige Krieger-Königin – die Sorte Frau, der du in die Höhlen der Verdammten folgen würdest.«

»Das gefällt mir. Ich hole uns etwas zu essen«, sagte sie, stand auf und nahm seinen leeren Becher.

»Sag mir«, bat er plötzlich, »wurde dein Mann auch getötet?«

»Ich hatte keinen Mann.«

»Warum nicht?«

»Was geht dich das an?«

»Ich ...«

»Und entschuldige dich nicht!«

Er sah ihr nach und nahm schmerzlich klar ihre sinnliche Anmut und die geschmeidigen Linien ihres Körpers wahr.

Maggrig war entsetzt, als der junge Druide Metas ihm die Nachricht vom Tode Taliesens überbrachte. Der Anführer der Pallides litt noch immer darunter, daß er den Aenir an diesem Morgen in die Falle gegangen war. Er war entkommen, aber nur mit Glück.

Jetzt war er wie vom Donner gerührt. Er schickte eine Nachtricht an Leofas und zog sich dann mit Intosh in die Waldhöhlen zurück, um dort auf ihn zu warten. Es war später Nachmittag, als Leofas zu ihm gebracht wurde. Der alte Krieger wurde von seinem riesenhaften Sohn Lennox begleitet.

»»Habt ihr schon gehört?« fragte Maggrig, stand auf und schüttelte dem alten Mann die Hand.

»Ja.« Leofas war grau vor Müdigkeit und sank vor dem knisternden Feuer zu Boden. »Wie konnte das geschehen?« fragte er.

»Ich weiß es auch nicht. Druidenmagie. Taliesen wurde tot in seinen Räumen aufgefunden, sie waren zu ihm gelaufen, um ihm vom Verschwinden der Tore zu berichten. Metas sagt, sie haben alle Worte der Macht ausprobiert, aber keins wirkt mehr.«

»Alle unsere Frauen und Kinder sind fort. Caswallon sitzt in einem anderen Land fest. Bei den Göttern, es ist hoffnungslos«, seufzte Leofas.

»Die Druiden durchsuchen Taliesens Aufzeichnungen. Bis jetzt haben sie allerdings nichts erreicht.«

Leofas rieb sich das Gesicht und kratzte sich den Bart mit den grauen Strähnen. »Es sieht fast so aus, als ritten die Götter mit den Aenir.«

»Laß sie«, sagte Maggrig. »Ich habe nie viel Zeit für sie erübrigen können. Ein Mann muß für sich allein stehen, und wenn er innehält, um sich auf einen unsichtbaren Geist zu verlassen, wird er versagen.«

»Man kann nicht immer Glück haben«, sagte Intosh. »Ich glaube nicht, daß wir etwas Unüberlegtes tun sollten. Wir müssen mit dem ursprünglichen Plan weitermachen.«

»Und Selbstmord begehen?« fragte Maggrig. »Der ganze Sinn und Zweck der Axta-Strategie war doch, daß Caswallon die Armee der Königin herbringen konnte. Ohne das werden wir an einem Vormittag ausradiert.«

»Sie könnten die Tore vielleicht doch wieder öffnen«, meinte Lennox.

»Ich würde diesen Druiden nicht mal zutrauen, einen Beutel zu öffnen«, fauchte Maggrig. »Es ist schwer, Vertrauen zu einer Gruppe zu haben, die so schnell in Panik gerät. Metas kann seinen Hintern nicht von einem

Stück Käse unterscheiden. Und was den Rest angeht, sie rennen alle rum wie aufgescheuchte Hühner. Wenn sie sie rechtzeitig öffnen, machen wir mit Caswallons Plan weiter. Wenn nicht – müssen wir uns was Neues einfallen lassen.«

»Es gibt noch andere schlimme Nachrichten«, sagte Lennox. Die drei Männer wandten sich ihm zu. »Wir haben vergangene Nacht einen Späher der Aenir gefangen. Er erzählte uns, daß Laric mit seinen Haesten einen Angriff auf Aesgard unternommen hat. Sie wurden zurückgeschlagen und im Südwald von Orsa und zweitausend Aenir-Kriegern umzingelt und bis auf den letzten Mann erschlagen. Larics Kopf wurde auf einen Speer gesteckt. Von Süden her ist also keine Hilfe zu erwarten.«

»Na, das wär's dann wohl«, brummte Maggrig. »Dann brauchen wir nur noch eine Pest in unseren Reihen, und unser Tag ist gerettet.«

Die vier saßen schweigend ums Feuer, die Last der Verzweiflung drückte sie nieder.

Ein junger Pallides-Krieger trat in die Höhle. »Der Jagdherr der Loda ist da«, sagte er.

»Bring ihn herein.«

»Ich brauche nicht gebracht zu werden!« sagte Dunild und schob sich an dem jungen Krieger vorbei. Er war klein, doch kräftig gebaut. Er hatte keinen Bart, und unter einer Wollmütze, die mit Leder eingefaßt und mit einer Adlerfeder geschmückt war, hingen seine blonden Haare ihm bis auf die Schultern.

Maggrig stand auf und lächelte gezwungen. »Schön dich zu sehen, du räuberischer Schurke!«

Dunild legte seinen runden Schild auf den Boden und packte Maggrigs Handgelenk. »Du siehst allmählich alt und fett aus, Maggrig«, sagte der Jagdherr der Loda.

»Das liegt daran, daß ich alt und fett bin. Aber ich nehme es noch immer mit den meisten Männern auf – auch mit dir. Wie viele Männer folgen dir?«

»Dreihundert.«

»Gute Neuigkeiten.«

»Wie ich höre, hast du viel Kummer gehabt.«

»Ich habe schon bessere Tage erlebt«, gab Maggrig zu. »Was ist mit Grigor?«

»Ich weiß nichts von dieser diebischen Laus«, zischte Dunild.

»Das ist ja nun nicht die ganze Wahrheit, mein Freund«, sagte Maggrig, »denn dann hättest du nicht deinen Clan hergebracht und dein eigenes Tal schutzlos zurückgelassen.«

Dunild grinste. »Er sagt, er wird kommen und an deiner Seite kämpfen – so lange er nicht an meiner Seite kämpfen muß!«

»Wie viele bringt er mit?«

»Er will es mir Mann für Mann gleichtun, also habe ich ihm gesagt, fünfhundert.«

»Ich nehme doch an, daß keiner von euch eine Truppe zurückgelassen hat, damit ihr gegenseitig eure Länder überfallen könnt?«

»Ganz im Gegenteil. Wir haben genau das getan.«

»Ich glaube, du hattest recht, Intosh«, sagte Maggrig. »Vielleicht wendet sich das Glück doch.« Der Schwertkämpfer grinste, und Dunild setzte sich zu ihnen ans Feuer.

Die Diskussion dauerte bis in die Nacht. Patris Grigor, ein klapperdürrer Krieger mit beginnender Glatze und Jagdherr des Grigor-Clans, stieß noch zu ihnen. Es gab kaum einen besseren Schwertkämpfer in den Bergen als diesen wortkargen Mann. Er setzte sich so weit von Dunild weg, wie es nur ging, und die beiden Männer wechselten während des ganzen Gesprächs kein Wort miteinander, sondern richteten alle Bemerkungen an Leofas oder Maggrig. Die Atmosphäre war gespannt.

Bei Tagesanbruch erhielten sie einen Bericht von dem Druiden Metas. Sie hatten keinen Erfolg mit den Toren gehabt, und Taliesens Akten hätten keine Lösung geboten. Die Tore, sagte er, blieben für immer geschlossen.

Eine Zeitlang sprach keiner der Anführer. Ihre Familien waren fort, ihre Hoffnungen zerschlagen, so saßen sie in verzweifeltem Schweigen da. Endlich sagte Leofas: »Das einzige, was uns noch bleibt, ist zu sterben – und so viele Feinde mit uns zu nehmen, wie wir können. Jetzt ist die Zeit der Entscheidung, Maggrig. Das Axta-Tal steht außer Frage. Also wo stellen wir uns auf?«

Seine Frage hing in der Luft. Maggrig riß seine Gedanken gewaltsam von Maeg und seinem Enkelsohn los, die irgendwo in der Zeit verloren waren, und warf einen Blick auf Dunild und Grigor. Diese Männer hatten ihre Krieger hergebracht, um gemeinsam mit den anderen Clans zu kämpfen – nicht, um ihr Leben wegzuwerfen. Maggrig sah die Besorgnis auf ihren Gesichtern, und er wußte, was für Gedanken ihr schlauer Verstand ausbrütete. Die Farlain und die Pallides hatten alle ihre Frauen und Kinder verloren. Wenn sie mit Glück die Aenir schlagen konnten, würden sie anschließend gezwungen sein, Frauen der anderen Clans zu rauben.

»Wir werden einen Weg finden, die Tore wieder zu öffnen«, sagte er, erstaunt darüber, wie zuversichtlich seine Stimme klang. »Und mehr noch. Ich habe nicht die Absicht, nur um mich zu schlagen wie ein sterbender Bär. Ich will gewinnen. Bei den Göttern, wir alle hier gehören zu den Clans. Brüder und Vettern. Gemeinsam werden wir Asbidag und seine Mörderbande vernichten.«

»Hübsch gesprochen, Maggrig«, sagte Dunild leise. »Aber wie – und wo – willst du das erreichen?«

»Das werden wir bei diesem Treffen entscheiden«, erklärte Maggrig. »Wer will anfangen?«

Eine Stunde lang diskutierten die Clan-Führer verschiedene mögliche Schlachtfelder, von denen die meisten in den Bergen lagen. Kein Platz bot auch nur die Möglichkeit eines Sieges. Dann schlug Intosh einen

Bergpaß etwa dreißig Kilometer im Osten vor. Er hieß Icairns Torheit, nach einer Schlacht vor dreihundert Jahren, als ein junger Häuptling seinem Feind in diesen Paß gefolgt und dort aufgerieben worden war.

»Wir könnten die Seitenwände des Passes mit Bogenschützen bemannen und die Aenir hineinlocken«, sagte Intosh. »Die Felswände nähern sich einander in der Mitte auf zweihundertfünfzig Schritte, dort könnte eine kleinere Truppe einer größeren standhalten.«

»Und wenn wir zurückgedrängt werden? Der Paß ist blockiert und dann werden wir abgeschlachtet wie Vieh«, wandte Maggrig ein.

»Wir dürfen uns eben nicht zurückdrängen lassen«, meinte Intosh.

»Aber können wir dort gewinnen?« fragte Grigor. »Mir gefällt die Idee nicht, meinen Clan in einer einzigen Schlacht dem Schicksal auszuliefern.«

»Können wir überhaupt irgendwo gewinnen?« fragte Leofas.

»Der Icairn hat einen wesentlichen Vorteil«, betonte Maggrig. »Unsere Schützen werden ein schreckliches Blutbad unter dem Feind anrichten. Die Aenir könnten davonlaufen. Das haben sie schon einmal getan – als die Pallides sich auf sie warfen.«

»Trotzdem, ist es klug«, fragte Dunild, »einen Kampfplatz zu wählen, der keine Rückzugsmöglichkeit bietet?«

»Alle anderen Orte haben wir ausgeschlossen«, sagte Intosh. »Auch wenn wir uns nicht zurückziehen können, einkesseln können sie uns auch nicht.«

»Wir könnten auch weiter kleinere Überfälle unternehmen«, schlug Lennox vor, der die meiste Zeit geschwiegen hatte.

»Aber so können wir nicht gewinnen«, sagte sein Vater. »Ich gebe es nur ungern zu, aber ich fürchte, wir haben keine Wahl mehr. Ich stimme für Icairns Torheit.«

Die anderen Anführer nickten, dann ergriff Grigor das

Wort. »Dies ist dein Krieg, Maggrig, nicht der meine. Ich bin gekommen, weil wir alle Clan sind. Aber ich werde nicht zusehen, wie meine Männer in Stücke gehauen werden. Meine Bogenschützen werden die linke Seite des Passes bemannen. Wenn ihr zermalmt werdet, haben wir immer noch die Chance zu entkommen.«

»Was kann man von den Grigors schon anders erwarten?« fuhr Dunild auf.

Patris Grigor wollte aufspringen und nach seinem Schwert greifen, doch Maggrig gebot ihm mit erhobener Hand Einhalt.

»Genug!« sagte er. »Patris hat völlig recht. Dunild, du und deine Loda-Krieger, ihr bemannt den rechten Hang, Patris den linken. Die Pallides und die Farlain stehen gemeinsam in der Mitte. Wenn wir zurückgedrängt oder versprengt werden, müßt ihr mit so vielen Männern wie möglich davonkommen. Geht zu euren eigenen Ländereien zurück. Aber um aller Menschen der Clans willen, fangt nicht wieder damit an, gegeneinander Krieg zu führen. Denn ich glaube, eure Länder werden die nächsten sein.«

»Also ist es beschlossen?« fragte Leofas.

»Es scheint so«, sagte Maggrig.

Caswallon merkte zuerst, daß etwas nicht stimmte, am frühen Morgen seines vierten Tages in Zitadell. Er hatte sich ein Pferd geliehen und ritt in die Berge auf der Suche nach Taliesen und dem Tor. Er wollte unbedingt erfahren, wie weit die Aenir inzwischen vorgerückt waren.

Als er den Berghang erreichte, fand er keinen Eingang. Zuerst machte er sich keine Sorgen, sondern kehrte in die Stadt zurück und verbrachte den Tag mit Sigarni, hörte ihr zu, wie sie mit Wärme von ihrer Jugendzeit und den frühen Tagen ihrer Herrschaft sprach – Tagen von blutigem Krieg und Verrat, mehrfach am Rande einer

Katastrophe. Im Laufe ihrer Unterhaltungen wuchs Caswallons Bewunderung für die Königin. Sie war ein geborener Taktiker, aber sie kannte auch die Menschen, ihre Stärken und Schwächen und das, was sie trieb.

Sie hatte einen engen Kreis von Gefolgsleuten, die fanatisch loyal waren, angeführt von dem mächtigen Obrin, dem Hauptmann der Königin, einem Mann von eiserner Stärke und angeborener Schlauheit. Sigarni sprach von einem schwarzen General namens Asmidir, der gefallen war, als er die Nachhut gegen den Grafen Jastey und dessen Armee bildete, und von einem Zwerg namens Ballistar, der in Gesellschaft von Eisenhands Geist durch ein Tor gegangen war. Doch von dem Roten Falken, den sie gekannt hatte, sprach sie wenig, außer daß er nach dem Tode Asmidirs erschienen war und ihr geholfen hatte, ihre Männer auszubilden. Er hatte den linken Flügel gegen den Grafen Jastey und seine Tausende befehligt.

»Habe ich Freunde hier?« fragte er.

»Außer mir?« entgegnete sie mit einem raschen Lächeln. »Wer könnte noch mehr wollen? Aber ja, Obrin. Du und er, ihr seid Schwertbrüder geworden. Ich glaube, er ist etwas gekränkt, daß du so wenig Zeit mit ihm verbracht hast.«

Die Königin hatte sich einverstanden erklärt, ihre Krieger nach Farlain zu führen, aber sie sagte, sie könne nur viertausend aufbringen. Der Befehl ging hinaus, und die Rekrutierung begann.

Bei Tagesanbruch versuchte Caswallon erneut, das Tor zu finden. Dieses Mal durchzuckte ihn eine Aufwallung von Zorn.

Was fiel Taliesen ein, zu einem solchen Zeitpunkt das Tor zu schließen?

Er nahm Proviant für drei Tage mit und ritt nach Norden zu dem großen Wasserfall Attafoss. Das Pferd ließ er angepflockt auf einer Bergwiese zurück, dann schwamm er zur Insel Vallon hinüber und trat in den unterirdischen Bienenstock von Höhlen unter dem Hügel. In der Nähe des Eingangs wurde er von einem älteren Druiden empfangen, den er mit Taliesen zusammen gesehen hatte.

»Warum ist das Tor geschlossen worden?« fragte Caswallon. Der Mann wrang die Hände. Sein Gesicht war grau und eingefallen, als hätte er seit Tagen nicht geschlafen.

»Ich weiß nicht«, klagte er. »Nichts funktioniert mehr. Kein einziges Wort der Macht.«

»Was heißt das?«

»Die Mittleren und Kleineren Tore sind verschwunden – genauso wie das Große Tor von früher. Wir sitzen hier in der Falle. Für immer.«

»Das kann ich nicht hinnehmen!« sagte Caswallon und kämpfte die Panik nieder, die ihn zu überwältigen drohte. »Jetzt sei mal ganz ruhig, und erzähl mir von den Worten der Macht.«

Der Mann nickte, sank zurück auf seine schmale Pritsche und starrte auf seine Hände. Caswallons gezwungene Ruhe besänftigte seine eigene Panik. Er holte tief Luft.

»Die Wörter selbst sind bedeutungslos, es ist der *Klang* der Wörter. Der Klang aktiviert Apparaturen, die hier im Berg eingebaut sind. Es ist so ähnlich, als ob man einem Jagdhund pfeift, der auf das Geräusch reagiert und so handelt, wie er es gelernt hat. Nur haben wir es hier mit etwas weitaus Komplexerem zu tun, das unser Verständnis unendlich übersteigt.«

»Etwas ist … kaputt«, sagte Caswallon lahm.

»Allerdings. Aber wir sprechen hier von Apparaturen, die vor Äonen von einer viel höherstehenden Rasse ersonnen wurden, deren Fähigkeiten wir kaum erahnen können. Ich selbst habe Gerätschaften gesehen, die nicht größer als meine Handfläche waren, und darin waren tausend bewegliche Teile. Wir haben nicht einmal die Werkzeuge, um an diesen Gerätschaften zu arbeiten, und wenn, wüßten wir nicht, wo wir anfangen sollten.«

»Also können wir keinen Kontakt zu Taliesen aufnehmen?« fragte Caswallon.

»Nein. Ich bete nur, daß er auf der anderen Seite auch an einer Lösung arbeitet.«

»Bist du einer der ursprünglichen Druiden?«

Der Mann lachte. »Nein, mein Großvater war einer. Ich bin Sestra von den Haesten.«

»Gibt es noch andere von der Älteren Rasse auf dieser Seite des Tores?«

»Nicht, daß ich wüßte.«

Caswallon dankte ihm und kehrte zu seiner Stute zurück.

Zwei Tage später ritt er, bis ins Innerste erschöpft, zurück in die Stadt. Maeg nie wieder zu sehen, nie wieder ihre Lippen auf den seinen zu spüren. Nicht zu sehen, wie Donal zu einem prächtigen jungen Mann heranwuchs. Niemals etwas über das Schicksal seines Volkes zu erfahren. Dazu verdammt, den Rest seines Lebens in einem fremden Land unter fremden Sternen zu verbringen.

Er suchte die Königin und fand sie in ihren Privatgemächern im Ostflügel. Er sagte nichts vom Verschwinden der Tore, sondern fragte sie nach dem Priester aus, der sie damals als Baby in den Wald gebracht hatte.

»Was ist mit ihm?« fragte Sigarni.

»Hat er überlebt?«

»Das weißt du doch.«

»Ich bin müde, Herrin, und mein Gehirn ist erschöpft. Verzeih mir. Lebt er immer noch, das meinte ich.«

»So gerade noch, Liebster. Er ist der Abt von Dunkelwald, einen Tagesmarsch weit im Osten. Doch die letzte Nachricht, die ich erhielt, lautete, daß er blind sei und allmählich den Verstand verliere.«

»Kannst du einen Mann entbehren, der mich zu ihm bringt?«

»Ja, natürlich. Ist es so wichtig?«

»Wichtiger, als ich mir selbst eingestehen möchte«, antwortete Caswallon.

Mit je zwei Pferden ritten Caswallon und ein Reiter namens Bedwyr den ganzen Tag hindurch, so daß sie Dunkelwald eine Stunde nach Sonnenuntergang erreichten. Beide Männer schwangen sich aus dem Sattel, und Bedwyr hämmerte mit der Faust an die Tür des Klosters. Sie wurde von einem verschlafenen Mönch geöffnet, in dessen Blick sich Angst mischte, als er die Rüstung sah, die die Reiter trugen.

»Ganz ruhig, Mann«, sagte Bedwyr. »Wir sind keine Räuber, wir reiten im Namen der Königin. Lebt der Abt noch?«

Der Mann nickte und führte sie durch schmale Flure aus kaltem Stein zu einer kleinen, nach Westen gehenden Zelle. Er klopfte nicht an, sondern öffnete leise die Tür und führte sie hinein. An der gegenüberliegenden Wand flackerte eine Kerze, die Schatten auf ein breites Bett warf, auf dem ein sehr alter Mann lag. Seine Augen waren offen, und er schien an die Decke zu starren.

»Laß uns allein«, befahl Caswallon. Bedwyr begleitete den Mönch aus dem Zimmer, und Caswallon hörte, wie der Reiter um etwas zu essen bat, sowie das Versprechen des Mönches, Brot und Honig zu bringen. Caswallon setzte sich neben den Abt. Er hatte sich sehr verändert, seit Caswallon ihn zum ersten Mal gesehen hatte. Sein Gesicht war verrunzelt, die blicklosen Augen schienen unnatürlich glänzend.

»Kannst du mich hören, Astole?« fragte Caswallon.

Der Mann regte sich. »Ich höre dich, Roter Falke, mein Freund. In deiner Stimme schwingt Angst mit.«

»Ja. Große Angst. Ich brauche jetzt deine Hilfe, so wie du damals im Wald die meine brauchtest.«

Der Mann kicherte schwach. »Es ist keine Magie mehr übrig, Roter Falke. Bei all den Wundern, die mein Verstand erlebt hat, kann ich jetzt nicht einmal mehr meine traurige Gestalt aus dem Bett heben oder den strahlenden Sonnenuntergang sehen. Morgen werde ich bei meinem Schöpfer sein.«

»Die Tore sind geschlossen.«

»Das ist doch uralte Geschichte.«

»Die Mittleren Tore.«

»Wieder? Das ist nicht möglich.«

»Glaub mir, Astole, sie sind geschlossen. Wie kann ich sie wieder öffnen?«

»Warte einen Augenblick«, sagte der alte Mann. »Wann hast du mich zuletzt gesehen?«

»Du warst im Wald mit der Königin als Baby.«

»Ach, ich verstehe«, sagte Astole. »Es ist so lange her, seit ich mit der Zeit herumgespielt habe, und mein Verstand verwirrt sich immer mehr.« Sein Kopf sank wieder auf das Kissen, und er schloß die blicklosen Augen. »Ja, jetzt wird es klar. Die Farlain sind noch immer bedroht, die Königin hat noch nicht das Tor durchschritten, und du mußt noch die Mysterien lernen. Jetzt hab' ich es.«

»Dann hilf mir«, drängte Caswallon. »Sag mir, wie ich das Tor wieder öffnen kann. Ich muß die Königin hindurchführen, sonst ist mein Volk zum Untergang verdammt.«

»Ich kann es dir nicht sagen, mein Junge. Ich kann es dir nur zeigen, dich lehren. Es dauert viele Jahre – elf, wenn ich mich recht erinnere.«

»Ich habe keine Jahre«, sagte Caswallon, der alle Hoffnung verlor. Der alte Mann war senil und redete Unsinn. Als ob er seine Gedanken gelesen hätte, griff Astole nach Caswallons Arm, und als er sprach, lag in seiner Stimme Autorität.

»Verzweifle nicht, mein Freund. Es gibt noch vieles, was

du nicht verstehen kannst. Ich schuf die Tore in meiner Jugend und Arroganz. Ich entdeckte die Linien der Macht, die die unzähligen Vergangenheiten verbinden, die Parallelwelten, und ich schuf Maschinen, sie aufzuspüren und zu besuchen. Ich war es, der zuließ, daß die Großen Tore sich schlossen. Meine Rasse benutzte das Universum wie ein riesiges Hurenhaus. Ich leitete die primäre Kraftquelle um, so daß sie die Kleineren und Mittleren Tore speiste. Doch alle Kraftquellen sind endlich, selbst jene, die aus kollabierten Sternen stammen und aus denen die Sipstrassi bestehen. Sie nähert sich – in dem Jetzt, in dem du lebst – ihrem Ende. Es gibt noch andere Quellen, und ich werde dich lehren, sie zu finden und auszurichten, und dann kehren die Tore zurück. Der Mann, den du jetzt siehst, ist nur noch der letzte Funke eines einst hellodernden Feuers. Er wird heute nacht sterben, und doch wird er nicht tot sein. Wir werden uns wieder begegnen, und dann werde ich dich unterweisen.

Hinter dieser Abtei ist eine Höhle, ein Kelch ist am Eingang in den Fels gemeißelt. Die Musterung der Männer der Königin soll weitergehen, und am vereinbarten Tag gehst du in die Kelchhöhle und zur hinteren Wand. Sie wird dir wie massiver Fels erscheinen, doch du wirst hindurchgehen, denn dieses Tor ist nicht verschwunden, sondern hat sich nur verschoben. Auf der anderen Seite werde ich dich erwarten.«

»Aber du stirbst doch!«

»Wir sprechen von Ereignissen, die bereits stattgefunden haben, mein Junge. Ich arbeitete an einer komplexen Formel in meinem Arbeitszimmer, als das Tor flackerte und du auftauchtest. Du sagtest mir, daß ich dich geschickt hätte und warum. Mehr kann ich dir nicht sagen.« Der alte Mann seufzte, dann lächelte er schwach. »Wir werden noch echte Freunde, du und ich. Wir stehen uns näher als Vater und Sohn. Und doch muß ich mich jetzt von einem Fremden verabschieden, der noch nicht mein Freund ist. Ach ja, die Tricks, die die Zeit spielt …«

Der alte Mann schwieg, seine Augen fielen zu. Caswallon saß neben ihm, sein Geist war müde, seine Bürde schwer. Konnte er dem Abt trauen? Wie konnte er es wissen? Die Zukunft seines Volkes ruhte auf dem Versprechen eines sterbenden Mönches. Er blieb bei Astole sitzen, bis das erste Licht des neuen Tages durch die Spalten der hölzernen Läden vor dem Fenster sickerte, dann nahm er die Hand des Abtes von seinem Arm.

Caswallon stand auf und blickte auf den alten Mann hinunter. Er war tot. Er nahm die Decke und zog sie über das Gesicht des Abtes, wobei er innehielt, um seinen Gesichtsausdruck zu studieren. Ein leises Lächeln lag auf seinen Lippen, und ein starkes Gefühl des Friedens überkam Caswallon.

Er ging zum Fenster und stieß die Läden auf. Der Wald schimmerte im Licht des frühen Morgens. Hinter ihm ging die Tür auf, und der Lanzenreiter Bedwyr trat ins Zimmer.

»Hast du gefunden, was du erhofft hattest, Roter Falke?«

»Das wird die Zeit zeigen.«

»Also ist der alte Mann gestorben«, sagte der Lanzenreiter mit einem Blick auf das Bett.

»Ja. Friedlich.«

»Es heißt, er verfügte über große Magie. Heißt das, daß sein Geist zurückkehren wird, um uns zu verfolgen?«

»Das will ich schwer hoffen«, sagte Caswallon.

Ohne etwas von dem sich zuspitzenden Drama zu ahnen, führte Gaelen die Haesten-Frauen nach Nordwesten. Sie machten unterwegs nur einmal Halt, um sich mit den Kriegern der Pallides zusammenzuschließen. Die achtzig Mann starke Truppe war inzwischen auf einhundertundzehn angewachsen, da immer mehr Krieger sich von den Bergen und aus den Wäldern herangeschlichen hatten, wo sie ihre Familien in baufälligen Hütten oder gut getarnten Höhlen versteckt hatten. Zehn Männer wurden zurückgelassen, um zu jagen und für die versteckten Kinder Nahrung zu besorgen, doch die anderen sollten Gaelen folgen.

Der junge Mann machte sich allmählich ernsthaft Sorgen, denn er hatte noch nie eine solche Gruppe geführt und sorgte sich um die Route. Er beriet sich mit Agwaine, Onic und Gwalchmai. Es war eine Sache, wenn sich eine kleine Gruppe ihren Weg durch die feindlichen Linien bahnte, aber eine ganz andere für eine Armee, die fast tausend Köpfe zählte.

»Wir wissen«, meinte Onic, »daß der Großteil der Truppe vor uns ist und nach Norden marschiert. Also sollten wir noch wenigstens zwei Tage lang keinerlei Probleme haben.«

»Du vergißt Orsa«, sagte Gaelen. »Sein Trupp hat im Süden Laric vernichtet. Wir wissen nicht, ob er sich nach Norden wendet, um sich seinem Vater anzuschließen. Wenn ja, sitzen wir zwischen beiden in der Falle.«

»Keine Wenn und Aber, Vetter«, sagte Agwaine. »Durch eine solche Diskussion lösen wir keine Probleme. Wir werden im Axta-Tal erwartet, und irgendwie müssen wir weiter. Wir können nicht alle Risiken ausschließen.«

»Das stimmt«, gab Gaelen zu, »aber wir können sie wenigstens prüfen. Also schön, wir halten uns direkt nach Norden, dann biegen wir nach Westen zum Atta ab und dann weiter zum Tal. Auf diese Weise sollten wir Orsa umgehen. Aber wir schicken eine Späherkette nach Westen und Osten aus, und du, Gwal, gehst mit fünf Männern voraus nach Norden und erkundest die Lage.«

Der selbsternannte Anführer der Pallides, ein untersetzter Mann namens Telor, bereitete Gaelen Probleme. »Warum solltest du führen und solche Entscheidungen fällen?« fragte er, als Gaelen ihm von dem Plan erzählte.

»Ich führe, weil ich dazu ernannt wurde zu führen.«

»Ich folge Maggrig.«

»Maggrig folgt Caswallon.«

»Behauptest du, Blutauge.«

Gaelen atmete tief durch und verdrängte seinen Ärger. Er rieb sich die Augennarbe, wohl wissend, daß Lara und die anderen diese Begegnung mit entrückter Faszination beobachteten. Das war die Art der Krieger unter den Clans. Telor hatte damit indirekt erklärt, daß Gaelen ein Lügner wäre, und die beiden Männer standen am Rande eines Zweikampfes.

»Dein Land«, sagte Gaelen schließlich, »ist von einem Feind überrannt worden. Dein Volk ist zersprengt und bereitet sich darauf vor, an der Seite der Farlain in einer letzten Verzweiflungsschlacht um sein Überleben zu kämpfen. Wenn sie verlieren, verlieren auch wir. Alles. Und jetzt willst du hier mit mir über eine Sache streiten, die völlig unwichtig ist. Ich sage dir eins, und ich sage es nur einmal: Ich führe, weil ich dazu gewählt wurde. Mehr gibt es dazu nicht zu sagen. Entweder zieh dein Schwert oder gehorche mir.«

»Na schön«, sagte Telor. »Ich folge dir nach Norden, doch sobald die Schlacht in Sicht ist, führe ich die Pallides.«

»Nein«, erklärte Gaelen.

Der Mann zog sein Schwert. »Dann kämpf mit mir, Farlain.«

Die Zuschauer wichen zurück, so daß sie einen Kreis um die beiden bildeten.

»Ich habe nicht den Wunsch, dich zu töten«, sagte Gaelen hoffnungslos.

»Dann führe ich.«

»Nein«, sagte Gaelen leise. »Du stirbst.«

»Wartet!« rief Lara. Sie trat einen Schritt vor, die Hände in die Hüften gestemmt. »Es ist allgemein bekannt, daß die Farlain arrogante Hohlköpfe sind und daß die Pallides sich schon zu lange mit ihrem Vieh gekreuzt haben, aber das hier ist schiere Dummheit. Wenn ihr schon kämpfen müßt, dann kämpft, aber es sollte klar sein, wenn Gaelen gewinnt, dann führt er alle an.«

»Und wenn Telor gewinnt?« fragte ein junger Pallides-Krieger.

»Dann führt er lediglich die Pallides«, sagte Lara. »Ich folge keinem Mann mit dem Hirn einer Rübe.«

»Du elende Haesten-Hure«, fauchte Telor. »Du willst dem Kampf doch nur jeden Verdienst nehmen.«

»Das ist kein Verdienst«, sagte Gaelen. »Tausende von Männern und Frauen der Clans wurden von Invasoren hingeschlachtet, und du willst die Erde mit noch mehr Clan-Blut tränken.«

Telor lachte heiser auf. »Hast wohl Angst, was, Farlain?«

Gaelen schüttelte den Kopf. »Zu Tode erschrocken«, sagte er, ließ sein Schwert sinken und machte einen Schritt nach vorn, so daß seine Stirn gegen Telors Nase krachte. Der Pallides taumelte zurück, Blut rann ihm in den blonden Bart, als Gaelen einen linken Haken an seinem ungeschützten Kinn explodieren ließ. Der Pallides fiel linksüber und schlug hart auf der Erde auf. Gaelen drehte ihn auf den Rücken, zog sein Jagdmesser und setzte die Spitze an Telors Kehle. »Entscheide dich: leben oder sterben«, sagte er kalt.

Telor lag ganz still. »Leben«, flüsterte er.

»Der erste kluge Entscheidung, die du triffst«, sagte Gaelen. Er stand auf, packte den rechten Arm des Mannes und zog ihn hoch. Telor schwankte, blieb jedoch stehen. Blut rann ihm aus, der gebrochenen Nase. »Und jetzt such zwanzig Pallides aus und folgt Agwaine und Onic. Ich will sowohl im Osten als auch im Westen von uns Späher. Dann gehst du mit drei Männern deiner Wahl nach Norden, um zu gewährleisten, daß unser Weg frei ist. Verstanden?«

Telor nickte.

Gaelen machte auf dem Absatz kehrt, und die kleine

Armee folgte ihm. Lara kam grinsend zu ihm. »Das war knapp«, sagte sie.

»Ja. Ich danke dir für deine Hilfe, es hat ihn abgelenkt.«

»Das war gar nichts. Ich wollte nicht, daß Telor dir die Ohren abschneidet, nur Intosh ist besser mit dem Schwert.«

»Dann danke ich dir nochmals – mit noch mehr Gefühl.«

»Bist du ein guter Schwertkämpfer?«

»Ich habe kürzlich erst gelernt, die beiden Enden auseinanderzuhalten.«

»Das meinst du nicht ernst, oder?«

»Ich bin so gut wie die meisten Männer.«

»Hast du schon ein paar Aenir getötet?«

»Ja.«

»Wie viele?«

»Himmel, Frau! Was spielt das für eine Rolle?«

»Ich weiß gern, wem ich folge.«

»Ich habe fünf getötet und einen weiteren verwundet.«

»Fünf? Das ist nicht übel. Im Zweikampf oder mit dem Bogen?«

»Im Zweikampf. Den verwundeten Mann habe ich mit einem Pfeil getroffen.«

»Schießen ist also nicht gerade deine Stärke, was?«

»Nein. Und du?«

»Was ist mit mir?«

»Da wir schon dabei sind, über die Anzahl der Getöteten zu reden, stelle ich dir dieselbe Frage.«

»Ich verstehe. Warum?«

»Ich weiß gern, welches Kaliber meine Anhänger haben«, sagte Gaelen grinsend.

»Ich habe noch keinen getötet. Aber ich werde es noch.«

»Das bezweifle ich nicht.«

»Hast du eine Frau?« fragte sie plötzlich.

»Nein.«

»Warum nicht?«

»Sie hat mich abgewiesen.«

»Ich verstehe«, sagte Lara.

»Was verstehst du?«

»Weshalb du in Gegenwart von Frauen so nervös bist.«

»Ich bin nicht nervös in Gegenwart von Frauen, sondern in deiner Gegenwart«, sagte er.

»Wie kommt das?«

Gaelen wurde es langsam heiß, und er fühlte sich wie ein gehetztes Kaninchen.

»Nun?« drängte sie.

»Ich habe keine Ahnung, und ich will auch nicht darüber reden«, sagte er zimperlich. Daraufhin lachte sie, tief und kehlig, was sein Unbehagen nur noch verstärkte.

In der ersten Nacht im Lager mied Gaelen sie und unterhielt sich bis spät in die Nacht mit Gwalchmai, der von seiner Spähtour mit Telor zurückgekehrt war. Telor war mit seinen Kameraden im Norden geblieben, und Gwal sollte sie bei Tagesanbruch wieder treffen.

»Es war ein unbehaglicher Tag«, sagte Gwalchmai. »Ich glaube, wir haben kaum drei Worte miteinander gewechselt.«

»Das tut mir leid, Gwal. Wie sieht es aus?«

»Soweit ist der Weg frei. Aber dieser Telor jagt mir kalte Schauer über den Rücken.«

»Ja. Hoffen wir nur, daß er sich seinen Zorn für die Aenir aufspart.«

»Hoffen wir lieber, daß sie ihm sein verdammtes Herz rausschneiden«, murmelte Agwaine und setzte sich zu ihnen.

Gaelen schüttelte den Kopf. »Kein Wunder, daß die Clans immer miteinander im Krieg liegen«, sagte er.

»Wie kommst du mit Lara voran?« fragte Agwaine und verzog das Gesicht zu einem lüsternen Grinsen.

»Was soll das heißen?« fuhr Gaelen auf.

»Sie mag dich, Mann. Das ist doch sonnenklar.«

»Ich will nicht darüber reden.«

»Sie ist großartig, nicht? Nicht gerade schön, aber großartig. Und diese Hosen ...«

»Willst du wohl aufhören?«

»Ich wünschte, sie würde mich mögen.«

»Ich kann nicht glauben, daß wir tatsächlich so reden. Wir marschieren auf eine Schlacht zu, ich versuche, mir eine Taktik zu überlegen, und du denkst an nichts anderes als ... Hosen.«

»Was ist mit Hosen?« fragte Lara und kam zu ihnen.

»Ja, Gaelen, erzähl ihr von der Hosen-Taktik«, sagte Gwalchmai.

Gaelen schloß die Augen.

»Nun?« fragte sie.

»Du bist die Autorität, Gwal. Erklär du es.«

Gwalchmai kicherte. »Nein. Wenn ich bei Morgengrauen wieder bei Telor sein will, rolle ich mich jetzt am besten in meine Decken. Entschuldigt mich.«

Gwal ging davon und richtete sich ein Lager unter einer überhängenden Kiefer. Agwaine grinste und ging auch fort – trotz Gaelens flehendem Blick. »Also?« fragte Lara. »Was ist mit Hosen?«

»Es war nur ein Scherz. Es ziehen Wolken auf – morgen könnte es Regen geben.«

»Komm mit«, sagte sie und nahm ihn bei der Hand. Er folgte ihr in den Wald, und sie hielt nach etwa vierzig Schritten auf einer kleinen, kreisrunden Lichtung an, die von dichtem Gebüsch umstanden war. Sie führte ihn dorthin, wo sie ihre Decken ausgebreitet tatte und zog ihn neben sich nieder. Gaelen fühlte sich überhaupt nicht wohl in seiner Haut.

»Worüber wolltest du reden?« fragte er heiser.

»Ich will überhaupt nicht reden, Gaelen.« Sie beugte sich vor, schlang ihm die Arme um den Hals und küßte ihn.

Alle Gedanken an Deva schwanden dahin wie Schnee in der Sonne.

Leofas und Maggrig gingen die Icairnschlucht ab, während es allmählich dunkel wurde. Die Hänge auf beiden Seiten waren steil und mit Geröll und Steinen übersät, während der Paß selbst gleichmäßig zu der schmalen Mitte hin anstieg. Die Aenir mußten bergauf angreifen, und das würde sie langsamer machen. Aber nicht allzu sehr.

Patris Grigor schloß sich ihnen mit einem Dutzend seiner Bogenschützen an. »Es ist ein hervorragender Schlachtplatz«, sagte Grigor. »Sie werden Hunderte von Leuten verlieren, ehe sie bei euch sind – wenn sie überhaupt reinkommen, heißt das. Was, wenn sie den Eingang zum Paß versperren?«

»Dann greifen wir an«, erklärte Magrig.

»Das ist nicht gerade ein guter Plan«, sagte Grigor grinsend.

»Ich bin auch kein guter Planer«, gab Maggrig zu, »aber ich bin sicher, daß sie sich auf uns stürzen werden. Sie müssen Angst erst noch kennenlernen.«

»Wenn ihr keine Pfeile mehr habt, ziehen wir ab. Wenn wir können«, sagte Grigor.

»Einverstanden«, sagte Maggrig und wanderte zurück zu den Lagerfeuern.

Die Seitenwände der Schlucht stiegen steil an und warfen das rote Licht von Hunderten kleiner Feuer zurück. Leofas, der während des langen Marsches schweigsam gewesen war, setzte sich auf einen Stein und betrachtete die Armee der Clans, während er sich ausruhte. Einige Männer schliefen schon, andere schärften ihre Schwerter. Viele lachten und unterhielten sich.

»Was ist los, mein Freund?« fragte Maggrig.

Leofas sah auf. Im flackernden Feuerschein schien Maggrigs Bart wie eine Flamme, seine blauen Augen glitzerten, sein Gesicht war eine Maske aus Bronze.

»Ich bin müde«, sagte Leofas, stützte das Kinn in die Hände und sah zu den Lagerfeuern hin.

»Unsinn! Morgen wirst du den Siegestanz anführen wie ein Jäger im ersten Jahr!«

Der Farlain-Krieger schaute mit blitzenden Augen auf. »Kannst du mal einen Moment damit aufhören? Ich bin kein junger Spunt mehr, und du mußt mich auch nicht aufheitern. Ich bin alt. Erfahren. Ich habe Krieg und Tod gesehen. Jeder, der eine Schwertspitze von einem Erdloch unterscheiden kann, weiß, daß wir morgen kaum eine Chance haben.

»Dann geh doch nach Hause!« fuhr Maggrig auf.

»Und wo sollte ich dann hin, Maggrig? Nein, es macht mir nichts aus, an deiner Seite zu sterben. Es macht mir überhaupt nichts aus zu sterben. Ich hoffe nur, daß wir ihre Reihen genügend lichten, damit die anderen Clans eine Chance haben, sie zu schlagen.«

»Hältst du mich für töricht?« fragte Maggrig und ließ sich neben ihm nieder.

»Nein. Wir haben nur keine Wahl mehr, das ist alles.«

Eine Zeitlang schwiegen sie, dann wandte sich Maggrig wieder an seinen Gefährten. »Darf ich dich etwas Persönliches fragen?«

»Fragen darfst du«, sagte Leofas, »aber vielleicht antworte ich nicht.«

»Warum hast du nie wieder geheiratet? Du warst doch noch ein junger Mann, als Maerie starb.«

Leofas betrachtete die Sterne, und die Jahre glitten davon wie gefallene Träume. Er schüttelte den Kopf. Endlich sprach er, seine Stimme war sanft, sein Blick ging in die Ferne.

»Ich vermisse sie am meisten bei Sonnenuntergang, wenn wir immer auf den Hügel hinter dem Haus gestiegen sind. Dort stand eine alte Ulme. Ich baute eine Bank rund um den Stamm, und dort saßen wir und sahen die Sonne untergehen. Dann habe ich meinen Umhang um uns beide gelegt, und sie lehnte den Kopf an meine Schulter. Es war so friedlich, man konnte fast glauben, es gäbe keine anderen Lebewesen auf der ganzen Welt. Damals fühlte ich mich lebendig. Seither nie wieder.«

»Und warum hast du dann nie wieder geheiratet?«

»Ich wollte keine andere. Und du?«

»Mich wollte keine andere«, sagte Maggrig.

»Das stimmt doch nicht.«

»Nein«, gab Maggrig zu. »Aber Rhianna und ich haben auch nicht viele Sonnenuntergänge zusammen betrachtet. Genaugenommen haben wir den größten Teil unseres gemeinsamen Lebens damit verbracht, uns zu streiten. Aber sie war trotzdem eine gute Frau. Maeg war vier, als Rhianna starb, und sie wollte keine andere Mutter.«

»Wir sind doch ein Paar von Idioten«, sagte Leofas. »Bedauerst du, daß du keine Söhne hast?«

»Nein«, log Maggrig. »Außerdem werden wir rührselig.«

»Alte Männer dürfen rührselig werden. Das ist eine Lebensregel.«

»So alt sind wir nun auch wieder nicht. Ich bin so stark wie früher.«

»Ich bin zehn Jahre älter als du, Maggrig, und dem Volksglauben gemäß macht mich das weise. Zusammen bringen wir ein Jahrhundert oder mehr zustande. Das ist alt.«

»Ich war noch nie alt«, sagte Maggrig grinsend. »Seltsam, wie sich das Alter an einen anschleicht.«

Sie verfielen in Schweigen, jeder hing seinen eigenen Erinnerungen nach. Sie glaubten, es wäre ihre letzte Nacht unter den Sternen, und keiner von beiden wollte über das Morgen reden.

Drada war wütend, so wütend wie noch nie. Die Clans hatten eine Reihe von Überfällen durchgeführt und sich anschließend immer nach Osten zurückgezogen. Er spürte einen Plan hinter den Angriffen, und jetzt war dieser offenbar geworden.

An diesem Morgen hatten seine Späher berichtet, daß sich die Clans zu einem Paß etwa zehn Kilometer weiter östlich bewegten. Drada, der das Land vor ein paar Tagen persönlich ausgekundschaftet hatte, wußte, daß der Paß blockiert und nach Norden unpassierbar war. Sicherlich dachten die Clans doch nicht ernsthaft daran, dort eine Schlacht zu schlagen? Aber sie taten es, und jetzt wartete die Armee der Aenir am Eingang zu Icairns Torheit, und Drada war puterrot vor Wut.

»Warum angreifen, Vater? Das ist unnötig. Es gibt keinen Weg hinaus. Wenn wir warten, müssen sie uns angreifen.«

»Ich befehle hier!« donnerte Asbidag. »Warum verlangst du Vorsicht, wenn wir sie genau dort haben, wo wir sie haben wollen?«

»Hör auf mich, Vater. Auf den Hängen im Paß könnten sich tausend Bogenschützen verteilen. Sie werden einen gewaltigen Zoll fordern. Die Hauptarmee wird in der Mitte des Passes sein, wo die Felswände nah zusammenrücken, was bedeutet, daß unsere Überzahl an Gewicht verliert. Wir müssen Mann gegen Mann kämpfen. Natürlich werden wir gewinnen – aber wir könnten da drinnen Tausende verlieren.«

»Sie haben mir heute morgen Barsas vermodernden Leichnam gebracht«, sagte Asbidag. »Jetzt habe ich zwei Söhne, für die ich Rache üben muß. Und du verlangst von mir, ruhig abzuwarten.«

»Die Clans haben einen gewaltigen Fehler gemacht«, sagte Drada. »Sie hoffen, daß wir genau das tun, was du vorhast. Es ist ihre einzige Hoffnung.«

»Was bist du, auch noch ein Prophet? Woher willst du wissen, was sie vorhaben? Ich glaube, wir haben sie in ihrem Nest überrascht. Die Männer sollen sich zum Angriff bereitmachen.«

Drada schluckte seinen Ärger hinunter. Es schmeckte bitter. Er wandte sich von seinem Vater ab, damit dieser nicht den brennenden Haß in seinen Augen sah.

Du bist tot, Asbidag, entschied Drada. Nach dieser Schlacht werde ich dich umbringen.

Die Aenir nahmen in der Mündung des Passes Aufstellung, Schildriemen wurden festgezurrt, die Schwerthände mit Staub abgerieben, um fester zupacken zu können. Fünfundzwanzigtausend Mann spähten zu den felsübersäten Hängen und den sich dahinter auftürmenden Felswänden. Kein Feind war zu sehen.

Die Kriegshörner der Aenir erklangen, und die gepanzerte Masse begann sich langsam vorwärtszubewegen. Drada und Tostig marschierten zusammen in der Mitte, Asbidags andere Söhne links und rechts von ihnen. Asbidag selbst blieb am Eingang des Passes, umgeben von seinen vierzig Leibwächtern. Morgase stand neben ihm, ihre Augen strahlten, ihr Herz klopfte, während sie darauf wartete, daß das Töten begann.

Die Armee zog vorsichtig weiter. Die Männer hielten ihre Schilde hoch und musterten die Seitenwände. Vor ihnen verengte sich der Paß, und noch immer war nichts von dem Feind zu sehen …

Plötzlich vibrierte die Icairnschlucht vor Lärm, als die Farlain und die Pallides vorwärtsstürmten, um die Enge in der Mitte des Passes zu bemannen. Die Aenir stießen ein wildes Geheul aus, warfen sich nach vorn und schlugen mit ihren Schwertern auf Schilde ein. Auf der anderen Seite erhoben sich die Bogenschützen der Dunilds und der Loda. Gefiederte Pfeile schossen durch die Luft. Die Schreie der Verwundeten erhoben sich über die Kriegsrufe, und jetzt stießen die Clans ihren eigenen Schlachtruf aus, der von den Felswänden widerhallte.

Dunkle Wolken des fliegenden Tods schossen immer wieder auf die Reihen der Aenir zu. Einige Krieger brachen aus den Reihen, um die Bogenschützen anzugreifen, wurden aber von Pfeilen niedergestreckt. Der Angriff wurde langsamer, kam jedoch nicht zum Stillstand.

In vorderster Linie der Aenir spürte Orsa, wie die

Berserkerwut von ihm Besitz ergriff. Er warf seinen Schild beiseite, rannte vor seinen Männern her und schwang sein Breitschwert. Er brüllte seinen Zorn hinaus. Ein Pfeil traf ihn im Oberschenkel, doch er beachtete ihn nicht.

Lennox trat ihm mit einem langschäftigen Streitkolben aus Blei und Eisen entgegen. Auch er warf seinen Schild beiseite, als Orsa sich auf ihn stürzte, um mit seinem Schwert auf Lennox' Kopf zu zielen. Lennox machte keine Anstalten, dem Hieb auszuweichen, sondern schlug mit seinem Streitkolben gegen das Schwert und zerschmetterte es. Orsa krachte gegen ihn, beide Männer gingen zu Boden, und Orsas Hände schlossen sich um Lennox' Kehle. Lennox ließ den Streitkolben los und umfaßte Orsas Kinn. Dann stieß er die Arme vorwärts, so daß Orsas Kopf zurückschnellte und er seine Kehle loslassen mußte. Lennox rollte sich ab, packte seinen Streitkolben und hieb ihn Orsa auf den Schädel, so daß er brach.

Keine Sekunde zu früh schloß sich Lennox wieder den eigenen Reihen an und nahm seine Position neben seinem Vater Leofas und Maggrig, dem Kriegsherrn der Pallides, ein. Die Front der Aenir warf sich auf die wartenden Clans. Maggrig hob sein Schwert, grinste Intosh an und brüllte den Schlachtruf der Pallides:

»Auf sie! Auf sie! Auf sie!«

Der Ruf wurde aufgenommen, und die Clans stürmten den angreifenden Aenir entgegen. Nach vier Jahren Krieg im Tiefland hielten sich die Aenir für die besten Kämpfer unter der Sonne, aber sie waren auch noch nie auf die glutäugigen, blutrünstigen Wölfe der Berge getroffen. Jetzt lernten sie die furchtbare Wahrheit, und als die Klingen der Clans ihre vorderen Reihen zerschlugen, geriet der Angriff ins Stocken.

Maggrig kämpfte sich mörderisch durch die Aenir, ein ungeheurer Zorn trieb ihn an. Viele Pallides waren tot, deren Gesichter er nie vergessen würde, deren Seelen nach Rache dürsteten. Der Kriegsherr vergaß den Plan, die

Mitte zu halten, und schlug sich immer tiefer in die feindlichen Reihen. Intosh und die Pallides hatten keine andere Wahl, als ihm zu folgen.

Leofas stieß einem Krieger sein Schwert in den Bauch und parierte einen Hieb von einem weiteren, indem er dem Mann seinen Schild ins Gesicht stieß. Lennox kam ihm zu Hilfe und hieb dem Mann seinen Streitkolben auf den Schädel.

»Blas das Horn!« brüllte Leofas. »Maggrig ist verrückt geworden!«

Lennox zog sich ein paar Schritte aus dem Getümmel zurück und ließ sich von den Farlain-Kriegern vor dem Feind schützen. Er setzte das Kriegshorn an die Lippen und ließ drei scharfe Hornstöße erklingen. Der Klang drang durch Maggrigs Wut, und er ließ in seiner Attacke nach, so daß sich die Pallides wieder um ihn herum formieren konnten. Die Überzahl der Aenir begann sich bemerkbar zu machen, und die Clans wurden Zoll um Zoll zurückgedrängt.

Der tödliche Pfeilhagel hatte sich verlangsamt, denn den Schützen auf den Hängen gingen allmählich die Pfeile aus.

Dunild warf seinen Bogen beiseite, nahm seinen Schild und zog sein Schwert. Seine Männer taten es ihm gleich. Jetzt war es Zeit zum Rückzug, denn die Schlacht konnte nicht gewonnen werden, die Aenir nicht geschlagen.

Dreihundert Clanmitglieder schlossen sich ihm an, mit dem Schwert in der Hand. Dunild schaute zu dem anderen Hang hinüber, wo sein Feind Patris Grigor ebenfalls sein Schwert gezogen hatte. Er fühlte, wie ihn eine seltsame Ruhe überkam. Er hob sein Schwert in schweigendem Abschiedsgruß zu seinem Feind. Es würde niemals Frieden geben, so lange sie beide lebten, denn ihr Haß war stärker als jeglicher Wunsch, einen gemeinsamen Feind zu besiegen.

»Auf sie! Auf sie! Auf sie!« brüllte Dunild gellend und

führte seine dreihundert den Hang hinunter, um den Farlain zu Hilfe zu kommen.

Patris Grigor traute seinen Augen nicht. Sein Feind seit zwanzig Jahren hatte praktisch gerade sein Land übergeben. Patris war jetzt der unbestrittene Herrscher des Nordwestens.

»Was macht er denn da?« schrie ein Mann zu seiner linken. Grigor zuckte die Achseln. Zwanzig Jahre Haß, und jetzt warf Dunild sein Leben weg bei einem vergeblichen Angriff in einer nicht zu gewinnenden Schlacht. Grigor schüttelte den Kopf und ließ seinen Bogen fallen.

»Gehen wir jetzt?« fragte einer seiner Leute.

Grigor lachte. »Weißt du, was da unten gerade vor sich geht?«

»Die Aenir werden bald durchbrechen. Es ist vorbei.«

»Das auch. Und dieser hirnlose Idiot Dunild ist da runter gegangen, um zu sterben.«

»Also gehen wir?«

»Was meinst du?«

Der Mann grinste. »Wenn wir jetzt angreifen, könnten wir uns bis zu Dunild durchschlagen, und wenn gerade keiner guckt, schneide ich ihm die Kehle durch.«

Grigor lachte leise und schnallte sich den Schild an den Arm. »Ja, verdammt. Laß uns zur Abwechslung mal etwas Edles tun!« Er hob sein Schwert und begann, den Hang hinunterzulaufen. Fünfhundert Grigor-Krieger nahmen ihre Schwerter und folgten ihm.

Die Frontlinie der Aenir rutschte und schlitterte über blutbesudelte Felsen und hingestreckte Tote, nur um von den eisernen Klingen der Clans niedergestreckt zu werden. Leofas, dessen kalte blaue Augen vor Schlachtfieber glänzten, stand in der Mitte der Verteidiger, Maggrig und Lennox zu seinen Seiten. Wieder und wieder warfen sich die Aenir nach vorn, nur um von den scharfen Klingen und dem unerschütterlichen Mut der Verteidiger zurückgeworfen zu werden.

Drada war der einzige der Aenir, der von der entschlossenen Verteidigung nicht überrascht war, aber er hatte schon viele Schlachten erlebt und wußte, was jetzt passieren mußte. Die Clans würden zurückweichen, sie hatten keine Wahl. Ihre Kraft ließ nach, sie machten enorme Verluste. Die beiden in der Mitte waren alte Männer, und ihr Durchhaltevermögen unsicher. Sobald sie fielen, würde die Linie zusammenbrechen.

An seiner Seite machte sich Briga für den letzten Ansturm bereit. Er war seit über zwanzig Jahren Krieger, und er wußte, daß immer ein Punkt kam, wo man den Kampf lesen konnte wie eine Fährte, wo Ebbe und Flut sich abzeichneten wie ein steter Strom. Diesen Punkt hatten sie jetzt erreicht.

Und die Clans waren bereit auszubrechen ...

Dieses Gefühl breitete sich unter den Aenir aus, und die Schlachtrufe begannen von neuem. Wieder prallten die Kräfte aufeinander. Die Clans kämpften jetzt schweigend, mit bleiernen Beinen und schweren Armen, und wurden doch unausweichlich Zoll um Zoll zurückgedrängt zu dem offenen Paß hinter ihnen.

Briga fühlte, wie Freude ihn durchströmte. Keine Armee in der Welt konnte jetzt noch aushalten. Es war vorbei. Die Clans waren erledigt!

Auch Maggrig spürte es, und er fluchte laut, während er sein Schwert in einen Aenir-Hals hieb und sich unter einer Klinge wegduckte. Nun, wenn er schon sterben mußte, dann wollte er verdammt sein, wenn er es auf dem offenen Gelände tat, das er so verzweifelt hart verteidigt hatte. Mit einem gewaltigen Satz warf er sich auf die Aenir und hieb und stach um sich. Von seiner Wut angesteckt, schlossen sich ihm Leofas, Lennox und Intosh an.

Und die Clans fanden neue Kräfte und stürmten vor zu ihren Anführern. Die wilde Attacke verblüffte die vorderen Aenir-Krieger, und sie versuchten zurückzuweichen. Briga, der knapp hinter der Frontlinie kämpfte, wandte sich an Drada. »Das ist doch unmöglich!« rief er. Drada zuckte die Achseln.

Als die Aenir-Front vor ihm zurückwich, hob Maggrig sein Schwert trotzig in die Luft. »Kommt schon, ihr fremdländischer Abschaum. Wir stehen noch!«

Ein riesiger Krieger mit einem Helm in Form eines Wolfsschädels sprang ihm mit erhobenem Schwert entgegen. Maggrig parierte den Hieb und landete einen Stoß gegen den Hals des Kriegers. Sein Schwert traf das Kettenhemd – und brach ab. Er ließ den nutzlosen Griff fallen, packte seinen Gegner am Kettenhemd und zog ihn an sich, dann rammte er ihm seinen Kopf gegen die Brust und hieb ihm die Faust in den Bauch. Der Krieger klappte zusammen, sein Kopf schnellte zurück, als Maggrig sein Knie hochzog und ihm ins Gesicht stieß.

Intosh warf Maggrig ein Schwert zu. Er fing es auf und stieß die Klinge von hinten durch den Wolfsschädelhelm. Der Aenir starb ohne einen Laut.

»Ihr verlausten Hurensöhne« brüllte Maggrig. »Ist das alles, was ihr könnt?!«

Die Aenir stießen ein Geheul aus und stürmten vor.

Die Schlacht entbrannte erneut, aber jetzt hörte man keine blutrünstigen Schlachtrufe mehr, sondern es gab nur noch die Schreie der Sterbenden und die grimmige Entschlossenheit der anderen zum Überleben. Die Clans waren zurückgedrängt worden, doch ihre Feinde mußten über einen Wall ihrer eigenen Toten klettern, um sich einen Weg zu dem immer kleiner werdenden Haufen der Verteidiger zu bahnen.

Asbidag war in den Sattel gestiegen, um besser sehen zu können. Sein geübtes Auge wußte, daß die Schlacht ihr Endstadium erreicht hatte. Einer seiner Gefolgsleute neben ihm schrie plötzlich auf und fiel zu Boden. Aus seinem Rücken ragte ein schwarzgefiederter Pfeil. Asbidag fuhr im Sattel herum und riß seinen Schild vom Sattelknauf.

Am Eingang des Passes hob Gaelen sein Kriegshorn und blies dreimal. Achthundert Bögen wurden gespannt, und eine dunkle Wolke von Pfeilen regnete in die Horde.

Maggrig stieß einem Angreifer seinen Schild ins Gesicht, so daß er zu Boden ging, durchbohrte einen zweiten mit seinem Schwert und zog es wieder heraus.

»Es ist Gaelen!« rief Lennox. »Er hat bestimmt tausend Mann bei sich!«

Maggrig taumelte, als eine Axt seinen Schild zerschmetterte. Er hämmerte dem Angreifer seine Faust ins Gesicht und fühlte, wie unter dem Anprall dessen Zähne brachen. Ein schlanker Schwertkämpfer schob sich an Maggrig vorbei. Leofas wehrte ab, verlor aber sein Schwert. Er packte den Mann an Hals und Lenden, hob ihn hoch und schleuderte ihn zurück auf seine Kameraden. Der Mann verschwand in der Menge. Leofas hob sein Schwert wieder auf und zuckte zusammen, als eine Klinge sich in seine Schulter bohrte. Lennox kam ihm zu Hilfe und zertrümmerte mit seiner Keule das Rückgrat des Schwertkämpfers.

Am Eingang des Passes gab Gaelen den Frauen das Signal, die Hänge zu beiden Seiten der kämpfenden Männer zu erklettern. Lara hielt auf den rechten Hang zu, gefolgt von vierhundert Haesten-Frauen. Dann wandte sich Gaelen an Telor.

»Jetzt kannst du zeigen, was du mit deinem Schwert kannst«, sagte er.

Gaelen schob seinen Schild zurecht und rannte zu Asbidags Gefolge. Hundert Pallides-Krieger brüllten hinter ihm ihren Schlachtruf.

Sein Pferd stieg und scheute, und Asbidag sah den Tod kommen. Ein Pfeil schoß ihm den Helm vom Kopf, ein weiterer schlug in seinen Schild ein. Panik überwältigte ihn. Er stieß seinem Pferd die Fersen in die Flanken und ritt durch seine eigenen Reihen, brach die Linie seiner Leute auf, dann wich er den anstürmenden Clans aus.

Pfeile umzischten ihn, und er beugte sich tief über den Hals seines Tieres.

Lara sah, wie er die Flucht ergriff, legte einen Pfeil auf die Sehne, spannte und zielte auf Asbidags breiten Rücken. Der Pfeil bohrte sich durch Asbidags Kettenhemd in seine Schulter. Dann war er außer Reichweite und floh nach Süden. Sein Pferd trug ihn noch anderthalb Kilometer weit, ehe es zusammenbrach und ihn abwarf. Er sprang auf die Füße. Drei Pfeile steckten in Brust und Bauch des Tieres. Er überließ es seinem Schicksal und begann den langen Marsch nach Süden.

In der Schlucht hatte Asbidags panische Flucht den Weg für Gaelen und seine Krieger freigemacht. Sie durchbrachen den Schildwall und stürzten sich auf Asbidags Gefolge. Gaelen duckte sich unter einem beidhändigen Hieb und stieß dem Mann sein Schwert in die Brust. An seiner Seite sprang und drehte sich Telor, sein Schwert blitzte im Sonnenschein, er war tödlich. Zwei Männer stürzten sich auf Gaelen. Er wehrte einen Hieb des ersten ab und schlitzte ihm den Bauch auf, doch sein Schwert blieb stecken. Er sah, wie das Schwert des zweiten auf seinen Kopf zielte. Telor parierte den Hieb und traf den Mann im Hals.

Der stämmige Pallides grinste.

»Du mußt vorsichtiger sein, Farlain. Ich kann nicht auf uns beide aufpassen.«

Im Tal herrschte Chaos, wo Drada darum kämpfte, die Linie der Aenir zu halten. Pfeile regneten von beiden Seiten des Passes auf sie herunter, und die Clans kämpften wie besessen. Aber es war eine verlorene Schlacht. Drada konnte spüren, daß der Erfolg nur noch eine Frage von Minuten war. Sobald sie den Feind in die breitere Stelle des Passes gedrängt hatten, konnte nichts mehr einen Sieg der Aenir verhindern.

Als er sich umschaute, war der junge Aenir entsetzt über die Verluste, die seine Truppe erlitten hatte. Deutlich mehr als die Hälfte seiner Krieger lagen am Boden: Zwölftausend Mann, Asbidags Dummheit geopfert!

Doch trotzdem hatte Drada die Flucht seines Vaters gesehen, und das erfüllte ihn mit Freude. Jetzt war es nicht mehr nötig, ihn umzubringen und den Tod durch sein Gefolge zu riskieren. Kein Aenir würde ihm jemals wieder folgen. Er war ein Wolfsschädel, besitzlos und verachtet.

Jetzt hatte Drada alles: die Armee, das Land und die magischen Tore. Er würde das größte Reich aufbauen, das die Welt je gesehen hatte.

»Weiter! Weiter!« brüllte er. »Die letzten Meter!«

Und es stimmte. Die Aenir stürmten noch einmal vor.

Maggrig fiel mit einer Stichwunde im Schenkel. Im Liegen stach er zu und schlitzte seinem Angreifer den Bauch auf. Ein Hieb zielte auf seinen Kopf, doch Intosh wehrte ihn ab – und starb mit einer Axt im Schädel. Maggrig stemmte sich hoch und stieß seine Klinge in die Brust des Axtkämpfers. Ein Schwert durchbohrte seine Seite, und er machte einen Schritt rückwärts und versuchte schwach auszuholen. Lennox prügelte sich einen Weg frei an seine Seite, sein Streitkolben tropfte von Blut.

Über den Schlachtenlärm erklangen in der Ferne Hörner. Dann spürten sie, wie der Boden unter ihren Füßen bebte, und das Donnern galoppierender Hufe hallte durch die Berge. Einen Moment lang hörte jeder Kampf auf, alles drehte sich um zum Eingang des Passes. Eine riesige Staubwolke wirbelte dort, und heraus kamen viertausend Reiter mit angelegten Lanzen.

In der Mitte ritt eine Kriegerin in silberner Rüstung. In der Hand hielt sie ein mächtiges Schwert aus schimmerndem Stahl.

»Die Königin kommt!« schrie Leofas.

Maggrig wollte seinen Augen nicht trauen. Blut strömte aus der Wunde in seiner Seite und seinem verwundeten Bein, und er zog sich vom Getümmel zurück, so daß zwei Pallides-Krieger sich mit ihren Schilden schützend vor ihn stellen konnten. Langsam kletterte er auf einen zerklüfteten Felsbrocken und kniff die Augen zusammen, um nach den Reitern auszuspähen.

Die Aenir wichen von den Clans zurück und versuchten, den neuen Feind zu identifizieren. Drada war völlig verblüfft. Was er da sah, war unmöglich, in diesem Teil des Kontinents gab es keine berittenen Truppen. Aber es war keine Illusion. Das Donnern der Hufe wurde lauter, und die Aenir-Krieger, die sich der Attacke gegenübersahen, versuchten, die Felshänge zu beiden Seiten des Passes zu erklimmen. Ihre Kameraden hinter ihnen warfen ihre Waffen weg und versuchten wegzulaufen.

Andere, beherztere Krieer packten ihre Schwerter fester und hoben ihre Schilde. Es spielte keine Rolle, ob sie davonliefen oder ausharrten. Die schrecklichen Lanzen fuhren auf sie nieder, zersplitterten Schilde und hoben Männer von den Füßen und schleuderten sie blutend und verletzt auf die staubige Erde. Pferde stiegen auf die Hinterhand, eisenbeschlagene Hufe schlugen aus und zerschmetterten Schädel und trampelten die Verwundeten nieder.

Die Aenir strömten auseinander, zu den Hängen – und gerieten in den Pfeilhagel der Haesten-Frauen.

Leofas drängte die Farlain vorwärts und hieb sein Schwert in die verwirrte Masse der Feinde. Aus der Schlacht wurde eine wilde Flucht. Die Aenir warfen die Waffen weg und flehten um Gnade, doch die gab es nicht. Ob mit oder ohne Schwert in der Hand, die Aenir wurden in Stücke gehauen.

Dunild und Grigor kämpften inzwischen Seite an Seite – die Überreste ihrer Clans, blutbespritzt und kampfestrunken, hieben und schlugen sich ihren Weg frei.

Die Aenir bemühten sich, wieder eine Schlachtordnung einzunehmen. Drada ließ das Kriegshorn ertönen, und der Schildring um ihn herum wuchs. Ein Pfeil durchschlug Tostigs Helm und bohrte sich ihm den Schädel. Mit einem Geheul aus Wut und Schmerz sank er neben seinem Bruder zu Boden. Drada hob seinen Schild.

Sigarni, von deren silberner Stahlklinge es rot tropfte, riß ihren grauen Hengst herum und führte ihre Männer wieder zurück in den Paß. Die Aenir sahen ihnen nach, ihnen war übel vor Entsetzen. Am Eingang zur Icairnschlucht machte die Königin erneut kehrt, und das Hufgedonner der herannahenden Pferde übertönte die verzweifelten Schreie des Feindes.

Noch dreimal griff sie an, dann war der Schildring zerschlagen.

Ein sehniger Aenir-Krieger rannte los, duckte sich unter Sigarnis Schwert und stieß ihrem Pferd seine eigene Klinge in den Bauch. Es wieherte auf und stürzte auf den Mann, der sein Leben beendet hatte und tötete ihn in seinem eigenen Todeskampf. Sigarni wurde inmitten der Aenir zu Boden geworfen. Sie sprang auf und schwang beidhändig ihr Schwert, wobei sie den ersten Krieger köpfte, der versuchte, sie anzugreifen.

Die Aenir kreisten sie ein. Gaelen und Telor, die Seite an Seite kämpften, sahen die Königin zu Boden gehen.

»Nein!« schrie Gaelen. Er entledigte sich seines Gegners und stürzte sich ins Getümmel. Telor folgte ihm, zusammen mit Agwaine und Onic und einem Dutzend Pallides.

»Haltet aus, Herrin!« schrie Gaelen. Sigarni warf ihm einen Blick zu, für einen Augenblick irritiert, dann wehrte sie einen Hieb durch ein Langschwert ab. Mit einer Drehung des Handgelenkes returnierte sie und schlitzte den Mann vom Schlüsselbein bis zum Bauch auf. Doch jetzt war sie ringsum von Aenir umgeben. Sie fuhr herum und sah zu spät, wie eine Klinge auf ihren Hals zuschoß.

Gaelens Schwert zuckte hoch und parierte den Todesstoß. »Ich bin hier, Herrin!« schrie er über das Klirren von Eisen hinweg.

Sigarni grinste und nahm ihr tödliches Geschäft wieder auf.

Drada, der jede Hoffnung auf einen Sieg verloren hatte, versuchte sich einen Weg zum Eingang des Passes zu erkämpfen. An seiner Seite kämpfte der Hauptmann der Gefolgsleute, Briga, obwohl er aus zahlreichen leichteren Verletzungen an Armen und Beinen blutete. »Ich glaube, wir sind erledigt, Drada«, rief Briga. »Doch bei Vatan, heute ist Blut vergossen worden.«

Drada antwortete nicht. Vor ihnen war eine Frau auf einen großen Felsen geklettert und spannte ihren Bogen. Der Pfeil zischte durch die Luft und drang Drada in die Kehle, und mit einem überraschten Ausdruck fiel der Anführer der Aenir seitwärts hin. Briga versuchte ihn aufzufangen, doch ein Schwert glitt zwischen seine Rippen, und er bäumte sich auf.

Er wußte es nicht, und es wäre ihm auch gleichgültig gewesen, aber er war einer der letzten Aenir, die noch in der Schlucht am Leben waren. Sein Atem ging rasselnd, und er ließ sein Schwert fallen, als ein lautes Rauschen seine Ohren füllte. Der ganze Paß war bedeckt mit den Leichen der Gefallenen, und Briga meinte, die Valkyrien vom Himmel herabsteigen zu sehen – die geflügelten Pferde und schwarzen Kutschen. Was für Geschichten würde er in der Hallte der Toten zu erzählen haben …

Als seine Beine nachgaben, war sein Blick noch immer fest auf die schwarze Masse der Krähen und Bussarde gerichtet, die am Himmel kreisten.

Weit im Süden kam Asbidag, der nichts vom Sieg der Clans wußte, in einen dichtbewaldeten Höhenzug. Er atmete schwer und war hundemüde. Bei einem Bach blieb er stehen, riß sich den Pfeil aus der Schulter und streifte das Kettenhemd ab. Er beugte sich über das

Wasser, um zu trinken. Als er hinuntersah, blickte ihm sein Spiegelbild entgegen und darüber ein Gesicht aus einem Alptraum.

Asbidag warf sich auf den Rücken und tastete verzweifelt nach seinem Messer, doch die Krallen des Werhunds rissen ihm mit einer einzigen Bewegung die Kehle auf. Blut quoll aus dem zerfetzten Gewebe, und das Wesen riß das Maul auf. Asbidags Augen wurden groß, als die Fangzähne zuschlugen. Das Wesen wich von dem Toten zurück und kauerte nieder, um das zerstörte Gesicht zu betrachten. In seinem Hirn regten sich vage Erinnerungen, und ein tiefes Wimmern entrang sich seiner Kehle.

Bilder schossen ihm durch den Kopf. Wie es vor dem Rudel und den Reitern daherrannte und den Hirsch ansprang, als dieser sich umdrehte, um sich seinen Verfolgern zu stellen. Wie es sich tagsüber im Stall zusammenrollte, warm und bequem. Aber andere, seltsame Bilder verwirrten es. Eine junge Frau mit hellem Haar, sie lachte, ihr Kopf lag auf einem weichen Kissen. Ein Kind rannte, lachend mit ausgestreckten Händen auf ... auf ... es ...? zu.

Das Ungeheuer hob den Kopf und schrie seine Verzweiflung in den nächtlichen Himmel. Dann ging es zurück zu dem Toten, streckte seine Krallenpfote aus und zog den Dolch aus der Scheide. Es setzte die Spitze an seine Brust und stieß zu.

Schmerz, entsetzlicher Schmerz ...

Und dann Frieden.

Obrin fand sie hinter einem Felsbrocken, wo sie sich versteckt hatte. Er war versucht, ihr die Kehle durchzuschneiden und fertig ... stark versucht. Er wußte, was sie war, hatte es immer schon gewußt.

Der große Reiter zerrte sie an den Haaren hervor. Sie

war seltsam ruhig, ihre Augen blickten in die Ferne. »Ich würde dich gern umbringen«, zischte er.

Er hielt sie an den Haaren fest und führte sie an den Toten vorbei auf die Ebene.

Sigarni saß auf einem hochlehnigen Sattel vor einem kleinen Feuer. Sie trank Wein aus einem Kupferbecher und schwatzte mit dreien ihrer Lanzenreiter. Sie blickte auf, als Obrin ihr die Frau vor die Füße stieß.

»Eine Überraschung, Herrin«, sagte Obrin. »Sie war bei den Aenir, wurde mir erzählt.«

Sigarni stand auf und zog sie sanft auf die Füße. »Wie geht es dir, Morgase?« fragte sie.

Die Frau mit den rabenschwarzen Haaren zuckte die Achseln. »Das siehst du doch. Ich bin allein.«

»Ich kenne das Gefühl«, sagte Sigarni. »Akzeptiere, daß der Krieg vorüber ist, dann kannst du mit uns zurückkehren. Ich setze dich wieder in die Ländereien deines Vaters ein.«

»Als Gegenleistung wofür? Mein Bündnisversprechen? Die Seele meiner Mutter würde laut dagegen aufschreien. Töte mich, Sigarni – oder ich verfolge dich bis ins Grab!«

Obrin zog sein Schwert. »Dieses eine Mal gebe ich der Schlampe recht!« sagte er. »Gib den Befehl, Herrin.«

Sigarni schüttelte den Kopf. »Holt ihr ein Pferd. Laßt sie reiten, wohin sie will.«

Zwei Soldaten nahmen Morgase zwischen sich und führten sie weg. Sie wand sich in ihrem Griff, drehte sich um und schrie: »Ich finde einen Weg zurück, Sigarni. Dann wirst du dafür büßen!«

»Deine Entscheidung lastet auf meiner Seele«, sagte Obrin. »Sie ist böse, Sigarni. In ihr ist nichts Gutes.«

»In keinem von uns ist viel Gutes. Wir leben und sterben durch die Gnade Gottes. Sie hat großes Unrecht erlitten. Das hat ihren Verstand verwirrt – wie einst ein solches Unrecht meinen Verstand verwirrte.«

Bei Einbruch der Dämmerung waren die Druiden aus ihren Verstecken im Wald rund um die Icairnschlucht gekommen und hatten angefangen, sich um die Verwundeten zu kümmern. Maggrig saß auf einem Felsblock, mit zehn Stichen in der Seite und zwölf weiteren im Schenkel, und beobachtete die Krähen, die auf den nackten Körpern der Toten umherhüpften und sich stritten.

Die Toten der Clans waren aus der Schlucht gebracht und zusammen auf die Ebene gelegt worden. Morgen würde ein Grabhügel aufgeschichtet werden. So viele Tote. Von den achthundert Pallides hatten nur zweihundert überlebt, viele mit schweren Verletzungen. Mehr als tausend Farlain-Krieger waren gefallen und weitere vierhundert von den Loda und Dunilds. Durch eine Laune des Schicksals hatten beide Anführer überlebt und zum Schluß Rücken an Rücken gekämpft.

Maggrig seufzte. Es sah aus wie in einem Schlachthaus.

Leofas, dessen Wunden genäht und verbunden waren, setzte sich zu ihm. »Aber wir haben gewonnen«, sagte er.

»Ja. Und wir Alten überleben. So viele junge Männer wurden wieder zu Staub, und wir alten Bullen sitzen hier und atmen.«

Leofas zuckte die Schultern. »Schon, aber wir sind auch ein schlaues Pärchen.«

Maggrig grinste. »Hast du Caswallon gesehen?«

»Nein. Komm, laß uns die Königin suchen gehen. Das mindeste, was wir tun können, ist ihr zu danken.«

Leofas half Maggrig auf die Füße, dann machten sie sich auf den Weg zwischen den Toten hindurch. Die Krähen, die sich den Bauch vollgeschlagen hatten, hüpften zur Seite, zu schwerfällig, um zu fliegen.

Am Eingang des Passes, hinter den angepflockten Pferden, flackerten die Lagerfeuer von Sigarnis Lanzenreitern in einem Kreis, in dem die Königin mit ihren Hauptleuten saß.

Sigarni stand auf, als die beiden näherkamen. »Schenk ihnen Wein ein, Obrin«, bat sie ihren Hauptmann.

Maggrig streckte ihr die Hand entgegen. »Wir danken Euch, Herrin. Ihr habt mein Volk gerettet.«

»Ich bin froh, daß wir noch rechtzeitig kamen. Ich schulde dem Roten Falken viel, und es hat mich erleichtert, wenigstens einen Teil der Schuld abtragen zu können.«

»Wo ist Caswallon?« fragte Maggrig.

»Ich weiß es nicht«, antwortete die Königin. »Er bat uns, ihn auf der Insel Vallon zu treffen.«

Zwei Reiter brachten hochlehnige Sättel, die sie für Maggrig und Leofas auf den Boden legten. »Setzt euch«, sagte Sigarni. »Ich möchte gern einen eurer Landsleute kennenlernen. Er hat mir heute das Leben gerettet.«

»Das wird wohl schwierig, ihn wiederzufinden«, meinte Leofas.

»Diesen nicht. Er hat eine weiße Strähne über dem linken Auge, und das Auge selbst ist voller Blut.«

»Ich kenne ihn«, sagte Leofas. »Wenn er noch am Leben ist, schicke ich ihn zu dir.«

Obrin brachte gewürzten Wein, und sie tranken eine Weile schweigend.

Am nächsten Morgen, als die Arbeit am Scheiterhaufen begann, waren die meisten Lanzenreiter wieder heimgekehrt durch das Tor, das in einem Lichtblitz am Abend zuvor auf der Ebene erschienen war. Sigarni blieb mit zwanzig Mann zurück, darunter Obrin.

Leofas hatte Gaelen Hand in Hand mit dem Haesten-Mädchen im Wald gefunden. »Schön dich zu sehen, Gaelen«, sagte er.

Gaelen stand auf und stellte Lara vor.

Leofas verbeugte sich. »Ich habe dich schon früher gesehen, aber noch nie so hübsch wie jetzt.«

»Danke. Ich bin froh, daß du noch am Leben bist«, sagte Lara.

»Das wären wir vielleicht nicht mehr, wenn du nicht mit deinen Schützinnen gekommen wärst.«

»Reiner Zufall«, erklärte Lara. »Wir sind nach Norden gegangen, um den Aenir auszuweichen, und das bedeutete, daß wir durch die Schlucht mußten. Wie kommt es, daß die Königin da ist? Gaelen sagte, sie sollte zum Axta-Tal kommen, und das ist einen Tagesritt von hier entfernt.«

Leofas zuckte die Achseln. »Ich weiß es nicht, und die Königin auch nicht. Caswallon ist der Mann, der dieses Rätsel lösen kann. Und jetzt laß uns gehen, mein Junge, die Königin möchte euch sehen. Doch sag mir noch, wo ist Layne?«

Gaelen sah dem alten Mann in die Augen, fand jedoch keine Worte. Das Lächeln wich aus Leofas' Gesicht, und er sah plötzlich sehr alt aus.

Der weißbärtige Krieger seufzte. »So viele tot«, flüsterte er. »Sag mir, wie es geschah.« Das tat Gaelen und fand keine Möglichkeit, Laynes schreckliches Ende zu vertuschen. Leofas hörte wortlos zu, dann wandte er sich ab und ging allein davon.

Gaelen sah ihm nach und spürte die tröstende Berührung von Laras Hand. »Komm«, sagte sie, »die Königin möchte dich sehen.«

Er nickte, und gemeinsam gingen sie zum Lager der Königin. Sigarni kam ihm mit ausgestreckter Hand entgegen. »Wie gut, dich am Leben zu sehen, mein Junge! Ich habe ein paar Fragen an dich.«

Gaelen verbeugte sich und stellte Lara vor. Die Königin lächelte sie herzlich an. »Und was hast du dir dabei gedacht, dein Leben zu riskieren, um mich zu retten?« fragte sie an Gaelen gewandt. Ihre grauen Augen funkelten vor Humor. »Das erwarte ich von meinen Lanzenreitern, aber nicht von Fremden.«

»Ich verdanke dir mein Leben«, antwortete Gaelen schlicht.

»Weil ich mit meinen Lanzenreitern gekommen bin, meinst du?«

»Nein, Herrin. Aber ich darf nicht darüber sprechen. Bitte verzeih mir.«

»Noch mehr Geheimnisse des verzauberten Reiches? Du klingst schon wie der Rote Falke. Na schön, Gaelen, ich will dich nicht weiter bedrängen. Wie kann ich dich für deine Tat belohnen?«

Gaelen sah sie an und dachte an den Tag, als sie sie vor dem Ungeheuer gerettet hatte. In diesem Augenblick wußte er, wohin sein Weg führen mußte. Er fiel vor der Kriegerkönigin auf ein Knie und sagte: »Laß mich dir dienen, Herrn. Jetzt und allezeit.«

Wenn Sigarni überrascht war, dann zeigte sie es nicht. »Dann wirst du aber dieses Land verlassen müssen«, sagte die Königin, »und an meiner Seite in einem Krieg kämpfen, der nicht der deine ist. Willst du das?«

»Ja, meine Königin. Mehr als alles andere. Ich liebe dieses Land, aber ich mußte mit ansehen, wie meine Freunde hingeschlachtet wurden, ihr Zuhause niedergebrannt und ihre Kinder massakriert.«

»Dann erhebe dich, denn Freunde knieen nicht vor mir, sie gehen aufrecht an meiner Seite. Kommt deine Dame auch mit?« fragte sie an Lara gewandt.

Gaelen stand auf und nahm ihre Hand.

»Willst du?«

»Wo sollte ich sonst hin?« antwortete sie.

»Ich liebe dich«, flüsterte er und zog sie an sich.

Die Königin ließ sie allein und ging zu Obrin, der am Feuer saß.

Nachdem nun ein hoher Grabhügel aus Steinen die Toten bedeckte, führte Leofas die Überlebenden zurück zum Attafoss. Trotz ihres Sieges war den Männern das Herz schwer. Ihre Lieben waren in der Vergangenheit verloren, ihre Freunde in der Gegenwart tot. Maggrig ritt neben Sigarni, während Gaelen und Lara mit Lennox,

Onic, Agwaine und Gwalchmai an der Spitze der Kolonne ritten.

Gaelen war der einzige überlebende Ungeheuertöter, der unverletzt aus der Schlacht hervorgegangen war. Lennox war an zahlreichen Stellen genäht worden, während Gwalchmai einen Speer in der Schulter erwischt hatte. Agwaine hatte einen Stich ins Bein bekommen und humpelte unter Schmerzen.

»Gehst du wirklich mit der Königin?« fragte Agwaine. »Willst du die Berge verlassen?«

»Ja«, antwortete Gaelen. »Ich versprach ihr vor Jahren, daß ich ihr folgen würde.«

»Glaubst du, sie würde mich auch nehmen?« fragte Gwalchmai.

»Ich glaube schon.«

»Ich werde nicht gehen«, sagte Agwaine. »Hier gibt es viel zu tun.«

»Ohne Layne hält mich hier nicht viel«, sagte Lennox traurig. »Ich komme mit dir, Gaelen.«

Eine Stunde vor Einbruch der Dunkelheit erschien die unsichtbare Brücke nach Vallon und breitete sich am Ufer aus.

Ein Mann erschien am anderen Ufer, ein großer Mann mit ergrauendem Haar, der ein Samtgewand von der Farbe dunklen Weines trug. Er hob die Hand. Glitzernde Lichter stiegen aus dem Wasser und schwebten in der Luft über der unsichtbaren Brücke, die dunkler wurde und im schwachen Licht wie Silber glänzte. Je stärker das Licht wurde, desto fester wurde die Brücke, schimmernd und funkelnd, bis sie schließlich wie aus Silber und Edelsteinen gebaut wirkte. Der Mann hob noch einmal die Hand und trat auf den silbernen Pfad. Hinter ihm kamen die Männer und Frauen der Farlain und Pallides.

Schweigen legte sich über die Menschen der Clans, als in ihren Herzen wieder Hoffnung aufflammte.

Der Mann kam näher, sein grauer Bart wehte im Wind.

Er trug einen Vollbart, und seine Augen hatten das Grün des fernen Meeres. »Caswallon!« rief Gaelen und rannte ihm entgegen.

Caswallon breitete die Arme aus, Tränen standen ihm in den Augen. Die beiden Männer umarmten einander herzlich, dann schob Gaelen ihn zurück, um seinen Stiefvater anzuschauen. Caswallon schien um zehn Jahre gealtert, seit sie sich zuletzt gesehen hatten.

»Was ist mit dir geschehen?« flüsterte Gaelen.

»Wir unterhalten uns später. Zuerst wollen wie uns über die Wiedervereinigung freuen.«

Frauen und Kinder rannten ihren Ehemännern und Vätern entgegen, ihren Söhnen und Brüdern, und der Wald von Atta hallte vor Lachen wider. »Es ist lange her, daß wir das gehört haben«, sagte Caswallon.

Maeg war eine der letzten, die die Brücke überquerten. Schweigend ging sie auf ihren Mann zu, der kleine Donal ritt neben ihr auf dem großen Hund Render.

»Laß uns ein bißchen allein, Gaelen. Wir sehen uns später«, bat Caswallon. Er nahm Maegs Hand und küßte sie. Ihre Augen waren voller Tränen und sie lehnte sich an ihn.

»Was haben sie dir angetan?« fragte sie. Sie verbarg ihren Kummer und strich ihm über die ergrauten Haare.

»Sie? Es gibt keine ›sie‹, Maeg. Die Zeit hat das getan. Aber es war notwendig, sonst hätte ich euch nie gefunden. Ich habe elf Jahre dafür gebraucht, all das zu lernen, das ich brauchte, um euch zu holen. Aber jeden Tag dieser Zeit habe ich an dich gedacht und dich geliebt.«

Donal rutschte von Renders Rücken und zupfte an Caswallons Gewand. Er weinte. Caswallon nahm ihn auf den Arm und drückte ihn fest an sich.

»Wir haben gewonnen, Caswallon«, sagte Maeg. »Aber der Preis war entsetzlich hoch.«

Er nickte. »Das ist er immer. Aber jetzt sind wir zusammen, und wir werden wieder aufbauen.«

Maeg erblickte eine Frau in silberner Rüstung, die sie anstarrte. »Wer ist das?« fragte sie Caswallon. Er drehte sich um und sah, wie Sigarni sich abwandte und allein in den Wald ging.

»Das ist die Königin, Maeg«, sagte er und nahm sie in die Arme. »Sie hat uns alle gerettet.«

»Sie sah so traurig aus«, sagte Maeg, dann drehte sie sich wieder zu ihrem Mann um. »Willkommen zu Hause, mein Liebster«, flüsterte sie und küßte ihn.

Er konnte nicht antworten. Tränen rannen ihm aus den Augen, als sie ihn in den Wald führte.

11. Kapitel

Drei Tage nach der Schlacht wurde Gaelen von einem älteren Druiden gerufen und zu Taliesens Gemächern unter der Halle des Tores geführt, wo Caswallon ihn erwartete. Im harten Licht der Kammer wirkte Caswallon noch älter, sein Haar wurde dünner und war an den Schläfen bereits weiß geworden.

»Willkommen«, sagte er und bedeutete ihm, sich zu setzen. Er schenkte klaren weißen Wein in silberne Becher, reichte Gaelen einen und setzte sich dann in einen breiten Lederarmstuhl.

»Was ist mit dir geschehen, Caswallon?«

Der ältere Mann lachte leise. »Sehe ich so schlimm aus?«

»Nein«, log Gaelen, »nur älter.«

»Ich bin älter. Es ist elf Jahre her, seit ich dich bat, Laric zu suchen und ihn und seine Krieger zum Axta-Wald zu bringen. Elf lange Jahre … einsame Jahre.«

»Die Königin erzählte mir, du hättest sie zum Kelch-Tor gebracht und dann seist du hindurchgegangen. Nach wenigen Sekunden kamst du wieder, nur daß du älter und wie jetzt in Samt gekleidet warst.«

»Es ist nicht leicht für mich, dir das zu erklären, Gaelen. Als ich am Kelch-Tor ankam, war ich voller Ängste. Ein sterbender Mönch erzählte mir, daß das Tor nicht geschlossen wäre, und doch konnte ich mit eigenen Augen sehen, daß dem so war. Die Höhle war nicht tief, Wasser rann an den Wänden entlang. Ich ging weiter, krank vor Angst und streckte die Hand aus. Sie ging durch den Stein wie durch Rauch. Ich ging weiter und stand auf einer Ebene oberhalb einer Stadt mit goldenen Zinnen und hohen Türmen aus poliertem Marmor.

Ein Mann wartete auf mich. Sein Name war Astole, und er begrüßte mich wie einen Bruder, denn ich hatte ihm an einem anderen Ort das Leben gerettet. Er nahm mich mit zu sich nach Hause – in einen Palast mit vielen Dienern – und dort begann er mich im Gebrauch der Tore zu unterweisen und der Worte der Macht, mit denen man sie betätigt. Ich steckte voller Ungeduld, doch er versprach mir, er würde mich wenige Sekunden nach meinem Weggang wieder zurückbringen. Und ich mußte ihm trauen.

Die Jahre vergingen langsam. Manchmal war ich voller Freude über meine neu erworbenen Kenntnisse und träumte davon, an den Aenir schreckliche Rache zu üben. Zu anderen Zeiten spürte ich eine große Furcht und fragte mich, ob man mich hereingelegt hatte. Aber ich lernte ständig. Das Unmögliche wird Wirklichkeit. Du hast den Stein gesehen, der Eisen anzieht?«

»Ja. Onic hat so einen.«

»Die Kraft, die das Metall anzieht, kann man nicht sehen, aber man kann ihre Wirkung beobachten. Genauso ist es mit der Kraft, die hinter den Toren steckt. Laß mich dir etwas zeigen.« Caswallon nahm eine kleine Schachtel, die mit farbigen Steinen eingelegt war, zur Hand. Er drückte auf den Rubin in der Mitte, und die gegenüberliegende Wand verdunkelte sich und wurde dann zu einem Fenster, das auf Farlain hinausging.

»Wie du sehen kannst, ist das der Berg Carduil an der Grenze zum Gebiet der Haesten. Das ist jetzt. Wir sehen das Bild, wie das Licht auf unsere Augen trifft. Wären wir gestern hier gewesen, hätten wir Regen über Carduil gesehen. Aber das waren wir nicht. Und doch wurde das Bild übermittelt. Astole entdeckte, daß Lichtbilder verweilen und Spuren hinterlassen, die zehntausend Jahre überdauern können. Daher können wir, wenn wir einen

Schalter drehen ...« Der Schirm schimmerte, und wieder erschien der Berg, wolkenverhangen und grau, Regen prasselte auf die Hänge. Caswallon drückte auf einen Stein, und das Bild verschwand.

»Astole baute Maschinen, die die Zeitlinien aufspüren konnten und einem Menschen erlaubten, seine eigene Vergangenheit zu sehen. Doch dann kam das aufregendste von allem. Innerhalb dieser Spuren entdeckte Astole Materiepartikel, die nicht verfielen. Unverändert existierten sie von Tag zu Tag, von Jahrhundert zu Jahrhundert. Sie wurden vom Lauf der Zeit nicht angegriffen. Statt dessen schienen sie außerhalb der Gesetze der Zeit zu existieren.

Während seiner Experimente fing Astole einige Partikel in einem Kraftfeld ein – ähnlich dem in dem Stein, der Eisen anzieht. Das Feld und die Partikel verschwanden spurlos. Astole konstruierte ein weiteres, und plötzlich tauchte das erste Feld wieder auf, und das zweite verschwand. Am nächsten Tag konstruierte er ein drittes Feld, und dasselbe geschah. Überaus aufgeregt machte Astole Pläne für zwei große Felder und bereitete seine Assistenten vor. Er stellte sich selbst in die Mitte des ersten Feldes und aktivierte es. Er verschwand augenblicklich. Seine Assistenten aktivierten gemäß seinen Anweisungen das zweite Feld, und er tauchte wieder auf. Die Partikel hatten ihn in eine ferne Vergangenheit gezogen. Wie, wußte er nicht, aber er war über die größte aller Entdeckungen gestolpert, die Tore.«

»Ich verstehe kein Wort von alldem, Caswallon«, sagte Gaelen.

»Es tut mir leid, mein Junge. Wie kann ich dir in wenigen Minuten erklären, was mehr als ein Jahrzehnt meines Lebens in Anspruch genommen hat? Jedenfalls blieb ich bei Astole, und ich nahm sein Wissen in mich auf. Gemeinsam reisten wir in fabelhafte Städte und Königreiche, an die die Menschen schon lange keine

Erinnerung mehr haben. Wir wanderten die Zeitlinien entlang, sahen die Geburt von Zivilisationen und den Tod von großen Reichen. Endlich hielt er mich für bereit, und wir reisten in eine Wüste, und dort traf ich den Mann, der alle Fragen beantwortete. Während er sprach, fühlte ich, wie mein Herz leer wurde und sich wieder füllte. Alle Träume von Rache erstarben. Jede Gewalttätigkeit fiel von mir ab.«

»Wer war er?« fragte Gaelen.

Caswallon lächelte und legte seine Hand auf Gaelens Schulter. »Wenn du denkst, die Tore waren schon schwer zu verstehen, dann frage nicht nach dem Mann. Er schickte mich nach Hause, und ich erschien im Kelch-Tor, so wie du mich jetzt siehst. Mit meinen neuen Worten der Macht aktivierte ich die Maschinen und stellte die Axta-Schlucht ein. Du warst nicht dort. Ich suchte ganz Farlain ab, bis ich schließlich zu Icairns Schlucht kam. Dort öffnete ich das Tor, und die Königin brachte ihre Lanzenreiter.«

»Aber du bist nicht mit ihnen geritten«, sagte Gaelen.

»Nein. Ich bin der Ewige Falke, Gaelen, und ich werde nie wieder mein Schwert gegen einen Menschen erheben.«

»Du hast dich verändert, Vater.«

»Das ganze Leben ist Veränderung. Aber ich bin derselbe Mann, der dich aus Ateris trug, derselbe Mann, der sein Volk liebt. Nur liebe ich es jetzt mehr. Es ist seltsam. Ich hätte die Aenir ganz allein vernichten können, aber mit der Gabe dieser Macht verlor ich das Bedürfnis, es zu tun.«

»Wie nimmt Maeg das alles auf?« fragte Gaelen.

»Es ist schwer für sie. Aber die Liebe überwindet alles. Und ich liebe sie – mehr als mein Leben.«

»Wirst du Jagdherr bleiben?«

»Sehe ich aus wie ein Jagdherr der Farlain?« fragte er lächelnd.

»Nein.«

»Und ich werde nicht der Jagdherr sein. Ich bleibe hier, in Vallon, und achte auf die Tore. Vor mir liegen viele Aufgaben, Gaelen, aber zuerst muß ich einige Zeit mit Maeg und Donal verbringen. Dann werde ich Astole wieder treffen.«

»Ich gehe mit der Königin zurück«, sagte Gaelen. »Lennox, Onic und Gwalchmai kommen mit mir.«

»Ich weiß. Wir werden uns wieder begegnen.«

»Sag mir, Caswallon, bist du wirklich zufrieden?«

»Zufriedener, als ein Sterblicher das Recht hat zu sein.«

»Dann bin ich froh für dich.«

»Und ich für dich. Du hast mit Lara eine gute Frau, und ich weiß, daß sie dir schöne Kinder schenken wird. Ich wünsche dir ein Leben, das die Liebe reich macht, denn du hast es verdient.«

»Ich werde Farlain vermissen. Werde ich eines Tages zurückkehren können?«

»Frag mich das, wenn du mich das nächste Mal siehst.«

»Ich muß gehen. Die Königin wartet«, sagte Gaelen.

Caswallon stand auf und ging um den Tisch herum. »Wandle stets im Licht«, bat er Gaelen.

Caswallon sah Gaelen nach, und sein Herz wurde schwer.

Er hatte das Mitleid in Gaelens Augen gesehen und wußte, das Band zwischen ihnen würde nie wieder sein wie zuvor. Denn für Gaelen war Caswallon kein Mann des Clans mehr. Er hatte sein Schwert abgelegt.

Was hätte er Gaelen sagen können, damit er verstand? Hätte er ihm das mit dem Mann in der Wüste erklären sollen?

Caswallon grinste schief und füllte seinen Becher nach. Ihm von einem Mann zu erzählen, der sich durch eine Stadt schleifen und von dem Volk ermorden ließ, das er liebte? O ja, das hätte ihn beeindruckt. Er leerte seinen Wein und wandte sich dem schwarzen Schirm vor sich zu. Er nahm die Fernbedienung und stellte das Bild ein.

Dann sah er zu, wie Sigarni, Gaelen und seine Freunde die Tore der Zeit durchquerten.

Er spürte einen kalten Hauch im Nacken, und als er sich umdrehte, sah er Maeg, die in der Tür stand, einen großen wollenen Schal um die Schultern geschlungen. Sie schien so fern, so entrückt. Caswallon schluckte hart, ein Gefühl der Verzweiflung überfiel ihn.

»Du wirst allmählich alt, Caswallon«, sagte sie, »daß du dich von einer Frau überraschen läßt.«

»Überraschen, ach ja? Als ich die Schritte hörte, dachte ich, es müßte ein Bergtroll zum Leben erwacht sein.«

Da grinste sie ihn an. »Meine Füße sind nicht so groß. Aber selbst wenn, wäre mir das immer noch lieber, als lauter kahle Stellen auf dem Kopf zu haben.«

»Hat man dir eigentlich nie beigebracht, älteren Leuten Respekt entgegenzubringen, Weib?«

»Ist es denn Respekt, was du willst?« fragte sie und kam näher.

Er öffnete die Arme und zog sie fest an sich. »Liebst du mich noch immer, Maeg?«

»Ich liebe dich. Mehr als alles andere. Und du bist ein Idiot, wenn du etwas anderes glaubst. Und jetzt erzähl mir, was mit dir geschehen ist.«

Mehr als eine Stunde lang saßen sie zusammen, bis ihm die Worte ausgingen. Schließlich führte sie ihn aus der Kammer hinaus, um mit ihm unter den Sternen von Vallon spazierenzugehen.

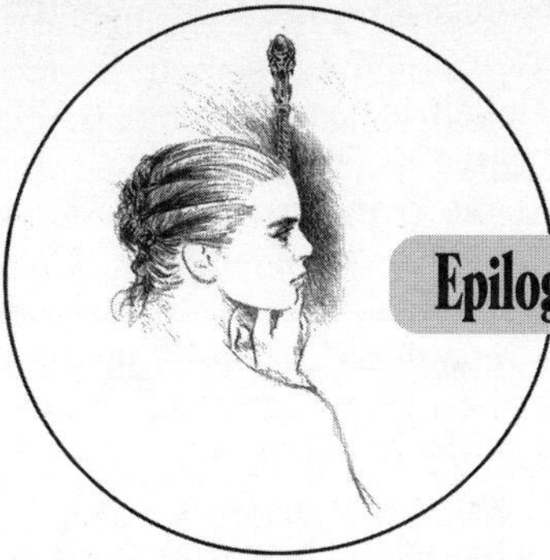

Epilog

Agwaine herrschte siebenundzwanzig Jahre lang über die Farlain, nachdem er zuerst seine Krieger zur Plünderung Aesgards geführt hatte. Die Stadt wurde dem Erdboden gleichgemacht, und alle Einwohner dem Schwert übergeben.

Danach zog Frieden in die Berge ein.

Deva lebte sieben Jahre lang im Haus Agwaines und wies alle Heiratsanträge ab, den Blick ständig auf den Horizont gerichtet – auf den Mann wartend, der König werden würde. An einem strahlenden Sommertag bürstete sie gerade ihr Haar, als sie im Spiegel die ersten grauen Haare entdeckte. Seit zwei Jahren hatte niemand mehr um sie angehalten. Sie verspürte Angst und machte sich auf die Suche nach Caswallon. Sie fand ihn im Garten hinter seinem Haus in der Sonne und seine Rosen schneiden.

Caswallon hieß sie willkommen und bot ihr einen Becher Honigmet an. Sie setzte sich neben ihm auf eine geschnitzte, geschwungene Bank. »Was bekümmert dich, Deva?« fragte er.

»Die Prophezeiung hat sich nicht erfüllt, und wenn ich noch länger warte, werde ich keine Kinder mehr bekommen können. Warum ist er nicht gekommen, Caswallon?«

»Warte, warte! Nicht so schnell. Welche Prophezeiung?«

»Als ich geboren wurde, sagte mir eine alte Zigeunerin voraus, daß ich die Mutter von Königen würde. Taliesen sagte, daß es stimmte. Aber wo ist dieser Prinz, der um meine Hand anhalten wird?«

»Warte hier«, sagte er und ging langsam ins Haus. Deva

saß fast eine Stunde lang allein in der Sonne und saß noch immer da, als der junge Donal mit seinem treuen Freund Render von einer Wanderung durch die Berge heimkam. Als Caswallon endlich zurückkehrte, ging die Sonne bereits unter. »Es tut mir leid, daß du so lange warten mußtest, mein Liebes«, sagte er. »Komm, ich muß dir etwas zeigen.«

Er führte sie ins Haus und legte ihr einen versilberten Spiegel in den Schoß. »Schau tief in das Glas, dann wirst du die Prophezeiung sehen.«

Sie hielt ihn hoch , betrachtete ihr eigenes Spiegelbild und sah die feinen Linien, die sich um ihre Augen zogen. Das Bild verblaßte und sie sah das Vorderzimmer des alten Hauses. Cambil hielt ein Kind in den Armen. Eine alte Frau saß auf dem Teppich vor dem jungen Jagdherrn.

Die Stimme der Frau wisperte in Devas Geist. »Sie wird die Großen und die Starken sehen, Jagdherr. Und ein künftiger Herrscher wird um ihre Hand anhalten. Wenn sie ihn heiratet, wird sie die Mutter von Königen.«

Das Bild verblaßte. »Ich verstehe nicht«, sagte Deva. »Das war meine Prophezeiung. Also, wo ist dieser König, auf den ich so lange gewartet habe?«

Caswallon nahm ihr den Spiegel aus der Hand, dann setzte er sich neben sie. »Er hat um deine Hand angehalten, Deva, aber du hast ihn abgewiesen.«

»Nein!« wütete sie. »Es gab keinen Prinzen.«

»Die Königin, die uns gerettet hat, hat ihn als ihren Erben bestimmt, und er wird König werden. Er ist ein Krieger und großer Führer – und er liebte dich einst.«

»Gaelen«, flüsterte sie. »Er wird König?«

»Ja. Es tut mir nur leid, daß du nicht früher damit zu mir gekommen bist.«

Deva stand mit zitternden Beinen auf, dann rannte sie aus dem Haus. Ein Jahr später heiratete sie einen Witwer und bekam drei Söhne und eine Tochter.

Lennox kehrte zweimal ins Hochland zurück – einmal

zum Begräbnis seines Vaters Leofas, der zwölf Jahre nach der Schlacht in Icairns Schlucht starb, und noch einmal, um Gwalchmai nach Hause zu bringen, den ein fremdländischer Speer bei der Belagerung von Culceister niedergestreckt hatte. Gwalchmai hatte darum gebeten, am Attafoss begraben zu werden.

Gaelen kehrte nie mehr zurück. Nach Obrins Tod wurde er Hauptmann der Lanzenreiter und wurde bekannt als Streiter der Königin. Er und Lara lebten zufrieden miteinander und zogen zwei Söhne und drei Töchter auf.

Die Männer des Clans dienten der Königin dreißig Jahre lang. Im vierzigsten Jahr ihrer Herrschaft traf Sigarni auf Morgase und die letzte große Armee der Fremdländer. Die Schlacht war wütend und fast ausgegelichen, doch wie immer trug Sigarni den Sieg davon, indem sie eine letzte Attacke gegen den Schildwall führte. Morgase nahm lieber Gift, als sich gefangennehmen zu lassen.

Die Verletzungen der Königin waren ernst. Gaelen half ihr vom Schlachtfeld, und im letzten Licht der untergehenden Sonne trug er sie den Berg hinter Zitadell zum Kelch-Tor hinauf – und hindurch! Dort kümmerte sich ein junger Druide um die Königin, und Gaelen sah ihm nach, wie er sie zu einer Berghöhle schleppte.

Als der alternde Krieger durch das Große Tor zurückkehrte, nahm er seinen Helm ab und kratzte sich das dünner werdende graue Haar. Abwesend rieb er sich die alte Narbe über seinem Auge.

Auf der anderen Seite des Tores bereiteten sich vier Knaben auf ihre erste Jagd vor. Die Sonne war eine goldene Kugel und die Zukunft voller Verheißungen. In diesem Augenblick gab es kein Ungeheuer, keine Gefahr, und die Aenir waren eine ferne Bedrohung.

Gaelen drehte sich um und blickte in das Tal hinunter, wo Lagerfeuer flackerten und der Grabhügel sich seiner Vollendung näherte. Darunter lagen die Leichname der

Gefallenen, Hochländer und Fremdländer vereint im Tod. Unter ihnen waren auch Onic und Lennox. Der Riese war gefallen, während er seine massive Keule aus Eisen und Blei schwang, als der Feind heranstürmte. Onic war an seiner Seite gefallen.

Jetzt war nur noch Gaelen übrig. »Lebwohl, meine Königin«, flüsterte er.

Ein Schatten bewegte sich rechts von ihm. Er drehte sich um, und da war Caswallon, der auf seinem Eichenstab lehnte. Sein Samtgewand schimmerte im Mondschein.

»Und so endet es«, sagte Caswallon, dessen dünner weißer Bart wie Rauch im Wind wehte.

»Nein, es beginnt«, sagte Gaelen und deutete auf die Höhle.

Caswallon nickte. »Und jetzt wirst du König, Gaelen. Wie gefällt dir das?«

Gaelen schob sich das eisengraue Haar aus der Stirn. »Ich würde alles dafür geben, wieder jung zu sein.«

Caswallon drehte sich um und deutete auf das Tor. »Aber du bist jung, Gaelen. Hinter diesem Tor ist ein Knabe, der mit seinen Freunden die Berge durchstreift. In diesem Moment fährt ihm der Wind durchs Haar, die Zukunft liegt golden und strahlend vor ihm. Nur ein paar Schritte entfernt. Möchtest du ihn gerne sehen?«

Gaelen lächelte. »Lassen wir ihn sein eigenes Leben führen«, sagte er, nahm Caswallon beim Arm und ging mit ihm davon.

ENDE

Die Welt hat sich verändert. Die kriegerischen Stämme der Highlands haben ihre Unabhängigkeit in der Schlacht von Colden Moor verloren und leiden nun unter der Knechtschaft der Fremden von jenseits des Meeres. Aus der Blutlinie der Könige hat nur eine einzige Frau überlebt: Sigarni, Gejagte und Jägerin, Hure und Prinzessin zugleich. Und auf sie gründen sich alle Hoffnungen der Highlander im Kampf gegen den Unterdrücker, Baron Guttasson ...

Beginn des Zweiteilers vor keltischem Hintergrund vom Autor der Drenai-Saga

ISBN 3-404-28231-6

BIBLIOTHEK DER PHANTASTISCHEN LITERATUR

Herausgegeben von Stefan Bauer

Isaac Asimov
28 322 Die Psychohistoriker

Marion Zimmer Bradley/Holly Lisle
28 313 Im Schatten der Burg

David & Leigh Eddings
28 301 Begarath der Zauberer
28 312 Polgara die Zauberin
28 320 Der Riva-Kodex

David Gemmell
Die Drenai-Saga
28 314 Die Augen von Alchazzar
28 317 Winterkrieger

Die Steine der Macht
28 303 Band 1 König der Geister
28 308 Band 2 Das letzte Schwert

Die Falkenkönigin
28 321 Band 1 Eisenhands Tochter
28 2324 Band 2 Die Keltenkriege

Raymond E. Feist
In Vorbereitung: Der Elfenhügel

Sarah B. Franklin
In Vorbereitung: Eine Tochter Trojas

J.V. Jones
Das Buch der Worte
28 304 Band 1 Melliandra
28 309 Band 2 Der Thronräuber
28 310 Band 3 Herr und Narr

Der Dornenring
28 315 Band 1 Die ewige Krone
28 316 Band 2 Krone aus Blut

Wolfgang Hohlbein
28 319 Die Schatten des Bösen
28 233 Von Hexen und Drachen

Garry Kilworth
28 305 Tänzer im Frost

Roger MacBride Allen
28 302 Isaac Asimov's Utopia

Jane Routley
Dion von Moria
28 311 Band 1 Die Herrin der Rosen
28 318 Band 2 Die Engel des Feuers